Diogenes Taschenbuch 24561

RAFFAELLA ROMAGNOLO, geboren 1971 in Casale Monferrato, unterrichtet Geschichte und Italienisch an einem Gymnasium. Seit 2007 schreibt sie auch Romane – mit Erfolg. Sie wurde mehrmals für den Premio Strega nominiert und ihr Roman *Bella Ciao* wurde in zahlreiche Sprachen übersetzt. Raffaella Romagnolo lebt in Rocca Grimalda im Piemont.

Raffaella Romagnolo
Bella Ciao

ROMAN

Aus dem Italienischen
von Maja Pflug

Diogenes

Titel der 2018 bei Rizzoli Libri, Mailand,
erschienenen Originalausgabe: ›Destino‹
Copyright © 2018 First published in Italy by Rizzoli Libri
This edition published in arrangement with Grandi & Associati
Die deutsche Erstausgabe erschien 2019 im Diogenes Verlag
Das Motto von Sebastiano Vassalli stammt aus ›Die Hexe aus Novara‹,
Piper Verlag 1993, Übersetzung von Ragni Maria Geschwend
Das Motto von Joyce Carol Oates stammt aus ›Die Verfluchten‹,
S. Fischer Verlag 2014, Übersetzung von Silvia Morawetz
Covermotiv: Gemälde von Meredith Frampton,
›Marguerite Kelsey‹, 1928
Copyright © Tate, London

Veröffentlicht als Diogenes Taschenbuch, 2020
Alle deutschen Rechte vorbehalten
Copyright © 2019
Diogenes Verlag AG Zürich
www.diogenes.ch
20/24/36/3
ISBN 978 3 257 24561 5

Für die Jungen von der Benedicta.
Für Lia, wunderbare Tochter von Borgo di Dentro.
Für Ro natürlich.

Beim Anblick dieser Landschaft und dieses Nichts
habe ich verstanden, dass es in der Gegenwart
nichts gibt, das erzählt zu werden verdient. Die
Gegenwart ist Lärm: Millionen, Milliarden von
Stimmen, die schreien, alle gleichzeitig und in
allen Sprachen, und dabei versuchen, einander zu
übertönen mit dem Wort »ich«. Ich, ich, ich …
Um die Schlüssel zur Gegenwart zu suchen und
um die Gegenwart zu verstehen, muss man aus
dem Lärm heraustreten, in die Tiefe der Nacht
gehen oder zum Grund des Nichts.

Sebastiano Vassalli,
Die Hexe aus Novara

Die Wahrheiten der Literatur werden
durch Bilder erzeugt; hier aber erzeugen
die historischen Tatsachen die Bilder.
Joyce Carol Oates,
Die Verfluchten

ERSTES BUCH

ERSTES BUCH

Die Familie Leone

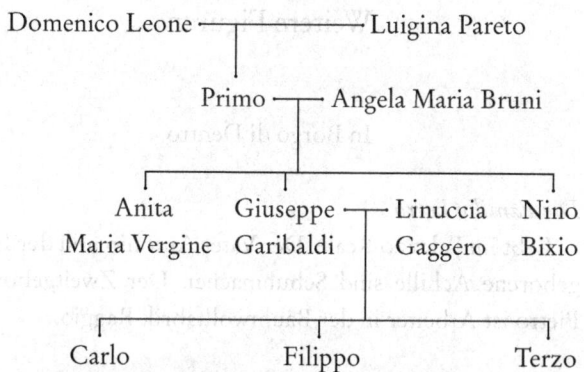

Domenico Leone ——┬—— Luigina Pareto

Primo ——┬—— Angela Maria Bruni

Anita   Giuseppe ——┬—— Linuccia   Nino
Maria Vergine   Garibaldi   Gaggero   Bixio

Carlo   Filippo   Terzo

Die Familie Masca, Manfredi und Dubois

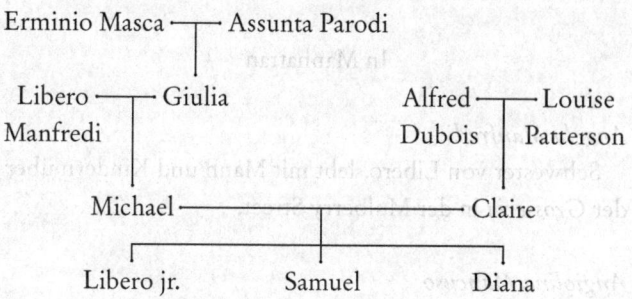

Erminio Masca ——┬—— Assunta Parodi

Libero ——┬—— Giulia   Alfred ——┬—— Louise
Manfredi   Dubois   Patterson

Michael ——————————————— Claire

Libero jr.   Samuel   Diana

Weitere Figuren

In Borgo di Dentro

Die Familie Ferro
Lebt im Palazzo Reale. Der Vater Antonio und der Erstgeborene Achille sind Schuhmacher. Der Zweitgeborene Pietro ist Arbeiter in der Baumwollfabrik Raggio.

Don Giuseppe Salvi
Pfarrer. Die Familie Salvi ist Eigentümer der Seidenspinnerei, in der Assunta, Giulia und Anita arbeiten.

In Manhattan

Angela Manfredi
Schwester von Libero, lebt mit Mann und Kindern über der *Grosseria* in der Mulberry Street.

Angiolina Mancuso
Stammt aus Kalabrien, ist Mutter von drei Kindern und Kundin der *Grosseria*.

Fiorello La Guardia

Sohn eines Einwanderers apulischer Herkunft, ist Abgeordneter und späterer Bürgermeister von New York.

BORGO DI DENTRO
6. MÄRZ 1946

Erstes Kapitel

Die Vergangenheit gibt es nicht, denkt Mrs. Giulia Masca vor dem verrammelten Palazzo Reale. Dasselbe hatte sie gedacht, als sie sich nach dem Verlassen ihrer Kabine auf dem Erste-Klasse-Deck unvermittelt in der Umarmung des weitläufigen, unübersichtlichen Hafens von Genua wiederfand, weiß von Licht und schwarz von Ruß.

Lieber nicht auf das Gedächtnis bauen, es hatte schon den Weg von der Stadt ins Dorf ganz falsch in Erinnerung: die Mole, die Gebäude, die Straße, die die Hügel hinaufführt, die Höhenlinie, das schwammige Grün der Kastanien, die schiefen Rebenreihen, dann die düstere Silhouette von Borgo di Dentro, die Gasse, den Geruch und nun auch das Tor.

Zwar sind die Dinge dieselben, als hätte die Zeit sich nicht die Mühe gemacht, in dieser Gegend hier vorbeizukommen. Neu und überraschend ist eher die Beschaffenheit der Wirklichkeit. Leichter? Und auch die Dimensionen: Mrs. Giulia Mascas Meinung nach müsste das Tor des Palazzo Reale größer sein. Viel größer. Das könnte sie schwören bei ihrem Sohn Michael, der am Ende der Straße wartet, zusammen mit dem Chauffeur, der sie am Schiff abgeholt hat und ein Schild hochhielt, auf dem stand:

LIBEROS GOCERI. Banausen. Ungebildete italienische Analphabeten. *Libero's Grocery* heißt es richtig! Nicht einmal vom Briefkopf abschreiben können sie!

Sie ballt die behandschuhten Hände zur Faust und blickt hinauf, über die Hutkrempe hinaus. Sie sucht nach einem Zeichen. Wohnt da noch jemand? Winzige, tiefliegende Fensterchen, ärmlich, baufällig sieht es aus. Mit den Jahren ist sie leicht geschrumpft, daher müsste ihr alles riesig vorkommen. Schon seit fünfundvierzig Jahren bereitet sie sich auf diesen Moment vor. Da: die abgebröckelten Stellen rund um die Torangeln, die Diamantquader, die Kratzspuren von Hunden, die Nagespuren von Holzwurm und Mäusen – sie erinnert sich daran und erkennt sie doch nicht. Sind es noch dieselben?

Eigentlich darf sie nicht trödeln, Michael muss zur Abendessenszeit in Mailand sein: Das sind von hier aus noch über zweihundert Kilometer auf schlimm zugerichteten Straßen. Sie haben den Krieg ja nur in der Zeitung verfolgt, aber durch die Scheiben des Aprilia hat sie sich schon einen Eindruck verschaffen können und weiß deshalb, dass die Reise ihres Sohnes kein Honigschlecken sein wird.

Sie selbst wird sich hier ein Hotel für die Nacht suchen – es gab damals eins, da ist sie sicher –, doch davor wollte sie noch mit Michael am Palazzo Reale vorbeischauen. Aus Nostalgie. So ist das im Alter. Und dann wunderte sie sich über dieses … Nichts. Was hatte sie erwartet? Dass sie ein Willkommenstransparent vorfinden würde? Eine Kapelle und Majoretten? Oder sollte sie vielleicht hineingehen und die neuen Mieter ansprechen: Entschuldigen Sie, ich habe mal hier gewohnt, bin sogar hier geboren, im ersten Stock, auf dem alten Holztisch, darf ich hereinkommen? Ist die Maisstrohmatratze noch da?

Würde sie, Mrs. Giulia Masca aus der Mulberry Street, überhaupt noch darauf schlafen können?

In der ersten Grundschulklasse ließ sie der Lehrer im Chor wiederholen: *Borgo di Dentro erhebt sich / auf einem Felsensporn / der liegt im Zusammenfluss / der Wildbäche Orba und Stura / auf hundertsiebenundneunzig Meter / über dem Meeresspiegel.* Das Kind Giulia hatte keine Ahnung, was ein *Sporn* oder ein *Zusammenfluss* waren, jedenfalls hat sie nie mehr einen solchen Ort gesehen. Eine Handvoll Häuser, und darunter Wasser. Grünliche, übelriechende Pfützen im Sommer, Strudel im Herbst und Frühling, Eis im Winter, Wasser überall. Nicht genug, um ein Boot zu nehmen und zu verschwinden, ausreichend, um die Dämme und Fundamente zu zerfressen. Warum sollte man an so einem Ort sein Leben verbringen?

Will man Borgo di Dentro verlassen, gibt es nur zwei Möglichkeiten. Die erste im Norden: von der Piazza unter dem *Felsensporn* aus führen Brücken über die zwei Wildbäche, die vor dem *Zusammenfluss* wie offene Arme aussehen. Hier musste einmal ein Schloss gestanden haben, da der Platz Piazza Castello heißt, doch Mrs. Giulia Masca vermutet, dass der *Zusammenfluss* es irgendwann verschluckt hat. Sie erinnert sich jedenfalls nicht an Türmchen oder zinnenbewehrte Mauern, sondern nur an die Straßenbahnhaltestelle. In der Tat kann man auf der Piazza Castello in die Straßenbahn steigen und über die erste Brücke abhauen, die die Stura überquert. Oder die andere Brücke nehmen über die Orba. Doch das ist, als machte man sich durch die

Hintertür davon, nichts Heldenhaftes. Sogar sie *Brücken* zu nennen fällt ihr schwer. Brooklyn Bridge, das ist eine Brücke. Oder die Queensboro, die Williamsburg Bridge.

Die zweite Möglichkeit ist, sich nach Süden zu wenden. Das hat sie vor fünfundvierzig Jahren getan: An einem Februarmorgen hat sie Borgo di Dentro den Rücken gekehrt, ist durch die Neustadt und dann die Hügel hinauf losgelaufen. Aber ein Ort, dessen Hauptfluchtweg über ein Gebirge führt, hat etwas Verschlossenes und Finsteres an sich.

Entlang der zwei Wildbäche wimmelte es von Werkstätten, Schmieden, Mühlen, Gerbereien, Spinnereien. Noch jetzt hört Mrs. Giulia Masca den Lärm. Ob es die Filanda Salvi noch gibt? Diese Spinnerei befand sich einhundertzwanzig Schritte und sechzehn Stufen unterhalb des Palazzo Reale, in Richtung Stura. Wäre es nicht schon so spät, würde sie in die Gasse einbiegen und hinuntergehen, um nachzusehen. Ob das Dach nachgegeben hat? Ob die Mauern noch stehen?

New York altert nicht. Eines schönen Tages errichtet jemand einen Lattenzaun, hangt ein Schild auf, und einen Monat später steht an der Stelle des alten ein neuer *Skyscraper*. Himmel-Kratzer: Als sie zum ersten Mal unten vom Gehsteig aus den Himmel von Manhattan gesehen hat, eingezwängt zwischen funkelnden Kanten, schien es ihr, als würde er gleich explodieren und die Straße überfluten, die Schaufenster, den Hot-Dog-Verkäufer, das Bänkchen des Schuhputzers, die Unmenge von Leuten, die schwatzend vorbeiliefen, sie rücksichtslos anrempelten. Aber die Spinnerei Salvi?

Morgen wird sie sich vorwagen und einen Blick darauf

werfen, ihr Sohn kommt sowieso nicht vor dem Abendessen zurück. Bei der Fahrt hierher stellte Michael, den Blick aus dem Fenster gerichtet, ihr unentwegt Fragen. Er bemühte sich, die Namen auf Italienisch zu wiederholen, die Mrs. Giulia Masca einen um den anderen aus den Tiefen des Gedächtnisses fischte. *Punta Martin, Monte Tobbio, Madonna della Guardia, Borgo di Dentro, Palazzo Reale.* *»How does it feel?«* Wie fühlt es sich an, Mama? Sie wusste keine Antwort.

Jetzt legt sie die Hand auf den Türklopfer, unentschieden, ob sie klopfen soll oder nicht, und im Geist sieht sie sich wieder als junges Mädchen – vor einem anderen geschlossenen Tor, dem der Spinnerei Salvi. Sie war zwanzig Jahre alt – zwanzig, sie ist sich sicher, denn es war gegen Ende des Jahres 1900, am Morgen des 23. November –, und an dem Tor hing ein rundes Holzbrett, ein ehemaliger Fassboden, mit der roten Aufschrift:

WEGEN UMBAU GESCHLOSSEN

»Scheiße.«

So redete ihre Mutter Assunta. *Scheiße. Kotze. Nutte. Pisse. Fotze. Hure.* Als Giulia in der Schule im Turnen einmal das Wort *Arsch* gebrauchte, unterbrach Herr Olivieri, der Lehrer, den Unterricht, zog den Stock aus dem Hosengürtel, hieß sie ihre Finger ausstrecken, den Handrücken zur Decke des Turnsaals gewandt, und schlug siebenmal zu. Daraufhin machte die kleine Giulia es sich zur Regel, niemals Wörter zu benutzen, die sie nur aus dem Mund ihrer Mutter gehört hatte.

»Scheiße, Scheiße, Scheiße«, wiederholt Assunta, während sie mit der flachen Hand auf die Schrift schlägt. Sie gebraucht halbe Sätze. Nach wenigen giftigen Wörtern hustet sie und spuckt Schleim. Nicht immer ins Taschentuch.

Auch Anita Leone ist bei ihnen. »Das hat bestimmt ein Maler geschrieben«, sagt sie, während sie mit dem Finger über die eleganten, scharlachroten Buchstaben fährt. Sie ist am selben Tag geboren wie Giulia, im Abstand von weniger als einer Stunde. Sie hat ein nachdenkliches Wesen, einen durchdringenden Blick, der bei den Einzelheiten innehält und Dinge sieht, die die anderen nicht sehen: Nuancen, Alternativen, Auswege. Und Augen wie Obsidiansplitter, einen dunkel schimmernden Teint, dicke, weiche Haut. Nie hätte man sie für eine *irische Nutte* halten können (Anita wäre es nie in den Sinn gekommen, mit einem Messer bewaffnet klarzustellen, wie die Dinge lagen). Eine mexikanische *Puta* vielleicht? Nicht mit diesen geraden Schultern, dieser Haltung, bei ihr hätte sich niemand getäuscht. Ihre Freundin Anita. Eine feige Verräterin. Deshalb ist Mrs. Giulia Masca doch zurückgekehrt, oder?

Assunta beachtet sie nicht, wie immer. Sie versteht Anita nicht, nennt sie *Prinzessin* oder *Gräfin*, oder *Bela Rosin* oder *Königin Taytù*, auch wenn sie in der Seidenspinnerei Salvi alle drei an den Schüsseln mit den Kokons stehen. Gleiche Arbeit, gleicher Lohn. Sie hustet noch einmal, dann reibt sie sich die von dreiundfünfzig Jahren siedendem Wasser, gekochten Raupen und gewickelten Fäden rissigen Hände und schiebt sie unter die Achseln, während sie ihren Tuchumhang fester um sich zieht.

Giulia rechnet unterdessen. Ihre Hauptbeschäftigung seit Beginn des Streiks vor elf Tagen: Ein Arbeitstag bei den Gebrüdern Salvi dauert 12 Stunden und ist 80 Centesimi wert. Ein Teller Suppe und ein Viertel Brot kosten in den *Cucine Economiche* 15 Centesimi (nur Suppe 10 Centesimi); ein Stück Stärkeseife zum Wäschebügeln: 20 Centesimi, eine Fahrt (hin und zurück) mit der Straßenbahn nach Novi Ligure: 40 Centesimi. Für ein Kilo Rindfleisch braucht man den gesamten Lohn von einem Tag, für Kalbfleisch sogar 1 Lira 40 Centesimi, also fast zwei Arbeitstage. Die Eintrittskarte für einen Ball? Je nachdem, was für ein Ball, zwischen 40 und 50 Centesimi. Sie kennt die Preise aller Sachen, die sie sich nicht leisten kann.

Der Reinverlust seit Beginn des Streiks beträgt 8 Lire und 80 Centesimi, macht mal zwei 17 Lire und 60 Centesimi, denn in der Familie gibt es zwei Spinnerinnen, der Vater ist gestorben, als Giulia gerade die Grundschule beendet hatte, und niemand trauert ihm nach. Sie hat eine Buchhalterseele, ein Erbe der Mutter, die nicht lesen kann, aber blitzschnell begreift und ihrer Tochter nun direkt in die Augen sieht. »Zufrieden?«, knurrt sie. Dann kehrt sie den beiden Mädchen den Rücken und geht wieder zum Palazzo Reale hinauf.

»Kommt sie denn nicht mit?«, fragt Anita. Giulia macht eine Handbewegung, als wollte sie sagen: *besser so.* Eigentlich sollten sie alle drei zum Kastaniensammeln in den Wald gehen. Am Nachmittag haben die Mädchen einen Sack voll beisammen. Um ihn aufzuteilen, gehen sie zu Anita, die auf einem Bauernhof auf der anderen Seite der Orba zu Hause ist, wo der Hügel und der Weinberg anfangen. Sie sprechen über das Schild, das an der Spinnerei hängt. WEGEN UMBAU GESCHLOSSEN? Das glaubt doch kein Mensch.

Jedenfalls nach dem Theater, das drei Tage zuvor der Bürgermeister gemacht hatte, der *Avucatein*, der kleine Anwalt, ein Männchen mit lenkerförmigem Riesenschnauzbart, Spitzbart und Kaiserkoteletten. Er empfing die Spinnerinnen im zweiten Stock des Rathauses, im Sitzungssaal. Als die Verlegenheit überwunden war – noch nie hatten sie so große Gemälde, so glänzende Tische und für ihre zerlumpten Kleider so unangemessene Stühle gesehen –, legten drei Delegierte die Forderungen der Streikenden dar. Erstens: sofortige Entlassung der neuen Aufseherin Agostini, Maria Filippa: Sie quält die Arbeiterinnen, indem sie ihnen nur einmal alle vier Stunden den Gebrauch des Aborts gestattet; sie lässt sie zwei Centesimi Strafe zahlen, wenn ein Faden reißt oder ein Fadenanfang nicht zu finden ist; sie beleidigt sie, schimpft sie Drückebergerinnen und sogar, mit Verlaub, Dirnen.

Zweitens: Wiedereinstellung der Arbeiterinnen, die den Streik eröffnet haben. Drittens: Reduzierung der Stunden von 12 auf 11 pro Tag und Lohnerhöhung von 80 Centesimi auf 1 Lira. »In den Spinnereien von Novi« – schloss die Mutigste der drei – »verdienen die Spinnerinnen 1 Lira 30 pro Tag, plus Unterbringung und Heizung.« Und der *Avucatein*?

Der *Avucatein*, nichts. Nie einen Streik gesehen. Er brüstete sich immer vor dem Unterpräfekten und dem Oberleutnant der Carabinieri damit: Wir schreiben das Jahr 1900, beinahe 1901, und noch nie hat es in Borgo di Dentro einen Streik gegeben. Die Ziegelbrenner (vor vier Jahren) und die Straßenarbeiter (vor zwei Jahren) zählten

24

nicht. Das waren Kindereien. Mussten jetzt ausgerechnet die Frauen anfangen?

Er stand auf Seiten der Besitzer, klar. Ja, er würde den Signori Salvi die *unabweislichen* Gründe der Streikenden vortragen. Ja, er würde eine *günstige Gelegenheit* abpassen, um ihr Anliegen zu einem *guten Ende* zu bringen. Ja, *ganz gewiss.* Unter der Voraussetzung, dass sie sofort zur Arbeit zurückkehrten. Sie sollten doch bedenken, dass sich die Situation nur *verschärfe,* falls ihre *Starrköpfigkeit* andauere. *Sollten an die Mäuler denken, die sie stopfen müssten, und an die Härten des bevorstehenden Winters.* Der Boden so gefroren, dass man keine Rübe herausziehen kann. Die Kastanien und Pilze, die zu Ende gehen. Die hungrigen Kinder mit ihren *großen, flehenden Augen.*

Er sprach zu sich selbst, ganz bestimmt nicht zu den Spinnerinnen, er vermied sogar, ihnen ins Gesicht zu sehen, starrte lieber auf die Körper, die dick vermummten Brüste, die Frostbeulen an den Händen (kein Vergleich mit dem blassen Teint seiner Gattin, den langen, schmalen, schneeweißen Fingern, mit denen die Frau ihm jeden Morgen die Krawattennadel ansteckte). Oder er ließ den Blick über die Gemälde an den Wänden schweifen, über die Kragenspiegel des Oberleutnants, die Stifte der Zeitungsschreiber, die Blätter, die er in seinen ebenso weißen Fingern hielt. Sein Ton war getragen, gefühlig: Kurz, sie sollten auf den Rat eines Vaters hören, denn ein solcher sei doch ein Bürgermeister: der Vater aller, Männer wie Frauen. Sie sollten noch heute in die Spinnerei zurückkehren. Morgen bei den Signori Salvi an die Tür zu klopfen, aus Hunger zurückzukehren wäre viel schlimmer.

Nach diesem Schluss herrschte verblüfftes Schweigen. Dann brüllte eine Frauenstimme vom Ende des Saals: »*Avucatein, ciàntia lì!* Jetzt reicht's! Verhungert ist hier noch nie jemand!«, und der Bürgermeister verließ unter Pfiffen den Saal.

Kurz und gut, sie waren im Krieg. Der erste Schachzug der Besitzer war dieses Schild: WEGEN UMBAU GESCHLOSSEN. Anders gesagt, sie *saßen richtig tief in der Scheiße, bis hier.* So hätte Giulias Mutter es ausgedrückt, die flache Hand auf Nasenhöhe haltend, wenn ihr Atem für einen Satz mit acht Wörtern gereicht hätte. Im Kopf hält sie nämlich ständig stumme Reden, neben dem Ofen sitzend, endlose, wütende Selbstgespräche, die ab und zu in einer Aufwallung von Vulgarität über ihre Lippen kommen.

Im Frühjahr 1850 ging auf dem Land rund um Borgo di Dentro die Seidenraupenpest um. Assunta Parodi war noch nicht ganz elf und arbeitete schon seit vier Jahren mit ihrer Mutter und zwei Schwestern in der Spinnerei. Da der Rohstoff mangelte, stand die Produktion monatelang still. Die jüngere Schwester starb innerhalb von vier Wochen an einem Brustleiden – »Scheiße« –, die ältere Schwester landete als Dirne in den Gassen von Genua – »Hurensau« –, und sie schafften es dank der Barmherzigkeit der Nachbarn, die Kartoffeln, Wirsing und manchmal ein Ei spendeten, bis zur Wiedereröffnung der Spinnerei durchzuhalten.

Mit siebzehn Jahren heiratete Assunta Erminio Masca, den Ersten, der ein freundliches Wort und ein halbes Lächeln – »Schleimscheißer« – für sie gehabt hatte, als sie mit niedergeschlagenen Augen hungrig, zerzaust und stinkend nach einer Zwölf-Stunden-Schicht von der Arbeit nach Hause ging.

Am 17. November 1869 wurde im Beisein der Kaiserin Eugénie und unter den Klängen des *Ägyptischen Marsches* von Johann Strauß Sohn der Suezkanal eingeweiht. Chinesische Seide überflutete den Markt, und Assunta verlor ihren Arbeitsplatz. Sie war neunundzwanzig, hatte zwei Kinder bekommen, die noch vor dem Abstillen gestorben waren, und einen ewig betrunkenen Mann.

»Hundesohn.«

»Suez« taufte sie die Suppe aus drei Zwiebeln, einer Rübe und einer Handvoll Kohlblätter, die mit Wasser, Salz und einem Esslöffel Essig zur Übertönung des ranzigen Geschmacks gestreckt wurde und für eine ganze Woche reichen musste. Sie aßen um halb fünf zu Abend, und um sechs lagen sie schon unter der Decke, weil nicht einmal das Geld für Kerzen da war. »Iss und sei froh, dass es kein Suez ist«, wiederholte sie seitdem jeden Abend vor einer Kartoffel, drei gesalzenen Sardinen oder einer Schüssel Kutteln.

Der Streik in der Spinnerei Salvi ist am Tag nach ihrem sechzigsten Geburtstag losgegangen. Sie hat von Arthritis verformte Finger und nur einen Zahn im Mund. Um atmen zu können, schläft sie nachts im Sitzen oder wacht am Ofen und zählt sich ihre über dreiundfünfzig Jahre gesammelten guten Gründe auf, um nicht an Gott und den Sozialismus zu glauben. Die Pfarrer auf der Kanzel und die Redner mit der roten Nelke, die von Genua den Berg herauf- und dann bis nach Borgo di Dentro hinunterkommen, sind ihrer Meinung nach zu fett, um die Wahrheit zu kennen. Männer, und fett. *Paradies? Revolution?* Ammenmärchen. Geschwätz für Säufer wie ihren Mann. Der Tag, als sie ihn in seinem Erbrochenen in der Gasse hinter der Kirche gefunden haben, ist der einzige, an dem Assunta mit dem Rosenkranz zwischen den Fingern eingeschlafen ist, und es war ein Dankgebet. Voller Teller und Holz im Ofen: Das ist ihr *Credo*. Und wenn es das Paradies nicht gibt – die Hölle hat sie erfahren und weiß, dass der Weg dorthin mit Streikparolen gepflastert ist.

»Miststücke.«

Alle, auch Giulia und die *Prinzessin*. Hätte sie nicht dreizehn Kinderarbeiterinnen und achtundfünfzig erwachsene Spinnerinnen gegen sich, würde Assunta allein bei den Salvi vorstellig: »Hier bin ich!«, würde sie sagen, das Feuer unter dem Kessel anzünden, den Hahn des ersten Beckens öffnen und anfangen, nach dem Fadenende zu suchen. Deshalb hat Giulia keine Lust heimzugehen, das Schild WEGEN UMBAU GESCHLOSSEN war schon genug: Die Besitzer wollen sie zermürben, das ist klar. Auch noch die Verwünschungen der Mutter über sich ergehen zu lassen hält sie nicht aus.

Bei Anita zu Hause weht ein anderer Wind. Den Leones gehört das Bauernhaus, in dem sie leben, samt einem steinigen, kleinen Grundstück, das kaum etwas abwirft. Sie bewirtschaften in Halbpacht die Felder des Grafen Franzoni. Sankt Martin ist vorüber, die Verträge sind erneuert worden, für ein weiteres Jahr werden sie genug zum Arbeiten und zum Leben haben.

Der hinterhältige Schachzug der Salvi überrascht hier niemanden, weder die, die Anita bei jenem Namen rufen, den Großvater Domenico wollte, ein Garibaldiner, Veteran von Marsala und Calatafimi, noch die, die sie Maria Vergine nennen, worauf Großmutter Luigina bestanden hatte, da sie zur Madonna della Guardia betete und so fromm war, dass sie drei Wallfahrten im Jahr unternahm, im Frühling, im Sommer und im Herbst: In der Nacht wanderte sie mit Glocke um den Hals und Stock in der Hand den Berg hinauf und vor Sonnenuntergang kehrte sie mit zerlöcherten Strümpfen und blauen Zehennägeln zurück.

Auch Anitas zwei jüngere Brüder tragen den Geist des Großvaters im Namen: Pio Giuseppe Garibaldi Leone, achtzehn Jahre alt und Sozialist – zitiert Filippo Turati und schwärmt für den Klassenkampf; Benedetto Nino Bixio Leone, siebzehn Jahre und zum Noviziat bereit – hat Bildchen vom heiligen Franziskus und Leo XIII. in der Tasche. Anita steht daneben, während sie sich in die Haare geraten, lächelt und rührt die Polenta um. Ja, hier weht ein anderer Wind.

Giulia gefällt auch das, was die Cascina Leone umgibt: der Hühnerstall, der Kaninchenstall, der Keller, der Viehstall, der Laubengang, die Schaukel, die Jutesäcke, die Bottiche für die Trauben, die Weinpresse, die Hacken, die Spaten, das hölzerne Joch und die Eisen für die Ochsen, die Körbe, das Becken mit Kupfervitriol, der Geruch nach Stall und sogar der des Misthaufens, der anders ist als der Kloakengestank in Borgo di Dentro. Und dann die Sachen im Haus: die strohgeflochtenen Stühle, die Hocker, der große Tisch mit den Messerkerben, die Nähmaschine in einer Ecke, das rote Hemd, das an der Küchenwand hängt, mit allen Medaillen und einem an den Kragen genähten beinernen Kreuz. Unter dem Fenster das Bänkchen von Primo Leone, Anitas Vater, Maestro der Dorfkapelle und Trüffelsucher: Darauf liegen wohlgeordnet zwei glänzende

Trompeten, das Organetto, ein krummes Messerchen, die Bürste mit weichen und harten Borsten, die Trillerpfeife für den Hund unter einem Porträt von Karl Marx. Über dem Spülstein dagegen hängt ein Bild der Madonna von Loreto, geschmückt mit einem Olivenzweig.

Im Hause Leone vergeht der Nachmittag schnell für Giulia. Bei einbrechender Dunkelheit nimmt Anita für alle beide ihren Mut zusammen, übergibt Giuseppe Garibaldi den Rührlöffel, bindet sich das Kopftuch um und zieht ihren Umhang an. »Ich begleite dich«, sagt sie.

Sie überqueren die Brücke und gehen wieder hinauf Richtung Borgo di Dentro bis zu der Stelle, wo man das Tor der Spinnerei sieht, Giulia mit ihrem halben Sack Kastanien. Ohne sich abzusprechen, sehen sie nach, ob das Schild noch da hängt, dann verabschieden sie sich. Anita macht kehrt, und Giulia geht weiter bergauf zum Palazzo Reale. Als sie fast oben ist, dreht sie sich um und betrachtet das große schwarze Fabrikgebäude, den langen kalten Schornstein, die Riesenfenster, in denen sich das Mondlicht spiegelt, das Tor mit dem Schild, Anitas rasche Gestalt, die in der Dunkelheit kaum noch zu erkennen ist. Dann biegt sie in die Gasse ein.

Sie lässt das prächtige Haus hinter sich, in dem die Salvis leben. Ob sie aus dem Fenster schauen? Haben sie den Tag damit verbracht, die Wirkung des roten Schilds auf den Gesichtern zu messen? Und jetzt, können sie sie sehen? Können sie ihre Gedanken hören?

Entlang der Nordseite der Mauern wachsen im November ein Streifen schwarzes Moos und eine Menge übelriechender kleiner Pilze. Um nicht draufzutreten, hält

Giulia sich mehr in der Mitte, wo die Tramontana den Rauch der Öfen wegfegt und den Schmutz verweht. Mitten auf der Straße fordert sie die Dunkelheit heraus, die Schultern gerade, das Kinn zum Himmel gereckt, mit dem Sack, der gegen ihre Fußgelenke schlägt, sollen sie ruhig denken, dass sie ein liederliches Mädchen ist, ihr ist das egal.

Der Palazzo Reale ist ein dreistöckiges Gebäude mit einem Dach aus Reisig und zerbrochenen Rundziegeln, unter denen es von Raupen wimmelt. Gierig verschlingen sie die frischen Maulbeerblätter, die Giulia und ihre Mutter auf der anderen Seite des Flusses sammeln und in ein großes Tuch geknüpft hinauftragen. Die Frauen bewohnen zwei Zimmer im ersten Stock und dürfen für die Raupen die vier Gestelle auf dem Dachboden nutzen, die rund um den Kamin angebracht sind. Wenn die Raupen das richtige Stadium erreicht haben – nicht zu früh, so dass der Kokon noch nicht vollständig ist, nicht zu spät, so dass das Schlüpfen schon begonnen hat –, verkaufen sie sie an einen Zwischenhändler, der sie an einen weiteren Zwischenhändler verkauft, der sie dann an die Signori Salvi verkauft. Assunta begnügt sich mit dem, was sie ihr geben, sie würde nie auf einen Mittelsmann verzichten, eine Verhandlung mit dem Spinnereibesitzer auf sich zu nehmen fällt ihr gar nicht ein.

An der Kurve zur Gasse bleibt Giulia stehen, um das Gebäude zu betrachten. Sie weiß nicht, warum es »Palazzo Reale«, Königlicher Palast, genannt wird. Feuchte Zimmer, klein wie Abstellkammern, bröckelnde Stufen, schiefe Wände, Mauerrisse, Plumpsklos mit einem Loch zum Graben. Das dreckige Herz von Borgo di Dentro. Hühnerdiebe, Taschendiebe und Prostituierte. Und dann »*Dentro*« –

drinnen – aber worin? Auch das kann sich Giulia nicht erklären. Mit ihrem genagelten Stiefel schiebt sie einen Haufen fauler Blätter beiseite. Sie hebt den Blick, sucht nach dem Mond, doch die Dunkelheit ist undurchdringlich, stumpf. Sie denkt, dass »Borgo di Dentro« der perfekte Name ist: *Dentro*, drinnen, das klingt wie *im Gefängnis*.

Der Kloakengeruch überwältigt sie. Bei Kälte riecht man ihn weniger, doch heute war ein lauer Tag. Sie stellt sich vor, wie die Sonne mit gleißenden Flammen durch die großen Scheiben des Gebäudes dringt. Hitze und Gestank nach toten Raupen. Weitere 80 Centesimi sind in Rauch aufgegangen. 55 hätte sie ihrer Mutter abgegeben, »wenn du nicht jeden Abend Suez essen willst«, der Rest wäre hinten in ihrer Nachttischschublade verschwunden, die kürzer ist als die Gleitschienen. Dort verwahrt Giulia die Hülle mit den Ersparnissen, die sie mit unnachgiebiger Selbstdisziplin über Jahre zurückgelegt hat: 1 Lira und 25 Centesimi pro Woche, also 5 Lire im Monat, für zehn Monate im Jahr, über elf Jahre, ergibt 550 Lire, und die sind nach Einschätzung des Verkäufers der Textilhandlung Mode e Novità vierundzwanzig Meter Qualitätsbaumwollstoff extra wert, 12 Meter Leinen, sechs Wäschegarnituren für den Winter und vier für den Sommer, eine dicke Wolldecke und zwei dünne, also beinahe eine Aussteuer.

Sie hat auch an ein Geschenk für Pietro Ferro gedacht. Ein Ölbildchen, das sie beim Trödler gesehen hat. Es kostet zwar dreißig Lire, doch Giulia findet, das ist es wert. Es zeigt zwei Kinder, einen Jungen und ein Mädchen, bei einer Schneeballschlacht in einem Hof, der dem Hof vor dem Tor des Palazzo Reale ähnelt. Der Junge trägt einen langen, in der bläulichen Luft flatternden Schal um den Hals. Er wirft einen Schneeball, und das Mädchen läuft lachend davon. Sie hat auch an ein Kärtchen gedacht. Darauf wird sie nur scheiben »Wir«. Ende Februar wird sie die Schublade leeren und kaufen, was nötig ist. Am zweiten Sonntag im März wird sie Pietro Ferro heiraten, und sie freut sich sehr, auch wenn sie nicht weit wegzieht: Die Ferris belegen den ganzen zweiten Stock des Palazzo Reale. Sie sind zu viert, Vater, Mutter, Pietro und der Erstgeborene Achille. Bei ihnen gibt es Platz, Essen, Wärme.

Am liebsten würde sie jetzt gleich zu ihm gehen. Die Treppe hinaufsteigen und darauf achten, dass ihre Mutter sie nicht hört. Sie käme im zweiten Stock an, würde eintreten, aber dann? Es gehört sich nicht, dass ein Mädchen um diese Zeit ihren Verlobten daheim besucht, als sie noch Kinder waren, war das anders, aber Pietro wird sowieso noch nicht zurück sein, der Straßenbahnwagen – und mit ihm die Neuigkeiten aus Novi Ligure – kommt nicht vor sieben Uhr abends an. Da Pietro in der Baumwollspinnerei Raggio arbeitet, weiß er alles über diese Tätigkeit. Giulia erwägt, ob sie zum Bahnhof gehen und ihn abholen soll, aber das schafft sie nicht mehr. Bei der lauen Luft dieses späten Martinssommers vermehren sich die Pilze entlang der Gräben, und die Jauche gärt, fließt über. Ihre Mutter hat recht, es ist ein Scheißleben, und darum sollten sie doch wenigstens gerecht entlohnt werden, denkt Giulia. Zu berechnen, was gerecht bedeutet, ist ihre und Anitas Lieblingsbeschäftigung, seit sie in der Spinnerei angefangen haben. In den neun Jahren vor den siedenden Schüsseln haben sie festgelegt, was sie darunter verstehen:

- drei Mahlzeiten pro Tag
- eine Portion gekochtes Rindfleisch oder ein halbes Huhn einmal die Woche
- eine Schüssel Stockfisch am Freitag
- Eier, Milch, Butter und Käse nach Bedarf
- ein Tütchen gerösteten Kolonialkaffee pro Monat
- ein Päckchen Amaretti oder Spritzgebäck pro Monat
- ausreichend Kerzen und Petroleum, damit bis zehn Uhr abends Licht brennen kann
- ein Konfektionskleid für den Winter, das man im Herbst kauft
- ein Konfektionskleid für den Sommer alle zwei Jahre
- ein Paar Schuhe pro Jahr

Nach Meinung Anitas müsste die Firma auch an ein Geburtstagsgeschenk für die Arbeiterinnen denken: ein Fläschchen Violetta di Parma für die Großen und eine Schachtel Buntstifte für die kleinen Mädchen. Giulia wiederum findet einen Panettone mit Rosinen zu Weihnachten nicht zu viel verlangt. Außerdem meinen sie, müssten sie von ihrem Lohn auch so viel zurücklegen können, wie sie für ihre Aussteuer brauchen, und sehen für jeden Monat ein kleines Extra vor: Januar: einen Muff; Februar: Wolle für zwei Paar Strümpfe und eine Eintrittskarte für den Karnevalsball; März: nichts, denn es ist Fastenzeit; April: ein Paar Seidenstrümpfe; Mai: einen Topf oder eine Pfanne oder zwei Schüsseln (nach Bedarf); Juni: ein Kopftuch für die Johannisprozession; Juli: neue Holzschuhe für die Madonna del Carmine; August: einen BH oder einen Unterrock mit Spitzensaum oder zwei Paar Unterhosen; September:

Wolle, ausreichend für einen Schal; Oktober: drei Säcke Kohle; November: drei Salami; Dezember: außer dem Panettone einen Lippenstift und eine Eintrittskarte für den Silvesterball. Der gerechte Lohn ist also nicht nur so aus der Luft gegriffen, er ist messbar. Während sie in der Dunkelheit Borgo di Dentro durchquert, ist Giulia immer mehr davon überzeugt. Und Giuseppe Garibaldi Leone hat recht, Streik ist die einzige Möglichkeit, sie müssen sich gegenseitig den Rücken stärken, durchhalten bis zum Sieg, auch wenn es einen Monat dauert, auch zwei, Suez essen bis zum Frühjahr, solange es eben nötig ist. Wieder faule Blätter, im Abwasserkanal schwimmt ein Stück Scheiße. In der Mitte, in der Mitte der Gasse gehen, denkt sie und zieht die Schultern hoch, sollen der Herr Bürgermeister, der Herr Polizeipräsident, der Herr Oberleutnant der Carabinieri, die Herren Salvi und ihre Frau Mutter doch ruhig denken, dass sie liederlich ist. Darauf kommt es jetzt auch nicht mehr an.

Das Schild am Albergo Grande Vittoria verspricht Zimmer zu *gemäßigten Preisen*. Michael hat zwei dicke Brieftaschen eingesteckt, die eine voll Dollar, die andere voll Lire, und er verlangt eine angemessene Unterbringung. Den beruhigenden Worten des Portiers traut er nicht, die Livree ist zu fadenscheinig, Manschetten und Kragen zu abgewetzt, er will das Zimmer mit eigenen Augen sehen, deshalb begleitet er Mrs. Giulia Masca hinauf, stellt die Koffer neben dem Schrank ab, inspiziert Nachttische und Kommode, lässt am Waschbecken das Wasser laufen, fühlt, ob die Heizkörper warm sind, ob die Bettwäsche frisch ist und das Kopfkissen weich. »*Tomorrow*«, sagt er dann.

Morgen, ja. Als der Sohn das Zimmer verlassen hat, lauscht sie ihm hinterher, noch im Mantel. Was für ein Theater für eine Nacht. Wenn sie an die erste Zeit in der Mulberry Street zurückdenkt, muss sie lachen. Hat Michael das vergessen? Ratten, so groß wie Katzen, und Katzen, die so hungrig waren, dass man sich nicht trauen konnte, das Kind in der Wiege allein zu lassen. Mit über vierzig Jahren hat ihr Sohn noch immer die Kraft der Kindheit, die alles vergisst, der Jugend, die alles überwindet, Mrs. Giulia Masca dagegen kommt es vor, als hätte sie gar nichts überwunden, das Elend ist immer noch da und plagt sie in den Albträumen, die sie aufwecken, in dem Stück Brot, das nicht übrig bleiben darf, in dem Bonbonpapier, das man nicht wegwirft, denn man weiß ja nie.

In der Stille vernimmt sie die Schritte des Sohnes auf der Treppe, seinen Gruß in lächerlichem Italienisch, das Geräusch der Eingangstür, die sich öffnet und schließt. Dann erst zieht sie die Handschuhe aus, nimmt den Hut ab, legt alles auf die Kommode, schlüpft aus dem Mantel, schüttelt die Schuhe von den Füßen und lässt sich aufs Bett fallen. Sie denkt an die Blicke in der Eingangshalle. Der Portier hat sie nicht erkannt, wie sollte er? Er muss um die dreißig sein. Nicht einmal der Name im Pass erinnerte ihn irgendwie an etwas Vertrautes, an eine Zugehörigkeit zu Borgo di Dentro. Denn die Amerikanerin trägt einen ortsfremden Namen: Erminio Masca, ihr Vater, kommt von weit her, er hat zufällig kurz hier haltgemacht und nur eine Tochter hinterlassen, also nichts. Ob es daran liegt, dass Mrs. Giulia Masca sich nicht zu Hause fühlt?

Das Bett ist weich. Mit einer Hand streicht sie über die

Kante des Kopfteils. Was bedeutet überhaupt *zu Hause*? Zu Hause, das ist die Lexington Avenue Nummer 12, erster Stock, über der neuesten der sieben Filialen von Libero's Grocery. Küche, Wohnzimmer, Salon, zwei Speisekammern, Bad mit Badewanne und drei große Schlafzimmer. Riesig, für eine Frau allein, doch warum soll sie darauf verzichten, wenn sie es sich doch leisten kann? Zu Hause, das ist auch die Mulberry Street 117, wo noch das erste Geschäft ist, mit demselben Schild, das sie so beeindruckt hatte, als sie von Ellis Island kam und noch den Geruch nach Kielraum und abgestandenem Schweiß in der Nase hatte. Den unvergesslichen Gestank der dritten Klasse. In der Wohnung im ersten Stock wohnen jetzt acht kürzlich angekommene Kalabresen, vielleicht auch neun, Mrs. Giulia Masca ist sich nicht sicher. Sie vermehren sich rasch. Ungebildete Italiener, Analphabeten mit zu vielen Kindern, *dago, wop, guinea*. Zu Hause ist, wenn sie einmal im Monat dorthin zurückkehrt, um die Miete zu kassieren, ein Spaziergang über 22nd, Park Avenue, Union Square und Broadway bis Bleecker und Mulberry Street. Zu Fuß ein Stündchen, um *die Rechnung zu begleichen* und den ganzen Abstand zu genießen, den Weg, den sie zurückgelegt hat, aus der dunklen, brackigen dritten Klasse ins Licht von Lexington Avenue. Aber der Palazzo Reale? Ist das auch zu Hause?

Irgendwie ist sie beunruhigt. Die Vergangenheit gibt es nicht, okay, das hat sie verstanden, sie wird sich nicht auf die Erinnerungen verlassen. Amerika lehrt dich, immer nach vorn zu schauen! Doch vor dem verrammelten Tor des Palazzo Reale hat sie entdeckt, dass die Zeit keine gerade Straße ist, die in die Ferne führt, sondern dehnbar ist wie ein Band, das sich um sich selbst wickelt, und sie ist in einer Falte hängengeblieben. In Manhattan ist ihr das nie passiert.

Der Schrank im Albergo Grande Vittoria riecht nach Kampfer. 1917 hatte ein an die italienisch-österreichische Front entsandter Reporter in der *New York Times* geschrieben, dass die italienischen Soldaten Kampferpastillen lutschten, um den Leichengestank nicht wahrzunehmen. Libero hatte den Artikel verbrannt und aufgehört, die Pastillen zu verkaufen. Mrs. Giulia Masca hatte auch den restlichen Vorrat weggeworfen. Sie hasst den Geruch: Sie lässt die Schranktüren offen und reißt das Fenster auf, zieht ihren Mantel wieder an und schaut hinaus. Ein fast vollkommen rechteckiger Platz mit einer längeren Seite, perfekt für Faustball. Anitas Vater und ihre Brüder waren Spitzenspieler, und auch Pietro Ferro konnte mithalten.

Dann lehnt sie die Fensterflügel an bis auf einen Spalt, damit Luft hereinkommt, und stellt sich dem Schrank und dem Geruch. *Camphor Tree*. Vor zehn Jahren hat sie in Florida einen riesigen Kampferbaum gesehen, auf der letzten Reise mit Libero. Sie zieht eine Handvoll Kleiderbügel heraus und wirft sie aufs Bett. Dann beginnt sie, die Koffer zu leeren, Wäsche auf die eine Seite, Blusen und Röcke auf die andere, die Schuhe am Boden aufgereiht. Kalte Luft erfüllt das Zimmer, doch Mrs. Giulia Masca ist es lieber so: kalt, sauber. Zuletzt verstaut sie die Sachen im Schrank und in den Schubladen und wiederholt dabei: »*Tomorrow, tomorrow.*«

Als alles an seinem Platz ist, sieht sie sich zufrieden um. Mit der Hand streicht sie über die obere Leiste des

Schranks: kein Staub. Sie bückt sich, um unters Bett zu schauen: Auch dort alles sauber. Nachdenklich streichelt sie über die Tapete. Hinter dieser Wand hatte der Circolo Democratico seinen Sitz: schwere, düster rote Vorhänge, Häkeldeckchen auf den Tischen und gusseiserne Spucknäpfe, auf einer Konsole die Bücher, die man ausleihen konnte (Edmondo De Amicis, Filippo Turati und Karl Marx). Porträts von Felice Cavallotti und Giuseppe Garibaldi, dem echten. Zu den Kundgebungen gingen sie und Anita in Männerkleidung: Hose, Jacke, Stiefel, Hut. So hatten sie es auch in jenem Winter gemacht. Anfang November war der Abgeordnete Pietro Chiesa, ein Sozialist aus Genua, nach Borgo di Dentro gekommen. *Proletariat, Ausbeutung, Revolution.* »So ein Scheiß!«, hatte Assunta geschimpft und mit dem Finger auf die zwei vermummten Mädchen gezeigt. Was sollte das bringen, wenn sie doch nicht einmal wählen durften? Dennoch stellten beide den Kragen auf, steckten das Kinn hinein und machten sich auf den Weg. Sie lauschten den Rednern, den Kommentaren. Noch tagelang diskutierten sie darüber.

Auch der Tanzabend, der organisiert wurde, um Geld zur Unterstützung der Spinnerinnen zu sammeln, fand hinter dieser Wand statt. Es war Samstag, der 15. Dezember 1900, der fünfundzwanzigste Streiktag. Wie kommt es, dass man bestimmte Daten nicht vergisst? Hätte Mrs. Giulia Masca damals hingehen können, würde sie die Zeit jetzt vielleicht nicht als gewunden empfinden, wie einen um die Spule gewickelten Seidenfaden. Sie mustert ihre Hände, die verdickten Gelenke. Dann wäre der Ball nur eine beliebige Erinnerung, ein winziges Pünktchen auf der Lebenslinie.

Möglicherweise wäre sie gar nicht davongelaufen und würde sich heute nicht so fühlen: fremd in ihrem Heimatdorf. Ist es nicht mehr dein *Zuhause,* wenn du weggelaufen bist? Kannst du nicht *zurückkommen?*

Ranken aus Feuchtigkeit säumen die Ränder der Tapete. Aus dem Tanzabend wurde nichts, sie bekam Fieber. Murrend stieg Assunta hinauf, um es Pietro Ferro zu sagen, und dann hustend hinunter, um die Königin Taytù zu verständigen, die vor dem Tor des Palazzo Reale auf die Verlobten wartete. Anita erbleichte, als sie es hörte. »Sie ist ja nicht gestorben!«, hatte Assunta geknurrt. Ohne ein Wort hatten sich Pietro und Anita auf den Weg gemacht.

Seit mindestens drei Wochen hatten die beiden sich nicht mehr in die Augen geschaut. Wenn, dann nur aus Versehen. Am Sonntag zuvor, als sie alle zusammen im Hause Leone Karten spielten, hatten sie auch aufgehört, miteinander zu sprechen. Es hatte sich ganz natürlich so ergeben, wenn es auch schmerzte. Eine Frage der Vorsicht.

Sich nicht in die Augen zu schauen war schier unmöglich, aber sie hielten durch: Pietro begnügte sich damit, auf ihre Hände zu starren, die zarte Rundung ihres Ohrs, den aufreizenden Busen. Als ihm klar wurde, was er da machte, sah er abrupt woanders hin, doch auch das war unvorsichtig, jemand hätte es bemerken können.

Anita dagegen betrachtete seine Schultern und seine langen, dichten, immer sauberen Haare, die Art, wie sie sich im Nacken und an den Schläfen lockig ringelten, doch es war verkehrt und gefährlich und anstrengend, eine ständige starke Spannung, die es unmöglich machte, miteinander zu sprechen.

Wann war es zum ersten Mal passiert? Wann war Pietro Ferris Körper Anita Maria Vergine Leone aufgefallen – die Arme, die Schenkel, die sich unter der Hose abzeichnen –, seit wann war Pietro von Anitas Lippen fasziniert, fleischig wie schwarze Pflaumen? Wann hatte Giulia aufgehört, *Giulia* zu sein – Freundin, Verlobte –, und hatte plötzlich *zwischen ihnen* gestanden wie ein Hindernis? Wann war sie *die andere* geworden?

Sie kennen sich von klein auf: Pietro, der Freund von Giulia, und Giulia, die Freundin von Anita. Sie spielen Verstecken, Blinde Kuh, Ball. Dass Pietro und Giulia sich verloben würden, war selbstverständlich, sogar Assunta feierte das Ereignis mit zwei Bratwürsten. Und sie alle trafen sich weiterhin jeden Wintersonntag zu einem Imbiss, zu einem gemeinsamen Spaziergang im Wald, zum Kartenspielen im Hause Leone (Focaccia, Salami, in Milch gekochte Kastanien, Pfirsichkompott), Pietro und Giulia kamen zusammen und gingen zusammen wieder fort. Nur dass Pietro auf einmal nicht mehr fortgehen mochte und Anita wünschte, er würde bleiben. Allein.

Assunta sieht ihnen nach, wie die beiden sich zum Ball aufmachen, und lässt dann hinter sich das Tor zuknallen. Seltsam, dieses Schweigen, denkt sie. Aber so ist die *Prinzessin* eben: hochmütig. Ihr zukünftiger Schwiegersohn tut gut daran, nicht das Wort an sie zu richten. Wenn Gefahr droht – für Assunta droht immer irgendwo Gefahr –, kommt sie nicht von so einer.

Die zwei gehen zügig, ohne sich zu berühren, aber auch nicht zu weit auseinander, damit es nicht auffällt, dass sie sich bewegen wie ein auseinandergerissenes Paar. Doch woher das schlechte Gewissen? Was tun sie denn Böses? Eigentlich hätten sie zu dritt hier sein sollen, das Geplauder, die Aufregung des Balles, schon halb wie Weihnachten für diejenigen, die in diesem Jahr aufgrund des Streiks nicht einmal eine Mandarine bekommen werden. Welche Schuld trifft sie, wenn Giulia krank geworden ist, nicht sie haben entschieden, sich in dieser Situation wiederzufinden, hier im Licht des Sonnenuntergangs, mit ihren besten Kleidern. Sie mit aufgesteckten Haaren, im roten Kleid, dessen Saum unter dem Umhang hervorschaut wie fließende Lava – er nach Seife duftend, sie nach Lavendel, sich zu bestimmten Gelegenheiten festlich zu kleiden und zu parfümieren ist normal, wer konnte ahnen, dass Giulia nicht mitkäme?

Als sie aus Borgo di Dentro in den offenen, elektrisch beleuchteten Teil der Neustadt kommen, atmen sie erleichtert auf. Geräuschlos passieren sie den noch geöffneten Kurzwarenladen, die Konditorei mit Torroni und Bergen von glasierten Mandeln, die Schenke mit den aufgereihten Flaschen. Im Nu erreichen sie den Saal, treten hintereinander ein und lassen es wortlos zu, dass die Menge sie trennt. Er fordert sie nicht zum Tanzen auf, sie würde sowieso ablehnen, eine Ausrede erfinden, zu warm, zu müde, jede Ausrede wäre recht.

Sie unterhält sich mit allen, den anderen Spinnerinnen, den Schwestern, den Ehemännern, den Cousinen, nur nicht mit ihm, und Pietro hält es genauso. Als die Kapelle einen langsamen Walzer spielt und sie mit einem rüstigen kleinen Typen tanzt und Pietro eine Grundschullehrerin im Arm hält, kreuzen sich ihre Blicke, und beide merken, dass der Abend nicht vergeht, er scheint ewig zu dauern, seit einer Ewigkeit suchen sie einander, und jetzt stört sie die an Pietro geschmiegte Lehrerin, und ihn stört der Typ, der auf Anitas Hals atmet, und die ganzen guten Vorsätze, mit denen sie zu dem Ball gegangen sind, retten sie nicht vor dieser Qual.

Anita beschließt zu gehen, doch allein kann sie das nicht, nach zehn ist es dafür zu spät, also löst sie sich von ihrem Kavalier und sucht nach Giuseppe Garibaldi. Wenige Minuten zuvor hat sie ihn am Arm einer Blondine hereinkommen sehen, nun fragt sie ihn, ob er sie heimbringen kann, weil sie sich nicht wohl fühlt.

Der Bruder hat gar keine Lust dazu. »Warte mal«, sagt er, überquert rasch die Tanzfläche, bis er Pietro Ferro erreicht, und flüstert ihm ins Ohr, ob er bitte Anita nach Hause begleiten könne, sie sei doch die beste Freundin seiner Verlobten, und Pietro gehöre ja fast zur Familie, sei ja fast der dritte der Brüder Leone – nur für dieses eine Mal, mit der Blondine habe noch was vor, kurz gesagt, Giuseppe Garibaldi wäre ihm wirklich sehr dankbar. Dann kehrt er hocherfreut zu Anita zurück, zeigt auf Pietro, der blass und ernst neben dem Podium steht, und sagt: »Keine Bange, er begleitet dich.«

Wieder müssen sie durch Borgo di Dentro. Sie gehen über einen kleinen Platz, biegen in eine übelriechende, zwischen hohen, düsteren Mietshäusern eingezwängte Gasse ein. Sie reden nichts, Anita ist einen Schritt voraus, Pietro mit gesenktem Kopf gleich hinter ihr. Es ist stockdunkel, rechts und links tiefschwarze Gewölbe, hinter denen sich Höfe voller Gestrüpp und Unrat auftun. Eine Ratte rennt über die Straße und schlüpft in ein Loch. Wie angewurzelt bleibt

Anita stehen, Pietro kann nicht rechtzeitig bremsen und prallt mit ihr zusammen. Sie fühlt seinen Atem, läuft noch schneller weiter, erreicht den Ortsrand. Sie schaut hinunter auf die Piazza Castello. Borgo di Dentro ist Mittelalter, doch die vor ihr liegende, von Gaslampen erleuchtete Freitreppe wird sie aus der Finsternis hinausführen. Anita stürmt mit großen Sprüngen hinunter, eilt auf die Bogenlampe zu, die den Anfang der Brücke über die Orba anzeigt. Es ist windig, das schnell fließende Wasser gluckert, das brechende Eis kracht. Das Mädchen beschleunigt weiter. Wie im Flug durchqueren die beiden die Handvoll niedriger Häuser und Werkstätten am Fluss, die keinen richtigen Namen haben, einfach nur *Borgo*. Immer noch mit gesenktem Kopf laufen sie hintereinander, sie rennen schon fast, wer sie sähe, würde meinen, es gebe einen Notfall, jemanden, der Hilfe braucht, Anita keucht, verlangsamt aber nicht, Pietro ist es heiß, er schwitzt, bemüht sich, die vor ihm laufende Gestalt nicht anzusehen, hält die Augen fest auf die Straße gerichtet, aber auf dem Schotter sieht er ihre Fesseln, die rote Welle ihres Kleides, im Nu sind sie auf dem offenen Land, die ansteigende Straße zwingt Anita, langsamer zu werden, und um sie nicht umzurennen, passt Pietro erneut seinen Schritt an. Ein Karren fährt ratternd an ihnen vorbei, überholt sie und lässt sie in der geballten Stille zurück, die die Kartoffelfelder und die dürren Weinstöcke umfängt. Der Mond steht hoch, die Straße glitzert eisig. An der ersten Biegung sieht man den Weg zur Cascina Leone. Nur darauf wartet Anita, die Rede hat sie schon vorbereitet: Danke, Pietro, geh nur wieder zum Ball, weiter brauchst du mich nicht zu bringen, wir sind da. Schon seit sie den Saal verlassen haben, denkt sie daran, das Wichtigste ist, den Abend ohne Schaden zu beschließen, morgen kann sie sich dann Gedanken machen, wie sie diese Sache bewältigt, wie sie diese Leidenschaft in den Griff bekommt, Giulia und Pietro heiraten im März, werden Mann und Frau, es ist, als seien sie das schon, es wäre, als würde sie eine Schwester betrügen. Danke, Pietro, wird sie zu ihm sagen, du kannst jetzt zurückgehen, nicht nötig, zwei Schritte, und ich bin daheim. Also bleibt Anita stehen, als sie oben an der Straße den Weg zur Cascina Leone weiß leuchten sieht, und wendet sich um, doch statt mit niedergeschlagenen Augen zu sprechen, hebt sie den Blick und begegnet dem seinen, hungrig, verstört.

»Pietro«, sagt sie.

Er legt ihr fest die Finger auf den Mund. Sie sind kalt und rauh. Anita keucht, ihr Atem hüllt sie beide ein. Noch nie hat sie Pietros Augen so aus der Nähe gesehen. Sie schließt die ihren und legt ihre Finger auf seine Lider, dann auf seine Backenknochen, auf seine eiskalten Wangen.

»Bitte, Anita.«

Es ist ein wilder Kuss. Mehr, denken beide, als die Körper sich voneinander lösen. Mehr, mehr, mehr, doch Anita Maria Vergine Leone sagt: »Nie mehr«, und Pietro Ferro nickt.

Sie hastet nach Hause, schlüpft ins Bett, schläft erst im Morgengrauen ein; am nächsten Tag gibt sie vor, krank zu sein, und bleibt liegen. Aber sie tut nicht nur so, es geht ihr wirklich schlecht, so schlecht wie noch nie, sie hat weder Kraft noch Appetit, hat keine Kontrolle über ihre Gedanken, sieht immer noch Pietro vor sich, erlebt wieder den Kuss, die Augen, den Kuss, die Hände, den Kuss, die

Lippen, den Kuss. Sie verjagt die Bilder, doch sie kehren zurück, sie meint sogar den Geschmack zu spüren. Wenn jemand ans Bett tritt, dreht sie den Kopf zur anderen Seite, sie fürchtet, jeder könne in ihren Augen lesen, den Geruch erraten. Sie überlegt, sich zu waschen, doch dann bringt sie es nicht fertig, sie will ihn immer noch spüren, es ist schrecklich, so etwas ist ihr noch nie passiert. Das ist also die Liebe, denkt sie: eine Krankheit. Tatsächlich sprechen alle von Grippe, wahrscheinlich die gleiche wie Giulia, und lassen sie ruhig im Bett liegen. Großmutter Luigina bringt ihr ein Schüsselchen Hühnersuppe, Giuseppe Garibaldi einen gekochten Apfel. Nach drei Tagen steht sie wieder auf, blass und zerschlagen, als hätte jemand sie verprügelt. Wenn das Liebe ist, will Anita Maria Vergine Leone nichts davon wissen.

Pietro Ferro hält sich fern. Zehn Tage nach dem Ball trifft Giuseppe Garibaldi ihn zufällig an der Straßenbahnhaltestelle und will wissen, warum er sich nicht mehr sehen lässt. Mit verschlossenem Blick schustert Pietro eine Geschichte von dringenden Aufträgen und plötzlichen Verpflichtungen zusammen. So verbringt er zwei weitere Wochen, in denen er die ganzen Familie Leone meidet, bis Weihnachten kommt und einen schwarzen Schleier über alles wirft.

Am Abend des vierundzwanzigsten, zehn Minuten vor Mitternacht, verlässt er mit Giulia den Palazzo Reale, um zur Messe zu gehen. Sobald die beiden sicher sind, dass sie niemand sieht, verkriechen sie sich in einem Torbogen. Borgo di Dentro leert sich, die einen sind in der Kirche, die anderen bereiten zu Hause die Suppe für nachher vor. Auch die Verbrecher ruhen sich aus. Die beiden kehren um, steigen leise zum Dachboden hinauf, strecken sich auf einem Lager aus dürren Blättern und Lumpen aus, das Pietro am Nachmittag unter den Seidenraupengestellen hergerichtet hat, und lieben sich zum ersten Mal.

Die Idee stammte von Pietro. In den vergangenen Tagen genügte ihm das Bordell nicht mehr. Trotz der neuen Mädchen, die die Puffmutter ihm zum Sonderpreis angepriesen hatte. Pralle Titten und nackte Schenkel löschten Anitas Lippen nicht aus. Alles duftete nach ihr. Er war zerstreut, verirrte sich, verpasste die Straßenbahn. Manchmal hielt er bei der Arbeit in der Baumwollspinnerei verträumt inne und brachte so seine Finger in Gefahr. Wenn ich mit Giulia schlafe, dachte er, wird Anita verschwinden.

Er muss es versuchen, eine Erfahrung verdrängt die andere. Außerdem liebt er Giulia, da ist er ganz sicher, er will sie heiraten, seit sie fünf sind und sie ihn mager wie ein Vögelchen mit Zahnlücken anlächelte und ihm das Schälchen mit Milchkaffee hinhielt. Mit der Frau zu schlafen, die er gewählt hat, wird ihn gesund machen.

Giulia willigt ein, weil ihr bang ums Herz ist. Der Streik, die Mutter, jeden Abend Suez. Und außerdem heißt es, dass etliche aufgeben. Es hat ein Treffen mit einem Vertreter der Arbeitgeber stattgefunden, sie war nicht eingeladen, Anita schon, ist aber daheim geblieben, und Giulia hat begriffen, dass sie gern hingegangen wäre.

Sogar der Pfarrer hat sich eingemischt. Drei Tage vor Weihnachten hat er von der Kanzel gegen den Tanzabend gewettert und gegen die Streikenden, die von den Sozialisten Geld angenommen haben. Von Leuten, die nur Unruhe stiften und die nicht einmal Respekt vor dem Allerheiligsten haben, wenn die Prozession vorbeizieht. Und während die Gläubigen das Loblied des Herrn singen, arbeiten diese Halunken eifrig weiter und klopfen Nägel in die Sohlen. Aber Gott ist ja nicht taub. Weder taub noch blind. Das Geld der Sozialisten ist schmutzig, Gott sieht es genau.

Was heißt hier Geld. Der kleine Zuschuss, den Giulia und ihre Mutter vom Circolo Democratico bekommen haben, hat für zwei Dutzend Eier, zwei Kilo getrocknete Bohnen, eine Flasche Milch und drei Körbe Kohle gereicht. Sie nimmt ständig ab, unter dem Kleid stehen die Rippen heraus, der Busen ist verschwunden. Soll doch der Pfarrer mal ein bisschen Mildtätigkeit üben. Wäre das nicht seine erste Pflicht?

In Borgo di Dentro lieben ihn alle, denn kaum war er mit dem Seminar fertig, hat er vom Vater seinen Teil des Erbes verlangt, und mit diesem Geld will er demnächst ein Freizeitheim eröffnen, wo arme Kinder Mittagessen und Vesper bekommen. Die Bauarbeiten haben schon begonnen. Es wird einen Hort geben, einen Fußballplatz, ein Theater und »Lichtspiele«. Bisher nur Wörter. Dennoch betrachten sie ihn hier schon als Heiligen. Auch Anita betet ihn an. Ihr *Maria-Vergine*-Anteil, denkt Giulia.

Salvi. Der Pfarrer heißt Don Giuseppe *Salvi*. Der Erbteil, mit dem er das Freizeitheim bauen will, stammt von der Fron von Spinnereiarbeiterinnen wie ihnen. Auch sie wird etwas von dem kleinen Theater bezahlen, denkt Giulia, den Stoff für den Bühnenvorhang vielleicht oder die Bretter für den Bühnenboden, und dann denkt sie, als Unser Herrgott Don Giuseppe Salvi genötigt hat, zwischen Barmherzigkeit und Familie zu wählen, da hat er sich entschieden, und wie er sich entschieden hat.

Anita war von der Predigt beunruhigt, sie hat dem Circolo das Geld zurückgegeben, für jemanden, der es nötiger braucht. Dieser *Maria-Vergine*-Anteil macht Giulia manchmal rasend. Deshalb fragt sie sie nicht um Rat, sondern nimmt Pietros Vorschlag widerspruchslos an, obwohl sie in dieser Dringlichkeit ein Sich-Überstürzen des Lebens spürt, einen Missklang, der ihr nicht gefällt, nachdem sie so viele Jahre auf die Offenbarung der Hochzeitsnacht gewartet hat. Und sowieso mag sie es nicht, vor Anita Geheimnisse zu haben. Es hemmt und stört sie in ihren Gedanken. Doch sie fühlt sich schon am Altar und glaubt, Pietro Ferro von ganzem Herzen zu lieben: Warum soll sie ihm den Wunsch nicht erfüllen?

Dann ist Weihnachten vorbei und auch Silvester. Das neue Jahrhundert erschüttert Borgo di Dentro mit einem leichten Erdbebenstoß, ohne Schaden, eine Kurznachricht im *Corriere delle Valli*. Don Salvi hat eine außerordentliche Novene beten lassen, und Assunta hat eine Extraration Kohle verbraucht, um einen Kessel mit Salzwasser zu kochen: »Man muss die Luft reinigen«, sagt sie. Anita verlässt das Haus nicht mehr: Sie hat Giulia durch Nino Bixio ausrichten lassen, dass sie sich immer noch nicht wohl fühlt. Die Schaufenster der Konditoreien sind nicht mehr verlockend, der Kohlevorrat ist um die Hälfte geschrumpft, das Schild WEGEN UMBAU GESCHLOSSEN hängt immer noch da, und Pietro Ferro hat sie nicht gebeten, es noch einmal zu machen. Sie hätte Verdacht schöpfen müssen. Aber diese Dinge merkt man erst später.

Im ersten Moment hatte sie sich nicht gewundert, denn auch sie hatte kein Verlangen danach. Es war schmerzhaft gewesen, hastig und linkisch von beiden Seiten. Das jedenfalls schloss sie aus Pietros Verhalten, diese abgehackten Bewegungen, die lange Pause, die er sich genommen hatte, als sie mittendrin waren. Eine Minute? Zwei? Das Gesicht zur anderen Seite gewandt. Vielleicht sind die Männer so, brauchen Unterbrechungen. In einem echten, warmen Bett wäre es etwas anderes gewesen, dachte sie in jenen Tagen. Wie töricht sie gewesen war.

In den drei Tagen Liebesfieber verschmilzt Pietro Ferros Bild in Anitas Kopf mit dem des heiligen Martin, der kürzlich gefeiert wurde, mit dem makellosen Hemd des *Avucatein*, dem roten Schild, dem Pfarrer, der mit der Faust auf die Kanzel schlägt, mit Assunta, die spuckt und flucht, mit den siedenden Schüsseln. Im Halbschlaf hat sie auch den ersten Tag in der Spinnerei noch einmal durchlebt. Sie ist gerade neun geworden, ihre Mutter lebt noch, ist aber krank und kann nicht mehr zu den Salvi gehen. Jetzt ist sie an der Reihe, doch sie weiß nicht, wohin mit den Händen, und legt sie deshalb in den Schoß. Die Aufseherin zeigt ihr, wie man den Dampf einstellt, der die Schüssel erhitzt, und den Korb mit den Kokons, dann erklärt sie ihr, wie man die verpuppten Larven bürsten und dabei das Fadenende herausziehen muss, wie man sie mit dem deutlich sichtbaren Fadenende in die Körbchen legt, aus denen sich die vier Spinnerinnen bedienen, die sie versorgen muss. Die Aufseherin spricht barsch. »Ich habe keine Zeit zu verlieren, schau zu und lerne«, sagt sie. Sie geht und lässt Anita mit einem Bürstchen in der einen und einem Häufchen *bigat* in der anderen Hand zurück. Die kleine Anita taucht alles in das siedende Wasser.

Wie anders das ist als bei den Probeversuchen daheim! Alles muss schnell laufen, der Raum ist riesig, der Lärm ohrenbetäubend, von dem Geruch wird einem übel, die Aufseherin geht auf und ab (jetzt brüllt sie eine andere Kleine an, sie solle sich sputen), bald wird sie wiederkommen und kontrollieren, und die Angst, der Gestank und der Lärm sind so groß, dass Anita spürt, wie ihre Fingerspitzen taub werden, die Finger brennen, die Tränen hinunterlaufen, eine, dann noch eine, im Nu ist ihr ganzes Gesicht nass, und ihre Hände stehen in Flammen.

Doch plötzlich schlingen sich kleine Finger um die ihren, einmal, zweimal, dreimal: Sie ziehen das Fadenende heraus, legen den Kokon ins richtige Körbchen, halten ihre Finger in das kleine Becken mit kaltem Wasser. Wer hilft ihr da?

Sie ist zu eingeschüchtert, um den Blick zu heben, während die kleinen Finger immer wieder zwischen den ihren auftauchen, anfangs andauernd und dann nur noch ab und zu, wenn Anita aus dem Rhythmus kommt; und wenn die Aufseherin naht, sind sie wieder zur Stelle und legen zwei oder drei Kokons mit schon heraushängendem Fadenende in ihre Schüssel, bereit für die Spinnerinnen. Kleine, hilfsbereite, geduldige Finger, die Finger einer guten Fee, eines Heinzelmännchens, die ihr beistehen, bis nach einer Ewigkeit, die sie noch nicht zu messen gelernt hat, die Sirene gellt und es Zeit ist, die Kartoffeln und Zwiebeln zu essen, die andere pfiffig zusammen mit den Raupen gekocht haben. Erst in dem Augenblick erkennt Anita sie. »Beeil dich« – ein Eichhörnchenmäulchen hinter den stinkenden Dämpfen –, »lass uns rasch essen, dann können wir Himmel und Hölle spielen.« Ihre Banknachbarin, ihre Freundin Giulia. Die »zweite« Schwester Leone.

Gegen Mitte Januar, als drei der fünf Vorarbeiterinnen in den Räumen des Arbeiterhilfswerks eine Versammlung organisieren, begreift Giulia, dass etwas nicht stimmt. Einige der Spinnerinnen sind eingeladen, alles in allem etwa fünfzehn, diejenigen, die am ehesten bereit sind, die Arbeit wiederaufzunehmen. Dazu gehört Giulia nicht. Assunta dagegen schiebt ihre Haare unter eine graue Haube, wickelt sich in einen Schal und macht sich entschlossen auf den Weg vom Palazzo Reale zum Stadtrand, in die Gegend des Krankenhauses und des Gefängnisses. Sie betritt den vor drei Jahren eingeweihten Saal. Sie grüßt nicht, wirft keinen Blick auf das weiß-rot-goldene Banner, das Manifest mit den Namen der verdienstvollen Mitglieder und den großen Tisch aus Nussbaumholz, den die Patriotische Gesellschaft gespendet hat. Ganz hinten sucht sie sich einen Stuhl, weit weg von den anderen, und stützt die Ellbogen auf die Knie, das Kinn auf die zur Faust geballten Hände. Sie hätte viel zu sagen, ergreift aber aus Angst vor einem Hustenanfall nie das Wort. Zwei Stunden später kommt sie wütender als zuvor wieder heim, weil keine Einigung zustande gekommen ist. »Reicht's denen noch nicht?«, keift sie, während sie ihre eisigen Finger an den Ofen hält. Giulia antwortet nicht und strickt weiter.

»Blöde Weiber. Wollen sie verhungern?«

Beim Schweigen der Tochter verliert Assunta die Geduld. Sie reißt ihr Nadeln und Wolle aus der Hand und schleudert sie gegen die Wand. »Antworte, wenn ich mit dir rede!« Giulias Blick ist müde. »Wir sind uns alle einig«, sagt sie.

Assunta wirft sich derweil eine Decke über die Schultern, dann packt sie das Strickzeug, wickelt den Faden wieder auf und fängt an, wütend mit den Nadeln zu klappern. »Quatsch«, erwidert sie.

»Wir werden gewinnen. Anita –«

»Königin Taytù saß in der ersten Reihe.«

Mrs. Giulia Masca erinnert sich noch an den heftigen Schmerz nahe am Brustbein. Sie lief ohne Umhang hinaus. Die Gasse, dann die Piazza, dann die Neustadt und zuletzt die Straße, die an der Stura entlang und dann wieder den Berg hinaufführt. Ohne die Kälte zu spüren, ging sie eine gute halbe Stunde. Der Streik ist doch ihr Fluchtweg, der Weg in die Freiheit: Wie konnte Anita nur? Ihr Traum. Ach was, Traum, ihr Projekt! Die gemeinsamen Kundgebungen, in Männerkleidung, die Diskussionen. Will sie etwa keinen gerechten Lohn mehr verdienen? Kohle, Schuhe, Strümpfe, Stockfisch? Giulia kann es nicht glauben. Nicht Anita, die nicht. Assunta hat sich geirrt, Giulia ist sicher. Fast sicher. Warum hat sie sich nicht mehr blicken lassen? Sie lässt ihr ausrichten, sie sei krank, und dann geht sie zur Versammlung?

Von den rauhreifglitzernden Hügeln weht schneidende Luft herunter. Giulia biegt von der Straße in einen Weg durch das Weidengehölz ein, erreicht die Böschung und die Steine. Daneben fließt das Wasser, hier und da gibt es Eispfützen. Als kleine Mädchen hatten sie sich einmal gemeinsam zum Wäschewaschen bis zu dieser verbotenen Stelle vorgewagt, wo das Wasser tief und tückisch ist. Ein Kinderstreich, und Giulia, die sich auf den Steinen unbesiegbar fühlte, war hingefallen und hatte sich am Bein verletzt und den Kopf angeschlagen. Es war ein bleierner Tag gewesen, und die Nacht zog rasch hinter den eisengrauen Wolken herauf. Die eine Verletzung reichte von der Fessel bis unters rechte Knie. An den geschwollenen Wundrändern bildeten sich schwarze Krusten zwischen dem lebhaft roten Fleisch und dem erdfarbenen zerrissenen Strumpf. Die andere Verletzung war an der Stirn, eine bläuliche, aufgeschürfte Beule über dem linken Auge. Sie konnte sich nicht auf den Beinen halten und hatte Mühe, wach zu bleiben. Sie weiß noch, wie Anita aus dem Wäschekorb den Zipfel des Lakens zog, das sie zusammen ausgewrungen hatten. Eiskalt, fast steif, mit Schlammflecken. Sie erinnert sich an die Berührung mit der Haut, den Schauer und an Anita, die sagte: »Keine Sorge, Giulia, ich bleibe bei dir.« Sie erinnert sich, dass es schön war, sich fiebernd dem Nebel eines plötzlichen Schlafs zu überlassen und sicher zu sein, ihre Freundin beim Erwachen wiederzufinden. Sie erinnert sich, dass Anita keine Angst hatte vor Wölfen, vor Käuzchen, vor dem Eis auf den Pfützen, vor den Banditen, die kleine Kinder stehlen. Anita saß neben ihr, sang ihr die Lieder aus der Spinnerei vor, hauchte ihr auf die Finger, um sie zu wärmen, deckte ihr mit dem eigenen Rock die Beine zu und wachte, bis bei Sonnenaufgang mit großem Trara die Familie Leone erschien. Wie kann es sein, dass dieses mutige Mädchen sie heute aus Angst vor den Salvi verraten hat?

In der Luft flattert etwas. Ein Stück Papier. Eine Zeitungsseite. Ein Windhauch hebt es auf, und das Blatt beginnt zu tanzen. Als Kinder hätten sie gewettet: Wer es fängt, gewinnt ... was? Ein halbes Pausenbrot? Eine halbe, in der kochend heißen Raupenschüssel gegarte Kartoffel? Viel zu verspielen hatten sie nicht. In kleinen Sätzen hüpft sie von Stein zu Stein, hinter dem Blatt her. Jetzt weht es in die Höhe, dann stürzt es plötzlich ab, Giulia erwischt es, bevor es ins Wasser fällt. Es ist verblasst, aber noch lesbar: *North German Lloyd. S. S. Werra. Bestimmungsort New York über Gibraltar. Preis dritter Klasse Lire 190. In obengenannten Preisen Verpflegung bis Ankunft inbegriffen.* Das Papier ist dünn, rauh, und Giulia hat rote, geschwollene Finger. Einen Augenblick kommen sie ihr vor wie die von Assunta, und ihr schaudert bei dem Gedanken.

So geschah es. In ihrer nüchternen Art betrachtet Mrs. Giulia Masca das Geheimnis der Fügungen stets mit Vorsicht. In ihrem Zimmer im ersten Stock des Albergo Grande Vittoria schiebt sie jede Überlegung beiseite, die nach Wunder oder nach übernatürlichen Kräften riecht. Aber dennoch ... wenn sie so zurückdenkt ... erstaunlich, die Art, wie das Leben ihr einen Fluchtweg eröffnet hat. Und noch dazu genau dort, am verbotenen Wildbach mit seinen heimtückischen Strudeln. War das wirklich Zufall? Konnte es sein, dass sie diese Anzeige noch nie gesehen hatte? In einer Zeitung, die überall herumlag, selbst bei ihr zu Hause? Assunta benutzte sie zum Feuermachen. *Schicksal.* War es möglich, dass es sich ausgerechnet an jenem Nachmittag entschieden hatte, als ihr Herz zersprungen war und sie dringend eine Chance brauchte?

Im Albergo Grande Vittoria wird Punkt sieben das Abendessen serviert. Im Speisesaal ist ein einziger Tisch gedeckt. Flackerndes Licht, 40-Watt-Glühbirnen, kahle Wände, stummes Radio. Die Tischdecke ist unübersehbar gestopft, die Stickerei vom vielen Waschen verblasst. Der junge Mann, der ein paar Stunden zuvor am Empfang stand, hat eine weiße Jacke mit goldenen Tressen übergezogen und serviert ihr einen Schöpflöffel voll Hühnerbrühe mit Nudeln, dann ein Stück Omelett mit einer gekochten Kartoffel und einen gelben Apfel. Ab und zu füllt er die Wasserkaraffe nach. Der Wein im Glas bleibt unberührt. Zum Schluss fragt er, ob sie einen Kaffee wünscht. »Echten Kaffee«, fügt er hinzu.

Mrs. Giulia Masca ist verdattert, dann begreift sie, dass es ein Luxus ist, den sich der junge Mann und auch sonst kaum jemand hier leisten könnte, obwohl der Krieg seit einem Jahr zu Ende ist. Gleich nach der Ankunft hatte er sie gefragt, ob sie zufällig *wegen dem Fest* in Borgo di Dentro sei. Doch was für ein Fest kann man veranstalten an einem Ort, wo das beste Hotel der Gegend einem Omelett und gekochte Kartoffeln serviert? »*No party. Business*«, hatte Michael erwidert und dabei unentwegt den Fußboden der *reception* gemustert. Mrs. Giulia Masca war sicher, dass er nach Anzeichen für Kakerlaken suchte.

Der Kellner bedrängt sie derweil, vielleicht hat die amerikanische Signora ihn nicht verstanden, er eilt in die Küche und kommt mit einer Espressokanne zurück. Auf der anderen Seite des Ozeans erschien es ihr unmöglich, dass dreizehn Kinderarbeiterinnen und achtundfünfzig erwachsene Spinnerinnen, vereint, entschlossen, wütend und zu jedem Opfer bereit, sogar zu jeden Abend Suez, von der Arroganz eines kleinen Dorfindustriellen in die Knie gezwungen wurden, doch nun begreift sie beim Anblick der ausgefransten Manschette des Kellners, dass es gar nicht anders sein konnte. Sie hatten nichts, nicht einmal zu essen, wie hätten sie da die Familie Salvi besiegen sollen?

Anita hat das damals vielleicht erkannt. Was Mrs. Giulia Masca nicht zu sagen wüsste, ist, wann genau sie den Kampf verloren haben. War es, als der Bürgermeister sie empfangen hat und sie ihn verspottet haben? Als der Besitzer das Schild WEGEN UMBAU GESCHLOSSEN angebracht hat? Als der Pfarrer von der Kanzel gewettert hat? Wann genau?

Ein Debakel fällt nicht vom Himmel. Noch etwas, das sie in Amerika gelernt hat. Wenn man gut aufpasst, fühlt man es kommen. Es schmeckt nach Salz, nach Fäulnis. Dann muss man sofort reagieren. Die Neapolitaner gehen alle zum Eisenbahnbau? Das ist der Augenblick, in dem man die Ware rasch losschlagen, sich umhören und bei den Iren nachfragen muss, das heißt, bei der Polizei. Man sagt, dass Abruzzesen und Kalabresen kommen werden – was essen die überhaupt? Dicke Bohnen? Zwiebeln? Nachfragen. Auberginen für die Sizilianer, auch Mandeln, und Bier für die Iren, und Melonen für die Schwarzen. Den Augenblick nutzen, das *bisinis* finden. Kartoffeln, Berge von Kartoffeln, nicht am Broadway, sondern in Hell's Kitchen. Die Iren setzen keinen Fuß in ein italienisches Geschäft? Also kommt man mit einem Wagen vors Haus. Klopft an ihre Türen. Lernt die entsprechenden Wörter: *gud poteto, fish, cod, cabbage, lamb*. Auf dem Wagen nur Sachen, die die Iren mögen, zum Beispiel getrockneten Fisch und Essiggurken, aber keine Melonen. Dann stürzen sie ihn nicht so leicht um. Ein ganzer Wagen voll Melonen fährt dagegen jeden Morgen Richtung Harlem und kommt jeden Abend leer zurück. Mrs. Giulia Masca hat von Libero gelernt, sie erschrickt nicht mehr bei Veränderungen. Zuerst der Geruch: nicht verkaufte Peperoni, Ware, die man wegwerfen muss. Aber das ist nur Gestank. Was sich hier nicht verkauft, ist woanders ein Hit, es ist wie beim Walzertanzen. Auf der gegenläufigen Welle reiten. Sie spielt mit der Apfelschale und geht noch einmal ihre sieben Filialen durch, in der Reihenfolge ihrer Eröffnung: Mulberry Street (1892), Soho (1908), Broadway Ecke 33rd Street (1918), Brooklyn gleich nach der Brücke (1923), noch einmal Brooklyn, nämlich Cobble Hill (1937, wohin Michael mit seiner Frau Claire und den drei Enkeln Libero jr., Samuel und Diana gezogen war), Harlem (1940), Lexington Avenue (1942, wo Mrs. Giulia Masca jetzt lebt). Michael hat drei weitere Geschäfte außerhalb von New York im Kopf, in Cleveland, Saint Louis und sogar Los Angeles. Er hat schon die Pläne studiert, die Lagerräume gemietet, die Geschäfte eingerichtet. Der Name ändert sich: von Libero's Grocery zu Libero's Store. Und er will Lieferungen direkt aus Europa, ohne Zwischenhändler. Deshalb haben sie die Reise angetreten. Beziehungen knüpfen, Verträge unterzeichnen. Der Umweg nach Borgo di Dentro ist eine Schwäche, eine Laune, die morgen endet. Was will sie denn überhaupt noch hier, nach einem halben Jahrhundert? Wer weiß, was im Kopf ihrer Freundin Anita wirklich vorgegangen ist, am Tag der Versammlung im Arbeiterhilfswerk.

Soeben kommt der junge Mann mit dem Espresso zurück. Mrs. Giulia Masca schämt sich, ein Stück von der Frittata übrig gelassen und die gekochte Kartoffel nicht angerührt zu haben. Doch sie hat sich Mühe gegeben, den ganzen Apfel zu essen. Mit dem Kaffee versucht man wohl, eine Kundin zu versöhnen, von der der Koch vermutet, dass sie mit dem Service unzufrieden ist. Sie mustert das Tässchen, dann den Jungen, der es ihr reicht. Seine Fingernägel sind sauber, aber hat er sich auch hinter den Ohren gewaschen?

»Wie heißt du?«

»Marco, Signora.«

»Gut, Marco. Setz dich auf meinen Platz und trink du den Kaffee. Ich lade dich ein.«

Pietro Ferro hat siebenundvierzig Tage und einige Stunden lang durchgehalten.

Am Samstag, 2. Februar 1901, um sechs Uhr abends hält Giuseppe Garibaldi vor dem Tor des Palazzo Reale. Der dicke, in der Nacht gefallene Schnee war zu schwer für das Dach, im Stall haben die Balken nachgegeben. Nino Bixio ist verletzt, man hat ihn soeben ins Krankenhaus gebracht. Nun muss das Dach gerichtet werden, damit die Tiere die Nacht im Trockenen verbringen. Kann der »dritte« der Leone-Brüder da nein sagen?

Entschlossen, kein Wort mit Anita zu wechseln, erreicht er den Bauernhof. Er hat widerstanden und wird weiter widerstehen. Im März heiratet er, dann wird alles vergessen sein. Bis zur Abendessenszeit sieht er sie nicht, bis Nino Bixio mit dem Arm in der Schlinge heimkommt und verlangt, dass Pietro bleibt und die Suppe mit ihnen teilt. Wie lange ist es her! Zu lange! Wohin war er verschwunden? Das muss gefeiert werden, sagt Nino Bixio, und Giuseppe Garibaldi geht in den Keller, um eine Flasche zu holen.

Anita wendet ihnen den Rücken zu, rührt in etwas, hat ein scharlachrotes Tuch um die Haare gebunden. Als sie sich umdreht, hat sie nur einen kalten, distanzierten Blick für ihn. Sie setzt sich nicht mit an den Tisch. »Ich habe schon gegessen«, sagt sie und sieht ihn starr an. *Ich will dich nicht.* Dann verschwindet sie im anderen Zimmer. Während des gesamten Essens bringt Pietro keinen halben Satz heraus, doch das fällt niemandem auf, die überstandene Gefahr ist ein hervorragendes Aufputschmittel und Nino Bixio ein fabelhafter Erzähler: Er berichtet, was passiert ist, die hastige Fahrt zum Arzt, die Untersuchung, und schmückt alles mit Details, Farben, Geräuschen aus. Er wird bestimmt einmal großartige Predigten halten.

Pietro hört kaum ein Wort, lacht, wenn die anderen lachen, bis Anita mit einem Korb Birnen wieder hereinkommt und ihn auf den Tisch stellt. Sie schaut ihn nicht an. Pietro fühlt sich zum Sterben. Er bemerkt aber ihr spitzes Gesicht, ihre schmaler gewordenen Handgelenke. Als sie sich vorbeugt, kommt in ihrem Ausschnitt der Brustansatz zum Vorschein. Anita ahnt es und fasst sich mit der Hand an den Hals. Dann löst sich eine Haarsträhne aus dem Kopftuch, und die Bewegung der anderen Hand, mit der sie sie wieder zurückschiebt, ist blitzschnell, zu eilig. *Also will sie mich doch.* Pietro verjagt den Gedanken, mehr Wunsch als Gedanke, kippt ein Glas Wein hinunter, dann nimmt er eine Birne und beißt hinein, bemüht, sich auf die Frucht zu konzentrieren.

»Ich gehe schlafen, ich bin müde«, sagt Anita derweil, doch Giuseppe Garibaldi packt sie am Ellbogen. »Ach was, schlafen! Heute Abend wird getanzt!« Primo Leone hält schon die Ziehharmonika im Arm, und alle lachen. Er kennt Polkas, Mazurkas, Giguen, Monferrinas. Schon fängt er an, eine *Curenta* zu spielen, Giuseppe Garibaldi fasst die Schwester um die Taille, führt sie in die Zimmermitte, aber Anita schiebt ihn wütend weg und schreit: »NEIN!« Alle verstummen, auch die Musik schweigt. »Ich bin müde. Ich gehe schlafen.« Sie macht auf dem Absatz kehrt, verlässt das Zimmer und geht nach oben.

»Was hat sie denn?«, fragt Giuseppe Garibaldi seine Großmutter. »Ihre Tage?« Die alte Frau gibt ihm einen Klaps auf den Nacken und will aufstehen, um ihr zu folgen. Doch an der Stelle greift Pietro ein. »Ich gehe«, sagt er, »sie ist böse auf mich.«

Er weiß nicht, wo er den Mut hergenommen hat. Im Dunkeln steigt er hinauf und ist jetzt ein schwarzer Schatten im Türrahmen. Sie sitzt auf dem Bett. Durch die Fensterscheiben überflutet das schneeige Mondlicht das Zimmer, Anitas gesenkten Kopf, die schmalen Schultern, die verschränkten Arme. »Geh weg«, sagt das Mädchen.

Pietro löst sich aus dem Dunkel und tritt einen Schritt auf sie zu. »Ich habe gesagt, du sollst weggehen.« Er setzt sich neben sie. Er nimmt Anitas Hand, fängt an, behutsam ihre Finger, ihre zarten Nägel zu streicheln. »Wenn du nicht gehst, rufe ich meine Brüder.« Doch Pietro hört nicht auf: Er massiert ihre Finger, einen nach dem anderen, drückt die weiche, verschwitzte Handfläche, liebkost die weißen Linien der Narben, die alle Spinnerinnen auf den Knöcheln haben. Von unten kommt der Klang der Ziehharmonika herauf, das Klappern des Geschirrs, und Pietro trällert leise: »*Amor del bosco / amor del prato*«, und trommelt im Rhythmus mit seinen Fingerspitzen auf ihre Fingerspitzen.

»Schluss jetzt.« Anitas Stimme ist nur ein Hauch: »*Amor mio bello e disperato.*« Pietro legt ihr den Arm um die Schultern, zieht sie an sich. »Es ist niemandes Schuld«, flüstert er.

Mrs. Giulia Masca kann es nicht wissen, doch das ist der Augenblick, in dem die Zeit sich gabelt, Anita hier und sie dort, und dann abstürzt und beide mitreißt. Anita sucht eine Möglichkeit, mit ihrer Familie zu sprechen, und eine Möglichkeit, mit Giulia zu sprechen, doch die Tage vergehen, und sie findet sie nicht, und unterdessen trifft sie Pietro heimlich, frühmorgens und spätabends, sie schleicht sich davon, ohne dass die anderen es merken, und die beiden umarmen sich im Dunkeln, flüstern sich ins Ohr, zanken sich leise. Giulia geht unterdessen durch die Straßen von Borgo di Dentro, zahlt die Stunden, die übersprungenen Mahlzeiten, das im Nachttisch versteckte Geld, das Schweigen. Assunta spricht nicht mit ihr, Pietro ist nie da, Anita lässt sich nicht mehr blicken, wer weiß, warum. Das für die Hochzeit bestimmte Geld will Giulia nicht anrühren, deshalb geht sie weder zu dem Tanzabend, den der Circolo Democratico veranstaltet, noch zu der Vorstellung des berühmten Magiers Mirabelli (*eine Koryphäe der Taschenspielerkunst. Sein Ruhm macht jede Reklame überflüssig*) und auch nicht zum *Großen Maskenball*. Sie bleibt nicht einmal beim Schaufenster der Friseuse Ferrando stehen, um

die Auswahl an bildschönen Karnevalskostümen für den
Herrn und für die Dame zu bewundern.

Am Morgen des 10. Februar 1901 geht die Kohle zu Ende.
Giulia und Assunta begeben sich auf Holzsuche in den
Wald, die Ausbeute ist mager und feucht. Mit Lumpen ver-
stopfen sie alle Ritzen, und es beginnt, streng nach Zwiebeln, Schweiß und nächtlichen Ausdünstungen zu riechen.
Sie haben keine Kerzen und auch kein Petroleum mehr,
und nachmittags um fünf verschluckt die Dunkelheit die
Räume. Sie essen zweimal am Tag: morgens Milchsuppe
mit Schwarzbrot; mittags einen Apfel oder eine Birne und
manchmal ein Stück Brot mit etwas Knoblauch oder einer
gesalzenen Sardelle. Von Pietro keinerlei Nachricht, er ist
immer bei der Arbeit, sagt seine Familie, fährt früh los
und kommt spät wieder, wir sehen ihn auch kaum noch.
Assunta hat sogar aufgehört zu murren.

Am Mittwoch, 13. Februar, um sieben Uhr abends klopft
eine der Vorarbeiterinnen an ihre Tür. Sie hat eine Talg-
fackel in der Hand. »Morgen«, sagt sie nur und geht, die
beiden erneut im Dunkeln und im dumpfen Geruch des
ungelüfteten Raums zurücklassend.

Im Morgengrauen des folgenden Tages macht sich Assunta auf den Weg. Giulia steckt den Kopf unter die Decke,
tut so, als hörte sie nicht das Geräusch der Schritte, den ras-
selnden Atem, das Räuspern und Husten, die Wohnungs-
tür, die zufällt, das klappernde Tor. Doch sie hält es nicht
aus, sie muss aufstehen und nachschauen. Sie kleidet sich
gar nicht erst an, kämmt sich nicht. Sie zieht einen langen
Mantel ihres Vaters über das Nachthemd, setzt einen alten
Hut auf, schlüpft in die Holzschuhe. Vom Tor des Palazzo

Reale aus sieht sie die dick vermummten Spinnerinnen mit gesenktem Kopf vorbeiziehen, die Atemwolken vor ihren Mündern. Auch sie geht los. Sie kommt zur Villa der Signori Salvi. Niemand aus der langen Reihe hebt den Blick zu den brennenden Lichtern. Als sie die Stelle erreicht, wo der Fußweg zur Spinnerei hinunterführt, bleibt sie stehen. Der Schotter ist vereist, der Fluss unten erstarrt, das Schild WEGEN UMBAU GESCHLOSSEN verschwunden, das Tor weit offen. Eine nach der anderen gehen sie hinein. Man hört keinen Gruß, kein Wort. Und da sieht sie die beiden.

Sie kommen von der Piazza Castello, gehen am Fluss entlang. Zuerst erkennt sie Anita. Den federnden Schritt, die selbst in dem Umhang noch schlanke Gestalt. Er hält sie an der Hand. Giulia kann die Augen nicht abwenden. Pietro, der Anita an der Hand hält. Anita, die sich an Pietro lehnt. Es muss eine Erklärung geben, denkt sie. Ihre Freundin war krank. Vielleicht musste Pietro sie begleiten, weil ihre Brüder keine Zeit hatten. Vielleicht ist es gar nicht Pietro, doch sie weiß, dass es Pietro ist, wie sollte sie ihn nicht erkennen? Um wie viel Uhr hat er das Haus verlassen? In Kürze fährt die Straßenbahn nach Novi ab. Um wie viel Uhr ist er losgegangen, um Anita abzuholen? Um sie zu begleiten? Zu trösten? Sie hierherzubringen, an diesem Morgen, um *bei ihr* zu sein am Tag ihrer beider Niederlage?

Vielleicht ist sie ja tot, denkt Mrs. Giulia Masca zum ersten Mal, den Kopf zwischen die Kissen gebettet, auf ihrem Zimmer im ersten Stock des Albergo Grande Vittoria. Anita Maria Vergine Leone könnte einen Meter unter der Erde liegen. Und auch Pietro Ferro. Wenn sie in Manhattan an Borgo di Dentro dachte, stellte sie sich vor, wie die beiden genauso alterten wie sie: die gleiche Falte auf Anitas Stirn, die gleichen grauen Strähnen in ihren langen Haaren, die Flecken auf den Handrücken, Pietros Haare, die schütterer wurden, der Ansatz, der Jahr für Jahr zurückwich; der Bauch musste unterdessen rundlich sein, die Schultern krumm, die Haut am Hals erschlafft.

Wenn er noch lebte, wäre Pietro Ferro jetzt achtundsechzig. Seit einiger Zeit nimmt Mrs. Giulia Masca an Totenwachen von Bekannten teil, die ungefähr in diesem Alter sind. Der Mann im Sarg ist nicht mehr *der Vater von*, sondern gleichaltrig oder wenig mehr. Also könnten auch Anita und Pietro tot sein. Es ist möglich. Niemand würde sich an das erinnern, was sie an jenem Tag durchgemacht hatte. Als wäre es nie geschehen. Es ist eine konkrete Möglichkeit: Durch Borgo di Dentro sind zwei Kriege gezogen. In diesem Fall, und Mrs. Giulia Masca versucht, den Gedanken zu verjagen, in diesem Fall würde niemand mehr *die Rechnung begleichen* können. Ihr den Kuss erklären, den sie am Morgen des 14. Februar 1901, am Valentinstag, an der Abzweigung des Wegs, der zur Spinnerei Salvi hinunterführt, mit tränenlosen Augen gesehen hatte.

Dieses Bild der beiden, eng umarmt (nicht mit der Dringlichkeit des ersten Mals, sondern mit der Wärme der Gewohnheit), scheuchte sie in den Palazzo Reale zurück. Hastig lief sie die Gasse entlang und ignorierte das Gellen der Sirene, die die Säumigen rief, stieg immer zwei Stufen auf einmal die Treppe hinauf und warf sich mit dem Gesicht nach unten aufs Bett. Als das Tageslicht hereindrang, stand sie auf. Noch nie war ihr das Zimmer, in dem sie seit zwanzig Jahren und neun Monaten schlief und aß, so hässlich vorgekommen. Blühender Schimmel, Ruß, angeschlagene Teller. Vor allem der Geruch. Der Gedanke, dort drinnen noch eine Stunde (einen Tag, einen Monat, das ganze Leben) zu verbringen, überfiel sie wie eine Beleidigung. Sie erhitzte ein bisschen Wasser und wusch sich. Sie kippte ein halbes Schälchen Milch hinunter, zog sich sorgfältig an, wählte das besterhaltene Kleid und die kürzlich frisch besohlten Stiefelchen. Hinten aus dem Nachttisch holte sie das Geld hervor und schob es in ihr Leibchen, ebenso die halbe Zeitungsseite mit der Anzeige für den Überseedampfer Werra. Sie besaß keinen Koffer und hätte auch kaum etwas zum Hineintun gehabt. Sie warf sich den Umhang über die Schultern und ging ohne eine Zeile der Erklärung. Assunta konnte ja sowieso nicht lesen.

Zweites Kapitel

In einem eleganten taubenblauen Reisekleid, einem farblich passenden Mantel und einem mit herrlichen Fliederblüten bedruckten Seidenschal geht Mrs. Giulia Masca nach dem Frühstück auf die Straße hinunter. Die kleinen Brüste, die nervöse Magerkeit und die schmalen Hüften haben sich mit den Jahren in Vorteile verwandelt: Sie wirkt in der enganliegenden Gabardine jünger, als sie ist, und niemand würde in ihr eine der Krämerinnen aus der Mulberry Street vermuten: einst blühend und vollbusig, heiß umworben, und heute von der Arbeit und von zu vielen Kindern aus der Form geraten.

Als sie mitten auf dem Platz, der die Grenze zwischen der Neustadt und Borgo di Dentro bezeichnet, vor der Pfarrkirche steht, merkt sie, dass sie kein Interesse hat, den Palazzo Reale noch einmal zu sehen oder herauszufinden, was aus der Spinnerei Salvi geworden ist. Sie wird sich vielmehr vom Zufall treiben lassen. Sie biegt in den Vico Madonnetta ein, eine enge Gasse, die hinter die Kirche führt, wo Katzen und Tauben sich das Territorium streitig machen. Die Osteria, in der ihr Vater Stammgast war und vor der er zusammengebrochen ist, gibt es noch: Die geschmorten Kutteln riecht man schon aus zehn Schritten Entfernung, was Mrs. Giulia Masca zwingt zu beschleunigen, um rasch ans Ende der Gasse und zur Apsis der Pfarrkirche zu gelangen. Hier entdeckt sie eine neue, leicht abschüssige Straße, die unten in die Straße entlang der Böschung der Orba mit ihrem regen Verkehr von Wagen und Fahrrädern mündet. Weiter oben verfällt die alte Spinnerei Torrielli, in der Assunta als Mädchen arbeitete. Mrs. Giulia Masca wendet sich wieder zur Apsis hinauf und nimmt die Gasse zur Linken, Via Voltegna, wo sie nur selten und nur in Begleitung gewesen ist (die Jungen aus Borgo di Dentro und die aus Voltegna lieferten sich Steinschlachten, schlimmer als Juden und Iren in Hell's Kitchen). Gleich am Anfang erkennt sie die schwarze Madonna von Loreto und kurz danach den Laden des Händlers, wo sie ihre Kohlen holten, ein langer, enger, oben mit rußgeschwärzten Balken abgestützter Tunnel. Dann Gruppen angegrauter Häuser, umlaufende Balkone, Stollen, Stiegen, schmale Gassen, durchschnitten von dem Lichtstrahl, der von oben einfällt, und weiter vorne eine Ausbuchtung, die auf die Flussbiegung hinausgeht. Sie trägt den pompösen Namen Piazza Fontana, und die Wirkung ist schwindelerregend. Nicht nur wegen des plötzlichen Lichts, nicht nur, weil in der Mitte ein Brunnen thront, mit einem breiten Becken und verziert mit zwei großen Liktorenbündeln, aggressiv wie Steinlöwen. Schwindelig wird ihr, als sie sich an die Brüstung zum Fluss hin lehnt und zu den zwei Brücken über die Orba schaut, die es, da ist sie sich sicher, früher noch nicht gab: die erste weiter oben, massiv, auf großen Bögen aus roten Backsteinen; die zweite im Tal, und es müsste die sein, die sie tausendmal auf dem Weg zur Cascina Leone überquert hat. Müsste, ist es aber nicht. Als hätte ein Riese den Steg ausgerissen und weiter vor geschleudert. Irgendetwas stimmt nicht an dem weichen Dahinströmen des Flusses zwischen Akazienbüschen, Weiden, Erlen und Flecken von hohem Gras, etwas fehlt, ist sonderbar, aber sie kann es nicht benennen. Sie möchte sich ein wenig setzen und erholen, in Ruhe nachdenken, doch an der Brüstung gibt es keine Bänke, deshalb geht sie zum Brunnen und lässt sich auf dessen Rand nieder. An diesem kleinen Platz lag die Werkstatt der Ferros. Im Frühling zogen sie mit der Arbeitsbank hinaus auf das Pflaster, an die frische Luft, und blieben dort bis zum Herbst. Mrs. Giulia Masca erkennt das verriegelte, unten von Mäusen angenagte Türchen. Sie schließt die Augen, lässt sich von den Geräuschen überfluten, versucht, sie voneinander zu unterscheiden: das Klopfen der Sattelmacher und Hufschmiede, die Rufe der Messingverkäufer und Vergolder, das Geplapper der Büglerinnen.

»*Scignua, scignua!*«

Unvermittelt öffnet sie die Augen. Ein kleines Mädchen hat sich an ihren Arm gehängt und zeigt ihr mit der anderen Hand eine leere Flasche. »*Scignua, l'eua!* Signora, das Wasser!« – »Komm nur, *a vago 'n po' ciü'n là*«, erwidert Mrs. Giulia Masca und steht auf, »ich gehe da rüber.«

Sie sieht zu, wie das Kind die Flasche füllt, betrachtet die im Nacken gescheitelten Schwänzchen, wo das Weiß der Haut durchschimmert, den schmalen Hals, den Mantel mit den zu breiten Schultern und den zu langen Ärmeln, die Halbhandschuhe. Es könnte neun, zehn Jahre alt sein. Sie würde sich gern noch weiter mit der Kleinen in ihrem Dialekt unterhalten, fragen: *cumme te ciami*, wie heißt du, *quanci ani t'ai*, wie alt bist du, *t'va' a scöra?*, gehst du zur

Schule?, doch zu viele ferne Wörter überfluten ihre Gedanken und lassen sie schließlich verstummen. Sie glaubte sie verloren, dachte, sie hätte nur ein paar Relikte bewahrt, Verwünschungen, die ihr über die Lippen kommen, wenn sie sehr wütend ist *(crìshtina!)*, oder überrascht *(cujun!)*, oder Kosewörtchen, die sie für Michael an der Wiege verwendete *(pulein, ratein, stela düsse, bäl arlü)* und die Libero unter der Decke wiederholte, wobei er sie mit seiner falschen Aussprache zum Lachen brachte.

Unterdessen dreht das Kind den Wasserhahn zu, zieht einen Korken aus der Tasche, verschließt die Flasche und biegt in den Vico Archivolto ein. Mrs. Giula Masca sieht es im Dunkel der Gasse untertauchen, nimmt den gleichen Weg und befindet sich nach wenigen Schritten auf der Via Castello, der natürlichen Grenze zwischen Borgo di Dentro und Voltegna, genau in der Mitte des *Felsensporns,* Stura auf der einen Seite, Orba auf der anderen. Das Kind ist verschwunden.

Seit je wetteifert die Via Castello mit den Straßen der Neustadt und ihren pastellfarbenen Fassaden, den stolzen, hohen Fenstern, den eitlen, schmiedeeisernen Balkönchen, den gravitätischen, mit Fresken ausgemalten Bögen, an denen die Johannesprozession vorbeiführt. Tagsüber prunkt sie mit Schaufenstern voller Caciotta und Salami, mit der Molkerei, wo es nach Kandiszucker duftet, der Bäckerei mit noch warmem, knusprigem Brot, dem Café mit Billardtisch, den Schneidereien, Stoffgeschäften, Posamentenläden und (eine Neuigkeit!) einem Coiffeur. Doch dem, der sich nachts hierher verirrt, zeigt sie ihr wahres Wesen, das einer herausgeputzten Bettlerin, rechts bedrängt von der Armut von Voltegna und links vom stinkenden Atem von Borgo di Dentro. Auf dem Pflaster die Zeichen der nächtlichen Schlachten: Tauben- und Rattendreck, Flecken von Erbrochenem und von Pisse vom Vico Buttà bis zur Kreuzung mit Via San Sebastiano. Dort hinten, weniger als hundert Schritte entfernt, ist der Palazzo Reale, Mrs. Giulia Masca weiß es, sie spürt seine sperrige Präsenz. Das ganze Knäuel von Gassen, die Engpässe, das Auf und Ab, die dunklen Gewölbe kommen ihr vor wie die Windungen einer Walnuss, und sie kann es nicht fassen, dass ihr ganzes Leben als Kind und dann als Mädchen auf so engem Raum stattgefunden hat.

Also geht sie beherzt zur Neustadt hinauf, in der Hoffnung auf Luft und Licht, aber der Eindruck ändert sich nur unerheblich. Die Apotheke auf der Piazza, die Schaufenster der Konditorei und der Kolonialwarenladen kommen ihr recht armselig vor. Der Brotladen wie eine dunkle Höhle. Die Waren der Gemüsehändler dürftig und wenig appetitlich. Das Kopfsteinpflaster wie ein Bett aus Stroh und Pferdeäpfeln. Magere, alte Klepper, vor Karren gespannt, die noch, o ja, daran erinnert sie sich, genauso aussehen wie vor einem halben Jahrhundert.

Sie fühlt die Blicke der Passanten auf sich, ist aber sicher, dass niemand sie erkennt. Für sie dagegen liegt etwas Vertrautes in den Gesichtern, den Gesten, den Bewegungen. Sie merkt, dass es ihre Kleidung ist, die Aufsehen erregt. Niemand trägt etwas Ähnliches, weder die jungen Frauen mit den vollen Einkaufstaschen und einem Kind am Hals noch die alten, die in ebenso schwere schwarze, graue oder braune Umhänge eingemummt sind wie sie damals, als sie vor fünfundvierzig Jahren davongelaufen ist.

Als sie sich mit einer Fahrkarte dritter Klasse im Hafen von Genua auf dem Dampfer Werra nach New York einschiffte, waren von den 550 Lire noch 53 übrig, das entsprach 9,75 Dollar. Den Rest hatte sie gebraucht für den Pass (45 Lire), ein Paar Holzschuhe (7 Lire), zwei Unterhosen und einen Büstenhalter, die sie zusammen mit dem Umhang in einem kleinen Jutesack verstaut hatte (29 Lire), drei Wochenmieten für ein schmutziges Feldbett in einem schmutzigen Zimmer im Vico Cicala, einer Sackgasse im Hafen, das sie mit sechs anderen Frauen und Kindern teilen musste (90 Lire), etwas zu essen (87 Lire), die Fahrkarte, nur Hinfahrt (190 Lire), und ein Stempelpapier, das sie, so hatte ihr ein Mann mit Pomade im Haar und einem beeindruckenden Bauch erklärt, unbedingt brauchte, um in den Vereinigten Staaten die Zollkontrolle zu passieren (49 Lire).

Der Mann sagte, er heiße Mister Oberdan; er war ihr von einem Angestellten der Schifffahrtsgesellschaft vorgestellt worden, als es Giulia, vier Tage nachdem sie Borgo di Dentro verlassen hatte, endlich gelungen war, den Hafen zu erreichen.

Sie hatte den ganzen Weg zu Fuß zurückgelegt, war auf dem Pfad den Berg hinaufgestiegen, den die Maultiertreiber benutzten, die Tag und Nacht mit ihren Tieren hin und her gingen, beladen mit Wein, Öl und eingesalzenen Sardellen. In den drei Tagen und Nächten, die sie unterwegs war, orientierte sie sich zuerst an den nackten Flanken des Monte Tobbio und dann am spitzen Profil von Punta Martin. Sie verirrte sich mehrmals, ließ sich aber nicht entmutigen. »Kein Regen, keine Wölfe, keine Schlangen«, sagte sie sich, um sich aufzumuntern. Nur die gläsernen Augen der

Eulen und ein unergründliches, unheimliches Gepiepse erschreckten sie in der Nacht. Sie hatte in den *arbeghi* Schutz gesucht, den Trockenräumen für die Kastanien. Zum Essen hatte sie sich mit zwei kleinen Broten und einer Scheibe grünlichem Käse begnügt, die sie bei einem Bauern gekauft hatte. Im Morgengrauen des dritten Tages, endlich, das Meer. Das bläuliche, metallisch glitzernde, noch winterliche Leuchten traf sie auf dem steinigen Abstieg Richtung Voltri wie eine Ohrfeige. Sie erreichte Genua mit zerfetztem Kleidersaum und zerlöcherten Stiefeln.

Gewiss, wäre sie der Hauptstraße gefolgt, die rasch bergab und durch mindestens drei bewohnte Ortschaften führt, hätte sie ihr Ziel rascher erreicht. Doch hätte sich jemand in den Kopf gesetzt, sie suchen zu wollen, wäre er genau auf diesem Weg hinter ihr her. Auch mit dem Zug wäre sie blitzschnell da gewesen. Bei der Einweihung der Eisenbahnlinie acht Jahre zuvor hatte die Kapelle, dirigiert vom Maestro Primo Leone, die Nationalhymne gespielt: *Fratelli d'Italia* …. Giulia, Pietro, Anita, Giuseppe Garibaldi und Nino Bixio waren zusammen mit ihren jeweiligen Schulklassen dabei gewesen, alle mit einer Trikolore-Kokarde an der Brust. Als die mit Fahnen geschmückte Lokomotive eine schwarze Rauchwolke ausspie, waren sie verstummt, hatten dem Redner in Gehrock und Zylinder Beifall geklatscht und dann auf dem Heimweg entlang der großen Straße lauthals gesungen. Die Zukunft in Borgo di Dentro! Pietro Ferro hatte ihr versprochen, dass sie ihre Hochzeitsreise damit machen würden: bis nach Genua, und vielleicht sogar weiter. Doch den Zug zu nehmen hätte bedeutet, eine Fahrkarte kaufen und neben Menschen sitzen zu müssen, die sie womöglich erkannt hätten, und Giulia Masca wollte keine Spuren hinterlassen.

»Unbedingt!«, wiederholte Mister Oberdan und schlug mit der fetten Hand auf ein dicht mit rätselhaften Zeichen beschriebenes Blatt. Sinnlos, dass er es dann vor ihrer Nase schwenkte, es war auf Englisch. Giulia musste nur zwei Dinge auswendig lernen. Einen Namen: *Mister James Albert Robinson*. Und eine Adresse: *117 Mulberry Street*. Mister James Robinson besaß eine Strumpffabrik, *socks*, und suchte Arbeiterinnen, *expert working*. Zusammen mit dem Papier mit Stempelmarke übergab ihr Mister Oberdan gegen einen kleinen Aufpreis auch einen Brief, in dem Mister Robinson persönlich der Regierung der Vereinigten Staaten Amerikas versicherte, er brauche *expert working* und Giulia Masca, zwanzig Jahre alt, *coming from Borgo di Dentro – Piedmont – Italy* sei *expert working specialized in socks.*

Auf dem Etagenabort im Vico Cicala begann Giulia sich zu übergeben. Sie spuckte eine wässrige Flüssigkeit, doch ihr Magen schmerzte weiter, und die Übelkeit verschwand nicht. Eine der Zimmergenossinnen fragte sie, wann es denn so weit sei, und Giulia begriff, dass sie schwanger war. Entschlossen machte sie sich in den Gassen auf die Suche nach jemandem, der ihr helfen könnte, fragte unter tausend Vorsichtsmaßnahmen herum, fand eine Hebamme in Sottoripa, entdeckte aber, dass ihr Geld nicht mehr reichte. Dann versuchte sie sich zu beruhigen: Häufig übersprang sie einen Zyklus, vor allem, wenn sie so wenig aß, sicher war es Fehlalarm. In den dreizehn Tagen der Überfahrt erbrach Giulia jeden Morgen und gab dem Meer die Schuld.

Als sie am 30. März 1901 zusammen mit den anderen 980 Dritter-Klasse-Passagieren an Land ging, um sofort in eines der Boote nach Ellis Island umzusteigen, und im Spiegelbild der Fensterscheiben der Station sah, wie sehr ihr Busen geschwollen war und wie sehr das Kleid über ihrem Bauch spannte, sagte sie sich das, was ihr Körper schon lange wusste: Im September würde sie Pietro Ferros Kind zur Welt bringen.

Impfung, Desinfektion, ein Metallstäbchen, das ihre Lider hochhebt. Dem letzten Beamten, einem jungen Burschen, der Giulia wie der Inbegriff von Gesundheit vorkam (breite, gerade Schultern, kräftiger Brustkasten unter der Uniform), aber dichte graue Haare hatte, die unter der Schildmütze hervorlugten, wiederholte sie die auswendig gelernten Instruktionen: *Mister James Albert Robinson, socks, 117 Mulberry Street.* Sie zeigte ihm auch die 9,75 Dollar, die Mister Oberdan ihr am Tag der Abreise aus Genua gegen ihre letzten 53 Lire eingetauscht hatte. Der Mann wog den Brief in der Hand, las ihn mehrmals durch, fragte sie ein paarmal *address, only address,* nur die Adresse. Giulia verstand ihn nicht, deshalb wiederholte sie weiter *Mister James Albert Robinson Socks 117 Mulberry Street,* und legte sich eine Hand auf den Bauch. Da betrachtete der Mann ihre Brüste, dann die Hand. *»Get lost!«,* knurrte er, und Giulia fand sich auf der Straße wieder, eingehüllt vom Geruch des Hafens (Salz, Meer, Fäulnis, Rauch). In der Mittagssonne glitzerte auf der anderen Seite des lichtüberfluteten Wassers die Stadt.

Giulia verlor die Frauen, mit denen sie sich auf dem Dampfer angefreundet hatte, aus den Augen und brauchte den ganzen Tag, um in die Mulberry Street zu gelangen, eine – im Vergleich zu denen, die sie schon durchquert hatte – schmale, stinkende, überfüllte Straße mit hohen rußigen Häuserblocks. Giulia Masca hatte noch nie so viele Menschen auf einmal gesehen. Völlig erschöpft suchte sie nach der Aufschrift *James Albert Robinson* oder *socks,* sah aber neben der Nummer 117 nur ein rot-grünes Schild auf weißem Grund: LIBERO'S GROCERY.

Sie war so müde, seit dem Vorabend hatte sie nichts mehr gegessen. Als sie einen Fuß in den Laden setzte, läutete eine Glocke. Es waren keine Kunden da. Die Säcke mit Walnüssen, die Hanfzöpfe, die aufgehängten Würste, die eingelegten Oliven, die Bananenbüschel, die Ananaspyramide, den Kübel mit grobem Salz, die Kaffeedosen, die Teepackungen, die Vanillestangen, die Gläser mit Gewürznelken und Pfefferkörnern, den Stapel gelber Seife sah sie nicht einmal, sondern ging direkt auf den Aluminiumtresen zu und stützte beide Hände auf. Die Glocke verstummte, und zwischen den zwei Waagen zu beiden Seiten des Ladentischs erschien ein Mann, der ihr riesig vorkam. Er trug einen zimtfarbenen, dunkelbraun eingefassten Kittel. Giulia wagte nicht, ihm ins Gesicht zu blicken. Zum x-ten Mal, seit sie an Land gegangen war, wiederholte sie *Mister James Albert Robinson socks 117 Mulberry Street,* dann sah sie nichts mehr.

Libero war tatsächlich ein großgewachsener Mann, aber nicht so groß, wie Giulia im ersten Moment gedacht hatte. Als er sah, wie das Mädchen zusammenklappte, stieg er eilig von dem Podest hinter dem Tresen herunter, packte sie um die Schultern und nahm sie auf den Arm. Gott, wie leicht sie ist, dachte er und war ganz erschüttert.

Im Augenblick war er allein. Der Gehilfe Santo, ein weitläufiger junger Verwandter, der vor sechs Monaten aus dem gleichen Dorf eingetroffen war, aus dem Liberos Familie stammte, war in Besorgungen unterwegs. Liberos Schwester Angela war schon ins obere Stockwerk hinaufgegangen, um für ihn, den Schwager, drei Kinder, die Großeltern und fünf Cousins zweiten Grades das Abendessen zuzubereiten. Insgesamt vierzehn Personen, die alle in Liberos *Grosseria* mitarbeiteten: als Verkäufer, Botenjungen, Aufpasser, Hausierer, Faktotum, Anpreiser. Und am Abend teilten sie sich einen großen Topf Pasta al Sugo und die vier Zimmer im ersten Stock.

Libero trug Giulia ins Hinterzimmer und legte sie auf das durchgesessene Sofa, das Santo als Nachtlager diente. Er goss ein wenig Wasser in ein Glas, tauchte die Finger hinein und begann, ihre Wangen zu betupfen. »Nun, nun«, sagte er. Er hatte alle Zeit, sie zu betrachten. Blond, die Nase mit Sommersprossen gesprenkelt, schmale, blasse Lippen. Hätte sie nicht diese Lumpen und diesen Geruch am Leib gehabt, hätte man sie für eine Amerikanerin halten können. Doch in der Art, wie sie gesprochen hatte, gab es zu viele offene *a*, zu viele helle *e* und zu viele runde *o*. Also wieder eine Italienerin, die dritte in zwei Monaten.

Sie sollten endlich damit aufhören, die Nummer 117 Mulberry Street zu benutzen. Diesmal eine Sockenfabrik, beim vorigen Mal waren es Hemden, beim ersten Mal *trousers*. Wer immer hinter dem Betrug zum Schaden der amerikanischen Regierung und der Mädchen, die sich allein in die Vereinigten Staaten einschifften, stand, machte sich nicht einmal die Mühe, den Namen des Industriellen zu ändern, der bereit war, *expert working* einzustellen: *Mister James Albert Robinson* war schon *Mister James Albert Johnson* oder auch *Mister James Albert Williams* gewesen. Phantasielose Halunken. Wenn es der Polizei von Ellis Island einfiele, die Sache zu überprüfen, würde er, Libero Manfredi, ehrlicher Lebensmittel- und Gewürzhändler, geboren vor vierzig Jahren in Colonnata, Tuscany, Italy, dessen Eltern nach Amerika ausgewandert waren, als er noch nicht lesen und schreiben, sondern nur rechnen gelernt hatte, in Schwierigkeiten geraten. Besser wäre es, Anzeige zu erstatten, doch als Giulia Masca aufwacht und aus ihren blauen Augen nicht Angst, sondern nur Staunen spricht, vergisst er den Gedanken, die Wachen zu rufen, sofort.

»Ich bin Libero«, sagt er.

»Libero«, das heißt »frei«. Giulia lächelt schwach, dann schweifen ihre Augen über die Regale voller Flaschen, Korken und Knoblauchknollen. »Ich auch«, antwortet sie.

Da sie sie dauernd um sich herumwallen sieht, bekommt Mrs. Giulia Masca große Lust, auch noch einmal so einen Umhang anzuziehen, wie ihn Assunta damals trug. Noch einmal das Gewicht zu spüren, die Steifheit des Tuchs. Der Umhang, den sie auf die Überfahrt mitgenommen hatte, war zuerst eine Decke für Santo geworden und später das Polster für die Hütte des Wachhunds bei der zweiten Verkaufsstelle, der in Soho. Das ungewöhnliche Geräusch eines Autos. Ein mausgrauer Millecento fährt stadtauswärts dröhnend an ihr vorbei. Mrs. Giulia Masca folgt ihm mit ausholenden Schritten, geht eine lange Allee entlang und steht vor dem Friedhofstor.

Aufs Geratewohl wandert sie zwischen den Gräbern mit den Kreuzen umher und bemerkt, dass es eine Ordnung gibt. Nahe am Eingang die jüngst Verstorbenen aus den letzten zwei, drei Jahren. Viele junge Männer sind dabei. Mrs. Giulia Masca geht die Reihen durch, liest die Namen, Ferrari, Rebora, Alloisio, und bleibt abrupt vor einem Leone stehen. Nicht Anita, sondern ein gewisser Giacomo, gestorben am 7. April 1944, mit zwanzig Jahren. Am Kreuz hängt ein Rosenkranz, der um ein verblasstes rotes Halstuch geschlungen ist. Davor ein Töpfchen mit gelben Primeln. Das Bild zeigt einen hübschen, lächelnden jungen Mann, ein großes Kind mit langen Beinen und Armen, das sympathische Gesicht erinnert sie … nein, unmöglich zu sagen, wem er ähnlich sieht.

Der Friedhof ist in zum Fluss hin abfallende Terrassen gegliedert. In einer anderen Abteilung sind die Erdhügel von einer dichten, stacheligen Vegetation überwuchert und die Kreuze von der Feuchtigkeit und Kälte grau geworden. Viele stammen aus den dreißiger Jahren. Mrs. Giulia Masca findet weder Leone noch Ferro, noch Assunta Parodi (sinnlos, nach *Assunta Masca* zu suchen: Nach dem Tod ihres Mannes hatte sich die Mutter, zusammen mit seinen zerlöcherten Schuhen und den zerschlissenen, selbst als Lappen untauglichen Hemden, auch von seinem Nachnamen befreit). Einfach niemanden. Dass die Leones oder die Ferros ein Familiengrab haben könnten, hält sie für unwahrscheinlich. Also wendet sie sich an den Wärter, der gerade mit einer Schubkarre voll dürrer Blätter den Weg heraufkommt, und der Mann zeigt ihr das Beinhaus für die Armen weiter unten zum Fluss hin. Es ist ein kleines weißes Gebäude mit einem Basrelief der Madonna auf dem Thron. Dort würde die Signora einige Tafeln mit der Liste der Begrabenen finden. Doch solle sie sich keine Illusionen machen, denn die Aufzählung sei unvollständig: Nicht alle Familien hätten das Geld für den Steinmetz, außerdem sei der Friedhof bombardiert worden, und auch in den Registern fehlten ganze Jahrgänge.

Den ersten Brief an Assunta hatte Giulia fünfzehn Monate nach ihrer Ankunft in New York abgeschickt: Auf vier Seiten, die dicht mit ihrer winzigen, ordentlichen, in den drei Jahren Grundschule erlernten Schrift bedeckt waren, entschuldigte sie sich für die überstürzte Flucht und teilte ihre vollzogene Hochzeit mit dem Kaufmann Libero Manfredi und die Geburt des Enkels Michael mit (sie hatte geschrieben: Michele). Sie legte auch fünfzig Dollar bei, die Assunta bei der Bank in der Neustadt oder bei einem beliebigen Kaufmann mit Geschäftsverbindungen nach Genua wechseln konnte, und ein Foto, das sie vor einem Hintergrund mit Palme zeigte, in einem Lehnstuhl sitzend, das Kind auf dem Schoß, und Libero im dunklen Anzug, die Uhrkette gut sichtbar, eine Hand auf die Schulter seiner jungen Frau gelegt.

Assunta antwortete weder auf den ersten noch auf irgendeinen der achtzehn folgenden Briefe, die alle Berichte über das Leben in Manhattan, fünf, sechs oder acht Zehn-Dollar-Scheine und ab und zu ein Foto enthielten, das Michaels Entwicklung und den Wohlstand der Familie Manfredi bezeugte: glänzende Schuhe, immer wieder neue Kleider und Hintergrundbilder, sogar einen Ring mit einem Edelstein an Giulias Finger. Der neunzehnte Brief kam Ende November 1910 zurück, aufgerissen und ohne die Banknoten. An dem Stempel UNZUSTELLBAR über der Adresse in Borgo di Dentro erkannte Giulia, dass ihre Mutter gestorben war.

Assunta brauchte niemanden, der ihr die Briefe vorlas: Die Geldscheine und Fotos sprachen für sich. Der Zorn am ersten Arbeitstag nach elf Wochen Streik (nie zuvor waren die Pausen so kurz und Bestrafungen so häufig gewesen); der Ärger, als sie Giulia nicht zu Hause vorfand; die Wut, die in ihr hochkochte, als sie entdeckte, dass das gute Kleid, die Schnürstiefel und der Umhang fehlten (sie war abgehauen!); die Rage, als sie Wochen später erkannte, dass sie in der Hölle allein bleiben würde – alle diese Gefühle flossen wie Hochwasser führende Wildbäche ins weite Meer ihres Ressentiments.

In den ersten Tagen befragte sie die Frauen in der Spinnerei, die Mädchen, die Vorarbeiterinnen. Knappe Fragen, auch Beleidigungen, aber keine konnte ihr helfen. Danach wandte sie sich an den Pfarrer, ob ihm vielleicht etwas zu Ohren gekommen sei. Möglicherweise in der Beichte. Und er solle sich nicht so anstellen, sondern einfach sagen, was es zu sagen gab, schließlich sei eine seiner besten Arbeiterinnen verschwunden, er und die Brüder, das sei doch ein und dieselbe Kasse, oder? Aber nichts zu machen, sie hatte nichts herausgefunden.

Sie unterhielt sich mehrfach mit Pietro Ferro und der *Prinzessin*, zusammen und getrennt, doch je mehr Assunta sie bedrängte, umso mehr zogen die beiden sich zurück, sahen sich seltsam an, oder vielmehr, sie sahen sich *nicht* an, das machten sie extra. Assunta war sich sicher, dass sie nicht ehrlich zu ihr waren, niemand war ehrlich, der Schaffner in der Straßenbahn hatte ausweichend geantwortet, der Bahnbeamte war unhöflich gewesen, der Sattelmacher hatte auf eine Art und Weise mit den Schultern gezuckt, die sie nicht überzeugte, einige hörten sie herablassend an wie eine arme Irre, andere mitleidig, kurz, alle hassten sie, davon war sie überzeugt, und deswegen begann sie, alle zu hassen, und Tag für Tag wuchs die Wut, die sie im Leib hatte, bis sie jedes Licht und jede Schönheit auslöschte. Sie fand keinen Trost mehr im Essen, im Ausruhen nach einem turbulenten Tag in der Spinnerei, im Tratsch mit den Nachbarinnen, in den festlichen Momenten, die es doch auch in Borgo di Dentro und sogar im Palazzo Reale gab. Bis das Alter sie gegen Ende des Sommers 1901, während Giulia in 6500 Kilometern Entfernung ihr Kind zur Welt brachte, plötzlich überwältigte, sie ins Haus verbannte, sie für Stunden lahmlegte, die Wut zu einem kompakten Block verschmolz und die Qual erstickte, so wie ein Brand verlöscht, wenn es nichts mehr zu verbrennen gibt. Als im Juni 1902 Giulias erster Brief eintraf, zusammen mit den lebhaften, mit Anilinfarben kolorierten Bildern des anderen Lebens, das die Tochter gewählt hatte, verspürte Assunta nicht einmal den Schauer des sich wandelnden Schicksals: Seit Monaten fühlte sie nichts mehr.

Aus einem alten Instinkt heraus warf sie das Geld nicht in den Ofen wie die Briefe und die Fotos. Sie verstaute es vielmehr im halbaufgetrennten Futter eines alten Koffers, bis sie eines Tages, neun Jahre nach der Flucht ihrer Tochter, die Treppe hinunterstieg und ein stechender Schmerz im linken Schulterblatt sie zwang, sich ans Geländer zu klammern und auf eine Stufe zu setzen.

»Nichts, es ist nichts«, sagte sie zu allen, die stehen blieben, um ihr zu helfen, aber sie log. Der Schmerz war heftig gewesen, eine eisige Schraubzwinge, die sich nur mühsam lockerte, und so begann eine kleine Hoffnung in ihrer Brust zu keimen wie eine Rose, die im November blüht. Sie stand allein wieder auf, lächelnd und beinahe glücklich: Bald würde sie sterben.

In die Wohnung zurückgekehrt, machte sie Wasser heiß, füllte den Zuber und wusch sich so gründlich wie seit Monaten nicht. Dann steckte sie ihre Frisur mit Haarnadeln fest, zog ihr Sonntagskleid und die Lederschuhe an. Sie legte Giulias Dollar in ein weißes Seidentäschchen, das der Pfarrer allen kleinen Mädchen zur Kommunion geschenkt hatte, verbarg es am Busen und machte sich zum Beerdigungsinstitut auf. »Keine Kreuze, keine Engel, keine Madonnen. Ich will einen schönen Tod«, sagte sie zu dem Bestatter. Dann zeigte sie ihm das Geld.

Sie einigten sich auf ein Begräbnis erster Klasse, Nussbaumsarg, Messinggriffe und Pferde mit Federbusch und Schabracke. Und auf ein zwei Meter hohes und drei Meter tiefes Grabmal mit kleinen Säulen und Kapitellen aus Carrara-Marmor in erlesener Florentiner Ausführung.

Und nun bleibt Mrs. Giulia Masca – etwa zwanzig Meter vor dem Beinhaus, das auf den Fluss hinausgeht – unter der Krone einer großen Kastanie voller Knospen stehen. Auf dem Fries, der den Architrav eines griechischen Miniaturtempels ziert, liest sie in bronzenen Lettern:

ASSUNTA PARODI

Der Tag ist trüb, doch sie schwitzt, eine von der Brust aufsteigende Welle bringt Hals und Wangen zum Glühen. Sie zieht die Handschuhe aus, nimmt den Schal ab und stopft alles in die Manteltaschen. Warum erstaunt sie nichts von dem, was Assunta tut?

Den ersten Brief hatte sie ihrem Mann zuliebe geschrieben. Denn Libero teilte sein Bett, sein Klo und sein Brot mit jedem, der auch nur entfernt mit seiner Ursprungsfamilie, den Figurenmachern von Colonnata, verwandt war, und er konnte den Gedanken nicht ertragen, dass seine junge Frau keine Wurzeln hatte, die sie mit der Herzlichkeit und Liebe einer Tochter begießen konnte. Während ihr Bauch rasch wuchs, während Giulia lernte, mit nur drei Fingern Tütchen mit gelbem Mehl zu drehen, während Michael genüsslich mit aufgerissenen Augen an ihrem Busen trank, umarmte er sie oft unvermittelt, küsste sie hinters Ohr und flüsterte: »Denk nur, wie sehr sich deine Mutter freuen würde, wenn sie dich sähe.«

Er ließ nicht locker, bis es Giulia erstaunlicherweise gelang, sich im Kopf eine andere Assunta zu erschaffen, ein Phantombild, das Liberos Wünschen entsprach, eine Mutter, der man aus gutem Grund einen Brief schicken konnte.

Doch als dann keine Antwort kam, wunderte sich Giulia nicht so wie ihr Mann. Sie kannte Assunta. Sie wusste, dass Assunta nicht die Liebreiche Mutter war, der das Herz vor Freude überfließt angesichts eines von der heißgeliebten Tochter unterschriebenen Blattes. Auch nicht die Tränenreiche, die Stolz empfindet bei den roten Bäckchen, die die Retusche des Fotografen dem Kleinen beschert hat. Und schon gar nicht die Schmerzensreiche, die, von den guten Nachrichten ermuntert, ihre Tränen trocknet, etwas Wäsche in die Tasche packt, den Hafen von Genua und schließlich den Kai von Ellis Island erreicht, wo sie sie alle zusammen mit offenen Armen empfangen hätten.

Libero dagegen war überrascht und dann verbittert, die Wochen verstrichen ohne Briefe aus Borgo di Dentro, und er schob es auf die Unzuverlässigkeit der Post oder die Schlamperei der Schifffahrtsgesellschaften, ohne die außerordentliche Menge an Korrespondenz zu bedenken, die jede Woche in beiden Richtungen den Ozean überquerte. Eines Nachmittags, als er drohte, beim Konsul offiziell Beschwerde einzulegen, fühlte Giulia, dass die Zeit gekommen war, die Phantome ihres Mannes mit der gleichen Geduld anzugehen, mit der sie sich Michaels nächtlichen Albträumen widmete. Er musste sich im Hinterzimmer aufs Sofa setzen, und sie erklärte ihm, Assuntas Schweigen *sei ihre Antwort*. Es gebe solche Mütter. Solche Familien. Aber es würde nicht ihr eigenes Schicksal sein.

Libero stützte den Kopf in die Hände. Als er wieder aufblickte und sah, dass sie ganz gelassen war, beruhigte er sich. »*Well. No fear*. Zurück an die Arbeit«, sagte er, küsste sie auf die Stirn und kehrte an den Tresen zurück. An dem Tag, und nicht vor dem Reverend Thomas im Souterrain der Heilig-Blut-Kirche, verstand Giulia, was es bedeutete, die Frau von Libero Manfredi zu sein, bis dass der Tod sie scheiden würde.

Trotz des Schweigens der Mutter schrieb sie fleißig weiter. Die *Assunta Parodi*, an die die Briefe gerichtet waren, die *Liebe Mutter*, veränderte noch einmal ihre Physiognomie und begann, Anitas Großmutter Luigina zu gleichen, wenn diese Vesperbrote mit Käse belegte, Zöpfe auflöste und flocht, beim Erbsenaushülsen das Abendgebet sang. Doch teilweise war sie auch eine ganz andere Frau, weit entfernt von manchen rauhen Zärtlichkeiten der frommen Luigina Leone, eine Mutter, die Giulia Tag für Tag entdeckte, während Michael allmählich kräftig und neugierig wurde und sie das dringende Bedürfnis empfand, die Zeit wenigstens auf dem Papier festzuhalten, diese Zeit, diese Blicke, dieses Leben.

Liebe Mutter, uns geht es gut. Michele wächst und hat schon zwei Zähne bekommen. Jetzt isst er gestampfte Kartoffeln mit Käse, skrambol-Eier und süße Hafersuppe, und ich stille ihn nur noch abends. Er sagt auch schon italienische und amerikanische Wörter.

Liebe Mutter, in der Grocery zu arbeiten ist viel besser als bei den Salvi. Man schuftet den ganzen Tag, aber es herrscht nicht diese Hitze und ist nicht so feucht. Mein Mann weiß, wie er mit bestimmten Verbrechern umgehen muss, die einem den Verdienst wegnehmen wollen, und sie richten hier keinen Schaden an. Erkundigt Euch beim Pfarrer wegen der Abfahrt, die Adresse ist 117 Mulberry Street, bei der Ankunft holen wir Euch am Hafen ab. Habt keine Angst vor der Reise, sie dauert nicht lang, und man bekommt jeden Tag Frühstück, Mittag- und Abendessen.

Liebe Mutter, mein Mann hat drei Zimmer im zweiten Stock gekauft, und wir haben jetzt ein Zimmer für uns drei. Meine Schwägerin Angela benimmt sich besser, auch weil sie im unteren Stock mehr Platz hat. Die Geschäfte laufen gut, und ich habe Libero überredet, Büchsenfleisch zu verkaufen, das heißt Fleisch, das schon zubereitet und essfertig ist.

Liebe Mutter, das Büchsenfleisch ist ein Renner, bald werden wir auch schon gekochte Bohnen verkaufen, man braucht sie nur aufzuwärmen, und fertig ist das Abendessen. Vielleicht auch Erbsen in der Dose und eingemachte Pfirsiche. Die Lehrerin sagt, Michele ist bräini, das heißt ein gescheites Kind, das schnell lernt, und tatsächlich kann er schon seinen Namen schreiben, wie Ihr hier unten auf meinem Brief sehen könnt.

Liebe Mutter, hier geht es uns allen gut, es mangelt nicht an Gesundheit und zum Glück auch nicht an Brot. Michele hat eine Medaille gewonnen für sein Diktat, er schreibt schnell auf Englisch und macht keine Fehler. Er hat auch ein Gedicht gelernt, das vom Frühling handelt, aber es ist auf Englisch, und ich kann es nicht richtig aufschreiben, auch wenn ich abends mit ihm lerne und es bald können werde.

Liebe Mutter, die Geschäfte laufen gut, und ich habe Euch etwas mehr Geld beigelegt. Die Adresse hat sich geändert, wir wohnen jetzt in Soho (schaut Euch die Adresse auf dem Umschlag genau an), aber macht

Euch keine Sorgen, denn wenn Ihr ankommt, holen wir Euch am Hafen ab. Die neue Wohnung ist klein, aber sie gehört uns ganz allein, wir haben Vorhänge an den Fenstern, ein Esszimmer und auch Teppiche. Ihr könnt bei uns wohnen. Drunter ist noch ein Geschäft, kleiner, aber mit Luxusartikeln wie Flaschenwein und Schokolade. Auch die Schule ist besser. Libero fährt hin und her zwischen diesem und dem anderen Geschäft in der Mulberry Street, ich dagegen bin hier die Chefin.

Sie schrieb an sich selbst: Sie, Mrs. Giulia Masca, war die *Liebe Mutter*. Bevor sie die Briefe abschickte, fertigte sie eine Kopie an und legte sie in eine alte Bonbonschachtel. »Für Michael, wenn er groß ist, für mich, wenn ich einmal alt bin«, sagte sie. Dann ging die Schachtel verloren, und Mrs. Giulia Masca machte kein Drama daraus. »Vorwärts, vorwärts!«, dachte sie, »vorwärts! Es gibt noch viel zu tun!«

Vor dem pseudogriechischen Tempelchen spürt sie jedoch, dass 6500 Kilometer und ein ganzes Leben nicht genügt haben, um Assunta auszulöschen. Sie ist wie der Palazzo Reale: sperrig. Giulia kann die Augen nicht von dem Grabmal abwenden. Sie betrachtet die Voluten der Kapitelle und malt sich aus, wie ihre Mutter die Briefe verbrennt und sich beim Beerdigungsinstitut dem Bestatter vorstellt. Assunta. Sie schafft es nicht, die Tochter zu erstaunen. Dabei möchte Mrs. Giulia Masca staunen können. Etwas entdecken, das sie nicht weiß, damit auch diese Angelegenheit ein für alle Mal erledigt und *die Rechnung beglichen* ist.

Die Erklärung, die sie für Libero gefunden hat, ist stichhaltig, es gibt *solche Mütter, solche Familien*, sie glaubt daran, aber es bleibt eine innere Leere. Warum ausgerechnet ich? Dann lenkt ein stechender Schmerz im Magen sie ab. Es ist nicht nur eine Hitzewelle, und es genügt nicht, den Mantel zu öffnen: Sie hat ihre von Dr. Benson verschriebenen Tabletten im Hotel vergessen. Rasch eilt sie zum Beinhaus, geht die Namen auf der Tafel durch: Ferro Antonio, gestorben 1913, Pietros Vater. Leone Domenico, der Garibaldiner, Anitas Großvater, gestorben 1901. Als sie die Reihe der Frauen durchgeht, entdeckt sie Luigina Pareto Leone, Großmutter Luigina, gestorben ein Jahr nach ihrem Mann, 1902. Der Magen gibt keine Ruhe. Bevor sie sich zum Hotel aufmacht, prägt sie sich die zwei Daten ein, an denen Anita Maria Vergine Leone, kurz nach ihrer Flucht, die Großeltern verloren hat.

Als Pietro Ferro vom Tisch aufstand und Anita die Treppe hinauf ins Schlafzimmer folgte, begriffen in der Küche alle, dass die Sache ernst war. Zwölf Tage lang wartete Großmutter Luigina auf eine Erklärung, warf der Enkelin lange, stumme Blicke zu, beriet sich mit ihren Brüdern und ermahnte diese, mit Pietro ein ernstes Wort zu reden. Die Nachricht von Giulias Verschwinden ließ das hartnäckige Schweigen der zwei jungen Leute aussehen wie das Eingeständnis einer schwerwiegenden Schuld. Dass es sich um eine Flucht und nicht um ein Unglück oder, noch schlimmer, ein Verbrechen handelte, stand fest. Nicht nur das beste Kleid und die Schnürstiefel fehlten, auch das Geld war verschwunden, das Giulia heimlich angespart hatte. Anita kannte das Versteck und den Betrag, redete am Tag nach Giulias Weggang mit Assunta und sah, wie diese erbleichte. Sie half ihr mit der Schublade, hörte die endlose Tirade von Verwünschungen, und als das Trommelfeuer sich von der undankbaren Tochter auf die gesamte Schöpfung und den Schöpfer selbst auszudehnen begann, verabschiedete sie sich hastig und kehrte auf den Bauernhof zurück.

Luigina empfing sie auf der Schwelle mit dem gleichen Gesicht, mit dem sie auf ihren Mann Domenico oder ihren Enkel Giuseppe Garibaldi wartete, wenn sie, ein paarmal im Jahr, betrunken heimgebracht wurden und sie sie zur Seelenreinigung und zum Ausnüchtern in den Stall sperrte.

»Gehen wir hinein, ich erkläre es Euch«, antwortete Anita auf den Blick der Großmutter.

»Nein, Kindchen. Erst redest du, und dann darfst du rein. Vielleicht.«

Ein höllischer Wind blies. Eisschleier bedeckten die Fensterscheiben. Anita erzählte vom Streik, davon, wie sie anfing, anders zu denken als Giulia, sie würden es niemals schaffen, viele von ihnen waren völlig erschöpft, auch Giulia war immer magerer, mager und zornig, man konnte gar nicht mehr vernünftig mit ihr reden, so wütend war sie.

»Und Pietro?« Luigina hatte sich keinen Schritt bewegt, den Schal mit verschränkten Armen an sich gedrückt, die Miene hart und frostig wie die Felder rundherum.

Und Pietro: Anita hatte es nicht absichtlich getan. Sie hatte sich gewehrt, hatte alles versucht, auch, nicht mit ihm zu sprechen, auch, ihm aus den Weg zu gehen, aber es war passiert. Und es würde wieder passieren. »Ich verzichte nicht auf ihn«, sagte sie.

Als Luigina an jenem Nachmittag gehört hatte, wie die Enkelin das Haus verließ, hatte sie sich vorgenommen, sie nicht mehr hereinzulassen, bevor sie ihr nicht klargemacht hatte, welche Bedeutung die Wörter Richtig, Falsch, Laune und Strafe für ein gottesfürchtiges junges Mädchen haben sollten. Wenn nötig, auch mit ein paar Ohrfeigen zur Bekräftigung. Wenn nötig, indem sie auch sie eine Nacht lang im Stall nachdenken ließ. Doch Anitas stille Entschlossenheit, die Unvermeidlichkeit des Liebesgefühls, das sie erfüllte, entwaffneten Luigina Pareto Leone. Die Liebe ist ein Unglück, dachte sie, tief in ihrem Herzen vom Gegenteil überzeugt. Hatte sie sich etwa nicht vor dreiundvierzig Jahren von Domenico Leone, dem Rothemd, schwängern lassen, um ihn gegen den väterlichen Willen heiraten zu können, ungeachtet der Bannflüche einer Tante, die im Kloster lebte, und der Verfluchungen eines Cousins, der Erzpriester war? Und liebte sie ihn nach dreiundvierzig Jahren und drei Kindern nicht immer noch, diesen gottlosen Hitzkopf? »Ich verzichte nicht auf ihn, Großmutter«, wiederholte Anita, die dunklen Augen tiefer denn je.

Von ihren Erinnerungen überwältigt, klammerte sich Luigina Pareto Leone an den letzten Rest von Strenge, um zu zischen: »Und jetzt?« Doch sie hatte die Tür schon geöffnet.

Jetzt ging es darum, Giulia zu finden. Sie teilten sich die Aufgaben: Pietro und Anita nahmen die Straßenbahn, stiegen an jeder Haltestelle aus und zeigten ein unscharfes, sechs Monate vor dem Streik aufgenommenes Foto herum, das die Gebrüder Salvi zur Verfügung gestellt hatten. Darauf sah man, in drei Reihen, die 13 Kinderarbeiterinnen und die 58 erwachsenen Spinnerinnen: Die Kleinen saßen auf dem Boden, die jungen Mädchen auf Bänken, und dahinterstehend, die Hände im Schoß, die Erfahrensten. In der Mitte in einem dunklen Kleid die Oberaufseherin. Rechts in einer Ecke die drei Heizer und die zwei Hilfsarbeiter, die Ärmel aufgerollt über den muskulösen, bei der Ankunft des Fotografen rasch gesäuberten Unterarmen.

Giulia saß auf der Bank, die Dritte von rechts, mit aufgesteckten Haaren. Wie die anderen trug sie Rock und Schürze, die ihre Fesseln bedeckten, eine in der Taille geschnürte und bis zum Kinn zugeknöpfte Bluse mit langen Ärmeln und ein weißes Halstuch. Sie lächelte nicht. In dem grobkörnigen Weißgrau waren ihre Gesichtszüge schwer zu erkennen, aber Anita und Pietro versuchten es dennoch bei allen Spinnereien der Gegend, bei den Baumwollfabriken, in den Gasthäusern und zwischen den Kirchenbänken.

Giuseppe Garibaldi und Nino Bixio wiederum bestiegen mehrmals am Sonntagmorgen den Zug nach Genua und fragten an allen Bahnhöfen und bei allen Passagieren nach. Von der Piazza Principe aus durchkämmten sie die Hafengassen, kamen zum Carmine-Markt und drangen bis zur Piazza Caricamento vor. Sogar in den Bordellen versuchten sie es. Am vierten Sonntag ging die Lokomotive auf dem Rückweg im Tunnel kaputt: Hustend kämpften sich die zwei Brüder durch den Qualm ans Licht, bewusst, dass sie nur durch Zufall (durch ein Wunder, betonte Nino Bixio) ihre Haut gerettet hatten und dass dieser Umstand ein klares (göttliches) Zeichen war, die Suche jetzt aufzugeben und sich zu fügen (auf die Vorsehung zu vertrauen).

Die Leere, die Giulia hinterlassen hatte, füllte sich nicht, doch das Leben überwand das Hindernis und begann wieder zu fließen. Anfangs Rinnsale und Geplätscher – eine Kartenpartie, ein gemeinsamer Nachmittag, im Spätsommer der Tanzabend im Freien, Giulias Name, den jemand vor einem Kessel mit Polenta ohne Verlegenheit ausspricht –, dann ein unaufhaltsamer Strom, der sogar Großvater Domenicos Tod im Schlaf und auch Luiginas Tod aus Wehmut drei Monate später mit einem Sprung überwand.

Mit anzusehen, wie Luigina sich vor Liebe verzehrte, in Gedanken woanders, weit weg von allem, was nicht der Mann war, der es gemeinerweise gewagt hatte, sie vor der Zeit zu verlassen; zu sehen, wie wütend und wie unfähig sie war, die Dinge loszulassen, die er berührt hatte, die Nachtmütze, die Tabaksdose, den Rasierer, das Rechnungsbuch, den Nachttopf; und dann die Qual der letzten Tage, als sie schlaf- und appetitlos dalag und es sogar als schuldhafte Ablenkung vom unaufhörlichen Gedanken an ihn empfand, das Glas an die Lippen zu führen – all das veranlasste Anita, die Hochzeitsvorbereitungen zu beschleunigen: Sie liebte Pietro, und Pietro liebte sie. Warum warten? Schon, dass er abends zu sich nach Hause zurückkehren musste, machte ihr zu schaffen. Die Trennung schmerzte sie so sehr, dass sie ihm noch viele Jahre später unter der Decke in kleinen Kreisen über die Brust strich und jene Zeit wie ein gottlob überwundenes Unglück heraufbeschwor: »Weißt du noch, damals, als du abends heimgehen musstest? Als du mich nicht hier und hier und hier streicheln konntest?«

Kurz vor der Hochzeit hatte Pietro Ferro die Arbeit in der Baumwollfabrik Raggio aufgegeben und Nino Bixios

Platz in der Landwirtschaft eingenommen, da dieser nun im Priesterseminar in Carcare lebte. Mit ein bisschen Glück würde er als Pater nach Borgo di Dentro zurückkehren können, ins gleiche Haus, das ihn in den Grundschuljahren aufgenommen hatte. Auch Anita hatte die Spinnerei Salvi verlassen: Nach Luiginas Tod brauchte die Familie Leone eine Frau im Haus.

Sie heirateten an einem Mittwoch im März 1902 morgens um halb acht. Giuseppe Garibaldi weigerte sich, die Kirche zu betreten, und blieb draußen auf dem Kirchplatz, wo sich hinter einem der eleganten Pissoirs, die die Freimaurer vor jeder der sieben Kirchen der Stadt hatten aufstellen lassen, die Freunde aus dem Circolo Democratico zusammengefunden hatten, um zu rauchen.

Primo Leone dagegen führte die Tochter mit einem unübersehbaren roten Tuch in der Brusttasche zum Altar, während der Bräutigam ein ebensolches um den Hals trug. Don Giuseppe Salvi vermied es, die beiden Männer anzusehen. Die Predigt konzentrierte sich auf die Begabungen der Braut (*»eines unserer Mädelchen«*), auf den Fleiß und die Klugheit, die sie auszeichneten, Tugenden, die sie mit ihrem Bruder Nino teilte, »abwesend wegen der Verpflichtungen, die das heilige Priesteramt ihm auferlegt«, und die beide gewiss von der nie genug beweinten Luigina Pareto Leone geerbt hatten, die stets zu der Madonna della Guardia und dem heiligen Paul vom Kreuz, Schutzpatron der Stadt, gebetet hatte.

Freunde und Verwandte waren anschließend zu einem Empfang mit Brot, Salami und Rotwein im Saal des Freizeitheims geladen, doch noch vor der Mittagszeit hatten alle schon den Festtagsstaat abgelegt, um aufs Feld und in den Weinberg zu gehen.

Für Anita ist die Ehe eine Überraschung. Selbst nach Monaten hat sie sich noch nicht daran gewöhnt, neben Pietro einzuschlafen und neben ihm aufzuwachen; auch nicht an den Schatten von Bart, der jeden Morgen ihre Schulter streift, daran, dass ihr Mann ein ganzes Brot in seine Schale Milch tunkt, dass er die Kruste lieber mag als das Weiche, Aprikosen lieber als Pflaumen, Birnen lieber als Äpfel, an seine Wäsche, die sich mit ihrer mischt, an die Müdigkeitsfalte, die der Arbeitstag auf dem Feld zwischen seine Augenbrauen gräbt, an die schwarzen Schnörkel, die die Erde auf seine Handflächen zeichnet, daran, wie Pietro beim Heimkommen lauthals verkündet: »Ich bin da, und wo bist du?«

Jeden Morgen wundert sie sich, ihn neben sich zu haben. Sie genießt die Langeweile der immer gleichen Tage, Wecker um fünf, Mittagessen um zwölf, Abendessen um sieben, die Regelmäßigkeit, mit der Pietro Ferro geht und wiederkommt, isst und mit Giuseppe Garibaldi lacht. Sie ist verblüfft über die alltägliche Wiederholung des Wunders der Heimkehr und der Gespräche und der schweigenden, langsamen, geduldigen Liebe, das er für sie erfunden hat: Es beginnt beim Löschen des Lichts, entfaltet sich ganz allmählich, eine Liebkosung ohne Ende, ohne Hast, die immer heißer wird, sie in Schweiß badet und nicht mit dem Orgasmus endet, sondern wirklich erst am nächsten Morgen, wenn die Morgenröte die Lider kitzelt und die Verschlingung der Beine löst.

Das Jahr 1903 schenkt ihr noch weitere Überraschungen. Die erste ist Giuseppe Garibaldis Hochzeit mit Carolina Gaggero, Linuccia, der Blondine vom Ball im Circolo Democratico, von Beruf Schneiderin, aber vor allem begnadete Köchin. Eine Frohnatur, die, kaum hat sie den Fuß ins Haus Leone gesetzt, freudig immer runder wird.

So lernt Anita, Gerichte zuzubereiten, die Großmutter Luigina in ihrer Büßerstrenge niemals gekocht hätte: in Schmalz gebackene Teigtaschen und Restepasteten, Suppen, in denen der Löffel steht, Ackerbohnen mit Zwiebeln und brutzelnden Speckwürfeln, süße Polenta und Haselnusstorten, Sahnecremes mit Eiern und Honig, Nierenfrikassee, Schweinefuß in Essig, Innereien, gewürzt mit Knoblauch, Salz, Pfeffer, Petersilie und Rosmarin.

Von morgens bis abends in der Küche, näht, flickt, stickt und strickt Linuccia, doch vor allem kocht und probiert sie, probiert und kocht, und ihr Körper geht auf wie der Focacciateig, den sie auf dem Backbrett knetet, die Brüste prall wie Melonen, das Gesäß ausladend unter dem Rock.

Anita sieht, wie sie Töpfe und Pfannen in Besitz nimmt, und fühlt sich keinen Augenblick lang enteignet. So groß ist die Fröhlichkeit, mit der die Schwägerin sich der Aufgabe widmet, sie alle satt und glücklich zu machen. Und elegant: keine zerrissenen Säume mehr, keine plumpen Kittel in der Cascina Leone. Woche für Woche verschönert sich ihre ärmliche Garderobe durch Abnäher, Revers und Bordüren, Primo Leones Kapellmeisteruniform zieren nun goldene Tressen, die gestickten Kornblumen auf dem Bettüberwurf, den Linuccia mit ihrer Aussteuer eingebracht hat, beginnen auch auf Schürzen und Küchentüchern zu erblühen. Und Anita übernimmt gern den Teil, den die Schwägerin zwi-

schen Einweckgläsern, Eierkuchen, Heftnähten und Rata-
touille vernachlässigt: das Putzen, das Wäschewaschen, den
Gemüsegarten, der Großvater Domenicos Reich gewesen
war, die Rechnungen, die ihre beiden Männer am Abend
vor lauter Müdigkeit nicht mehr aufmerksam kontrollieren
können.

Kurz nach der Erneuerung des Halbpachtvertrags, Ende
November 1903, gehen Linuccia und Anita nach Borgo di
Dentro zum Sankt-Andreas-Markt. Mit ein paar Münzen
in den Handtäschchen aus Leinen, die Linuccia für sie
beide angefertigt hat, schlendern sie entlang zwischen Ständen mit bunten Stoffen, Bergen von Körben, Stößen von
Holzschuhen, Käfigen voller Hähne, Hühner, Kaninchen
und Wellensittichen, Pyramiden von Zuckermandeln und
schwarzen Pfannen mit heißen Maronen. Anita trägt einen
neuen Umhang, von Linuccia aus dem Rest eines englischen Wollstoffs gezaubert, der vom Mantel einer Kundin
übrig geblieben ist, gesäumt mit einem halbseidenen Rips-
band. Linuccia dagegen prunkt mit polierten Stiefelchen,
die ihre rundlichen Waden einschnüren, ein Zeichen blühender Gesundheit, und einem stolzen, spitzen Bauch, der
darauf hinweist, dass ihr erstes Kind ein Junge sein wird.

Vor dem Nougatstand greift Linuccia nach Anitas Hand.
»Lass uns umkehren«, sagt sie und zeigt auf die glitschige
Pfütze, die sich zu ihren Füßen gebildet hat. Im Sturmschritt zieht sie sie heim, ohne Schmerzen erkennen zu
lassen, und schließt sich sofort mit ihr in der Speisekam-
mer hinter der Küche ein, mit etwas Wasser, zwei Kerzen,
einem trockenen Strohsack, einem sauberen Laken und
einem weichen Tuch. Ohne einen Schrei bringt sie in einer

knappen Stunde einen Jungen mit der Lunge eines Tenors zur Welt, und ebenso läuft es ungefähr ein Jahr später, ein noch größerer Junge, ganz Stimme, während die Mutter keinen Mucks von sich gibt, nur ein paarmal schnauft, mit schweißglänzenden Wangen, und dann erneut im Oktober 1905; Linuccia, immer schwanger, bringt die Kinder ohne Hebamme zur Welt, in der Zeit, in der man eine Polenta kocht. Wieder ein Junge. Das Problem ist, einen Namen zu finden. Dies ist der einzige Wunsch, den die Wöchnerin bei jeder Geburt geäußert hat: Das Kind solle bitte nur einen Namen bekommen, denn mit dem Namen des Leone, der ihr Mann ist, komme sie nach vier Jahren Ehe immer noch durcheinander: War er nun Pio Giuseppe Garibaldi oder Benedetto Giuseppe Garibaldi? Oder war er Pio Gerolamo Bixio?

Sie einigten sich auf den Namen *Carlo* für den Erstgeborenen (nach Karl Marx und Karl Borromäus) und auf *Filippo* für den zweiten (nach dem Sozialisten Filippo Turati und dem Apostel). Doch die Tage vergingen im Hause Leone, und noch immer war man nicht so weit, den dritten Sohn beim Standesamt anzumelden und taufen zu lassen. Die jüngsten Spaltungen in der Sozialistischen Partei führten bei jedem Vorschlag zu erbitterten Diskussionen: Wer hatte recht? Arturo Labriola und die Maximalisten oder Leonida Bissolati und die Reformisten?

Federico, nach Friedrich Engels, schien eine Zeitlang eine konkrete Möglichkeit zu sein und wurde dem Priester-Onkel, der noch in Carcare abgestellt war, brieflich zur Zustimmung unterbreitet. Postwendend machte Nino Bixio die Hypothese zunichte: Es gebe zwar Heilige und Selige mit Namen Friedrich, aber keiner reiche an den großen heiligen Karl Borromäus oder den Apostel Philippus heran, der bei der wundersamen Brotvermehrung mitgewirkt habe. Das Kind verdiene etwas Besseres, und er schlage *Andrea* vor, nach Andrea Costa, dem ersten sozialistischen Abgeordneten im italienischen Parlament, und dem Apostel und Märtyrer. Die Vorstellung des Martyriums entsetzte Linuccia, und auch Giuseppe Garibaldi war nicht überzeugt: Beim Kongress im Vorjahr hatte Costa es nicht verstanden, die Spaltung zu verhindern.

In dieser Zwickmühle entschied Anita. Sie wartete, bis die Männer auf dem Feld waren, hüllte das Neugeborene, in Absprache mit Linuccia, die mit den anderen Kindern zu Hause blieb, in eine Decke und marschierte in der beißenden Kälte Mitte Dezember nach Borgo di Dentro. Zuerst ging sie auf die Gemeinde, um die Geburt registrieren zu lassen, und dann klopfte sie im Pfarrhaus bei Don Giuseppe Salvi an. »Machen Sie rasch, Hochwürden.« Beim Mittagessen, vor einer prachtvollen, cremigen *Pasta e fagioli,* teilte sie allen mit, die Diskussion sei beendet, denn das Wiegenkind trage nun vor Gott und den Menschen den Namen *Terzo.* Und das Kind, das sie selbst, dessen sei sie sicher, unter dem Herzen trage und das nach ihrer Rechnung um Sankt Johann geboren werde, solle *Domenico Luigino* heißen. Oder natürlich *Luigina Domenica.*

Punkt zwölf geht Mrs. Giulia Masca in den Speisesaal hinunter in der Hoffnung, dort Marco anzutreffen, den jungen Mann, der sie bei der Ankunft empfangen und am Abend zuvor bei Tisch bedient hat.

Sie hätte eine Menge Fragen an ihn: zum Beispiel, wann die Straße hinter der Pfarrei gebaut wurde und wann die zwei Brücken über die Orba. Und ob er je von einer gewissen Anita Maria Vergine Leone gehört habe, einer hochgewachsenen Frau mit dunklem Teint und dunklem, nun vielleicht ergrautem Haar und zwei Brüdern, Giuseppe Garibaldi und Nino Bixio, und ob er einen gewissen Pietro Ferro kenne (ebenfalls groß, grüne Augen, von Beruf Spinnereiarbeiter, und dessen älteren Bruder – Achille –, von Beruf Schuster wie der Vater Antonio). Vielleicht könnte sie zu ihm sagen, Pietro Ferro sehe Michael ähnlich, aber hier ist Vorsicht angebracht: Ihr Sohn kennt nur einen Vater, Libero Manfredi. Aus Colonnata. Dem Kellner könnte ein Wort zu viel herausrutschen.

Doch heute bedient im Saal anstelle von Marco ein junges Mädchen. In klösterlichem Schweigen serviert sie ihr einen Teller Maccheroni mit Sugo, eine Portion Schmorbraten und wieder einen gelben Apfel. Mrs. Giulia Masca kostet zwei Gabelvoll Pasta und einen Bissen Fleisch. Mit niedergeschlagenen Augen trägt das Mädchen die Teller wortlos zurück in die Küche, verschwindet und lässt die Amerikanerin allein in dem großen schmucklosen Saal, bis sie die Serviette hinlegt, aufsteht und wieder auf ihr Zimmer geht. Das Essen ermüdet sie, auch wenn es keine schwere Kost ist. Sie wird sich ein Stündchen hinlegen und dann noch einmal ausgehen. Michael kommt gegen Abend, sie werden zusammen speisen, am nächsten Morgen nach Turin aufbrechen und dann nach Marseille, Toulon, Paris, London und schließlich nach Hause fahren. So ist es geplant, daher bleibt ihr nur ein Nachmittag, um zu erkunden, was aus dem Ort geworden ist, an dem sie auf die Welt gekommen ist.

Nun ist die Hauptstraße der Neustadt an der Reihe, die Promenade, und Mrs. Giulia Masca eilt zielstrebig darauf zu, doch als sie die geschnitzten Tore, die glänzenden Türklopfer, die schmiedeeisernen Balustraden sieht, verliert sie den Mut. *Main Street*, denkt sie. Mit gesenktem Kopf geht sie an dunklen Drogerien vorbei, ärmlichen Geschäften, unbedeutenden Cafés, nicht zu vergleichen mit der Fifth Avenue. Dennoch hastet sie dicht an den Hauswänden entlang, überprüft in den Schaufenstern heimlich ihr Spiegelbild, zupft den Seidenschal zurecht, streicht die Handschuhe glatt. Haben denn fünfundvierzig Jahre wirklich nicht genügt, um das Unbehagen zu überwinden?

Assunta wagte sich nie bis in diese Gegend vor, zu armselig die Holzschuhe, zu fadenscheinig der Umhang. »Reiche Schweine«, knurrte sie mit gesenktem Kopf und zog der Hauptstraße die Gassen des Aie-Viertels vor, das wie ein Geschwür hinter der *Promenade* wucherte und so schmutzig und elendig war wie Borgo di Dentro.

Mrs. Giulia Masca beschleunigt den Schritt und erreicht im Nu eine lichtdurchflutete Piazzetta. Das Wetter hat aufgeklart, wolkenloser Himmel, Blumenduft. Sie wandert an der hellen Fassade der Kapuzinerkirche vorüber, an der bemalten Front des Mädcheninternats und kommt zu der großen freien Fläche, wo die Stadt vor einem halben Jahrhundert den Feldern Platz machte.

Sie entdeckt viele Neubauten, ein paar protzige Villen, eine öffentliche Bedürfnisanstalt genau in der Mitte der offenen Fläche, Zollbüros und eine öffentliche Waage, eine

Reihe großer Fenster an dem Gebäude, das früher das Waisenhaus beherbergte. Rundherum reger Verkehr von Wagen, Fahrrädern, Kutschen und flanierenden Damen. Ab und zu ein schnittiges Automobil, das hupend seine Fahrt verlangsamt.

Es gibt auch eine von jungen Rosskastanien gesäumte Grünanlage mit einem Denkmal in der Mitte: eine große weibliche Figur mit ausgebreiteten Flügeln und Schild am Arm, ein Trupp Soldaten mit Patronentaschen, Helmen und Bändern und eine Gruppe ätherischer, weinender Madonnen. Darunter ein vertrockneter Lorbeerkranz mit einer Schleife in den Farben der Trikolore.

Mrs. Giula Masca tritt näher, geht um den breiten Sockel herum. Keine Daten, keine Namen. Borgo di Dentro hütet seine Geheimnisse gut, denkt sie. Während sie überlegt, ob sie sich auf eine Bank setzen soll, bemerkt sie, wie sich eine Frau im dunklen Umhang an den Kastanien vorbei auf die Villa zubewegt, die sich hinter dem Denkmal befindet. Sie sieht sie von hinten, mit Kopftuch. Die Figur hat etwas Vertrautes an sich, im stolzen Schritt, auch in der Art, wie sie am Schloss des Türchens neben dem hohen Gittertor herumhantiert, es öffnet, hinter sich zumacht und die Eingangstür erreicht. Mrs. Giula Masca ist sich nicht sicher. Was soll sie tun? Anklopfen und nach Anita Leone fragen? Sie ist sich nicht sicher.

In der Mulberry Street passierte ihr das jahrelang. Sie sah Pietro Ferro um eine Ecke biegen und folgte ihm, um dann zu entdecken, dass sie sich getäuscht hatte. Oder auch Assunta (an der Theke des Hühnerverkäufers in der Mott Street) und Anita (bei der Prozession von San Gennaro und sehr oft auf der Bowery). Sogar Primo Leone sah sie, den Kapellmeister, der im hellen Grün von Paddy's Day davonging. Jedes Mal eine riesige Aufregung und eine ebenso große Enttäuschung. Aber hier?

Die Frau im dunklen Umhang könnte tatsächlich Anita Leone sein. Über Jahre hat sie sich in ihrer Phantasie immer wieder ausgemalt, wie sie sich gegenübertreten, in einer klärenden Begegnung, einem entschlossenen Gespräch, das einmal harsch verläuft wie zwischen durch schändlichsten Verrat entzweiten Schwestern, dann wieder melancholisch wie bei Freundinnen, die ein perfides Schicksal getrennt hat. Doch hier vor dem Gefallenendenkmal handelt es sich nicht um eine Phantasie, die einen in den Schlaf wiegt. Das ist die Realität. Wenn diese Frau Anita ist, was soll sie ihr dann sagen?

Sie hat Angst. Sie erkennt den Druck im Magen wieder und auch den Geruch und ärgert sich, weil sie nicht darauf gefasst war. Sie hat den Ozean überquert, hat für fast zwei Monate auf den Trost der Enkel verzichtet und nun, im entscheidenden Moment, fehlt ihr der Mut?

Instinktiv möchte sie bloß weg. Ins Hotel zurückkehren, sich mit einem Buch ins Zimmer verziehen, bis Michael kommt. Im Koffer hat sie *Vom Winde verweht* dabei. Schon dreimal hat sie es gelesen, und im Film hat sie geweint. Sie findet, dass Libero etwas von Ashley Wilkes hat und etwas von Rhett Butler. Aber sie steht nicht auf, obwohl sie beschlossen hat, es so zu machen, denn das ist das Beste: ein wenig Unterhaltung mit Miss Scarlett, dann Abendessen mit Michael, ein paar Stunden Schlaf und Abreise bei Sonnenaufgang. *Tomorrow*, morgen ist ein neuer Tag.

Addio für immer, Borgo di Dentro ist nicht Tara. Aber sie bleibt weiter sitzen. Ein Windstoß fährt durch die Kastanienzweige, es ist, als flüsterten die wie Perlen schimmernden Knospen *ts ts … ts ts … davonlaufen? … noch einmal davonlaufen?* … Damit halten sie sie auf der Bank fest.

Manche Ängste sind leicht zu verstehen. Im dritten Stock des Palazzo Reale wohnte ein Seifenverkäufer mit seiner Frau und drei Kindern, die sechs, sieben und acht Jahre alt waren. Obwohl es Pflicht war, gingen sie nicht mit Giulia und Anita zur Schule. Der Mann schleppte sie mit auf die Rummelplätze und Märkte in der Umgebung und hielt sie an zu klauen, was sie nur konnten: Portemonnaies, Taschen, Kerzen, eine Handvoll Kichererbsen. Eines Nachmittags Ende November kam Giulia aus der Schule heim, und da saß der Seifenverkäufer auf der untersten Treppenstufe. Als er das Mädchen sah, verschloss er den Sack mit ranzigem Schweinefett, den er vor sich hatte, und hängte ihn über die Schulter. »Für die Seife«, sagte er. »Gib mir die Hand, es ist dunkel, ich begleite dich.« Auf dem ersten Treppenabsatz, in völliger Dunkelheit, verlangsamte der Mann den Schritt. »Warte«, sagte er, und während er auf der Suche nach dem Geländer die Wand abtastete, legte er ihr die Hand auf die Schulter, fuhr ihr den Rücken hinunter bis aufs Gesäß und ließ sie dort liegen. Bei der Bewegung machte der Sack mit den Schweineschwarten ein glitschiges Geräusch, und der Gestank nahm ihr den Atem. Sie gingen langsam weiter, Stufe für Stufe, die Hand des Mannes immer noch auf ihrem Körper. »Warte«, sagte er, wenn Giulia beschleunigte. Mit der anderen Hand tastete er nach ihrer Brust, als wollte er sie im Gleichgewicht halten, und bei jeder Stufe grabschte er etwas tiefer, und als die Finger oben zum Saum des Umhangs gelangten und unten auch den Saum des Kleids überwanden und die Kleine spürte, wie sie die Strümpfe und dann die kalte, nackte Haut der Schenkel hinaufwanderten und dort an der Stelle innehielten, die man nicht nennen und nicht berühren darf, da krampfte sich Giulias Magen zusammen, und die Angst ließ sie verstummen.

Es passierte noch drei- oder viermal und nicht mehr als das. Die Übelkeit kam und ging, die Angst blieb ihr. Assunta sagte sie nichts davon, auch Anita nicht und am allerwenigsten Pietro. Sie hatte keine Worte, um *diese Sache* auszusprechen.

Einige Wochen später liefen die Carabinieri der Königlichen Kaserne immer zwei Stufen auf einmal hinauf und brachten den Seifenverkäufer in Handschellen fort. Giulia nahm die Treppe wieder leichten Herzens, doch der ranzige Geruch begann sie bald nach ihrer Ankunft in Amerika erneut zu plagen. Als sie einmal am Ende des Tages von der Besorgungsrunde zurückkehrte, die sie als Lehrling der *Grosseria* zu erledigen hatte, packte ein Kerl mit schmierigen Haaren und faulen Zähnen sie um die Taille, zerrte sie in die Ecke hinter dem Tabakkiosk in der Canal Street, warf sie aufs Pflaster, knöpfte seinen Hosenschlitz auf und hätte sie rücksichtslos genommen, wäre nicht die Verkäuferin mit einem Knüppel dazwischengegangen. Von da an steckte ihr wieder die Angst in den Knochen, um sich selbst, um ihr Kind. Nur bei der Hausarbeit oder wenn sie Kunden bediente, vergaß sie sie, doch mindestens einmal am Tag erinnerte der Geruch nach vergammeltem Fleisch sie daran, und sie erbleichte, musste sich manchmal sogar übergeben.

Und denselben Gestank meinte sie zu riechen, als sie einige Jahre später dem miesen Kerl, der sie zum dritten Mal in jenem Monat an der Theke der *Grosseria* als *irische Nutte* beschimpft hatte, das Brotmesser an die Kehle hielt; und als Libero alles, was sie gespart hatten, in die Anzahlung für ihr zweites Geschäft steckte; und als Michael als Zwölfjähriger mit einer vier Zentimeter langen und einen Zentimeter tiefen Schnittwunde an der Wange nach Hause kam; und als er mit siebzehn die Masern bekam und das Fieber nicht sinken wollte. Leicht verständliche Ängste, oder?

Aber warum jetzt, während sie hier auf der Bank sitzt und sich zu erinnern versucht, an welcher Stelle genau sie Miss Scarlett gestern Abend beiseitegelegt und das Licht gelöscht hat, während sie denkt, dass sie noch nie in Paris war, und der Duft der Pfirsichblüten vom Land rundum herüberweht, warum spürt Mrs. Giulia Masca jetzt den Modergestank nach ranzigem Schweinefett in der Kehle? Wovor hat sie Angst?

Wir brauchen keinen Lehrling in der Grosseria.

Schon gar nicht so eine schwangere Göre.

Im Haus hat keine Stecknadel mehr Platz, am allerwenigsten eine Pritsche mit Wandschirm, Spiegel, Waschschüssel und Krug, als wär's das Grand Hotel.

Dünn mag sie ja sein, aber sie isst wie ein Mann.

Noch ein Maul, das gestopft werden muss, oder vielmehr zwei, auf die Weise gehen wir bald alle am Bettelstab.

So lauteten in den ersten drei Wochen von Giulias Lehrzeit Angela Manfredis Ansichten, die sie im kernigen Italienisch von Colonnata überall ausposaunte, wo sie ein williges Ohr antraf: an der Theke, im Hinterzimmer des Geschäfts, an der Haustür und vor dem großen abendlichen Topf mit Maccheroni. Giulia fühlte Tränen der Demütigung in sich aufsteigen, Libero dagegen erwiderte nichts und verzog keine Miene. Er bildete einfach weiterhin den Lehrling aus, den er sich gewählt hatte. Er half Giulia, die Melonen auf den Karren zu schichten, der im Morgengrauen nach Harlem aufbrach, er ließ sie die englischen Wörter wiederholen, die sie brauchte, um sich orientieren zu können, er erklärte ihr, wie das Lager organisiert war, die Auslieferungsrunde, die Buchhaltung.

Eines Abends verspätete Libero sich wegen einer Versammlung im Untergeschoss der Kirche zum Kostbaren Blut. Giulia schob an der Tür der *Grosseria* den Riegel vor und ging in die Wohnung hinauf. »Die Küche ist geschlossen«, sagte Angela. Auf dem Tisch stand an Liberos Platz ein Teller, der mit einem zweiten Teller zugedeckt war. An Giulias Platz saß Angelas ältester Sohn und wischte mit einem großen, weichen Stück Brot den rotverschmierten Teller aus.

»Ich habe keinen Hunger, gute Nacht«, erwiderte Giulia schroff. Früh am nächsten Morgen sammelte sie ihre Sachen ein, stopfte sie in einen Sack, lief in die Canal Street und klopfte an die Glastür der Agentur Ross & Robinson. Sie suchten Näherinnen für eine Schneiderei am Broadway und kräftige Männer für eine Gerberei im Norden. Bei einer Lieferung hatte Giulia die Aushänge bemerkt. Sie konnte genug Englisch, um zu verstehen, dass der Tag endlos und der Lohn miserabel sein würde, aber Kost und Logis einschloss. Sie hatte versucht, sich zu vermummen, um die Schwangerschaft zu kaschieren, doch der Angestellte in Weste und schwarzen Ärmelschonern hinter dem Schalter beachtete ihr Aussehen gar nicht. Die meisten Mädchen hielten sowieso höchstens ein paar Wochen lang durch.

Er schrieb ihr die Adresse auf ein Blatt mit dem Briefkopf von Ross & Robinson. Miss Masca solle nach Mr. Taylor fragen und ihm das Papier zeigen. Am nächsten Tag würde sie anfangen. Wenn sie wolle, könne sie aber jetzt schon hingehen und sich mit der Arbeit vertraut machen, die ganz einfach sei, denn es handle sich nur darum, Kragen, Ärmel und Knöpfe anzunähen. Von hier aus seien es zwanzig Minuten zu Fuß. *No money today, no food,* doch einstweilen könne sie ihre Sachen verstauen und sich einen Schlafplatz zuweisen lassen.

Libero brauchte drei Tage und drei Nächte, um sie zu finden. Das Entsetzen, das er empfand, als er sah, dass Giulia alle ihre Sachen mitgenommen hatte, machte ihm klar, dass er tatsächlich keinen Lehrling brauchte – da musste er Angela recht geben – und dass die Liebe ungebeten kommt, und sei es in Gestalt eines zu jungen und zu schwangeren Mädchens.

Er wusste fast nichts über sie, nicht einmal, wie alt sie war, nur, dass sie aus einem nie gehörten Dorf davongelaufen war, dass es keinen Mr. Masca gab und dass sie willig und gescheit war (wie er es sich bei einer Frau nie hätte vorstellen können). Und sehr *exciting*: Als er zusah, wie sie still zwischen den Regalen durchglitt, sich auf die Zehenspitzen stellte, um das obersten Fach zu erreichen, und dabei die Rundung des Busens, den elastisch gebogenen Rücken und die schlanken Fesseln zeigte, entdeckte Libero Manfredi, dass er nicht so kalt war, wie er zu sein glaubte.

Er hängte das Schild CLOSED an die Türe der *Grosseria* und scheuchte die Verwandtschaft durch die Straßen von Lower Eastside, um das Mädchen zu suchen. Als sie im Hinterzimmer allein waren, griff Angela Manfredi ihn an. Schon lange hatte sie sich in der Position der Herrin des Hauses bequem eingerichtet und sofort begriffen, dass dieses blasse Mädchen nur Unannehmlichkeiten machen würde. Noch dazu mit dieser Miene einer reuigen Maria Magdalena, dabei war sie doch eine Hure.

»Du bist wohl verrückt. Sie ist schwanger«, sagte sie, mit beiden Händen auf den Schreibtisch gestützt. Libero hob die Augen vom Register der Lieferungen und starrte sie an.

»Genau wie die Madonna«, antwortete er. »Geh raus auf die Straße, und such sie, und sei froh, dass ich dich nicht rauswerfe.«

Gewiss, es bestand die Möglichkeit, dass das Mädchen einen Zug genommen hatte, und dann addio Giulia. Aber Libero Manfredi war Optimist. Er studierte das Register und schrieb sich die Orte auf, an denen seine Gehilfin in den letzten Tagen vorbeigekommen war. Falls sie beschlossen hatte wegzugehen, war der Plan zwischen der Bowery und dem Broadway entstanden.

Giulia litt unterdessen. Nicht so sehr unter dem unverständlichen Stimmengewirr, der staubigen Hitze, dem grellen Lampenlicht, dem Nachzählen der Stücke alle zwei Stunden, den Drohungen, den schmerzenden Fingern, den geschwollenen Augen, dem Schweißgeruch, dem faden, kargen Essen, den Wanzen auf dem Feldbett, das sie mit einer Polin teilt, die nur *yes* und *water* sagen kann: Die Schneiderei Ross & Robinson ist letztlich gar nicht so anders als die Spinnerei der Gebrüder Salvi.

Und sie leidet auch nicht unter der Schwangerschaft, abgesehen von dem unaufhaltsamen Drang zu pinkeln, der entsprechende Lohnkürzungen zur Folge hat. Gelegentlich erinnert sie ein kleiner Tritt daran, dass sie nicht allein ist: Auch er – oder sie – ist mit in dem großen grauen Raum im sechsten Stock. Und die Wirklichkeit ist nicht, wie sie zu sein scheint. Jetzt zum Beispiel sieht es *von außen* so aus, als würde Giulia Masca einen Knopf annähen. Scheinbar fädelt sie die Nadel ein, zieht den Knoten fest, sucht die richtige Stelle, legt die kleine Scheibe neben das Knopfloch, schiebt sie in eine Reihe mit den anderen, aber *in ihr* geschieht etwas ganz anderes: In ihr wächst ihr Kind. *Innerlich* ernährt und wiegt sie ein Wesen, das saugt, leckt, schwimmt, springt, lacht. Sie fühlt, wie es lacht, völlig absurd! Und über ihr Gesicht huscht ein kleines Lächeln. Dann lässt sie ihren Blick über die gebeugten Gefährtinnen an den Tischen wandern und spürt irgendwie, dass sie noch einmal davongekommen ist.

Was Giulia Kummer macht, ist Libero, und der Schmerz, den sie empfindet, das Schweigen, das sich in ihr ausbreitet, wenn das Kind nicht strampelt, hat mit der Zeit zu tun. Ohne Libero kann sie nicht nach vorn schauen. Sie sieht das nächste Hemd, das nächste Pipi. Ansonsten herrscht Dunkelheit. Deshalb sorgt sie sich nicht darum, was im September, nach der Geburt, aus ihr werden wird: September gibt es nicht.

Wie scharfe Messerklingen quälen sie die Erinnerungen an die *Grocery*. Und in jedem Bild, das ihre Gedanken heimsucht, ist Libero: im zimtfarbenen Kittel, in der Safrandose, die unter der Theke versteckt ist, im Unterschied zwischen einer Kerze aus Stearin und einer aus Paraffin, in der Anordnung der Säcke im Lager. Libero, der sie jeden Tag ein Stück länger begleitete und die gesamte Topographie von Little Italy wie einen Teppich vor ihr entrollte: im Norden bis zur Houston Street, im Süden bis zur Canal Street, bis zum Broadway im Westen und im Osten bis zu den Spielhöllen, den Bordellen und den Opiumhöhlen der Bowery. Von ihm hat sie gelernt, dass in der Mulberry Street die Kalabresen und die Neapolitaner wohnen, während die Sizilianer in der Elizabeth Street und die Juden in der Hester Street leben. An einem Sonntagnachmittag hat er sie sogar nach Coney Island eingeladen, wo sie eine Zaubershow gesehen und kandierte Äpfel gegessen haben.

Deshalb findet sie es das Natürlichste auf der Welt, als sie ihn in Begleitung von Mr. Taylor in der Tür zu dem grauen Raum stehen sieht: Seit drei Tagen und drei Nächten hat sie ihn vor Augen. Der Chef zeigt auf sie, Libero nähert sich mit großen Schritten, ernst, entschieden, die Entschiedenheit in Person, doch als er neben ihr steht, bekommt er den Mund nicht auf. »Du hast aber lange gebraucht«, sagt Giulia.

Wie eine schäumende Welle trägt das Leben sie nun den Broadway entlang an der Hand eines Mannes, den sie erst vor zwanzig Tagen kennengelernt hat. Sie läuft an den Ständen mit Holzspielzeug und an den Getränkekiosken vorbei, ihre Hand umklammert seine, und er lässt sie nicht einmal los, als sie die Straße überqueren, einem Zeitungs-jungen ausweichen, um ein Haar dem Feuerwehrwagen entgehen, der mit höchster Geschwindigkeit durch den höllischen Verkehr rast. *Destino*, Schicksal, stand auf der Fahrkarte für den Überseedampfer Werra: Drei Wochen in Amerika, und die Vergangenheit gibt es nicht mehr. Libero verlangsamt den Schritt erst beim Einbiegen in die Bleecker Street. Gleich haben sie es geschafft: Er ist gerettet, sie sind gerettet, drei Schritte, und sie sind zu Haus. Nun bleibt er mitten auf der Straße stehen und küsst sie.

Wenn sie aber nicht weggegangen wäre? Wenn sie an jenem Morgen nicht Anita und Pietro zusammen gesehen hätte, wenn sie beschlossen hätte, sich einmal umzudrehen und noch eine halbe Stunde zu schlafen, wäre sie dann je-mals Mrs. Giulia Masca aus der Mulberry Street geworden?

Es hat eine Menge Mut gekostet, alles loszulassen und sich einzuschiffen. Unter den Kastanien starren die Solda-ten mit den Patronentaschen auf einen fernen Punkt hinter ihr. Die weinenden Madonnen haben die Augen niederge-schlagen. Die geflügelte Gestalt durchbohrt mit ihrem Blick den Himmel. »Glaubst du an den Mut?«, fragte Mrs. Giulia Masca sie.

Als sie mit Pietro zusammen war, war sie sicher, dass sie ihn liebte. Als sie mit Libero zusammen war, war sie sicher, dass sie ihn liebte. Und? Wo liegt dann die Wahrheit? Wie viel Mut hätte sie gebraucht, um zu bleiben? »Und das Schicksal, glaubst du an das Schicksal?«

Mit Statuen zu sprechen hilft ihr, die Gedanken zu ord-nen. Als Libero an Schwermut erkrankt ist, hat sie, im Bat-tery Park auf einer Bank am Meer sitzend, lange Gespräche mit *Miss Liberty* geführt; und nun, seit sie in die Lexington Avenue umgezogen ist, unterhält sie sich jede Woche auf dem Columbus Circle mit Christophorus Kolumbus und erzählt ihm von Michael und den Kindern. Sehr entspannend. Doch diesmal funktioniert es nicht, im Gegenteil: Die Übelkeit wächst und schmeckt ranzig. Sie weiß nicht, was es in ihr auslösen würde, Anita und Pietro wiederzusehen. Würde es sie erschüttern, würde sie in Wehmut ertrinken um das, was nicht gewesen ist? Und was war es denn überhaupt genau gewesen: Mut oder Feigheit? Giulia Masca ist sich nicht sicher, ob sie bereit ist.

Drittes Kapitel

Um die Mitte des 19. Jahrhunderts wurden auf dem alten Kontinent mehltauresistente amerikanische Reben eingeführt, die aber von einem kürzlich entdeckten und als *Phylloxera vastatrix* bekannten Schädling befallen waren; das führte zu einer Epidemie von nie gekanntem Ausmaß, die von Irland auf das Vereinte Königreich, Deutschland und die hochwertigen Weinfelder von Bordeaux und Cognac im Südwesten Frankreichs übergriff.

Im Jahre 1868 griff diese Reblaus die italienischen Weinstöcke an, erst in der Lombardei und dann im Piemont. Der Befall zeigte sich nicht, wie es die amerikanischen Botaniker beschrieben hatten, in Form von grünlichen Gallen voller Larven auf der Blattunterseite, denn die Blätter des europäischen Weinstocks erwiesen sich zumeist als unangreifbar. Der Schwachpunkt befand sich unter der Erde, am Fuß: An den Wurzeln bildeten sich knotige Gallen voller Eier, und sie konnten keine Nahrung mehr aus der Erde aufnehmen. Die Pflanze begann zu verkümmern und ging im Verlauf von vier bis fünf Jahren ohne ersichtlichen Grund ein.

In Borgo di Dentro wuchs die Nervosität im Jahr 1905, als die Zeitung *Corriere delle Valli* die gefürchtete Nachricht verbreitete: Weniger als zwanzig Kilometer entfernt waren mehrere Hektar infizierter Rebenreihen herausgerissen und den Flammen übergeben worden. Giuseppe Garibaldi wurde nachdenklich. Sein Jüngster, Terzo, wuchs sichtlich, und auch der Bauch seiner Schwester Anita schwoll an: Mit der Seite des *Corriere* vor Augen beschloss er, dass man die Situation angehen müsse.

Also nahm er an Konferenzen teil, die in den Räumen des Arbeitervereins und am Sitz der Sozialistischen Partei organisiert wurden; mit einer Gruppe weiterer Bauern aus der Gegend traf er in Alessandria den Agronomen, den die Regierung zur Überwachung des Befalls gesandt hatte; er abonnierte sogar ein Monatsbulletin für Winzer: Bei Kerzenlicht las er jeden Abend nach dem Essen einen Artikel, bis sein Kopf auf die Tischplatte sank und Linuccia ihm die Hand auf den Arm legte. Als Anita Leone Ende Juni 1906 nach einer ungewöhnlich langen Schwangerschaft und zweiundzwanzig Stunden Wehen erschöpft und sprachlos vor Qual Domenico Luigino zur Welt brachte, hatte Giuseppe Garibaldi mittlerweile eine klare Vorstellung davon gewonnen, was zu tun war.

Einige Wochen nach der Geburt, als seine Schwester wieder Farbe im Gesicht und Pietro Ferro den Schrecken überwunden hatte und das Baby schon allgemein zu Nico geworden war, sprach er das Problem an. »Die Krankheit kommt näher«, sagte er gegen Ende des Abendessens, als sie noch alle bei Tisch saßen. Auch die Frauen und die vier Kinder, von denen zwei am Busen hingen.

»Schwefelkohlenstoff nützt gar nichts, und auch Sand unter die Erde zu mischen hilft nicht. Das Einzige ist, die Weinstöcke auszureißen, alles zu verbrennen, die Rebläuse samt ihren Eiern zu vernichten, Ableger der amerikanischen Rebe zu pflanzen, weil deren Wurzeln gegen die Schädlingsstiche resistent sind, und dann Dolcetto oder Barbera aufzupfropfen und abzuwarten.«

»Wir pflanzen nur Wein an«, fuhr Giuseppe Garibaldi fort. »Keine Ackerbohnen, kein Getreide, keinen Klee. Wir machen die Reihen enger: Wo zwei waren, setzen wir drei hin.«

»Und dann?«, fragte Anita.

»Dann warten wir. Vier oder sogar fünf Jahre ohne Weinlese.«

Niemand machte den Mund auf. Giuseppe Garibaldi strich mit den Fingern die karierte Tischdecke glatt. »Wir machen acht Teile, einen pro Jahr. In diesem Herbst fangen wir mit dem Roden an«, fügte er hinzu.

In der Stille spielten Carlo und Filippo, seine beiden größeren Söhne, mit einem Pfirsichkern, den sie abwechselnd in der Faust versteckten. Giuseppe Garibaldi hob den Blick von der Tischdecke und sah sie an. Dann betrachtete er Terzo, der am Busen eingeschlafen war, Nico, der noch saugte, Pietro Ferro, der Anita den Arm um die Schulter gelegt hatte, Linuccia, die die Nase hochzog. Und seinen Vater Primo, der den Kopf in die Hände stützte.

Ein Fehler. Ein Riesenfehler, Giuseppe Garibaldi begriff es sofort. Wie hatte er nur so naiv sein können? Er hätte zuerst mit seinem Vater sprechen müssen, ohne die anderen. Ihn nach seiner Meinung fragen müssen. Mehr noch: ihn um *Erlaubnis* bitten müssen, das sagen zu dürfen, was er gesagt hat. Er hat es an Respekt fehlen lassen. Schon seit Monaten macht er alles allein. Würde es ihm später genauso gehen? Werden sich seine Söhne eines Tages gegen ihn auf-

lehnen? Werden sie ihn noch in der Blüte seiner Jahre bei-
seiteschieben?

»Papa«, sagte er mit ein wenig erschrockener Stimme.

Primo hob die Augen. Das Wunder ist gelungen, dachte
der Maestro in diesem Moment. Er, Primo Leone, mit fünfzig Jahren noch genauso vom magischen Klang der Blech-
blasinstrumente fasziniert wie mit fünf, Trüffelsucher aus
Liebe zur Nacht, schlaflos vom zu vielen Phantasieren, er
hatte es verstanden, das zu bewahren und weiterzugeben,
was wirklich zählt: die Energie, den Sinn fürs Praktische
und den eisernen Willen von seinem Vater Domenico, dem
Garibaldiner. Der mächtige Lebensstrom war nicht durch
seine Schuld versiegt. Blut von seinem Blut ist Anita, seit
je erkannte er an ihr die Zeichen, die Krankheit dessen,
der sich zurückzieht, aber alles sieht und zu viel versteht.
Fleisch von seinem Fleisch auch Nino Bixio, dessen reli-
giöses Feuer hat viel gemein mit Primos Art, sich täglich im
Unsichtbaren zu verlieren, sich dem Nutzlosen zu widmen.
Und nun erkannte er an Giuseppe Garibaldis Entschlossenheit, dass das Wichtigste von allem, nämlich die Fähig-
keit, sie jetzt und in den kommenden Jahren am Leben zu
erhalten, nicht mit seinem eigenen Vater Domenico verschwunden war, und zum ersten Mal seit jenem Mittwoch
im November, an dem er seine Handvoll Erde auf den Sarg
des Vaters geworfen hatte, fühlte er sich wie neu- und unschuldig geboren. Und leicht, frei, in den Winkel zurückzukehren, der sein Beobachtungsposten ist, seine Zuflucht
und seine Kraft. Er spürte eine unangebrachte Träne im
rechten Augenwinkel, wischte sie mit seinem Hemdsärmel
ab und machte dem Sohn ein Zeichen fortzufahren. *Sag*

uns, was wir tun sollen. Giuseppe Garibaldi sah ihn verwirrt an, aber nur einen Augenblick, denn die Sache war zu ernst, die Zeit drängte, und die Familie sollte in aller Deutlichkeit begreifen, wie lange der Sturm dauern würde: »Zwanzig Jahre, nicht eines weniger. Immer vorausgesetzt, dass der Preis der Trauben nicht fällt. Auf der Landwirtschaftsbank sagen sie, in zwanzig Jahren zahlen wir die gesamten Schulden zurück.«

Es blieb das Problem mit dem Marchese Franzoni, das heißt, mit den vier Hektar Land, die die Leones zusätzlich in Halbpacht bewirtschafteten, zwei Hektar mit Dolcetto, einer mit Barbera und einer mit Weizen und Kartoffeln. Einverstanden mit der Rodung und der Neupflanzung, hatte der Padrone geantwortet, als Giuseppe Garibaldi im Sonntagsanzug und mit einem Korb Pflaumen für die Marchesina Adelaide zur Villa hinaufgestiegen war. Freie Hand, Leone, aber wer soll das bezahlen?

So wurde auf Franzonis Ländereien nichts getan. Und die Reblaus kam. Fünf Jahre nach dem Abendessen mit den Schulden wurde in einer Verfügung des Unterpräfekten die Zwangsrodung von sieben Hektar infizierter Weinberge angeordnet, die an das Land des Marchese grenzten. Und als Giuseppe Garibaldi 1913 vor dem Bankbeamten die letzten zwölf Wechsel zu je 100 Lire unterzeichnete, hatte die Plage die nördlichen Grenzen von Borgo di Dentro erreicht.

Nur die Hälfte der neuen Rebstöcke hatte begonnen, Früchte zu tragen. Die Weinstöcke des Marchese hatten verkrüppelte Blätter, spärliche Trauben mit Beeren ohne Saft. Giuseppe Garibaldi ist überzeugt, dass es von der Krankheit kommt, er hofft, dass der Marchese sich nicht mit den Berichten des Verwalters Alfonso Risso begnügt, eines Genuesers aus dem Val Bisagno, dem die Leones nicht trauen. Mehrmals zieht er sich um und läuft zur Villa hinauf, um den Padrone zu überreden, zum Weinberg zu kommen, damit er die Verwüstung mit eigenen Augen sieht.

Eines Morgens im Mai 1914 erscheint der Marchese allein, in Jagdkleidung und zu Fuß, das Gewehr geschultert, die Lederstiefel spiegelblank, mit den zwei kakaobraunen Pointern, die er drei Monate zuvor auf einer langen Reise im Périgord erworben hatte. Angesichts der Katastrophe spricht er von winterlicher Dürre und Frost im Frühling. Oder sind die Weinstöcke etwa nachlässig zurückgeschnitten worden? Zu hastig?

Giuseppe Garibaldi möchte entsprechend antworten, noch nie hat jemand seine Arbeit bemängelt, diese Äußerungen stammen bestimmt von Risso, einem ehrlosen Mann, der nur die Pächter schlechtmachen will und Lügenmärchen erzählt, um seine eigenen Unterlassungen zu kaschieren. Doch die Worte bleiben ihm im Hals stecken, denn die Hunde nehmen Witterung auf, und der Padrone hat sich schon auf den Weg gemacht. »Ärgere dich nicht, Leone, wir sind in Gottes Hand«, sagt er, ohne sich umzudrehen.

Um die beträchtlichen Schulden bedienen zu können, schlug Giuseppe Garibaldi daraufhin den Gutsbesitzern Scarsi von Rocca Grimalda, drei Kilometer von Borgo di Dentro entfernt, einen Halbpachtvertrag für ein sonniges Stück Land mit Dolcetto-Reben vor: Er sollte im November 1914 abgeschlossen werden, und die Leones verpflichteten sich darin, mit drei erwachsenen Männern, zwei Frauen, vier Kindern von acht bis elf Jahren und der geringstmöglichen Anzahl von Tagelöhnern die stattliche Fläche von insgesamt acht Hektar zu bearbeiten.

In der Küche der Scarsi wird einem schwindlig vom durchdringenden Duft nach Glühwein, Gewürznelken, Wacholderbeeren und geronnenem Schweineblut. Und während Giuseppe Garibaldi seinen Kragen aufknöpft, die Ärmel hochkrempelt und zur Feder greift, sitzen im perlmuttfarbenen Büro des italienischen Botschafters Guglielmo Imperiali di Francavilla in London der britische Außenminister Edward Grey, der französische Botschafter Pierre Paul Cambon und der russische Botschafter Alexander Konstantinowitsch Benckendorff um eine Flasche Sherry aus Massandra, die an diesem Morgen auf abenteuerlichen Wegen heil aus der Krim eingetroffen war. Sie bedrängen den höchsten Repräsentanten der italienischen Diplomatie im Vereinten Königreich: Der Krieg tobt seit Monaten, sagen sie, Europa steht in Flammen, und Italien schaut zu. *Cui prodest,* wem nutzt das? *Heavens,* Monsieur Imperiali, wenn man sich heraushält, spielt man den Sozialisten in die Hände!

Der italienische Botschafter zeigt sich unschlüssig. Im Licht der hohen, mit blassrosa Brokat drapierten Fenster tut er so, als betrachte er den bräunlichen, öligen Schimmer in dem halbvollen Kristallgläschen. »Meine Herren, wenn ich Sie recht verstehe, sollte Italien Ihrer Meinung nach den österreichischen und deutschen Verbündeten verraten«, bemerkt er dann nach einer angemessenen Denkpause.

Welch starke Worte, Monsieur Imperialì! Italien müsste in seinem *intérêt légitime* handeln. Es müsste den Kräften der Entente helfen, den Krieg zu gewinnen und das bekommen, was *a natural right* ist, was Kaiser Franz Joseph aber nicht abtreten will: Trient, Südtirol, Julisch Venetien, Istrien, Dalmatien und eine Handvoll kleiner Inseln, an deren Namen sich im Augenblick keiner der Anwesenden erinnert. Und Antalya in der Türkei (die viele Kohle, Monsieur!). Und Libyen und den Dodekanes, *obviously*. Gebiete, die ja eigentlich schon italienisch seien: Ist es denn nicht besser, das schriftlich festzuhalten?

Wochenlang wird diskutiert, nicht nur in dem perlmuttfarbenen Büro, sondern auch in den abgeschiedenen Ecken der Salons von Mayfair, im Foyer von Covent Garden, in den reservierten Logen im Drury Lane Theatre. Und während die Leones auf den Hügeln rund um Borgo di Dentro mit dem winterlichen Zurückschneiden beginnen, vertraut Guglielmo Imperiali di Francavilla chiffrierten Kabelnachrichten die Vorschläge an, die Seiner Majestät Vittorio Emanuele III. unterbreitet werden sollen. Gemeinsam mit dem Außenminister vergleicht der Herrscher sie mit den Gegenvorschlägen aus Wien und Berlin und genießt das berauschende Gefühl, nicht zu spät geboren zu sein. Für etwas *entscheidend* zu sein, so wie ein halbes Jahrhundert zuvor der *Große Ahnherr*, der Italien schuf.

»Es war auch Zeit!«, rief er aus, als er die soundsovielte *confidential note* verbrannte. Die Vettern werden aufhören, ihn wegen seiner eins dreiundfünfzig zu hänseln (der *Große Ahnherr* war übrigens eins achtundfünfzig, es ist ja nicht die Körperlänge, die die Größe ausmacht). Gewiss werden sie es nicht wagen, ihn weiter *Sciaboletta*, das Säbelchen, zu nennen. Ein Wort von ihm:

Krieg!

und der Krieg wird das größte Geschäft sein, welches das Haus Savoyen je gemacht hat. Der blutige Morast, in dem Europa ertrinkt, wird schmackhafte Früchte tragen! Ein Dutzend Wörter:

Soldaten zu Lande und zu Wasser!
Die feierliche Stunde hat nun geschlagen!

und sein Konterfei in Uniform wird in den Schulbüchern neben der mächtigen Büste jenes anderen Vittorio Emanuele zu sehen sein.

Am 26. April 1915, einem warmen Frühlingstag, an dem das Gebäude der italienischen Botschaft in der endlich vom Nebel befreiten Luft glänzt, unterzeichnen die drei Diplomaten und Monsieur Imperiali schließlich ein geheimes Abkommen, das später als Londoner Vertrag in die Geschichte eingehen wird. Italien wird in den Krieg eintreten, sobald es sein Heer organisiert hat. Der Generalstabschef Luigi Cadorna arbeitet schon daran. Keine Bekanntmachungen an jeder Ecke: Um den ehemaligen österreichischen und deutschen Verbündeten und jetzigen Feind nicht zu alarmieren, begnügt man sich mit der königlichen Post: Hunderte von Briefträgern mit Ledertasche über der Schulter stellen in der Stille des Morgengrauens mit dem Fahrrad persönliche Einberufungsbefehle zu, auf denen zwischen den Worten *befiehlt* und *zu erscheinen* mit Tinte der Name eingetragen ist. Ohne Aufsehen flattern sie jeder Familie ins Haus, dünnes Papier, leicht wie frisch grünende Blätter.

Einer davon kommt am 15. Mai 1915 in der Cascina Leone an, während die Männer draußen sind, um die Rebschösslinge zu beschneiden, und Frauen und Kinder gerade grüne Bohnen säen. Giuseppe Garibaldi Leone, Jahrgang 1882, Sohn von Leone Primo und Bruni Angela Maria, wird aufgefordert, sich am 20. Juli 1915 vormittags um acht Uhr dreißig in den Räumen der Unterpräfektur von Novi Ligure einzufinden: Musterung und Einberufung.

Der an Pietro Ferro adressierte Einberufungsbefehl kam eine Woche nachdem Giuseppe Garibaldi abgereist war. Mit einem Nachtrag, der auf dem vorgedruckten, an den Schwager gerichteten Bescheid fehlte: *Nichtbefolgung entspräche einer Kriegsdienstverweigerungserklärung.*

Vergeblich das Revisionsgesuch, das auf Anraten von Don Salvi und vom Pfarrer gegengezeichnet eingereicht wurde: Am Morgen des 6. September 1915 brach Pietro Ferro auf. Die Weinlese begann zwei Wochen später.

Mrs. Giulia Masca liebt es, Koffer zu packen: ganz unten die Bücher zu verstauen, dann die Kleider und Blusen zu falten, sie nach Stoffart aufeinanderzustapeln (Gabardine unten, Popeline und Pikee in der Mitte, Musselin und Seide oben), Seidenpapier zwischen die einzelnen Schichten zu legen, die Lücken mit weicher Wäsche, Strümpfen und Handschuhen zu füllen: Nichts beruhigt sie so sehr wie die rationale Ordnung eines gutgepackten Koffers.

Im Sturmschritt ins Hotel zurückgekehrt, ist sie entschlossen, ihren Aufenthalt in Borgo di Dentro rasch zu beenden. *A weakness,* die ihr nicht ähnlich sieht, hätte Libero kommentiert, aber irgendwie hatten es Michael und Claire geschafft, sie zu überreden. Eine Viertelstunde hat sie gebraucht, um Schuhe und Handtaschen im ersten Koffer zu verstauen, eine weitere Viertelstunde für den zweiten Koffer und ungefähr zehn Minuten, um das Necessaire zu ordnen, das ihr *baggage* vervollständigt. Auf dem Bett hat sie nur ihr Nachthemd und den Roman von Margaret Mitchell liegenlassen, in dem sie zum Einschlafen lesen wird. Sie hat beschlossen, dass sie das Zimmer bis zu Michaels Ankunft nicht verlässt.

Das ungeöffnete Buch im Schoß, sitzt sie auf der Bettkante und betrachtet die drei neben der Tür aufgereihten Gepäckstücke: viel weniger als die, die Vivien Leigh vom Kai in Southampton zum Set von *Vom Winde verweht* begleiteten, viel mehr als der einzige Beutel, mit dem Giulia Masca vor fünfundvierzig Jahren in New York angekommen war. Die Erfahrung hat sie gelehrt, dass drei Koffer genau richtig sind, wenn man länger als einen Monat unterwegs ist und vorhat, unterschiedliche Transportmittel zu nehmen, Schiff, Zug und Auto.

Die Idee mit den Reisen kam ihr, als Libero an Schwermut erkrankte. Mrs. Giulia Masca denkt, dass alles an dem Tag begonnen hat, an dem Angiolina Mancuso in der *Grosseria* an die Theke trat und nicht wie gewöhnlich das Allernötigste verlangte, sondern zwei Kilo trockene Pasta, zwei Kilo Peperoni, ein Kilo gesalzene Sardellen, einen ganzen Caciocavallo, drei Handbreit pikante Salami, zwei *fiaschi* Wein und sogar einen großen Riegel Schokolade. »Signora

Mancuso, beliebt Ihr zu scherzen?«, hatte Libero unfroh gefragt.

Verkäufer und Kunden hielten die Luft an, wandten den Blick ab von dem verwaschenen alten Kleid, der verknitterten Schürze, den ausgetretenen Pantoffeln, den zerschlissenen Strümpfen. Angiolina Mancuso hob das Kinn und zog das Portemonnaie aus der Tasche. Vor Liberos Augen öffnete sie es, drehte es um und schüttelte es. »Nichts, nicht einmal ein Nickel, Signor Libero. Aber mein Antonio zieht in den Krieg, das muss gefeiert werden.« Ihre Unterlippe zitterte ein wenig.

Angiolina Mancusos ältester Sohn war nicht der Erste aus der Lower East Side, der als Freiwilliger nach Europa ging, aber an jenem Tag musste in Liberos Kopf etwas geklickt haben. Er sah der Frau nach, die mit vollen Einkaufstaschen und stolz aufgerichteten Schultern davonging, und das Vaterland, das er mit acht Jahren verlassen und an das er sich nur selten flüchtig erinnert hatte, drang wie Giftgas in seine Gedanken ein.

Es kam stoßweise, in Wellen, die ihm den Atem nahmen: Colonnata, *Tuscany, Italy*. Die undeutliche, quälende Erinnerung an einen Turm vor dem eisigen Himmel; das scharfe Profil der von den Steinbrechern ausgeweideten Hügel; die Prozession der Marmorblöcke; der schneeweiße Splitter, den ein Steinmetz ihm geschenkt hatte; das eine Mal, als sie ihn mitgenommen hatten, um ihm riesige Seilwinden, Trommeln und Zahnräder zu zeigen, so groß wie die dressierten Zirkuselefanten von Coney Island. Aus dem Dunkel der Kindheit tauchte auch das Bild eines geheimnisvollen, riesigen grauen Kessels auf: Jemand packt ihn unter den Achseln, und er lässt sich hochheben bis über den fettig glänzenden Rand, in den betäubenden Geruch nach Knoblauch und Rosmarin, und beim Anblick der prächtigen Marinade, in der Schweinefleischstücke leuchten wie rosa geäderter Marmor, wird ihm ganz flau.

Vor dem Einschlafen setzte Libero innerlich die Werkstatt wieder zusammen, die seinem Großvater, dem Stuckateur, gehört hatte, der auf den Märkten von Carrara, Pisa, Florenz, Rom und sogar Neapel Gipsfiguren verkaufte. Wie kostbare Münzen, die mindestens einmal am Tag poliert werden mussten, sammelte er Details aus der Vergangenheit: die dicken Finger des Figurenmachers, die starre, staubweiße Haut, die Flüche, lang wie Kinderreime oder kurz wie ein Niesen, die Spachteln in der ersten Schublade, die Meißel mit Spitzen so scharf wie Rasierklingen, die unterschiedlich langen, dicken und dünnen Pinsel, die aufeinandergestapelten Gussformen, die Christusse, die Heiligen, die großen, mittleren und kleinen Madonnen, alle im Regal aufgereiht, fertig zur Bemalung.

Hatte diese plötzliche Schwermut vielleicht damit zu tun, dass Libero gerade fünfundfünfzig geworden war? Damit, dass er sich beim Heben eines Kartoffelsacks die rechte Schulter verrenkt hatte? Mrs. Giulia Masca war davon überzeugt, wie sie sich auch jetzt in dem Zimmerchen im Albergo Grande Vittoria sicher ist, dass ihre Entscheidung, Borgo di Dentro wiederzusehen, etwas mit den kleinen dunklen Flecken zu tun hat, mit denen ihre Handrücken übersät sind.

Zu alt, um als Soldat zu dienen, nahm Libero auf seine Weise an dem Konflikt teil: Er ließ sich von Michael die

Berichte vorlesen, die ab und zu in der *New York Times* erschienen, ereiferte sich über die Siege der Entente, verfluchte die abwartende Haltung von Präsident Wilson, die Grausamkeit des Kaisers und die Gemeinheit der Österreicher. Er spendete für jedes Komitee, bei jedem Aufruf und jeder Sammlung zugunsten der italienischen Witwen und Waisen oder wenn die Flugblätter die Trikolore aufwiesen. Als Wilson im April 1917 Deutschland den Krieg erklärte, spendierte Libero zur Feier des Ereignisses allen italienischen Kunden der Mulberry Street eine Runde Wein und Käse. In den zwei Jahren, die ihr Sohn beim Militär diente, ernährte Angiolina Mancuso ihre Familie auf Kosten der *Grosseria,* und als gegen Ende des Jahres 1917 die Nachricht eintraf, dass der junge Mann vermisst und wahrscheinlich in österreichischer Gefangenschaft sei, stellte Libero zum zweiten Mal in seinem Leben einen Lehrling ein, den er nicht brauchte: den Zweitgeborenen von Angiolina Mancuso.

Während die italienische Front vorrückte, sich zurückzog, sich stabilisierte, wieder vorrückte und sich erneut zurückzog und die Armee bei Caporetto scheiterte und am Piave durchhielt und dann bei Vittorio Veneto den endgültigen Durchbruch erzielte, wonach General Armando Diaz der Welt verkündete, dass *der anhaltende, erbitterte, seit 41 Monaten dauernde Krieg zu Ende und gewonnen sei,* lernte Libero die Wörter *Isonzo, Carso, Adamello, Asiago, Gorizia, Ortigara, Bainsizza, Monte Grappa* auswendig, wie man es mit Gedichten und Gebeten macht.

Er plante die Rückkehr nach Italien mit der gleichen Energie, die er immer in sein *bisinis* gesteckt hatte, und dachte an eine zweimonatige Wallfahrt, die ihn von Colonnata zuerst zu den fabelhaften Märkten seines Großvaters und dann an die Orte der Schlachten führen würde, doch als der Plan bereits weit gediehen und die Schiffsfahrkarte gekauft war, traf in der *Grosseria* die Nachricht ein, dass Angiolina Mancusos Sohn, nur noch Haut und Knochen, aber lebendig aus der Gefangenschaft zurückgekehrt, in Ellis Island abgewiesen und mit dem ersten auslaufenden Schiff nach Italien zurückgeschickt worden war.

Wie ist das möglich? Ein armer junger Kerl, der vor nichts zurückschreckt, der Schlamm, Bomben, Bajonett, Senfgas, Phosgen, Mäuse, Gefangenenlager Königsbrück, Hunger, Kälte, Läuse, Krätze, sechs Monate Fußmarsch von Königsbrück bis zum Hafen von Neapel, dreizehn Tage stürmisches Meer unten in der dritten Klasse auf sich nimmt, wird dann von irgendeinem beliebigen Zollbeamten aufgehalten?

Schuld daran ist ein neues Gesetz. Es heißt *Immigration Act* und spricht eine klare Sprache: keine *alcoholics, anarchists, epileptics, idiots* oder *polygamists* in Amerika. Und dagegen hätte Libero nichts einzuwenden. Doch der älteste Sohn von Angiolina Mancuso ist weder polygam noch Anarchist und auch nicht *imbecile* oder *political radical,* er ist nicht einmal völlig *pauper* und schon gar nicht obdachlos: Er ist bloß Analphabet. *Illiterate.* Wie Libero und fast alle Italiener, die Libero kennt. Ist Amerika dabei, sie zu vertreiben? Sicher ist, dass es sie nicht will. Und damit wird er an diesem Punkt seines Lebens zum Gefangenen: Würde er die Vereinigten Staaten auch nur für einen kurzen Urlaub in Italien verlassen, könnte er bei seiner Rückkehr vor verschlossenen Türen stehen. Lohnt sich das?

Nein, Schluss mit den Erinnerungen. Die Schiffsfahrkarte wanderte in den Müll. Libero entschied sich dafür wie für eine Amputation: aus Verzweiflung. Die Anstrengung machte ihn jedoch unruhig, immer unzufrieden, und die Angst zerfraß seine Gedanken. Er konnte nicht mehr schlafen. Am Abend konzentrierte er sich auf das Einzige, was er mit dem Stift in der Hand tun konnte: rechnen. Er zählte die Einnahmen zusammen, zog die Verluste ab, multiplizierte die vorgesehenen Ausgaben mit der Anzahl Filialen und teilte den Gewinn. Wenn er fertig war, begann er von vorne und komplizierte die Ausgangslage mit kühnen Simulationen, indem er Trimester, Semester und ganze Jahre vorkalkulierte. Die nagelneue elektrische Lampe, die in der Wohnung in Soho die Mahagoniplatte des Schreibtischs beleuchtete, brannte morgens um zwei, drei Uhr immer noch.

Mrs. Giulia Masca sah jeweils unter der Tür des Schlafzimmers das Licht schimmern, erhob sich, hüllte sich in ihren Morgenrock, trat zu Libero an den Tisch, setzte sich neben ihn, studierte die dicht mit Zahlenreihen beschriebenen Blätter, schlug ein paar Veränderungen vor und schaffte es in einer Viertelstunde, die fiebrige Berechnung, die ihr Mann Stunden zuvor begonnen hatte, ohne viel Aufhebens abzuschließen. »Schlafen wir jetzt?«, flehte Libero dann erschöpft. Vier Stunden später war er schon wieder auf den Beinen. Er begann abzumagern. Beim Abendessen schwieg er. Nichts heiterte ihn auf, weder Michaels gute Noten noch die wachsenden Gewinne oder der unbegrenzte Kredit der

Banken und auch nicht die phantastischen Ergebnisse, die ein Werbefeldzug, organisiert von einer Agentur in der Madison Avenue, der Eröffnung der neuen *Grocery* am Broadway Ecke 33rd beschert hatte.

Mrs. Giulia Masca wusste nicht, wie sie ihm helfen sollte. Eines Nachmittags, als Libero nach einer Nacht, in der er kein Auge zugetan hatte, in der Stunde vor der nachmittäglichen Öffnung der *Grosseria* ein wenig zu schlafen versuchte, spazierte Giulia mit einem Tütchen Kürbiskerne zum Battery Park. Sie hatte das Bedürfnis, in Ruhe nachzudenken, allein.

Auf einer Bank sitzend, kaute sie und blickte auf den Koloss, den sie nur am Tag ihrer Ankunft in Amerika von nahem gesehen hatte. Auf halbem Weg zwischen Wellenbrechern und Horizont ragte Miss Liberty aus dem Dunst auf, die Fackel zum Himmel gestreckt, die Strahlenkrone auf dem Haupt, die Kielspuren der Schiffe wie schäumende Stickereien. »Kennst du denn jemanden, der wirklich frei ist?«, fragte Mrs. Giulia Masca sie aus heiterem Himmel.

Um diese Zeit wimmelt der Meeresarm von Fähren, Segelbooten, Schiffen mit unwahrscheinlichen Namen, Schleppern und Frachtern, die wie müde Tiere schmutzigen Dampf ausstoßen. Sie befördern Kisten mit Whisky, Kohlensäcke, Kautschukrollen, Rumfässer, Bananenstauden, ganze und entrippte Tabakblätter, Rohbaumwolle, gesponnen und in Ballen. Hinter Mrs. Giulia Masca, rund herum und vor ihr herrscht reges Kommen und Gehen, Seeleute, Angestellte mit Ärmelschonern, Walfänger, Ammen, Hausmädchen in der Mittagspause, schwarze Dockarbeiter, Handlanger, Liebespaare, Geschäftsleute, Schiffsjungen,

Diebe. Ein Bienenkorb, ein aufgeregter Ameisenhaufen. »Niemand hat die Freiheit, einfach stehen zu bleiben, nicht wahr, Miss Liberty?«

Leben heißt *gehen*. Mehr nicht. Aber auch nicht weniger. Die Hektik, die ihrem Mann den Schlaf raubt, scheint Leben zu sein, ist aber Fiktion, Kino: Libero hat aufgehört zu *gehen*. »Er tritt auf der Stelle wie der Hamster im Laufrad.« Seit Monaten fragt Mrs. Giulia Masca sich, warum das passiert ist. Sie glaubt nicht, dass das Alter als solches dran schuld ist, höchstens die Gewissheit, dass, während man älter wird, die Vergangenheit verlorengeht. Dass die getroffenen Entscheidungen und die Geschehnisse dich da festnageln, wo du bist. Colonnata, *Tuscany, Italy*: Sie werden nicht wiederkehren. Der Gipsstaub an den Fingern auch nicht. Sie wird bald achtunddreißig Jahre alt: Kinder wird sie keine mehr kriegen. Sie sind nicht gekommen, so ist es nun mal gelaufen. Gelaufen. Mit der Zeit muss man Frieden schließen. Die Reise wiederaufnehmen. »Weiterreisen, Miss Liberty. Was ist, überzeugt dich das nicht? Wohin es denn gehen soll, fragst du?«

In dem Augenblick lief ein pausbackiges Kind auf die Bank zu, schwenkte ein rotes Halstuch. Es mochte zwei Jahre alt sein. Von weitem hielt Mrs. Giulia Masca ihm das Tütchen mit Kürbiskernen hin, das Kind rannte freudig schneller, bewegte sich aber fahrig, den Arm mit dem Stofffetzchen in der Luft, und im Schwung stolperte es und fiel aufs Gesicht. Erstaunt blickte es auf, stützte sich auf die Hände, um aufzustehen, hatte es schon fast geschafft, als schreiend die Mutter hinzukam. Da begann das Kind zu brüllen. Mrs. Giulia Masca lächelte in sich hinein, schaute wieder auf die Statue und schob noch zwei Kürbiskerne in den Mund. »Miss Liberty, du enttäuschst mich. Dabei hast du schon so viel gesehen. Ist es wichtig, *wohin*?«

Unterdessen verdiente sich Michael auf den Bänken der Highschool seine Bestnoten und verbrachte die Sommerferien in den verschiedenen Filialen der *Grosseria*. Er lernte das Handwerk. Nach Meinung der stolzgeschwellten Mutter lernte er es nicht nur, er riss es an sich. Ein halber Tag hinter dem Tresen, und schon zeigte ihr Sohn die Gewandtheit eines erfahrenen Verkäufers. Ein Stündchen im Hinterzimmer, die Augen auf dem Hauptbuch, und seine Fragen waren die, die man sich vom aufgewecktesten Lehrling erwartete. Das Geschäft mit dem Dosenfleisch zum Beispiel hatte er blitzschnell begriffen. Am Abend diskutierte er mit ihr darüber, schlug Änderungen, Weiterentwicklungen und Möglichkeiten vor. Würden sie ihn allein lassen können? Traute er sich zu, *den Verkehr zu regeln* (so hätte Libero es ausgedrückt, als er beim Abendessen noch sprach), war er bereit, ein paar Tage lang die Verkäufer und die Lieferungen zwischen Mulberry Street, Soho und Broadway Ecke 33rd im Auge zu behalten? Die Zeit, die sie beide brauchten, um mit dem Zug nach Washington zu fahren, aufs Kapitol zu steigen, sich mit einem Hot Dog und einem Apfel auf die monumentale Freitreppe zu setzen, mit der Nase in der Luft den Obelisken anzustaunen und im Hotel zu Abend zu essen, bedient von einem livrierten Kellner mit blütenreinen Handschuhen.

»Wir müssen verreisen«, hatte sie zu Libero gesagt, als sie von Battery Park zurückkam. Washington war ein beliebiges Ziel, das sie auf dem Fahrplan in der monumentalen Halle der Penn Station in Anbetracht der Bequemlichkeit von Hin- und Rückfahrt herausgesucht hatte. Die erste gemeinsame Reise, ein später *Honeymoon*. Und als er mit Giulia am Arm, den zum Himmel weisenden Obelisken vor Augen, die Mall entlangspazierte, fühlte Libero Manfredi, dass die Sehnsucht nach den blauen Bergen von Colonnata nachließ. Als er vor der strahlenden Kuppel des Kapitols stand, sprach er noch nicht, aber er drückte die Hand seiner Frau fester.

Die Kur half ein paar Jahre lang. Wenn Libero wieder an Schlaflosigkeit zu leiden begann, begann Giulia ein Reiseziel zu suchen. Michael bewies, dass er im Geschäft gut zurechtkam, und das Ehepaar Manfredi fuhr nach Philadelphia, Chicago und Boston. Sie sahen den sturmgepeitschten Ozean an der Grenze zu Kanada und die flammend roten Herbstwälder in New England. Sie aßen Langusten am Strand von Cape Cod, erwarben eine wundervolle weißblaue Keramikschale mit der Aufschrift *Souvenir of Niagara Falls* und eine riesige rotgoldene Maske in einem Laden in New Orleans. Libero Manfredi verliebte sich noch einmal in sein Mädchen, das längst eine Frau war.

Und allmählich schloss er wieder Frieden mit dem Land, das ihn gefangen hielt. Im Grunde hatte dieses Gefängnis ihn aufgenommen und ernährt, es machte ihn jeden Tag reicher und hatte außerdem breite Straßen, unermesslich weite Himmel, unfassbar hohe Gebäude. Mit ein bisschen Geld in der Tasche konnte man sich beinahe der Illusion hingeben, man sei frei. Doch wirklich vollkommen war die Heilung nach Meinung von Mrs. Giulia Masca erst an einem kalten Nachmittag im Oktober 1920, als Angiolina Mancuso mit ihrem dritten, dandyhaft herausgeputzten Sohn in der *Grosseria* erschien.

»Der Abgeordnete La Guardia hat ihn als Chauffeur und Faktotum eingestellt, Signor Libero. Solange wir Schulden bei Ihnen haben, gehört sein Lohn Ihnen«, sagte sie und schob ihn vorwärts. Ohne aufzublicken, fasste der junge Bursche errötend mit der Hand in die Jackentasche und zog drei Zehn-Dollar-Scheine heraus.

Mrs. Giulia Masca, die an der hinteren Tür stand, verstummte. Libero schaute ihm gespannt zu. In Lower East Side war der Abgeordnete Fiorello La Guardia ein Mythos. Er hatte sich im Krieg gegen die Österreicher hervorgetan, war mit Caproni-Fliegern geflogen und saß jetzt im Kongress. Hut ab.

Der Junge machte keine Anstalten, den Blick zu heben. In seinem dunklen Jackett wirkte er noch magerer. Vielleicht hatte der Abgeordnete ihn ausgewählt, weil auch er ein *dago* war und auch aus Süditalien stammte. Oder vielleicht, weil er ganz anders war, sehr groß, lange Finger, langes, schmales Gesicht.

Libero nahm die Banknoten, legte sie akkurat aufeinander und faltete sie zu einem Rechteck aus glattem Papier zusammen. »Sag mal, Mancuso, kennst du die Hymne?«, fragte er und starrte auf das Geld. »Wenn du für den Abgeordneten La Guardia arbeitest, musst du sie kennen.« Damit schob er dem Jungen die dreißig Dollar wieder in die Tasche. »*The land of the free and the home of the brave*, heißt es darin. Das Land der Freien und Tapferen. Mein Sohn Michael kann sie auswendig. Er hat sie in der Schule gelernt. Jetzt geh heim und lerne sie so wie er. Die Schulden sind bezahlt, Signora Mancuso.«

Michael hatte auch die Unabhängigkeitserklärung studiert. An jenem Abend wollte Libero den Text im Buch geschrieben sehen und ließ sie sich erklären, indem er mit dem Zeigefinger an jeder Silbe entlangfuhr:

We the peo-ple. Life, Li-ber-ty,
the Pur-suit of Hap-pi-ness.

Mrs. Giulia Masca hatte keine Zweifel mehr: Das Leben ging weiter, nicht nur für Angiolina Mancuso.

Kurz und gut, im Endeffekt hatte er, *illiterate,* von einem Buch ausgehend neu angefangen. Kurios, nicht wahr? Und sie? Auf der Bank im Battery Park sitzend, war es leicht, mit einer Statue zu diskutieren und mit der Vergangenheit eines anderen abzurechnen. *Vorwärts, immer vorwärts,* selbstverständlich. *The Pursuit of Happiness,* alle streben nach Glück, fahren mit dem Karussell im Central Park im Kreis, die Hände ausgestreckt, um ein unerreichbares Band zu erhaschen. Doch in Borgo di Dentro, auf der Bank vor dem Gefallenendenkmal, wenn es darum geht, dich mit deiner eigenen Vergangenheit auszusöhnen, sieht die Sache ganz anders aus.

Sie betrachtet die drei neben der Tür aufgereihten Gepäckstücke. Für eine Nacht hätte sie sie vielleicht gar nicht auspacken sollen. Was bedeutet diese Unrast? Warum sich auf diese Weise quälen? Könnte – ja *müsste* – sie nicht den Unmut bannen und versuchen, die Zeit, die ihr bleibt, heiter und gelassen zu verbringen? Nun kommt jemand die

Stufen herauf. Mrs. Giulia Masca springt hastig auf, lässt *Vom Winde verweht* zu Boden fallen, öffnet die Tür, überzeugt, es sei Michael. Stattdessen steht Marco vor ihr, der Portier und Saalkellner, eine Hand erhoben, um anzuklopfen, in der anderen ein Blatt Papier. »Ein Telegramm für Sie«, sagt er.

Die Amerikanerin zuckt enttäuscht zurück, fängt sich aber sofort wieder. »Warte«, erwidert sie, stürzt zu ihrer Handtasche, »warte, geh nicht weg.« Sie merkt, dass sie keine italienischen Münzen hat, sondern nur Papierdollar, also zieht sie einen Fünferschein heraus und wendet sich wieder zur Tür. Doch der Junge geht schon die Treppe hinunter.

Dem 20. Infanterieregiment der Brigade Brescia zugeteilt, hatte Pietro Ferro drei Wochen nach der Einberufung eine feuchte Decke und einen Strohsack in der Baracke 7 unweit der Frontlinie zwischen San Martino del Carso und Monte San Michele in Besitz genommen; das Lager bestand insgesamt aus acht Schlafbaracken, zwei Bürogebäuden, Pulverkammer, Schreibstube, Küche und Krankenstube.

An eine Felswand gebaut, war die Baracke 7 leicht nach rechts geneigt, so dass die unten an die Regale gelehnten Tornister, wenn sie nicht von einem Stiefel oder einem Essgeschirr gehalten wurden, umkippten und Wäsche, Mützen, Schreibblöcke, Trockenfleischriegel, Zigarettenschachteln, Taschenmesser, Spiegel, Kämme, Bleistiftstummel und gebührenfreie Postkarten sich auf den dreckigen Boden ergossen.

»Strategische Position«, bemerkte derweil Leutnant

Oliviero Bonini von der Schwelle her, während er den Blick über die Männer wandern ließ, die genau wie er gerade an der italienisch-österreichischen Grenze eingetroffen waren, »beachtlich, der Standort, einen Schritt von Monfalcone und zwei von Gorizia entfernt.« Während er sprach, wich er zurück, der Gestank nach Schweiß und Urin trieb ihn hinaus wie eine Hand, die einem auf die Brust drückt. Wer zum Teufel hatte denn in der Nacht zuvor in der Baracke 7 geschlafen? Ziegen? Schweine?

In den zwei folgenden Tagen war es Pietro Ferros Hauptbeschäftigung, sich bereitzuhalten. Er lockerte die Gurte und zog sie fest, er knöpfte den Rock zu und wieder auf, nähte mit starkem Faden die Knöpfe nach, überprüfte den Tornister, den Brotbeutel, die Patronengürtel, das Bajonett, die Gasmaske, das Sechs-Kugel-Magazin des Dienstgewehrs. Alle drei Stunden ging er zur Munitionsbaracke, öffnete die Kiste mit den sechzig SIPE-Granaten, die der Truppe zugewiesen waren, versicherte sich, dass alles trocken war und nichts fehlte. Jemand hätte die Zünder wegnehmen können, besser, man bemerkt es beizeiten, dachte er bei sich.

Von den vierzig Infanteristen, die Leutnant Bonini unterstanden und vorübergehend in Baracke 7 stationiert waren, war er der Einzige, der für den Wurf von Handgranaten ausgebildet war. Er hatte noch nie zuvor eine gesehen und war wegen seiner Statur ausgewählt worden. Auf dem Übungsplatz, während der Ausbildungsoffizier herumbrüllte und der Bursche eiförmige Granatenattrappen verteilte, hatte er die Kurzanweisungen des Herstellers auswendig gelernt: *1.) Verschluss von links nach rechts abschrauben; 2.) den aus*

dem Schraubverschluss herausragenden Granatenkopf fest
auf dem dafür vorgesehenen Anzünder reiben; 3.) nach
Reiben des Granatenkopfs auf dem Anzünder die Granate
ohne weiteres sofort auf das Ziel werfen.

Zwei Zahlen hatten sich in seinem Kopf festgesetzt: 7 und 35. 7 Sekunden zum Werfen. 35 Meter Entfernung zum Ziel, das heißt, ungefähr 35 Schritte, also die Entfernung zwischen der Küchentür der Cascina Leone und dem Zaun des Gemüsegartens. Doch wenn du ihn auf 35 Schritte herankommen lässt, hat der Österreicher dich schon umgelegt, dachte er. Und im letzten Frühjahr ist er auch 35 Jahre alt geworden, Linuccia hat geschmorten Hasen aufgetischt, und Anita hat getanzt bis zum Umfallen.

Er darf nicht an die Cascina Leone denken, nie. Er muss sich vielmehr auf die SIPE-Granaten konzentrieren, und derweil wird es Abend, und wieder ist ein Tag vorbei. Einer weniger, den man hier oben verbringen muss.

Wenn man sie in die Hand nimmt, ähneln die echten Granaten nicht Eiern, sondern schweren Pinienzapfen. Dass er noch nie eine geworfen hat, ist nur ein Teil des Problems. Da er der Älteste ist und der Einzige der Truppe mit einem fast zehnjährigen Sohn, hat man ihn sofort mit Verantwortung überhäuft. In der allgemeinen Verunsicherung wenden sich alle an ihn: Wo sind die Latrinen? Um wie viel Uhr kommt das Essen? Kriegen wir noch mehr Zigaretten? Wann den Sold? Wann kommt die Post? Wann kommt der Befehl? Selbst Leutnant Oliviero Bonini ist ganz »Ferro hier, Ferro da«. Übrigens ist Bonini noch ein Junge, das hat Pietro Ferro auf den ersten Blick erkannt. Perfekte Fingernägel, Pomade im Haar, schwierige Wörter wie *Verstärkung, Reserve, Lafette, Schwenk, Reichweite, taktischer Rückzug.* Oder eben *strategische Position.*

Pietro Ferro bemüht sich, niemanden zu enttäuschen. Die anderen brauchen einen Bruder? Einen Onkel? Einen Vater? Er erfüllt ihnen den Wunsch. Er tut, als spürte er den Schmerz nicht, der ihn begleitet, seit er Anita und Nico verlassen hat, füllt seinen Tag mit Tätigkeiten aus, informiert sich beim Feldwebel, sucht nach einem Besen, um den Fußboden zu kehren, geht mit gutem Beispiel voran und poliert seine Stiefel, ermutigt die, die am verängstigtsten sind, nach Hause zu schreiben. Er selber schreibt allerdings nicht. Die Vorstellung, die Worte zu Papier zu bringen, die er innerlich an Anita richtet, erschreckt ihn zu Tode. Und er will keine Briefe von seiner Frau bekommen. Ein einziger Satz aus der Cascina Leone würde den Panzer sprengen, den die Gefährten ihm auf den Leib geschneidert haben und der ihn in dieser schwebenden, mechanischen Zeit schützt: Wecken, Frühstück, Frondienst, SIPE, Gurte, Tornister, Essen, Zigaretten, Frondienst, SIPE, Gurte, Tornister, Karten spielen, Zigaretten, Essen, Kaffee, Branntwein, SIPE und endlich die Nacht. Ein Tag weniger, an dem er fern von ihr ist.

Vier Tage nachdem er die in den Fels gehauenen Unterkünfte im Schützengrabensystem am Monte San Michele erreicht hat und zwei Tage nach dem ersten Sturmangriff mit Bajonett, von dem drei der neun Höhlenkameraden nicht zurückgekommen sind, ändert er seine Meinung. Erst da borgt er sich ein Stück Papier und einen Bleistift, kniet sich vor die einzige Bank, die als Tisch dient, und beginnt: *12. Oktober 1915, Kriegsgebiet. Liebe Anita.* Als er das Wort *Anita* schreibt, fühlt er sich schon besser: *Es gibt* Anita.

*Entschuldige die Fehler und die hässliche Schrift, aber
ich schreibe im Dunkel einer Kerze.*

Wenn es Anita gibt, verschwinden die Höhle, die Kotze,
der Geruch nach Benzin und Verbranntem, es gibt die Laus
nicht mehr, die über den Hals des Infanteristen Guercini
Antonello läuft, während er sich über die Schnürsenkel des
genagelten Stiefels beugt.

*Das Essen kommt kalt hier herauf, aber es kommt fast
immer.*

Er stockt, denkt an das zerrissene Foto, die Hälfte ist noch
da, man sieht die Beine seiner Frau und Nicos Körper
von den Schultern abwärts. Das nach Hause zu schreiben
kommt ihm wie ein böses Omen vor, und einstweilen wirft
er einen Blick durch die Ritzen zwischen den Kastanien-
stämmen. Es ist eine lichte Nacht, im Korridor zwischen
dem italienischen Schützengraben und den österreichischen
Stellungen kann man die Steine zählen. Zwischen den weißen Felsen funkeln die Knöpfe am Rock des Infanteristen
Alberti Santino, als würde die Sonne scheinen. Unmöglich,
ihn in dieser Helligkeit zu holen. Morgen Nacht vielleicht,
wenn Wolken aufzögen.

*Mit den Kameraden verstehe ich mich gut, sie stam-
men teils aus der Lombardei, teils aus den Marken und
sogar aus Süditalien.*

Alberti Santino stammt aus Voghera, einziger Sohn eines Volksschullehrers und einer Schneiderin, ledig, Meister in der Vierer-Briscola, Freiwilliger. Im Licht der Kerze, während er ein Wort ans andere reiht, entfernt sich Alberti Santino aus Pietro Ferros Gedanken, verliert die Konturen, hört auf, weh zu tun.

Wir sind seit zwei Wochen hier, vorher hatten wir Ausbildung. Das Wetter ist immer schön. Ich könnte Wollsocken und einen Schal gebrauchen. Am besten schickt ihr auch Fett für die Stiefel, hier ist es sehr feucht und matschig.

Er stockt erneut. Er weiß, dass er nicht verraten darf, wo er sich befindet. Nicht dass er selbst es genau wüsste. Dennoch, er muss aufpassen wegen der Zensur. Das hat der Infanterist Amoretti Giulio aus Forlimpopoli ihm erklärt, ein Tagelöhner, drittes Kind einer Familie von Rübenbauern, Abstinenzler, Postkartenschreiber für Dritte und Sänger auf Hochzeitsfesten. Von der ersten Maschinengewehrgarbe weggefegt. Entzweigeschnitten, Beine hier, der Rest dort. Sein Schlachtross? *La donna è mobile.* Das hat Amoretti Giulio denen ins Ohr gesungen, die an die Liebste schreiben, und nun verblasst auch er, auch der Gedanke an den vom Maschinengewehr zerfetzten Amoretti Giulio verblasst in diesem Augenblick, während Pietro Ferro mit der Sorgfalt eines Uhrmachers, der sich eines eingerosteten Mechanismus annimmt, an den Sätzen feilt.

*Schick mir das Foto von Nicos Kommunion, auf dem
wir alle drei sind.*

Anita wird sich fragen, was aus dem anderen Foto geworden ist, das sie ihm am Bahnhof mitgegeben hat, doch Pietro Ferro könnte ihr nicht erklären, wie es zerrissen ist. Als das Signal kam, hatte er es in der rechten Tasche. Er hat noch einen Schluck Branntwein getrunken, hat die Feldflasche zugeschraubt und ist losgegangen, einen Schritt vor den anderen, um dem Infanteristen Molinari Luigino Mut zu machen, der sich am Höhleneingang in die Hose gemacht hatte. Aber Molinari rührte sich nicht, zitterte mit großen Augen in seiner dampfenden Hose und hielt sich die Ohren zu. Also ist Pietro Ferro umgekehrt, hat ihn geschüttelt, hat ihn das Gewehr mit aufgepflanztem Bajonett schultern lassen, hat ihm »Verdammt noch mal, Molinari! Wenn du nicht losgehst, schlachten dich die Unseren ab!« ins Ohr geflüstert und ihm dann ins Gesicht geschrien: »Savoyen! Savoyen!«, so laut, dass es auch Leutnant Bonini hörte.

Molinari hat Pietro Ferro angeschaut, als sähe er ihn erst jetzt, mit den Lippen hat er ja gesagt und angefangen, die Beine zu bewegen, erst langsam, dann immer schneller, ruckartig, wie eine Marionette. Im Gewühl des Angriffs hat Pietro Ferro ihn aus den Augen verloren. Das war in diesen Wochen noch nie vorgekommen. Immer hat er ihm am Hintern geklebt, der Molinari, hat immer um ein bisschen Zuwendung gebettelt wie die kleine Hündin von Primo.

Irgendwann (nach Minuten? Stunden?) hat er, bäuchlings in dem von einem Kanonenschlag aufgerissenen Graben liegend, auf der anderen Seite des Hangs seine Silhouette wiedererkannt. Molinari rannte und schrie dabei »Savoyen! Savoyen!« auf diese leicht ungeschickte, angelernte Art, mit der der Infanterist Molinari alles machte: sich das Gesicht waschen, das Bajonett aufpflanzen, den Löffel halten, den Kaffee umkippen. Im Rauch lief er auf die österreichischen Stellungen zu, machte kehrt, blieb plötzlich und immer noch schreiend stehen, starrte kurz auf den Boden und lief wieder weiter, vor und zurück, das Gewehr hierhin und dorthin gerichtet, als wäre es ein Spielzeug, den Kugeln ausweichend, den herumfliegenden Steinen, den Splittern der zischend explodierenden Baumstämme. Ein Wunder, wie er da tanzte, er, der nicht einmal fähig war, sich die Stiefel zuzuschnüren.

Wenige Meter vor dem Drahtverhau, den die Sturmpioniere mit ihren Sprengrohren und Drahtscheren demoliert hatten, war Molinari auf einmal wieder neben ihm gewesen, mit riesigen Augen, die Zähne gebleckt in einem Grinsen, während die magere Hand seinen rechten Rockzipfel umklammerte. So muss es passiert sein, denkt Pietro Ferro. Er kaut auf dem Bleistiftende herum, der Geschmack nach Holz und Graphit trocknet seine verdorrte Zunge noch mehr aus. Die Tasche ist noch ganz, aber die andere Hälfte des Fotos, die, auf der man Anitas Oberkörper in dem geblümten Kleid und Nicos windgezausten Kopf sieht, ist vielleicht da draußen unter dem Mond geblieben, in der Faust von Molinari. Sohn eines Fuhrmanns aus dem Mugello, der weder lesen noch schreiben konnte. Pietro Ferro fährt sich mit der Hand übers Gesicht, spürt den Speichel im Mund, spuckt aus.

Abends rezitierte Molinari auswendig einige Verse, die nur er und Leutnant Bonini kannten:

Grad in der Mitte unsrer Lebensreise
Befand ich mich in einem dunklen Walde,
Weil ich den rechten Weg verloren hatte.

Er wusste nicht, wie man die Riemen am Tornister zuschnallt, deklamierte aber voll Gefühl. Andere Male auch rülpsend, um den Clown zu spielen und weil er im Kopf recht kindisch war.

Wie er gewesen, wäre schwer zu sagen,
Der wilde Wald, der harte und gedrängte,
Der in Gedanken noch die Angst erneuert.

Nicht einmal seinen Kaffee konnte er trinken, ohne sich die Zunge zu verbrennen. Was machte der hier?

Pietro Ferro wird den Gedanken nicht los. Er möchte sich sagen, »Molinari gibt es nicht«, Anita gibt es, Nico gibt es, aber es gelingt ihm nicht, deswegen flucht er. Seit er hier in der Höhle angekommen ist, muss er fluchen, nicht nur im Kopf, sondern auch mit lauter Stimme. Er hat den Strom von Unflätigkeiten, der aus seinem Mund kommt, nicht unter Kontrolle und muss aufpassen: Einige Wörter könnten in dem Brief landen, und Anita würde erstarren. Ihr Maria-Vergine-Anteil, würde Giulia sagen. Woher kommt es, dass auch sie ihm heute Abend wieder einfällt?

In der Höhle ist er der Einzige, der noch wach ist. Der Mond steht hoch, die Stille ist erfüllt von Geraschel, Atem, nächtlichen Geräuschen, aber kein Klagelaut kommt von draußen. Es ist wirklich zu Ende. Die Nacht wäre doch eigentlich etwas Schönes. Könnte er Anita darüber schreiben? Sie würde es verstehen, dessen ist er sich sicher, aber Pietro Ferro will nicht, dass sie diese aufgeladene Stille versteht, diesen eisigen Tod unter den Sternen. Auf keinen Fall. Der Gedanke an Giulia weicht unterdessen nicht, er schwillt an wie Musik. Pietro würde sie gern wiedersehen, mit ihr reden. Nichts Sentimentales, keinerlei Bedauern. Hören, wie es ihr ergangen ist, das ist alles. Sie waren einmal *etwas*, sie drei. Lebt sie noch? Und wo ist heute Nacht dieses ganze Leben? In der Dunkelheit und dem Gestank ist der Gedanke so stark, dass ihm schier der Kopf platzt.

Wie ich hineinkam, kann ich kaum berichten,
So war ich schwer vom Schlaf zu jener Stunde,
Da ich den wahren Weg verlassen hatte.

Er trinkt noch einen Schluck Branntwein und fühlt, dass der Alkohol durch ihn hindurchfließt wie der Schlamm durch den Laufgraben zwischen einer Höhle und der nächsten. Mit Stämmen und Steinen verstärkt, bildet dieser eine Barriere, die hoch genug ist, um einen Schulbuben wie Leutnant Bonini zu schützen, aber nicht einen gestandenen Mann wie Pietro Ferro, der wird sich bücken müssen, wenn er überleben will. Sich bücken und vergessen. Molinari gibt es nicht.

Der Platz hier ist schön, mit viel Wald rundherum,
schade, dass man nicht rauskann, man muss immer im
Dunkeln in der Höhle hocken.

Die Aktion war *leider unwirksam* gewesen, deshalb schliefen die Überlebenden in denselben Höhlen wie am Tag zuvor. Der Durchbruch war nur *abschnittsweise* gelungen. Das heißt, er war nicht gelungen. *Das Oberkommando hatte einen strategischen Rückzieher für angebracht gehalten.* Leutnant Bonini hatte leise gesprochen, das Gesicht erdverschmiert, einen Schnitt an der Wange, die Fingernägel schwarz wie die von Pietro Ferro. In der folgenden Nacht wurden die Leichen von Alberti, Amoretti und Molinari geborgen. Von dem zerrissenen Foto keine Spur.

Es kamen neue SIPE an, neue Sprengrohre, neue Drahtscheren und neue Infanteristen. Leutnant Boninis Mannschaft wurde wieder aufgefüllt. Ungefähr zehn Tage lang geschah nichts, nur leichter Schneefall und das Pfeifen der Kugeln, die die Wachposten durch die Schießscharten austauschten. Eines Abends kam eine zusätzliche Ration Schokolade und Branntwein, und in der Höhle wussten alle, dass eine Schlacht bevorstand.

Diesmal rückte die Front etwa hundert Meter vor. Pietro Ferro verfeuerte seine eigenen Granaten und die von zwei getöteten Kameraden. Er sprengte eine ganze feindliche Stellung. Gliedmaßen, Gewehre und Helme flogen zusammen mit den Splittern durch die Luft. Als er einen kleinen Trupp durch einen Engpass führen musste, montierte er das Bajonett ab, hängte das Gewehr um und warf sich in den Nahkampf. Er schlitzte einem ersten Österreicher den Bauch auf, indem er den Griff von unten nach oben drehte, wie man es ihm beigebracht hatte, so dass die Klinge die inneren Organe zerstörte. Nach dem ersten schlitzte er noch drei auf, immer mit der gleichen Technik. Das Blut tränkte seine Ärmel bis zu den Ellbogen. Er wischte sich die Hände am Stoff seiner Hose ab, dachte daran, wie er zugeschaut hatte, als das Schwein abgestochen wurde, und übergab sich in einem Winkel. Er schleifte einen dritten Kameraden in Deckung, der gleich darauf starb. Am Ende bezog seine Gruppe eine von den Österreichern auf dem Rückzug geräumte, mit Kot beschmutzte Höhle. Pietro Ferro fand ein Zigarettenetui aus Alteisen und einen auf Deutsch geschriebenen Brief. Er übergab ihn Bonini. »Ein Abschiedsbrief an die Frau. Wirf ihn weg«, antwortete der Leutnant.

Pietro Ferro faltete das Blatt vierfach zusammen und schob es in eine Tasche seines Tornisters. Diesmal war es den Österreichern unmöglich, die Leichen rasch zu bergen. Zusammen mit der Essensration bekam jeder Infanterist einen Vorrat an Kampferpastillen zum Lutschen, doch sie nützten nichts, denn der Wind wehte den Geruch in die Höhle, und dieser mit Kampfer vermischte Geruch setzte sich an den Händen, im Essen, in den Nasenlöchern fest. Sogar der Branntwein schmeckte nach Tod.

Leutnant Bonini brachte die Aktion eine besondere Erwähnung ein, Pietro Ferro die Beförderung zum Feldwebel und den fünfundzwanzig übriggebliebenen Männern sieben Tage Pause. Sie überließen die Höhlen einer neuen Mannschaft und wanderten den Abhang hinunter. Die Blutflecken auf Pietro Ferros Ärmeln waren etwas verblasst, stanken aber immer noch. Bonini unterschied sich von den anderen nur noch durch die Rangabzeichen an seinem Rock. Es war genau vierzig Tage her, seit der Leutnant zum ersten Mal die Baracke 7 betreten hatte. Er beachtete den Zufall nicht, nahm keinen schlechten Geruch wahr.

Pietro Ferros erster Brief erreichte die Cascina Leone drei Wochen nach Ende der Weinlese und nachdem Anita mit Mühe die Rate der Landwirtschaftsbank und die Tagelöhner bezahlt hatte, die sie anstelle ihres eingezogenen Mannes und ihres Bruders hatte beschäftigen müssen.

Freudig mit dem Umschlag wedelnd, trat der Briefträger in die Küche, blieb aber an der Tür stehen: Primo saß auf seinem gewohnten Platz am Kopfende, zu seiner Rechten Linuccia und Anita, zu seiner Linken nach Alter und Größe aufgereiht die vier Enkel Nico, Terzo, Filippo und Carlo. Doch sie hockten eng aneinandergedrängt da wie Kätzchen, ließen einen guten Teil des Tisches frei. Der Briefträger wandte den Blick von Pietros und Giuseppe Garibaldis leeren Stühlen ab, tippte an seine Mütze und ging.

Der Brief war mit hellgrauem Bleistift auf ein hauchdünnes, inzwischen zerknittertes Blatt Papier geschrieben, die Buchstaben krumm und schief, mal mit derben, dann wieder ganz feinen Strichen. Anita zog es vor, ihn Primo weiterzureichen, der aufstand, wie beim Dirigieren die Brust herausstreckte und zu lesen begann, wobei er manchmal stolperte wie ein Kind, das eine Seite im Schulbuch buchstabiert. Als er vorlas, dass Pietro nicht hinausschauen konnte, weil er immer im Dunkeln in der Höhle bleiben musste, horchte Nico auf.

»Höhle?«, wiederholte er. Das Wort versprach Abenteuer. »Was für eine Höhle, Großvater?«

»Das heißt, ein warmer, sicherer Ort, wie eine Maulwurfshöhle.«

Nico riss die Augen auf, dann sah er zu seiner Mutter

hinüber, doch sie hielt den Blick gesenkt, die Fingernägel in die Tischdecke gekrallt. Ihr war übel, Wut brodelte in ihr wie Polenta auf dem Feuer. Am liebsten wäre sie aufgesprungen, hätte sich mit den Fäusten auf den Kopf geschlagen, sich die Haare ausgerissen und geschrien: »Wie konnte ich nur so blöd sein! Nichts habe ich kapiert!« Stattdessen klammerte sie sich an den karierten Stoff.

Nie war in dem vierseitigen *Bulletin*, das an die Stelle des viel umfangreicheren *Corriere delle Valli* getreten war, von Höhlen, Kälte oder Matsch die Rede gewesen. Nie hatte auf den Postkarten, die Giuseppe Garibaldi mindestens einmal pro Woche schickte, etwas von Höhlen, Kälte oder Matsch gestanden. Anitas Bruder schrieb nur, dass es ihm gutging, er fragte nach Neuigkeiten in der Familie, erkundigte sich nach dem Ertrag des Barbera, danach, wie der Most gärte, nach den Kosten des Saatguts und der Reparatur der Fässer. Primo Leone vermutete, dass Giuseppe Garibaldi aus der Etappe schrieb, und dafür dankte er, obwohl er Sozialist war, vor dem Einschlafen der Madonna della Guardia. Linuccia ging auf ihre Weise mit der Schwermut um. Da sie nicht lesen konnte, beschränkte sie sich darauf, jede Postkarte lange zu betrachten, um sich die Schnörkel einzuprägen, und schob sie dann in ein mit einer glänzenden Schleife verschlossenes Säckchen aus rotem Leinen, das sie extra dafür genäht hatte. Wenn die Sehnsucht sie überwältigte oder die Söhne in Streit gerieten, holte sie das Säckchen hervor, breitete die Karten auf dem Tisch aus und ordnete sie wie Tarock-Karten: eng beschrieben, heute ist euer Vater froh; langgezogene Buchstaben, er hat Heimweh; nachdrückliche Schrift, gerade macht ihn jemand wütend; Unterstreichungen, heute ist er faul, hat keine Lust zum Aufstehen; Pünktchen wie Fliegenkacke, Papa kommt zurück, indem er den Brotkrumen folgt wie der Däumling.

Anita fiel es zu, auf die Karten ihres Bruders zu antworten, und ihre Briefe waren herzlich und voller Zahlen, sie informierte ihn über den Verlauf der Weinherstellung, bat ihn um seine Meinung, um Ratschläge und Anweisungen. Die Kuh hat ein schönes, gesundes Kalb geboren, und der Verwalter Alfonso Risso bietet 390 Lire auf Rechnung des Marchese: Ist das ein angemessener Preis? Oder sollte man lieber einen anderen Käufer suchen? Am Ende des Berichts unterschrieb jedes Familienmitglied mit seinem Namen, und Linuccia drückte mit von Kirschensirup geröteten Lippen einen Kuss darauf. Als wäre Giuseppe Garibaldi zu einem Fest gegangen. Jetzt, da die *Kälte,* der *Schlamm* und die *Höhle* in die Küche und die Gedanken eindrangen, zitterte Anita. Wie dumm sie gewesen war, alle waren sie dumm! Dafür waren sie bestraft worden: Der Krieg war nun bei ihnen zu Hause.

Pietro Ferro schrieb weiterhin. Zwei, sogar drei Briefe pro Woche. Die Beförderung zum Feldwebel erwähnte er nicht: Beim Gedanken daran, wie er sich die Grade verdient hatte, schämte er sich. Mit immer gleichen Worten erzählte er die immer gleichen Dinge: die Baracke, das Essen, die Kameraden, die Höhle, den Dienst, darauf bedacht, dass ihm nicht die Wahrheit herausrutschte, die an der Front in unrühmlichen Flüchen aus seinem Mund kam. Ab und zu schrieb er Teile von Gedichten, die er von dem Gefreiten Molinari Luigino gelernt hatte. Er ließ sie von Leutnant Bonini überprüfen und verlangte, dass Nico sie auswendig lernte. Man verstand nicht alles, doch Pietro Ferro meinte, sie leisteten einem Gesellschaft. Außerdem empfahl er dem Sohn zu schreiben, auch wenn es für Nico im Jahr vor dem Krieg mit der Schule vorbei gewesen war, nach der dritten Klasse Grundschule: Schreiben ist wichtig, betonte Pietro Ferro, eines Tages könntest du es vielleicht brauchen, mein Sohn.

So kam Anita auf die Idee, Nico zur Übung die Briefe abschreiben zu lassen, die sein Vater von der Front schickte. Sie überlegte, ob sie ihn verpflichten sollte, auch ihre Antworten zu kopieren, damit sie alles beisammenhätte wie in einem Heft der Ferne, verwarf die Idee aber sofort. Wenn es lügenhafte Wörter gab, dann die, die ihr das Herz diktierte. Die Sorgen, die wie die Fluten eines Sturzbachs nach und nach die Mitteilungen an ihren Bruder Giuseppe Garibaldi überschwemmten, fanden nie Eingang in ihre Botschaften an Pietro Ferro. Was wirklich in der Cascina Leone los war – die fehlende Arbeitskraft, die neuen Schulden, die Gemeinheiten von Risso, diesem miesen Ausbeuterschwein, die Beschlagnahme des Kalbs durch den Unterpräfekten, die Kohlsuppe morgens, mittags und abends – diese wirkliche Wahrheit war das Letzte, was ihr Mann gebrauchen konnte. Und dabei kam ihr nie in den Sinn, dass Pietros Briefe von der gleichen barmherzigen Verschwiegenheit geprägt sein könnten.

Nico schrieb also. In Schönschrift, frisch aus der Schule, hielt er auf makellosen Blättern mit leuchtend schwarzer Tinte Pietros mit Bleistift geschriebenen, zerknitterten, halbverblassten Worte fest, die dadurch einen eleganten Glanz bekamen. Manchmal stöhnte er über dieser immer gleichen Übung, dass sie sich immer dieselben Sachen sagten. »Sei still und schreib«, herrschte Anita ihn dann an. Und die Monate verstrichen.

Der Winter überfiel sie vor der Zeit. Der Schnee begrub die Weinstöcke und verlangsamte die Operationen an der Front. Es schneite viel, so viel, dass die Soldaten die Schutzwälle vor den Schützengräben erhöhen mussten. Die Abwesenheit von Giuseppe Garibaldi und Pietro Ferro nutzend, hatte der Marchese der Familie Leone einen Knebelvertrag für das kommende Jahr aufgezwungen. Alfonso Risso frohlockte, Anita vermutete, dass er hinter der Beschlagnahmung des Kalbs steckte. Die genagelten Stiefel schlitterten über das Eis und den Schlamm. Primo ging jede Nacht Trüffeln suchen, blieb vier, auch fünf Stunden draußen, um den Verdienst zu erhöhen. Doch die Händler drückten den Preis, sagten, es sei eben Krieg. Die kleine Hündin jaulte vor Kälte, tagsüber rührte sie sich völlig erschöpft nicht vom Ofen weg. Die Räder der großen Kaliber, die zur Verstärkung an die vorderste Front geschickt worden waren, versanken auf halber Höhe im Morast, die Magazine hatten Ladehemmung, die Haut der Finger blieb an der Klinge, an der Hacke und an den Gewehrläufen kleben.

Ende November siedelte Anita die sieben fettesten Hühner in die warme Küche um. Etwa zehn Tage lang putzte sie die Scheiße weg, brachte aber drei Dutzend Eier zusammen, mit denen sie zur Villa des Marchese hinaufging. Im Tausch bekam sie ein Tütchen Kakao und ein Tütchen Zucker, woraus Linuccia mit Haselnüssen und Butter einen Teig rührte. Der Bäcker aus Borgo di Dentro bot ihr an, den Kuchen zu backen. Anita wartete so lange im Geschäft, trug ihn noch warm nach Hause, wickelte ihn in drei Blätter Zeitungspapier, dann noch in einen wollenen Schal und verstaute ihn sorgfältig mit zwei Lagen Watte in dem Paket an die Front. Pietro Ferro öffnete es am Tag vor Weihnachten in der Höhle. Der Kuchen war zerbröselt, der heimatliche Duft nahm ihm den Atem. Bis zum Abend kauerte er sich auf das Feldbett, plötzlich todmüde.

Anfang Januar erhielt Leutnant Boninis Mannschaft einen vierzehntägigen Fronturlaub in einem kleinen Dorf in der Ebene, vierzig Kilometer von der Feuerlinie entfernt. Die Soldaten wuschen sich, rasierten sich, bekamen heiße Suppe und saubere Wäsche. Sie ließen sich in Uniform fotografieren und schickten die Bilder nach Hause. Sie machten den Bäuerinnen den Hof und nutzten die drei geöffneten Bordelle: ein billiges, ein mittleres und ein Luxusetablissement, Letzteres mit jungen, nach Jasmin duftenden Nutten, das den Offizieren vorbehalten war.

Pietro Ferro hielt sich abseits. Ihm war nicht danach, mit einer Frau aufs Zimmer zu gehen. Den Großteil des Tages verbrachte er dösend und frierend in die Decken gewickelt im Bett, das Tageslicht störte ihn. Ein paarmal wollte er onanieren, während er an die Beine seiner Frau dachte. Er rief sich die seidige Kuhle hinten am Knie in Erinnerung, die Rundung der Wade, die schmalen Fesseln, die weichen Fersen, die spitzen Knöchel, aber nach einigen Versuchen wurde er so traurig, dass er nicht weitermachen konnte. Er betrachtete das Foto, das der Fotograf von ihm geknipst hatte, erinnerte sich, wie der Magnesiumblitz ihn irritiert hatte, erkannte sein Gesicht nicht wieder, so lang und grau, erkannte die Brust nicht wieder, die Arme, die Holz gehackt, zentnerweise Trauben geschleppt, zusammen mit Giuseppe Garibaldi Reihen um Reihen Kastanienpflöcke eingeschlagen hatten. Er fühlte sich wie die von der Reblaus geschwächten Weinstöcke des Marchese. Und er konnte sich nicht überwinden, das Foto nach Hause zu schicken. *Das bin ich, du siehst, dass es mir gutgeht, ich komme bald zurück, amore mio.* Wie sollte Anita ihn erkennen, wenn er sich selbst nicht erkannte? Auch Leutnant Bonini kam ihm anders vor. Eines Abends hörte er ihn *Scheiße* sagen. Unterdessen gebrauchte er nur sehr selten schwierige Wörter, aber noch fluchte er nicht. Was braucht es, um einen Mann zu verändern? Wie viel Zeit ist nötig, um ihn wiederherzustellen?

Die zwei Wochen Ruhe genügten nicht, um die Frostbeulen an Pietro Ferros Füßen und Händen zu heilen. Kaum in die Höhle zurückgekehrt, ging der Wundschorf an den Knöcheln wieder auf und blutete. Der Winter schien kein Ende nehmen zu wollen. Die Tage wurden länger, doch unten im Schützengraben bemerkte Pietro Ferro es kaum. Wenn es Zeit war, für die Ruheschicht zur Baracke 7 hinunterzugehen, traf ihn die Helle des Schnees wie eine Ohrfeige. Seine Augen waren entzündet. Es gelang ihm, sich Borwasser zu beschaffen, und er begann, Umschläge zu machen. Er hatte Angst zu erblinden, doch nicht einmal das schrieb er Anita.

Gegen Ende Februar 1916 nahmen die Aktionen wieder zu. Die Front rückte ein paar Dutzend Meter vor oder zurück. Manchmal irrte die Artillerie sich, und dann sprach Leutnant Bonini von *Eigenbeschuss.* Von den vierzig Mann, die im September zum ersten Mal die Baracke 7 besetzt hatten, war nur noch ein Dutzend übrig, die Veteranen. Von der anderen Seite des Tals traf auch die Nachricht von einer Meuterei ein. Eine ganze Kompanie hatte nach einer dreitägigen Ruhepause den Befehl verweigert, wieder zu kämpfen. Bonini gebrauchte das Wort *Dezimierung* und spuckte auf den Boden. Eine Woche später erschien ein Melder in Ferros Höhle und fragte nach dem Leutnant. Das Kommando suchte drei Freiwillige für eine besonders heikle Operation. Am besten Veteranen, möglichst schon befördert. Bonini sah Feldwebel Ferro in die Augen. Er forderte den Melder auf, sich umzudrehen, legte das Papier auf seinen Rücken und benutzte ihn als Unterlage für die Antwort. *Bedaure, S. E. mitteilen zu müssen, dass keine den Anforderungen entsprechenden Männer vorhanden sind. Unterzeichnet Bonini Oliviero, Leutnant.* »Sie werden Sie bestrafen«, sagte Pietro Ferro, sobald sich der Melder entfernt hatte. Bonini antwortete nicht.

Der Krieg ging eintönig und grausam weiter. In regelmäßigen Abständen war der Monte San Michele von Leichen übersät. Man gewöhnte sich rasch an die neuen Höhlen, aber die Landschaft war immer die gleiche. Manchmal drehte jemand durch, und um ihn zu beruhigen, musste man ihn verprügeln. Wer zu fliehen versuchte, wurde erschossen. Pietro Ferros Hände heilten nicht, die Augen brannten weiterhin. Eines Nachts nahm ihm ein Hustenanfall einige Sekunden lang den Atem. Ihm blieb ein leichtes, kräftezehrendes Fieber. Zum ersten Mal schrieb er eine Postkarte nach Hause, auf der nur ein Gedicht stand.

Dort hört ich Seufzer, Klagen, Weherufe
In einer sternenlosen Nacht ertönen,
Weshalb ich Tränen weinen musste.

Nur das und Grüße, mehr fiel ihm nicht ein. Anita bemühte sich, nicht darüber nachzudenken.

Im Frühjahr schmolz der Schnee, die Laufgräben zwischen einer Höhle und der nächsten verwandelten sich in schlammige Flüsse, die Verstärkungsarbeiten an den Höhlen durchnässten die Uniformen und weichten die Haut der Hände auf. Als sich das Wetter besserte, nahmen die Kampfhandlungen zu, die Ruhezeiten in der Baracke wurden immer kürzer. Die Erde bebte unter dem Einschlag der Granaten, die Männer spuckten Erde.

Pietro Ferro fühlte sich immer schwächer. Er schlief einen schwarzen, traumlosen Schlaf, aus dem er erschöpft erwachte. Bei einem Angriff Ende Mai wurde er durch einen Mörserschlag taub. Benommen irrte er herum, bis der Infanterist Guercini Antonello, ebenfalls ein Veteran, ihn überwältigte und in den Schutz eines hellen Felsens zerrte. Am nächsten Morgen in der Höhle begann Pietro Ferro wieder zu hören, aber nur auf dem rechten Ohr. Er griff zu Papier und Bleistift und begann den üblichen Brief nach Hause, aber die Wörter kamen nicht. Er fuhr sich mit den Fingern über die kranken Augen, über die Ohren, über den immer dünneren Körper, kratzte sich wütend in der von Filzläusen zerstochenen Leiste. Er begriff, dass der Augenblick gekommen war, die Wahrheit zu schreiben, aber das ist schwer, wenn man sie frontal angeht. Da fiel ihm der Brief des Deutschen wieder ein. Vielleicht handelte es sich um einen Schriftsteller, womöglich konnte er ihm die Worte stehlen.

Leutnant Oliviero Bonini wunderte sich nicht. Er übersetzte den Brief auf einem Fetzen Papier, und Pietro Ferro begann ihn zu studieren. Er enthielt viele kluge Dinge über den Wahnsinn des Krieges und der Menschen. Über Vaterlandsliebe und über das Grauen, das der Soldat beim Töten empfindet. Mit wunderschönen, rührenden Sätzen nahm der Deutsche von seiner Frau Abschied. *Liebste, du bist die Poesie meines Lebens,* schrieb er. Aber das waren nicht die Wörter, die Pietro Ferro benutzt hätte. Vaterland, Ehre und Pflicht waren ihm egal. *Komm zu mir,* wollte er schreiben. Zum ersten Mal wollte er sie in dieser Hölle bei sich haben. Anita hätte ihre langen, weichen, mit kleinen Narben aus der Spinnerei übersäten Finger auf seine kranken Augen, seine eingefallenen Wangen gelegt. Sie hätte sein Hemd aufgeknöpft und das gestreichelt, was noch von seinem Oberkörper, von dem hohlen Bauch, dem kraftlosen Glied, den abgemagerten Schenkeln übrig war. Anita hätte ihn geheilt. Wie sollte er ihr das alles schreiben?

Liebste, Du bist die Rettung meines Lebens. Als ich Dich geheiratet habe, als Nico geboren wurde, als wir Liebe machten, wusste ich es noch nicht. Ich liebte Dich, aber nicht so, wie ich Dich jetzt liebe.

Wörter, die nicht auf ein Blatt Papier passen, man versteht sie nur unter den Laken, im Dunkeln, ins Ohr geflüstert, damit sie sein Erröten nicht sieht und er nicht das ihre. Und, ja, es war die Wahrheit, aber nicht die ganze.

Liebste, ich sterbe, verzeih mir.

Er schrieb und zerriss es. Damit Anita nicht über das lange Schweigen erschrak, schickte er weitere Teile aus Gedichten nach Hause.

Verschied'ne Sprachen, wilde Schreckenslaute,
Worte des Schmerzes und Geschrei des Zornes,
Schrille und heis're Stimmen, Händeschlagen,

Vollführten ein Getümmel, das ohn' Ende
In diesen zeitlos trüben Lüften kreiset,
Wie Sand, gejagt in einem Wirbelsturme.

Auch Liebesgedichte, die Leutnant Bonini vor dem Abschicken korrigierte.

Liebe, die schnell ein schönes Herz ergreifet,
Hat jenen für den schönen Leib ergriffen,
Den ich verlor, noch muss die Art mich schmerzen.

Liebe, der kein Geliebtes kann entgehen,
Griff mich nach ihm mit mächtigem Verlangen,
Das, wie du siehst, mich heut noch nicht verlassen.

Dann waren auch die Verse zu Ende. Der Infanterist Molinari Luigino kannte Hunderte davon, viel mehr, als Leutnant Bonini je in der Schule gelernt hatte. In der kurz unterhalb von Gipfel 1 des Monte San Michele installierten Höhle konnte sich Pietro Ferro an keine weiteren Gedichte erinnern.

Sechstausend etwa einen Meter hohe, über fünfzig Kilo schwere Stahlflaschen, gefüllt mit einer Mischung aus Chlor und Phosgen, reisten in jenen Tagen auf den Eisenbahnlinien der k. u. k. Monarchie. Dann wurden sie auf Lastwagen nach Cotici und nach San Martino del Carso verladen und von dort per Hand zu dem Drahtverhau vor den Schützengräben auf der österreichischen Seite des San Michele transportiert. Eine aus Krems, einem hübschen Städtchen am Ufer der Donau, angereiste Spezialtruppe sorgte dafür, sie gegen die Angriffe der feindlichen Artillerie zu schützen und sie so zu tarnen, dass eventuelle italienische Angreifer sie nicht ausmachen konnten. Zuletzt wurde die Truppe aus Österreichern und Ungarn ausgebildet, die den Angriff durchführen würde. Zusätzlich zu der üblichen Ausrüstung erhielt jeder Soldat eine Gasmaske und einen Morgenstern, der mit einer Schlinge am Handgelenk befestigt wurde. Im Nahkampf eine ideale Waffe, dafür gedacht, die im Gas ohnmächtig gewordenen Soldaten auf einen Streich und mit Schwung zu erledigen.

In den letzten beiden Juniwochen brachte der Briefträger nur Postkarten von Giuseppe Garibaldi in die Cascina Leone. »Keine Angst«, sagte Anita zu Nico, »es ist nichts, es ist die Post, er hat zu tun, sonst nichts.« Wenn die Leere sie verstummen ließ, blätterte sie im Heft der Ferne und las die Gedichte.

Der Befehl, die Ventile zu öffnen, kam am Donnerstag, 29. Juni 1916, um 5.15 Uhr. Der Wind wehte mit einer Geschwindigkeit von 2 Metern pro Sekunde in Richtung der italienischen Schützengräben. Wegen des Kanonenfeuers, das seit Stunden einem nicht sehr weit entfernten Abschnitt gilt, schläft in der Höhle niemand. Dennoch brauchen die Wachen eine gewisse Zeit, bis sie begreifen, dass die heranziehende gelbliche Wolke kein Morgennebel ist. Sie schlagen Alarm und versuchen, die Gasmasken vor dem Gesicht zu befestigen, ein aus zehn Schichten mit alkalischer Lösung getränkter Gaze bestehender Tampon ohne Augenschutz.

In den Höhlen bricht Panik aus. Es gibt nicht genug Masken, oder man weiß nicht, wie man sie anlegen muss. Auch die Schutzbrillen fehlen. Noch bevor es den Hals erreicht, spürt Pietro Ferro das Gift in den Augen, er fängt an zu zwinkern, hält sich den Rockärmel vor den Mund. Blindlings ertastet er die Maske, schafft es, sie aufzusetzen, hat für einen Moment lang den Eindruck, dass sie nützt, dann fühlt er, wie sein Atem stockt, er schnappt nach Luft, Luft, Luft, aber es kommt nicht genug in die Lunge. Er denkt an die SIPE, beginnt, im Kopf zu wiederholen: *herausragenden Granatenkopf fest reiben, herausragenden Granatenkopf fest reiben,* findet aber weder die Granaten noch das Gewehr, noch das Bajonett. Er presst die Handballen auf die Augenlider, der Schmerz ist unerträglich. Das Wasser fällt ihm ein, sein kostbares Fläschchen mit Borwasser, doch nicht einmal das findet er. Er fällt auf die Knie. Tränen laufen ihm übers Gesicht und die Maske. Er sieht sie nicht kommen. Er hört sie nicht schreien, so laut knallen die Gewehre in den Laufgräben. Er sieht nicht, dass der Infanterist Guercini Antonello mit dem Gesicht im Staub liegt, um sich vor dem Gas zu schützen. Er sieht das Bajonett nicht, das in den Eingeweiden von Leutnant Oliviero Bonini steckt, nicht den Gesichtsausdruck eines erstaunten Kindes, den der Leutnant schon am ersten Tag hatte. Er sieht nicht, wie der Ungar den Morgenstern schwingt und dann auf seine blinden Augen heruntersausen lässt, mit Schwung, auf einen Streich, genau nach Vorschrift.

ZWEITES BUCH

Die Familie Leone

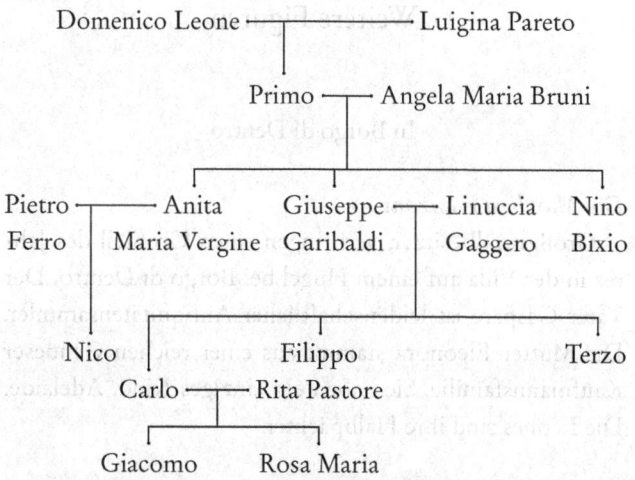

Die Familie Masca, Manfredi und Dubois

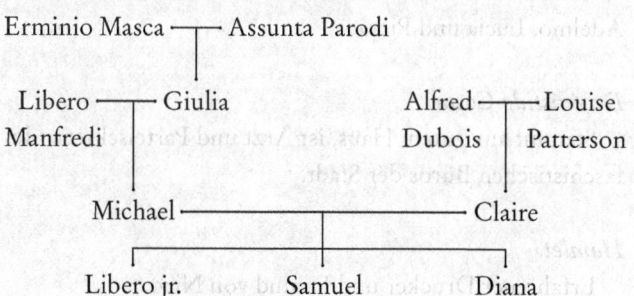

Weitere Figuren

In Borgo di Dentro

Die Marchesi Franzoni

Großgrundbesitzer, verbringen einen Großteil des Jahres in der Villa auf einem Hügel bei Borgo di Dentro. Der Vater Gaspare ist leidenschaftlicher Antiquitätensammler. Die Mutter Eleonora stammt aus einer reichen Genueser Kaufmannsfamilie. Sie haben ein einziges Kind, Adelaide. Die Leones sind ihre Halbpächter.

Familie Risso

Alfonso Risso ist Verwalter und rechte Hand des Marchese Gaspare Franzoni

Er ist mit Rosa verheiratet, und sie haben drei Kinder: Adelmo, Lucia und Piera.

Dr. Aristide Costa

Stammt aus gutem Haus, ist Arzt und Parteisekretär des faschistischen Büros der Stadt.

Hamlet

Erfahrener Drucker und Freund von Nico.

Die Hunde
　　Nuxe ist die kleine Hündin von Primo Leone.
　　Trifula ist ein Abkömmling von Nuxe und gehört Nico.
　　Luna ist Adelmo Rissos kleine Hündin.
　　Marchese Gaspare Franzoni besitzt zwei Pointer.

In Manhattan

Moishe Perelman
　　Sohn des Stoffhändlers Abraham Perelman, wohnt in der Hester Street und ist ein Schulkamerad von Michael Manfredi.

Viertes Kapitel

Die kleine Hündin Nuxe verdankt ihren Namen der goldbraunen Färbung ihres kurzen Fells und der Schnauze mit weichen Falten, die aussieht wie ein Walnusskern, in dessen Mitte der feuchte Knopf der Nase versinkt wie der Steppstich in der Matratze. Im März 1919 ist sie fünf Jahre alt, hat zwei Drillingsgeburten hinter sich und steht im Ruf, eine großartige Trüffelsucherin zu sein. Mit vollem Recht kann sie behaupten, eine erwachsene Hündin zu sein, und fühlt sich auch so.

Die laue Luft streichelt ihr über den Rücken, und eine Art Schwindel macht sie ganz kirre. Sie hat den Eindruck, dass die Welt, an die sie sich in dem langen Winter zu Primos Füßen gewöhnt hat, bald kopfsteht. Ihr Instinkt sagt ihr, so weiterzumachen wie bisher, mit der Nase am Boden, und dem Leben zu folgen, das sich in Form von Regenwurm, Maulwurf, Ameise, Pilz, Natter, Kacke, Sommertrüffel unter ihren Pfoten regt. Doch je fester sie die Schnauze auf die Erde presst, umso mehr zwingt die Märzluft sie, den Kopf zu heben, denn das Leben pulsiert auch über und neben und vor und hinter ihr, es stürmt von allen Seiten auf sie ein, Blumenduft, Schmeißfliegensummen und Vogeldreck; Gerüche, die sie als grün und rosa bezeichnen würde, wenn ihre bernsteinhellen Augen Farben sehen könnten; weiße, gelbe und blaue Gerüche, laut wie spielende Kinder, zart wie Seufzer, schmeichelnd wie ein Flüstern am Ohr. Kurz, ein Wirbel, ein Taumel, der ihr ab und zu ein lustvolles Winseln abnötigt, doch sie schämt sich dafür, denn gewisse Begeisterungsausbrüche ziemen sich nicht für eine erwachsene Hündin, so viel Aufregung um nichts und wieder nichts, bloß wegen ein bisschen Sonnenwärme im Nacken.

Der alte Padrone scheint müde zu sein. Mit übereinandergeschlagenen Beinen sitzt er auf dem Baumstumpf vor dem Haus, den Rücken an die Mauer gelehnt. Er zündet sich eine Zigarette an und wartet, dass Linuccia zum Mittagessen ruft. Seit der Briefträger mit dem Telegramm, das den ehrenvollen Tod des Feldwebels Pietro Ferro meldete, zur Cascina Leone heraufgekommen ist, hat der Alte wieder zu rauchen angefangen. Obwohl seit Monaten ein Reizhusten die nächtlichen Streifzüge verdüstert, denkt er nicht daran aufzuhören.

An diesem Morgen ist er nicht zum Weinberg hinaufgegangen, sondern daheim geblieben, um im Gemüsegarten zu arbeiten. Die Jungen sind vor ein paar Minuten zurückgekommen, Anita vorneweg. Hacken, Spaten und Heckenscheren sind neben der Türe aufgereiht, zusammen mit den nach Größe geordneten Holzschuhen. Die von Anita sind die kürzesten und müssten frisch besohlt werden. Die längsten gehören Carlo, der sechzehn Jahre alt ist, dann kommen die von Filippo, fünfzehn, die von Terzo, vierzehn, und die von Nico, der im Juni dreizehn wird. Nuxe erkennt sie am Geruch. Wenn sie Lust bekommt, einen zu verschleppen, um ein bisschen daran zu kauen, ist sie in der

Lage, ihn wieder an seinen Platz zu stellen, ohne dass jemand den Diebstahl bemerkt.

Carlos Holzschuhe riechen männlich-erwachsen, an denen von Filippo haftet eine Spur Seife und ein Stich Milch, die von Terzo duften nach Junge und verquirltem Ei, und alle drei verströmen ein schwaches Aroma (gelb und weiß, Kartoffeln und Käse), das die kleine Hündin überaus stark in Linuccias Pantoffeln wiederfindet, und außerdem einen kräftigeren, braunen Gestank, etwas, das Nuxe eigentlich nur als den Mief eines gestandenen Mannes bezeichnen kann (Tabak, Pferdemist, fette Erde, Weinblätter, Most).

In den Holzschuhen von Nico, dem jungen Padrone, *trifulau* – Trüffelsucher – wie der Großvater, gibt es diesen Mief nicht. Nuxe poliert sie jeden Morgen mit ihrer rauhen Zunge und genießt den angenehmen Duft nach Kind-Mann, nach Nachtwesen, angereichert mit einem Hauch Moos, den sonst nur Anita an den Fingern hat, aber da ist noch etwas anderes, ein Überrest, die Ahnung eines Geruchs, bei dem sie manchmal niesen muss. Flaum? Metall?

Wenn er an der Zigarette zieht, schließt Primo die Augen und stößt dann den Rauch durch die Nasenlöcher aus. Die kleine Hündin ist überzeugt, dass es ihre Pflicht ist, sich der Stimmung des Padrone anzupassen. Nachdem sie also die Tenne vor dem Haus inspiziert hat (Strohhalme, Sägespäne, Lehm, Geröll, geschmolzener Schnee) und mit feuchter Nase den aufdringlichen Hühnerhof (Ammoniak, Säure, Federn, süßliche Kleie) und den prachtvollen Stall (Heu, so viel man will, warme Scheiße, Schwefel, Kaninchenfell, trockener Urin) umrundet hat, trottet sie zu Primo, schnuppert am Rand seiner Holzschuhe (Matsch, Schweiß, Trüffeln, Pilze, Petroleum von der Lampe, Notenblätter) und lässt sich in einer meditativen Haltung, die, findet sie, der seinen ähnelt, zu seinen Füßen nieder: Bauch am Boden, Pfoten gekreuzt, Schnauze daraufgelegt, Augen geschlossen. Aber die Luft, die Luft … Wenn es Frühling wird, ist es sehr schwierig, den Übermut zu bändigen und sich wie eine brave erwachsene Hündin zu benehmen.

Nuxe möchte es zwar nicht zugeben, denn keinen Menschen auf der Welt liebt sie mehr als den alten Padrone, aber wenn der Frühling kommt, gefällt es ihr besser bei Nico, auch wenn Nico immer Trifula mitschleppt, einen der drei Welpen, die sie vermutlich im vorletzten Sommer zur Welt gebracht hat, auch er ein Trüffelhund. Was wohl aus den anderen geworden ist? Und aus denen, die sie geboren hat, als sie zum ersten Mal Mutter wurde? Sie hat sie aus den Augen verloren. Eine Weile hat sie sich um sie gekümmert, aber dann hat sie aufgehört, und jetzt ist Trifula ein Hund wie jeder andere, man beschnuppert ihn, läuft hinter ihm her oder verscheucht ihn mit einem Pfotenhieb, wenn er zu aufdringlich wird. Die Menschen dagegen hören nie auf, sich umeinander zu kümmern. Sie hängen alle aneinander, Alte, Erwachsene und Kinder, Männer und Frauen, vermischen ihre Gerüche, als ob sie das um den Hals trügen, was Nuxe am allermeisten hasst: die Kette.

Und mit Nico ist der März ein Fest. Oft gehen sie zum Haus der Marchesina Adelaide hinauf, die immer einen Leckerbissen für Nuxe und Trifula bereithält (Fett, Keks, Rosenknospe, Kölnischwasser). Manchmal ist auch Adelmo, der dreizehnjährige Sohn des Verwalters Alfonso Risso, mit seiner Luna da, einer dicken kleinen Spitzhündin. Sie kommt Nuxe nett vor, doch ganz klar ist sie sich über ihre Gefühle nicht. Ihr ist, als müsste sie zu ihrem Padroncino Nico halten, der, wenn er Adelmo und Luna kommen sieht, ein finsteres Gesicht macht.

Trifula bemerkt solche Feinheiten nicht: Sobald er Lunas Geruch wittert (Weibchen und Wursthaut), saust er ihr liebestoll entgegen, hält mit seiner Schnauze eine Handbreit vor ihrer abrupt inne, die Augen leuchten vor Freude, er umkreist sie, schnuppert an ihrem Hintern, schubst sie und neckt sie, bis Luna vor Lust zu bellen anfängt. Auch Nuxe lässt sich ein wenig vom Spiel anstecken, aber nicht ganz. Ab und zu hört sie auf herumzutollen und folgt mit der Nase am Boden der Fährte (Leder, Tabak, frisches Fleisch), die sie zu dem großen Zwinger führt, wo die zwei kakaobraunen Pointer dösen. Sie hat gelernt, sie im Windschatten zu überraschen, und freut sich diebisch, wenn sie sieht, wie sie aufschrecken, vor Entrüstung beben, lauern und verärgert winseln. Wie zwei mit Reißzähnen bewaffnete Krieger kommen sie ihr vor, zwei glänzende, vor unterdrückter Wut zitternde Gottheiten. Ein bisschen tun sie ihr auch leid, so eingesperrt da drinnen. Der Geruch ihrer Fressnäpfe ist zwar einladend (Fett, Blut, weißes Mehl), doch wenn der Zwinger der Preis ist, dann sind ihr die Reste, die Linuccia ihr in einer Ecke hinstellt, tausendmal lieber. Das empörte Knurren der Pointer beantwortet Nuxe mit einem kurzen hellen Kläffen. Dann tippt sie kurz mit der Schnauze an den Metallrost, macht kehrt und trippelt mit ihrem gedrungenen Körper zufrieden davon. Sie gesellt sich wieder zu Trifula und Luna, aber stets bedacht, die Menschen nicht aus dem Auge zu verlieren.

Manchmal halten die Jungen ein Seil an den Enden, lassen es rotieren, und Adelaide hüpft, oder Nico nimmt einen flachen Stein und malt etwas in den Staub des Hofes, dann werfen sie abwechselnd denselben Stein und hüpfen auf einem Bein. Manchmal setzen sie sich auch in eine Ecke des Hofs und unterhalten sich, aber nur, wenn Adelmo und Luna nicht da sind. Nico sagt etwas, Adelaide lacht und wickelt eine rote Locke um ihren Finger. Wenn Adelaide redet, schaut Nico starr auf die rote Locke. Dann sticht die kleine Hündin die Eifersucht, sie schlüpft zwischen die Füße des Padroncino, und er krault sie am Hals. Da unten, zwischen diesen beiden, herrscht ein ganz besonderer Duft. Butter, Zucker, Klee. Kanariengelb. Nuxe hat ihn *Nicoadelaide* getauft.

An diesem Morgen im März hat Linuccia Polenta aus Roggenmehl gekocht, gewürzt mit ein bisschen Zwiebel. Auf den Tisch hat sie ein Stück frischen Käse und einen kochend heißen Topf mit geschmorten Nieren und Petersilie gestellt. Carlo und Filippo gießen die Polenta auf ein Holzbrett, und Linuccia schaut aus der Tür. »Kommt, das Essen ist fertig«, sagt sie zu Primo. Der Mann steht auf, schiebt mit der Spitze des Holzschuhs die Schnauze der kleinen Hündin weg und tritt die Kippe aus. »Nu«, sagt er.

Nur *Nu*. Andere Wörter benutzt er nicht, die Abkürzung genügt, in den Nächten auf Trüffelsuche endlos wiederholt, abwechselnd mit Schnalzen oder Pfiffen, um sie wieder an die Arbeit zu rufen, wenn sie etwas ablenkt. *Nu, Nu, Nu.* Es kann bedeuten »*komm*«, »*gehen wir*«, »*steh auf*«, »*kusch*«, »*Platz*«, »*friss*«, »*trink*«, »*schlaf*«, »*gut gemacht*«. »Nu«, ruft er jetzt noch einmal, schon in der Küche, aber die kleine Hündin rührt sich nicht. Verblüfft betrachtet sie von der Schwelle aus die Familie. In Wirklichkeit schaut sie nicht, sie schnuppert. Hunger hätte sie ja – sie hat immer Hunger –, und außerdem liegt Trifula schon drinnen neben Nicos Stuhl, bestimmt frisst er zum Schluss auch ihren Teil. Die Hauskatze, Seta, übellaunig und rachsüchtig, zeichnet eine schmeichlerische Acht um Anitas Waden, bereit, ihren Teil mit nadelspitzen Krallen zu verteidigen. »Nu«, wiederholt Primo ungeduldig.

Aus Borgo di Dentro weht eine Brise herauf, die alle Gerüche des Flusses und der Läden jenseits der Orba mitbringt. Plötzlich drückt Nuxe die Nase auf den Boden und dreht sich im Kreis, ein Ballett, das nachts ein unsichtbares Trüffelversteck ankündigt. Aber hier? Vor der Tür? Primo schaut ihr belustigt zu, nur er kennt die Bedeutung von so viel Hektik. »Nu?«, wiederholt er, als wollte er sagen: Bist du übergeschnappt?

Doch Nuxe hört ihn gar nicht. Der Geruch hat nichts mit Trüffeln zu tun, auch nicht mit dem beißenden Gelb des Löwenzahns, das rundum die Hügel entflammt. Ihr ist, als käme er von innen, aber auch von außen. Mehr von außen, also stürmt sie los, aber ihr Gang ist seltsam, sie kennt doch nur eine Art, Witterung aufzunehmen, mit der Schnauze dicht am Boden, doch der geheimnisvolle Geruch liegt in der Luft, daher muss sie die Schnauze dauernd heben und senken. Sie läuft über die Tenne und biegt in den Weg ein, der zur Straße nach Borgo di Dentro führt. »Nu!«, schreit Primo. Sollte Nuxe ein Reh gerochen haben? Ein Wildschwein? Vielleicht einen Wolf?

In der Küche merken sie nichts, Linuccia hat schon ausgeteilt, Carlo, Filippo und Terzo verschlingen ihre Portionen mit der gleichen Geschwindigkeit, der gleichen Ungeduld wie Giuseppe Garibaldi in ihrem Alter. Nico streicht seinen dampfenden kleinen Berg auf dem Tellerboden glatt und zeichnet mit den Gabelzinken Schnörkel.

»Nu!«

Dort auf der Schwelle erkennt Primo nur noch das zitternde Schwänzchen, dann nichts mehr, denn der Weg führt bergab, und die kleine Hündin verschwindet aus dem Blickfeld. Und jetzt tut der alte Padrone nicht das Vernünftigste: Er geht nicht in die Küche, schließt die Tür, setzt sich hin, isst, solange es heiß ist, und denkt: Wenn sie Hunger kriegt, kommt sie schon wieder. Nein, er folgt ihr. »Nu!«, ruft er noch einmal, doch seine Stimme klingt gepresst. Ihm ist ein Gedanke gekommen, mehr ein Wunsch als ein Gedanke, doch aus Vorsicht hat er sich angewöhnt, ihn zu verscheuchen, sobald er auftaucht. »Nu! Nu!«

Die kleine Hündin hat mittlerweile die Stelle erreicht, wo der Weg die Straße nach Borgo di Dentro kreuzt. Am Rand bleibt sie stehen. Sie will nicht weglaufen, sondern nur ein für alle Mal das Geheimnis des braunen Geruchs lüften. Den wollenen Faden fassen, der drei von den fünf Männern der Cascina Leone verbindet. Tabak, Pferdemist, fette Erde, Weinblatt, Most. Ruhig legt sie sich hin: Der Geruch schwappt in schweren Wellen über sie hinweg, er kommt von unten, aus dem Dorf.

Die Straße macht an dieser Stelle eine Biegung, reglos leuchtend in der Helle des Mittags. Als Primo die Hündin erreicht, hebt Nuxe die Schnauze und sieht ihn an, dann starrt sie wieder auf die Lichtpfütze vor ihr. Ihr ist, als habe Primo den geheimnisvollen Geruch mitgebracht, der vorher in der Küche war. Ist es möglich, dass sie das nie bemerkt hat? Also sind vier der Männer aus der Cascina Leone miteinander verknüpft wie die Fäden eines Schals.

Mit hängenden Armen bleibt der alte Padrone am Straßenrand stehen, den Blick auf die Kurve gerichtet, und Nu spürt, dass es ihre Pflicht ist, aufzustehen und gespannt an seiner Seite zu warten. Es weht ein Lüftchen: Tabak, Pferdemist, fette Erde, Weinblatt, Most. Gestank des gestandenen Mannes.

Als die Gestalt sich vor dem weißen Himmel abzeichnet – mit hageren Schultern und dem Schritt dessen, der schon länger gegen den Wind ankämpft –, zittert es in Primos Hals, und plötzlich erinnert Nuxe sich an alles: der Platz am Kopfende des Tisches, die Hände, groß wie Bäckerschaufeln, die Abreise mit dem Sack über der Schulter, als sie noch ein Welpe war und der alte Padrone ihr im Wald hinter dem Haus das Trüffelsuchen beibrachte.

Ein Glücksschauder, von der Schnauze bis zur erhobenen Schwanzspitze. Dann stürmt sie los, um den großen Padrone zu empfangen, der endlich den Weg zurück nach Hause gefunden hat.

In seinem Telegramm spricht Michael von einem Zwischenfall, der ihn noch einen, vielleicht zwei Tage in Mailand festhalten wird, und er empfiehlt seiner Mutter, den *trip to the past* zu genießen und Moishe nicht zu vergessen. Mrs. Giulia Masca betrachtet die drei schon gepackten Koffer und seufzt. Sie faltet das Telegramm zusammen und legt es auf den Nachttisch, neben *Vom Winde verweht*.

And remember Moishe. Was ihr Sohn wohl damit sagen wollte? Sie nimmt den ersten Koffer, legt ihn auf die Tagesdecke des Bettes, löst die Riemen und packt ihn wieder aus. Beim Gedanken an Moishe Perelman lächelt sie, er war Michaels Schulkamerad auf dem Gymnasium, ein langer Lulatsch mit einer großen, mit Schnur geflickten Brille, der jeden Nachmittag für die Hausaufgaben zu ihnen kam.

Damals lebten sie in der Thompson Street, in Soho, über ihrem zweiten Geschäft, einer eleganten Version der *Grosseria* in der Mulberry Street, mit Regalen aus glänzendem Walnussholz voller Lebensmittel und einem kleinen Sortiment von Luxusartikeln wie Schweizer Schokolade und kandierten Orangenschalen.

Moishe seinerseits wohnte am Ende der Hester Street in einer Dreizimmerwohnung über dem Stoffgeschäft Perelman, besuchte aber dieselbe Schule, die Libero für Michael ausgesucht hatte, mehrere Blocks nördlich, an der Zweiundzwanzigsten. Michael benötigte fast eine halbe Stunde bis dorthin, doch Moishe Perelman brauchte fast doppelt so lang, mit seiner vollgepackten Schulmappe und einem Sandwich mit gewürztem Fleisch und Senfgurken, eingepackt in eine halbe Seite des *Jewish Daily Forward*.

Weil der Junge nur streng koscher aß, hatte Giulia erst danebengegriffen, was das Essen anbelangte, dann jedoch endlich die richtige Mahlzeit aufgetischt, gekochte Kartoffeln mit harten Eiern, die Moishe verschlang, bevor er sich über Trigonometrie und Literatur hermachte. Was zum Teufel hatte diese Bohnenstange mit der außergewöhnlichen Begabung für Infinitesimalrechnen bloß angestellt, dass er von der jüdischen Schule abgehen musste und auf den Bänken einer Highschool landete, die so weit vom Stoffgeschäft seines Vaters entfernt lag?

Giulia vermutete, es müsse sich um etwas sehr Peinliches handeln, da Moishe, wenn man sagte, er könne doch die Schule in Midtown aufgeben und eine besuchen, die näher an seinem Zuhause lag, die Brille abnahm, sie auf das aufgeschlagene Buch legte, seine dichte schwarze Lockenmähne schüttelte und sagte: »Nein, nein und wieder nein.« Aus den Tiefen seiner Mappe holte er ein erstaunlicherweise blütenreines Taschentuch hervor, putzte die Gläser, zog die Schnur fest, setzte die Brille wieder auf und fügte hinzu: »Um nichts auf der Welt würde ich diese Schule verlassen, Mrs. Manfredi.« Giulia hatte den Stoffhändler nie kennengelernt, doch in jenen Augenblicken war ihr, als hätte sie mit Abraham Perelman persönlich zu tun, als säße er betagt und weise dort an ihrem Küchentisch. Und doch hätte Moishe Dutzende guter Gründe dafür gehabt zu wechseln. Das erzählte Michael abends beim Essen. Als einziger Jude in der Klasse wurde er dauernd verspottet und Opfer fieser Gemeinheiten. Das wenigste war noch, dass sie sein Essen klauten und es in die Regenrinne warfen oder aus seiner Mappe die Bücher entwendeten und er sie dann mit Marmelade, Kaffee, Urin oder Schlimmerem verschmiert wiederfand. Mehr als einmal wurde er umzingelt und verprügelt, gezwungen, den Fußboden zu lecken oder seine Taschen auszuleeren und mit Erdnussbutter zu bestreichen. Michael hatte den Verdacht, dass die Aufsicht nur so tat, als merkte sie nichts. Auch die Lehrer übergingen die Blutflecken auf dem Kragen, die zerrissenen Manschetten, die blauen Flecken unterm Auge mit Schweigen.

Musste einen das erschüttern? Assunta hatte Giulia sofort nach dem Ende der dritten Klasse Grundschule in die Spinnerei gebracht, hatte so getan, als hörte sie sie nicht jeden Abend weinen, hatte den Brechreiz ignoriert, der sie nach dem Aufwachen schüttelte bei dem Gedanken, dass sie in die Halle zurückmusste, wo es nach gekochten Raupen stank. Warum also war Giulia dennoch erschüttert? Warum nahm sie sich nach jeder Geschichte, die Michael erzählte, vor, die Ration von Eiern mit Kartoffeln zu verdoppeln? »Je mehr die zuschlagen«, erklärte ihr Sohn mit erhobener Gabel und vollem Mund, während er Libero mit glühenden Augen ansah, »je mehr diese Dreckskerle ihn verprügeln, umso mehr lernt Moishe für die Schule.«

»Die Wut ist in Büchern gut aufgehoben«, verkündete der *illiterate* Libero Manfredi. Und Moishe Perelman aus der Hester Street musste eine Menge Wut im Leib haben, denn nach einem Trimester hatte er, *Judas Schlappschwanz* Perelman, in allen Fächern die beste Note. »Nur in Geschichte nicht. Der Lehrer Anderson sagt, *a jew*, und noch dazu ein Deutscher, *is incapable to understand history*. Vor allem die Geschichte der Vereinigen Staaten von Amerika kann er nicht verstehen. *By nature*, sagt er.«

Erst gegen Ende des ersten Schuljahrs begann Giulia zu ahnen, was wirklich los war. Als sie an der Tür der *Grosseria* das Schild OPEN geraderückte, sah sie die beiden Schulter an Schulter näher kommen: der gleiche Gang, den Blick auf die Schuhspitze gerichtet, still und auf der Hut wie gehetzte Tiere. Auf der Straße genierte sich Moishe, seine mit Schnur geflickte Brille zu tragen. Deshalb konnte Giulia anfangs kaum den einen vom anderen unterscheiden: Auch

Michael war, wie Moishe, groß und dünn (genau wie Pietro Ferro als Junge); auch Michael hatte krause dunkle Haare (wie Erminio Masca, Giulias Vater); auch Michael trug eine Jacke mit zu kurzen Ärmeln. Und auch Michael hatte ungenügend in Geschichte. Nur in Geschichte.

Von dem Moment an begann sie, die Bücher und Hefte ihres Sohnes zu kontrollieren. Manchmal waren Seiten herausgerissen, manchmal hatten sie Fettflecken. Eines Morgens ertappte sie ihn, als er auf der Feuertreppe hockte und heimlich die Brusttasche eines Leinenhemds wieder annähte. Sie beobachtete ihn unauffällig, während er sich mit nacktem Oberkörper am Zuber wusch. Waren das blaue Flecken unter der rechten Achsel? Und diese Schnittwunde zwischen den Augenbrauen? Und der Kratzer auf der Backe? Als Michael ihr zum dritten Mal erzählte, er sei gestolpert, hatte sie keine Zweifel mehr. Um seinen Stolz nicht zu verletzen, sagte sie nur: »Du kannst die Schule wechseln, wenn du willst.«

»Ich weiß. Aber ich will nicht.«

Libero äußerte sich krasser: Er befahl ihr, sich nicht einzumischen. Es war der erste und einzige Krach zwischen ihnen, der wie ein Raubvogel über dem Ehebett schwebte, sechzehn Jahre nachdem Giulia in Ellis Island angekommen war.

»Er braucht dein Geflenne nicht«, zischte Libero. Giulia war entsetzt.

»Sollen sie ihn einfach massakrieren?«, erwiderte sie flüsternd. Sie hatte Tränen in den Augen.

»Er weiß sich zu wehren. Mach das Licht aus und schlaf.«

In den folgenden zwei Jahren bereitete Giulia riesige

Kartoffelaufläufe mit Eiern zu, desinfizierte die Schnitte in Moishes Gesicht, behandelte Michaels Verletzungen, bandagierte beiden die schmerzenden Handgelenke. Sie erwartete sie an der Tür der *Grosseria* und sah sie von weitem kommen, aneinandergeklammert wie Schiffbrüchige in einem Rettungsboot. Abends beim Essen lauschte sie stumm den ebenso erregten wie überraschenden Gesprächen: Michael erzählte seinem Vater von den Übergriffen, denen Moishe ausgesetzt gewesen war, hütete sich aber, die Wahrheit zu sagen, nämlich dass er selbst, einziger Schüler mit italienischem Nachnamen in der Klasse, die gleichen Demütigungen erdulden musste. Daraufhin lobte Libero Moishes Seelengröße, den Mut des jüdischen Jungen, der beschlossen hat, es im Leben zu etwas zu bringen, indem er eine amerikanische Schule absolvierte. »Weißt du, Michael, ich beneide Abraham Perelman, o ja. Wie stolz er sein muss, jeden Abend bei Tisch einen so tapferen Soldaten wie Moishe zu empfangen.«

Zwei Verrückte, Vater und Sohn, denkt Mrs. Giulia Masca, während sie den zweiten Koffer leert. Da sie nicht Klartext reden konnten, hatten sie diese schräge Art gefunden, ehrlich zu sein.

Ich habe Angst, Vater.

Ich hab dich lieb, Sohn.

Und nun schreibt Michael ihr aus Mailand *vergiss Moishe nicht*. Aber was will er damit sagen? Ist das auch eine chiffrierte Mitteilung?

Sie tritt ans Fenster, das auf die Piazza hinausgeht, *il Piaso*, wie man hier sagt. In großen dunklen Flecken zeichnet sich auf dem Pflaster der Abend ab. Eine dick eingemummte

Frau schlüpft in eine Haustür, eine Katze schleicht lauernd mit aufgerichtetem Schwanz an der Mauer entlang. Was wäre gewesen, wenn ihr Sohn an der Seite von Pietro Ferro aufgewachsen wäre? Sie findet keine Antwort, so weit scheint Borgo di Dentro ihr von der wilden Energie Manhattans entfernt zu sein.

Wenn sie jetzt von hier aus zurückdenkt, waren es gute Jahre. Das Kämpfen stärkte Michael und Moishe, Giulia behandelte ihre Wunden, Libero plante eine dritte Filiale und die Reise nach Italien. Erst später sollte ihn wieder die Schwermut überfallen, als dem Erstgeborenen von Angiolina Mancuso, aus Krieg und Gefangenschaft zurückkehrt, die Wiedereinreise in die States verweigert wurde, weil er Analphabet war.

Zu Beginn des dritten Jahres hörten die Schulkameraden endlich auf, Michael und Moishe zu piesacken. In der verschlüsselten Form, die die allabendlichen Berichte kennzeichnete, war der wahre Grund des Waffenstillstands für Giulia nicht zu erkennen. Vielleicht war jemand mit einem noch unamerikanischeren Namen als *Manfredi* und *Perelman* in die Klasse gekommen. Vielleicht hatte die Sturheit, mit der die beiden Jungen jeden Morgen wieder antraten, die Rowdys erschöpft. Vielleicht hatten auch die acht Kilo dazu beigetragen, die die beiden dank der Kartoffeln mit Eiern zugenommen hatten. Jedenfalls war nicht mehr von heroischen Zusammenstößen die Rede, Michaels hervorragende Noten waren keine Medaillen mehr, die man sich an die Brust heften konnte, und Moishe Perelman, das leuchtende Vorbild in Sachen Mut und Entschlossenheit, wurde einfach zu *Mo*. Abend für Abend nahm die elektrische Spannung zwischen Vater und Sohn ab, auch weil Libero den Schock nicht überwinden konnte: Angiolina Mancusos Erstgeborener in Ellis Island abgewiesen! Die Regierung der Vereinigten Staaten hatte ihm verwehrt, zu *seiner Mutter* zurückzukehren! Was bedeutete da noch die besondere Erwähnung, die Mo sich in Mathematik verdient hatte?

Nach einigen Wochen war auch keine Rede mehr vom *Immigration Act,* der für die Zurückweisungen verantwortlich war, es wurde weder von der gestrichenen Reise nach Italien gesprochen noch davon, was in der *Grosseria,* im Lager oder bei den Sonderangeboten lief. Liberos Stummheit vergiftete die Mahlzeiten wie Klebstoff. »Warum?«, fragte sich Giulia beim Abwasch. »Was gehen uns die Mancusos an?«

Da sie vollauf mit der düsteren Melancholie ihres Mannes beschäftigt war, entging es ihr, dass zwar die Zusammenstöße mit den Kameraden aufgehört hatten, nicht aber Michaels und Moishes Wut. Im Gegenteil, die fing gerade erst richtig an. Die Welt dachte, sie seien verkehrt? Nun, nach Meinung von Mick und Mo irrte die Welt sich gewaltig.

Über Monate mussten sie die Sache ausgeklügelt haben, die Köpfe über den Küchentisch gebeugt, mit Blick auf die Bücher, während das Hirn verschiedene Szenarien durchspielte. Wer weiß, wer dann die Idee hatte: Mo, der Schweiger, oder Mick, der Denker? Jedenfalls nahmen sie eines Tages ihre gesamte Mathematik – Reihen von algebraischen Proportionen, Serien linearer und quadratischer Gleichungen, Logarithmentafeln, Studien mit Funktionen,

Derivaten und Integralen – und richteten sie wie eine Kanone auf Libero's Grocery und das Stoffgeschäft Perelman und deren Rechnungsbücher.

Indem sie die Variablen Zeit, Menge und Lieferant miteinander kreuzten, fanden sie mit zwei Dezimalpunkten Ungenauigkeit die Rentabilität jedes Produkts heraus, das in den Regalen stand. Sie kamen zu dem Schluss, dass Liberos geliebte Stearinkerzen, die er zentnerweise bestellte und seit Jahren hortete, ein hoffnungsloses Verlustgeschäft bedeuteten, da der Einkaufspreis höher war als der Verkaufspreis. Besser gingen Reis, Bonbons und Bananen, sehr schlecht die Eier, deren Ausschussquote bis zu 25 % betrug. Die Verkäufe von Dosenfleisch dagegen waren in einem Jahr um 15 % gestiegen, mit einem Nettogewinn von 39 %. Im Fall von Rindfleisch in Aspik sogar von 52 %. Eine Goldgrube, viel sicherer als Klondike. Hier leitete sich der erste Teil des Projekts her, den die beiden mehrmals auf dem Weg von der Zweiundzwanzigsten bis nach Hause diskutiert hatten und den Michael eines Nachmittags seinem Vater im Hinterzimmer der *Grosseria* in der Mulberry Street unterbreitete.

»Wir kaufen das Fleisch hier um die Ecke, beim Meatpacking District. Keinerlei Zwischenhändler. Dosen ohne Etiketten. Die kleben wir drauf: *Libero's American Pork* oder *Manfredi's American Meat*.« Der jeden Tag verachtete, beleidigte und mit Füßen getretene Name, mit dem Michael auf die Welt gekommen war, würde nun kein Problem mehr sein, sondern eine Waffe. Eine mächtige Waffe.

Libero füllte gerade Kartoffeln aus einem Sack in eine Holzkiste und trug eine Schürze aus grobem Tuch, um den zimtfarbenen Kittel zu schützen. Er bedachte seinen Sohn mit einem müden Blick.

»Wir sind Krämer«, erwiderte er. »Krämer, damit musst du dich abfinden. Kartoffeln, Reis, dicke Bohnen, Kerzen, Eier, Knoblauch. Das, was die Leute in Lower East Side und Soho eben brauchen. Wie man eine Kuh schlachtet, wie man das Fleisch kocht, in Aspik einlegt und dann in Blechdosen verpackt, davon verstehen wir nichts.«

»Ich habe es nachgerechnet. Bei Kerzen, Eiern und Knoblauch machen wir Verlust. Beim Reis liegt der Gewinn bei 4,75 %, was miserabel ist. Das Fleisch dagegen ist ein großartiges Geschäft. Mit unserem Namen auf den Dosen werden wir eine hübsche Menge Geld machen. *Manfredi* bedeutet etwas hier in dieser Gegend.«

Libero wischte seine erdverschmierten Hände an einem Lappen ab, dann strich er sich über den Zweitagebart. In letzter Zeit rasierte er sich nicht gern. Alles, was mit Aufstehen zu tun hatte, war ihm eine Last. Er nahm die Schürze ab und hängte sie an den Nagel am Regalfach mit den Spirituosen. Er warf einen Blick auf die Büchermappe und begriff, dass Michael nach dem Unterricht sofort in die *Grosseria* gestürzt war, ohne daheim vorbeizugehen. Sein Sohn trug eine dunkle Krawatte und ein Tweed-Jackett, das er zwei Wochen zuvor in der Schneiderei Davis Bros an der achten Straße erworben hatte. Libero zupfte ihm ein Härchen vom Kragen und ließ zwei Finger über das Revers gleiten.

»Reine Wolle. Sehr elegant, Michael. Fehlt es dir an etwas?«

Das war der Dolchstoß, der ihn schon als Kind mundtot

machte. Wenn er quengelte, unterbrach Libero das, was er gerade tat, und fragte plötzlich ernst: »Fehlt es dir an etwas?«, und der Sinn war: Du hast genug zu essen, etwas anzuziehen und ein Dach über dem Kopf. Mehr braucht man nicht. Und wenn der kleine Michael weiter bockte, war Libero bereit, sich mit den Händen näher zu erklären. »Sag, Michael. Fehlt es dir an etwas?«

Eine Handvoll Blocks weiter südlich, im Stoffgeschäft Perelman am Ende der Hester Street, widmet Moishe sich dem zweiten Teil des Plans. Mit dem Notizblock in der Hand beweist er Mr. Abraham Perelman, wie unbefriedigend die Einnahmen beim Verkauf von Meterware sind, und führt aus, dass Denim noch gut abschneidet, verglichen mit der merzerisierten Baumwolle, deren Absatz in den letzten zwei Halbjahren katastrophal eingebrochen ist. Dann erwähnt er die Möglichkeit einer Übereinkunft mit der Schneiderei Davis Bros an der Achten hinsichtlich der Herstellung von Anzügen Marke *Perelman*. Er habe vor ein paar Wochen mit dem Besitzer gesprochen, als er Mick Manfredi zum Kauf eines Jacketts begleitet hatte. »Sie sind interessiert daran, mit uns ins Geschäft zu kommen«, sagt er abschließend.

Der Stoffhändler, der vor zweiundzwanzig Jahren halb verhungert aus einem bayerischen Dorf gekommen ist, ist ein netter Mensch und wie Libero halber Analphabet. Er denkt gar nicht daran, auf Einzelheiten einzugehen, und beendet das Gespräch mit einer schallenden Ohrfeige.

»Nun, Michael, du antwortest nicht? Reicht es dir nicht? Eier, Knoblauch, Kartoffeln, dicke Bohnen, Bier, Stärke, Äpfel, Mannit, Whisky. Genügt das nicht? Siehst du diese

Packung Kerzen? *Bei den Kerzen machen wir Verlust!* Lass dir mal erklären, wie die Welt funktioniert, mein Junge. Wenn es eine Panne gibt – und Pannen gibt es häufig –, wenn der Strom ausfällt, kommt immer jemand herein und verlangt genau so eine Packung Kerzen. Wie würde ich denn dastehen, wenn ich den Preis erhöhen würde? *Libero Manfredi verdient an den Pannen.* Darum bedeutet *Manfredi* was in dieser Gegend. Also noch mal meine Frage, Michael, aber pass auf, wie du antwortest: Fehlt es dir an etwas?«

Damit war die Sache erledigt, es wurde nicht mehr darüber gesprochen. Libero Manfredi und Abraham Perelman gingen an jenem Abend unzufrieden ins Bett. Tags zuvor hatten sie noch gedacht, ihr Platz auf dem donnernden Zug des Fortschritts sei ganz vorne, gleich hinter dem Lokomotivführer. An den schwarzen Rauch gewöhnt, den die Lower East Side ihnen ins Gesicht spuckte, sahen sie von da aus der Zukunft direkt in die Augen, wohl bewusst, welch weiten Weg sie von den blauen Hügeln von Colonnata oder der bayrischen Armut bis hierher zurückgelegt hatten. Sie fühlten sich unschlagbar. Und jetzt? War das der Dank für die Opfer, die sie gebracht hatten? Söhne, die die Väter erniedrigten, die ihnen zu verstehen gaben, dass sie zum alten Eisen gehörten. War das der Zweck der Bücher, der Schule? Bedeutete das, *amerikanische* Kinder aufzuziehen?

Etwas war zerbrochen. Auch als man hätte meinen können, es sei alles vorbei – Vater und Sohn zufrieden bei der Einweihung der dritten Filiale, am Broadway, Ecke Dreiunddreißigste; eifrig dabei, die vierte *Libero's Grocery* in einer alten, renovierten Lagerhalle in Brooklyn zu planen –, auch als alles glattlief und die beiden ein Herz und eine Seele zu sein schienen, galt die ein für alle Mal an jenem Nachmittag im Hinterzimmer in der Mulberry Street aufgestellte Regel: Mick entschied weder über die Farbe der Uniformen für die Botenjungen noch darüber, wo eine Partie Seifenflocken gelagert werden sollte. Er entschied nichts. Gewiss, in Liberos Abwesenheit hielt er den Laden am Laufen. Gewiss, mit Kunden und Lieferanten kam er ausgezeichnet zurecht. Aber er war nicht der Herr im Haus. Beim ersten Aufflackern eines Konflikts, bei der Andeutung eines Seufzers, zog Libero *Kerzen* und *Dosenfleisch* heraus, und Michael gab klein bei. Es sollten noch etwa zehn Jahre vergehen, bis man sie wieder miteinander streiten sah, und zwar nicht mehr ein Mann und ein Knabe, sondern ein wutentbrannter junger Mann und ein erschrockener Alter.

Remember Moishe: Michael wird ihn nie vergessen, denkt Mrs. Giulia Masca, während sie die letzten Sachen in den Schubladen der Kommode verstaut. Die Glocken der Pfarrkirche schlagen neunzehn Uhr, in Kürze wird sie zum Essen hinuntergehen, auch wenn sie keine große Lust dazu hat. Der Magen ist noch durcheinander. Vielleicht denkt Michael jeden Morgen an Moishe, wenn er in den Spiegel schaut, sich mit der flachen Hand über die perfekt rasierten Wangen fährt, die Manschettenknöpfe schließt und den Krawattenknoten zuzieht. Und nicht nur, weil die beiden, Mick und Mo, seit Libero nicht mehr da ist, in gewissem Sinne Geschäftspartner sind. Sie essen einmal pro Woche in einer Cafeteria in der Upper East Side zu Mittag; Mick hat an der Bar Mizwa von Mos Kindern teilgenommen;

Mo kauft Micks Kindern zu Weihnachten Geschenke; Mo hat die Räume für die letzten beiden Filialen ausfindig gemacht; Mick könnte jede Einzelheit von Moishes Büro bei Goldman Sachs beschreiben. Eichentisch, Briefbeschwerer aus Kristall, Federschale aus Elfenbein, die beiden Auszeichnungen für besondere Verdienste, unterschrieben vom großen Chef persönlich, *Mr. Wall Street* Sidney Weinberg. Aber morgens denkt Michael an den Moishe von damals, an Judas Schlappschwanz Perelman, bevor er sich mit gesenktem Kopf in den turbulenten Tag stürzt. Die alte Wut ist das tägliche Benzin.

Mo gehört zu den sehr wenigen, die sie seit jeher *Mrs. Manfredi* nennen. In der Mulberry Street und auch überall, wo Mrs. Giulia Masca in der Folge gewohnt hat, ist sie immer *Mrs. Masca* geblieben. Als hätte sie Libero nie geheiratet. Vielleicht glaubte niemand an diese Verbindung zwischen einem vierzigjährigen Kaufmann mit florierendem Geschäft und einem spindeldürren jungen Mädchen, das nach dritter Klasse stinkt. Oder vielleicht ist ihr der Name *Masca* auf den Leib geschrieben wie eine Narbe. Moishe achtet den Namen *Manfredi* mindestens so hoch wie *Perelman*. Zeigt er ihr seine Verehrung, indem er sie so nennt? Ist es seine Art, sich bei ihr für den Kartoffelauflauf mit Ei zu bedanken?

Mrs. Giulia Masca stört es, doch hat sie nie den Mut aufgebracht, ihn zu verbessern. Im Grund ist sie *auch* Mrs. Manfredi. Jedoch, jedoch. Auf den Lieferscheinen und Schecks unterschreibt sie mit *Masca*. Auf dem Kaufvertrag der neuen Wohnung in der Lexington Avenue: *Mrs. Giulia Masca*. Auf den Versicherungsformularen: *Mrs. Giulia*

Masca. Auf den Bankquittungen: *Masca*. Und vor vielen Jahren hatte ein Mann in Uniform laut gerufen:

Mrs. Giulia Masca

und ihr ein Pappkärtchen und einen schlechtgespitzten Bleistift überreicht. Und während ihr schöner Name noch in ihr nachhallte, hatte sie mit stolzgeschwellter Brust zum ersten Mal die Wahlkabine betreten.

Im Zimmer wird es allmählich dunkel. Auch Borgo di Dentro bereitet sich darauf vor zu wählen. Auf der anderen Seite des *Piaso* verschwimmen die Plakate in der Dämmerung. Auf dem Rückweg ins Hotel hat die Amerikanerin sie eingehend studiert. Beim Überfliegen der Namenslisten ist sie auf einen *Filippo Leone* gestoßen, Spitzenkandidat unter einem der zwei Parteisymbole mit Hammer und Sichel. Ein Verwandter von Anita?

Zwei der Plakate richten sich an die Frauen. Eins zeigt eine weibliche Gestalt und einen in der Schlacht verwundeten Soldaten. Darunter steht:

Hätte deine Mutter wählen können,
hätten wir keinen Krieg gehabt.
Wähle Democrazia Cristiana.

Das zweite Plakat stellt eine alte Frau mit Brille auf der Nase dar. Der Text lautet:

Mama, hab keine Zweifel.
Wähle sozialistisch.

Falls sie noch lebt, wird Anita nun zum ersten Mal wählen, denkt Mrs. Giulia Masca, als sie die Vorhänge zuzieht. Sie malt sich aus, wie sie in der Kabine kurz den Bleistift an die Lippen hält, bevor sie das Symbol ankreuzt. Doch es gelingt ihr nicht, sich ihre Freundin so vorzustellen, wie sie heute sein müsste: Sie sieht das Mädchen, die, mit der sie loszog, um hinter der Wand mit der feuchten, aufgequollenen Tapete den Kundgebungen im Saal des Circolo Democratico zu lauschen. In Männerkleidern, fröhlich, die Zukunft in der hohlen Hand. Es wird geschehen, wir werden dabei sein, wir sind bereit. Doch für Anita sollten noch fünfundvierzig Jahre vergehen, das heißt, das ganze Leben. Falls sie noch lebt.

Assunta durfte noch nicht wählen. Nicht dass sich die Welt mit dem Wahlrecht grundlegend verändert hätte. Aber sie ist interessanter geworden, findet Mrs. Giulia Masca. Tja, wenn man die Frage vom Standpunkt der Welt her betrachtet, sieht es aus, als hätte es ihre Mutter nie gegeben. Was für Mrs. Giulia Masca unvorstellbar ist, wenn man bedenkt, welche Bedeutung diese Frau in ihrem Leben hatte. Assuntas ganze Wut, einfach so begraben, ohne ein Zeichen zu hinterlassen, nicht einmal ein Kreuzchen des Protests auf einem wahllos angestrichenen Symbol, denn nach Meinung ihrer Mutter würden Pfaffen und Sozialisten ja sowieso Arm in Arm in die Hölle marschieren. Von so viel Rage bleibt nur noch ein pompöses Grab und eine Inschrift in Riesenlettern:

ASSUNTA PARODI

1840–1910

In Marmor gemeißelter Hass. Jetzt und allezeit. Genug Energie, um die Ewigkeit herauszufordern, aber kein einziges Wort als Antwort auf neun Jahre Briefe. Zuerst hatte die Amerikanerin nicht gemerkt, wie weh ihr das tat. Nun krampft sich ihr Magen zusammen bei dem Gedanken.

Dr. Benson rät jedoch davon ab, Mahlzeiten zu überspringen. Mäßig, aber regelmäßig essen, sagt er. Wenn es so einfach wäre. *Assunta Parodi*, nicht Masca. Der Mädchenname: Die Bombe, die die Mutter ausgesucht hat, explodiert jetzt im Magen der Tochter. Im Grund die gleiche Waffe wie bei Moishe und Michael. *Manfredi bedeutet etwas.* Doch auch Masca bedeutet etwas, denkt sie, während sie sich den Bauch massiert: Ist *Masca* ihre Waffe gegen Assunta?

Ich bin nicht wie du, Mama.

Der Schmerz will nicht weichen, sie wird sich ein paar Minuten hinlegen müssen. Gewöhnlich funktioniert es: Wenn sie sich auf den Rücken legt, nimmt der Druck auf den Magenmund ab, und der Atem wird wieder gleichmäßig. So am Namen des Vaters zu hängen, ihn mit sich herumzutragen wie eine zerschlissene Decke, ist das nicht ihre verschlüsselte Botschaft an die Mutter?

Ich bin nicht du, Mama.

Hat sie es deshalb nie geschafft, sich ganz als *Giulia Manfredi* zu fühlen, oder auch einfach als *Giulia*? War sie zu sehr damit beschäftigt, mit Assunta zu streiten, sogar aus 6500 Kilometern Entfernung? Zu viel Wut.

»Mama, hörst du mich? ICH BIN NICHT DU!«

Irgendwie doch. Sie muss viel von Assunta in sich haben, wenn sie ein Leben lang die gleiche Waffe benutzt hat.

Von jemandem hat sie das gelernt. Vom *Piaso* kommt nur Stille herauf. Ihr fehlen das Knattern der Auspuffrohre, die Sirenen, die zuschlagenden Autotüren, das Klappern der Absätze auf den Gehsteigen, die Rufe der Zeitungsjungen, das Pulsieren, das sie empfängt, wenn sie auf die Straße hinuntergeht, immer, auch nachts. So stellt sie sich den Tod vor, bestehend aus Stille. Und vielleicht ist der Augenblick gekommen, um ein für alle Mal zu entscheiden, was sie auf ihr Grab geschrieben haben möchte: *Masca* oder *Manfredi* oder nichts.

Man könnte es für einen düsteren und müßigen Gedanken halten – eine Schwäche, würde Libero sagen –, nach lebenslanger, harter Arbeit *(Vorwärts! Immer vorwärts!)*, aber eine Entscheidung muss sie doch treffen, und das Albergo Grande Vittoria im Herzen von Borgo di Dentro ist der richtige Ort dafür, wenn es ihr hier eingefallen ist.

In der Nachttischschublade liegt eine Schachtel Tabletten. Die Amerikanerin schluckt eine davon und schließt die Augen. Nach einigen Minuten lässt der Schmerz nach. Erleichtert knipst sie das Lämpchen an, greift nach dem Telegramm, liest es erneut, faltet es zusammen und beschließt, es zwischen die Seiten von *Vom Winde verweht* zu legen. Sie schlägt das Buch an einer Stelle auf, die sie Jahre zuvor unterstrichen hat, da, wo die alte Mrs. Fontaine, die als Kind das Böse der Welt gesehen hat und darüber beinahe verrückt geworden ist, Scarlett O'Hara entgegentritt. Die junge Frau ist in Tränen aufgelöst, der Krieg hat ihr Leben verwüstet. »Glaub bloß nicht, du könntest deine Last abschütteln, denn das ist nicht möglich«, prophezeit die Alte ungerührt.

Wer weiß, was Anita dazu sagen würde, denkt die Amerikanerin. Trägt auch ihre Freundin eine Last, die sie nicht abschütteln kann? Sie stellt sich vor, wie Anita ein paar Sekunden innehält, bevor sie antwortet, dann mit niedergeschlagenen Augen spricht, vorsichtig und genau, darauf bedacht, dass die Antwort wohlbehalten und präzise aus der Tiefe ihres Geistes den richtigen Weg über ihre Lippen findet. So macht es Anita. Falls sie noch lebt.

Das Durchschlagpapier des Telegramms verschwindet zwischen den dicken Seiten. *And remember Moishe,* hat Michael dem Telegraphisten diktiert. Chiffrierte Botschaft, jetzt ist sie sich sicher.

Hab keine Angst, Mama.

Mrs. Giulia Masca hatte Monate gebraucht, um zu begreifen, dass ihr Sohn morgens nicht in die Schule an der Zweiundzwanzigsten ging, sondern in den Krieg zog. Michael hat ein Tag genügt, um zu begreifen, dass jetzt sie im Krieg ist.

Am Tag, an dem Giuseppe Garibaldi nach drei Jahren und acht Monaten Abwesenheit völlig entkräftet aus der Gefangenschaft in Königsbrück, demselben Lager, wo Angiolina Mancusos Erstgeborener gewesen war, in die Cascina Leone zurückkehrte, empfing Anita ihn tief bewegt. Sie half Linuccia, einen Zuber mit heißem Seifenwasser zu füllen, nahm sich der schmutzigen Kleidung an, lief zum Apotheker und ließ sich eine Salbe für seine vom langen Marsch wunden Füße herstellen, kochte Essen für alle, kümmerte sich um jede praktische Einzelheit. Um Mitternacht zog sie sich erschöpft in ihr Schlafzimmer zurück, schob an der

Tür den Riegel vor und ließ dem Wahnsinn in ihrem Kopf freien Lauf.

Sie sah Pietro im Hochzeitsanzug und von der Granate zerfetzt, Giulia, die sie wütend beschuldigt, sie habe ihn ihr weggenommen und dann sterben lassen, Pietro in Form eines von Würmern abgenagten Vogelgerippes, das in der Luft flatternde Heft der Ferne, aus dem die Wörter wie Hagelkörner herunterprasseln, Nico, der sie anklagt, sie habe ihn sterben lassen, Filippo im Fieber, Giuseppe Garibaldis weinrote Füße, Linuccia, gelb vor Angst, Alfonso Risso, der höhnisch grinst, die Hunde des Marchese, die Nuxe verfolgen, Pietro, der ihr die Finger leckt, aber sein Speichel ist Blut, die zahnlose Luigina, die an einem Zipfel des Betttuchs lutscht, Nino Bixio, schweißüberströmt, die Katze Seta, die ein Mäuschen martert und es auf die Schwelle legt, die Eingeweide von Fliegen bedeckt, Pietros Eingeweide von Ratten angefressen.

Trunken von Visionen, fühlte sie mitten in der Nacht, dass etwas Glühendes im Bett sie am Einschlafen hinderte. Sie strampelte die Decken weg, zerrte barfuß auf den Fliesen die Matratze aus dem Gestell, das Pietro für sie beide gebaut hatte. Auf dem Lattenrost fand sie den Schal aus blauer Wolle, den sie für ihn angefangen hatte und der halbfertig liegengeblieben war. Masche für Masche trennte sie ihn auf. Im Mondschein knotete sie ein Ende an eine Schublade und wickelte den Faden um die Kommode, um den Spiegel, um den Schrank, um den Nachttisch, um Kopf- und Fußende des Bettes, immer und immer wieder, bis das Zimmer einem leuchtenden Spinnennetz glich. Den Rest des Fadens schlang sie um ihre Hand, um die Finger, um den Arm, um die Brust, erst um das eine, dann um das andere Bein, weiter hinauf bis zum Gesicht und dann um den Kopf, bis sie spürte, dass die Wolle ihre Wangen zerschnitt.

So eingewickelt kauerte sie sich in eine Ecke. Sie hatte nur ihr Nachthemd an, und nach und nach packte sie die Kälte, erst die Füße, dann die Hände, dann die Arme, und nun sah sie Pietro Ferro starr auf dem Gipfel eines Hügels und betete, dass der Frost auch sie töten möge. Als das Morgenlicht ins Zimmer flutete, klopfte Linuccia an ihre Tür.

»Geh weg«, antwortete sie.

Sie ließen sie bis zum Abend in Ruhe, dann versuchte Primo es.

»Geh weg«, wiederholte Anita. In der zweiten Nacht begann sie zu weinen. Fast zwei Jahre hatte sie dazu gebraucht, es waren die ersten Tränen, die sie um ihren Mann vergoss. Sie liefen ihr über Wangen und Hals, gingen langsam, ganz langsam in Schluchzen über und schließlich im Morgengrauen des dritten Tages in klagende Schreie, die durch die Räume hallten und nacheinander alle aufweckten.

Nico lief zu ihrer Tür, doch Giuseppe Garibaldi hielt ihn auf, klopfte, und Anita öffnete. Die langen, noch pechschwarzen Haare klebten an ihrem nassen, geschwollenen Gesicht, der Kragen ihres Nachthemds triefte. Während sie sich wieder in die Ecke verkroch, ging der Mann hinunter, um den Nachttopf zu leeren, dann kam er zurück, verschloss die Tür mit dem Riegel und fing an, achtsam wie jemand, der einen Zauber löst, das Zimmer aufzuräumen. Er befreite sie von dem Wollfaden, wickelte ihn zu einem Knäuel auf, legte die Matratze auf das Bett, breitete das Laken darüber, zog Kissen und Decken zurecht. Dann setzte er sich neben seine Schwester auf die kalten Fliesen und verbarg sein Gesicht zwischen ihrer Wange und ihrem Hals. Er sah das Gesicht der getöteten Kameraden wieder vor sich, die blutige, schlammige Klinge des Bajonetts, den langen Marsch durch den Schnee, das Häftlingslager, die stinkende Baracke, den dreckigen Strohsack, die schwärenden Wunden, die am Spieß gebratenen Ratten, die Spucke, die Schläge. Ohne Worte erzählte er Anita alles und sie ihm, und gemeinsam beweinten sie ihre Schuld, nicht tot zu sein, und akzeptierten die Erleichterung, dass sie noch lebten. Sie lagen sich in den Armen, bis die Sonne hoch stand und die Trauer bewältigt war. Giuseppe Garibaldi ging als Erster in die Küche hinunter. Anita kämmte ihr Haar in zwei Bahnen und schlang sie im Nacken zu einem Knoten, wie es früher ihre Großmutter machte. Als sie sich im Spiegel betrachtete, sah sie, dass Pietro Ferro lächelnd nickte, und lächelte zurück. Sie wählte das einzige Kleid, das nicht schwarzgefärbt worden war, und trat darin dem Tag gegenüber.

Die Bilder ihres Neffen Filippo und ihres Bruders Nino Bixio gehörten zu den lebhaftesten der letzten zwei Nächte. Filippo war Ende Dezember 1918, als die Ansteckungsgefahr am höchsten war, an der Spanischen Grippe erkrankt, und Nino Bixio Anfang Januar 1919. Beide waren ins Krankenhaus gekommen, der Erste in Borgo di Dentro, der Zweite in Savona, nicht weit vom Kloster von Carcare, wohin Nino Bixio zurückgekehrt war, nachdem er als Militärkaplan an der Front von Asiago gedient hatte. Beide waren gerettet worden, während zwanzigjährige Burschen starben, Lunge und Mund voller Blut. Primo Leone hatte Tag und Nacht bei seinem Enkel Filippo gewacht, und der Schreck saß ihm noch in den Knochen wie anderen der Geruch nach Knoblauch, der die Ansteckung fernhielt. Ein Nichts rührte ihn, ein Wort zu viel, eine halblaut gesummte Melodie. Er spürte ein Kratzen im Hals, bekam feuchte Augen, seine Finger zitterten. Deshalb hatte er sich nicht mehr getraut, das Organetto zur Hand zu nehmen.

Großmutter Lucia dagegen war nicht durchgekommen, Pietro Ferros Mutter. Der Welt gegenüber gab man der Spanischen Grippe die Schuld, doch alle wussten, dass sie an gebrochenem Herzen gestorben war: 1913 hatte ihr ein Schlaganfall den Mann und kurz darauf der Krieg einen Sohn weggenommen. Pietros Bruder Achille hatte sich einen Tag und eine Nacht in seiner Werkstatt eingeschlossen und war unrasiert mit einem Paar neuer Schuhe aus feinstem Wildleder wieder herausgekommen. Damit hatte er sie begraben.

Auch die Marchesa Eleonora war gestorben. Die Grippe erwischte sie in Bordighera, wo die Familie überwinterte, und nichts konnte sie retten, weder die Behandlung durch drei Ärzte aus Genua noch dass Marchese Franzoni persönlich einen Spezialisten für Brustkrankheiten aus Mailand holte mit seinem neuen Fiat 70, der bis zu 21 PS und dementsprechend eine Geschwindigkeit von 70 Kilometern pro Stunde erreichen konnte.

Adelaides Mutter war zweiunddreißig Jahre alt. Klein und zart, wie sie war, wirkte sie eher wie die Schwester ihrer Tochter, die sich nun, auf einen Schlag, mit kaum dreizehn

Jahren, am Arm des Vaters bei der feierlichen Totenmesse in der Kathedrale San Lorenzo in Genua und der Beisetzung im Familiengrab zwischen Engeln mit spitzen Flügeln und Kränzen aus weißen Nelken im Monumentalfriedhof von Staglieno wiederfand.

Ihre zierlichen, makellosen Schultern hielten der Last des anschließenden Empfangs in der Beletage des Palazzo in der Via Cairoli im Zentrum der Stadt stand. Die kupferroten, zu einem eleganten Chignon aufgesteckten Haare waren ebenso bezaubernd wie die grünen, vom kürzlichen Weinen noch glänzenden Augen. Mit ihrer Schönschrift eines Schulmädchens verfasste sie die Dankeskarten, die ihr Vater unterschrieb.

Was für ein Schicksalsschlag, kommentierten alle nahen und entfernten Verwandten und die Neugierigen, die sich hatten einschmuggeln können. Was für ein bedauerlicher Vorfall, dieses viel zu frühe Hinscheiden. Die gute Genueser Gesellschaft wusste, dass die Verbindung zwischen Eleonora und Gaspare Franzoni eine Zweckheirat gewesen war, bei der beide etwas gewonnen hatten: er Wertpapiere und Obligationen und sie den Adelstitel, als Tochter eines reichen Kaufmanns, der sich dann bei näherem Hinsehen als doch nicht so reich entpuppte.

Und dann diese einzige Tochter, ein Prachtmädchen! Ein Problem allerdings für den frisch verwitweten Marchese. Dank der Fürsprache seines Großonkels, eines Kardinals, war er nicht eingezogen worden. Nun würde er rasch entscheiden müssen, ob er eine neue vermögende Frau für sich suchen oder einen kapitalträchtigen Schwiegersohn für seine Tochter ins Auge fassen sollte. Der Gedanke überfiel ihn gleich nach Ende des Empfangs. »Keine Veteranen« – überlegte er, während er in seinem golden und karmesinrot tapezierten Studiolo hin und her wanderte – »und keine Versehrten, Gott bewahre!« Der Marchese wollte niemanden um sich haben, der ihn der Feigheit bezichtigen könnte.

Er blieb vor dem kleinen Schatz stehen, den er einige Monate zuvor bei einem Antiquitätenhändler aus Monaco für eine Unsumme erworben hatte: eine kleine Vitrine mit Intarsien aus der hochberühmten Werkstatt des Kunsttischlers Jean-François Oeben, reinstes Louis xv, perfekt für seine Sammlung von Meerschaumpfeifen.

Das Glas spiegelt ihm das Bild eines kraftvollen, aber nicht mehr jungen Mannes. Er hat knapp die vierzig überschritten und weiß nicht, wie hoch seine Rendite ist, nur dass sie gerade reicht, um sich ab und an etwas Hübsches zu gönnen. Den Fiat 70 zum Beispiel oder die herrlichen geschnitzten Meerschaumpfeifen, die er vor Augen hat.

Auch der Kauf der Vitrine hatte einen bitteren Beigeschmack für ihn: Der Antiquitätenhändler war ein öder Typ, mehr Trödler als Kunstexperte (angeekelt hatte der Marchese auf dem Tisch im Hinterzimmer die Reste des Mittagessens bemerkt, von denen ein deutlicher Kohlgeruch ausging). Woher stammte die wundervolle Vitrine? Vielleicht hatte sie einen kleinen Salon beherrscht, der diesem hier glich. Und warum hatte der alte Besitzer sie verkauft, aus welchem Grund sollte man sich von so viel Schönheit trennen?

Schulden. Darum haben die Galadiners nicht mehr den einstigen Charme. Man gibt dem Krieg die Schuld, aber den Marchese Gaspare Franzoni überzeugt das nicht. *Der*

Soundso hat alles beim Spiel verloren. Der andere, weil er den Röcken einer polnischen Tänzerin hinterherläuft. Ist das zu glauben? Manche Geschichten klingen wie Opernlibretti. Sind es nicht vielleicht Ausgeburten der Phantasie, um den Niedergang der Klasse zu bemänteln, der er sich mit jeder Faser zugehörig fühlt?

Er wird sich mit einer dicken Witwe begnügen müssen. Vielleicht sogar mit noch einer Krämerin. Und Adelaide, scheint ihm, ist noch ein wenig zu jung, um von Heirat zu sprechen. Wie alt ist sie genau? Er wird die Gouvernante fragen. Über den Daumen gepeilt, müssen sicher mindestens noch zwei Jahre vergehen. Auch drei. Hübsch ist sie jedenfalls, bald wird sie unwiderstehlich sein, vielleicht lohnt es sich, noch abzuwarten. An Ostern, bei der Rückkehr aufs Land, wird er sich mit dem Verwalter Alfonso Risso beraten. Er muss sich eine klare Vorstellung von den zu erwartenden Erträgen der nächsten drei Jahre verschaffen. Oder auch vier, falls die Sache mit Adelaides Verheiratung sich hinziehen sollte. Er sieht also ein unangenehmes Frühjahr auf sich zukommen, denn der Marchese Gaspare Franzoni hasst zwei Dinge: Zahlen und Entscheidungen.

In der Cascina Leone wartete Nico so ungeduldig wie noch nie auf Ostern. Er hatte nach einer jahrelangen Lehre an der Seite des Großvaters seinen ersten Winter als Trüffelsucher hinter sich. Mit Anitas Erlaubnis und dem verdienten Geld ging er am Gründonnerstag nach Borgo di Dentro hinunter, ließ sich bei einem Barbier der Neustadt die Haare schneiden und von Onkel Achille ein neues Paar Schuhe anmessen. Außerdem hatte er sich von Linuccia einen Anzug mit langen Hosen schneidern lassen, so dass er in der Ostermesse mit seinen beinahe vierzehn Jahren und der an Pietro Ferro erinnernden schlanken Figur älter wirkte als seine Cousins. In seiner Tasche steckten drei sorgsam gefaltete Blätter, die Anita fand, als sie nach dem Gottesdienst zu Hause seine Jacke ausbürstete.

Betroffen entdeckte sie, dass er aus dem Heft der Ferne drei der Gedichte abgeschrieben hatte, die sein Vater von der Front geschickt hatte: Nicht weil Nico ein geheimes Leben hatte (wie konnte es anders sein?), sondern weil das Geheimnis Pietro Ferro betraf. Aber wie auch immer, was war schon dabei? Sie ließ die Gedichte, wo sie waren, und stellte keine Fragen.

Am Ostermontag wanderten sie alle im Festtagsstaat zum Haus des Marchese hinauf zu dem traditionellen Umtrunk, den die Familie Franzoni bei ihrer Rückkehr in die Villa für die Halbpächter und Tagelöhner veranstaltete.

Der Verwalter Alfonso Risso erschien elegant wie ein Abgeordneter im mausgrauen Anzug, mit gestärkter Hemdbrust, Filzhut und Trauerflor am Arm. Die Spanische Grippe hatte auch seine Frau Rosa das Leben gekostet. Ein ebensolcher Trauerflor umspannte am Oberarm den Anzug seines Sohnes Adelmo, der zu dieser Gelegenheit Pomade im Haar trug, was sein Gesicht eines großen Kindes noch runder erscheinen ließ. Hinter ihm kamen die zwei Töchter von Alfonso und Rosa Risso: Lucia und Piera, im gleichen Mantel aus leichtem schwarzem Wollstoff und mit großem staubgrauem Hut, der die von der Mutter geerbte gelbliche Magerkeit unterstrich.

Im Hof stand ein Tisch mit strahlend weißer Tischdecke, die von vier *fiaschi* Rotwein gehalten wurde. Der Marchese erschien mit Adelaide an der Seite, beide dunkel gekleidet. Hinter ihnen gingen zwei livrierte Diener mit Silbertabletts voller Gläser, ein dritter trug eine große Servierplatte mit Salami und Käse. Den Zug beschlossen zwei Mägde mit je drei Broten in Händen.

Sofort bat der Verwalter um das Wort. Er dankte dem Marchese Franzoni dafür, selbst in einem so schmerzlichen Augenblick nicht auf die schöne Ostertradition verzichtet zu haben. Wegen des kürzlichen Verlusts seiner angebeteten Rosa, einer vorbildlichen Ehefrau und Mutter, könne er diesen Schmerz besser verstehen als alle anderen. Während er sprach, hatte er die Hand auf Adelmos Schulter gelegt, der vor Scham rot anlief. Anschließend lobte Risso die Anmut der Marchesina Adelaide und spornte die Bauern an, fleißig zu arbeiten, auch wegen des gebotenen Respekts vor demjenigen, der sich in diesem traurigen Moment so großherzig zeigte. Die Töchter starrten unverwandt auf den Kies.

Der Marchese hob grüßend das Glas, ließ seinen Blick über die kleine Menschenmenge schweifen, trank einen Schluck und zog sich zurück, wie seine Mutter es immer gemacht hatte. Adelaide ging zu den auf der anderen Seite des Tisches gedrängt beieinanderstehenden Bauern, drückte Hände und antwortete auf Beileidsbezeigungen. Die Zusammenkunft endete rasch. Das Essen und der Wein reichten kaum, und niemandem war in diesem Frühjahr der Trauer nach Feiern zumute. Auf dem Rückweg galten die Kommentare diesmal nicht nur dem sprichwörtlichen Geiz des Gutsherrn, sondern auch der aufblühenden Schönheit Adelaides und der Dreistigkeit von Risso, der seine *ange-*

betete Rosa zu Lebzeiten nur angeschnauzt und verprügelt hatte.

Zu Hause bemerkte Anita, dass die Gedichte aus Nicos Tasche verschwunden waren, und ihr kam ein Verdacht, der zu kühn war, um ihn in Worte zu kleiden. Er ist doch noch ein Kind! Hat der Verlust des Vaters ihn so schnell groß werden lassen? Ein wenig störte sie der Gedanke, ein wenig machte er sie auch stolz. Sie ließ den Nachmittag in der Villa noch einmal Revue passieren, ging die anwesenden Mädchen durch, doch keine schien zu passen: zu kindlich, zu erwachsen, zu hässlich. Außerdem hatte Nico immer bei ihr oder den Cousins gestanden, nur am Schluss war er noch kurz im Hof geblieben, als sich die ganze Familie Leone schon auf den Heimweg gemacht hatte. Mit wem hatte er sich da aufgehalten? Sie beschloss, die Sache direkt anzusprechen. Es war die Zeit, um die Nico gewöhnlich die Hasenställe säubern musste, und sie ging zu ihm. Er wandte ihr den Rücken zu.

»Wem hast du die Gedichte deines Vaters gegeben?«, fragte sie. Der Junge stockte, dann verteilte er weiter das Heu, ohne sich umzudrehen. Die Tiere kannten ihn und schnupperten an seinen Fingern.

»Warum wollt Ihr das wissen?«, gab er zurück.

»Wem?«

»Was meint Ihr?«

»Sag's mir.« Mit dieser Härte hatte Nonna Luigina gesprochen, aber nur, wenn sie sehr aufgebracht war. Was war mit ihr los? Wovor hatte sie Angst?

»Begreift Ihr das nicht von selbst?«

»Ich erwarte eine Antwort.«

»Ich habe sie einer Person gegeben, die in diesem Augenblick Gedichte braucht.«

Anita antwortete nicht. Nico wischte sich die Hände an der Hose ab, überprüfte, ob die Käfige richtig zu waren, drehte sich um und sah sie an. »Einer Person, die sie verstehen kann.«

»Der Marchesina«, sagte Anita. Der Junge lächelte, und sie fühlte sich verloren. Zum hundertsten Mal verfluchte sie den Krieg, der ihr den Mann entrissen hatte: Wenn ein Bub glaubt, er sei ein Mann, braucht es einen Mann, um ihn auf seinen Platz zu verweisen. Und vor allem: nicht die Marchesina Adelaide. Wenn Franzoni es merkte – wenn Risso es merkte und petzte –, dann konnten die Leones einpacken.

Derweil fegte Nico unter den Käfigen. Er hatte eine Art, den Reisigbesen herumzuwirbeln, die an Pietro Ferro erinnerte. »Sie hat gesagt, sie mag Gedichte«, sagte er.

Vielleicht machte sich Anita grundlos Sorgen und verwechselte eine kindliche Schwärmerei mit einem anderen Gefühl. Nico hat den Vater verloren, Adelaide die Mutter. Vielleicht war es keine Anziehung, sondern Ähnlichkeit. Die Marchesina ist erst dreizehn Jahre alt. Vielleicht ist es wirklich zu früh, für beide.

»Sie kannte sie schon alle. Sie hat gesagt, sie stammen von einem gewissen Dante und handeln davon, wie es in der Hölle ist.«

Und wenn es doch Liebe wäre?

Verwirrt verließ Anita den Stall. An jenem Abend im Bett gewann ihr Maria-Vergine-Anteil die Oberhand. Sie betete zur Schutzmadonna, sie möge ihren einzigen Sohn vor der Hölle der Liebe bewahren. Dann bereute sie es und nahm das Gebet zurück, weil sie aus eigener Erfahrung wusste, dass Liebe das Einzige ist, wofür es sich lohnt, die Qual des Lebens auf sich zu nehmen. Also formulierte sie das Gebet um: Nicht vor der Liebe möge die Madonna Nico schützen, sondern vor der zauberhaften Adelaide. Schön war sie in dem grauen, mit Borte gesäumten Baumwollkleid. Wunderschön, während sie nach Jasmin duftend zwischen den Landarbeitern umherging. Großartig, aber aus einer anderen Welt. Und möge sie auch die Marchesina vor Nicos Ausstrahlung schützen, vor der Kraft jener Verse voller Liebesüberschwang und Todeslast.

Mit der Genauigkeit eines Buchhalters konstatierte Alfonso Risso an jenem Montagnachmittag, dass Anita Maria Vergine Leone endlich die Trauer abgelegt hatte. Ein Detail, das seinem Plan eine unerwartete, aufregende und beschleunigende Wendung gab. Instinktiv hätte er sich am liebsten sofort den Trauerflor vom Arm gerissen. Doch wenn es etwas gibt, das Alfonso Risso gelernt hat, dann dies: den Instinkt zu beherrschen.

Dank der Fürsprache seines Großonkels, des Kardinals, drohte ihm kein Einberufungsbefehl, und auch weil die Pocken ihm außer den übers Gesicht verteilten Narben, die seine wuchtigen Kiefer unnatürlich bartlos aussehen lassen, ein leichtes Hinken beschert haben. Der Krieg war seine große Chance. Während er sich unter dem hohen Tonnengewölbe des Gutskellers aufhielt, sah er die Preise mit regelmäßigem Schritt steigen wie ein voranmarschierendes Heer: Sechs Jahre zuvor war eine Bütte Wein fünf Lire wert; heute genügen hundert Lire nicht. Die amtliche Preisbindung? Damit kann man sich den Hintern abwischen. Wer Waren hat, verkauft und verdient, was er will.

Und an Waren fehlt es Risso nicht. Dass die Trauben, der Wein, das Getreide, der Mais, die Kartoffeln, die Butter, die Käse, die Würste, die Speckseiten und die Schinken, die unter seinen Augen vorbeiziehen, dem Marchese gehören, ist für den Verwalter kaum von Belang. Gaspare Franzoni weiß nicht, wie man einen landwirtschaftlichen Betrieb führt, er kann Barbera nicht von Dolcetto unterscheiden, betrachtet das Hauptbuch mit der gleichen Verachtung wie den Misthaufen. In den Kriegsjahren genügte es, ihm eine Rendite zu garantieren, die ausreichte, um keine schlechte Figur zu machen. Der Rest ist durch die engen Kanäle des Schwarzmarkts in Rissos Taschen geflossen. Und je mehr die Preise steigen, desto reicher wird der Verwalter.

Die Reblaus frisst die Weinstöcke auf? Umso besser. Risso hat den Familien der Halbpächter Hungerverträge aufgezwungen. Schließlich sind die besten Männer im Krieg, wie können sie da meinen, den Gewinn unverändert zu halten?

Und die Reblaus als solche: Was für ein Glücksfall! Bald wird der Marchese *unbedingt* ein schnelleres Automobil brauchen oder ein Spieltischchen aus Rosenholz für das Fumoir. Man wird rasch Bargeld benötigen, und Risso wird ihm unter tausend Vorsichtsmaßnahmen dazu raten, die weniger produktiven Weinberge abzustoßen. Der Marchese wird ein, zwei Monate lang zögern, bis er erfährt, dass der Wagen von einem Bekannten gekauft worden ist und das Spieltischchen in einer Anwaltskanzlei als Aktenablage dient. Es handelt sich nur darum, einen kleinen Anstoß in die richtige Richtung zu geben. Was weiß der Marchese Gaspare Franzoni schon davon, welche die weniger einträglichen Grundstücke sind?

Anita Maria Vergine Leone ist Teil des Plans. Erstens, weil die Familie Leone, schon lange bevor Alfonso Risso nach Borgo di Dentro kam, Halbpächter bei Franzonis waren. Sie sind die Einzigen, auf die der Marchese manchmal hört. Zweitens, weil die Leones einen eigenen kleinen Bauernhof besitzen, wo sie amerikanische Rebstöcke gepflanzt haben, weshalb sie in zwei bis drei Jahren, wenn Borgo di Dentro eine Wüste geworden ist, zu den wenigen gehören werden, die noch Trauben ernten. Und drittens ist er verrückt nach Anita.

Als er erfahren hat, dass Pietro Ferro verreckt war wie ein Hund, hat Alfonso Risso es mit einem kolossalen Besäufnis gefeiert. Anita hat versucht, ihm bei der Revision der Halbpachtvereinbarungen die Stirn zu bieten, indem sie über jedes Komma diskutierte, um jeden Sack Kartoffeln feilschte, und diese Schlacht hat ihn unrettbar verführt. Diese Augen wie Kohle, diese fleischigen schwarzen Lippen: Am liebsten hätte er sie ihr blutig gebissen. Und das wird er auch, denkt er, als er eine Woche nach dem Osterumtrunk aufs Pferd steigt, um zur Cascina Leone zu reiten.

Gewiss, besser wäre es, wenn auch Giuseppe Garibaldi jetzt einen Meter unter der Erde läge. Dann wäre es nur noch eine Frage der Zeit: Anita Maria Vergine Leone würde ihr rabenschwarzes Haupt beugen und ihr Elend beweinen. Er würde sich großmütig zeigen: würde ihr Haar lösen, sie an sich ziehen, sie auf den Mund küssen und sich bereiterklären, sie zu heiraten, um ihnen aus der Patsche zu helfen.

Doch Giuseppe Garibaldi lebt. Mager, grünliche Haut, aber lebendig. Das erschwert die Sache. Aber Alfonso Risso hat die Feuchtigkeit im Val Bisagno überlebt, die Pockenpusteln, einen Vater, der im Gefängnis saß, eine Mutter, die als Hure arbeitete, die Flöhe im Waisenhaus, die fade Suppe der Nonnen, die Bußübungen und Rosenkränze, die Stockhiebe von Pater Guerini, die Prügeleien im nach Pisse stinkenden Schlafsaal, die Zärtlichkeiten des Monsignore, der ihn mit fünfzehn Jahren als Spitzel und Faktotum ins Haus Franzoni einschmuggelte: Er ist kein Mann, der den Mut sinken lässt.

Die Sonne Ende April wärmt die Kruppe des Pferdes. Geschniegelt und gebügelt ist der Verwalter frühmorgens bis zu den Ländereien der Scalzi geritten, die die Leones in Halbpacht bewirtschaften, hat aber niemanden angetroffen. Daraufhin hat er Pietre Nere aufgesucht, den schönsten Weinberg des Marchese: trockener Boden, ausgezeichnete Lage, optimales Gefälle. Dort findet er Primo, Giuseppe Garibaldi und dessen drei Söhne vor, die gebückt die Weinstöcke festbinden. Anita ist nicht dabei. Die Welt hat sich verändert, hat er sich gesagt, und zwar zum Schlechten: Früher hätte es genügt, mit dem Vater zu sprechen, doch jetzt entscheidet Anita selbst. Männer an der Front, Frauen am Kommando: Das ist der wahre Kriegsschaden.

Giuseppe Garibaldi fängt sofort mit der ewigen Leier der Reblaus an. »Pietre Nere wird nur noch halb so viel Ertrag bringen«, drängt er. Als ob Alfonso Risso die abgezehrten Pflanzen nicht mit eigenen Augen sähe, die Blätter so dünn wie angesengtes Papier. Er würde gern zu ihm sagen, er solle doch endlich aufhören mit diesem Gerede,

Pietre Nere werde bald in guten Händen sein und ja, Risso werde die Leones mit Bodenumbruch und Neupflanzung beauftragen. Zu Bedingungen, die natürlich noch festzulegen sind. Und immer vorausgesetzt, dass Anita die richtige Entscheidung trifft. Er würde ihm auch gern sagen, dass es im Augenblick besser ist, wenn Pietre Nere verkommt. Dann wird der Marchese sich leichter überreden lassen. Aber Alfonso Risso hat gelernt, seinen Instinkt zu beherrschen, daher nickt er bloß, wendet das Pferd und trabt davon.

Eine halbe Stunde später findet er Anita und Nico im Gemüsegarten der Cascina Leone. Während er absteigt und die Zügel am Lattenzaun befestigt, fühlt er einen Schauder unten am Rücken. Nuxe und Trifula erkennen ihn von weitem und stürmen ihm bellend entgegen. Nico hebt den Blick von den Peperonisetzlingen, die er gerade anpflanzt, pfeift, und die Hunde beruhigen sich. Anita hält beim Bohnenpflücken inne, richtet sich auf und mustert Alfonso Risso, wie er auf dem lehmigen Weg näher kommt, den Hut tief in die Stirn gezogen, die Jacke aus weichem Leder, das am Hals mit einem Seidentuch geschlossene Hemd, die Drillichhose in den glänzend polierten Stiefeln, die in der weichen Erde einsinken, der rechte tiefer als der linke. Nico hebt kurz grüßend das Kinn und wendet sich wieder den Peperoni zu. Genau wie Pietro Ferro, denkt der Verwalter. Ist der Junge ihm deshalb so unsympathisch? Nun, er wird schon eine Möglichkeit finden, ihn aus dem Weg zu räumen. Ihn und diese Scheißhunde.

»Ich muss mit Euch reden«, sagt Risso und pflanzt sich vor ihr auf.

»Mein Bruder ist in Pietre Nere.«

»Ich will mit Euch sprechen.«

Anita sucht seinen Blick unter der Hutkrempe und begreift. Sie hätte nicht geglaubt, dass er so dumm ist. Unangenehm, manchmal grausam, kurz, ein mieses Ausbeuterschwein, aber nicht dumm. »Sprecht«, sagt sie, einen Schatten in der Stimme.

»Nicht hier. Was ich Euch zu sagen habe, werde ich Euch unter vier Augen sagen.«

»Was Ihr mir zu sagen habt, kann auch mein Sohn hören.«

Die Sturheit dieser Frau. Aber damit würde er sich nach der Hochzeit beschäftigen. Sofort klarstellen, wer das Sagen hat. Vorerst stockt er. Wieder dieser Schauder unten an der Wirbelsäule. So fühlt man sich also? Wer weiß: Im Grunde war Alfonso Risso noch nie verliebt.

»Anita.«

Ihm fehlen die Worte. Er betrachtet Nico, der mit einem Setzling hantiert. Tut der Junge so, als hörte er nichts? Er hasst ihn, wie er Pietro Ferro hasste. Warum bringt ihn diese Frau nur in eine so schwierige Lage? Warum setzt sie ihn einer solchen Demütigung aus? Vielleicht liebt Alfonso Risso sie, doch in diesem Augenblick hasst er sie, das steht fest.

»Anita«, wiederholt er, dann holt er tief Luft, »Anita. Meine Kinder brauchen eine Mutter, und Nico braucht einen Vater.« Seit Tagen wälzte er diesen Satz in seinem Kopf hin und her, und nun kommt der Vorschlag gut betont und aalglatt heraus.

»Nico hat schon einen Vater«, erwidert sie.

»Der ist tot.«

Anita macht eine Handbewegung, als wollte sie sagen: »Na und?« Sie bückt sich wieder zwischen den leuchtend grünen Pflanzen, tastet und wählt die kräftigsten Schoten aus. »Weshalb seid Ihr gekommen, Risso?«

»Tut Ihr so, als würdet Ihr nicht verstehen?« Er spürt das Kribbeln in den Händen. Es läuft nicht so, wie er sich das vorgestellt hatte.

»Nico hat einen Vater, und ich habe einen Mann.«

»Bis dass der Tod euch scheide.«

»Er hat uns nicht geschieden.«

»Aber Ihr habt doch die Trauer abgelegt!«

Sie antwortet nicht, ganz mit einer reifen Schote beschäftigt. Sie dreht die Hand nach oben, schafft es aber nicht, die Frucht vom Stiel zu lösen.

»Und seht mich gefälligst an, wenn ich mit Euch spreche!«

Mit einem Ruck reißt Anita die Schote glatt ab, legt sie in den Korb und richtet sich erneut auf. Jetzt stehen sie ganz nahe voreinander, sie ist genauso groß wie er, könnte die Narben zählen, die sein Gesicht verunstalten, könnte die Schaumbläschen anstarren, die sich zwischen Rissos Lippen sammeln, schaut ihm aber stattdessen direkt in die Augen.

»Ich habe die Trauer abgelegt, Signor Risso, bin aber immer noch verheiratet.«

»Dann hört mir gut zu, Signora Ferro, denn ich werde das Angebot nicht wiederholen. Ihr habt die Trauer abgelegt. Wollt Ihr nicht auch die Lumpen ablegen?«

Anita legt vor dem Gesicht die Hände zusammen, dann

faltet sie sie vor dem Mund zum Gebet. »Ich danke Euch, Ihr ehrt mich, aber ich will Euch nicht heiraten, Signor Risso.« In ihrer Stimme liegt keine Härte. Mit seinen geballten Fäusten, mit seinem ganzen Groll findet sie den Verwalter bedauernswert. Er muss es in ihren Augen lesen, denn er wendet den Blick ab, während er murmelt: »Ich werde mit Eurem Vater sprechen.«

»Ihr verschwendet nur Eure Zeit. Und jetzt geht, ich bitte Euch.« Anita sagt es seufzend, indem sie ihm eine Hand auf die Schulter legt. Das ist kein Bedauern mehr, das ist Mitleid und zu viel für Alfonso Risso. Er packt ihr Handgelenk und verdreht es. »Wofür hältst du dich eigentlich? Meinst du, du bist besser als ich?« Blitzschnell ist Nico zwischen den beiden. Nuxe und Trifula beginnen zu knurren.

»Habt Ihr nicht gehört? Sie hat schon einen Mann«, brüllt der Junge.

Alfonso Risso richtet seinen Blick auf den Jungen, lässt Anitas Handgelenk ruckartig los und sieht Nico direkt in die Augen. »Was hast du gesagt?« Ein Speicheltropfen landet auf der glatten Kinderwange. »Was hast du gesagt?«

»Genug jetzt, Risso! Geht!« Sie schiebt ihn weg. Die Hunde veranstalten ein Höllenspektakel.

Risso schaut sie wütend an, dann spuckt er aus, dreht sich um und geht zu seinem Pferd. Heftig hinkend stampft er mit großen Schritten quer durch den Gemüsegarten und zertrampelt eben eingesäte Furchen. Die Hunde verfolgen ihn, knurren und kläffen. Anita sieht, wie er mehrmals die Fäuste ballt, als suchten die Finger nach einem Stock, aber die Hunde lassen nicht von ihm ab. Nico pfeift, um sie zurückzurufen, doch Nuxe beruhigt sich nicht und hetzt dem hinkenden Schritt des Verwalters hinterher, bis der Lärm plötzlich verstummt und die kleine Hündin durch die Luft fliegt, ein vom Wind aufgewirbelter Lumpen, der ohne ein Winseln einige Meter weiter drüben wieder herunterfällt.

Nico hebt sie auf, als sie kaum noch atmet, die Augen aufgerissen vor Überraschung. Primo wacht die ganze Nacht bei ihr, streichelt mit dem Zeigefinger die weichen Falten der Schnauze und den hellen Fellstreifen an der Kehle. Am nächsten Morgen begräbt er sie im Wald hinter dem Haus.

Fünftes Kapitel

Im Jahr 1906 verbringt der Schriftsteller Upton Sinclair ein paar Monate in Chicago, wo in den Schlachthäusern ein Streik im Gange ist. Der Gestank nach Schweinen und Kohle inspiriert ihn zu einem Roman, der Jack London begeistert und allen anderen den Magen umdreht: zu Würsten verarbeitetes Moderfleisch, mit Borax und Glyzerin behandelte, schimmlige Abfälle, Rattenkot im Schinken, Tuberkulosebazillen.

Als Sozialist sorgt sich Upton Sinclair vorrangig um die Arbeiter der Konservenindustrie, unterbezahlten, von zermürbenden Schichten erschöpften Immigranten, und um die Kinder, die in den Zerkleinerungsmaschinen ihre Finger verlieren. Der Präsident Teddy Roosevelt dagegen sorgt sich, wie die Wähler die Sache mit dem Schinken aufnehmen, und schickt Inspektoren vor Ort. So entdeckt man, dass Sinclair zwar Sozialist ist, aber nicht übertrieben hat: Die Ratten sind da und ziemlich groß, das Fleisch stinkt, und die Verpackungsarbeiter spucken Blut.

Der Kongress verabschiedet daraufhin eiligst den *Meat Inspection Act,* doch Libero Manfredi bleibt ein bitterer Nachgeschmack im Mund. Die Idee, Dosenfleisch zu verkaufen, stammte von Giulia – *eine große Hilfe für die Frauen!* –, und es braucht nicht die Mathematik von Mick und Mo, um zu begreifen, dass es sich um ein Riesengeschäft handelt. Aber jedes Mal, wenn Libero Manfredi einer Kundin eine von diesen Blechdosen auf die Rechnung schreibt, hat er den Eindruck, eine Stufe der Treppe zur Hölle hinabgestiegen zu sein.

Er kennt den Meatpacking District schon viel länger als Michael. Zwei entfernte Verwandte von ihm haben über Jahre dort gearbeitet. An Haken hängende Ochsenviertel, schwarz von Fliegen. Das Fließband, das über Arbeitsbänke voller Innereien läuft. Die ekelerregende Brühe, in der die Polen nachspülen. Und Libero ist nicht zartbesaitet: In der Mulberry Street gibt es mehr Ratten als Italiener, und es ist normal, zum Ausbluten aufgehängte Hühner ohne Kopf zu sehen oder gehäutete Kaninchen, die Felle in der Sonne. Entsetzlich sind nicht die Tiere und nicht der Tod: Ihm graust es vor der Fabrik.

Dem Zeug, das aus bestimmten Betrieben kommt, vertraut Libero nicht, dem Abgeordneten Fiorello La Guardia dagegen vertraut er. Als stellvertretender Generalstaatsanwalt hat er die Fleischhersteller wegen Übertretung der Gewichtsverordnung verklagt. Als Abgeordneter hat er einen Entwurf vorgelegt, der die Todesstrafe für jeden vorsieht, der verdorbene Vorräte an die Regierung verkauft. Nach Ansicht von Libero Manfredi hat der Abgeordnete es besonders auf diejenigen abgesehen, die Fleisch in Dosen abfüllen und Schinken verpacken. Angiolina Mancuso hat ihm gesagt, dass diese Sache etwas mit La Guardias Vater zu tun habe, der an Vergiftung gestorben ist, doch Libero denkt lieber, der Abgeordnete habe einen Rundgang beim Meatpacking District gemacht und seine Schlussfolgerungen daraus gezogen. Und da sagt Michael zu ihm: Schreiben wir unseren Namen drauf!

Dieses große Geldmachen wird mit einer Ungeniertheit betrieben, die ihn beunruhigt. Libero Manfredi ist mehr für kleine Schritte. Im April 1918 hat er die dritte *Grosseria* am Broadway Ecke Dreiunddreißigste eröffnet. Dort hat er seine Schwester Angela und zwei Neffen untergebracht. Fünf Jahre später, im Juni '23, die vierte Filiale in Brooklyn, in der zwei weitere, im Jahr zuvor aus Colonnata eingetroffene Manfredis arbeiten (*hier ist dicke Luft*, hatte ihm ein im Dorf gebliebener Cousin geschrieben). Kleine, aber ehrliche Schritte. Ziemlich ehrliche.

Die Prohibition, zum Beispiel. Ist er etwa in den Schwarzmarkt eigestiegen, als die Regierung der Vereinigten Staaten Bier und Gin verboten hat? (Er hätte es gekonnt, er kennt die Italiener im Milieu.) Hat er sich mit den irischen *rum runners* abgesprochen?

Selbstverständlich nicht. Er hat es vorgezogen, einen beträchtlichen Vorrat an Malzextrakt und alkoholfreiem Bier zu kaufen, im Hinterzimmer ein paar Versuche anzustellen und den Verkäufern Anweisungen zu geben. Seit wann ist es illegal, Malzextrakt zu verkaufen? Ist es etwa seine Schuld, wenn die Kunden ihn in ihren vier Wänden mit einem hellen Bier vermischen, das so jungfräulich ist wie die Madonna?

Alkohol zu verbieten ist sowieso sinnlos: verlorene Liebesmühe. Er ist nicht der Einzige, der so denkt. An einem Juniabend 1926, fast sieben Jahre nach Ratifizierung des Gesetzes, das die Herstellung, den Verkauf und den Import von alkoholischen Produkten unter Strafe stellte (und den

Abschaum der Gesellschaft bereicherte), ist der dritte Sohn von Angiolina Mancuso, Fahrer und Faktotum des Abgeordneten La Guardia, zu ihnen nach Hause gekommen, um nach dem Rezept zu fragen. »Für den Chef«, hat er mit einem Blick zum Auto auf der Straße gesagt.

Libero Manfredi hat ihm die Menge diktiert, der Junge hat den Zettel ins Portemonnaie geschoben, hat den Zeigefinger auf die Lippen gelegt und ist ohne eine Erklärung abgezogen. Am nächsten Morgen sicherte sich Fiorello La Guardia sechsspaltige Headlines, indem er vor den im Kaufman's Drug Store in der Lenox Avenue versammelten Journalisten Malzextrakt und alkoholfreies Bier mischte und den unklugen Prohibitionisten zuprostete. Kein Hinweis auf Libero, aber etwas musste doch durchgesickert sein, denn noch bevor die Zeitungsjungen die Abendausgabe ausriefen, behinderten lange Schlangen vor den vier *Grosserie* den Verkehr. Alle wollten alkoholfreies Bier und Malzextrakt kaufen, alle fragten nach dem »Rezept von La Guardia«. Eine Unmenge Menschen für Ströme von Bier: Genügt seinem Sohn das nicht?

Mrs. Giulia Masca weiß, dass Michael sich bemüht hat. Nach Abschluss der höheren Schule hat er sich seinem Vater wortlos und mit gesenktem Kopf untergeordnet. Doch wenn Libero an eine Filiale dachte, sah Mick eine Ladenkette vor sich. Wenn Libero das Sortiment um ein günstiges Modell von Seidenstrümpfen erweiterte, sah sein Sohn Heere von Schaufensterpuppen, neueste Modeschöpfungen und hochpreisige Unterwäsche, *Robes-manteaux*, Schürzen, Nachtmützen, Seidentücher. Wenn Libero Vereinbarungen mit einem Händedruck besiegelte, sah Michael

Aufträge über den Telefondraht sausen, Verträge mit drei Nullen und Lagerhäuser wie Kathedralen und Fabriken, die nur arbeiten, um die neueste Einkaufskette – Libero's – zu beliefern, und Züge voller Bananen und Ananas und Felder, wo Kartoffeln, Spinat und Rote Bete wachsen, alles nur für Libero's. Er konnte nicht anders, und Giulia war die Einzige, die er in diese schwungvollen Phantasien einweihte, abends, wenn der Vater zu Bett gegangen war.

Ab und zu, wenn die Frustration ihm den Magen zuschnürte, verließ Michael die Filiale, die sein Vater ihm für diese Woche zugewiesen hatte, und wanderte durch Manhattan, die Nase in der Luft, berauscht von der Hektik der Baustellen, vom Wimmeln der Verkäufer, von den Wolkenkratzern, in denen sich der Himmel spiegelte. Oder er verirrte sich im Hafen zwischen den Docks und betrachtete die hochbeladenen Frachtdampfer mit der Gier eines Kindes, dem man die Nachspeise verweigert. Auch unter dem hohen Gewölbe der Grand Central Station schlenderte er gerne herum, genoss die gutgekleidete, geschäftige Menschenmenge und bog gelegentlich in die Arkaden der Oyster Bar ab, suchte sich einen Platz an den Tischen, wo sich *manager* und junge Frauen, Handelsreisende und Studenten, Angestellte, Stenotypistinnen und Telefonistinnen drängten. Und in all diesem vielgestaltigen und farbigen Schauspiel sah er nur eins: Kunden.

Seine sowieso schon lebhafte Phantasie entzündete sich, als Mo im Frühjahr 1921 seinen Buchhalterposten in einer Nähmaschinenfabrik aufgab, den er nach Beendigung der höheren Schule gefunden hatte, und als Assistent von

Mr. Sidney James Weinberg angestellt wurde, einem jungen, streitbaren Trader von Goldman Sachs.

Frisch von seinen Abendkursen bei der NY University zurückgekehrt, nahm Mo Mick bei der Hand und erklärte ihm die enorme Vielfalt an Möglichkeiten, die der *Stock Exchange* zu bieten hatte. »Warum Waren lagern, mein Freund, wenn es *privilegierte Aktien* und *Dividenden* auf der Welt gibt?«, sagte er, indem er mit dem Taschentuch seine dicke neue Schildpattbrille putzte.

In Mos Welt bewegt sich das Geld mit nie gesehener Geschwindigkeit. Kein Dampfer kann mit Moishe Perelmans Chef konkurrieren, wenn er am Telefon Wertpapiere in die schon prallen Portfolios von Kunden wie Sears oder Procter & Gamble verschiebt und dabei an einem Tag in Form von Provision so viel einbehält, wie Libero in einem Monat verdient. Und die Krümel, die für Mo abfallen, genügen, um die ganze Familie zu ernähren, mit Erlaubnis des Stoffhändlers Abraham Perelman. Staunend erklärt Michael Giulia das Wunder des *capital gain*. »Geld verdienen, indem man Geld bewegt, verstehst du?« Ja, sie versteht, und sie versteht auch, dass Libero Manfredi gewiss nichts davon wissen will.

Es war wie eine Krankheit, denkt Mrs. Giulia Masca, während sie sich im Spiegel betrachtet. Die Augenringe sind nicht schlimm. Die zweite Nacht im Albergo Grande Vittoria ist ruhig verlaufen. Zum Frühstück hat sie genüsslich den Caffè Latte getrunken und das Brot mit Aprikosenmarmelade verspeist.

Wie vorhergesehen, ließ Libero sich nicht anstecken. Trotz der Zuneigung für Mo erstickte er jeden Vorschlag

Michaels sofort im Keim, mit der Hartnäckigkeit eines Bauern, der Unkraut jätet. Aktien? Zu riskant. Obligationen? Kommt nicht in Frage. Dann nahm Michael eines Abends beim Essen, als er die Zurückweisungen satthatte, das Motto seines Vaters – *vorwärts, immer vorwärts!* – und schleuderte es ihm mit der ganzen Kraft seiner fünfundzwanzig Jahre entgegen: »Das ist die Zukunft, und Ihr seht keine Handbreit über Eure Nasenspitze hinaus! Warum vertraut Ihr mir nicht? Bin ich nun Euer Sohn oder nicht?«

Libero wurde blass und suchte Giulias Blick, stumm vor Überraschung, entsetzt beim Gedanken an den Abgrund, den die Wahrheit zwischen ihnen aufgetan hätte. Wusste Michael? Hatte sie es ihm gesagt? Er stand vom Tisch auf und schloss sich im Schlafzimmer ein.

Giulia begriff sofort, dass Michael gar nichts wusste und der Satz ihm nur so herausgerutscht war, aus Wut. In der Mulberry Street hätte niemand den Mut gehabt, darüber zu tratschen, dass die Frau von Libero Manfredi schwanger in Ellis Island angekommen war und dass Libero Manfredi demnach eine Hure geehelicht hatte. Niemand hätte es einem Mann an Respekt fehlen lassen, der einer Menge Leuten aus der Patsche geholfen hatte.

Von der Reaktion des Vaters verwirrt, sah Michael sie beunruhigt an. Warum diese Blässe, warum dieser Schrecken? Er erbleichte seinerseits. Der Zweifel, den er als Kind zu unterdrücken gelernt hatte, tauchte wieder auf. Er roch wieder den Geruch nach Blut und Scheiße, den er seit jeher mit der Erinnerung an die Mulberry Street verband. Doch bevor der Zweifel definitiv Gestalt annehmen konnte und in einer klaren Frage zum Ausdruck kam, tat sie das, was Libero sich nicht getraut hatte: Sie versetzte Michael eine schallende Ohrfeige. Obwohl sie wusste, dass Michael recht hatte. Lieber ungerecht als ehrlich, dachte sie in jenem Augenblick.

»Denkst du das immer noch?«, fragt sie sich, während sie die Zipfel des Seidentuchs unter dem Kinn zurechtzupft. An diesem Morgen fühlt sie sich stark, zum Kampf bereit.

Nach Ansicht von Mrs. Giulia Masca behielt Michael auch nach Jahren noch recht, als auf einmal alles zusammenbrach und Moishe Perelman sich zu ihnen nach Haus flüchtete, aus Angst vor der größten Wirtschaftskrise, die Amerika je erlebt hatte. Giulia setzte ihm eine Pfanne mit Kartoffeln und Eiern vor und sah, wie Moishe Perelman die feuchten Augen zusammenkniff.

Mick und Mo hatten recht, auch wenn die Leute, die an der Börse alles verloren hatten, sich aus dem fünfzehnten Stock stürzten, auch wenn die Zeitungen in Riesenlettern *Panic* und *Crash* verkündeten, auch wenn manche Aktien nicht einmal mehr das Papier wert waren, auf das sie gedruckt waren, und Mo die Hände zur Faust ballte, damit man das Zittern nicht bemerkte. Sie hatten recht, denn ob schön oder hässlich, das war das Leben, *vorwärtsgehen*, und jetzt sind sie dran, doch Libero versteifte sich darauf, den Weg nicht freizumachen für diejenigen, die einen längeren Atem und längere Beine hatten.

Nicht dass Giulia die Gründe ihres Mannes nicht verstehen würde. An einem Juninachmittag, als sie gerade ein paar Wochen verheiratet waren, hatte Libero sie zur Grand Street geführt und von dort zur Ecke Bowery, bis zu einem stinkigen Lädchen, wo es nach Leim und trockenem Schweiß roch und wo nur durch die Tür zur Straße Licht hereinkam. Auf dem Boden lagen stapelweise Absätze, Lederreste, rostige Dosen. Auf einem Tisch in der Mitte hockte ein sehr alter Mann, umgeben von Werkzeug und Nägeln. Mit knotigen gelben Fingern besohlte er einen Stiefel, die schütteren grauen Haare ringelten sich in strohigen Büscheln. »Der Laden meines Vaters«, sagte Libero zu ihr. »Hier war der Knoblauch, hier die Kartoffeln, hier die Seife und das Salz, hier unten die Äpfel und die Birnen.« Der Schuster hatte die Augen auf Giulias prallen Bauch gerichtet und sich dann wieder auf seine Arbeit konzentriert, denn er war schon an die nostalgischen Überfälle des Sohns dieses Italieners gewöhnt, der vor ihm hier gehaust hatte. »Dort hinten lagerte er in einer Holztruhe Kichererbsen und getrocknete Esskastanien.« Der Laden maß drei Schritte, man erfasste ihn mit einem einzigen Blick. Die *Grosseria* in der Mulberry Street 117 war zehnmal so groß. Wie hätte ein Mann, der mit dieser Nussschale ins offene Meer aufgebrochen und so weit gekommen war, je beiseitetreten können?

Als Libero Manfredi im Oktober 1935 mit vierundsiebzig Jahren einschlief, um nicht mehr aufzuwachen – er hatte noch Fiorello La Guardia als Bürgermeister der größten Metropole der Welt gesehen –, ließ er eine bestürzte und wohlhabende Witwe zurück: vier gutgehende Filialen, den Liefervertrag für Obst und Gemüse in den kommunalen Kantinen und einige zehntausend Dollar in bar. Giulia vertraute ihren Teil Michael an und wurde eine reiche Frau.

Dank eines günstigen Kredits, den Mo ihm vermit

telt hatte, verdreifachte Michael das Sortiment, indem er zusätzlich Töpfe, Putzmittel und Kosmetika in die Regale aufnahm. Bei einer Agentur in der Madison Avenue bestellte er ein Werbeplakat, das neben dem Schriftzug LIBERO'S GROCERY eine schlanke, biegsame, elegante lächelnde Frau zeigte, geschminkt wie eine Filmdiva. Diese Plakate wurden im Umkreis von zehn Blocks rund um die Filialen angebracht, und Michael bemerkte die positiven Auswirkungen vor allem in den armen Vierteln, wo die gewöhnlichen Kundinnen blass und müde waren und schlechte Zähne hatten. Er ließ auch riesige, dreidimensionale Schilder malen, von drei Seiten lesbar und nachts beleuchtet. Er verlängerte die Öffnungszeiten und verdoppelte das Personal. Er baute eine Konkurrenz zwischen den Lieferanten auf, schlug niedrigere Preise heraus, lancierte aufsehenerregende Sonderangebote, korrigierte jedoch die Preisliste insgesamt nach oben. In weniger als zwei Jahren zahlte er den Kredit zurück. Langsam sagte man von ihm, er habe Charakter.

Elf Monate nach Liberos Tod eröffnete er den fünften Libero's Grocery in Cobble Hill, Brooklyn, wo er sich mit seiner Frau Claire niederließ; im Herbst 1940 kam Harlem an die Reihe. Die siebte Filiale in der Lexington Avenue begann er zu planen, als er ungefähr im gleichen Alter wie Libero war, als der ihr die kleine Schusterwerkstatt an der Bowery gezeigt hatte. Und wer weiß, wie weit Michael es noch bringen wird, denkt Mrs. Giulia Masca.

Unterdessen kümmerte sich Moishe Perelman um ihre Ersparnisse. Er sorgte dafür, dass sie Papiere von Firmen erwarben, die Lokomotiven, Radioapparate und Autos produzierten, aber auch Obstkonserven, Kondensmilch, Schokolade, Instantkaffee und natürlich Dosenfleisch. »Libero wird sich im Grab umdrehen«, sagte Giulia an dem Nachmittag, an dem Mick und Mo ihr die Formulare zum Unterschreiben nach Hause brachten. Und als ebendiese Schokolade und dieses Dosenfleisch dazu ausersehen wurden, die Tagesration im Tornister der jungen Amerikaner, die an den Küsten der Normandie gelandet waren, nahrhafter und appetitlicher zu machen, ermaßen Libero Manfredis Erben in zweistelligen Renditen die ganze Magie des *capital gain*.

Wusste Moishe Perelman, dass die Armee der Vereinigten Staaten gerade diesen Firmen millionenschwere Aufträge erteilen würde? Hat es etwas damit zu tun, dass Mos Chef Mr. Weinberg ein Berater des Präsidenten ist? Und beim Liefervertrag für die kommunalen Kantinen, wie viel hat da Liberos Freundschaft mit Angiolina Mancusos Drittgeborenem gezählt? Vor dem Spiegel zieht Mrs. Giulia Masca eine Augenbraue hoch, so wie ihr Mann es getan hätte. »Mach nicht so ein Gesicht, Liebster. Du und Michael, ihr seid Vater und Sohn, ihr seid beide gleich. Ziemlich ehrlich.«

Die Hotelhalle ist vollgestellt mit Koffern und Taschen. »Ausländer, wegen dem Fest. Und vier Kinder!«, erklärt Marco. Sein Gesicht verrät, dass er Unordnung und Krach nicht ausstehen kann. »Kein Problem. Ich gehe einstweilen ein wenig spazieren«, erwidert Mrs. Giulia Masca.

Das Pflaster des *Piaso* leuchtet im Morgenlicht. Sie hat beschlossen, dass sie quer durch Borgo di Dentro zur Piazza Castello hinunter und über die Brücke über die

Orba bis zur Cascina Leone gehen wird, um herauszufinden, was mit ihren Freunden geschehen ist. *Vorwärts, immer vorwärts,* ohne Furcht, bis zum letzten Atemzug. Hat sie das von Libero gelernt? Oder von Michael? Die Luft ist prickelnd, macht den Schritt elastisch, den Kopf frei. Ihr fällt ein, dass sie vor fünfundvierzig Jahren genau in diesen Tagen zusammengekauert in der Koje auf dem Überseedampfer Werra lag. Wenig später sollte sie dann die Silhouette der Freiheitsstatue aus dem Nebel auftauchen sehen. Über ihr Gesicht huscht ein Lächeln: Und wenn nun Vater und Sohn von ihr gelernt hätten?

Der Große Sieg hat Italien ein Vermögen gekostet. Granaten, Kanonen, Musketen, Bajonette, Panzer, Stickgas, Sprengstoff, Flammenwerfer, Panzerspähwagen, Doppeldecker, Baracken, Strohsäcke und Schlafsäcke, aber auch Helme, Patronentaschen, Abzeichen, Schärpen, Gasmasken und Schutzbrillen und natürlich Fichtensärge, Eisenkreuze und Gedenktafeln: ein Vermögen, in Rauch aufgegangen auf der Linie, die von Triest nach Trient führt.

Und als die Ausgabe von Staatsanleihen nicht mehr genügte, um die Schulden bei der Industrie zu decken, die in den Kriegsjahren Personal und Gewinne verzehnfacht hatte, als die Rechnung über die Schadenersatzzahlungen an die Zivilbevölkerung in vertraulicher Form unter den entsetzten Augen der beauftragten Minister zu zirkulieren begann, als Renten an die Krüppel, die Versehrten, die Blinden und Gehörgeschädigten und ganz allgemein an die Arbeitsunfähigen gezahlt werden mussten, die der Krieg in den Städten und auf dem Land ausgespien hatte, da behan delte der Staat das Problem mit der Dreistigkeit eines gewohnheitsmäßigen Roulettespielers. Wird Geld benötigt? Dann drucke man es, Herrgott!

Ein Geldstrom überschwemmt auch Borgo di Dentro. Die Brieftaschen strotzen vor Banknoten wie in einem Kinderspiel, bei dem alle große Herren sind. Die Tage vergehen, das Spiel wird zum Albtraum. Das seidenweiche, berauschende Papiergeld wird zu wertlosem Altpapier, es reicht nicht fürs Fleisch, dann reicht es nicht mehr für den Wein, bis im Sommer 1919 sogar das Kleiebrot zum Luxusgut wird, der Preis so übertrieben und schwindelerregend hoch wie der weiß und bordeauxrot gestreifte Schwebeballon, der eines Sonntagmorgens im Juli vom *Piaso* aufsteigt, um den Wohlhabenden aus der Neustadt den Kitzel zu ermöglichen, einen Blick von oben auf Borgo di Dentro zu werfen wie der liebe Gott.

Zur Beruhigung der Gemüter wird eine neuerliche amtliche Preisbeschränkung gebilligt. Im Lauf weniger Wochen sind die Regale der Geschäfte leer und die Taschen der Aufkäufer voll, und Alfonso Risso prunkt mit einem hocheleganten Zweireiher aus Grisaille, massiv goldenen Manschettenknöpfen und feinen zweifarbigen Halbschuhen aus gebürstetem Kalbsleder.

Als der Tageslohn einer Spinnerin nicht mehr für das Essen reicht, das sie braucht, um zehn Stunden hintereinander an den dampfenden Schüsseln zu stehen, probt Borgo di Dentro den Aufstand. Die Unternehmer auf der einen Seite, die Übrigen auf der anderen. Die, die den Preis machen, gegen die, die darunter leiden. Spinnerinnen natürlich, aber auch Strickerinnen, Näherinnen, pro Tag oder nach Gewicht bezahlt, Wäscherinnen, Tagelöhner, Weber, Schreiner, Steinmetze, Erdarbeiter, Fuhrleute, Trödler, Messingschmiede, Köhler, Böttcher, Schuster, Maurer, Drucker, Arbeitslose, Diebe, Huren und Wahrsagerinnen; kurz und gut, Borgo di Dentro gegen die Neustadt.

Es sind kämpferische Tage. Improvisierte Zusammenkünfte, Geschrei an den Straßenecken, Raufereien um ein Kilo Rindfleisch. Die Nachricht von Krawallen in der Kreisstadt erhitzt die Gemüter, und die Sache wird ernst. Rechtsanwälte, Ärzte, Ingenieure, Notare, Apotheker (aber auch Kaufleute, Grossisten, Buchhalter und höhere Angestellte) verbieten ihren Frauen den Nachmittagscorso: zu gefährlich. Hinter den Jalousien beobachten sie die Menschenmenge, die auf das Rathaus zuströmt, und sind beeindruckt: Holzschuhe und Lumpen auf dem Pflaster der Neustadt, schmutzige Kinderfinger auf den Schaufenstern, Rotzkrusten, schwarzgeränderte Fingernägel und mittendrin das leuchtende Blutrot der Fahnen.

Die Leones gehen nicht mit auf die Straße, sie haben in diesen Tagen andere Sorgen. Sobald es dunkel wird, kommen die anderen sieben Halbpächter des Marchese Franzoni zu ihnen zum Abendessen. Jeder bringt etwas mit, eine Salami, ein Stück Käse, eine Flasche Wein und einen Hocker (die Stühle reichen nicht, Primo hat sie vorgewarnt).

Linuccia kocht eine Suppe, Anita schneidet das Brot auf und würzt das Gemüse, die Jungen lehnen sich zum Essen an die Wand, den Teller in der Hand. Primo Leone leitet die Zusammenkunft genauso wie die Kapelle, und wenn die Diskussion schärfer wird, schneidet er den Rednern das Wort ab, als hätte er den Taktstock in der Hand. Am Ende des dritten Abends, wegen seiner schönen Schrift zum Sekretär befördert, schreibt Nico auf ein Blatt:

Bedingungen der Halbpächter

1. *Der Halbpächter kann seinen Anteil Trauben verkaufen, an wen er will.*
2. *Der Gutsherr kann den Preis für die Traubenlieferung des Halbpächters nicht selbst bestimmen. Auch wenn er die Ware übernimmt, gilt der Marktpreis.*
3. *Die Kosten für Kupfer und Schwefel werden geteilt.*
4. *Zu Sankt Martin wird abgerechnet.*

Nacheinander unterschreiben sie alle. »Jetzt müssen wir noch entscheiden, wann wir die Liste zum Gutsherrn bringen«, sagt Primo.

»Überhaupt nicht«, erwidert Giuseppe Garibaldi. Zum ersten Mal, seit die abendlichen Versammlungen begonnen haben, ergreift er das Wort. Zu Hause bei ihren Frauen hatten die Halbpächter gesagt: »Garibaldi ist abgemagert, er ist gealtert, er spricht nicht, er ist nicht mehr der Alte, Saukrieg.«

»Die Liste ist für die anderen. Vergesst Franzoni und Risso, dieses Schwein«, fährt er fort, »die Liste ist für die anderen!« Stoßweise kommen die Worte heraus, explodieren wie Böller. Die Halbpächter wechseln ratlose Blicke. Was sagt er da? *Die anderen?* Wen meint er? Sie fürchten die Eigenarten eines Mannes, der den Krieg voll und ganz mitgemacht hat.

»Begreift ihr nicht? Der Gutsherr kommt als Letzter!«
Giuseppe Garibaldi wedelt mit dem Blatt Papier, schaut sie
mit aufgerissenen Augen an. »Ich verstehe nicht, dass ihr
das nicht begreift.« Sein Ton und seine Gesten sind irgendwie übertrieben, unanständig wie eine offene Wunde. Die
meisten wenden den Blick ab.

»Dann versuch doch mal zu erklären, was du meinst.«
Primo legt ihm eine Hand auf den Arm, aber Giuseppe
Garibaldi schüttelt sie unwirsch ab. Er schaut sich um,
schließt die Augen und öffnet sie wieder. Was für ein seltsa-
mer Ort, wie schwer es ist, sich wieder hier zurechtzufinden,
in dieser Küche, mit diesen Leuten. Zu Hause? Familie?
Freunde? Und dann die Reblaus, Kupfervitriol, amtliche
Preisbeschränkung, Makler, Bodenumbruch, Neupflanzung, amerikanische Unterlagsrebe, Vorabteilung, Saatgut,
Dinge, die getan werden müssen, Entscheidungen, die getroffen werden müssen: Das Leben dringt mit solcher Gewalt auf ihn ein, dass er am liebsten davonlaufen würde,
aber genauso gern möchte er sich packen und hineinziehen
lassen und wieder Teil davon werden, so wie früher.

»Was heißt hier die *anderen*! Seit drei Tagen sitzen wir
bis spätnachts hier wegen dieser Liste, und jetzt willst
du sie nicht zum Franzoni bringen? Spinnst du?!«, platzt
jemand heraus.

Giuseppe Garibaldi antwortet nicht, dreht das Papier
unschlüssig hin und her. Nico sieht Anita an, mit glühenden Augen. Sie senkt unmerklich das Kinn, *sprich, sprich
nur*.

»Die anderen Halbpächter. Man muss mit den anderen
Halbpächtern reden«, sagt der Junge errötend.

Daraufhin mustert Giuseppe Garibaldi den Neffen, den Haarbusch, die Röte, die von den schmalen Wangen auf den Hals übergreift, die breite, gerade Linie der Schlüsselbeine, die hängenden, langen Arme. *Pietro.*

»Mit allen«, fügt er halblaut hinzu.

»Mit allen? Wie meinst du das?«, fragt Primo.

»Mit allen Bauern von Borgo di Dentro, Großvater. Wir müssen sie überreden zu unterschreiben. Dann findet der Marchese keinen mehr, der zu seinen Bedingungen arbeitet.«

Gemurmel. Jemand holt hörbar Luft. Ein anderer legt dem Jungen die Hand auf den Kopf. Anita möchte sie wegschieben, er ist doch noch ein Kind! Lasst ihn in Ruhe! Doch es geht alles zu schnell, kaum merkt man es, ist es schon geschehen: Nico ist groß geworden, es gibt kein Zurück.

Es gibt kein Zurück, denkt auch Giuseppe Garibaldi, und zum ersten Mal seit Ende des Krieges ist es kein leerer Gedanke, der sich endlos im Kreis dreht, sondern der Anfang von etwas. Er spürt, wie der Atem seine Lunge füllt. Er lässt den Blick über die am Tisch sitzenden Männer schweifen, über Linuccia, die sich über ihr Flickzeug beugt, über Carlo, Filippo und Terzo, die Schulter an Schulter hinter den Halbpächtern stehen, fast wie eine Ehrengarde, über Primo mit seiner Festtagsmiene, über Anita mit ihrem Mädchengesicht und ihrer Frisur einer alten Frau, über Nico, der wild entschlossen mitredet. Ihm ist, als sehe er sie deutlicher, schärfer, mit den richtigen Schatten und aus größerer Nähe, als könne er sie endlich berühren, während sie wiederholen: »Alle! Alle!«, und lachend noch eine Runde

Rotwein in die Gläser gießen. »Und zum Schluss bringen wir die Liste *alle* zusammen zum Gutsherrn«, verkündet Primo noch.

Giuseppe Garibaldi legt ihm einen Arm um die Schultern. »Nicht zu dem Gutsherrn. Zu *den* Gutsherren. Prost!«, sagt er mit fester Stimme und hebt sein Glas. Nico nickt begeistert, die anderen klatschen, Anita dagegen sieht ihren Bruder ernst an, als wollte sie sagen: *Willkommen daheim, willkommen.*

Das war nur der Anfang. Im September 1919 gaben die Gutsherren nach, und die Vereinbarung wurde unterschrieben. Ein Jahr lang konnten die Halbpächter gut schlafen. Bei den Wahlen im November kreuzten 63 % der Wähler von Borgo di Dentro das Symbol der Sozialistischen Partei an. Im April 1920 streikten die Spinnerinnen, die Weber, die Möbelschreiner und die Arbeiter der Glühbirnenfabrik. Am Ersten Mai flatterten zum großen Missfallen der katholischen Zeitung *Corriere delle Valli* Dutzende von roten Fahnen an den Telefonleitungen, an den Bäumen und sogar an den Straßenlaternen. Ende August erschien die erste Nummer von *L'Emancipazione,* vier Blätter im Betttuchformat wie die Zeitung *Avanti,* gedruckt in der Druckerei, die auf den *Piaso* hinausging, gleich neben dem Albergo Grande Vittoria. Unter der Bezeichnung *Sozialistisches Wochenblatt* ermahnte ein kleiner, elegant kursiv gesetzter Zusatz die Leser:

Die Emanzipation der Arbeiterklasse muss durch die Arbeiter selbst erobert werden.
                    Karl Marx

Die häufigsten Wörter in den Texten waren *Imperialismus, Proletariat, Klassenkampf* und *Revolution*.

Auch dank der feurigen Leitartikel in *L'Emancipazione* und trotz der ebenso feurigen Predigten von Don Salvi gewannen die Sozialisten bei den Kommunalwahlen Ende Oktober haushoch: dreiundzwanzig Stadträte und das Amt des Bürgermeisters. Ende des Monats waren in Borgo di Dentro alle Genossen. Und allen voran die *Genossen Halbpächter*.

An einem Herbstnachmittag, als die Plätze mit Wahlplakaten gepflastert waren, glättete Nico sich die Haare, wechselte das Hemd und begab sich zur Druckerei, einen Stoß Blätter in einer Mappe und im Kopf eine klare Rede: Er hatte eine schöne Schrift und machte keine Fehler (er hatte Schriftproben mitgebracht, sowohl in Druckschrift als auch in Schreibschrift, wollten sie sie vielleicht einmal ansehen?); er liebte Gedichte (hatte mehrere dabei, alle aus seiner Feder); er war Sozialist und wollte für die Zeitung schreiben. Wenn nötig, würde er sich auch mit Nachrufen begnügen.

KOMME GLEICH – ein Zettel an der Tür zwang ihn, seine Rede noch eine Dreiviertelstunde lang wiederzukäuen. Als der Drucker endlich erschien, erfuhr Nico, dass er sich im Tag geirrt hatte, heute werde nicht die Zeitung gemacht, er müsse am Freitag wiederkommen. Doch falls er eintreten und sich ein wenig umsehen wolle, könne er das gerne tun.

PLAKATE, VISITENKARTEN,
HOCHZEITS- UND TODESANZEIGEN,
BRIEFKÖPFE, UMSCHLÄGE UND BROSCHÜREN
PREISWERT UND IN LUXUSAUSFÜHRUNG

Das stand auf einem großen, im Eingang hängenden Plakat, doch der Drucker winkte ihn weiter, das sei nicht so wichtig. Er war ein Männchen mit O-Beinen, einer Weste, an der die Knöpfe fehlten, einer großen Glatze zwischen zwei stacheligen eisengrauen Haarbüscheln und einem Paar lachender Augen. Er sagte, er heiße Hamlet, und zeigte ihm den großen Tisch mit den Probedrucken, den Papierrollen, den Magazinen mit den Bleilettern, die mechanische Tastatur der Linotype. »Du drückst auf R, und da kommt der R-Block, und wenn du auf E drückst, erscheint das E. Dann auf V, dann auf O. Schau her: REVO. Das ist eine diensteifrige Maschine, sie wird für uns die Revolution machen«, sagte er.

»Und die da?«, fragte Nico und zeigte auf die Rotationsmaschine, die im anderen Raum stand.

»Die ist die Lokomotive, die bringt uns direkt zur Sonne der Zukunft. Am Freitagabend wirst du sie hören, das klingt wie Musik in den Ohren!«

So etwas hatte Nico noch nie gesehen. »Die ist ja riesig«, sagte er.

»Du müsstest mal die sehen, die die Genossen vom *Avanti* in Mailand benutzen. Ein Ungeheuer, das zehn Zentner wiegt. Dreihunderttausend Exemplare wie nichts. Willst du einen Schluck Kaffee?«

Hamlet gefiel ihm sofort. Er war Vegetarier und trank nur Kaffee. Er lebte im Hinterzimmer der Druckerei, in einer Kammer mit einem Feldbett, einem Kleiderhaken, einem eintürigen Schrank, einem Nachttopf, einem kleinen Tisch, einem Stuhl, einer Waschschüssel und einer Spiegelscherbe, die am Griff eines schmutzigen Fensterchens baumelte. Zeitschriften, Zeitungen und Bücher in jeder Ecke. Eineinhalb Meter hohe Stapel vom *Avanti*, dann kompakte Stöße von *L'Illustrazione Italiana* und *La domenica del Corriere*. Unter dem Feldbett zwei riesige, zerfledderte Bände, der Umschlag voller Fettflecken (»Wörterbücher, mein Junge. Bausteine der Revolution«). Und überall Bücher. Noch nie hatte Nico so viele Bücher gesehen. Ehrlich gesagt, hatte er überhaupt noch nie welche gesehen, abgesehen von dem Schulbuch, das seine Cousins voneinander erbten, dem Evangelium, das Luigina gehört hatte, dem Brevier, das Onkel Nino Bixio immer dabeihatte, und einer gebundenen Sammlung von Tanzstücken, die Primo, in Seidenpapier eingeschlagen, in der Schublade verwahrte.

Im Zimmer des Druckers waren die Bücher aufeinandergestapelt, lagen wahllos auf dem Fußboden oder waren zu wackeligen Pyramiden aufgeschichtet. Wenn er wolle, sagte Hamlet, könne Nico sich welche ausleihen.

Ein Band lugte unter dem Kopfkissen hervor. *Shakespeares Theater, in italienische Prosa gebracht von Carlo Rusconi.* »Nein, das nicht, das muss ich noch fertiglesen. Ich suche dir was Passendes raus.« Der Drucker fing an zu wühlen und warf das, was er nicht tauglich fand, über seine Schulter. Mit einem dumpfen Geräusch fielen die Bände zu Boden und wirbelten Staubwolken auf. Nico hob sie auf, wischte sie mit dem Taschentuch ab, las den Titel und legte sie aufeinander: *Cuore, Die Krankheiten landwirtschaftlicher Nutztiere, Die Brautleute, Die Gedichte von Goffredo Mameli mit Porträt und Faksimile, Der Roman eines Lehrers.* Ab und zu hielt der Drucker inne, von einem plötzlichen Gedanken erfasst. Dann fuhr er mit der

Auswahl fort, und Nico musterte die verworfenen Bände: *Agrargesetzgebung, Demetrio Pianelli, Eisenbahnen und Straßenbahnen, Schilf im Wind, Manifest der Kommunistischen Partei, Die Malavoglia.* »Habt Ihr die denn alle gelesen?«

Hamlet unterbrach die Suche und sah ihn ernst an: »Ein guter Drucker liest nicht: Er studiert. Er darf niemals Fehler machen. Genauigkeit ist alles. Wenn sich der Drucker irrt, geht der ganze Laden hoch, und ade Revolution.«

Er stöberte weiter. *Die illustrierte Alpenflora, Lust, Die Geschichte Europas, Aufstand und Revolution, Handbuch des Gerbers, Jahrmarkt der Eitelkeiten.* »Ich hab's!«, sagte er, ein schmales Bändchen in der Hand, mit dem er sich über die Bauchbinde der Weste fuhr, um es von der Staubschicht zu befreien. »Hier hast du was, Dichter.«

»*I colloqui.* Lyrik von Guido Gozzano«, las Nico. Auf dem Frontispiz das Bild einer Lampe und die Buchstaben FTE, *Fratelli Treves Editori.*

Lyrik bedeutet »Gedichte«, das hatte Adelaide ihm beigebracht. Er wusste nicht recht, was er mit dem Wort *Colloqui,* Gespräche, anfangen sollte, wagte aber nicht zu fragen. Da hielt er also ein echtes Gedichtbuch in der Hand. Wer weiß, warum er sich Gedichte immer einzeln vorgestellt hatte, frei wie Schmetterlinge.

Er klappte das Buch auf und warf einen Blick auf das Inhaltsverzeichnis. *Der Jugendfehler. An der Schwelle. Der Heimkehrer.* Wörter, die auf den ersten Blick verständlicher wirkten als die, die sein Vater von der Front geschickt hatte (und die er auswendig gelernt hatte, um die Marchesina zu beeindrucken). Bei dem Gedanken, dass die Gedichte dieses Guido Gozzano einfach wären, oder jedenfalls nicht allzu schwierig, überlief ihn ein Schauder, so wie wenn Primo die *Internationale* anstimmte. Er wandte sich wieder den Titeln zu. *Die zwei Straßen. Winterlich. Rettung.*

»*Totò Merumeni?*«, fragte er neugierig.

»Schöner Name, nicht wahr?«, erwiderte Hamlet, ein breites Lächeln auf dem hageren Gesicht. »Hast einen guten Geschmack, Junge. Das habe ich gleich gemerkt, als ich dich gesehen habe. Wirklich ein schöner Name. Ich habe ihn eine Weile für mich verwendet. Totò Merumeni. Und glaub nicht, dass ich meinen Namen so leicht ändere, ich muss schon überzeugt sein. Ich hab ihn aufgegeben, weil ihn niemand richtig aussprach: Manche ließen Buchstaben weg, manche verschoben den Akzent oder verdoppelten das N. Die Leute sind sehr, sehr ungenau, mein Junge.«

»Das verstehe ich nicht, heißt Ihr nicht Hamlet?«

»Nie von Hamlet, dem Prinzen von Dänemark, gehört? Du magst ja ein Dichter sein, aber wenn du Drucker werden willst, musst du noch viel lernen. Also willst du jetzt diesen Kaffee?«

An dem Abend kehrte Nico mit den Gedichten unterm Hemd freudig erregt in die Cascina Leone zurück. Der süße Geruch der Druckerschwärze, der beißende Geruch des Öls, die Linotype, das Spiel der Riemen, Hebel, Zylinder und Zahnräder, das Wunder des Schmelztiegels, der Vorsatz, am Freitagabend wieder hinzugehen, um die Rotationsmaschine in Betrieb zu sehen: Er war elektrisiert. Und außerdem alle diese Bücher: Hunderte von Wörtern, schätzte er innerlich, würde er Adelaide bieten können, wenn sie an Ostern aus Bordighera zurückkam.

Unterdessen hatten die Gutsherren sich organisiert. Jede Woche wetterte *L'Emancipazione* gegen die *ungerechten Zwangsräumungen,* die zum Fristablauf an Sankt Martin vorgesehen waren. Die Bauern von Borgo di Dentro versammelten sich, diskutierten und ernannten zum Schluss die *Roten Garden,* die die Familien der Halbpächter verteidigen und ihre Vertreibung verhindern sollten. Außer Primo, der aus Altersgründen befreit war, wurden alle Leones einbezogen. Linuccia schnitt fünf rote Halstücher zu, säumte sie und stickte Monogramme hinein: eines für Giuseppe Garibaldi, je eines für Carlo, Filippo und Terzo, und eines für Nino, auch wenn Letzterer Anita versprochen hat, sich herauszuhalten und die Ereignisse nur zu verfolgen, um den Chronisten von *L'Emancipazione* Informationen weiterzugeben. Es ist die erste Lüge, die er seiner Mutter erzählt.

Mitte Dezember gibt es zwei Zusammenstöße, am Donnerstag und am Freitagmorgen. Daher muss am Freitagabend die erste Seite neu gesetzt werden. Nico kommt mit drei Seiten voller Notizen, und ein Reporter zieht ihn in eine Ecke. »Fangen wir bei gestern an«, sagt er und beginnt zu schreiben.

In der Hektik der Redaktion hat Nico den Eindruck, dass der Mann ihm gar nicht zuhört. Leute kommen und gehen, am Tisch mit den Probedrucken wird diskutiert, ebenso hinter den Walzen der Rotationsmaschine, Hamlet flucht.

Zuletzt kommt doch noch das Wesentliche heraus, nämlich dass der Gutsherr vor tausend Bauern – sechshundert, wird der *Corriere delle Valli* später abwiegeln –, vor über tausend Bauern die Kündigung zurückgenommen und den Gerichtsvollzieher nach Hause geschickt hat.

Doch Nico hat viel mehr erzählt: Frauen mit Steinen in den Taschen, Männer mit verstörten Gesichtern, ein Meer von roten Halstüchern, Fahnen vor dem blassblauen Himmel, der wütende Gutsherr, die Carabinieri mit zusammengebissenen Zähnen, Beleidigungen, Sprechchöre, ein paar Spitzel, die in einen Bewässerungskanal gezerrt und verprügelt wurden. »Details«, sagt der Reporter wegwerfend. »Verwirren wir die Leser nicht. Und heute Morgen?«

Noch ein Bauernhof, noch eine Kündigung, aber mitten im Streit war dröhnend ein offener Lastwagen gekommen, auf der Ladepritsche etwa fünfzehn junge Männer, dunkle Hemden und Hosen, völlig unbekannte Gesichter. Wie Soldaten beim Manöver sprangen sie nacheinander herunter und stellten sich im Kreis um den Gutsherrn. Vier unbewaffnet (doch Nico vermutet, dass sie Messer hatten), drei mit Peitsche, sechs mit kurzen Stöcken, einer mit Schlagring.

»Faschisten«, kommentiert Hamlet. Neben der Linotype auf dem Boden hockend, schiebt er den Arm hinter das Räderwerk, in dem Versuch, mit dem Schnabel des Ölkännchens an die Nabe einer Antriebsscheibe heranzukommen.

»Die paar Leute, Hamlet. Wenn sie Reklame wollen, sollen sie zahlen«, erwidert der Reporter.

»Wenn's Faschisten waren, dann schreib, es waren Faschisten. Peitschen und Schlagringe. Genauigkeit rettet die Welt.«

Der Reporter schrieb es nicht – es war kein Platz mehr, keine Zeit –, und diesmal kam Nico verwirrt nach Hause.

Ihm war, als hätten die Ereignisse, die er voller Staunen miterlebt hatte, einmal auf die noch druckfeuchte Seite übertragen, ihre Konsistenz verloren. Alles wirkte armselig, grau, banal. Kann es sein, dass es so schwierig ist, die Wahrheit einzufangen?

Die Wochen vergingen. Beim Silvesterball im Salon des Arbeitervereins betrank Nico sich zum ersten Mal. Die Genossen brachten ihn stinkend wie ein Fass und hellwach in die Cascina Leone zurück. Anita erwartete ihn auf der Schwelle, Decke in der Hand und Kissen unterm Arm. »Alles Gute für 1921!«, sagte sie zu ihm und deutete auf die Stalltür.

Anfang Februar schrieb er seinen ersten eigenen Artikel für die Zeitung. Unter der Überschrift *Orangenblüten* folgte der Bericht über einen Tanznachmittag im Salon des Circolo Democratico, bei dem der junge Schuster A.B. die achtzehnjährige Spinnerin E.G. um ihre Hand gebeten hatte, indem er alle Anwesenden zu Focaccia und Weißwein einlud und seiner zukünftigen Frau einen herrlichen Korb Blumen überreichte, die er extra von der Riviera hatte kommen lassen. Zwanzig Zeilen. Vier Abende brauchte Nico, am Tisch in der Cascina Leone sitzend, um sie zu schreiben, der Reporter strich sie ihm in wenigen Minuten auf zwölf zusammen, und an der Linotype brachte Hamlet sie wieder auf achtzehn und schlug ihm als Pseudonym *Romeo* vor. Anfang März erhielt *Romeo* seinen ersten Brief einer *treuen Leserin und Abonnentin*, sie danke ihm für die freundliche Erwähnung der Medaille, die ihr Sohn in der Schule für seinen Aufsatz mit dem Titel *Es war einmal in Borgo di Dentro* bekommen hatte.

Da die Kälte nachließ und der Schnee schmolz, hatte Nico wieder angefangen, nachts mit Trifula hinauszugehen. Er stellte den Wecker auf früh um vier, und los ging's, den Hügel hinauf. Die Saison hatte noch nicht begonnen, doch der Hund durfte die Trüffelsuche nicht verlernen, und außerdem vermisste Nico den Wald. Wenn der Mond schien, löschte er die Lampe und ließ seinen Gedanken zwischen den Schatten freien Lauf. Hat der Schnee den Hainbuchen geschadet? Sind die Gräben eingebrochen? Was Adelaide wohl macht? Er bemühte sich, sie sich zerzaust und schlaftrunken vorzustellen. *Mach die Augen auf, komm, zeig mal, wie grün sie sind. Eiche? Linde? Salbei? Wann ist endlich Ostern?*

So geistesabwesend vergaß er, Trifula anzutreiben, mit den Lippen zu schnalzen und ihn ständig wieder zurückzurufen, wie Primo es ihm beigebracht hatte. Das Hündchen nutzte es aus, um den Nachtfaltern nachzujagen, und Nico schrieb derweil im Kopf wunderbare Artikel mit ausgefeilten Wortgebäuden und glühenden Bildern, die sich bei der Rückkehr vor Anitas Milchkaffee in Dunst auflösten.

Von diesen Phantastereien blieben ihm ein paar Wörter, ein Vergleich, einige Reimpaare, eine vage Idee für einen Anfang. Bevor er den Tag auf dem Weinberg begann, schrieb er alles ins Heft der Ferne, im Anschluss an die Briefe von Pietro Ferro und die Gedichte, die er für Adelaide geschrieben hatte. Und obwohl er jede Nacht einen anderen Weg wählte, richtete er es doch immer so ein, dass er unter dem großen Walnussbaum vorbeiging, der im Osten den Park der Villa Franzoni begrenzt.

Im vergangenen Frühling war er auf der Suche nach

Sommertrüffeln zufällig dort herausgekommen. Gleich hinter dem Wald war ein majestätischer Baum aufgetaucht, allein mitten auf der Lichtung, die riesige Krone reichte beinahe bis zum Boden, der Stamm war gespalten wie vom Axthieb eines Riesen. »Bei Fuß«, hatte er Trifula zugerufen und sich voll Ehrfurcht genähert, wie jemand, der die Kirche betritt. Im Osten flammte der Himmel auf. Unter der grünen Kuppel verschluckte ihn ein Getöse von Trillern und Flügelschwirren.

Als er den Baumstamm umrundete, bemerkte Nico eine Staffelei und eine Holzschachtel mit vergoldetem Vorhängeschloss. Jemand kannte den Ort. »Adelaide?«, fragte er Trifula und streckte ihm eine Käserinde hin. Das Hündchen sah ihn mit runden Augen an und bellte freudig zum Zeichen, dass es verstanden hatte.

Um das Geheimnis zu lüften, musste er bei Tag wiederkommen, doch als er sie von weitem auf dem Hocker sitzen sah, den Kopf im Schatten eines großen alten Strohhuts und die Staffelei im vollen Licht, klopfte Nico das Herz bis zum Hals. Er nahm Trifula auf den Arm, hielt ihm die Schnauze zu und rannte davon.

Adelaide musste ihn gesehen haben, denn als Nico in der folgenden Nacht zum Walnussbaum zurückkehrte, fand er am Fuß des Stammes einen Bleistiftstummel und einen Zettel, der mit einem Stein beschwert war.

Ich beiße nicht.

Zu antworten bedeutete zuzugeben, dass er davongelaufen und dann wiedergekommen war. Den Zettel zu ignorieren bedeutete, Adelaide zu ignorieren, und dazu gehörte ein Mut, den Nico nicht hatte. Er wählte das kleinere Übel.

Du schienst sehr beschäftigt zu sein.

Er schob den Zettel wieder unter den Stein und hoffte, dass es nicht regnete.

In der nächsten Nacht lief er schnurstracks zum Nussbaum, und Trifula war ganz verwirrt von der Geschwindigkeit, mit der sein Herrchen den Hang erklomm, ohne auch nur an Trüffelsuche zu denken.

War ich auch.

Und was bedeutet das? Dass sie sehr beschäftigt war, jetzt aber nicht mehr? Mädchen sind kompliziert, Primo hatte ihn gewarnt. Er grübelte eine gute Viertelstunde, dann schrieb er:

Was malst du?

Nicht besonders toll, doch etwas Besseres war ihm nicht eingefallen. In der folgenden Nacht war die Staffelei samt Farben am gewohnten Platz, aber der Zettel war verschwunden. Warum hatte Adelaide nicht geantwortet? Nico kehrte mehrmals zum Nussbaum zurück, bis er im Morgengrauen des vierten Tages etwas Helles unter dem Stein hervorlugen sah. Beschwingt las er:

Morgen.

Die Freude war überwältigend! Fast im Tanzschritt hüpfte er ein paarmal rund um den Stamm und schwenkte den Zettel vor der Schnauze des Hundes: »Morgen, Trifula, morgen, du elender Hund!« *Morgen*. »Das heißt heute«, sagte er und blieb schlagartig stehen. Um wie viel Uhr würde sie kommen? Nico konnte ja nicht den ganzen Tag am Nussbaum verbringen, er musste mit Giuseppe Garibaldi und den Cousins nach Pietre Nere hinauf, seit drei Tagen entfernten sie schon Schösslinge, man musste alle Rebenreihen durchgehen, bevor die fruchtlosen Triebe verholzten. Er würde sich erst am Nachmittag frei machen können. Würde Adelaide so lange warten?

Ich komme um fünf.

schrieb er rasch und legte den Zettel wieder hin. Als er schon den Wald erreicht hatte, kehrte er um und fügte hinzu:

Warte auf mich, bitte.

Gegen vier erreichte Nico den unteren Teil von Pietre Nere, machte sich davon, ohne irgendjemandem Bescheid zu sagen, rannte nach Hause, wusch sich kurz im Zuber, glättete die Haare mit der Brillantine seines Onkels, putzte seine Schuhe mit Spucke. Punkt fünf war er am Nussbaum. Allein. Ein neuer Zettel besagte:

Zu spät, tut mir leid.

Der Junge fluchte, dann antwortete er, ohne nachzudenken:

Also heute Nacht.

Dann strich er *heute Nacht* aus und fügte hinzu:

vor Sonnenaufgang.

Er wartete acht Tage lang. Im Morgengrauen des neunten sah er eine kleine, dunkle Gestalt, die eilig näher kam. Sie hatte sich in einen Umhang aus braunem Kattun gehüllt, der Haare und Gesicht verdeckte. »Magst du«, fragte sie atemlos und hielt ihm ein Tütchen mit Gebäck hin. In der dichten, feuchten Dunkelheit setzten sie sich auf eine Wurzel. Die Süßigkeiten waren ein bisschen zerdrückt und klebrig, Adelaide lachte und leckte ihre Fingerspitzen ab. »Die hab ich gestern Abend bei Tisch geklaut«, sagte sie.

Sie blieb, bis sie das Gebäck aufgegessen hatten. Bevor sie den Umhang wieder schloss und sich auf den Heimweg machte, fragte sie ihn, ob er noch mehr Gedichte habe. Die, die Nico ihr zu Ostern geschenkt habe, gefielen ihr *sehr*.

Sie trafen sich einmal in der Woche, wenn die Gouvernante die Villa verließ, um zu ihrer bettlägerigen Mutter nach Genua zu fahren, und weder Franzoni noch die Dienstboten sich um die nächtlichen Ausflüge der Marchesina kümmerten. Nur einmal, Ende September, war dem Mädchen, kaum hatte sie die Haustür geschlossen, als höre sie jemanden husten, so als sei jemand im Hof, aber es war nur ein Augenblick. Als sie bei dem großen Nussbaum ankam, hatte sie es schon vergessen.

Im Mondlicht lasen sie gemeinsam alle Briefe, die Pietro Ferro geschickt hatte, alle Gedichte, die Adelaide aus den Büchern der Familienbibliothek abschrieb, und alle, die Nico für sie geschrieben hatte und die von der Erde handelten, vom Wald und von der Dunkelheit. Mit halbgeöffneten Lippen sah sie ihn aufmerksam an. Manchmal ließ sie zu, dass ihre Augen glänzten, doch am Ende sagte sie: »Schön, aber schreib doch auch mal was Fröhliches.«

Trifula kuschelte sich zwischen die beiden, die Schnauze im Schoß des Mädchens. Er schlief fast immer sofort ein, schnarchte mit kleinen Stößen und zitterte ab und zu, während sie sich erzählten, was während der Woche geschehen war. Um sie zum Lachen zu bringen, notierte sich Nico die komischen Vorkommnisse und den schlüpfrigen Klatsch, der aus Borgo di Dentro bis zur Cascina Leone heraufdrang.

Ende Oktober sagte Adelaide ihm, sie werde in der folgenden Woche nach Bordighera abreisen. Die Koffer seien fast gepackt, einige Truhen schon ins Grand Hotel vorausgeschickt worden. Ohne ihn anzusehen, begann sie ihm vom nächtlichen Rauschen des Meeres zu erzählen (wie sehr ihm das gefallen würde!), von den Muscheln, die die Flut an den Strand spülte, vom brackigen Geruch der Algen, von den Klavierstunden, dem Englisch- und Französischunterricht, dem Streichquartett, das jeden Abend das Essen der Gäste begleitete.

»Amüsier dich gut«, unterbrach Nico sie und stand ruckartig auf. »Komm, Trifula.« Das Hündchen sah ihn unwillig an.

»Gehst du schon?«

»Ich habe zu tun.«

Auch Adelaide hatte sich erhoben. Die Kälte rötete ihre Wangen. »Es tut mir leid«, sagte sie, doch er wandte den Blick ab. »Das habe nicht ich entschieden, Nico. Du wirst sehen, der Winter vergeht rasch.«

»Los, gehen wir, Trifula.« Nico war schon in den Waldweg eingebogen. Das Hündchen saß neben Adelaide und bellte aufgebracht. »Ich habe gesagt, lass uns gehen!«

»Feigling«, sagte sie.

»Was?«

»Feigling, habe ich gesagt.«

»Was soll das heißen?«

»Dein Vater hat im Krieg gekämpft, und du fürchtest dich vor einem Winter.«

Trifula war verstummt. Noch nie hatten die zwei sich angeschrien.

»Im März weißt du doch nicht mal mehr, wie ich heiße«, sagte Nico.

»Das will ich hoffen.«

»Ich auch.«

Wütend pfiff der Junge dem Hund und verschwand im Wald. Die Stille zwischen den Bäumen war wie dichter Nebel. Er versetzte einem Stein einen Tritt, schlug mit der Hand auf die Rinde einer Kastanie, kam an einen Zaun, überquerte eine in Dunkelheit getauchte Ebene, und als er wusste, dass er einen beträchtlichen Abstand zwischen sich und den Nussbaum gelegt hatte, fühlte er eine unüberwindliche, nie gekannte Einsamkeit. Hastig lief er zurück, mit klopfendem Herzen.

Sie stand noch unter der bleiernen Krone des Baums,

hielt mit gekreuzten Armen den Umhang zu, das Gesicht in Flammen. Nico fand keine Worte und umarmte sie. Groß, wie er war, hüllte er sie ganz ein, drückte ihre zarten Arme, den schmalen Oberkörper, die erhitzte, feuchte Wange, die nach Rosmarin duftenden Haare. Ganz leicht bewegte er den Kopf, und sie ebenfalls. Als seine Lippen das Grübchen neben den ihren streiften, erstarrten sie beide, doch gleich darauf schmiegten sie sich enger aneinander, Adelaide fühlte den zarten Flaum, der ihm in diesem Sommer im Gesicht gewachsen war, dann wieder winzige Bewegungen, dann zärtliche kleine Bisse, dann Lippen auf Lippen und Zähne an Zähnen. Erschrocken ließen sie sich los, die Luft war erfüllt vom Gezwitscher, das das Ende der Nacht ankündigte. Adelaide hielt die Augen gesenkt, Nico streichelte ihre Wange und fühlte, wie sie lächelte. Er machte Trifula ein Zeichen und schlug wieder den Weg zum Wald ein, während das erste Licht den Gipfel des Hügels überflutete.

Und nun kommt Adelaide bald zurück. 1921 ist Ostern spät, Ende März, am Ostermontag würde er sie beim Umtrunk für die Halbpächter treffen. Je näher der Augenblick rückt, umso mehr schwindet Nicos Interesse an dem, was die Gemüter von Borgo di Dentro erregt: die neuen Kündigungen, die Partei, die sich in Livorno gespalten hat, Sozialisten auf der einen Seite, Kommunisten auf der anderen, die faschistischen Übergriffe, der Katholische Bauernverein, der sich große Mühe gibt (Don Salvi wünschte sich die Unterstützung von Luiginas Enkeln, Nino Bixio hat einen langen, betrübten Brief geschrieben). *L'Emancipazione* veröffentlicht einen Artikel von Nico – seinen Bericht über die Einweihung der neuen Arbeitskammer – sogar auf der ersten Seite, doch selbst das kann ihn nicht vom Gedanken an Adelaide ablenken.

»Romeo, Romeo, warum bist du Romeo«, empfängt ihn Hamlet jeden Freitag. Nico lacht und hält ihm den Artikel hin, den er mit dem Direktor abgesprochen hat. Der Drucker überfliegt es und brummt: »Zwei Fehler auf fünfzehn Zeilen! Schlecht, mein Junge, sehr schlecht. Willst du keine Revolution mehr machen?«

Nico errötet, korrigiert den Text und läuft fort, ganz von den Vorbereitungen in Anspruch genommen. Zuerst der Anzug. Der vom vorigen Jahr passt ihm nicht mehr, die Ärmel enden vier Fingerbreit vor dem Handgelenk, die Hose lässt das Schienbein frei. Im Lauf weniger Monaten ist er so groß geworden wie Pietro Ferro, als er in den Krieg gezogen ist. Daher ändert Linuccia den guten Anzug des Vaters für ihn. Nach dem Abendessen nimmt sie Maß, trennt auf, schneidet zu, näht wieder zusammen. Anfang März probiert Nico den geflieten Anzug vor Anitas Spiegel an. Er bemängelt das Revers und überredet die Tante, den Ärmeleinsatz aufzutrennen. Anita sieht ihn ungläubig an: Seit wann kümmert sich ihr Sohn um solche Sachen? Seine Cousins nennen ihn »Rodolfo Valentino«.

Kleiderfrage gelöst, jetzt muss ein Gedicht her. Mitte März hat er schon mehrmals Hamlets Bücher durchgeblättert. »Da ist nichts Richtiges dabei«, beklagt er sich eines Nachmittags. Der Drucker lümmelt mit einer Decke auf dem Feldbett, den Band mit Shakespeares Werken in der Hand. Er liest ihn nun zum vierten Mal, kann ganze Passagen auswendig. Er betrachtet den Jungen, der auf dem Boden hockt, die langen Beine zwischen den Büchern und den Kopf zwischen den Händen. Nico hat ihm nicht viel erzählt, nur, dass es ein Mädchen gibt und dass sie Gedichte mag. »Die Gedichte sind schön, Hamlet, aber ungenau.« Er sucht eines, in dem es um Nussholz geht, um den Geruch der Morgenröte, um das Salz der Sehnsucht. Oder so ähnlich.

Hamlet setzt sich auf. »Hör mal, hier. *Was uns Rose heißt, wie es auch hieße, würde lieblich duften.*«

»Und was soll das bedeuten? Müsste ich ihr Blumen bringen?«

»Frag mich nicht, Junge. Ich hab die Frauen nie verstanden. Soll ich den Kaffee aufwärmen?«

Wie im Vorjahr drängen sich die Familien der Halbpächter im Hof der Villa Franzoni vor dem weißgedeckten Tisch mit den vier *fiaschi* Rotwein. Wie im Vorjahr kommt Adelaide am Arm ihres Vaters herunter, gefolgt von den Dienern und den Mägden mit den Tabletts. Wie im Vorjahr lobt der Verwalter Alfonso Risso die Freigiebigkeit des Marchese, die Hand auf der Schulter seines hochrot angelaufenen Sohnes Adelmo. Sie aber ist kaum wiederzuerkennen.

Nico versteckt sich hinter Giuseppe Garibaldis Schulter. Während Risso spricht, betrachtet er sie aufgewühlt: der dunkle Schatten unter den Augen, die zusammengepressten Lippen, die aus der Haube geschlüpfte rote Locke, die Ziegenlederhandschuhe, beige wie das Kleid, mit Knöpfchen am Handgelenk, das offene Oval auf dem schneeweißen Handrücken, die zweireihige, schwarze Perlenkette, eng am

Hals und lang bis zur Taille, der V-Ausschnitt, das Kleid, das weich über die neuen, spitzen Brüste fällt, der Saum, der das Knie umspielt, der Glanz der Seidenstrümpfe, das blanke Riemchen, das der Fessel schmeichelt. Dann blickt er auf seine von der Kälte rissigen Finger, seine schwieligen, gelben Handflächen. Entlang den Nähten von Giuseppe Garibaldis Jacke erkennt er einen Streifen, den Linuccia, obwohl im Ändern von Kleidern überaus geschickt, nicht hatte verbergen können. Er betrachtet Primos Schuhe, die zum dritten Mal besohlt wurden, dann die von Anita, die noch von der Hochzeit mit Pietro Ferro stammen. Er wünschte, er wäre nie zur Villa hinaufgestiegen, möchte am liebsten verschwinden.

Alfonso Risso zieht währenddessen seine Rede in die Länge. Er spricht von *schlechten Beratern* und *gewissenlosen Agitatoren*, von *Leuten, die auf den Teller spucken, von dem sie essen,* dann trocknet er sich die Stirn mit einem seidenen Taschentuch, richtet sich zu voller Größe auf und fährt mit lauter Stimme fort: *den Kopf senken,* sagt er, *Opfer, Respekt, Gehorsam, den man der Hand schuldet, die einem zu essen gibt.*

Giuseppe Garibaldi bebt, während Nico nur jedes zweite Wort hört. Er schiebt die Hände in die Taschen, fühlt den groben Stoff, den seine Tante für das Innenfutter verwendet hat, umklammert mit den Fingern das Gedicht, das er zuletzt selbst geschrieben hat. *Holz des Walnussbaums, Honig des Wartens, Salbeiaugen.* Er knüllt es zusammen. Kindereien, denkt er. Und als der Verwalter endlich schweigt und der Marchese wie im Vorjahr das Glas hebt, trinkt und sich zurückzieht, und Adelaide näher kommt, um den Anwesenden die Hand zu drücken, hat er schon den Weg zum Tor eingeschlagen.

Doch Primo hält ihn auf, wegen der niederträchtigen Rede des Verwalters. Eine Schande, die Bauern an einem Festtag so zu demütigen, die Zeitung müsse eingreifen, wir haben doch eine Zeitung, also nutzen wir sie! Nico müsste was darüber schreiben, und Nico sagt, ja, ja, sicher, ich gehe sofort heim und fang an, und Primo sagt, warte, warte, red auch mit den anderen, damit es ein guter Artikel wird, damit Risso beschissen dasteht, das elende Ausbeuterschwein! Und schreib, dass der Marchese keinen Ton gesagt hat, als stünde er zufällig dort, immer dasselbe Pfaffengesicht, Herrgott noch mal! Ist er nun der Gutsbesitzer oder nicht?

Und während die Frauen die Marchesina umringen, die als Kind abgefahren und als Frau zurückgekommen ist, noch schöner als ihre wunderschöne Frau Mutter, wird Nico belagert von wütenden Männern, die auf den Boden spucken und leise murren: Die einen fluchen, die anderen schwören Rache, wieder andere bringen vergangene Jahre und noch offene Rechnungen ins Spiel, und als es ihm endlich gelingt, sie abzuschütteln, fühlt er Adelaides behandschuhte Hand auf seinem Arm.

»Domenico Luigino Ferro«, sagt sie ernst.

Die rote Locke verbirgt einen Teil ihres Gesichts. Nico möchte sie spontan zurückstreichen, rührt sich aber nicht, während eine stumme Freude in ihm aufsteigt.

»Domenico Luigino Ferro, genannt Nico. Ich weiß noch, wie du heißt. Und du, weißt du noch, wie ich heiße?«

Zu Hause schützte Adelaide ein neu erwachtes Interesse

an der Malerei *en plein air* vor, und das Zettelsystem funktionierte wieder. Ende April ging es der kranken Mutter der Gouvernante schlechter, und die Frau musste der Villa Franzoni eine ganze Woche lang fernbleiben. Unter tausend Vorsichtsmaßnahmen brachte Adelaide einen zweiten Hocker, ein niedriges Tischchen und ein Weidenköfferchen zum Nussbaum, das sie nach und nach mit Besteck, Gläsern, Tässchen, Tellern, Tischdecke und gestickten Servietten füllte. Nico erschien mit einer halben Flasche warmer Kuhmilch und einem Laib Brot zur nächtlichen Verabredung, Adelaide trug Schokolade, französischen Käse und Scheibchen von *fois gras* in Aspik bei, die Trifula genüsslich verschlang.

Eines Nachts nahm Nico all seinen Mut zusammen und brachte *L'Emancipazione* mit. Er wählte eine Nummer aus, in der die Gutsbesitzer nicht als Diebe oder Tölpel hingestellt wurden, jedenfalls nicht zu sehr. Er konnte es kaum erwarten, ihr zu zeigen, dass jemand an ihn glaubte und seine Artikel veröffentlichte.

»Romeo?«, fragte sie.

»Das hat Hamlet vorgeschlagen.«

»Hamlet.«

»Ja.«

Adelaide begann zu lachen. Zuerst lachte Nico leicht verunsichert mit, als sie aber gar nicht mehr aufhörte und auch nichts erklärte, verstimmte ihn das langsam. Darauf erzählte ihm Adelaide erst, wer Hamlet war, und dann die Geschichte des Liebespaars aus Verona, Romeo und Julia, deren Familien, die Montagues und die Capulets, seit jeher verfeindet waren und sich bekämpften. »Und am Ende sterben sie«, sagte Nico, als sie fertig war. Er verstand nicht, was es da zu lachen gab.

Er stand auf und ging dorthin, wo die Krone des Nussbaums die Wiese streifte. Er schob das Laub auseinander und blickte hinaus, folgte in der Dunkelheit der mondweißen Spur, die Adelaide in Kürze zur Villa zurückführen würde.

Einige Wochen zuvor hatte er seine Mutter gefragt, ob sie je wieder heiraten würde. Nach Risso hatten sich noch vier Witwer beworben, attraktive Männer, einer sogar wohlhabend. »Das kann ich nicht, Nico. Ich bin glücklich gewesen«, hatte sie erwidert.

Glücklich. Dieses Wort hatte der Junge in der Cascina Leone noch nie gehört. *Gerechtigkeit, Freiheit, Gleichheit,* ab und zu *Glaube* und *Barmherzigkeit,* manchmal *Vaterland.* Anita sprach es ganz natürlich aus. *Ich kann keinen anderen heiraten, weil ich glücklich gewesen bin.* Als handelte es sich um eine Krankheit, hatte Nico gedacht. Er setzte sich wieder neben Adelaide, die gerade die Überschriften der Zeitung studierte.

Die neuen Entschädigungen bei Arbeitsunfällen.

Der Faschismus in Alessandria.

Gescheiterter Coup.

Ausflug in die Berge.

»Meinst du, Romeo und Julia waren glücklich miteinander?«

Adelaide ließ die Zeitung auf ihre Beine sinken, presste die Lippen zusammen, wie sie es beim Nachdenken öfter machte. »Ich glaube schon. Ich denke, sie hatten keine Wahl. Meiner Ansicht nach ist es eine schöne Geschichte.«

»Wenn am Ende die Bösen gewinnen, ist es keine schöne Geschichte«, erwiderte Nico.

Auf der dritten Seite unten stand in der einen Ecke ein langer Satz ohne Überschrift.

Es ist ein grober Fehler zu glauben, der Sozialismus sei eine Frucht des Elends. Der Sozialismus ist nur Frucht des Klassenunterschieds, des Klassenkampfs. Deshalb gedeiht er besser in den Ländern, in denen es weniger Elend gibt, und deshalb ist es auch töricht zu glauben, er könne durch Reformen ausgelöscht werden, die den Lebensstandard des Proletariats anheben.

Karl Marx

»Was bedeutet das?«, fragte Adelaide.

»Es ist ein Einschiebsel. Auf der Seite war ein Loch, und Hamlet hat es gefüllt. Gewöhnlich nimmt er was Kürzeres: *Alkohol löscht den Menschen aus und holt das Tier heraus.* Das ist sein Lieblingssatz. Er trinkt nur Kaffee.«

»Aha. Ich will aber wissen, was dieser Abschnitt hier bedeutet.«

Nico streckte die Beine aus und kreuzte die Fesseln. »Dass der Krieg unvermeidlich ist«, antwortete er.

»Montague und Capulet.«

»Montague und Capulet.«

Sie wirkte nicht beunruhigt, nur aufmerksam. Davon ermutigt, sagte Nico:

»Vielleicht darf ich etwas über den Ersten Mai schreiben. Ein Stimmungsbild oder so.«

»Was heißt das?«

»Über die Kundgebung, die Leute, die Zwischenfälle, die auffälligeren Typen. Man muss sich unter die Menge mischen, die Augen offen halten und die Ohren aufsperren, wie Hamlet sich ausdrückt.«

»Ich will auch mit.«

»Wohin?«

»Zur Kundgebung.«

»Du spinnst wohl.«

»Genosse Domenico Luigino Ferro, *Romeo*. Hast du Angst vor einem Demonstrationszug?«

»Ich habe Angst davor, was dein Vater dir antun wird.«

»Er wird es nicht erfahren.«

»Man wird es ihm sagen, noch bevor die Kapelle *Bandiera rossa* anstimmt. Mit den Hunden wird er nach Borgo di Dentro herunterreiten und dich an den Haaren nach Hause schleifen. Ich werde Blumen auf dein Grab bringen müssen.«

»Er wird nichts erfahren, weil mich niemand erkennen wird.«

»Unmöglich.«

»Hast du ein Paar alte Hosen? Aber ganz alte, von damals, als wir noch gleich groß waren?«

»Was willst du damit?«

»Du bring mir die Hose. Und ein Hemd. Und eine Weste, wenn's geht.«

Am nächsten Tag fand unter der Krone des Nussbaums die Anprobe statt.

»Dreh dich um und bleib so, bis ich es dir sage«, befahl Adelaide. Gewandt flocht sie ihre bauschigen Haare zu einem dicken, straffen Zopf, den sie im Nacken feststeckte. Dann schlüpfte sie aus dem Gabardinekleid, das sie beim Malen trug, und zog über ihre Spitzenunterwäsche das Hemd und die Hose, die Nico aus dem Korb entwendet hatte, wo Linuccia die Flicksachen aufbewahrte (Anita hatte ihn gefragt, was er damit vorhabe, und er hatte etwas von Hamlet und einem Genossen in Schwierigkeiten gemurmelt; zweite Lüge vor seiner Mutter). »Beeil dich gefälligst.« Zu wissen, dass sie halbnackt hinter ihm stand, brachte ihn ins Schwitzen. Das Hemd war zu lang und die Hose zu weit. Adelaide stülpte sich den Schlapphut über den Kopf, der sie an der Staffelei vor der Sonne schützte, stopfte das Hemd in die Hose und hielt den Bund mit beiden Händen fest. Die Hosenbeine verdeckten die Lederstiefelchen. »Jetzt kannst du dich umdrehen«, sagte sie schließlich.

Im Halbschatten des Nussbaums sah sie aus wie eines der Waisenkinder aus dem Heim, dürr wie Reisig und darauf angewiesen, das abgelegte Zeug von anderen zu tragen. Nico war entsetzt. »Ich brauche einen Gürtel, um das Ding hier zu halten«, sagte sie. Es könnte sogar funktionieren, dachte der Junge, das Problem war von nahem: Adelaides durchsichtige Haut, der weiße Hals, die schmalen Porzellanfinger, der Duft nach Seife und Rosmarin.

Nico nahm eine Handvoll Erde, verrieb sie zwischen den Handflächen und fuhr ihr über die Wangen. »Halt still«, sagte er. Doch als er den Hals einschmieren wollte, den Blick auf ihren Ausschnitt senkte und den Spitzenbesatz hervorlugen sah, begannen seine Hände so stark zu schwitzen, dass er sie an seiner Hose abtrocknen musste. »Na gut, du weißt, was ich meine. Ab jetzt wasch dich nicht mehr bis zur Kundgebung. Und keine Spitzenwäsche. Und denk dran, die Hände immer in den Taschen zu lassen.«

Für den 1. Mai 1921 wurden Unruhen vorhergesehen. Anfang April hatte ein an allen Ecken angebrachtes Plakat die Gründung eines faschistischen Kampfbunds in der Stadt verkündet. Wenige Tage darauf hatten die Faschisten eine Kundgebung in Acqui Terme gestört und die Arbeitskammer in Brand gesteckt. Als der Termin näher rückte, wetterte der sozialistische Stadtrat von Borgo di Dentro in einem offenen Brief an die Bürger gegen die *blinde und brutale Gewalt* und forderte dazu auf, die Waffen niederzulegen.

Mit roten Halstüchern gingen die Leones alle gemeinsam nach Borgo di Dentro, doch Nico war verschwunden, noch bevor sich der Demonstrationszug in Bewegung setzte. »Er ist für die Zeitung unterwegs«, zwitscherte Tante Linuccia stolz jedem zu, der vorbeikam.

Der Zug marschierte durch die Neustadt, Primo mit der Kapelle voorneweg. Zwischen einem Lied und dem nächsten gab es Sprechchöre gegen die Gutsherren und Kapitalisten. Anita ließ den Blick über das Meer von Köpfen und Fahnen schweifen, über die Standarten der Bünde der Weberinnen, Schreiner, Ziegelbrenner und Waldarbeiter hinaus, doch von Nico keine Spur. Als sie endlich den *Piaso* erreichten, wo die Bühne für die offizielle Rede aufgebaut war, entfernte sie sich von den Leones, stieg die Stufen zum Albergo Grande Vittoria hinauf und begann, sich von dort nach ihrem Sohn umzusehen.

Auf der anderen Seite des Platzes zeigten zwei Unbekannte auf einem Balkon mit dem Finger auf den Begleitschutz des Redners. Hinter den beiden meinte sie das pockennarbige Gesicht von Alfonso Risso zu erkennen. Sie seufzte erleichtert, als sie feststellte, dass Nico nicht zu dem beobachteten Grüppchen gehörte. Doch als sie der Linie des rotverkleideten Gerüsts folgte, sah sie sie neben der Tür der Druckerei stehen.

Der Schlapphut täuschte sie nicht: Als sie sich damals mit Giulia unter das männliche Publikum der Kundgebungen gemischt hatte, trug sie einen ähnlichen. Sie erkannte sofort das Hemd und die Hose. Das also war der Genosse in Schwierigkeiten! Ihr Blick eilte noch einmal zu Risso, und die Angst nahm ihr den Atem! Sie musste zu Nico und Adelaide, darauf achten, dass der Verwalter sie nicht bemerkte, und schleunigst mit dem Mädchen vom Platz verschwinden. Trotz der Hitze zog sie den Schal über den Kopf und begann, sich einen Weg zur Hinterseite der Bühne zu bahnen. Ab und zu blickte sie zu dem Balkon hinauf, wo Risso immer noch auf diesen und jenen deutete. Die beiden standen mit dem Rücken zu ihr, als sie ankam. »Haltet den Kopf gesenkt, Adelaide, und gebt mir die Hand.« Nico versuchte ein »Aber –«, doch Anita fuhr ihn eisig an: »Du kriegst daheim noch etwas zu hören.«

Sie zog das Mädchen an den Rand des *Piaso*, führte sie direkt unter dem Balkon dicht an der Hauswand entlang, wo Risso sie nicht sehen konnte. Dann bog sie in das Gassengewirr von Borgo di Dentro ein, suchte die dunkelsten Wege und kam auf der Piazza Castello heraus.

»Wo habt Ihr Eure Kleider gelassen?«

Im Sturmschritt, der ihre Angst und Wut ausdrückte,

lief sie eiligst mit ihr zum Nussbaum, ohne ein Wort und ohne je ihre Hand loszulassen. Als sie das Tischchen und die Hocker sah, erriet sie alles. Sie half ihr, sich umzuziehen, löste ihr die Haare und ordnete sie über den Schultern, dann versuchte sie, ihr mit einem Taschentuch das Gesicht zu säubern. »Was Ihr getan habt, war sehr töricht. Ich werde meinen Sohn dafür bestrafen. Geht jetzt nach Hause.«

»Ihr dürft ihn nicht bestrafen. Ich habe ihn überredet.«

»Er hätte sich weigern müssen. Er hat Euch in Gefahr gebracht.«

Mit gesenktem Kopf ging Adelaide davon, drehte sich nach einem Dutzend Schritte um, lächelte sie an und sagte: »Seid uns nicht böse, Signora Ferri, wir können nicht anders.«

Entsetzt kehrt Anita in die Cascina Leone zurück. Drei Nächte lang zwingt sie Nico, im Stall zu schlafen. Wer sie nach dem Grund fragt, bekommt zur Antwort: »Er weiß schon, warum.« Am vierten Tag stellt sie ihn zur Rede, doch als der Junge Adelaides Worte wiederholt – »wir können nicht anders, Mama« –, bringt sie kein Wort mehr heraus.

Sie kann nicht so tun, als verstünde sie nicht, sie und Pietro fühlten die gleiche wilde Entschlossenheit. Sie haben Giulia geopfert, weil sie *nicht anders konnten*. Sie haben sie verjagt (dessen ist Anita sich sicher, Giulia muss sie gesehen haben, vielleicht hat sie es auch erraten). Und wie hätte sie in Borgo di Dentro bleiben können? Allein mit ihrer Mutter Assunta, in Assuntas Hölle. Es war ungerecht und grausam, doch *sie konnten nicht anders*. Giulia – Anita hätte sie in diesem Augenblick gern an ihrer Seite gehabt. Was soll ich tun, meine Freundin, welche Worte gebrauchen, um meinen Sohn zu retten?

»Es ist alles falsch, Nico.«

»Dann ändern wir eben alles. Wir machen eine Revolution.«

Anita schließt die Augen und seufzt bei dem Gedanken, dass nicht einmal die Rote Armee Giulia Masca vor dem Verrat ihrer besten Freundin hätte retten können. Die Revolution, mein Gott. »Blöde Gänse!«, wetterte Assunta, wenn sie sich im Palazzo Reale als Männer verkleideten. »Blöde Gänse! Ihr glaubt wohl noch an Märchen!«

Jetzt liegen ihr die gleichen Worte auf der Zunge – »Märchen, Nico!« –, und sie fühlt die Melancholie, die wehmütige Trauer um einen Verlust. Wie schön, sich das künftige Leben vorzustellen, was für eine schöne Art, nach vorn zu schauen, *Bandiera rossa* und das Nachtgebet, *Engel Gottes, Beschützer mein, erleuchte, beschütze, leite und führe mich,* wie schön, auf diese Art auf der Welt zu sein, *von den Feldern bis zum Meer bis zu den Minen / keine Feinde und keine Grenzen mehr,* wie schön, dieses Vertrauen, diese Jugend zu spüren. Doch die Wirklichkeit ist alt. Man meint, sie sei jung, weil sich die Wörter ändern, heute *Franzoni* und gestern *Salvi* und vorgestern die Seidenraupenpest und die Wassersuppe, die Assunta *Suez* nannte. Die Wirklichkeit ist jahrhunderte-, jahrtausendealt, hinfällig, ewig. Die Wirklichkeit sind die Kerle auf dem Balkon am *Piaso.* Beim Gedanken an diese Gesichter schaudert es Anita.

»Mach ruhig deine Revolution. Aber wenn du weiter Adelaide triffst, ruinierst du sie. Jemand wird es herausfinden. Risso könnte euch gesehen haben. Und schau dich doch um, wo wir leben. Möchtest du sie hierhaben? Soll sie mit uns hungern? Wenn du sie liebhast, dann halte dich fern.«

Die Armut der Leones ist ein guter Grund, und Nico lässt sich überzeugen. Er geht nicht mehr zum Nussbaum hinauf, Adelaides Zettel häufen sich, vergilben in der Sonne, weichen beim ersten Regen auf, bis die Marchesina an einem Nachmittag Ende September, als die Gouvernante in Genua und Franzoni zur Hirschjagd in den französischen Alpen ist, in der Druckerei am *Piaso* erscheint. Hamlet kommt gerade zur Tür heraus.

»Für Romeo«, sagt sie und reicht ihm einen verschlossenen Umschlag. Nico verstummt, als er den Zettel in der Hand hält.

Ich muss mit dir reden.

»Pass auf«, sagt Hamlet, doch der Junge hört ihn nicht. Einhundertneununddreißig Tage hat er gezählt, seit er sie zum letzten Mal gesehen hat, mit dem Schlapphut auf dem Kopf und erdverschmiertem Gesicht.

»Pass auf, du spielst mit dem Feuer.«

Er hat Anita gehorcht. Er ist Adelaide aus dem Weg gegangen, hat sich von der Villa und vom Nussbaum ferngehalten.

»Pass auf, die Sonne der Zukunft ist noch nicht aufgegangen.«

Er hat sich andere Wälder gesucht für seine unruhigen Morgenspaziergänge. Doch noch bevor der Morgen des einhundertvierzigsten Tags ohne Adelaide heraufzieht, kommt Nico zum Nussbaum, und sie sitzt schon da auf einer Wurzel, die Arme um die Knie geschlungen. »Hier bin ich«, murmelt er. Sie antwortet nicht, den Kopf gesenkt. »Bist du mir böse?«, fragt er und berührt ihre Schulter.

Das Mädchen rückt verärgert ab, dann steht sie auf und sieht ihn an. Sie kommt Nico größer vor, das Gesicht hart, eine tiefe Falte zwischen den Augenbrauen. »Ich hasse dich«, sagt sie und gibt ihm eine Ohrfeige. Nico erstarrt, dann fasst er sich wieder, packt sie am Handgelenk und zieht sie an sich, sie versucht, ihn erneut zu schlagen. »Ich hasse dich«, schluchzt sie, während Nico sie an sich drückt, ihr tränennasses Gesicht küsst, ihre Lippen mit den seinen verschließt. »Ich auch«, haucht er ihr in den Mund, dann spürt er die Tränen aufsteigen und lässt ihnen freien Lauf, er küsst sie und weint dabei, sie dagegen hört zu schluchzen auf, er fühlt, dass sie lächelt, dann lacht sie richtig, und er lacht mit und denkt: »O Gott, bin ich glücklich!«

Die Nacht ist voller Rascheln, die frische Luft duftet nach lockerer Erde und reifen Trauben. Allmählich kommt das Lachen zur Ruhe. Adelaide schiebt ihn weg. In der Dunkelheit sieht Nico ihre Augen funkeln. Dann sieht er, wie sie sich nach dem Saum ihres Kleides bückt, es hochhebt und mit gekreuzten Armen über den Kopf zieht. Die Haare fallen ihr über die Augen und die Lippen. Adelaide kümmert sich nicht darum, zieht einen Träger herunter, dann den anderen. Ihre Brüste leuchten wie nächtliche Blumen. Rasch schiebt sie Mieder und Höschen bis zu den Knöcheln hinunter, befreit sich davon, indem sie ihren Stiefelabsatz schüttelt, und taucht nun makellos und hell aus dem Dunklen auf. Das Perlgrau der Strumpfhalter am Oberschenkel, der Pfirsichflaum in der Leiste, die vollkommene Rundung der Hüften, die zarte Kuhle des Bauchnabels, die ihm entgegengereckten Brüste. Nico stockt der Atem, er hat noch nie etwas Schöneres gesehen.

Unterdessen hat sich Adelaide die Haare aus der Stirn gestrichen und schaut ihn still an. Also zieht der Junge sein Hemd über den Kopf und wirft es beiseite. Adelaide sieht die straffen Brustmuskeln und zuckt zusammen. Nico hält inne und fixiert sie: Soll er weitermachen?

Ja, er soll. Er knöpft seine Hose auf, schiebt sie zusammen mit der Unterhose auf die Stiefel hinunter und bückt sich, um die Schnürsenkel zu lösen. Mit dem Blick streichelt Adelaide sein Rückgrat, die im Dunkeln abrollenden Wirbel, und als er sich nackt mit steifem Glied wieder aufrichtet, schlägt sie die Hand vor den Mund.

»Hast du Angst?«

Sie nickt.

»Ich auch.«

Ein Windstoß fährt durch die Krone des Nussbaums, ein Blatt fällt vor ihre Füße, man hört den weichen Aufprall einer reifen Frucht in ihrer Schale.

»Willst du mal anfassen?«

»Ja.«

»Gib mir die Hand.«

Während sie mit den Fingerspitzen sein Glied streichelt, berührt er ihren Rücken, die Taille, die Brüste. Er ertastet eine schwellende Brustwarze und beugt sich hinunter, um sie zu küssen. Daraufhin geht sie zu ihrem Kleid, hebt es auf und bereitet ein Lager zu Füßen des Nussbaums. Dann legt sie sich hin und nimmt ihn auf.

»Morgen reise ich ab«, hat Adelaide am Ende geflüstert, doch auf dem Heimweg hat Nico es schon vergessen. Kirschsaft, denkt er, während er im ersten Licht einen Stein vor sich herschubst. Sahne, Mandel, Aprikose, Eischnee. Süße Kirsche, Honig. Er weiß, dass es ihm nie gelingen wird, ein Gedicht zu schreiben, das *genau* und auch schön genug ist. Die ersten Sonnenstrahlen zerteilen nächtliche Nebelschwaden. Es war schwierig gewesen, auch schmerzhaft, voller Zaudern und Ungeduld, die Wurzeln unter dem Rücken, die Knie auf den Steinen. Und doch. Minze, Schnee, Neugeborenes, Klee, Tau. Er ist sich sicher, dass es keine Worte gibt, in keiner Sprache, in keinem Buch, um Adelaides Schoß zu beschreiben.

Unmöglich zu glauben, dass es nicht wieder geschehen wird. Kaum war er aufgetaucht, hat Nico den Gedanken genommen, zusammengeknüllt und in den tiefsten Brunnen seines Bewusstseins geworfen. Seit jenem Septembermorgen besteht sein Leben aus Warten.

Die Welt gerät unterdessen aus den Fugen. Lastwagen voller Schwarzhemden überqueren die Hügel rund um Borgo di Dentro, fahren durch die Straßen der Neustadt, erreichen die Wohnungen der Arbeiterführer, umzingeln die Häuser, nehmen die erwachsenen Männer mit und lassen sie unweit, mit ihrer eigenen Scheiße beschmiert, in einem Graben liegen. An einem Nachmittag, an dem alle ausgeflogen sind, kommen sie zur Cascina Leone, und bei der Rückkehr aus den Weinbergen finden die Leones ihre mit Messern aufgeschlitzten Matratzen und mit Urin besudelten Kleider im Hof. Mit feuchten Augen hebt Linuccia Großvater

Domenicos rotes Hemd auf, das sie durch den Dreck gezogen, zerrissen und in den Hühnerstall geworfen haben. Auf dem *Piaso* sieht man Totenkopf-Fahnen und Schlagstöcke, manchmal auch Revolver und Handgranaten. Sie kommen von außerhalb, und die Faschisten aus Borgo di Dentro revanchieren sich, indem sie anderswo wüten. Dauernd gibt es Zusammenstöße. Carlo Leone, der Hübscheste der Söhne von Linuccia und Giuseppe Garibaldi, trägt die Wunde im Gesicht, die er sich bei einer Schlägerei auf der Straße nach Pietre Nere zugezogen hat, wie eine Trophäe.

Im November teilt Alfonso Risso drei Halbpächtern des Marchese mit, dass sie gehen müssen. Er betritt die Häuser nicht einmal, sondern sagt es ihnen an der Tür, unterstützt von vier Kerlen mit Fez und Messer am Gürtel. Ebenso umstandslos beenden die Signori Scarsi ihren Vertrag mit den Leones. Es folgen Dutzende von Anordnungen und Kündigungen. *Haifische der Landwirtschaft* nennt es der sonst moderate *Corriere delle Valli*.

1922 kehren die Franzonis zu Ostern nicht in die Villa zurück, und Risso organisiert keinen Umtrunk für die Bauern. Seit einigen Wochen trägt er im Knopfloch ein Abzeichen mit Liktorenbündel und den Buchstaben PNF, *Partito nazionale fascista*.

Am 23. April steht eine Kundgebung der Roten auf dem Programm, und die Faschisten erscheinen mit Stöcken. Am selben Abend verletzt ein Pistolenschuss auf dem *Piaso* einen Arbeiter.

Am 1. Mai verbietet der Vizepräfekt den Demonstrationszug, und die Carabinieri nehmen die Fahnen ab: Es wird drinnen gefeiert.

Am 22. Mai wird der Bürgermeister von Borgo di Dentro, Genosse Giacomo Gualco, auf einem Sozialistenkongress in Alessandria in der Mittagspause verfolgt, umzingelt und blutig geschlagen.

Am 4. Juni bittet Don Giuseppe Salvi in den Spalten des *Corriere delle Valli* alle Faschisten von Borgo di Dentro, »den Leuten möglichst viel Gutes zu tun und bei niemandem Gewalt anzuwenden«.

Die Franzonis verbringen die zweite Junihälfte in der Villa. Sobald die Nachricht die Cascina Leone erreicht, nimmt Nico die nächtlichen Besuche beim Nussbaum wieder auf. Er hinterlässt Botschaften, auch einen Ausschnitt aus *L'Emancipazione*: Im Theater Torrielli wird *Lo strangolatore muto* gezeigt, Drama in vier Akten mit Anita Faraboni, begleitet vom Orchestra Fantasma. Als Redakteur der *Emancipazione* hat er ein Anrecht auf zwei Freikarten. Würde ihr das gefallen?

Das Mädchen antwortet nicht auf die Zettel. Man erfährt, dass in der Villa auch ein Musiklehrer und ein Jesuit anwesend sind, der ihr Lateinunterricht erteilt. Ende Juni, bevor er mit seiner Tochter nach Biarritz aufbricht, unterschreibt der Marchese beim Notar, dass er Pietre Nere an Risso abtritt, für ein Drittel des effektiven Werts. Mitte Juli kehren die Franzonis für einige Tage zurück, der Marchese muss den Verkauf von weiteren sieben Hektar an den Verwalter abschließen. Erneut wandert Nico zum Nussbaum hinauf, wo er eines Tages einen Zettel findet.

Er will mich verheiraten. Die Bösen haben gewonnen.

Nico lässt sich am Baumstamm niedersinken. Alles kommt ihm so unwirklich vor wie die Kulisse bei den Theateraufführungen im Freizeitheim: der Nussbaum mit seinen schwarzen Ästen, der leuchtend gelb gemalte Mond, Trifula in einem Winkel, sogar das Stück Papier, das er in der Hand hält. Adelaide als *Braut*? Sie sind gleich alt, und doch sagen sie zu ihm immerzu: »Wenn du groß bist«, oder auch: »Werd nicht frech, Junge.«

In der Dunkelheit wirbelten die Gedanken durch seinen Kopf wie Säbelhiebe: zur Villa hinauflaufen, nein, nach Hause rennen, sich umziehen und dann zur Villa laufen; nach ihr fragen, den Marchese zur Rede stellen, nein, erst Anita und dann den Marchese zur Rede stellen, nein, niemandem etwas sagen, sein Bündel packen und abhauen, ihr sofort schreiben: *Wir treffen uns hier, bring das Nötigste mit* (aber was wird für Adelaide das Nötigste sein?), zusammen abhauen, zu Fuß, mit der Straßenbahn, mit dem Zug; wenn Genua nicht reicht, dann weiter weg, wo sie niemand erwischen kann, anderer Name, neues Leben, sie weiß doch so viel, sie könnte als Lehrerin arbeiten (könnte sie?), er wird jede Arbeit annehmen, im Grund kann er alles, pflügen, anhäufeln, säen, mähen, Wein ernten, pressen, Most abstechen, in Flaschen abfüllen (und die Cascina Leone verlassen? Die letzte Lüge vor Anita?). Die Gedanken überschlagen sich, und Nico spürt, dass er nur Wind im Kopf hat, Wind, Wörter, Träumereien, und dass sich Adelaide unterdessen entfernt, immer kleiner wird, bis er sie nicht mehr erkennt. *Braut*. Die Bösen haben gewonnen.

Zu Hause warteten sie vergeblich den ganzen Tag auf ihn. Bei Anbruch der Dämmerung hatten sie schon beschlossen, Verstärkung zu rufen und die umliegenden Hügel abzusuchen, als Anita, aschfahl im Gesicht, seinen Schritt erkannte. Während Trifula sich auf den Napf mit Essensresten stürzte, warf Nico sich ohne jede Erklärung aufs Bett. Am nächsten Morgen nahm er sein vorheriges Leben wieder auf. Weinberg, Essen, Weinberg, schlafen. Schweigsam, ernst. Anita begriff alles einige Tage später, als Linuccia aus der Stadt, wo sie bei einer Signora Maß genommen hatte, mit der Neuigkeit zurückkehrte, der Marchese Franzoni stecke bis zum Hals in Schulden und versuche deshalb, seine Tochter gut zu verheiraten, er müsse sich aber beeilen, denn sonst werde Risso ihm auch noch die seidenen Unterhosen abnehmen, die der gnädige Herr sich aus Paris kommen lasse.

Abends ging Nico oft nach Borgo di Dentro hinunter in die Druckerei. Da Hamlet ihn so bedrückt sah, drückte er ihm *Der Graf von Monte Christo* in die Hand.

»Danke, aber ich habe genug von Grafen, Herzögen und solchen Leuten«, antwortete der Junge.

»Das ist kein echter Graf.«

»Und wovon handelt es dann?«

»Von Rache.«

»Nichts mit Revolution?«

»Die kommt später. Wenn noch Zeit bleibt.«

Jeden Abend las er ein paar Seiten, und Tropfen um Tropfen gingen seine Qualen in jenes des Protagonisten Edmond Dantès auf. War das Buch eine Medizin? Mit Hamlet darüber zu sprechen war jedenfalls Balsam für seine Seele.

Am ersten August riefen Gewerkschaften und Sozialisten aus Protest gegen die faschistischen Gewalttaten einen Generalstreik aus. Als Antwort verwüsteten die Aktionskommandos die Parteibüros, die Arbeitskammern und die Zeitungsredaktionen. In Livorno, Florenz, Siena und Vigevano fingen sie an. Am 2. August folgten Ancona, Vicenza, Triest, Novi Ligure, Imola, Monza. Am 3. August Brescia, Pavia, Alessandria, Padua, Parma, Piacenza, Varese, Pistoia und Campobasso. In Mailand besetzten die Faschisten das Rathaus, und der Dichter Gabriele D'Annunzio hielt vom Balkon aus eine Rede an das Volk. Am 4. August verzeichnete man faschistische Übergriffe in Florenz, Gallarate, Savona, Voghera, Asti, Bologna und Parma. Am 5. August kamen Verona, Chieri, Mestre, Modena, Pisa, Macerata und Neapel an die Reihe. In Genua eroberten die Faschisten den Palazzo San Giorgio, den Sitz der Stadtverwaltung.

Am 6. August, genau zwei Wochen nach Adelaides Zettel, diskutieren Hamlet und Nico im Hinterzimmer der Druckerei über die verblüffende Art und Weise, auf die Dantès aus dem Gefängnis von Château d'If entweicht. »Der große Houdini hätte es nicht besser gekonnt!«, sagt der Drucker, als ein Schuss ertönt. Jemand hat das Schloss am Haupteingang gesprengt, der von innen verriegelt war. Hamlet springt auf, will in den Raum gehen, wo die Linotype steht, dann schaut er Nico an und überlegt es sich anders.

»Hilf mir«, sagt er, während er anfängt, den Schrank vor die Tür zu rücken. Auf der anderen Seite ist die Hölle los. Schritte, die kommen und gehen, erregte Stimmen, das dumpfe Aufprallen der Papierrollen auf dem Fußboden, das metallische Geräusch der Setzkästen mit den Buchstaben.

»Los, schieb.« Der Schrank ist voller Bücher.

»Wir müssen ihn ausräumen«, erwidert Nico leise.

Sie haben kaum angefangen, da wird die Tür aufgerissen. Zwei vermummte Männer im Schwarzhemd betreten das Zimmerchen. Sie haben einen Schlagstock in der Hand. »Gesicht auf den Boden!«, brüllt der Erste und trifft Hamlet an der Schulter. Mit einem Schlag in die Kniekehle bringt der andere Nico zu Fall.

»Hier sind zwei«, sagt der Erste zu jemandem im Raum mit der Linotype. Nico und Hamlet liegen bäuchlings auf dem mit Büchern übersäten Boden. Der zweite Mann haut mit dem Stock auf einen Stoß Zeitschriften ein, dann drückt er ein Knie auf Hamlets Rücken, holt ein Bündel Draht aus der Tasche und fesselt ihm die Hände hinter dem Rücken.

»Gesicht auf den Boden!«, brüllt er Nico an, der den Kopf leicht bewegt hatte. Dann drückt er das Knie auch auf den Rücken des Jungen und fesselt dessen Handgelenke auf die gleiche Weise. »Schweine«, murmelt Nico zwischen den Zähnen. Ohne ein Wort setzt ihm der Mann, der ihn gerade gefesselt hat, die Schuhsohle auf den Nacken und zwingt ihn, das Gesicht auf den Boden zu pressen. Er drückt immer fester zu, Nico fühlt, wie seine Nase vor Schmerz explodiert, und wird ohnmächtig. Hamlet kann ihn nur aus dem Augenwinkel sehen.

Drüben hämmert jemand auf die Maschinen ein, das Metall dröhnt unter den Schlägen, die Riemen reißen, Bolzen fliegen durch die Luft. Hamlet gibt einen leisen Klagelaut von sich, und der Mann mit den Stiefeln setzt den Fuß jetzt auf sein Genick.

»Also, was machen wir mit denen?«, fragt der andere noch einmal.

In dem Durcheinander hört Hamlet die Antwort nicht, nur Schritte, die näher kommen. Einer, der den Fuß nachzieht. Der erste Tritt trifft die Schulter, der zweite die Hüfte. Instinktiv dreht er den Kopf in die Richtung, aus der die Schläge kommen und sieht Nico, der sich krümmt wie eine Marionette. Dann kommt ein Tritt in die Leiste, und Hamlet verharrt endlos lange, so kommt es ihm vor, in diesem Feuerschmerz, die Knie an der Brust wie im Mutterleib. Er sieht schlecht, hat einen Blutschleier auf den Augen. Er sieht, dass sie erbittert auf den Jungen einschlagen. Sie treten ihm ins Gesicht, in die Seite, auf die Beine, der Körper zuckt und fällt schlaff zurück auf den Boden. Genug, denkt er, aufhören, aufhören, mein Gott, aufhören.

»Genug, das reicht«, sagt auch der erste Mann.

»Das reicht, nehmen wir die Scheißbücher und gehen, draußen brennt das Feuer schon«, sagt der mit den Stiefeln.

Aber der Dritte, der mit den zweifarbigen Halbschuhen, hört nicht auf.

Sechstes Kapitel

Claire Dubois für Mr. Perelman«, sagte das Mädchen. Der Mann am Schreibtisch öffnete das Register auf der Seite des 20. März 1930, zog eine Uhr aus der Westentasche, kontrollierte die Zeit, 11.45 a.m., und vermerkte sie im Register zusammen mit dem Namen der Besucherin (er bat sie zweimal, ihn zu buchstabieren) und dem von Moishe. »Siebter Stock«, antwortete er schließlich.

Claire bebte. Sie musterte die Stufen aus rosa Marmor mit Messinggeländer und preußischblauem Läufer und ging entschlossen auf den Aufzug zu. In diesem Augenblick betrat Michael Manfredi die Halle. Da er etwas zu früh dran war für das gewohnte Donnerstagstreffen in der Cafeteria, hatte er beschlossen, Moishe im Büro abzuholen.

Ein Lämpchen zeigte an, dass der Aufzug im fünften Stock gebraucht wurde. Die behandschuhten Hände am Griff ihrer Tasche, setzte Claire Dubois sich auf die Kante der Bank aus Mahagoni und Samt, die neben dem Metallgehäuse stand. Leicht den Hut hebend, deutete Michael einen Gruß an und verzog sich in eine Ecke hinter dem Mädchen.

In der kostbaren Stille, die einige erlesene Orte in Manhattan ihren Besuchern bieten, zog Claire Dubois die Handschuhe aus, verstaute sie in der Tasche und holte eine muschelförmige Dose heraus. Sie ließ das Schloss aufschnappen, öffnete einen winzigen Doppelspiegel und begann ihr Gesicht zu inspizieren. Schmale Brauen, blaue Augen, Porzellanteint, zart kirschrote, herzförmige Lippen.

Michael bemühte sich, nicht hinzuschauen, doch es war schwierig, die biegsame Gestalt in dem enganliegenden Kostüm zu ignorieren. Wie sie da so schmollte, erinnerte sie ihn an Greta Garbo. Er betrachtete das hübsche Blumenmuster der flaschengrünen Cloche, die weich auf die honigfarbenen, nach der neusten Mode gekräuselten Haare gesetzt war, als das Mädchen bemerkte, dass es beobachtet wurde, und den Muschelspiegel mit einem Ruck zuklappte.

Der Aufzug ließ auf sich warten. Claire Dubois sah auf ihre zierliche Armbanduhr, die 11.52 Uhr zeigte, erhob sich und ging erneut zu dem Mann am Schreibtisch. Michael sah ihn ein *sorry* aussprechen. Großes Durcheinander, viel Hin und Her im fünften Stock, sagte er. Claire Dubois umklammerte den Henkel ihrer Handtasche, dann ging sie auf die breite Treppe zu.

Auf dem ersten Absatz holte Michael sie ein. Er hatte immer zwei Stufen auf einmal genommen und keuchte in seinem dunklen Überzieher. »Er kommt«, sagte er errötend. Sie sah ihn fragend an. »Der Aufzug. Er kommt jetzt.«

Einige Männer im Zweireiher traten soeben aus den Metalltüren. Das Innere der Kabine bestand aus Mahagoni und Samt wie die Bank in der Halle. Eine ledergepolsterte Sitzbank lief rundherum. Michael ließ Claire Dubois den Vortritt und wählte für sich den Platz neben dem Knopfbrett.

»Siebter«, sagte sie. Ihre Stimme klang hell wie ein Glöckchen.

»Ich auch«, dachte Michael. Und außerdem dachte er: »Was für ein Zufall!«, und dann: »In Geschäften hier?«, oder auch: »Ich habe einen guten Freund im siebten Stock«, und noch weitere fünf oder sechs geeignete Floskeln, um mit der hübschen Signorina mit der flaschengrünen Cloche anzubändeln, doch ein ungewöhnlicher Anfall von Schüchternheit ließ ihn verstummen. Der Mechanismus setzte sich derweil rasselnd in Bewegung.

Erster Stock, zweiter. Als sie am dritten vorbeifuhren, kontrollierte Claire Dubois die Uhrzeit, 11.58, und seufzte. Vierter Stock, fünfter Stock. Dann, zwischen dem sechsten und dem siebten, ein plötzlicher, heftiger Stoß und ein knirschendes Geräusch. Sie saßen fest.

In den kommenden Jahren, während sie den Freunden riesige Portionen *Gratin* vorsetzte, zubereitet nach dem Rezept von Großmutter Dubois, schilderte Claire die Episode immer wieder in lebhaften Farben. Der unerträgliche Gleichmut des Mannes an dem Schreibtisch, die Verspätung, die wuchs und wuchs, die stilvolle Strenge der Halle (ganz im Einklang mit dem mysteriösen *Mr. Perelman,* der sie *Punkt 12 Uhr* zum Gespräch erwartete), die Unbeholfenheit Michaels, den sie heimlich in dem Spiegelchen beobachtete. »Jedenfalls hat er es mit Absicht gemacht«, schloss sie, indem sie ihm den Finger auf die Brust setzte. Er hat irgendwelche Knöpfe gedrückt. Er hat Miss Dubois in der Aufzugskabine festgenagelt, sie um den Job gebracht, den Mr. Perelman ihr gewiss angeboten hätte, wenn sie sich ihm nur vorgestellt hätte. »Stimmt's nicht, Mo?«

»O ja«, erwiderte Moishe dann, den Mund voller Lauch, Pilze und Camembert.

Sie wäre die Privatsekretärin eines brillanten Brokers geworden – Agenda, Telefonate, Briefe, Einladungen –, eines Börsenagenten, der dazu ausersehen war, in Kürze eine ganze Abteilung zu leiten, die direkt *Mr. Wall Street* persönlich unterstand. Und so hätte Miss Dubois ein schönes Büro mit Verbindungstür zum Chef gehabt, Schreibtisch, Schreibunterlage und Federschale, Underwood-Schreibmaschine, Telefonapparat, Drehstuhl, lackierte Karteischränke und neidische Kolleginnen. Sie, das Mädchen aus Milwaukee, Erstgeborene von Alfred Dubois, verantwortlich für den Tankeinbau bei Harley Davidson, und Louise Patterson, ehemals stundenweise Büglerin und dann Hausfrau und Mutter noch weiterer drei Töchter, ausnahmslos groß und blond wie Normanninnen, aber ehrgeizig wie Amerikanerinnen. Deshalb hatte sie Maschinenschreiben gelernt (fünfhundert Wörter in zehn Minuten). Deshalb sprach und schrieb sie nach Diktat Französisch und Deutsch.

Und deshalb hatte sie drei Wochen zuvor Louise Pattersons und Alfred Dubois' Häuschen voller Spitzendeckchen und Obstschalen den Rücken gekehrt und einen Zug nach New York City bestiegen. Deshalb knabberte sie Hühnersandwiches auf einer Bank im Financial District und studierte dabei die Sekretärinnen, die um die Mittagszeit aus den Büros ausschwärmten (Kleidung, Make-up, Frisur, Absatzhöhe). Deshalb ertrug sie das nächtliche Geplapper ihrer Cousine Betsy, das staubige Gläschen billigen Sherry, die Laken, die nach ranziger Seife rochen, und Cousine Betsy überhaupt, die gar nicht ihre, sondern die

Cousine ihrer Mutter war und sich im Zwischengeschoss in der Montague Street 142 in Brooklyn mit ihren festen Gewohnheiten, geschwätzig und nicht immer nüchtern darauf vorbereitete, ein halbes Jahrhundert Junggesellinnendasein zu feiern.

Indem er sich noch eine Portion *Gratin* auftat, meinte Michael dann lachend, ihn habe der Aufzug festgenagelt, bestimmt nicht sie, denn Miss Dubois aus Milwaukee, also Wisconsin, das heißt Mais und Kühe, habe die ganzen achtundsechzig Minuten Aufenthalt zwischen dem sechsten und dem siebten Stock dazu genutzt, ihn mit bauernschlauer Koketterie zu verführen, er sei ja bis zu dem Augenblick ein smarter junger New Yorker gewesen und frei, sein Leben zu genießen. Bei den Worten *sein Leben zu genießen* zwinkerte er Moishe zu, um wer weiß welche Abenteuer in Spielhöllen und Bordellen durchblicken zu lassen. Eine brillante Komödie, ein in tausend Variationen wiederholtes Duett, aus dem die Gäste unweigerlich schlossen, dass diese beiden, Mick und Claire, so verschieden wie Butter und Marmelade, wie Butter und Marmelade füreinander geschaffen waren.

Was Michael verführt hatte, war nicht so sehr die Ähnlichkeit mit Greta Garbo als vielmehr die Tatsache, dass Claire Dubois, als die Kabine stecken blieb, kein bisschen verängstigt reagierte, sondern einfach verärgert darüber war, einen Schritt vor dem Ziel zu stolpern. »*Merde!*«, hatte sie gezischt, auf das heimische Vokabular zurückgreifend, und sofort hinzugefügt: »Entschuldigen Sie, ich schimpfe auf Französisch.«

Für ihn hingegen war und ist ein steckengebliebener Aufzug die Hölle. Und er hasst nicht nur Personen- und Lastenaufzüge, sondern auch fensterlose Räume, vollgestopfte Abstellkammern, klemmende Schlösser. Das war schon immer so. Das Werbeplakat in Rot und Blau für Houdinis *Water Torture Cell* hatte ihm eine ganze Woche lang Angst und Schrecken eingeflößt. Er litt unter Albträumen, die Giulia mit heißer Milch und Apfelkuchen milderte. Und er kann sich auch nicht vorstellen, das im Bau befindliche Hochhaus in der Gegend des alten Waldorf zu besichtigen, den Wolkenkratzer, der in aller Munde ist und mit seinen einhundertdrei Stockwerken aus Glas und Stahl in einigen Monaten der höchste der Welt sein wird, nein, das ist nichts für ihn: Wer weiß, wie lange der Aufzug bis ganz nach oben braucht.

»Merde!« Das Mädchen aus Wisconsin hat einfach gesagt: »Merde! Merde! Merde!«, in ihrer Glöckchenstimme eine zornige Entschlossenheit.

Die französische Version des Wortes, das auf Italienisch auch Giulia ab und zu über die Lippen kommt, verwirrt ihn: Sieht er etwas falsch? Bedeutet diese stehengebliebene Kabine, diese gepolsterte Zelle (aus geschnitztem Mahagoni, karmesinrotem Samt und geflochtenen Eisenbeschlägen), dieser Luxuskäfig gar keine ewige Verdammnis, sondern bloß ein momentanes Hindernis oder, wer weiß, sogar eine Chance?

Nun, dass dieser hübsche junge Mann mit mediterranen Zügen und nordischer Statur, dass dieser Mann, der Managerschuhe, den *richtigen* Anzug und einen *untadeligen* Überzieher trägt, also dass Michael Manfredi bei all seiner unbestreitbaren New Yorker Vollkommenheit nach Luft ringt und versucht, das Schweißbächlein, das ihm über die Stirn rinnt, mit seinem Taschentuch zu verbergen; dass ihm in der zwischen dem sechsten und dem siebten Stock hängenden Kabine jeder Trick und jede Galanterie abhandenkommt und er das Spiel von Täuschungen vergisst, aus dem Annäherungsversuche der Männer bestehen, und sich ihr sozusagen nackt zeigt, geradezu unanständig ehrlich in seinem tapferen Kampf gegen den Dämon, nun, all das hat sie verführt.

Sie verließen diesen Aufzug ohne einen Job (Claire) und ohne Albträume (Mick). Und beide hungrig. Das erste einer langen Reihe von Mittagessen und Abendessen und Aperitifs und Picknicks, die dazu führten, dass die beiden nicht in der Heilig-Blut-Kirche in der Mulberry Street oder in St. Patrick an der Fünften oder sogar in der St.-John-Kathedrale, sondern in dem schmucklosen Saal der City Hall heirateten, zur großen Enttäuschung der Manfredis und aller Dubois', die es angesichts des Riesenglücks, dass ihre Kinder in dem Gewühl von Manhattan einem katholischen Partner begegnet waren, kaum glauben konnten, dass die beiden dann beschlossen, lieber aufs Standesamt zu gehen, als wären sie Hollywood-Stars.

»Die Welt verändert sich«, sagten Louise Patterson in Milwaukee und Giulia Masca in New York. »Und zwar zum Schlechten«, erwiderten Alfred Dubois und Libero Manfredi im Chor.

Für Libero war es nicht die einzige Enttäuschung. Leider stammte Claire nicht aus der Toskana, sie war nicht einmal Italienerin, aber doch ganz entzückend, und deshalb bemühte sich das *Familienoberhaupt* darum, eine passende

Bleibe für sie alle zu finden. Amerika mochte zwar in der Krise stecken, aber die *Grosserie* bewährten sich großartig. Er verwarf das Gebäude, in dem die Manfredis in Soho lebten *(es gibt noch etwas Besseres, blicken wir nach vorn!)*, und fand ein Penthouse, für das es sich lohnte, Schulden zu machen. Eine Pracht, auf zwei Ebenen, ein paar Blocks vom Times Square entfernt. Innentreppe, Heizkörper aus lackiertem Gusseisen, Marmorfußböden, jede Menge Zimmer (für die Enkelschar, die Libero sich ausmalte) und – nie hatten die Manfredis gedacht, sich diesen Luxus leisten zu können – ein livrierter Portier: Er und Giulia würden unten wohnen und die jungen Leute oben.

An einem Maimorgen des Jahres 1931, acht Wochen vor dem festgesetzten Hochzeitstermin, sagte Michael zu Giulia: »Sprich du mit ihm.« Und Giulia erklärte Libero, dass Mick und Claire die Zweizimmerwohnung über der *Grosseria* in Brooklyn bevorzugten, in der Michael schon öfter übernachtet habe. Das sei ja auch nicht verwunderlich. Ob er etwa vergessen habe, wie erleichtert sie damals aus der Mulberry Street ausgezogen waren, wo sie mit der ganzen Familie Manfredi zusammengewohnt hatten?

»Das ist doch nicht dasselbe«, antwortete Libero pikiert. Wie kann man ein trauriges Loch mit einer eleganten Wohnung in Midtown vergleichen? Aber Giulia ließ nicht locker. Erinnerte Libero sich nicht, wie er sich gefreut hatte, ihr und Michael endlich ein angemessenes Zuhause bieten zu können? Und ohne fremde Hilfe. Sie habe jeden einzelnen Gegenstand geliebt: den Teppich im Esszimmer, die passenden Vorhänge, den Sessel und das Ölgemälde im Arbeitszimmer, den Radioschrank. Warum sollten sie

Michael und Claire diese Freude nicht gönnen? »Wenn du ihnen helfen willst, erlaube ihm, dein Teilhaber zu werden. *Libero & Son.*«

»Habe ich es ihm je an etwas fehlen lassen?«

»Der Name auf dem Schild fehlt.«

Teufelsweib, hatte Libero gedacht, während er die Idee vom Großen Manfredi-House aufgab.

Mit Claire war Giulia wieder jung geworden. Ganze Nachmittage suchten sie nach einem passenden Kleid für die Trauung. Für die Braut champagnerfarbene *Georgette,* schön gerafft, besticktes Mützchen mit angenähtem Schleier. Die Verkäuferin war hell begeistert: »Besser als die Garbo!«, Giulia dagegen konnte sich nicht entscheiden.

»Weg mit dem Grau, los«, ermutigte Claire sie.

»Taille betonen!«

»Perlen! Licht!«

»Und Schluss mit dem *Chignon.*«

Wie verwandelt kam sie heim. Frisur *à la garçonne,* knielanges Kostüm mit schmalem Gürtel in der Taille, Glockenhut und Mütze, sogar eine Hose mit zwei Reihen großer schwarzer Knöpfe, die den flachen Bauch zierten. Libero war entsetzt, aber klug genug, die neue Jugend seiner Gattin als Gottesgeschenk zu seinem siebzigsten Geburtstag zu betrachten.

Während Mrs. Giulia Masca zügig durch Borgo di Dentro geht, auf dem Weg zur Piazza Castello und entschlossen, die Orba zu überqueren und endlich die Cascina Leone zu erreichen, hält sie ein paar Sekunden vor dem Schaufenster eines Kurzwarenladens inne. In der Scheibe, zwischen Garnrollen, Wollknäueln, Bändern, Schnallen,

Stecknadeln, Unterhosen und Bettjäckchen, sieht sie nicht sich, sondern Claire. »Hier bin ich«, sagt Giulia zu ihr, wie soeben aus der Anprobekabine getreten. »Nun, wie sehe ich aus?«

Wie oft hat sie ihr diese Frage gestellt. Das Mädchen aus Wisconsin nahm sie an der Hand, führte sie vor einen großen, gutbeleuchteten Spiegel und sagte das, was Assunta sich nie hätte träumen lassen: »Schau dich doch an. Du bist bildschön!«

Kann ein junges Mädchen wie eine Mutter für dich sein? Sie zieht die Zipfel des Kopftuchs fest, streicht mit der Hand über das Revers ihres Mantels. »Nun, wie sehe ich aus, Claire?« *Sehe ich gut aus,* auch ohne Libero? *Sehe ich gut aus,* jetzt da ich alt bin? *Sehe ich gut aus,* obwohl ich morgens, wenn ich mich im Spiegel betrachte, weder mich noch dich, sondern Assunta sehe?

Die Sehnsucht wächst. Sie stellt sich Claire vor, wie sie die Korrespondenz erledigt oder mit dem neuen *Store-Manager* verhandelt, den Michael eingestellt hat. Im September kommt Libero junior auf die Oberstufe. Samuel dagegen wird in ein paar Wochen zwölf Jahre alt (von der Großmutter bekommt er einen neuen Tennisschläger, der bis dahin in Claires Schrank versteckt ist). Ende Juni wird die Jüngste, Diana, für ihre Ballettprobe endlich das Tutu mit blauem Tüllröckchen – ebenfalls ein Geschenk der Großmutter – anziehen können. Manchmal ist sie ganz gierig darauf, die Kleine an sich zu drücken, sich abküssen und an den Haaren ziehen und mit klebrigen Erdnussbutterhändchen übers Gesicht fahren zu lassen.

Bei Claires erster Schwangerschaft hatte ein Schienbeinbruch ihre Mutter in Milwaukee festgehalten. Es fehlten nur noch wenige Wochen bis zur Geburt, der Bauch war dick, rund und gespannt, als die junge Frau Giulia eines Nachmittags fragte: »Werde ich sterben?«

Einfach so, mitten im Washington Square Park, nach einem Bummel auf der Suche nach einem dieser modernen Kinderwagen mit Klappverdeck und großen Rädern.

Werde ich sterben? Dreißig Jahre früher hatte die gleiche Frage Giulia gezwungen, vom Tresen weg ins Hinterzimmer zu laufen und ein Glas Wasser hinunterzukippen. Und die einzige Person, die sie das gerne gefragt hätte, die einzige, deren Antwort nicht unbedingt ihre Gedanken, aber ihren erschrockenen Körper beruhigt hätte, war sechstausendfünfhundert Kilometer weit weg: »Mama, werde ich sterben?«

Die Vertrautheit der Körper fehlte, gewiss, darin konnte die Schwiegermutter Mrs. Louise Patterson, verheiratete Dubois, nicht ersetzen. Und doch, denkt Mrs. Giulia Masca. Während der langen Wehen tupfte sie ihr den Schweiß ab, und Claire ließ sich die feuchten Haare bürsten und zusammenbinden. Und als sie die von der Geburt mit Blut und Kot verschmierte Bettwäsche abzog, wusch und bügelte, ließ Claire sich frische Sachen anziehen. Beim aufregenden ersten Stillen half sie ihr, indem sie dem Neugeborenen die schwellende Brustwarze zart zum Mund hinschob, und Claire zeigte ihr den Dammriss, der genäht worden war. Giulia nahm ihr Libero jr. aus dem Arm, Claire ließ es zu und schlief ruhig ein. Wenn es einen Menschen gäbe, von dem sich Mrs. Giulia Masca heute in der Demütigung der Krankheit und in der Beleidigung des Todes begleiten lassen würde, dann wäre das Claire Dubois.

Wenn sie das Baby in dem modernen Kinderwagen zusammen spazieren fuhren, hielten die Leute sie für Schwestern. Giulias frischer Teint und ihre schlanke Figur täuschten viele. Auch Liberos plötzlicher Tod hinterließ bei ihr keine deutlicheren Spuren als eine Blässe, die das Make-up nicht ganz verbergen konnte und die ihr durchscheinendes, unkörperliches Äußeres betonte, sowie einen leichten Schatten um die Augen, da ihr Schlaf seitdem von langen Wachphasen unterbrochen wurde, in denen sie in der leeren Wohnung in Soho endlose Patiencen legte, um die Bestürzung im Zaum zu halten. Sie hatte einen sehr viel älteren Mann geheiratet, deshalb nahm sie mit fünfundfünfzig Jahren den Witwenstand als natürlich gegeben hin. Tag für Tag passte sie sich dem schon geschriebenen Schicksal an wie den neuen Jersey-Kleidern, überzeugt, dass das Leben, indem es ihren Weg mit dem von Libero Manfredi gekreuzt hatte, schon außerordentlich freigiebig gewesen war.

Zurückgeblieben war eine nie gekannte Ernüchterung. Der Tod hatte ihr nach und nach den Vater genommen: einen Abend pro Woche betrunken, dann drei, dann sieben, dann Haut und Knochen, dann das Zittern, dann Angst und Schrecken. Assunta hatte ihn herbeigerufen, den Tod, Giulia hatte als Kind auf ihn gewartet. Dass aber Liberos Tod gekommen war wie ein schamloser, unbarmherziger Dieb, im Schlaf, dass er einen gesunden Mann geholt hatte, den Kopf noch voller Pläne und das Herz weit offen, weil er mit einem ersten Enkel gesegnet worden war, das fand sie eine unverzeihliche Gemeinheit. Und dass das Leben danach trotz allem weiterging, machte sie ratlos. Es war ein schwaches, aber andauerndes Gefühl der Fremdheit und Ungläubigkeit. Bei einer Tasse mit Getreideflocken die Zeitung lesen, den Morgenrock überziehen, im Restaurant ein Steak bestellen: Wie war es überhaupt möglich, so zu leben wie vorher? Und doch ging das Leben weiter.

In den Tagen nach der Beerdigung hatte Michael Philip Donovan eingestellt. Man brauchte eine Verstärkung kurz vor Ladenschluss, zwei Abende in der Mulberry Street, zwei in Soho und zwei am Broadway: Aufräumen, Putzen, ein bisschen Instandhaltung. Phil erschien um achtzehn Uhr und blieb, solange es nötig war.

Als Giulia ihren Platz als Chefin des Geschäfts in Soho wieder einnahm, hatte Phil sich schon mit der Arbeit vertraut gemacht. Im Hinterzimmer hängte er Jacke und Hemd an einen Haken, zog ein geflicktes T-Shirt an, das er zusammengeknüllt in der Tasche hatte, und darüber einen Baumwollkittel, wie die Verkäufer ihn trugen. Er fegte das Lager, leerte die Kakerlaken- und Mäusefallen und ersetzte sie, nahm den gesamten Mull und brachte ihn zur Sammelstelle. Wenn die letzte Kundin gegangen war und die Verkäufer noch auf dem Gehsteig rauchten und Giulia im Hinterzimmer die Abrechnungen des Tages prüfte, ließ er das Rollgitter herunter, wischte den Fußboden und fuhr mit dem Lappen über den Tresen und die Regale. Drei Monate ging es so, dann tat er eines Abends etwas, was er noch nie getan hatte. Er blieb, als er mit der Arbeit fertig war, auf der Schwelle stehen und betrachtete sie schweigend.

Es war Ende Mai, sie trug ein leichtes Kattunkleid, das Hals und Arme frei ließ. Sie merkte nichts, bis sie sich nach einem heruntergefallenen Bleistift bückte, da sah sie ihn. Phil schaute sie noch einen langen Augenblick unverwandt an, Gesicht, Schultern, Busen. Dann drehte er sich ohne ein Zeichen wortlos um und ging.

Giulia wunderte sich. Schon öfter einmal waren nur noch sie beide im Geschäft gewesen, und nie war etwas Besonderes passiert. Phil beendete seine Arbeit, zog sich um, verabschiedete sich und ging durch die Hintertür davon. Meistens hob sie nicht einmal den Blick von den Zahlen.

Sie wollte der Verlegenheit nicht nachgeben, und als Phil erneut in die *Grosseria* kam, tat sie nichts, um zu vermeiden, mit ihm allein zu sein. Und Phil machte es wieder genauso: ein langer Blick, bevor er ging. Forsch und frech, dachte Giulia. »Brauchen Sie etwas?«, hatte sie ihn prompt gefragt. Phil hatte sie schweigend weiter angesehen.

In jener Nacht legte Giulia keine Patiencen, sondern überlegte sich bei einem Glas eisgekühlter Limonade, was sie alles nicht von Philip Donovan wusste. Zum Beispiel, wie alt er war. Fünfunddreißig? Vierzig? Hatte er Referenzen vorgelegt? Was machte er vor sechs Uhr abends? Hatte er noch eine andere Arbeit? Wo wohnte er? Gab es eine Frau?

Er redete wenig, am Akzent konnte man seine Herkunft nicht erkennen. Etwas Violettes spitzte aus dem Kragen des T-Shirts, vielleicht eine Tätowierung. Sollte er ein Seemann sein? Oder noch schlimmer, ein Exhäftling?

Sie zuckerte die Limonade nach. Wenn das so weiterging, würde sie nie wieder einschlafen. Wahrscheinlich übertrieb sie: Seit Liberos Tod hatte sie Mühe, ihre Gedanken beisammenzuhalten, sie flatterten wie Schmetterlinge im Netz. Jedenfalls vertraute sie auf Michaels Gespür bei der Auswahl der Mitarbeiter, und außerdem machte Phil seinen Job perfekt: Wenn er fertig war, glänzte der Tresen, und der Fußboden duftete nach Seife. Und was war im Grunde passiert? Nichts. Ein Blick. Nichts, gar nichts.

Als sie ihn das nächste Mal ins Hinterzimmer kommen hört, gibt sie sich überaus beschäftigt. Er geht zu dem Haken, an dem der Kittel hängt, wendet ihr den Rücken zu und zieht sein Hemd aus. Giulia mustert ihn. Die violette Zeichnung, die man am Kragen erahnen konnte, ist eine Schwalbe, stellt sich heraus, der leuchtend gelbe Schnabel gräbt sich in die Kuhle zwischen Schulter und Schlüsselbein. Phil dreht den Oberkörper ein wenig, und ein Schwarm Vögel – blau, violett, feuerrot – zieht im Flug über den Rücken und über die kräftigen Brustmuskeln. Bei jeder Bewegung – das T-Shirt aus der Hosentasche ziehen, entfalten, den Einstieg finden, die Arme heben, um hineinzuschlüpfen –, bei jedem Zucken der Rückenmuskeln verfolgen die Schwalben einander und jagen sich im Wind. Phil bewegt sich ganz ruhig, und Giulia hat alle Zeit, um die Einzelheiten zu bemerken: Zweiglein, herzförmige, hellgrüne Blättchen, Schriftrollen mit winzigen Buchstaben. So etwas hat sie noch nie gesehen. Und er bewegt sich weiter langsam, ganz langsam. Macht er das extra? Für sie?

Am nächsten Morgen besorgt Giulia ein paar robuste Baumwollhemden, ruft den Oberverkäufer und erklärt ihm, das alte T-Shirt, das Phil bei der Arbeit trage, könnte bei den Kunden einen schlechten Eindruck erwecken. Er solle ihm sagen, schon umgezogen zur Arbeit zu kommen.

Phil gehorcht, doch bevor er anfängt, bleibt er neben dem Rechnungstisch stehen.

»Besser so?«, sagt er und legt sich eine Hand auf die Brust.

Giulia hebt den Blick und sieht ein Funkeln in seinen Augen. Nur ganz kurz, schon hat er den Blick abgewandt, und ihr bleibt nichts übrig, als zu antworten: »Ja, danke, Mr. Donovan.« Dann erledigt Phil die gewohnten Aufgaben, und zum Schluss bleibt er wieder stehen und fixiert sie. Giulia tut so, als merkte sie es nicht.

Beim nächsten Mal arbeitet Phil länger als gewohnt, weil er ein Regal verstärkt, das unter dem Gewicht der Konservendosen zusammenzubrechen droht. Giulia wartet auf ihn, die Abrechnung hat sie längst beendet. Sie verlassen den Laden gemeinsam durch den Hinterausgang, wo die Straße weniger hell beleuchtet ist. Ein paar Schritte gehen sie nebeneinander her, dann bleibt sie an ihrer Haustüre stehen.

»Gute Nacht, Mr. Donovan.«

»Gute Nacht«, antwortet er und macht sich auf den Weg. Von da an wartet Phil auf sie. Er setzt sich auf eine Seifenkiste, schaut ihr zu, bis sie den Stift weglegt, das Heft zuklappt und in ihre Handtasche schiebt. Manchmal zehn Minuten, manchmal eine gute halbe Stunde. Sie schließen zusammen ab, und er begleitet sie zu ihrer Haustür.

Eines Abends, als sie sich zum Weggehen fertigmacht, zieht Giulia ein Päckchen aus der Tasche. »Das habe ich gekocht. Für mich allein ist es zu viel. Möchten Sie es mit heimnehmen? Den Kindern schmeckt es gewöhnlich.«

»Keine Kinder.«

»Vielleicht mag es Ihre Frau.«

»Auch keine Frau.« Phil Donovans Augen sind zwei graue Klingen.

»Na, dann essen Sie es«, erwidert Giulia.

Phil nimmt das Päckchen und öffnet es. Vier aufeinandergeschichtete dicke Scheiben. Auf dem Ölpapier glänzen die gekochten Reiskörner wie Goldkrümel.

»Iss du mit mir«, sagt er.

Sofort geht Giulia alle guten Gründe durch, aus denen sie ablehnen, auf Distanz gehen, ihn zurechtweisen und ihm sagen müsste, wo sein Platz ist, nämlich: Sie ist die Chefin, er ist die niedrigste Hilfskraft; sie ist soeben sechsundfünfzig geworden, er ist viel jünger; sie ist seit acht Monaten und dreiundzwanzig Tagen Witwe, und das hat in ihrem Land eine Bedeutung; sie kennt ihn ja gar nicht, und er könnte sogar ein Exhäftling sein.

(Und außerdem: Jemand könnte sie so spät aus der *Grosseria* kommen sehen; jemand könnte sich Fragen stellen und Gerüchte verbreiten; Michael könnte es erfahren; Claire könnte es erfahren.)

»Iss du mit mir, Giulia«, wiederholt Phil.

Dieses *du* gefällt ihr. Es klingt zärtlich. Englisch ist eine wunderbare Sprache, es gibt kein *Sie* (auch wenn Giulia es im Kopf weiterhin benutzt.) *Iss du mit mir.* Ein köstliches Aroma nach Öl und cremigem Käse erfüllt das Kämmerchen. Libero war ganz verrückt danach. Er war fähig, eine ganze Reistorte allein zu vertilgen. So ähnlich hatte damals Großmutter Luigina oft eine großzügige Portion eingepackt, die Anita dann in der Spinnerei Salvi mit ihr teilte. Das *du* gefällt Giulia, und sie braucht das: für jemanden kochen, für jemanden den Tisch decken, sich mit jemandem zum Essen setzen. »Hier?«, fragt sie.

»Hier.«

Keine Tischdecke, keine Teller, kein Besteck. Nur alkoholfreies Bier. Phil rückt die Seifenkiste an das Rechnungstischchen und setzt sich neben Giulia. Sie reicht ihm ein ganzes Stück, dann bricht sie ein Eckchen für sich ab. Er isst mit sichtlichem Appetit, trinkt ab und zu einen Schluck Bier. Seine hinter die Ohren gestrichenen langen Haare sind sauber, er ist braungebrannt und hat Falten um die hellen Augen, weder Bart noch Schnurrbart, einen großen Mund, schöne Zähne. Als er aufgegessen hat, reicht Giulia ihm ein zweites Stück und isst ihr eigenes Eckchen auf.

»Schmeckt es dir?«, fragt sie, und er nickt. Ein Reiskorn klebt neben ihren Lippen, sie möchte es wegwischen, doch Phil kommt ihr zuvor. Mit der Fingerkuppe nimmt er es und führt es zum Mund. Dann fährt er ihr mit dem Finger rund um die Lippen, als wollte er sie säubern. Aber Finger und Lippen sind fettig, und die Bewegung verteilt das Öl nur. Darum leckt Phil seinen Finger ab und fängt von vorne an, bis Giulias Lippen trocken sind. Anschließend bricht er den Rest der Torte in kleine Brocken und hält ihr einen hin.

Giulia erstarrt, doch er besteht darauf, und Giulia lässt sich füttern. Zart stupst er mit dem Happen gegen ihre Zähne. Einmal, zweimal, dreimal, bis sie lachen muss. Ein Reiskorn fällt hinunter und bleibt an ihrem Kinn hängen. Herausfordernd schaut Giulia ihm direkt in die Augen und wartet. Er nähert sich. Bier, gekochtes Ei. Mit den Lippen pickt er das Reiskorn auf, dann kitzelt er sie mit der Zungenspitze am Kinn. Giulia lacht erneut. Er sucht ihren Mund, und als die Münder und die Zungen nicht mehr genügen, packt er sie um die Taille und zwingt sie aufzustehen. Mit einer Hand hebt er ihr Kleid hoch, mit der anderen befreit er sein Glied aus der Hose, dann schiebt er mit zwei Fingern ihr Höschen beiseite, setzt sie auf der Seifenkiste auf sich und dringt in sie ein.

»Halt still«, flüsterte er.

Sie knöpft ihr Kleid auf und bietet ihm die kleinen, prallen Brüste dar. Phil saugt, verschluckt sie fast mit seinem großen Mund. Dabei fasst er mit dem Daumen an ihre Klitoris und streichelt sie. Giulia bewegt das Becken.

»Halt still, bitte«, wiederholt er ganz leise. Er verstärkt den Fingerdruck, Giulia windet sich, der Orgasmus ist unaufhaltsam. Als er fühlt, dass sie fertig ist, steht er auf und hält sie dabei im Arm, macht mit der Hand den Tisch frei, legt sie hin und stößt, bis er in ihr explodiert. Dann beugt er sich über sie. »Beim zweiten Mal wird es besser«, sagt er ihr ins Ohr.

In jener Nacht schlief Giulia sehr spät ein, den Kopf in einem Nebel von Bildern, Gedanken, Sehnsüchten. Morgens beim Aufwachen war sie entschlossen, diesen Wahnsinn zu beenden, und bestärkte sich den ganzen langen Tag, der folgte, in dieser Absicht.

Als aber Phil um die gewohnte Zeit erschien und das Hinterzimmer fegte und den Müll einsammelte und den Rollladen herunterließ und den Boden putzte und den Tresen polierte, und alles, ohne sie eines Blickes zu würdigen, schwand Giulias Entschlossenheit in diesem fließenden Tun dahin, und zurück blieb am Ende nur Begehren, leuchtend und steinhart. Sie fingen wieder an, und beim zweiten

Mal ging es besser als beim ersten und beim dritten besser als beim zweiten, und die Wochen vergingen, und Giulia fühlte sich ganz Körper, ganz Hände, Augen, Nase, Mund.

Phil fragte nie etwas und wich Giulias Fragen aus. Manchmal brachte sie Essen mit und er Zeichnungen. »Vorlagen für Tätowierungen«, sagte er. Er hätte gern bei einem Meister gelernt, bei dem, der die Schwalben gezeichnet hatte. Sie bedeuten Freiheit, sagte er, aber auch Zuhause.

»Sachen, die sich schwer vereinbaren lassen«, erwiderte Giulia und streichelte die Bilder mit dem Finger.

Es war keine Liebe, es war der Körper. Der Körper und Liberos Tod. Der Schrecken vor dem Tod. Die Leere in der Wohnung, im Bett. Der Körper mit seinen Ansprüchen und die Wut.

Drei Monate später brachte Phil ihr ein kleines Album voller bunter Vögelchen mit. Buchfinken, Wellensittiche, Spatzen, Amseln, Rotkehlchen und natürlich Schwalben. »Für dich«, sagte er. Dann küsste er sie auf die Stirn und ging, ohne sie zu bitten, mit ihm zu schlafen. Giulia hielt ihn nicht zurück. Am nächsten Tag fand in der Heilig-Blut-Kirche in der Mulberry Street das Seelenamt für Libero ein Jahr nach seinem Tod statt. Sie fühlte sich gesättigt, und Phil vielleicht auch.

Nach dem Gottesdienst bat Giulia Michael, Mr. Donovans Arbeitszeit auf den Vormittag zu verlegen. Sie war sicher, dass es auch ihm recht sein würde: Das seltsame Feuer war erloschen, ohne Schaden anzurichten. Doch ihr Sohn erwiderte, Phil habe beschlossen, sich auf einem Frachtdampfer nach Montevideo einzuschiffen, und werde am folgenden Tag abreisen. Merkwürdig, dass er sie nicht verständigt habe, meinte Michael. Andererseits sei er zweifellos ein skurriler Typ.

Nachdem sie die Kurzwarenhandlung und das Gassengewirr hinter sich gelassen hat, kneift Mrs. Giulia Masca im grellen Morgenlicht die Augen zusammen. Ab und zu bekommt sie Postkarten mit farbigen Zeichnungen anstelle einer Unterschrift. Sansibar, Goa, Brisbane, Tokio, und auf der Rückseite ein Anker, ein durchbohrtes, blutendes Herz, ein Segelschiff, ein Adler mit Metallfedern. Die letzte kam vor sechs Monaten aus Honolulu. Auf der Rückseite ein bunter Schmetterling und eine doppelte Schriftrolle:

Life is change
Change is life

Oben von der Freitreppe, die auf die Piazza Castello hinunterführt, sieht sie im tiefen Grün von Weiden und Erlen die beiden Flüsse leuchten. Sie wünschte, Michael wäre bei ihr, damit sie ihm dieses Licht zeigen könnte. Mein Licht, denkt sie zu ihrem eigenen Erstaunen.

Ein Klappern von Geschirr. Ein Schild mit Riesenlettern verkündet: TRATTORIA DELLA PACE. Mrs. Giulia Masca durchforstet ihr Gedächtnis, erinnert sich aber an kein Lokal dieses Namens. Ein Motorrad überquert den Platz, biegt auf die Brücke über die Orba ein und verschwindet, als hätte die Straße es verschluckt. Etwas weiter vorn taucht es wieder auf, jenseits des Flusses, wo die Trasse eine Kurve macht, die sie nicht wiedererkennt.

Sie beschleunigt den Schritt, fühlt sich unruhig, es ist nicht dieselbe Brücke – jetzt, wo sie darübergeht, ist sie sicher. Die Handvoll Häuser am anderen Ufer, die einfach *Borgo* hieß, gibt es nicht mehr. Die Häuserreihe, die Werkstätten (die Molkerei, der Hufschmied, der Schuster, der Schreiner), der Platz mit dem Brunnen, das Maulbeerwäldchen, wo sie mit Assunta Blätter sammeln ging: alles weg. Stattdessen eine kahle, eingeebnete Fläche, ein paar mickrige Pflanzen. Ist das *Zuhause?*

Die neue Straße biegt Richtung Ebene ab, dort drüben sind dreistöckige Gebäude. Nach dem freien Platz führt die alte Straße hügelan, aber sie ist nicht mehr dieselbe. Eine Überführung durchschneidet den Blick, und für einen Moment versetzt das rhythmische Klopfen eines fahrenden Zugs die Luft in Schwingung. Cascina Leone war irgendwo da oben.

In langen, dichten Schwaden steigt der Nebel vom Wasser auf. Anita Maria Vergine Leone kann auf der Brücke nach Borgo di Dentro ihre Stiefelchen nicht sehen. Ihr ist, als gehe sie über das Nichts, leicht wie ein dürres Blatt. Sie überlässt sich diesem Eindruck, aber nicht ganz, ein Teil von ihr bleibt wachsam. Sie weiß, dass heute, am 4. November 1922, ein besonderer Tag ist, der vierte Jahrestag des Siegs gegen die Österreicher. Sie weiß auch, wo ihr Platz sein müsste, als Witwe Ferro: im Umzug. Würden die Toten die Prozession eröffnen (wie sie es für richtig hielte), wäre sie in der ersten Reihe. Das empfände sie als angemessen. Stattdessen führen die Überlebenden, die Heimkehrer die Parade an. Schwarze Fahnen, Dolche, Totenköpfe, Liktorenbündel.

Andere Heimkehrer – Tagelöhner, Halbpächter, Arbeiter und Arbeitslose – reihen sich nicht ein. Seine Majestät Vittorio Emanuele III hat Benito Mussolini gerade den Auftrag erteilt, eine neue Regierung zu bilden. Sechzigtausend Schwarzhemden sind soeben unter den Fenstern des Quirinals vorbeimarschiert. Keiner denkt heute wirklich an die Österreicher. Man feiert den Sieg der Neustadt, die Niederlage von Borgo di Dentro.

Piazza Castello ist ein milchiges Meer. Langsam löst sich der Nebel in triefende Schleier auf. Das schwarze Kopftuch klebt am Gesicht, der Schal an den Armen. Glücklich die Heimkehrer, dachte sie früher. Die Überlebenden, die Davongekommenen, die, die in der Sicherheit der Fabriken *für die Kriegswirtschaft nützlich* sind. Noch glücklicher die Schlauen, die sich als schwachsinnig ausgeben oder sich selbst verletzt haben, um nicht eingezogen zu werden, die einen Mächtigen haben, der sie protegiert. Glücklich die Alten, die Kinder und die Frauen. Und glücklich auch die, die Krüppel sind, aber noch leben, die Blinden, die noch atmen, die von den Bombardements Ertaubten und die im Krieg an Tuberkulose Erkrankten, die eine Rente bekommen werden. Die, die im Krieg wahnsinnig geworden sind und von den Kindern verspottet und mit Steinen beworfen werden. Das glaubte sie früher, aber jetzt nicht mehr. Heute beneidet sie Pietro Ferro, dann bereut sie es, beichtet und erteilt sich die Absolution. Alles ohne Priester. Eine Sache zwischen ihr und Gott.

Vom Umzug sind weggeworfenes Papier, Zigarettenstummel, ein Seidentüchlein, ein Handschuh auf der Straße zurückgeblieben. *Siegeszug*, schreibt der *Corriere delle Valli*. Bitterkeit liegt in der Luft. Anita kümmert sich nicht darum und nimmt die Abkürzung über die Treppe, auf dem Weg ins Herz von Borgo di Dentro. Sie kommt an der Trattoria della Pace vorbei. Kein Frieden für sie. Im Nebel schreit das frisch gemalte Schild schrill, bald wird es verblassen wie eine Mohnblume zwischen den Erdschollen. Zwischen feuchten Windstößen erreicht sie die Piazza Fontana und Achille Ferros Schuhmacherwerkstatt. Als sie in der Tür erscheint, verschließt Pietros Bruder den Leimtopf, mit dem er gerade hantiert, wischt sich an einem schmutzigen Lappen die Finger ab und sagt: »Komm herein. Du bist ja ganz nass. Hast du gegessen?«

Sie nickt, doch er glaubt ihr nicht. Aus einem Spind holt er einen Laib Schwarzbrot, eine Flasche und ein Glas. Er schenkt ihr zwei Finger hoch ein und schneidet eine Scheibe Brot ab. »Iss«, sagt er. Anita hängt Schal und Kopftuch neben dem Ofen auf und beginnt mühsam zu kauen. Essen ist zur Qual geworden, und Linuccia weigert sich, ihre Kleider noch enger zu machen. »Iss alles auf und trink auch den Wein«, drängt Achille. Ihr Gesicht besteht nur noch aus den großen schwarzen Augen.

»Willst du zu Hamlet?«, fragt er. Achille Ferro ist ein wortkarger Mann, doch mit der Schwägerin strengt er sich an. Sie nickt.

»Geht es besser?«

»Es geht«, erwidert sie.

Anita kommt fast jeden Tag in die Werkstatt. Anfangs mit einem Vorwand (ein Holzschuh, der repariert werden musste, ein kaputter Absatz, eine Nachricht von Giuseppe Garibaldi), jetzt ohne Grund. Sie tritt ein, setzt sich und leistet ihm Gesellschaft, während er mit einem Kunden plaudert oder eine Arbeit beendet. Immer erzählt er ihr Neuigkeiten aus Borgo di Dentro, ist sich aber nicht sicher, ob die Schwägerin zuhört. Während er spricht, fühlt Achille Ferro sich von einem Blick durchbohrt, der nicht ihm gilt, sondern durch ihn hindurch zwei andere sieht: Pietro, Nico. Vor allem Nico. Anfang August ist Achille vor den Leones im Krankenhaus angekommen, er hat den Neffen an den Kleidern erkannt. Anita haben sie den Leichnam ihres Sohns erst gezeigt, als die Nonnen ihn hergerichtet hatten. Achille fürchtet, dass Anita, während sie ihn so fixiert, erraten könnte, was nur er gesehen hat. Er und Hamlet, gewiss.

Als Anita die Werkstatt verlässt, wirkt sie ermutigt. Die Piazza Fontana ist ein Platz, der zur Orba hinausgeht. An die Brüstung gelehnt, beobachtet sie, wie die Nebelwogen die Flussbiegung und die kleinen Häuser und Werkstätten auf der anderen Seite verschlucken. Achille täuscht sich, was sie im Letzten der Ferros sucht, ist nicht das, was verloren, sondern das, was geblieben ist: Pietros Schultern, Nicos Hände, der alternde Pietro, der erwachsene Nico, die Haltung, die Stimmlage, das Mienenspiel. Mit ihrer kleinen Ausbeute im Herzen biegt sie in die Gasse ein, die zur Via Castello führt, und steigt zur Neustadt hinauf, die Arme an die Brust gedrückt wegen der Kälte. Der Nebel ballt sich zu milchig schimmernden Haufenwolken.

An einer Straßenecke spielen drei kleine Jungen und tauschen Bleiblöckchen mit den Buchstaben des Alphabets aus. Die haben die Faschisten nach dem Überfall auf *L'Emancipazione* kistenweise den Abhang hinter der Druckerei hinuntergekippt. Wer das längste Wort zusammensetzt, hat gewonnen. Auch Schimpfwörter gelten, Flüche zählen doppelt. Die Blöckchen könnten Hamlet helfen, denkt Anita. Im Tausch gegen eine Münze halten ihr die Kinder eine Handvoll davon hin, sie wickelt sie in ihr Taschentuch und schiebt es in den Busen.

Der Drucker lebt in einem Zimmer, das Don Giuseppe Salvi ihm im Gebäude des Freizeitheims eingerichtet hat. Eine Nonne kümmert sich um die Mahlzeiten und die Bettwäsche, aber Anita kümmert sich um ihn: Sie wäscht ihn, zieht ihn um, füttert ihn, stützt ihn bis zum Abort, bringt ihn zum Reden, hilft ihm, sich zu erinnern.

Hamlet hat keine Erinnerung an die Schläge. Der Arzt sagt, das kann vorkommen, die Vergangenheit kann zurückkommen oder auch nicht. Dr. Aristide Costa hat den Patienten ins Herz geschlossen, er schaut zweimal in der Woche vorbei, gratis. Wenn er kommt, zieht Anita sich zurück. Sie spricht nicht mit ihm. Gymnasium, Abitur, Medizinstudium: Herrenrasse. Kriegsveteran und faschistischer Parteisekretär. Sie spricht nicht mit ihm und Schluss, sie wird ihm nicht helfen, sein Gewissen zu beruhigen. »Ist es gestattet?«, fragt er und tritt ein. Sie nagelt ihn mit einem Blick fest und geht Don Salvi suchen. Soll der Don mit ihm reden, wenn er möchte.

Hamlet ist klein geworden. Wenn er schläft, sieht der Kopf mit den eisengrauen Flügeln auf dem schneeweißen Kissen wie ein zerzauster Puppenkopf aus. An manchen Tagen ist auch das Gehirn klein: Er fragt nach *Mama* und *Papa*, nach dem Lehrer, nach den Hausaufgaben, und verwechselt sie mit der *Tante*. »Hilfst du mir bei den Teilungen mit dem Komma, Tante?« Normalerweise jedoch erkennt er sie und nennt sie *Anita Garibaldi*. Er spricht über Bücher und rezitiert lange Auszüge daraus.

Eines Tages hat sie ihm *Der Graf von Monte Christo* mitgebracht, das einzige Buch, das der Verbrennung entgangen ist, weil es in der Cascina Leone neben Nicos Bett lag. Hamlet hat keine Bewegung gemacht und keine Miene verzogen. Er hat aber die Sechserreihe aufgesagt, dann die Siebner-, die Achter- und die Neunerreihe, immer lauter und lauter, bis sie schließlich gegangen ist und den Roman wieder mitgenommen hat.

Als sie hereinkommt, sitzt er am Tisch, vor sich ein aufgeschlagenes Buch. Don Salvi versorgt ihn regelmäßig mit Lesestoff. »Ich hab dir was mitgebracht«, sagt Anita und reicht ihm das Päckchen mit den Bleilettern.

Er öffnet es und betrachtet die Blöckchen. Er schnuppert daran, poliert sie mit dem Saum des Taschentuchs, fährt mit den Fingerkuppen über die erhabenen Buchstaben.

»Erkennst du sie?«

Hamlet antwortet nicht. Er ordnet die Blöckchen um das Buch herum an, dann beginnt er, sie auf der Seite zu verschieben in dem Versuch, ein Wort zu bilden.

»Da fehlen welche«, sagt er.

»Ich habe nur die hier gefunden.«

Hamlet sieht sie starr an, plötzlich sind seine Augen feucht. »Man kann nicht mehr schreiben.«

»Nein.«

Er legt die Blöckchen zurück in das Taschentuch, trocknet sich die Augen und schaut wieder auf die offenen Seiten.

»Gefällt dir das Buch?«

»Alle gefallen mir, sogar Gebetbücher.« Er lacht.

»Wie heißt es?«

»*Die Brautleute.*«

»Eine Liebesgeschichte?«

»Eigentlich nicht.«

»Und wovon handelt es dann?«

»Davon, wer schuld ist.«

Anita ist sprachlos. Da sieht Hamlet sie so an, wie er Nico immer ansah. »Wusstest du das nicht, mein Junge? Manchmal liest du etwas und entdeckst auf einmal, wer schuld ist.«

Mein Junge: Anita schaudert. »Und wer ist schuld?«, fragt sie.

»In diesem Buch? Der Pfarrer.«

»Aha! Und hast du das dem Don schon gesagt?«, fragt sie.

»Das ist kein Witz. Hätte der Pfarrer in dieser Geschichte seine Pflicht getan, hätte niemand gelitten.«

»Das verstehe ich nicht.«

Hamlet klappt das Buch zu. Die Hände auf das Tischchen gestemmt, versucht er aufzustehen. »Du verstehst es nicht, Junge, weil dein Herz so rein ist wie Quellwasser. Du tust immer deine Pflicht. Nicht wie ich. Ich bin wie der Pfarrer in diesem Buch.«

»Warte, ich helfe dir.«

Hamlet schiebt sie weg, hält sich an der Rückenlehne des Stuhls fest, holt Luft. »Ich hab's nicht getan.«

»Wovon redest du?«

»Ich hätte es tun müssen.«

»Warte, stütz dich auf mich. Was hättest du tun müssen?«

Hamlet betrachtet ihr Gesicht, lässt den Blick über die Jochbögen, die Stirn, das Kinn gleiten, dann streicht er ihr über die Wange.

»Sterben, mein Junge. Ich hätte dich beschützen und sterben müssen.«

Verstört kehrt Anita nach Hause zurück. Die Buchstaben der Linotype haben im Kopf des Druckers etwas bewegt. Dass er sie mit Nico verwechselt hat, scheint ihr ein gutes Zeichen zu sein. Jetzt braucht es Zeit, Zeit und Geduld: Das Grauen, das Verdorbene wird an die Oberfläche steigen wie das faule Ei in der Wasserschüssel. Die Wahrheit bewirkt mehr als die Medikamente, die der faschistische Arzt verordnet hat.

Hamlet gesundzupflegen ist ihr einziger Gedanke, nichts und niemand kann sie davon abbringen: weder die Fachleute des Wanderlehrstuhls für Landwirtschaft, die durch die Gegend ziehen, noch die von der Reblaus verwüsteten Weinberge; weder die Zerstörung, die der Parasit auf den Besitztümern des Marchese Franzoni angerichtet hat, noch die herrlichen Ländereien, die an Risso gefallen sind; weder der fürchterliche Rückgang des Ertrags noch die Reden am Küchentisch. Das bisschen, das noch übrig ist, reicht nicht mehr, einer der Leones wird sein Brot woanders verdienen müssen. Besorgt schreibt Giuseppe Garibaldi Mitte November an seinen Bruder im Kloster von Carcare, wohin Nino Bixio, ehemaliger Militärkaplan, der den Krieg und die Spanische Grippe überlebt hat, auf Dauer beordert worden ist.

Unterdessen rät Dr. Aristide Costa dem Drucker zu etwas Bewegung und lässt ein Fläschchen mit Stärkungsmittel für Anita da, ein Esslöffel morgens und einer mittags. Sie leert das Fläschchen ins Klo und begleitet Hamlet in den Hof des Freizeitheims. Zwei Runden um das Fußballfeld, dann drei, dann vier. Ende November geht sie mit ihm bis zum Platz vor der Pfarrkirche, mit einer Verschnaufpause auf einer Bank und an der öffentlichen Bedürfnisanstalt. Er hat sie nie mehr »Tante« genannt und auch nicht mehr mit Nico verwechselt.

Kurz vor dem Fest der Unbefleckten Empfängnis kommt Nino Bixio für ein paar Tage nach Hause. Ihm zu Gefallen zwingt sich Anita, bei jeder Mahlzeit einen Bissen zu essen, als er sie aber unterhakt und sich in den Gemüsegarten führen lässt, um die Karden, die Kohlköpfe und die Kürbisse zu begutachten, und unterwegs Nico erwähnt, bleibt sie stehen, presst ihm die flache Hand auf den Mund und sagt: »Böser Junge!«, wie sie es in der Kindheit machte, wenn dem kleinen Bruder ein verbotenes Wort herausrutschte.

Vor der Abreise spricht Nino Bixio offen mit Giuseppe Garibaldi und Primo Leone. Nicht das geringste Zeichen einer Berufung bei den drei Neffen: Carlo ist Sozialist; Filippo Kommunist; Terzo Anarchist. Keine Kutte wird sie vor dem Hunger bewahren. Was Anita betrifft, weiß er nicht, was er sagen soll.

Würde sie nicht das Essen verweigern und nicht fast täglich Hamlet besuchen und wäre ihr schönes Gesicht nicht von Falten überzogen, könnte man meinen, sie hätte sich nicht verändert. Sie kümmert sich um das Haus, die Rechnungen, den Gemüsegarten, den Weinberg, den Stall, die Hühner und die Kaninchen mit der gleichen Energie wie in den Kriegsjahren.

Das Problem ist die Nacht. Nachdem sie mit Mühe einen knappen Teller Suppe hinuntergewürgt hat, zieht sie sich in ihr Zimmer zurück. Im Licht der Petroleumlampe liest sie ein paar Seiten im *Monte Christo* und diskutiert laut mit Nico und Pietro darüber. Auf der anderen Seite der verriegelten Tür hören die Leones sie reden, lachen, sogar streiten.

Sie schläft rasch ein, wird aber mitten in der Nacht wach, steht auf, geht in die Küche und setzt sich an den noch lauwarmen Ofen. Mit offenen Augen starrt sie in die Dunkelheit, das Heft der Ferne im Schoß, und so treffen die anderen sie an, wenn sich zufällig jemand für einen Schöpflöffel frischen Wassers in die Küche vorwagt. In solchen Augenblicken antwortet Anita nicht, vielleicht erkennt sie niemanden, auch Primo nicht, der gegen Morgen, anstatt mit dem untröstlichen Trifula hinauszugehen, die Gewohnheit angenommen hat, sich neben sie zu setzen und ihr die Hand zu halten, während er mit der anderen den Hund streichelt. Wenn das erste Licht durch die Fensterläden schimmert, löst sie den Händedruck, schlägt das Heft auf und lernt flüsternd eine Seite auswendig.

»Eine pro Tag«, erklärt Primo. Giuseppe Garibaldi senkt den Kopf. »Sie lebt mit den Toten«, sagt er.

»Nur in der Nacht«, erwidert Nino Bixio, dann legt er die gekreuzten Hände auf die Brust, wie es Großvater Domenico machte, um Gemütsbewegung auszudrücken. »Es gibt Schlimmeres auf der Welt.«

Mitte Dezember beginnt Filippo, Giuseppe Garibaldis zweiter Sohn, in der Baumwollspinnerei zu arbeiten, die vor ungefähr zwanzig Jahren auf der anderen Seite der

Stura eröffnet wurde. Als Mechanikerlehrling, zuständig für die Webstühle, zehn Stunden pro Tag, sechs Tage die Woche, Mindestlohn und das feierliche Versprechen, ihn beim ersten Anzeichen roter Propaganda zu feuern.

Terzo dagegen nimmt den Zug nach Genua, steigt an der Piazza Principe aus, taucht in die Gassen ein, erreicht das Büro der *Navigazione Generale Italiana,* lügt in Bezug auf sein Alter und bestellt die Fahrkarte: MS Principessa Mafalda, dritte Klasse, Zielort Buenos Aires. Im Frühjahr wird er losfahren, es bleibt also mehr als genug Zeit, um sich die *Grundgrammatik der spanischen Sprache,* die er zwei Schritte vom Hafen entfernt in einem Lädchen gekauft hatte, anzueignen.

Am Weihnachtsabend meint Don Giuseppe Salvi, der Drucker sei so weit, die Messe besuchen zu können. Anita hat ihre Zweifel, da Hamlet schon seit eh und je ein Pfaffenfresser ist, bietet jedoch an, ihn zu begleiten. Die Nacht ist hell, die Straßen der Neustadt sind festlich erleuchtet, Silberfuchskrägen lassen die Gesichter der Damen erstrahlen, weißbehandschuhte Finger umklammern die silbernen Knäufe der Spazierstöcke, die Kirche schimmert im Glanz der Kerzen und frischen Blumen, der Gottesdienst ist ein einziger Jubelgesang. An Anitas Arm genießt Hamlet das Schauspiel, lebhafte Neugier in den Augen.

Nach dem *ite missa est* entsteht auf dem Kirchvorplatz ein wenig Gedränge, was ihnen das Durchkommen erschwert. Grüppchen, Händeschütteln, Wangenküsse, Austausch von Segenswünschen. Hamlets Miene ist angespannt.

»Gehen wir hier entlang«, sagt Anita und will ihn wegziehen, doch er rührt sich nicht. Verwirrt und beunruhigt schaut er sich um.

»Komm, lass uns schlafen gehen«, drängt sie.

Hamlet starrt sie an, dann mustert er wieder die Leute, die ihn anstoßen oder ihm ausweichen. Anita nimmt ihn an der Hand. »Pass auf, wo du hintrittst, da ist eine Stufe«, sagt sie. Er senkt den Blick, und gleich darauf reißt er sie heftig am Arm.

»Was ist denn?«

Anita fühlt, dass Hamlets Hand eiskalt wird vor Schweiß. Sie fürchtet, dass der leichenblass gewordene Drucker gleich ohnmächtig wird. Sie nähert sich, um ihn zu stützen, doch er geht auf Abstand, die Augen immer noch auf den Boden geheftet. Anita folgt seinem Blick und sieht einen Reigen von flatternden Säumen, glänzende Stiefeletten, schwarze Schnürstiefel, Gamaschen mit blanken Knöpfen, elegante, zweifarbige Halbschuhe.

Hamlet nuschelt irgendetwas, unmöglich, ihn bei diesem Lärm zu verstehen, dann schubst er sie und weicht erschrocken zurück, prallt mit anderen Personen zusammen, stolpert. Zuletzt gelingt es Anita, ihn unterzuhaken und in einen dunkleren Winkel am Rand des Platzes zu führen. Er nuschelt weiter.

»Alles ist gut, Hamlet, es ist nichts passiert.«

Fahl und schweißgebadet klammert sich der Drucker an ihren Umhang, flüstert ihr ins Ohr, als wollte er nicht, dass jemand mithört, auch wenn sie allein sind.

»Der Hinkende. Hast du ihn auch gesehen, Junge?«

»Welcher Hinkende?«

Die herausgeputzten Leute aus der Weihnachtsmesse

verlaufen sich unterdessen auf den Straßen der Neustadt, auf dem Kirchplatz stehen noch ein paar mit Schmuck behängte alte Matronen, eine Gruppe Nonnen, der gesamte Chor und zwei oder drei Junggesellen, die entschlossen sind, die Heilige Nacht beim Glücksspiel oder in einem Freudenhaus zu feiern.

»Psst, sprich leise, Junge! Und schau nicht hin! Sieh Medusa nicht in die Augen! Hast du nicht den schwarzweißen Schuh des Hinkenden gesehen?«

Zurück in der Cascina Leone kann Anita nicht einschlafen. Hamlet würde gesund werden, da war sie sich sicher. Der Weihnachtsabend hatte Wunder gewirkt: Das Böse war zum Vorschein gekommen, hatte sein Gesicht gezeigt.

Auf dem Stuhl am Ofen, in der Dunkelheit der eisigen Küche, das Heft der Ferne in den Händen, sagt Anita zum ersten Mal, seit sie ihren Sohn auf den Friedhof begleitet hat, mit lauter Stimme: »Du bist tot.«

Sie meinte, die Wahrheit würde auch sie gesund machen, aber sie täuschte sich: Es gibt keine Heilung.

Und sie ist nicht die, die sie zu sein glaubte, klar wie Quellwasser, rein wie Nico, unschuldig wie Pietro. Sie umklammert das Heft, wiederholt auswendig:

Liebe, die schnell ein schönes Herz ergreifet,
Hat jenen für den schönen Leib ergriffen,
Den ich verlor, noch muss die Art mich schmerzen.

Sie ist nur Wut und Schmerz. Hat ein Herz aus Salz. Sie ist aus dem gleichen Stoff gemacht wie das Grauen. Sie ist das Böse.

Liebe, der kein Geliebtes kann entgehen,
Griff mich nach ihm mit mächtigem Verlangen
Das, wie du siehst, mich heut noch nicht verlassen.

Sie wird das Ungeheuer töten, das ihren Sohn totgeschlagen hat. Sie selbst, niemand sonst wird es an ihrer Stelle tun. Sie allein wird Gott Rechenschaft ablegen. Ihr allein wird Gott Rechenschaft ablegen. Innerlich fühlt sie eine große Ruhe. Sie schließt die Augen. Sie weiß noch nicht, wie, und auch nicht, wann. Nur, dass sie Alfonso Risso töten wird.

Der Kalk, der die dreimal zwei Meter große Schrift überdecken sollte, war von schlechtester Qualität, denn Mrs. Giulia Masca entziffert sie problemlos.

DVCE

DVCE

DVCE

Grellblau auf weißem Grund belebt sie die Fassade eines heruntergekommenen Mietshauses an der Straße, die zur Cascina Leone hinaufführt.

In der *Grosseria* in der Mulberry Street hatten sie die Nachricht vom Marsch auf Rom und von der Ernennung Mussolinis mit derselben lauen Anteilnahme aufgenommen wie die verwickelten Geschichten, die fernen Verwandten zustoßen und die wenig oder gar keine Auswirkungen auf den täglichen Überlebenskampf haben: Um die Mittagszeit war die Sache mitsamt dem obskuren Wort »Faschisten« schon wieder vergessen, nicht aber der Taufname des neuen italienischen Premierministers, »Benito«, der in der Mulberry Street Eindruck machte, weil er nicht italienisch klang. Ebenso hatte im Mai des Vorjahres fast niemand bemerkt, dass in New York der erste faschistische Kampfbund auf amerikanischem Boden gegründet worden war.

Dann war die Sache explodiert, gewiss, doch sich ein genaues Bild zu machen war sehr schwierig. Die jungen, erst kürzlich aus Colonnata geflüchteten Manfredis, die in der *Grosseria* in Brooklyn angestellt waren, sprachen von Schlägertrupps und Rizinusöl; Angiolina Mancusos Erstgeborener, Kriegsheimkehrer und in Ellis Island als *illiterate* zurückgewiesen, schickte Fotos von sich im Schwarzhemd, und seine Mutter erzählte Wunderdinge. Wem sollte man glauben?

Wie dem auch sei, Italiener kamen keine mehr. Und wenn auch zwischen Mulberry Street, Prince Street und Mott Street niemand so recht wusste, was dieser *fascism* eigentlich war, so hatten doch alle genau verstanden, was *Quota Act* bedeutete: Bist du Schwede? *Are you German, Dutch, Norvegian* oder gar *British? You're welcome!* Nach Hause mit dem italienischen, griechischen, ungarischen und polnischen Lumpenpack. Einschließlich Frauen und Kindern.

Jeden Monat musste Libero die Bestellungen abändern: weniger Caciocavallo und mehr Emmentaler, weniger Oregano, Sardellen und Pinienkerne und mehr gesalzene Butter, geräucherte Würste und eingelegte Gurken. Verärgert kam er heim. Was nützt es, drei Filialen zu haben? Und die amerikanische Schule für Michael? Und die für den Krieg der Amerikaner gezeichneten *Liberty Bonds*? Und die siebenunddreißig Familien, die vom Lohn der *Libero's Grocery* leben? Was braucht es denn noch, um als *Good Americans* zu gelten? Hier wird der Gott des Erfolgs angebetet, und hat der Italiener Libero Manfredi etwa keinen Erfolg gehabt? Und nicht nur er – aber es half alles nichts: Sie waren und blieben *wop*. (Michael stört es maßlos, wenn Libero beim Abendessen mit dieser Litanei beginnt. Jeder Vorwand ist ihm recht, um aufzustehen: ein Teller, der weggeräumt, eine Flasche, die entkorkt werden muss. Sogar Bauchschmerzen schützt Mick vor, um sich zu entziehen.)

Die Bürokraten im Kongress nennen sie *immigrants*, alle anderen bezeichnen sie als *wop, dago, guinea, Spaghettifresser* und sogar *Ratten*. Als man daher erfährt, dass in Italien die Königliche Gesetzesverordnung Nr. 62 vom 28. April 1927 im fünften Jahr der faschistischen Ära das Wort

Emigranten

gestrichen und durch

Auslandsitaliener

ersetzt hat, verursacht die Nachricht in den Wohnblocks der Mulberry Street so viel Wirbel wie ein Orkan.

Auslandsitaliener – und so sei es. Nur Worte? Verschleierung? Etwas Make-up für das pockennarbige Gesicht der Realität? »In manchen Sachen ist der da ein Meister«, kommentieren die Cousins aus Colonnata und deuten auf das Brustbild von Mussolini auf der ersten Seite der Zeitung *Il progresso Italo-Americano*.

»Warten wir's ab«, erwidert Libero. Als er fünf Monate später vom *Order Sons of Italy* eine Einladung zur Eröffnung des funkelnagelneuen Hauses der italienischen Kultur in der Amsterdam Street erhält, zögert er nicht. Es ist zwar ein Donnerstag, aber es lohnt sich, sich umzuziehen, die *Grosserie* den Verkäufern und Mick zu überlassen und sich mit Giulia am Arm nach Norden auf die andere Seite des Central Park zu begeben. Anlässlich des Geburtstags der Stadt Rom hatte er sechshundert Dollar gespendet, und an jenem Tag vor dem eleganten Neorenaissancegebäude scheint ihm, sie seien gut angelegt. Der Spruch auf der Fassade

Italien, Mutter der Künste,
deine Hand hat uns beschützt
und leitet uns noch immer

erinnert ihn an die Gipsmadonnen, die sein Großvater herstellte, und die volltönende Rede des Senators Guglielmo Marconi rührt ihn.

Giulia beobachtet ihn: seine Begeisterung, seine Wut, die Faust auf dem Tisch und die Schecks für die Sache. Sie hat die dunklen Jahre gleich nach dem Krieg nicht vergessen, die Schwermut, die Stummheit beim Abendessen, und so viel Energie beruhigt sie. Gern begleitet sie ihn am Neujahrsmorgen 1934 zur Freitreppe der City Hall, um Fiorello La Guardia zuzujubeln, der sich mit gesenktem Kopf einen Weg durch die Menge bahnt und wie im Flug als neuer Bürgermeister von New York die Stufen hinaufeilt.

Libero Manfredi blieb allerdings keine Zeit mehr, um

den faschistischen Überfall auf Äthiopien, die Verurteilung durch den Völkerbund und die über Italien verhängten Wirtschaftssanktionen mitzuerleben. Wie hätte er wohl reagiert? Hätte er sich an Roosevelt gewandt und Mussolini verteidigt? Fast eine Million *wops* hatten zu Papier und Stift gegriffen. »Sehr geehrter Herr Abgeordneter.« – »Hochgeschätzter Herr Senator.« – »Verehrtester Herr Präsident.« Hätte er Michael gebeten, in seinem untadeligen Englisch ein paar Zeilen für ihn zu schreiben?

Nunmehr alleiniger Chef der *Grosserie*, sah Mick keine Notwendigkeit dazu. Warum sollte man sich um die möglichen – aber unwahrscheinlichen – Einschränkungen beim Handel mit italienischen Produkten Sorgen machen? Verkauften sie etwa keine Mozzarella aus Wisconsin und Spaghetti Boyardee in Dosen aus dem hochmodernen Betrieb in Milton, Pennsylavania?

Giulia hatte jedoch bemerkt, dass mehrere italienische Kundinnen keinen Ehering mehr trugen. Man sprach von Zigtausenden von Ringen, die nach Rom unterwegs waren, Tresore voller Goldreifen für das Vaterland, das von Sanktionen bedrängt und für seine imperialen Bestrebungen gedemütigt wurde. Es hieß, auch Guglielmo Marconi habe seine Senatorenmedaille gespendet.

Giulia dachte darüber nach, zog den Ring vom Ringfinger, an dem er nach Liberos Tod geblieben war, und hängte ihn an ihr Halskettchen, wo er unter dem Kleid nicht zu sehen war. Die Tage vergingen, doch sie konnte sich nicht entschließen, ihn abzugeben. »Neunzigtausend, vielleicht hunderttausend!«, sagten derweil die Kundinnen und schwenkten die mit patriotischem Eisen beringten Finger.

Libero hätte ihr vielleicht zugeredet, aber jedes Mal, wenn sie dachte, sie hätte sich entschlossen, hörte sie im Kopf Assuntas Stimme: »Das Vaterland? Blöde Gans! Das Vaterland haben die von oben erfunden, hast du das immer noch nicht kapiert?« Und der Ehering blieb weiter an der Halskette. Es gefällt ihr, ihn zu spüren, wenn sie mit dem Finger über den Stoff fährt. Mamas Erbe, denkt sie dann manchmal.

Nach der Überführung geht die Straße bergauf. An der ersten Kehre sieht Mrs. Giulia Masca ein großes schmiedeeisernes Tor, gehalten von zwei hohen Pfeilern aus Stuck. Auf beiden das schwarze Bild eines Herzens, eines Kreuzes und die Aufschrift JESU XPI PASSIO. Hinter dem Tor beherrschen eine Kirche und ein großes Gebäude das darunterliegende Tal.

Auf der Strecke zur Cascina Leone hatte es früher kein Kloster gegeben, und doch ist sie nicht allzu überrascht. »Die Vergangenheit existiert nicht«, wiederholt sie bei sich. Das Gleiche hat sie gedacht, als sie in Genua landete. Seit ihrer Ankunft kommen ihr die Dinge nie ganz alt oder ganz neu vor. Als hätte die Zeit sie verschluckt, zerkleinert, zermalmt und so wieder ausgespien, dass Giulia sie auch dann erkennen kann, wenn sie sie noch nie gesehen hat. Bedeutet das »Heimat«? Oder gar »Vaterland«?

Sie erreicht die Stelle, wo der Weg zur Cascina Leone abzweigt, und findet ihn in sehr schlechtem Zustand. Der Boden ist überwachsen mit Brombeergestrüpp, und dichte, dornige Akazienzweige versperren ihr den Weg. Auf einmal fühlt sie sich fehl am Platz mit ihrem Reisekleid, dem taubenblauen Überzieher, dem gemusterten, seidenen Foulard, dem halbhohen Absatz und der Handtasche. Den Weg in Schuss zu halten war Aufgabe der Kinder. Giuseppe Garibaldi schnitt mit der Sichel den Boden frei, Nino Bixio ebnete mit dem Spaten die Löcher ein. Und jetzt? Wer kümmert sich jetzt darum? Absätze hin oder her, die paar Äste werden sie nicht aufhalten, denkt Giulia. Doch es ist eine Qual, sich vorwärtszukämpfen, die Sonne steht hoch und bringt sie zum Schwitzen. Sie nimmt das Kopftuch ab und steckt es in die Tasche, sie spürt, wie die Frisur zusammenfällt, und das Unbehagen wächst. Ich will nicht, dass sie mich so sieht, denkt sie.

Wie denn?

So. In Unordnung.

Ich will nicht, dass Anita mich in Unordnung sieht.

Alt.

Anders.

Die Zeichen des Glücks – des Reichtums –, die sie in den Schaufenstern von Borgo di Dentro gespiegelt sah, belasten sie wie Sünden, die man verbergen muss, und außerdem kommt ihr der Weg, den sie damals mühelos hinauflief, furchtbar lang und steil vor. Kam man zum Pfirsichbaum, war man schon fast angekommen, beim Apfelbaum fehlte nur noch ein Schritt, doch jetzt erkennt sie in der dichten Vegetation weder Pfirsichbaum noch Apfelbaum, der Pfad scheint endlos zu sein, die Füße schmerzen, die Hitze macht sie fertig.

Sie hätte vorher schreiben sollen. Sich ankündigen. Warum hat sie das nicht getan?

Das Auffälligste ist die Stille. Summen und Knacken, sonst nichts. Kein Schlagen eines vergessenen Fensterladens im Wind. Keiner von Primos Hunden. Kein Hühnergackern und kein Scharren von Kaninchen im Stall. Keine Stimme.

Sie sind alle tot, denkt Giulia, doch es ist kein echter Gedanke, mehr so, als würde sie die Sache von weitem betrachten, Maß nehmen, sich spielerisch, wie es manchmal geschieht, das Ende naher Menschen oder das eigene Ende vorstellen.

Das Gestrüpp wird immer höher und dorniger, je weiter sie vordringt. Beim Gehen über den steinigen Boden rutschen die Strümpfe an der Ferse hinunter. Giulia bleibt stehen, zieht sie zurecht, und als sie den Blick hebt, meint sie, zwischen dem Laub den massiven Bau der Cascina Leone zu sehen. Doch irgendetwas stimmt nicht. Daher läuft sie schneller, stampft fest auf, vergisst Strümpfe und Dornen. Sie spürt, wie sich ihr Herzschlag beschleunigt und der Magen schmerzt.

Atemlos erreicht sie den Hof: Es gibt kein Dach mehr, keine Fensterläden, keine Tür. Lange, schwarze Zungen malen wie Höllenflammen furchterregende Gestalten auf die Fassade. Auf der Tenne ebenfalls die Zeichen des Feuers: verkohlte Balken, Reste von Maschendraht, Scherben, ein verbeulter Topf, eine durch die Hitze halbgeschmolzene Türklinke. Und Stille, eine große, unüberwindbare Stille.

DRITTES BUCH

DRITTES BUCH

Die Familie Leone

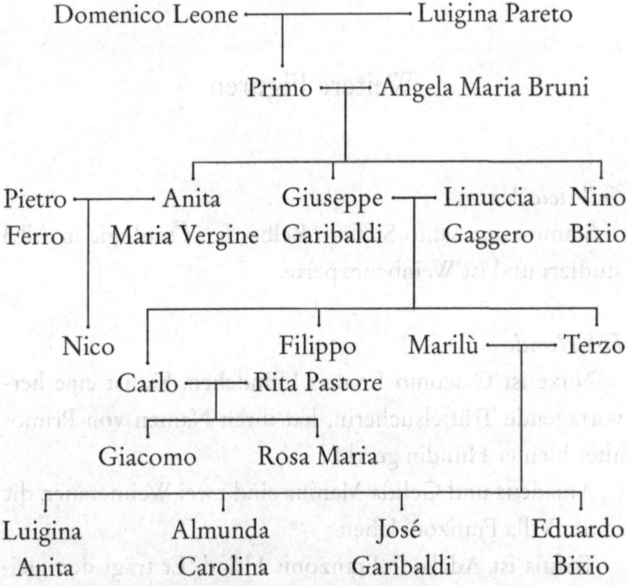

Domenico Leone —— Luigina Pareto

Primo —— Angela Maria Bruni

Pietro —— Anita · Giuseppe —— Linuccia · Nino
Ferro · Maria Vergine · Garibaldi · Gaggero · Bixio

Nico · Filippo · Marilù —— Terzo

Carlo —— Rita Pastore

Giacomo · Rosa Maria

Luigina · Almunda · José · Eduardo
Anita · Carolina · Garibaldi · Bixio

Die Familie Masca, Manfredi und Dubois

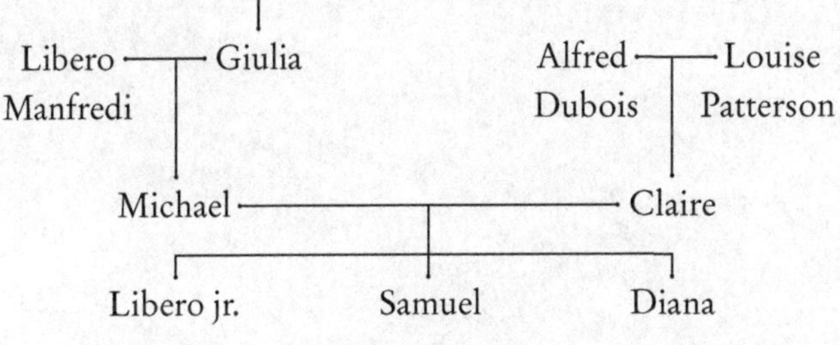

Erminio Masca —— Assunta Parodi

Libero —— Giulia · Alfred —— Louise
Manfredi · Dubois · Patterson

Michael —————————— Claire

Libero jr. · Samuel · Diana

Weitere Figuren

Gabriele Musso
Stammt aus Santo Stefano Belbo, hat Önologie in Alba studiert und ist Weinbauexperte.

Die Hunde
Nuxe ist Giacomo Leones Hündchen. Sie ist eine hervorragende Trüffelsucherin, hat ihren Namen von Primos alter kleiner Hündin geerbt.

Amadeus und Gelida Manina sind zwei Weimeraner, die in der Villa Franzoni leben.

Trifula ist Adelaide Franzonis Hund. Er trägt den gleichen Namen wie Nicos Hund.

Siebtes Kapitel

Tanzfeste, Bälle und Galabälle. In den Tennen, auf dem *Piaso*, auf Bretterböden im Freien, im Winter in den Sälen der Neustadt. Außerdem Lotterien, Verlosungen, Varieté-Darbietungen, Zauberkünstler und Messerwerfer, Laientheateraufführungen und Filmvorführungen mit Klavierbegleitung oder Blaskapelle. Das heißt Jacken bürsten, Hemden bügeln, Krägen stärken, Krawatten binden und hinterher Lippenstiftspuren entfernen: Jeden Samstagabend durchwühlen Carlo und Filippo Leone mit ihren zwanzig Jahren Schubladen, reißen Schränke auf, wirbeln durch die Cascina Leone wie ein Sturm.

Linuccia sieht zu, wie sie rasiert, parfümiert und mit Pomade im Haar losziehen, und denkt an Nico. Sie versucht, die wilde Erleichterung zu unterdrücken, die ihr die Kehle zuschnürt und die sie auch in Giuseppe Garibaldis Augen liest, doch es gelingt ihr nicht: *nicht meine Söhne, nicht ich.*

Auch Terzo glaubt sie in Sicherheit. Aus Argentinien schickt er Postkarten voller Ausrufezeichen:

Aus Buenos Aires. Reichlich zu essen! Es grüßt euch eurer treuer Leone Terzo.

*Aus Buenos Aires. Bett und Suppe bei einem Schuh-
macher aus Voltri gefunden! Immer euer sehr ergebe-
ner Leone Terzo.*

*Aus Rosario. Hier ist im Winter Sommer. Guter Lohn!
Euer Leone Terzo, der immer an euch denkt.*

*Aus Rafaela. Gestern Abend Bagna Cauda bei einem
Nachbarn! Im Garten Zwiebeln, Kartoffeln, Knob-
lauch und eine Reihe Pfropfreben! Hervorragender
Lohn!!! Mit unveränderter Liebe, euer Leone Terzo.*

Sie haben den Tod im Haus, doch rundherum scheint überall das Leben zu explodieren. Damit er an den Proben der
Kapelle teilnehmen darf, in der es nicht an *Subversiven,
Defätisten, Angsthasen und Vaterlandsfeinden* mangelt, hat
Filippo seinen Großvater Primo gebeten, ihm das Trom-
petenspielen beizubringen. Als er sich erste Grundkennt-
nisse angeeignet hatte, haben sie sich eines Abends zu viert
getroffen, ein Sozialist und drei Kommunisten, alle unter
fünfundzwanzig, und haben die Takte der *Internationale*
untereinander aufgeteilt: zwei für die Klarinette, zwei für
die Posaune, zwei für das Flügelhorn, drei für die Trompete und so weiter. Im Stall der Cascina Leone proben sie
die Revolutionshymne häufiger als das Repertoire, das aus
dem *Königsmarsch,* dem Kirchenlied *Wir wollen Gott,* dem
Piave-Lied, dem Faschistenlied *Giovinezza* und den *Phantasien* aus *Carmen, Aida* und dem *Barbier von Sevilla* besteht.

Vor jedem Auftritt, in der Kakophonie beim Stimmen

der Instrumente, beginnen die vier jungen Männer mit ihrer Hymne, spielen sich die Noten zu wie Fußballer die Bälle, ohne ein Zeichen der Absprache. Das erste Mal zu Sankt Johann, am Anfang der Prozession: eine halbe Strophe, dann verlieren sie den Faden. Eine ganze Strophe spielen sie bei der Einweihung der neuen Grundschule, des Gefallenendenkmals, der Gedenkallee, der Sommerkolonien und vor den Tamburello-Partien auf dem neuen Ballspielplatz, dann auch bei der Feier zum Geburtstag von Rom, auf den von der Faschistischen Partei organisierten Weinfesten, bei den Veranstaltungen der Nationalen Freizeitorganisation, und später, mittlerweile hochprofessionell, bei den zahllosen Zeremonien auf der Piazza della Loggia Vecchia, die in Piazza Impero umbenannt worden war.

Beim Besuch des faschistischen Statthalters von Alessandria fügen sie auch noch die zweite Strophe hinzu, und in geschmackvollen Variationen spielen sie die verbotene Musik ungeniert vor dem Oberbürgermeister, dem Bischof, dem Pfarrer und dem Faschistischen Parteisekretär. Gelegentlich meldet jemand Zweifel an: Noch nie hat man eine Kapelle gesehen, die zum Stimmen der Instrumente so viel Zeit braucht. Und dann diese Töne ... In der Menge summen die – sehr wenigen – Mitwisser innerlich:

> *Völker, hört die Signale!*
> *Auf zum letzten Gefecht!*
> *Die Internationale*
> *erkämpft das Menschenrecht.*

Primo Leone, kerzengerade in seiner Dirigentenuniform, tut so, als merkte er nichts, während Flöten und Saxophone mit Störgeräuschen einstimmen, wenn die Melodie zu durchsichtig wird. Becken und große Trommel unterstreichen das Finale. Auf dem Heimweg biegen sich Großvater und Enkel vor Lachen.

Kurz und gut, das Leben drängt. Eines Morgens im Januar 1924 verlässt Carlo Leone vor Tagesanbruch das Haus. Als die Sonne schon hoch steht, kommt er zu Giuseppe Garibaldi auf den Weinberg. An der Hand hält er ein strohblondes junges Mädchen, graue Augen, quadratisches Gesicht, null Busen und ein Po wie eine Wassermelone. »Pastore Margherita, kurz Rita, sehr erfreut«, sagt sie.

Giuseppe Garibaldi mustert sie. Er weiß, wer sie ist, die älteste Tochter eines Halbpächters, den er schätzt, doch er tut so, als kenne er sie nicht. Er weiß, dass zwischen den beiden etwas ist, eine Sympathie, eine Liebelei, die angefangen hat, als Carlo vom Wehrdienst entlassen wurde. Er hat Gerüchte gehört, und nun kommen sie Hand in Hand daher. »Ich habe dich vor zwei Stunden erwartet«, sagt er, zu seinem Sohn gewandt.

»Wir wollen heiraten.«

»Kommt nicht in Frage«, erwidert Giuseppe Garibaldi und greift wieder nach dem Trieb, den er gerade kappen wollte. *Zack.* So sind sie, denkt er. *Zack.* Jung und dumm. *Zack. Zack.* Als wäre Cascina Leone nicht in Trauer.

»Wenn Ihr uns die Erlaubnis nicht gebt, ziehen wir weg.« Carlo schluckt die Tränen runter. Giuseppe Garibaldi hört zu arbeiten auf. Ist es möglich, dass der hübscheste seiner Söhne in ein so hässliches Mädchen verliebt ist? Ohne den

Blick von den Schösslingen zu heben, sagt er: »Nicht vor nächstem Jahr. Frühestens. Denkst du nicht an Nico?«

»Wir können aber nicht warten«, mischt sich Rita Pastore mit flammend roten Wangen ein. Giuseppe Garibaldi sieht sie an, schaut auf ihren Bauch und sieht den Sohn an, dann wendet er sich wieder dem Weinstock zu. »Aber ohne Fest«, knurrt er, mit frohlockendem Herzen.

Acht Wochen später, vor der ersten Messe, schwört Rita Pastore vor Gott und Don Giuseppe Salvi Carlo Leone die Treue, und selbst Linuccias Schneiderkünste sind nicht in der Lage, den gewölbten Bauch zu kaschieren, der ein Gegengewicht zu dem kräftigen Hintern bildet.

Glücklich wie ein Kind am Weihnachtsmorgen sitzt Giuseppe Garibaldi in der ersten Reihe, er hätte nie gedacht, dass er nach der Gefangenschaft in Königsbrück und der Beerdigung seines Neffen noch einmal so glücklich sein könnte. Zum Teufel mit dem Pfaffen! Nie hat er sich mehr darüber gefreut, in der Kirche zu sein, er singt sogar das *Gloria* und das *Halleluja* mit. Er hat gar nicht in Betracht gezogen, mit Primo, Filippo und dem Vater der Braut draußen zu warten: Er will die Zeremonie nicht versäumen, die ihn in einigen Wochen zum Großvater machen wird.

Anita überlässt dem Brautpaar das Zimmer, das sie mit Pietro Ferro geteilt hat, denn sie verbringt sowieso viel mehr Nächte wach in der Küche als im Bett, wo sie es nicht aushält. Giuseppe Garibaldi baut ihr ein Lager samt Paravent davor, und Linuccia verziert ihn mit Stoffresten und seidenen Bändern, die von Arbeiten für feine Kundinnen aus der Neustadt übrig geblieben sind.

Mitten im Sommer bringt Rita ihr Kind zur Welt, endlose

Wehen bei glühender Hitze, schmerzhaft wie bei Anita, die ihr weiter beisteht, als die Männer des Hauses sich vor den schrecklichen Schreien der Wöchnerin und der Finsterkeit der Hebamme längst in die Osteria geflüchtet haben, als sowohl Linuccia als auch die Mutter der Gebärenden mit den Nerven am Ende sind und die Hebamme erschöpft beschließt, Dr. Costa rufen zu lassen: Soll er einen Schnitt machen, Herrgott! Einen schönen, glatten Schnitt, wie es sich gehört, und Schluss, denn nach zwanzig Jahren in diesem Beruf, nach mindestens achthundert Geburten und beinahe ebenso vielen Abbrüchen weiß sie nicht mehr, wie sie schieben und drücken und ziehen soll, um das Baby zu überzeugen, seine Christenpflicht zu erfüllen und herauszukommen und die Portion Tränen zu weinen, die Gottvater ihm bestimmt hat.

»Wehe, ihr ruft jemanden! Das schaffe ich prima allein«, brüllt das Mädchen daraufhin.

Anita lächelt, tupft ihr mit einem kühlen, feuchten Lappen die Stirn ab und beginnt zu ahnen, was ihr Neffe in diesem breiten, flachen Gesicht gesehen hat.

Weitere zwei Stunden vergehen, und als das Kind endlich in einer einzigen glitschigen Bewegung herausflutscht, hat die Hebamme keine Flüche mehr. Sie durchtrennt die Nabelschnur, verknotet sie, zählt die Finger und die Zehen, schüttelt das Neugeborene, bis es einen Schrei von sich gibt. »Ein Junge. Gesund. Und ein riesengroßer Scheißkerl«, verkündet sie ermattet. Dann legt sie es Anita in den Arm und lässt sich auf einen Stuhl sinken. Im Halbschlaf murmelt Rita etwas, als träumte sie. Als sie die Augen öffnet, sieht sie, wie Anita dem Kind verzückt Schleim und

Blut aus dem geröteten, stillen Gesicht wischt. Da holt sie tief Atem und flüstert: »Wie sollen wir ihn nennen, Tante? Pietro oder Nico?«

Es sollte ein großes Geschenk sein, und Carlo musste ihr Anitas Ablehnung erklären. »Für sie sind die beiden lebendig, verstehst du?« Außerdem, sagte er zu ihr, werde die Sache mit dem Namen in der Cascina Leone sehr ernst genommen, sie solle nicht erwarten, die Angelegenheit so rasch zu erledigen, denn alle müssten zustimmen, auch der Priester-Onkel und Terzo, der auf der anderen Seite der Welt wohnte. Das würde seine Zeit brauchen, doch eine Idee habe er schon.

»Was für eine Idee?«, fragte das Mädchen.

»Giacomo.«

Ihr fiel kein Giacomo bei den Leones ein, und bei den Pastores schon gar nicht. »Giacomo?«

»Matteotti«, erwiderte Carlo.

Rita begann zu ahnen, in welche Sorte Familie sie eingeheiratet hatte. Dann sah sie ihrem Mann direkt in die Augen. »Gefällt mir«, sagte sie.

Auch Nino Bixio billigte die Wahl, »und ich denke dabei weder an die Heiligen noch an die Apostel«, schrieb er. Terzo antwortete postwendend mit drei Ausrufezeichen. Zu Ehren des Urgroßvater gewordenen Maestros spielte die Kapelle bei der Taufe, und das Stimmen der Instrumente dauerte gut drei Minuten.

Und Giacomo war gerade zwei Jahre alt geworden, als Rita mit einem hübschen, kräftigen Mädchen niederkam, das umstandslos im Nu herauskam, und zwar gleich mit der ganzen Plazenta. Sofort beschlossen die Anwesenden einstimmig, die Neugeborene solle Rosa Maria heißen: wegen der Energie, mit der sie angetreten war – die Luxemburg! –, und wegen der strahlend blauen Augen, bei denen nicht einmal die Madonna mithalten konnte. Daran, dass sie mit Glückshaube auf die Welt gekommen war, was alle mit Staunen erfüllt hatte, würden sie sich dann neunzehn Jahre später erinnern.

Wie das Wasser die Form des Gefäßes ausfüllt, passt sich Borgo di Dentro unterdessen den Neuheiten an. Die Schneiderinnen nähen emsig Uniformen für sämtliche Abteilungen der Faschistischen Jugend: Balilla, Moschettieri und Avanguardisti, Piccola Italiana und Giovane Italiana. Die Kurzwarenläden halten eine reiche Auswahl an Anstecknadeln mit Totenkopf, Dolch, Adler oder dem M von Mussolini bereit. Die Geschäfte der Neustadt bieten ganze Ballen von Popeline oder Oxford aus Baumwolle in leuchtendem Schwarz an, für ausgewählte Kunden sogar fadengefärbt. Zu Karneval verzichtet man auf Masken, da sie gesetzlich verboten sind. Missstände werden nicht mehr dem von den Einwohnern gewählten Bürgermeister angelastet, sondern dem per königlichem Dekret ernannten Podestà, der an dessen Stelle getreten war. Seit die Druckerei verwüstet und nach mehrfachen Beschlagnahmungen zuletzt auch der *Corriere delle Valli* vom Präfekten geschlossen wurde, finden Reisende den Zugfahrplan auf dem Titelblatt der neuen Zeitung oben links neben dem Liktorenbündel. Die vom Regime unerwünschte Kriminalberichterstattung verschwindet, aber Messerstechereien und Diebstähle gibt es trotzdem. Die Schreiner fertigen für die Figli della Lupa hölzerne Karabiner an. Rauchgrau angemalt, würden sie jeden Abessinier täuschen, heißt es. Am Samstagnachmittag machen kleine und große Buben paramilitärische Gymnastik auf dem Ballspielplatz, und die Mädchen lassen im Hof der Grundschule Reifen und Keulen kreisen. Die Ausdrücke »Feigling, verrecke!« und »Ich scheiß drauf!« sind in aller Munde, nicht immer passend. Die Buben werden *Vittorio, Bruno* und *Romano* getauft wie die Söhne des Duce, die Mädchen *Edda* wie seine Tochter und *Rachele* wie seine Frau. Bei offiziellen Anlässen grüßt man mit erhobenem Arm, wenn auch nicht alle Gelenke an Schulter und Ellbogen vollkommen gestreckt erscheinen, zum Teil aus Altersgründen, zum Teil, weil manche lachen müssen, wenn sie die Bewegung nachahmen, die sie in der Wochenschau im Kino gesehen haben. Die Filme erzählen die Geschichten von historischen Volkshelden wie Masaniello, Cola di Rienzo, Balilla, Silvio Pellico und Maroncelli. Kinderreiche Familien erhalten Preise und Zuschüsse, Junggesellen zwischen fünfundzwanzig und fünfundsechzig zahlen eine Gebühr. Nachdem sie Mussolini mit nacktem Oberkörper auf einer riesigen Dreschmaschine gesehen haben, überlegen sich manche Bauern, auf ihren Höfen in den Hügeln die von der Reblaus befallenen Weinstöcke zu roden, um Platz für Weizen zu schaffen, doch die Ergebnisse sind nicht berauschend: An manchen Hängen stirbt sogar der hitzköpfige Landini ab und spuckt Treibstoff. Und manchmal zirkulieren Bekanntmachungen, die in Borgo di Dentro nur wenige tatsächlich begreifen können. *Lira bei 90!*, zum Beispiel, oder rätselhafte Nachrichten wie *Zusammenbruch der Wall Street*.

Alles wird klarer, als der Direktor der Baumwollspinnerei an einem Dienstag im Juli 1930 gegen Ende des Tages Filippo Leone in sein Büro im ersten Stock bestellt. Mit offener Jacke, die Hände in den Hosentaschen, steht er vor der großen Scheibe, durch die man die Reihe der mechanischen Webstühle und die vorgebeugten Arbeiterinnen überwachen kann, und wendet dem Jungen den Rücken zu. »Was für ein Schauspiel, nicht wahr?«, sagt er. Filippo nickt. Von dort oben ist das Hämmern der Kolben wie Musik, die Bewegung der Körper wie ein Tanzschritt. Dann übergibt der Direktor ihm den ersten der Kündigungsbriefe, die in Kürze Gassen und Bauernhöfe erreichen sollten. »90 Lire für ein Pfund Sterling, Leone. Freuen Sie sich nicht? Nur noch halb so viele Aufträge. Ein Hoch auf die starke Währung!«, sagt er bitter.

Was tun? Die Spinnerei Salvi, schon länger in der Krise, hat die Anzahl der Schüsseln reduziert, und zwei Arme mehr sind den Leones zwar immer willkommen, aber der unaufhaltsam fallende Preis des Weins ist ein Alarmsignal: 1926 bekam man für einen Hektoliter 230 Lire; 1928 mussten die Leones sich mit 190 Lire begnügen; 1933 würden sie vom Markt in Alessandria nicht mehr als 35 Lire heimbringen.

Den Brief in der Hand, kann Filippo Leone sich nicht überwinden, nach Hause zu gehen. Er schämt sich, warum, weiß er selbst nicht. Vor der Baumwollfabrik mahnt ein Schild in Groteskschrift:

DIE VÖLKER, DIE IHR LAND VERLASSEN,
SIND ZUM UNTERGANG VERDAMMT

Er tut, was er jeden Morgen im Vorbeigehen tut, er spuckt auf den Boden, doch an diesem Abend mit mehr Entschiedenheit. Der Weizen musste geerntet werden, die Gutsbesitzer in der Ebene verdienten an den Zöllen, und Filippo fand ein paar Tage Arbeit. Dann erbot sich Achille Ferro, ihm das Schusterhandwerk beizubringen. Wo einer isst, werden auch zwei satt, sagte er. Aber es war ein Elend.

Elend bedeutet, dass Giacomo Leone trotz der Schusterwerkstatt am ersten Schultag die Schuhe trägt, die Nico gehörten und für ihn viel zu groß sind, die verbeulte Spitze mit Lumpen ausgestopft wie bei einem Clown. Elend bedeutet, dass Don Salvi das Buch und das Heft bezahlt und dass der Kleine nach dem Unterricht nicht heimgeht, sondern im Freizeitheim zu Mittag isst: einen Teller Suppe, ein Brötchen und einen Löffel Lebertran. Wenn der Don sieht, dass er blass ist, auch ein halbes Glas leichten Wein.

Auch wegen dieses Löffels Lebertran nimmt die Familie Leone Jahre später geschlossen an Don Salvis Beerdigung teil, Hamlet an Anitas Arm. Nicht in der ersten Reihe, die gebührt den Honoratioren. Nicht in den mittleren Reihen, die von den Nonnen und denjenigen besetzt sind, die zu Ostern und zu Weihnachten die Güte hatten, dem Don einen dicken Umschlag zuzustecken. Sie reihen sich hinten ein, wo Borgo di Dentro Platz nimmt, mit gesenkten Augen, den Hut in der Hand. Sofern man einen Hut hatte. Die meisten in Hemdsärmeln, manche barfuß. In gespenstischem Schweigen ziehen die vorbei, die mit dem Frühstück, Mittagessen und Pausenbrot des Freizeitheims groß geworden sind, die Holzköpfe aus dem Hort, die dank der Nachhilfestunden im Oktober versetzt wurden, die, die an

Blutarmut, an Tuberkulose, an Rachitis litten, die mit den Pusteln, den Frostbeulen, den Läusen, die, die zu den Laientheater-Aufführungen und den Maciste-Filmen kamen und die Eintrittskarten mit Gebeten bezahlten, die, die für ein paar Messen das ganze Jahr über im Hof des Freizeitheims Fußball spielten.

Während Filippo Leone mit einem Kloß im Hals den Kündigungsbrief zwischen den Händen hin und her dreht, verlässt Alfonso Risso die Villa Franzoni mit dem satten Ausdruck dessen, der soeben das beste Essen des Jahres, ja vielleicht seines ganzen Lebens verspeist hat. Der Fiat 514 Coupé schluckt die Kehren fließend und schnell, auch mit angepassten Pedalen. Nie zuvor hat ihn ein Kauf so beglückt: Wer würde es wagen, ihn am Steuer dieses Rennwagens Hinkefuß zu nennen?

Seit Jahren bereitet er sich auf diesen Tag vor. Befriedigt durchlebt er die Szene noch einmal. Franzoni, hysterisch angesichts der Zahlen, wütend, weil der Preis für den Wein (und damit die Rendite) gesunken ist, ungeduldig, rasch noch ein paar Hektar zu verschleudern, damit Geld hereinkommt. Spielschulden? Frauen? Das neueste Modell der Isotta Fraschini? Der Grund ist egal. Hauptsache, Seine Exzellenz hat lange genug geschmort. Gut angebraten, weich und saftig. Und bleibt so oberflächlich, wie es Risso gefällt: Warum lang überlegen? Warum sich mit Nachfragen aufhalten? Reblaus, echter Mehltau, falscher Mehltau, Inflation, Deflation, Wall Street. Risso wüsste, was er zu antworten hat, er ist einer, der sich informiert, doch das ist gar nicht nötig, denn Franzoni stellt erstaunlicherweise genau die richtige Frage:

*Wäre der Verwalter bereit, ihm noch einmal aus der Patsche
zu helfen?*

Jetzt hat er ihn. Alfonso Risso macht das übliche salbungs-
volle Gesicht. Natürlich wäre er gern bereit, wenn er nur
sein bisschen Kapital nicht schon woanders angelegt hätte.
Er werde jedenfalls herumfragen, selbstverständlich ganz
diskret, ob jemand an einem Kauf interessiert sei, aber
man müsse die derzeitige Lage bedenken, den Moment,
den Markt, die Konjunktur, die Liquidität, den Preis des
Geldes. »Wäre es nicht besser, eine Alternative zu erwägen,
Exzellenz?« Risso reißt den Lenker herum, um einem Hasen auszuweichen. Er schlägt mit der flachen Hand auf das
Armaturenbrett. Franzonis Gesicht in dem Augenblick,
einfach göttlich! Ein grenzenloses Fragezeichen.

»Zum Wohl der Familie, Exzellenz, um das Vermögen
zu schützen. Eine Alternative zum Verkauf, meine ich.«

»Glaubst du, die gibt es, Risso?«

Idiot. Risso musste so tun, als dächte er darüber nach,
und dann verlegen herumdrucksen. Die *Alternative* hat er
sich Wort für Wort aus der Nase ziehen lassen. »Die Marchesina, Exzellenz.« Die wertvollste Perle, der leuchtendste
Stern der gehobenen Genueser Gesellschaft. »Würde nicht,
verzeiht die Freimütigkeit, aber würde nicht eine gute Partie alle Probleme aus der Welt schaffen?«

Franzoni mag ja ein Idiot sein, aber er weiß, dass die
Nachricht Türen und Geldbörsen öffnen und Kreditlinien
erhöhen würde.

»Und an Anwärtern wird es ja nicht mangeln, Exzellenz.« (Dass es mangelte, hatte Risso von der Gouvernante

erfahren, der er fürstliche Trinkgelder zusteckte. Und dass daran nur diese hirnlose Adelaide schuld war, stand fest: Kaum erschien ein interessanter Kandidat, zeigte die Marchesina ihm die kalte Schulter.)

Und da – Risso schnalzt beim Gedanken genüsslich mit der Zunge –, genau da war der Marchese voll auf seine Argumentation hereingefallen. Adelaide sei ein ganz besonderes Geschöpf, hatte er geflötet, sie sei nicht nur außerordentlich reizend, sondern auch empfindsam (launisch), klug (intrigant), ein künstlerisches Temperament (verrückt) und an das Beste vom Besten gewöhnt (total verzogen). Er könne doch nicht seine einzige Tochter dazu zwingen, ihr Leben mit einem Mann zu teilen, der ihr Abscheu einflößt!

Ein Oberidiot. Zu einfach, denkt Alfonso Risso, während er mit hoher Geschwindigkeit die Brücke über die Orba überquert, wirklich zu einfach, wie wenn man einem Kind den Ball stiehlt. Er streift einen Kerl auf dem Fahrrad, der ihm als Antwort den Stinkefinger zeigt.

»Mein Adelmo hat schon immer gesagt, dass Adelaide ein besonderes Mädchen ist.«

Adelmo. Er hatte abgewartet, dass das Wort sich im erregten Gehirn des Marchese seinen Weg bahnt *(wer zum Teufel ist dieser Adelmo?),* und als er merkte, dass Franzoni kapiert hatte, dass von Rissos Sohn die Rede war, hatte er sich noch weiter vorgewagt. »Auch Adelmo macht mir Sorgen, er hat noch nicht die Richtige getroffen. Ich fürchte, daran ist auch Eure Adelaide schuld, wenn man überhaupt von Schuld reden kann. Er vergleicht jedes Mädchen mit der Marchesina, und da … Ihr versteht mich!« Hier hatte Risso ein zerknirschtes Gesicht gemacht.

»Willst du mir sagen, dass dein Sohn in meine Tochter verliebt ist?«, hatte Franzoni erwidert, mit einer Spur Verachtung in *dein Sohn* (aber wirklich nur ein fast unmerklicher Hauch).

»Schon seit sie als Kinder im Hof zusammen spielten, Exzellenz.« Und dann hatte er den Trumpf ausgespielt: »Ich würde alles tun, um ihn glücklich zu sehen. Alles, Exzellenz. Ehrenwort eines Vaters.«

Das hat genügt. Franzoni wollte nicht einmal wissen, wie hoch dieses *alles* denn wäre. Ein Riesenidiot. Risso ist sich sicher, dass Franzoni noch am selben Tag mit seiner Tochter sprechen wird. Nachdem er auch die Brücke über die Stura überquert hat, zieht das Umland leuchtend grün an ihm vorbei. Die Anstecknadel mit dem Liktorenbündel am Knopfloch schneidet ein Lichtquadrat in die Windschutzscheibe.

Adelmo wird nichts dagegen haben. Wann hätte er sich je gegen seinen Vater aufgelehnt?

Das Miststück dagegen wird sich sträuben. Die Signorina mit dem *künstlerischen Temperament*. Die Hure treibt es lieber mit dem Lumpenpack, sie lässt sich gern im Mondschein unter einem Nussbaum vögeln und wird bestimmt querschießen, aber *der Moment, der Markt, die Konjunktur, die Liquidität, der Preis des Geldes* und außerdem *die Reblaus, der echte Mehltau, der falsche Mehltau, die Inflation, die Deflation* und die gesamte *Wall Street* werden zum Erfolg beisteuern. Der Marchese hat seine Bedürfnisse, niemand kennt sie besser als Risso. Es ist nur eine Frage der Zeit, und dann wird der Verwalter den ganzen Laden schmeißen, und sogar mit Adelsprädikat. Hoppla:

vom Hinkefuß zum *Illustrissimo*, vom Hurensohn zur *Exzellenz*. Den verlumpten Alten fressen derzeit die Würmer.

Wie Alfonso Risso vorhergesehen hatte, sprach der Marchese noch am selben Nachmittag mit seiner Tochter. Er ließ sich auf einem langen Spaziergang mit den Hunden begleiten, zwei perlgrauen Weimaranern, ebenso selten wie wertvoll, die die kakaofarbenen Pointer ersetzt hatten. Er holte weit aus, Klatschgeschichten, Sommerfrische, Lappalien, um schließlich auf Adelmo Risso zu kommen. »Erinnerst du dich an den Sohn des Verwalters?«

Adelaide war konsterniert. Schon von Anfang an hatte sie geahnt, worauf ihr Vater hinauswollte: Seit acht Jahren machte er es so, erst leeres Geschwätz und am Schluss, wie zufällig, ein Name. Gewöhnlich jedoch handelte es sich um *Rentiers*, um Militärs, Rechtsanwälte oder Ärzte ohne Wappen, aber mit großem Vermögen. Was hatte Adelmo damit zu tun?

»Ein Junge vom Land mit soliden Prinzipien«, sagte ihr Vater gerade.

Was er über Adelmo Rissos Prinzipen wusste, war ein Rätsel. Adelaide vermutete, dass ihr Vater ihn, wenn er ihm begegnet wäre, nicht einmal erkannt hätte. Hat er ihm je ins Gesicht gesehen? Dieses runde, weichliche Gesicht, die an den Schläfen klebenden Haare, die große zusammengedrückte Hundenase. Sie musste lachen, nahm sich aber zusammen, denn Gaspare Franzoni war todernst. Der Verwalter mochte ja zu Geld gekommen sein, aber waren sie wirklich so weit gesunken?

Was ihr Sorgen macht, ist nicht die Ehe als solche, früher oder später würde sie kapitulieren müssen. Sie hat alle

Bewerber empfangen, die ihr Vater ihr nach einem Spaziergang voller sinnlosem Blablabla vorschlug. Wohlerzogen
hat sie sich Träume, Pläne, Ambitionen, Karrierewünsche
und Luftschlösser angehört und gemerkt, dass ihr in diesem ganzen Theater schon eine Rolle zugewiesen war, eine
kleine, dekorative Rolle, eine geistreiche Bemerkung beim
Einschenken des Tees, zwei Worte beim Verabschieden
der Gäste, ein Augenaufschlag für ein neues Hütchen. Gewiss nicht als Primadonna, aber nicht einmal als tragende
Nebenrolle. Sagen wir, als Bühnenarbeiter. Lauter außer-
gewöhnlich galante, elegante, gebildete, brillante junge
Männer, und nicht einer, der sie je gefragt hätte: »Und Ihr?
Was für Pläne habt Ihr?« Nicht einer.

Nein, sie sucht nicht Nico, das ist es nicht. Die Liebe
kommt und Schluss, wenn sie denn kommt. Das ist die
einzige Gewissheit, die ihr nach den Nächten unter dem
Nussbaum geblieben ist. Deshalb war es nicht so, dass ihren Bewerbern etwas fehlte. Sie waren ihr zu viel, das war
alles, und in diesem Zuviel war kein Platz für Adelaide
Franzoni. Aber Adelmo, Herrgott noch mal!

»Er ist sehr verliebt. Es lässt ihm keine Ruhe.«

Nicht zu fassen! Adelmo, der für etwas oder jemanden
eine Leidenschaft hegt. Das hätte sie nur glauben können,
wenn sie nicht von klein auf gelernt hätte, mit seiner un-
überwindbaren Distanz umzugehen, seinem Sichheraus-
halten, diesem Vorsichhinleben, das im Grund eine nicht
zu verachtende Art war, das Leben in Schach zu halten.
Adelmo und das Hündchen Luna.

»Sollen wir Seilspringen, Adelmo?«

»Ja.«

»Hören wir auf?«

»Ja.«

»Was willst du spielen, Adelmo?«

»Ja.«

Den Jasager nannten sie und Nico ihn grausam. Sie fürchteten, er sei nicht ganz richtig im Kopf. Nur ein bisschen, kaum wahrnehmbar, aber wenn die Gespräche komplizierter wurden, fing Adelmo an, für Luna Stöckchen zu werfen. Solche Sachen.

»Hat sein Vater Euch das gesagt?«

»Ganz genau. Unsterblich verliebt.«

Sie verlangte eine Nacht Bedenkzeit, und am nächsten Morgen stellte sie dem Marchese nur eine einzige Bedingung.

»Ich will die Ländereien als Mitgift.«

»Bist du verrückt geworden?«

»Wenn ich Adelmo Risso heirate, will ich die Ländereien als Mitgift. Alle. Und sie sollen mir gehören, nicht meinem Mann.«

Gaspare Franzoni sah sie hasserfüllt an. Reinster, funkelnder Hass. »Ich habe deine Musikstunden, deine Zeichenstunden, Reitstunden, deine Latein-, Englisch-, Französisch- und Deutschstunden bezahlt. Ich habe die Rechnungen der Modistin in der Rue de Cambon beglichen. Ich habe dich nach Biarritz, Paris und San Remo mitgenommen. Ich habe dir Grafen und Barone, Diplomaten und berühmte Anwälte vorgestellt, sogar einen General, der mit den Rothschilds verwandt ist. Wieso hast du die alle vergrault?«

Falls die Härte des Vaters sie beeindruckte, ließ Adelaide

Franzoni es sich nicht anmerken. Sie kannte seine Skrupellosigkeit, die Kälte, mit der er die Krankheit ihrer Mutter bis zum Grab begleitet hatte, sein Talent, Rührung vorzutäuschen, die Gnadenlosigkeit, mit der er beschlossen hatte, sie mit fünfzehn Jahren zu verheiraten, die Gleichgültigkeit gegenüber allem, was sie betraf: sei es ein Spielgefährte, ein Kleid, ein Malkasten, ein Hauslehrer, ein Schmerz, ein Ehemann. Als sie von Nicos Tod erfuhr, hörte sie fast zu essen auf. Wochenlang saß sie bei Tisch, knabberte an einem Stück Brot, schluckte einen Löffel *soupe* hinunter und sonst nichts. Gaspare Franzoni, am anderen Ende der Tafel, merkte nichts.

»Wir werden es schriftlich festhalten. Ich garantiere Euch eine angemessene Rendite. Falls Ihr wieder heiraten und weitere Kinder bekommen solltet, bleiben die Ländereien mein Eigentum.«

Alfonso Risso konnte sein gütiges Schicksal kaum fassen. Am liebsten hätte er Franzoni an den Schultern gepackt, ihn ordentlich geschüttelt und ihm zwei Küsse auf die aristokratischen Wangen gedrückt. Er war bereit, eine beträchtliche Summe auszugeben, nur um sich mit der Familie Franzoni zu verschwägern, aber die Möglichkeit, mit einem ahnungslosen jungen Mädchen über Saatgut, Umbruch, Neupflanzungen, Gütertrennung, Renditen und Vertragserneuerungen verhandeln zu müssen, hatte er nicht bedacht. Er hatte sich als Premierminister gesehen, und plötzlich wurde er Kaiser. »Es wird eine unvergessliche Hochzeit werden, Exzellenz, erlaubt mir, Eurer Tochter ein Fest auszurichten, das der Ehre, die sie uns erweist, angemessen ist.«

Dass Risso alles zahlen würde, stand für Franzoni fest, dass er sich aber sogar verpflichtete, eine gute Figur abzugeben, versüßte dem Marchese die bittere Pille. Das neueste Modell der Isotta Fraschini würde mit auf die Rechnung gesetzt.

Am Abend, an dem die Nachricht Cascina Leone erreicht, flucht Giuseppe Garibaldi eine geschlagene Viertelstunde. Franzoni hörte wenigstens ab und zu auf ihn, doch nun würde Risso gut und schlecht Wetter machen und würde sie zerfleischen, ausbluten und in die Ecke schmeißen, er wäre wie der Fuchs mit den Hühnern oder noch schlimmer.

Anita schweigt. Am nächsten Morgen geht sie zur Villa Franzoni hinauf und fragt nach der Marchesina. Das ist noch nie vorgekommen, und das Dienstmädchen berät sich mit der Gouvernante, bevor sie Adelaide Bescheid sagt. Die Gouvernante führt Anita in die Küche. »Die Signorina ist mit den Hochzeitsvorbereitungen beschäftigt. Sagt mir, worum es geht.«

»Ich möchte mit ihr selbst sprechen.«

»Ich habe Euch doch gesagt, dass sie beschäftigt ist.«

»Ich habe es nicht eilig.« Sie nimmt ihr Umschlagtuch ab, legt es sorgfältig zusammen, sieht sich nach einem Hocker um und setzt sich mit verschränkten Armen. Die Gouvernante lässt gut zwei Stunden verstreichen, bevor sie Adelaide informiert, die sofort hastig in die Küche läuft.

»Wartet Ihr schon lang?«

»Ich wollte mit Euch sprechen.«

»Kommt, wir gehen hinüber.« Sie führt sie in einen kleinen Salon. Ein riesiger Teppich mit Blumenmuster bedeckt fast den ganzen Boden des Raums. An den Wänden zwei Gemälde mit geschnitzten Rahmen, die eine Dame mit finster drohenden Augen und einen alten Mann mit Hängebacken und einem Pelzbesatz auf dem Revers darstellen. Auf einem vergoldeten Sockel halten zwei ebenfalls vergoldete Putten eine mit winzigen Mustern verzierte Vase, bauchig wie eine Korbflasche. Adelaide setzt sich auf ein rotes Brokatsofa und bittet Anita mit einem Zeichen, neben ihr Platz zu nehmen. »Hier können wir in Ruhe sprechen«, sagt sie.

Sie trägt ein sehr schlichtes Kleid, die kurzen Haare geben ihr etwas Lebhaftes. Man sieht ihr nicht an, dass sie gerade dreiundzwanzig geworden ist, doch Anita hat sie sowieso noch immer als ganz junges Mädchen im Kopf, kaum mehr als ein Kind. Sie wirft einen Blick auf die Gouvernante, aufrecht an der Schwelle. »Heute ist ein schöner Tag«, sagt sie. »Wollen wir ein paar Schritte hinaus?«

Schweigend gehen sie die Zufahrtsallee entlang, doch statt auf das Tor zuzusteuern, wählt Adelaide den Rundweg um den Besitz. Bald erreichen sie die Lichtung, wo der Nussbaum prangt und wohin Anita am 1. Mai vor vielen Jahren die als Mann verkleidete Adelaide begleitet hatte.

»Wie lange das her ist, Signora Ferro«, sagt das Mädchen und lässt den Blick schweifen.

»Ich habe gehört, dass Ihr heiratet, und habe Euch ein Geschenk mitgebracht.«

Adelaide sieht, wie Anita ein Heft mit schwarzem Umschlag aus dem Mieder zieht, vom Gebrauch und von der Zeit zerknittert, und fühlt, wie sich die Rinde, von der sie sich Stunde um Stunde, Tag um Tag, Jahr für Jahr hat einhüllen lassen, in kleinen, trockenen Schuppen ablöst. Sie schaudert. Sie bringt nur ein *Nein* heraus, und nicht einmal laut.

»Habt keine Angst«, beruhigt Anita sie. Dann wirft sie einen Blick auf die Seiten. Nicos schöne Schrift leuchtet ihnen entgegen. Die ordentlichen Buchstaben, mit denen er als Kind Pietro Ferros Briefe von der Front abgeschrieben hat, die schon erwachsene Hand, mit der er die Konzepte für die Artikel skizziert hat, die Endreime, der tausendfach wiederholte Name Adelaide, die rasch hingeworfenen Notizen. Wie viele große Dinge, wie viele Ziele Nico für diese junge Frau erreicht hätte! Hätte er sich einen Namen gemacht, für sie? Und wird die Zeit kommen, in der ein Kommunist eine Marchesa heiraten kann?

»Es wird Euch trösten, Adelaide.«

Anita reicht ihr das Heft der Ferne, dann zieht sie das Umschlagtuch enger um sich und lächelt unter den Falten, die wie ein Spinnennetz ihr Gesicht überziehen.

Adelaide beißt sich auf die Lippen, nimmt es und beginnt darin zu blättern. »Und was ist mit Euch?«, fragte sie gleich darauf. Doch Anita Maria Vergine Leone hat sich schon auf den Heimweg gemacht.

Als sie wieder zu Atem gekommen ist, tritt Mrs. Giulia Masca über die Schwelle der Cascina Leone. Der Boden ist mit Scherben, Lumpen und Holzsplittern übersät. In einer Ecke erkennt sie den zerfetzten Blasebalg von Primo Leones Ziehharmonika und das zerbrochene Tischchen, das verbogene Trüffelmesser. Das Bild der Madonna von Loreto liegt unter einem umgeworfenen Stuhl, die schwarzen Perlen von Nonna Luiginas Rosenkranz sind überallhin gerollt.

Andere Sachen sind ihr ganz neu, Aluminiumgeschirr, ein Zinnlöffel, das Skelett eines Paravents in grellen Farben. Auf der Ablage des Marmorspülsteins Keramikscherben und ein zerrissenes Häkeldeckchen; im Becken Fadenrollen in einer dunklen Ölschmiere. Die Treppe nach oben ist von verkohlten Balken versperrt, als hätte jemand das Mobiliar zerhackt und das, was nicht schon zum Fenster hinausgeflogen war, die Treppe hinuntergeworfen. Überall eine feine, starre Staubschicht, dick wie eine Kruste. Ihr fehlt die Luft zum Atmen.

Sie tritt wieder ins Freie und setzt sich auf den an die Mauer gelehnten Baumstumpf, wo Primo Leone immer rauchend auf das Mittagessen wartete. Die Erinnerungen bedrängen sie wie hungrige Vögelchen, im Nu ist sie eingekreist. »Familie heißt füreinander da sein«, sagte Libero bezogen auf den Sohn, der nicht seiner war. Um mich hat sich niemand gekümmert, denkt Mrs. Giulia Masca.

Luigina, Domenico, Primo und Anita, zusammen mit Giuseppe Garibaldi und Nino Bixio, und Pietro Ferro. Die Leben dieser Menschen, damals ununterscheidbar von dem ihren wie Steine in einem Flussbett, diese Leben hat die Strömung fortgetragen, und heute würde sie sie nicht wiedererkennen, selbst wenn sie über sie stolpern sollte. Sie sind verloren. Schlimmer noch: Sie sind Fremde. Wie ist das möglich? Sie waren alles, was sie hatte.

Fast alles, es gab auch noch ihre Mutter, doch Assunta ist eine andere Geschichte. Es ist nicht der gleiche Schmerz. Seit sie im Albergo Grande Vittoria wohnt, hat Mrs. Giulia

Masca den Eindruck, ihre Mutter besser zu verstehen. Sie mit dem Körper zu verstehen, nicht mit dem Kopf. Tagsüber das Gesicht im kochend heißen Dampf der Schüsseln, nachts vor Hunger Magenkrämpfe: Assunta Parodi hatte kaum genug Kraft für sich selbst. Wie hätte sie sich um sie kümmern sollen?

Als sie auf dem alten Holztisch im Palazzo Reale ihr Kind geboren hatte, war sie schon vierzig Jahre alt. Ein halbes Wunder, fast ein Mysterium, bei dem wenigen, was sie aß, und dem immer betrunkenen Mann. Falls Assunta Parodi je einen Lebensentwurf gehabt hatte, einen Plan oder einen Traum, so hatte sie den längst vergessen. Zwei Kinder waren ihr gestorben – an einer Krankheit? Verhungert? Mrs. Giulia Masca hat es nie herausgefunden – und so ein Mann.

Bestimmt hat Assunta versucht, sie loszuwerden, als sie sie im Bauch trug. Hat sie selbst denn nicht das Gleiche getan, als sie schwanger war? Sie hat Mick zur Welt gebracht, weil sie nicht genug Geld für die Engelmacherin gehabt hatte. Genauso musste es Assunta gegangen sein. Sie war nicht böse, sie war arm. Und doch hatte sie sie zuletzt angenommen, ernährt, gekleidet und sogar zur Schule geschickt, was zwar Gesetz, aber im Palazzo Reale nicht die Regel war.

Drei Jahre, getrennte Klassen, Lesen, Schreiben, Rechnen, Nähen und andere Hausarbeiten. Die Buben Bürgerkunde. Es ist die Zeit, in der Erminio Masca, wenn er eine Arbeit findet – als Gepäckträger, Spüler, Handlanger –, sie in der folgenden Woche wieder verliert, weil er zu betrunken ist, um einen Koffer zu halten, einen Topf zu schrubben oder eine Schubkarre voll Backsteine zu schieben. Wenn es in guten Momenten zeitlich passt, holt er Giulia vom Unterricht ab. Die Schule befindet sich an einer verkehrsreichen Piazzetta, wo es auch eine Bäckerei und eine kleine Kirche gibt. Vater und Tochter setzen sich auf die Kirchenstufen. In den Duft des warmen Brotes gehüllt, betrachten sie die Passanten und teilen sich ein Tütchen Kürbiskerne. »Morgen fahren wir ans Meer, nicht wahr?«, sagt Erminio Masca zum Spaß, und das Kind Giulia lacht.

Am letzten Schultag stehen sie alle beide draußen. Er nüchtern, rasiert, in sauberem Hemd, sie im Sonntagskleid, mit glänzenden Stiefelchen und einem Schildpattkamm im Haar. Es sind noch andere Eltern da, wegen der Zeugnisse. Sie setzen sich zu dritt auf die Stufen, Giulia in der Mitte. Sie liest ihnen vor: *Drei, Zwei,* viele *Einsen,* doch die beiden sehen sie zweifelnd an.

In dem Augenblick tritt Primo Leone mit Anita an der Hand zu ihnen. Er will die Noten sehen, wirft einen raschen Blick darauf, macht große Augen, um sie zu belustigen, und drückt ihr zum Schluss die Hand, wie es unter den Großen Brauch ist: »Meine Hochachtung, Signorina Masca. Sogar in Rechnen eine *Eins*!«

Die Piazzetta leert sich, auch der Lehrer, Herr Olivieri, geht davon, nickt ihrer Mutter zu und zieht vor dem Vater den Hut. Als sie allein sind, holt Erminio Masca ein größeres Päckchen als sonst aus der Tasche. »Zur Feier des Tages«, sagt er. »Du kannst doch so gut rechnen, teil es gerecht auf.«

Auf ihren Knien faltet Giulia das Päckchen auseinander und zählt im Kopf siebenundzwanzig glasierte Haselnüsse.

Dann sagt sie ganz leise, als wäre der Lehrer noch dabei: »Ja, ist teilbar«, und macht drei Häufchen von je neun. Sie ist so aufgeregt, dass sie nicht einmal herausbringt: »Bitte sehr, nehmt Euch.« Sie blickt auf das greifbare Ergebnis aus Zuckerglasur, mustert aus dem Augenwinkel die gerade Linie des frisch gestutzten Schnurrbarts ihres Vaters und die Handschuhe, die ihre Mutter aus der Kommodenschublade gefischt hat, um ihre verunstalteten Finger zu verbergen: Sie möchte für immer so bleiben, in diesem Augenblick vollkommenen Glücks, während die Menschen, in ihre Geschäfte und Gedanken vertieft, ahnungslos vorübergehen. Doch dann hat Assunta einen Handschuh ausgezogen, Erminio Masca hat sich eine Haselnuss genommen, und alles war zu Ende. In der folgenden Woche hat Giulia in der Filanda Salvi angefangen, sieben Monate später war ihr Vater tot.

Assunta war nicht böse. Sie hat zwar nie auf Giulias Briefe geantwortet, und so viel Gleichgültigkeit tut immer noch weh. Aber der Schmerz um die Leones und um Anita und Pietro ist anders, es ist der Schmerz einer Amputation. Hier ist er, der Teil, der fehlt, hier in diesem verstümmelten Hof. Hier ist die Hand, die sie sich selbst abgehackt hat an jenem 14. Februar vor fünfundvierzig Jahren. Sie sieht sie, es ist ihre, es ist ein Stück von ihr, doch sie erkennt sie nicht wieder. Zu viel Leben dazwischen.

Das, was Erminio Masca und Assunta Parodi ihr nicht geben konnten, hatte sie hier oben gefunden. *Familie heißt füreinander da sein.* Anita fehlte ihr am meisten. »Feige Verräterin«, heulte sie innerlich, und je heftiger sie sich nach ihr sehnte, je mehr sie sie an ihrer Seite vermisste – bei der

Niederkunft, als sie Micks und Mos Wunden pflegte, als sie bei Libero Totenwache hielt –, umso mehr überschüttete sie sie mit Beleidigungen, die ihr nun in diesem verwüsteten Hof vorkommen wie die leeren Hüllen von Zikaden zur Zeit der Häutung.

Darüber hat sie mit Libero nie gesprochen, auch nicht mit Mick und Claire. Ihre Familie kennt ihre Familie nicht. Doch indem sie sich nicht um die Leones gekümmert hat, hat sie sich selbst vernachlässigt, denn sie gehört hierher wie der Baum in den Wald. *Vorwärts, immer vorwärts!* Und auf diese Weise hat sie den Teil von sich, der mit der Erde und den Steinen der Cascina Leone verbunden ist – nein, nicht hinter sich gelassen: Sie hat ihn verloren. Jetzt fühlt sie, dass sie ihn braucht, und findet ihn nicht mehr. Sie betrachtet die vom Rauch geschwärzten Trümmer, das um den Haufen aus altem Eisen und Balken wuchernde Gestrüpp, denkt, dass Anita, wenn es sie noch gibt, nicht mehr dieselbe ist, und dieser Gedanke enthält etwas so Unwiederbringliches und Endgültiges, dass ihr der Atem stockt.

Ihr wird schwindelig. Das passiert manchmal. Die Hitze, das Frühstück, das ihr im Magen liegt, die Anstrengung, bergauf zu laufen. Es ist besser, wenn sie ins Hotel zurückgeht und sich eine halbe Stunde hinlegt, danach wird sie überlegen, was zu tun ist. Der Rückweg kommt ihr kürzer vor, sie sieht nichts, weder das Kloster noch die Schrift DVCE DVCE DVCE, weder das kahle, eingeebnete Gebiet, wo früher Werkstätten und Wohnungen waren, noch die massiven Bögen der neuen Brücke. Sie grübelt und grübelt. Wären sie noch fähig, füreinander da zu sein, wenn sie Anita wiederbegegnen würde? Könnten sie an dem Punkt anknüpfen, an dem sie sich getrennt haben? Und selbst wenn das möglich wäre, wie lange würde es dauern, fünfundvierzig Jahre aufzuholen? »Zeit, Zeit«, murmelt sie, während sie die Treppe von Piazza Castello wieder hinaufsteigt.

Der Portier erwartet sie auf der Schwelle mit einem Zettel in der Hand. Die Schrift ist die von Michael. Also ist er wieder da, lächelt Mrs. Giulia Masca erleichtert. Er schreibt, er habe das Zimmer neben dem ihren genommen, ermahnt sie, etwas zu essen und auszuruhen, sie würden sich dann später treffen. Er mache inzwischen einen kleinen Rundgang *a casa tua*. Auf Italienisch.

Sie sagt zum Portier, er solle ihr Bescheid geben, sobald ihr Sohn zurückkommt, geht in ihr Zimmer, schluckt eine von Dr. Bensons Tabletten, legt sich hin, schläft aber nicht wie gewöhnlich sofort ein. Der Gedanke an Mick, der allein durch Borgo di Dentro streift, beunruhigt sie.

Die Ehe zwischen Adelaide Franzoni und Adelmo Risso konnte als glücklich bezeichnet werden.

Die Trauung fand in der Hauskapelle der Villa statt, im Beisein des Bischofs und des auserwählten Genueser Adels, der sich mit Freuden einige Stunden aufs Land begab, um den Sprössling des Bauerngeschlechts in Augenschein zu nehmen, mit dem der Marchese Franzoni sich verschwägerte. Kuhhirte? Schweinehüter? *Berger?* Dieser Adelmo Risso war ein Rätsel, mit dem man noch wochenlang die *Soirées* beleben konnte. Die Säume der Gewänder wurden schon auf dem Zugangsweg schmutzig. Das Sommergewitter, das die Gäste vor der Kirche überraschte, ließ die

Frisuren erschlaffen, weichte die gestärkten Krägen auf und bespritzte die blütenweißen Hemdbrüste mit Schlamm.

Überzeugt, dass Adelaide schwanger sei – sonst wäre eine solche Verbindung unerklärlich –, befragten die großen Damen mit den Augen hinter ihren Spitzenfächern die Linie der Braut, die ein champagnerfarbenes, fließendes, wadenlanges Kleid trug. Schlicht, zu schlicht. Aber vielleicht ist das auf dem Land ja der Brauch, kicherten sie.

Der Marchese geleitete sie zum Altar, als wäre er in die Rüstung des Urahns gezwängt, der eine Reiterschar im Ersten Kreuzzug geführt hatte. Adelaide bemerkte, dass ihr Vater entgegen seiner Gewohnheit schon frühmorgens getrunken hatte, und war gerührt. Der Tag war für ihn schlimmer als für sie. Sie selbst war ganz ruhig und gelassen. Sie drückte Hände, lächelte, überwachte unauffällig, ob die Dienerschaft das Besteck austauschte, die Gläser nachfüllte, die Sorbets kalt und nicht geschmolzen servierte und nach der Hochzeitstorte den Tafelaufsatz mit Obst hereinbrachte.

Adelmo war wie benommen. Sein Vater ließ ihn nicht aus den Augen, jeder Schritt ein Befehl: »Komm näher!«, »Setz dich!«, »Steh auf!«, »Verbeuge dich, du Tölpel!«, »Nicht so, das ist zu viel!«, »Denk daran, wer du bist, Herrgott noch mal!«

Adelaide befürchtete, dass er auch noch mit ins Bett kommen wollte, um dem Bräutigam Anweisungen zu geben.

Sobald sie im Schlafzimmer, das der Marchese für sie eingerichtet hatte, allein waren, begann Adelmo, etliche Gegenstände umzuräumen: die zwei Porzellanvasen aus

Sèvres von der *console* in Tropfenform auf die Kommode aus Walnuss-Wurzelholz; die Haarbürste mit dem Silbergriff von der Ablage des Frisiertischchens auf das Schränkchen; die Pantoffeln vom Rand in die Mitte der Girlande aus Trauben und Heckenrosen, die seit hundert Jahren den *Savonnerie*-Bettvorleger zierte.

Dann blickte Adelmo starr auf das große Bett, fuhr mehrmals mit der flachen Hand über die seidenen Borten, studierte aufmerksam die *Nymphen im Bade,* die auf dem mehrfarbigen Kopfteil mit Goldintarsien dargestellt waren. Nachdem er einige Minuten in Betrachtung versunken war, vertauschte er die beiden Nachthemden mit gesticktem Monogramm, die jemand auf die Kopfkissen gelegt hatte. Er knipste die Nachttischlampe an und schaltete die Wandlampen aus. Er bemerkte, dass kein Mondschein durch die Fensterläden drang, und öffnete sie so weit, dass man vom Bett aus, wenn das Licht gelöscht war, ein Stückchen Sternenhimmel sehen konnte. Zuletzt musterte er das Ergebnis.

»Besser so?«, fragte sie.

»Ja«, erwiderte Adelmo. Dann sah er sie an. Ein Schweißtropfen an der Schläfe war das einzige Zeichen der Anspannung. »Ich werde dir nicht weh tun«, sagte er. Im Halbdunkel fühlte Adelaide, wie sie errötete. Sie hätte nicht vermutet, dass Adelmo so direkt sein konnte. »Und ich will keine Kinder«, schloss der Junge. Dann nahm er das Nachthemd mit den Initialen AR, verschwand hinter dem Wandschirm, zog sich um, kam rasch wieder hervor und schlüpfte unter das Laken.

Adelaide bürstete sich gerade die Haare. »Ich will auch keine Kinder«, sagte sie mit Erleichterung in der Stimme.

Sie nahm ihr Nachthemd und ging sich umziehen. Sie hörte den Schalter der Nachttischlampe klicken, es wurde dunkler. Sie brauchte eine Weile, bis sie sich aus den Kleidern geschält hatte, dann ging sie barfuß über die Fliesen und setzte sich auf den Bettrand. Adelmo schlief schon, atmete leicht und rhythmisch wie ein Kind.

Es war die Wahrheit: Sie wollte keine Kinder. Von Nico hätte sie eines gewollt, deshalb hatte sie mit ihm geschlafen. Aber nicht wegen des Kindes, sondern wegen Nico. In ihrem Kleinmädchenkopf hatte sie sich eingebildet, wenn sie schwanger wäre, würde man es nicht wagen, sie und Nico zu trennen. Doch die Welt ist nicht so, wie sie zu sein scheint, wenn man fünfzehn ist. Auch Adelmo ist nicht so, wie er zu sein scheint. *Ich werde dir nicht weh tun.* Kann es ein feierlicheres Eheversprechen geben? Adelaide wiederholte es laut: »Ich werde dir nicht weh tun.«

Danach schlüpfte sie unter die Decke, knipste ihre Lampe aus und drehte sich auf die Seite, so dass sie Rücken an Rücken lagen. Hätte sie wählen können, hätte sie genau diese Seite des Bettes gewählt.

Die Revolution beginnt am nächsten Morgen mit dem Dröhnen der Isotta Fraschini auf dem Kies der Allee. Der Marchese war bei Sonnenaufgang losgefahren, auf dem Programm eine Tour über die Hügel um Siena und bis hinunter nach Rom, um einige Verwandte zu besuchen, die nicht zur Hochzeit hatten kommen können.

Nach dem Frühstück geht Adelmo zum Zwinger der zwei Weimaraner, lässt sie heraus und nimmt sie mit auf einen Spaziergang im Park der Villa. Adelaide kleidet sich wie eine Amazone, lässt ihren Fuchs satteln und den Falben, auf dem sie reiten gelernt hat, das zahmste aller Pferde im Stall. Auf dem ersten reitet sie los, den zweiten führt sie am Zügel. Nachdem sie sich ein paarmal im Weg geirrt hat, erreicht sie die Cascina Leone. Es ist fast Mittagszeit, die Familie ist in der Küche. Mit einer vom Alter steifgewordenen Pfote und einem blinden Auge springt Trifula ihr freudig entgegen, unbeeindruckt von den Hufen des Pferdes. Primo Leone schaut aus der Tür, pfeift den Hund zurück, und gleich darauf sind alle draußen.

»Willkommen«, sagt Giuseppe Garibaldi.

»Guten Tag«, sagt Adelaide, während sie absteigt.

Linuccia versucht sich den Schnitt der Jacke und der Hose einzuprägen. »Wunderbar«, flüstert sie Anita zu.

»Ich bin gekommen, um Euch um einen Gefallen zu bitten, Signor Leone. Wo können wir uns unterhalten?«

Es gibt nur die Küche. Adelaide bindet die zwei Pferde an einen Pfosten des Hühnerhofs und folgt Giuseppe Garibaldi. Nicos Zuhause zu betreten bewegt sie, ihre Augen glänzen, doch das bemerkt nur Anita. Der Tisch steht voller Geschirr und Töpfe, Giuseppe Garibaldi ist verlegen, die junge Frau dagegen lächelt. »Wisst Ihr, dass mein Vater mir das Gut überschrieben hat? Ich brauche Hilfe und habe an Euch gedacht.«

»An mich?«

»Ich muss schwierige Entscheidungen treffen, Signor Leone, und möchte Eure Meinung hören. Wollt Ihr mich bei der Besichtigung meiner Ländereien begleiten?«

Giuseppe Garibaldi reißt die Augen auf, dann nimmt er sich zusammen. Er schiebt ihr einen Stuhl hin und setzt sich ebenfalls. »Und der Verwalter?«, fragt er.

»Mit meinem Schwiegervater rede ich, Ihr habt nichts zu befürchten.«

Hätte Giuseppe Garibaldi den Marchese vor sich, wüsste er, was er antworten soll, aber diesem Mädchen in Männerhosen gegenüber, das auf dem strohgeflochtenen Stuhl so aufrecht sitzt wie auf einem Thron, fühlt er sich verwirrt. »Ich werde Euch für die Mühe bezahlen«, fährt Adelaide unterdessen fort. »Ich lasse Euch das Pferd hier, mit dem Auto kommt man nicht überall hin. Habt Ihr einen Platz, wo Ihr es nachts unterbringen könnt? Natürlich beteilige ich mich am Unterhalt. Es muss nur einmal am Tag gestriegelt werden.«

»Ich kann nicht reiten«, erwidert Giuseppe Garibaldi. Hätte er Franzoni vor sich, würde er ihn frech anreden: der Herr zu Pferd, der Bauer zu Fuß. Mit ihr wird alles komplizierter, als hätte Giuseppe Garibaldi vergessen, auf welcher Seite er steht.

»Wir besitzen nur einen Ochsen für den Wagen.«

»Oh«, sagt sie. Daran hatte sie nicht gedacht, aber sie fängt sich sofort. »Ich bringe es Euch bei. Ich komme jeden Morgen her, und wir üben im Hof. Es ist ganz leicht.«

Sie begannen am nächsten Morgen. Nach einer Woche fühlte sich Giuseppe Garibaldi sicher genug, um der Marchesina ein Stück zu folgen und dann allein heimzureiten. Und kaum vierzehn Tage später fingen sie an, die Hügel rundherum zu erkunden. Adelaide konnte nicht einschätzen, wie hoch der gerechte Preis für die Arbeitstage war, die Giuseppe Garibaldi verlor, indem er sie begleitete. Um keinen Fehler zu machen, übertrieb sie, Giuseppe Garibaldi reagierte beleidigt, Adelaide dachte wieder an Nico und lernte, ihre Börse nach dem Stolz der Leones zu regulieren.

Um alles zu sehen, brauchten sie zehn Tage, an deren Ende Adelaide drei Dinge verstanden hatte. Erstens, dass sie trotz der Reblaus, des Mehltaus, des gesunkenen Weinpreises, der Lira bei 90 und des Zusammenbruchs der Wall Street noch immer eine sehr reiche Frau war. Zweitens, dass Alfonso Risso ihrem Vater die besten Grundstücke abgeknöpft hatte. Drittens, dass ihr Schwiegervater sie weiterhin rücksichtslos bestahl, bei den Weinbergpfählen, den Reben, den Samen, dem Kupfervitriol, den Trauben, dem Wein, dem Gemüse, dem Geflügel, den Schweinen und sogar bei der Salami.

Die Nachricht, dass Adelaide Franzoni in Begleitung von Giuseppe Garibaldi über das Land reitet, erreicht den Verwalter, noch bevor die Marchesina dem Stallburschen die Zügel des Pferdes übergibt, das gestriegelt werden muss. Die Sache gefällt ihm nicht, doch er ist ein vorsichtiger Mann. Ebenso wenig gefällt es ihm, als er erfährt, dass Adelaide Fragen stellt, Informationen einholt und die Abrechnungen der Halbpächter kontrolliert. Aber noch greift er nicht ein, da er meint, die Kleine werde das neue Spiel wohl bald satthaben. Zum Boden muss man sich bücken, denkt er, und von einem englischen Vollblut herab ist das noch mühseliger.

Gleichwohl ist die Sache lästig. Eines Morgens, an dem er sicher ist, sie nicht anzutreffen, geht er zur Villa hinauf und fragt nach Adelmo. Man sagt ihm, Adelmo sei mit den Hunden unterwegs, er verbringe viel Zeit draußen, auf der Reitbahn, in den Ställen, im Gehege bei den Gänsen, am

Froschteich und wer weiß, wo noch. Zu den Essenszeiten komme er zurück, die Stiefel schlammverschmiert, wenn es geregnet hat, sonst staubig. Ja, er esse mit der Marchesina zu Mittag und zu Abend. Ja, sie verstehen sich. »Ein Herz und eine Seele«, sagt die Gouvernante.

Er beschließt, sich nicht weiter aufzuregen: Adelmo ist ein Taugenichts, Adelaide ein ahnungsloses Mädelchen. Wovor sollte er Angst haben? Im Herbst kommt der Augenblick der Jahresabrechnung. Der Marchese hat sich nicht mehr blicken lassen (die letzte Postkarte ist in Kairo gestempelt), Alfonso Risso begibt sich mit der wohlgeordneten Buchhaltungsübersicht und ohne allzu schlimme Nachrichten zur Villa hinauf. Im Lauf der Jahre hat er sich ein stattliches Vermögen und eine beträchtliche Rendite gesichert. Für die Zukunft hat er ganz klare Vorstellungen: Er wird weitermachen wie immer, wird die Halbpächter und Tagelöhner schikanieren und ein paar Extras einstecken. Muss er sich nicht des Namens würdig zeigen, den seine Enkel tragen werden? Gegen unvernünftige Verkäufe wird sich Alfonso Risso jedoch sperren, denn das Vermögen soll unangetastet auf die Nachkommen übergehen. Er ist sicher, dass Adelaide, sobald sie ein neues Leben in sich keimen spürt, damit einverstanden ist: Die Frauen verstehen ja nichts anderes. Und Franzoni soll ruhig zur Hölle gehen mit seinen Fräcken, seinen Sondermodellen und den Spieltischchen aus Rosenholz.

Adelaide empfängt ihn im Arbeitszimmer im Erdgeschoss, aber nicht am Schreibtisch, wie Franzoni es machte. Sie begrüßt ihn herzlich, lässt ihn auf dem Sofa Platz nehmen, sagt dem Dienstmädchen, sie solle den Kaffee servieren. »Adelmo?«, fragt er, als die Bedienstete die Tür hinter sich zumacht.

»Euer Sohn hasst solche Angelegenheiten, das wisst Ihr besser als ich. Nun, wie ist das Jahr verlaufen?«

Risso holt aus der Ledertasche eine Saffianmappe voller Unterlagen. Er blättert sie vor Adelaides Augen durch und beginnt mit seiner Litanei: Soll und Haben, die Preisschwankungen auf dem Großmarkt von Acqui Terme, einige Fachausdrücke von der Sorte, die Franzoni so beeindruckte (einmal kapitulierte er vor einem *Wiederanlagezins*). Doch das Mädchen würdigt die Rechnungen keines Blickes und sagt auch nichts dazu.

Perfekt, denkt Risso. Besser als Franzoni. Der hatte immer etwas zu meckern, das kostete ihn einen Haufen Zeit. Sie nicht, sie schweigt. Sie spricht erst, als sie sicher ist, dass der Verwalter fertig ist. »Ich danke Ihnen unendlich«, sagt sie, dann klappt sie die Saffianmappe zu, steht auf und legt sie auf den Schreibtisch. »Heute Nachmittag werde ich mir Euren Bericht in Ruhe ansehen.«

»Ihr wollt ihn durchgehen? Ich kann Euch helfen, wenn Ihr wollt.«

»Ihr habt sowieso schon viel zu viel getan, mehr kann ich vom Vater meines Gatten nicht verlangen.«

»Nur meine Pflicht«, erwidert er und deutet eine Verbeugung an, die er sofort bereut.

»O nein, Ihr seid zu nichts verpflichtet, jetzt nicht mehr, lieber Alfonso. Ich darf Euch doch Alfonso nennen, nicht wahr?«

Das ist er, der entscheidende Augenblick. Risso begreift es, als man ihm schon die Tür gewiesen hat. Die Sekunde, in der er gestolpert und abgerutscht ist, schneller, immer schneller, wie in manchen Träumen, in denen du unaufhörlich tiefer fällst, bis ein Aufprall dich plötzlich weckt.

»Selbstverständlich, Signora«, stotterte er.

»Oh, nennt mich doch Adelaide, ich bitte Euch. Es war nicht leicht, jemanden zu finden, der Euch ersetzen konnte.«

»Was sagt Ihr da?« Ihm blieb die Luft weg.

Adelaide lächelte strahlend. Sie nahm seine Hände und sagte: »Ihr seid frei, lieber Alfonso! Natürlich werde ich Euch auszahlen, was Euch zusteht, aber nur, weil der Vertrag zwischen Euch und meinem Vater geschlossen wurde, bevor unsere beiden Familien zu einer einzigen wurden. Wie beschämend, den Vater des eigenen Ehemanns zu entlohnen! Wie den niedrigsten Tagelöhner! Könnt Ihr mir meine Säumigkeit je verzeihen? Ich werde Euch immer dankbar sein, aber nicht wie ein Gutsherr, sondern wie eine Tochter.« Sie hatte sogar feuchte Augen.

Alfonso Risso brachte gerade noch die Kraft auf zu fragen: »Und wer tritt an meine Stelle?«

»Ach, was kümmert Euch das! Ihr habt ausgesorgt! Und fürchtet nicht um das gute Gelingen der Geschäfte. Der neue Verwalter ist jung, aber er versteht sein Handwerk.«

Kurz darauf stand Alfonso Risso auf der Straße, mit puterrotem Gesicht, die Pockennarben sichtbarer denn je, das verkrüppelte Bein pochte wie bei Wetterwechsel, und der Kaffee stieß ihm sauer auf. So ein Miststück. Ein unfassbares Miststück. Und warum hatte dieser Idiot von seinem Sohn ihn nicht gewarnt?

Noch am selben Nachmittag ging er erneut zum Angriff über, doch man sagte ihm, die Marchesina habe starke Kopfschmerzen und Adelmo sei noch unterwegs. In der folgenden Woche kehrte er mit einer Liste möglicher Verbesserungen zurück. Adelaide bot ihm wieder einen Kaffee an, nahm die Papiere, legte sie zu den anderen in der Saffianmappe, die noch immer auf dem Tisch lag, und versprach, mit dem neuen Verwalter darüber zu sprechen.

Als er einen Monat später wieder vorsprach, versicherte ihm Adelaide, dass sie die Vorschläge ernstlich in Erwägung ziehe. Zwei Monate später ging es mit den Plänen zügig voran. Nach drei Monaten waren unvorhergesehene Schwierigkeiten aufgetaucht, man hatte anders entschieden, doch Adelaide sei ihm dennoch überaus dankbar für seine Bemühungen.

Daraufhin wandte Risso sich an Franzoni, als dieser Ende Januar in die Villa zurückkehrte. Er wirkte jedoch feindselig und nervös: Eigentlich war er wegen der Gänse zurückgekommen, aber Adelmo hatte irgendetwas mit den Hunden angestellt, sie waren nicht einmal mehr fähig, ein totes Huhn aufzuspüren, sagte er. Sie laufen ungestört durchs Haus, schlafen auf den Teppichen ein, gehorchen nicht, wenn man sie ruft.

Zuletzt griff Alfonso Risso auf die alte Methode zurück: Er streute falsche Gerüchte über Gabriele Musso, den neuen Verwalter, und hoffte, dass die üble Nachrede nicht nur ein bisschen Wind machen, sondern sich zu einem Orkan auswachsen würde. In Borgo di Dentro erzählte er zum Beispiel, Musso sei ein Dieb. Dass die Beschuldigung von einem Meister dieses Fachs stammte, ließ viele die Brauen runzeln und führte zu schadenfrohen Bemerkungen über Risso selbst. So ähnliche Kommentare erntete Risso, als er kurz darauf behauptete, Musso sei auch ein Frauenheld. Tatsächlich hatte Alfonso Risso zahllose junge Tagelöhnerinnen hinten in einem Heuschober oder in einem geschützten Graben auf ihre Eignung zur Arbeit geprüft. Volens, aber meistens nolens.

Die Sache wurde ernst, als Risso den neuen Verwalter als Aufrührer anprangerte. Bei den Versammlungen der faschistischen Ortsgruppe ließ er durchblicken, dass Gabriele Musso zwar studiert habe; dass er auch auf den blonden Moscato-Hügeln zwischen Canelli und Nizza sein Können bewiesen habe; dass er wahrscheinlich sogar einige Edelleute überzeugt habe, die schon mit den Franzonis im Geschäft waren, als die Genueser Galeonen noch das Mittelmeer beherrschten. Aber er habe sein Dorf Santo Stefano Belbo verlassen müssen, weil die dortigen Kameraden ihm an den Kragen wollten.

Daraufhin bestellte Adelaide Musso in die Villa. Es war in den ersten Apriltagen, und der Marchese, angeekelt von der Unordnung, die die Tiere ins Haus brachten, war schon wieder in Richtung Côte d'Azur abgereist und hatte einen *armoire* voller Wedgwood-Porzellan von 1861 mitgenommen.

»Ich bin sehr zufrieden mit Eurer Arbeit«, begann Adelaide. Sie saß am Tisch des Arbeitszimmers, ohne Schmuck, außer zwei Perlen an den Ohrläppchen, und in der Jacke und der Hose aus Gabardine, die sie nun immer trug, wenn sie Lieferanten, Kunden oder mögliche Geschäftspartner traf.

»Gut«, erwiderte Gabriele Musso, den Blick auf die Tischplatte geheftet.

»In einer Woche werde ich zur Feier der hervorragenden Ergebnisse der Weinernte einen kleinen Empfang veranstalten. Ich werde den Podestà und Dr. Aristide Costa einladen, der, falls Ihr das nicht wisst, der faschistische Parteisekretär ist. Dazu noch ein paar Journalisten aus Genua und meinen Schwiegervater. Es würde mich freuen, wenn Ihr dabei wärt. Ich möchte diesen Herrschaften erzählen, was wir hier gegen die Reblaus unternehmen.«

»Dazu braucht Ihr mich nicht, Signora. Ihr kennt die Lage«, antwortete Musso.

»Das Wort eines Mannes gilt mehr als tausend Reden einer Frau, lasst Euch nicht lange bitten«, sagte sie lächelnd.

Ohne den Blick zu heben, strich Gabriele Musso sich mit den Fingern über die glattrasierte Wange. Adelaide hatte ihn noch nie ungepflegt gesehen. Dabei traf sie ihn doch immer im Weinberg, im Keller oder in den verräucherten Küchen der Halbpächter. Er, saubere Fingernägel und frisch gewaschenes Hemd.

»Wenn Ihr es für nützlich haltet, komme ich.«

»Sehr nützlich. Und an dem Abend möchte ich Euch hiermit sehen.« Adelaide zog eine emaillierte Anstecknadel mit Liktorenbündel aus der Schublade.

Musso erstarrte. Erst sah er die Anstecknadel an, dann Adelaide. »Ich glaube nicht, dass das nötig ist, Signora.«

»Doch, doch.«

»Dann steckt sie selber an.«

Adelaide fühlte, wie der Verwalter sie mit einem unverschämten Blick durchbohrte.

»Das würde nichts nützen. Frauen verstehen nichts von Politik, wisst Ihr das nicht?« Der Verwalter presste die Lippen aufeinander. »Hört mir gut zu, Musso. Ich werde nicht wiederholen, was ich Euch nun sage, und wenn Ihr es weitererzählt, werde ich es abstreiten und Euch anschließend entlassen. Das Letzte, was ich mir wünschen würde. Aber mein Schwiegervater ist ein sehr mächtiger und sehr wütender Mann. Beim Abendessen werdet Ihr den Anwesenden erklären, was Ihr gemacht habt, welche Ergebnisse Ihr bisher erzielt habt und welche Ihr noch zu erreichen hofft, und das alles mit diesem gut sichtbar angesteckten Ding hier. Ich weiß keine andere Möglichkeit, um Euch zu schützen.«

»Bei allem Respekt, Signora, ich bin es gewohnt, allein auf mich aufzupassen.«

»Das ehrt Euch. Aber seid nicht töricht. Nehmt die Nadel, steckt sie ins Knopfloch, macht den Römischen Gruß, und sobald Ihr hier draußen seid, werft sie in den ersten Graben, dem Ihr begegnet.«

»Ein Theater.«

»Ein Theater.«

Gabriele Musso spielte seine Rolle wie ein Star. Dunkel gekleidet, die langen blonden Locken mit Brillantine gebändigt, frisch rasiert: Alles an seinem Äußeren verhieß *Ordnung und Disziplin.* Außerdem hatte er etwas Teutonisches durch seine Statur, die hellen Augen und die Präzision der Fachausdrücke, die er an der Weinbauschule in Alba gelernt hatte. »Lage«, »Drainage«, »pH-Wert«. Der Podestà gratulierte der Marchesa, Dr. Aristide Costa wollte sie in eine Idee einweihen, die er für das bevorstehende

Weinfest hatte, die Journalisten machten sich Notizen, und Alfonso Risso war blass vor Missgunst. In der folgenden Woche titelte *Il Secolo XIX*:

Borgo di Dentro fordert die Reblaus heraus.

Adelaide stieg aufs Pferd und ritt zu Gabriele Musso in den Weinberg. Strahlend zeigte sie ihm die Zeitung. »Ihr wart hervorragend!«

Es war ein warmer, aber sehr feuchter Frühling. Der Mann griff nach dem Blatt, das die Marchesina ihm hinhielt, und las. »Zufrieden?«, fragte er zuletzt.

»Sehr.«

»Gut. Verlangt nicht, dass ich so etwas noch mal tue.«

Adelaide nahm die Zeitung wieder an sich, faltete sie zusammen und steckte sie zurück in die Satteltasche. Sie sah zu, wie Musso sich zum Fuß des Weinstocks hinunterbeugte, die Erde wegkratzte, eine Handvoll aufhob, sie aus der Nähe betrachtete und dann daran roch. »Riecht Ihr nicht auch den Modergeruch?«, fragte er sie und streckte ihr die Hand hin.

Adelaide gab keine Antwort, wendete das Pferd und machte sich auf den Heimweg. »Ohne mich hättest du die Stelle nicht mehr, du Dummkopf, ich hab dir aus der Patsche geholfen«, murmelte sie, während sie das Pferd peitschte. Im Kopf ging sie die Diskussionen der letzten Monate durch, die Art, wie er sie überzeugte, die Art, wie sie ihn überzeugte, keiner von beiden bereit, einen Millimeter nachzugeben, und doch waren sie sich zum Schluss einig, man wusste nicht recht, wie. Und die Felder trugen, die Keller flossen über, keiner der Pächter erinnerte sich, wann es zuletzt solch ein Jahr gegeben hatte. »Ein Querkopf!«, murrte sie, wiederholte es aber nicht. Sie merkte, dass es irgendwie gemein war, eine Spur bitterer Ungerechtigkeit. Ihre schlechte Laune verflog erst am Abend, als die beiden Hunde von Adelmo – unterdessen folgten sie ihm wie sein Schatten – sich zu ihren Füßen niederlegten. Auch die Katze kam: Sie sprang auf das Sofa, rollte sich neben ihr zusammen, begann, sich erst die Vorderpfoten, dann die Hinterpfoten zu lecken, und setzte ihre Toilette danach an Adelaides nacktem Handgelenk fort, bis die rauhe kleine Zunge sie kitzelte.

Adelmo hat alle Haustiere umgetauft: Beim Fressen von Apfelbutzen überrascht, wurde die Katze namens Tiger zu Mela. Franz und Otto, die zwei Weimaraner, wurden zu Gelida Manina und Amadeus: Sie winseln nämlich vor Freude, wenn das Grammophon läuft und Caruso *La Bohème* singt oder das *Klavierkonzert in d-Moll* K466 erklingt. Adelmo hat auch den Tieren einen Namen gegeben, die sonst keinen haben, den Hühnern, Gänsen, Kaninchen und sogar den Elstern, für die er eine kleine Voliere gebaut hat. Ein Jahr nach der Hochzeit beginnt er mit der Planung einer Riesenvoliere, die am Froschteich hinter der Villa stehen soll. Am Abend zeigt er Adelaide die Zeichnungen.

»Schön. Sieht aus wie eine Arche«, sagt sie.

Fast ein Jahr später, zum zweiten Hochzeitstag, wurde sie eingeweiht, mit einer Magnum-Flasche Champagner, die Adelmo mit Adelaide und den Dienstboten teilte. Fünf Meter hoch und zwölf Meter breit, an vier Seiten offen und mit einem kleinen Turm in der Mitte, erinnerte die Voliere tatsächlich an eine Arche Noah, aber aus Glas und Metall. Im Inneren gab es Stellagen mit vier Borden übereinander. In regelmäßigen Abständen waren Behälter für Körner, Stroh und Wasser angebracht. Eine an den Enden mit Haken versehene Leiter diente dazu, die oberen Etagen inspizieren zu können. Die Überdachung, beweglich und durchsichtig, konnte mit Kurbeln schräg gestellt werden, und weiße, an einem Zugrollensystem befestigte Sonnensegel schützten vor der glühenden Sommerhitze. Es gab weder Gitter noch Türen, noch Riegel: Vögel, Menschen und andere Lebewesen konnten frei kommen und gehen, wann sie wollten.

»Sie werden alle davonfliegen«, bemerkte Adelaide.

»Es ist kein Käfig, sondern eine Zuflucht«, erwiderte Adelmo.

Im Verlauf einiger Monate bevölkerte sich die Arche. Spatzen, Lerchen, Finken, sogar eine Nachtigall. Sie kamen und flogen wieder fort, ab und zu nistete einer auf einem Bord. Die Katze namens Mela hielt sich fern, ebenso Füchse, Dachse und Zwergfalken, denn Gelida Manina und Amadeus passten gut auf.

In einem Kittel aus Sackleinen und mit einem Schlapphut auf dem Kopf, um sich vor der Vogelkacke zu schützen, verbrachte Adelmo viel Zeit damit, den Holzboden zu kehren und die Behälter nachzufüllen. Mit zwei schweren Baumwollvorhängen teilte er einen Raum ab, den er in eine Kinder- und Krankenstube verwandelte: Wenn sich ein Rotkehlchen den Flügel brach oder ein Spatzenjunges aus dem Nest fiel, legte Adelmo das Vögelchen in ein Wattebett, fütterte es mit Wurmstückchen, Fliegen ohne Flügel,

Hanfsamen und Regenwassertropfen. Wenn es wieder zu Kräften gekommen war, setzte er es auf eines der oberen Borde, stellte sich einen Liegestuhl darunter und wartete geduldig auf den ersten Flug. Und früh am Morgen, wenn er mit Adelaide und den Hunden spazieren ging, konnte es vorkommen, dass einer der genesenen Vögel sich wie der Papagei von Long John Silver auf seine Schulter setzte und sie ein Stück begleitete.

Die Kunde von der durchsichtigen Riesenarche verbreitete sich, und bald kamen Kinder aus Borgo di Dentro zur Villa herauf. Sie legten sich hinter dem Froschteich auf die Lauer, im Windschatten, damit die Hunde nichts witterten. Eines Nachmittags bemerkte Adelmo sie und bedeutete ihnen mit einem Winken, näher zu kommen. Von da an waren bei schönem Wetter immer zwei oder drei Kinder da, die dem Hausherrn halfen, die Voliere in Ordnung zu halten. Manchmal brachte eines in einer Tüte versteckt einen lahmen Vogel mit. Adelmo sagte, es solle dem Tier einen Namen geben, und zeigte ihm, wie man es pflegen musste. Starb das Vögelchen, half er dem Kind, es auf dem kleinen Friedhof zu beerdigen, den er extra hinter dem Teich im Schatten einer Eiche angelegt hatte. Jedes Vögelchen bekam einen Stein, auf den mit Kreide der Name geschrieben war. Hatte der erste Regen den Namen abgewaschen, stand der Stein wieder für andere Vögelchen zur Verfügung.

Als nach den Kindern die Alten kamen, richtete Adelmo eine Ecke mit Liegestühlen, Schlapphüten, sackleinenen Kitteln und Karaffen mit gezuckertem Zitronenwasser ein. Sie redeten nicht viel, beschränkten sich darauf, die Vogelschreie zu erkennen und die Flugbahnen zu studieren, doch die Stimmung war so entspannt, dass Adelaide, wenn ein Gedanke ihr das Herz schwermachte, alles liegen und stehen ließ, zur Arche ging und eine halbe Stunde mit ihrem Mann, den Hunden, den Alten und den Kindern unter den Vögeln verbrachte.

Am 13. August 1935 – sie hatten gerade ihren fünften Hochzeitstag gefeiert – ging Adelmo frühmorgens hinunter, um nach der Voliere zu sehen. Neulich hatte sich ein Kohlmeisenpaar mit sehr schlechtem Charakter in einer geschützten Ecke niedergelassen, und nach wochenlanger Dürre drohte am Himmel ein Sturm.

Etwa zehn Kilometer weiter prasselt seit beinahe drei Stunden heftiger Regen auf die Eichen und Kastanien, die den Oberlauf des Flusses Orba begrenzen. Der Stausee des Wasserkraftwerks, das neun Jahre zuvor in Betrieb genommen wurde, füllt sich rasch. Um sieben Uhr morgens greift der Wärter Abele De Guz zum Hörer und setzt sich mit dem unten liegenden Elektrizitätswerk in Verbindung. Er teilt mit, dass der Wasserstand auf 311 Meter über dem Meeresspiegel gestiegen ist. Der sintflutartige Regen hüllt sowohl den großen Hauptstaudamm mit 200 Metern Länge, 47 Metern Höhe und modernen Abflusssystemen als auch den Nebenstaudamm, ein 15 Meter hohes und etwa vierzig Meter breites Mauerwerk, in seine Sprühnebel. Um acht Uhr teilt De Guz mit, dass der Wasserstand 312 Meter erreicht hat. Um neun Uhr, 313. Um zehn, 318: Fünf Meter in einer Stunde, vier Meter unter dem maximalen Fassungsvermögen, das bei 322 liegt. Das Telefon des Wächters ist nicht an das Außennetz angeschlossen. Daher verständigt die Zentrale die Werke im Tal: Oben regnet es übermäßig, die Zuständigen sollen sich auf eine Leistungssteigerung vorbereiten.

Um den Druck auf die Anlage zu verringern, setzt Abele De Guz unterdessen den Ablauf in Gang, vorgesehener Abfluss durch das Trichterventil: 160 Kubikmeter pro Sekunde. Die Sache erweist sich jedoch als langwierig und schwierig, und um 10.25 Uhr hört das Ventil auf zu funktionieren. Wegen fehlender technischer Abnahme darf der Grundabfluss nicht genutzt werden, der den Stauraum um 55 Kubikmeter Wasser pro Sekunde entlasten würde.

Um 10.45 Uhr erreicht das Wasser den Stand von 322 Metern, und die Überlaufabflüsse schalten sich ein, die potentiell 500 Kubikmeter pro Sekunde ableiten, aber wenig ausrichten, wenn sperrige Festkörper auf dem Wasser schwimmen, wie es bei Wolkenbrüchen der Fall ist. Und der Regen lässt nicht nach.

Um 12.30 Uhr läuft das Wasser am zweiten Damm über. Abele De Guz verständigt sofort das Elektrizitätswerk. Derweil überschwemmt der See auch das Erdgeschoss seiner Wohnung. Der Wächter bringt die Kinder in Sicherheit, geht zurück ins Haus, reißt die Telefonkabel heraus, trägt den Apparat ins obere Stockwerk und bastelt einen neuen Anschluss. Er informiert die Zentrale über den Ernst der Lage. Die Zentrale warnt die Anlagen weiter unten im Tal vor der Gefahr eines Dammbruchs. Auch das Werk am Rand von Borgo di Dentro besitzt nur eine interne Telefonleitung: Gegen 13.15 Uhr macht sich einer der Angestellten im strömenden Regen zu Fuß auf den Weg, um die Stadt zu warnen.

Zwischen 13.25 Uhr und 13.30 Uhr gibt die zweite Staumauer nach. Fünfundzwanzig Millionen Kubikmeter Wasser und Schlamm überfluten das Flussbett und stürzen mit einer geschätzten Geschwindigkeit von etwa 30 Stundenkilometern zu Tal. Um 13.40 Uhr überrollt und verwüstet die Masse das Elektrizitätswerk und gleich darauf den Ausgleichsstaudamm. Um 13.45 Uhr verschluckt eine 18 Meter hohe Wasserwand voller Geröll, Trümmer und Baumstämme eine weiter unten liegende Brücke und eine Mühle. Ein 150 Meter langer Eisensteg wird ausgerissen und von den Fluten davongetragen. Als das Gefälle abnimmt, pendelt sich die Wassergeschwindigkeit bei 20 Stundenkilometern ein. Es gibt schon mindestens fünf Tote, als die Hochwasserwelle um zwei Uhr nachmittags den Rand von Borgo di Dentro erreicht.

An jenem Morgen ist Anita zeitig ins Dorf gegangen, um bei einer Signora aus der Neustadt, die sich von Linuccia ein Kleid schneidern lassen will, ein Stück blaue Seide abzuholen. Der Regen überrascht sie kurz vor der Werkstatt von Achille Ferro und Filippo Leone. In der Hoffnung, dass der Wolkenbruch rasch vorbei sein wird, setzt sie sich zu ihnen, das Stück Seide im Schoß, damit es keine Flecken bekommt von dem Fett, das die Schuster verwenden, um das Leder weich und wasserabstoßend zu machen. Doch der Regen hört nicht auf. Anita nutzt die Zeit, um dem Letzten der Ferros bei der Arbeit an einem Paar Stiefeletten zuzusehen: ergraut, mit Zwicker auf der Nase, aber weiterhin energisch und an die stumme Anwesenheit der Schwägerin gewöhnt.

Durch die zur Piazza Fontana geöffnete Tür wehen nasse Böen herein. Ab und zu schaut jemand vorbei und erzählt, dass die Orba immer reißender und schlammiger wird. Zu Mittag teilen sich die drei ein Brot und eine Scheibe Käse. Das Prasseln des Regens übertönt die Gespräche. Ein Grüppchen von Menschen unter schwarzen Schirmen steht an der Brüstung zum Fluss. Bevor sie weiterarbeiten, wollen die beiden Männer auch einen Blick auf das Spektakel werfen. Ein Wachstuch über dem Kopf, wagen sie sich zu dritt hinaus, Anita eingezwängt zwischen dem Schwager und dem Neffen. Das Schauspiel ist großartig und schrecklich. Von der Eisenbahnbrücke links unten bis zur Brücke, die zu den Häusern jenseits des Orba und dann zur Cascina Leone führt, stürmt der Fluss unaufhaltsam dahin: schaumige, hohe Wellen, Wirbel, die die großen Steine überspülen, Reisig, das an den Pfeilern hängen bleibt, Schlammgeruch. Die drei unter dem Wachstuch drängen sich durch die kleine Menschenmenge und erreichen die Brüstung, während es vom Kirchturm zwei Uhr schlägt.

Als der letzte Glockenton verklingt, herrscht für einen Moment tiefe Stille im Tal. Dann ein Dröhnen, ein Donner, der nicht aufhört, sondern anschwillt. Eine riesige Wasserwand verdunkelt die Bögen der Eisenbahnbrücke und rückt vor, direkt auf die Zementmauer des Ballspielstadions zu. Hundert Meter lang und sechzehn Meter hoch, vor vierzehn Jahren mit modernster Technik gebaut. Bombensicher, heißt es.

Und wie eine Bombe prallt die Mischung aus Wasser, Schlamm und Geröll gegen die Wand, schert aus dem Flussbett aus, nimmt Anlauf und ballt sich wieder, ein hartes, kompaktes, schwarzglänzendes Geschoss, das auf die Häuser am anderen Ufer der Orba, auf die Werkstatt, das

Wagendepot, den Brunnen, die Osteria, die Bocciabahn, die Tankstelle, die Molkerei, die Ställe, die Gemüsegärten, das Maulbeerwäldchen, den Schlachthof, den Lebensmittelladen, die Schusterwerkstatt, die Hufschmiede, die Schreinerei, die Baumschule und Dutzende von Wohnungen zurast.

An der Brüstung kein Laut. Anita lässt das Wachstuch los, ebenso Achille und Filippo, im Wind schwebt die Plane nach oben wie ein Drachen, und gewiss würde ein Kind gebannt beobachten, welche Kreise sie zieht, nicht aber Anita, nicht Achille und Filippo, verstummt vor der Apokalypse. Im Nu ist die Häusergruppe am anderen Ufer der Orba unter Wasser, die Brücke geht unter, die abgedeckten Häuser drehen sich um sich selbst, bevor sie absacken, ein dünner Rauchfaden steigt auf wie Weihrauch. Und auch die Hochzeitskutsche stürzt in den Abgrund, wie von Teufeln hinuntergestoßen, das geblähte Verdeck eines Torpedo Scat versinkt, und dann Eselshufe, Weizensäcke, Hundeköpfe, Fässchen mit gesalzenen Sardellen, Tamburine, Singer-Nähmaschinen, Arme und Beine.

Eine Minute, vielleicht zwei, höchstens drei, dann erfüllen wieder Stimmen die dunkle Luft. Die auf den Dächern und den Bäumen übriggebliebenen Menschen schreien. Die neben Anita schreien, viele rennen nach Hause oder nach unten Richtung Piazza Castello. Achille und Filippo sind schon verschwunden, sie meint verstanden zu haben, dass sie die *Genossen* suchen gehen, aber in diesem Aufruhr könnte sie sich getäuscht haben. Sie flüchtet sich in die Werkstatt und wartet. Ab und zu wird sie von Schauder und Zähneklappern geschüttelt.

Zwei Stunden später ist immer noch niemand zurück. Der Himmel ist aufgerissen, der Regen fällt spärlich und unstet, in warmen Schauern. Anita hat sich etwas beruhigt. In der Cascina Leone könnten sie meinen, ihr sei etwas zugestoßen, besser, sie marschiert los. Sie hinterlässt zwei Zeilen für Achille und Filippo, wickelt das Stück blaue Seide ein, so gut es geht, und verstaut es im Büstenhalter.

Das Hin und Her auf der Treppe zur Piazza Castello versperrt ihr den Weg. Das Wasser, das die ebene Fläche überflutet hatte, ist abgeflossen und hat einen dunklen, übelriechenden Matsch voller schwer zu deutender Bruchstücke hinterlassen: Zweige, Stämme, Kleider, Töpfe, Fische, Schlangen, Hühner, Katzen. Die Brücke gibt es nicht mehr, man kommt nicht auf die andere Seite. Jemand zeigt auf die Eisenbahnbücke weiter oben, die einzige Möglichkeit, den angeschwollenen Fluss zu überqueren, und Anita geht los und folgt der Prozession, die sich am verwüsteten Ufer entlangschlängelt. Die Füße versinken im Morast. Um besser voranzukommen, hebt sie einen vom Wasser angeschwemmten kräftigen Ast auf und nimmt ihn als Stock. Nach etwa hundert Metern blickt sie auf und sieht, dass ein Mann vor ihr vom Weg abgebogen ist und sich dem Flussbett nähert. Sie schaut genauer hin, erkennt das Profil, den Schritt. Daraufhin verlässt sie die Prozession und folgt ihm.

Der Mann dringt in das Dickicht aus sturmgebeugten Akazien ein, verlangsamt an einer glitschigen, steinigen Stelle, bleibt stehen und geht weiter, immer durch das dichteste Gestrüpp. Gleich darunter tost der reißende Fluss. Der Mann macht noch ein paar wackelige Schritte, Anita sieht, wie er auf einen Vorsprung steigt und hinunterblickt. Sie vermutet, dass er aufgewühlt ist, erregt von diesem erstaunlichen Schauspiel von Kraft und Tod. Sie kennt ihn gut. Seit dreizehn Jahren beobachtet sie ihn. Mit der Rechten umklammert sie den Stock, nähert sich, das Geräusch des Wassers überdeckt ihre Schritte. Dann packt sie den Stock mit zwei Händen wie eine Keule. Niemand kann sie sehen, Alfonso Risso würde unter die Vermissten eingereiht. Wer denkt an so einem Tag schon an einen Mord? Wenn sie sofort handelt, wird die Welt die Rache, die sie seit dreizehn Jahren mit der Beharrlichkeit eines Edmond Dantès ausbrütet, nicht für ein Verbrechen halten.

Ein Donner verkündet, dass es bergwärts noch nicht vorbei ist. Alfonso Risso atmet laut, schluckt die dunkle, feuchte Luft wie ein Blasebalg, Anita sieht, wie sich der Rücken dehnt, dann hört sie einen Schrei aus tiefster Brust, ein wildes, schreckliches »Ahhh«, das einen Moment lang das Brüllen des Wassers übertönt.

Während das erigierte Glied den Stoff seiner Hose spannt, dreht Alfonso Risso sich hochrot um, mustert gebannt das Ausmaß der Zerstörung und sieht sie. Die Überraschung nimmt ihm den Atem. Er sieht ihr in die Augen, betrachtet den Stock, kreuzt sofort die Arme, um sein Gesicht zu schützen.

Erbärmlich, denkt Anita. Auf dem Wasser sieht sie eine Steppdecke, ein hölzernes Joch und einen Geigenbogen vorüberschwimmen. Ihre Arme werden schwer, und sie lässt den Stock sinken, aber zusammengekauert, wie er ist, bemerkt Risso es nicht und wimmert weiter. Hat auch Nico um Gnade gefleht? Nuxes Jaulen weckt Primo immer noch.

Hamlets unheilbares Zittern lässt Dr. Costa vor Scham erblassen.

Erneut hebt Anita die Arme, schwingt entschlossen den Stock, um zuzuschlagen. Aber sie schlägt nicht zu. Sie fühlt, wie der Hass sie verlässt, die Wut schwindet, von den Fluten geschluckt, wie sie eins wird mit den Kadavern von Kühen und Pferden, der Puppe, die auf einem Balken vorbeitreibt. Tausendmal hat sie sich diesen Augenblick ausgemalt. Sie hat komplizierte Pläne geschmiedet und wieder verworfen, und nun, da das Schicksal ihr den Kopf des Mörders ihres Sohnes anbietet, überzeugt das Schicksal sie nicht. Es ist keine Angst. Was könnte ihr passieren, was ihr nicht schon passiert ist? Gefängnis? Erschießungskommando? Was ist das gegenüber der Hölle, durch die sie schon gegangen ist?

Es ist weder Angst noch Schwäche, sondern Mitleid. Das Leben ist unendliches Leid, heute mehr denn je. Sie lässt den Stock los, der ins Wasser rollt. Sie wollte Edmond Dantès sein, der Rächer, der Scharfrichter, der Gesandte Gottes. Der Schlamm wallt auf, schleppt Schuhe, Bänder, Flaschen mit. Am Tag der Apokalypse gibt es keine Gerechtigkeit und vielleicht auch keinen Gott. Ihre Kehle ist trocken, sie öffnet den Mund, damit der Regen sie befeuchtet. Sie wird Alfonso Risso nicht erschlagen, wird nicht Leid auf Leid häufen, Blut auf Blut. Gott wird es verstehen, wenn es ihn gibt, wenn er wirklich das Leben der Menschen erlebt hat.

Sie verschränkt die Hände auf der Brust, fühlt die nasse Seide. Darunter den abgemagerten Busen und darunter das pochende Herz. Dann legt sie eine Hand auf den Bauch, macht das Spiel, das sie immer macht, *komm, Nico, gib mir einen kleinen Tritt*, nimmt die zweite Hand dazu, *fühl mal,*

Pietro, spürst du, wie er strampelt, und lächelt ganz leicht. Alfonso Risso hält weiter die Arme über den Kopf. Er hat in die Hose gemacht, der Geruch weht süßlich zu ihr herüber. Anita dreht sich um und geht die Böschung wieder hinauf, heimwärts. Als er sich von dem Schrecken erholt, ist sie schon weit weg.

Am 10. Juni 1940 steht auf der Agenda des demokratischen Präsidenten Franklin Delano Roosevelt ein Treffen mit den Doktoranden der Universität von Virginia in Charlottesville. Seine Rede preist die Werte der großen amerikanischen Demokratie, verweilt bei Europa im Krieg und befürwortet die Unterstützung derjenigen, die in Übersee für die Freiheit kämpfen.

Im Zug, der ihn von Washington D.C. an seinen Bestimmungsort bringt, dreht der Präsident den maschinengeschriebenen Text in den Händen hin und her. Ist er zu lasch? Die Nachrichten aus Italien haben ihm den Tag verdorben. Was in der Luft lag, ist eingetroffen: Mussolini hat Großbritannien und dem von Panzerdivisionen besetzten Frankreich den Krieg erklärt. Vom Außenminister Galeazzo Ciano einbestellt, hat der Botschafter François-Poncet offenbar nicht an sich halten können: »Ihr habt gewartet, bis wir in die Knie gegangen sind, um uns von hinten zu erdolchen.« Spontan fügt Präsident Roosevelt mit Bleistift eine Zeile hinzu:

An diesem 10. Juni hat die Hand, die den Dolch hielt, ihn tief in den Rücken seines Nachbarn gestoßen.

Er liest den Satz noch einmal durch. Er klingt zwar ein wenig rhetorisch, ist im Kontext aber wirksam. Und es stimmt: Am nächsten Tag ist Italiens *Dolchstoß in den Rücken* Frankreichs in allen Zeitungen.

In der Mulberry Street bleibt das nicht unbemerkt. Ist es die übliche Geschichte? Streitsüchtige Spaghettifresser, *wop* mit Messer in der Tasche, mörderische *dagos*? Am Jahresende, als Roosevelt zum dritten Mal kandidiert, bleiben viele zu Hause oder wählen die Republikaner.

Zwölf Monate später, nach Japans Angriff auf Pearl Harbour, sind sich jedoch alle einig: Die Italiener Amerikas hängen das Sternenbanner heraus und melden sich freiwillig zu den Marines, in der Hoffnung, das Gewehr auf einer kleinen Pazifikinsel zu schultern. Im Mittelmeer besteht die Gefahr, auf einen Verwandten zu schießen.

Michael Manfredi steht auf der Liste der Wehrpflichtigen. Doch mit vierzig Jahren und drei Kindern geht er nicht freiwillig an die Front, sondern zeichnet einen Haufen *E bonds,* Kriegsanleihen, die der Präsident im Radio anpreist. Sein Name wird nicht ausgelost. Hätte er sich in einem Jeep der U.S. Army in einer dieser Gassen von Borgo di Dentro wiederfinden können?

Er weiß nicht, ob die amerikanische Armee je hier gewesen ist, er hat keine klare Vorstellung des Konflikts. Über Italien weiß er viel, und besonders viel über Colonnata, doch vielleicht ist nicht alles wahr: Im Grund war Libero noch ein Kind, als er nach Amerika kam. Giulia dagegen hat nie etwas erzählt. Es war gar nicht leicht, den Ort überhaupt zu finden. Es ist Claire zu verdanken, sie hat sogar die italienische Botschaft bemüht. Borgo di Dentro, Piemont, fast schon Ligurien, deshalb sind sie in Genua an Land gegangen.

Michael will verstehen, woher seine Mutter kommt. Die Gassen der Altstadt erinnern ihn an die ersten Jahre in der Mulberry Street. Das Düstere, die gleichen Gerüche, aber alles viel kleiner. Ein Schuhmacher mit seiner Arbeitsbank auf der Straße, das Klappern einer Strickerei, das laufende Radio, Hundekacke und Pferdeäpfel, das Fensterchen einer Kellerwohnung, schmierig, grau und staubig, mit Stacheldraht gesichert. Mulberry Street plus Krieg, denkt er. Eine gute halbe Stunde lang irrt er durch das Knäuel von Gassen, bevor er das Tor wiederfindet, vor dem Mrs. Giulia Masca gleich nach der Ankunft unbedingt anhalten wollte. »Hier bin ich geboren, im ersten Stock«, erklärte sie und stieg blasser als gewöhnlich wieder ins Auto.

Michael ist unsicher, er würde gern klopfen, fürchtet aber, an der Sprache zu scheitern. Als er zum Klopfer greift, öffnet sich das Tor des Palazzo Reale. Innen ist es dunkel, die Frau, die aufgemacht hat, ist erstarrt, geht weder vor noch zurück. Michael kann ihre Züge nicht erkennen. »Buongiorno«, sagt er. Sie antwortet nicht, dann macht sie einen Schritt ins Licht, und vor Michael steht eine klapperdürre alte Frau, die Haare in ein dunkles Tuch gebunden, den Körper in einen grauen Umhang gehüllt. Ihr Gesicht überzieht ein Spinnennetz aus Falten. Mit riesigen schwarzen Augen schaut sie ihn an.

Nein, sie schaut ihn nicht an: Sie fixiert ihn. Mehr noch: Sie studiert ihn. Es ist, als suchte sie etwas in ihrem Gedächtnis. Einen Namen? Eine Begebenheit? Sie ist so versunken, dass ihr die Tasche aus der Hand fällt. Er bückt sich, um sie aufzuheben, und reicht sie ihr.

Sie rührt sich nicht. Sie mustert ihn weiter und flüstert etwas. Michael ist nicht sicher, ob er richtig verstanden hat, will nachfragen, doch die Alte streckt die Hand aus und streichelt ihn. Dann, als würde ihr klar, dass sie übertrieben hat, zieht sie die Hand zurück und errötet.

»*Your bag*«, sagt Michael.

Ihre Augen blitzen auf. »Hast du Kinder?«, fragt sie ihn.

Michael fürchtet, falsch verstanden zu haben. »Kinder?«, wiederholt er.

»Ja, Kinder. Hast du Kinder?«

»Drei.« Er zeigt es mit den Fingern.

Die Frau wirkt gerührt. Auf einmal bemerkt sie die Tasche, nimmt sie ihm ab. »Danke. Und wie heißen sie?«

»Libero, Samuel und Diana.«

Sie nickt, dann wiederholt sie die drei Namen, spricht sie aber falsch aus.

Michael sagt sie ihr noch einmal vor, die Frau spricht sie besser nach. »Libero ist ein italienischer Name«, sagt sie.

»Das war mein Vater.«

»Dein Vater.«

»Ja. Er ist vor elf Jahren gestorben. Er hieß Libero Manfredi.«

Die Frau starrt ihn wieder an, Michael weiß nicht, wo er hinschauen soll.

»Und deine Mutter?«

»Sie heißt Giulia Masca. Sie ist in diesem Palazzo geboren. Kennen Sie sie?«

Die Augen der Frau weiten sich. Sie nickt.

»Wart ihr Freundinnen?«

Vielleicht hat die Alte die Frage nicht verstanden. Michael wiederholt sie, mimt einen Händedruck: »Freundinnen? Wart ihr Freundinnen?«

»Schwestern.«

Michael sieht sie verblüfft an. *Sisters?*

»Enge Freundinnen. Wir waren wie Schwestern«, erklärt sie.

»Und wie heißen Sie?«

»Leone Anita.«

»Ich werde meiner Mutter sagen, dass ich Ihnen begegnet bin, Leone Anita.«

Anita braucht eine Weile, bis sie antwortet. Dann haucht sie: »Ist sie hier?«

»Wir wohnen im Albergo Grande Vittoria. Sie kennen es wahrscheinlich.«

Anita nickt. »Ich muss gehen«, sagt sie.

»Warum begleiten Sie mich nicht? Jetzt ist sie bestimmt zurück.«

Anita geht Richtung Piazza Castello. Michael läuft neben ihr her.

»Signora Leone«, sagt er.

Anita verlangsamt den Schritt nicht. »Libero, Samuel und Diana, stimmt's?«

»Stimmt. Entschuldigen Sie, ich spreche nicht gut Italienisch. Kommen Sie mit ins Albergo Grande Vittoria, um meine Mutter zu besuchen?«

»Wie alt sind sie?«

»Libero, *fourteen* … vier…«

»Vierzehn.«

»Vierzehn. Samuel, zwölf. Diana, sieben.«

»Diana ist das Mädchen, richtig?«

»Ja. Sie ähnelt ihrer Mutter.«

»Wie heißt deine Frau?«

»Claire.«

Anita bleibt stehen. »Schöner Name, so als sagte man ›klar‹, richtig?« Michael betrachtet ihre Hände, erkennt die weißen Narben, die auch Giulias Fingerknöchel aufweisen. »So bin ich geboren«, erklärte ihm seine Mutter immer.

Anita wiederholt unterdessen leise: »Libero, Samuel, Diana, Claire«, dann streicht sie plötzlich mit zwei Fingern über das Revers seiner Jacke.

»Und wie heißt du?«, fragt sie.

»Michael Manfredi.«

»Manfredi ist der Nachname.«

»Ja.«

»Natürlich, nicht Masca. Du bist sehr elegant, Michael Manfredi. Ich freue mich, dass du so elegant bist. Auf Wiedersehen.«

»Kommen Sie doch mit ins Albergo, Signora Leone, meine Mutter wird sich freuen, Sie zu sehen.«

Anita starrt ihn erneut an, beginnt wieder, etwas vor sich hin zu murmeln, wie am Anfang ihrer Begegnung. Michael drängt sie: »Nur ein paar Minuten, um ihr guten Tag zu sagen. Sie war so lange weg.«

»Hat sie dir von mir erzählt?«

Nein, Michael hat noch nie etwas von *Leone Anita* gehört. Aber sie wollte nicht mitgehen. *Viel zu tun wegen dem Fest,* das meint er verstanden zu haben.

Auf dem Rückweg ins Albergo sagt er den Namen vor sich hin. Diesen und den anderen, den er aus dem Gemurmel herausgehört zu haben glaubt. Als er ins Zimmer tritt, schläft seine Mutter, atmet tief. Er setzt sich in den Sessel und wartet, bis sie aufwacht.

Als Mrs. Giulia Masca die Augen öffnet, sieht sie ihn und lächelt.

»Wartest du schon lange?«

»Eine halbe Stunde. Wie geht es dir?«

»Ich bin spazieren gegangen.«

»Hast du gegessen?«

»Ich habe keinen Hunger.«

»Ich lasse dir eine Tasse Milch bringen«, sagt Michael und geht hinunter, um sie zu bestellen.

Mrs. Giulia Masca nutzt es, um sich die Haare zu richten und ein wenig Puder aufzulegen. Sie mag es nicht, wenn Michael sie in Unordnung sieht. Als er wieder hereinkommt, sitzt sie am Tischchen. »Wie war die Reise?«, fragt sie.

Michael setzt sich auf die Bettkante, zieht die Jacke aus und lockert den Krawattenknoten.

»Sehr gut.«

»Erzähl.«

»Jetzt bin ich müde. Morgen. Während du geschlafen hast, habe ich ein bisschen die Umgebung erkundet.«

»Das Dorf ist ja klein.«

Michael macht ein Gesicht, als wollte er sagen: »Nie ein so kleines Dorf gesehen.« Dann lehnt er sich mit im Nacken verschränkten Händen auf dem Bett zurück. »Wie fühlst du dich hier, Mama?«, fragt er.

Mrs. Giulia Masca kräuselt die Lippen. »Keine Ahnung«, sagt sie und weicht seinem Blick aus.

Michael dreht sich auf die Seite, die Wange in die Hand gestützt.

»Ich habe eine Überraschung für dich.«

»Was für eine Überraschung?«

»Später. Zuerst eine Frage.«

»Ich höre.«

»Wer ist Pietro Ferro?«

Achtes Kapitel

Am Tag nach der Überschwemmung zieht in Borgo di Dentro ein übelriechendes Morgengrauen herauf. Die Temperatur ist gestiegen, der feine Regen mildert den Gestank, der aus den Trümmern aufsteigt, nicht. Auf Anordnung des Podestà werden die Leichen zwischen prächtigen Kränzen aus geflammten Nelken in der Casa del Popolo aufgeschichtet. Der Ort erlebt einen historischen Augenblick. Denn aus den Piemontesischen Alpen, wo er gewöhnlich zur Sommerfrische weilt, kommt für ein paar Stunden König Vittorio Emanuele III herunter. Klein, sehr klein, in einer Mischung aus Angestellten- und Bergbauernanzug, verschwindet er beinahe in dem Gefolge, das ihn umgibt und überragt. Dann ist der faschistische Parteisekretär Achille Starace an der Reihe, athletischer Schritt, das Schwarzhemd funkelnd von Medaillen. Er verspricht den Bedürftigen fünfzigtausend Lire auf Rechnung des Duce und weitere fünfundzwanzigtausend von der Partei. Kardinal Pacelli, Vatikanischer Staatssekretär, schickt den Segen des Heiligen Vaters Pius XI, Adolf Hitler ein Beileidstelegramm. Die ersten 72 Opfer, die man identifiziert hat, werden drei Tage nach der Katastrophe beerdigt, weitere vierzig, deren Leichen nach und nach auftauchen, in den folgenden Wochen. Am Ende der ersten, eindrucksvollen Totenmesse überlassen Würdenträger und Journalisten Borgo di Dentro dem unbesiegbaren Modergeruch. Nach vier Nächten auf dem Fußboden legen sich die Obdachlosen, die man in der Grundschule untergebracht hat, im Turnus auf die soeben eingetroffenen Feldbetten. Sie nutzen sie allerdings nur einmal: Am nächsten Tag, vor dem Abendessen, werden jedem fünfzig Lire samt Räumungsbefehl ausgehändigt.

Einige Monate vergehen. Als der Schutt weggeräumt ist, beginnt der Bau der neuen Wohnhäuser, die die 624 vom Wasser zerstörten Räume ersetzen werden. Die Kommunalbüros stellen strenge Regeln für die Zuweisung auf. Die Waisenkinder werden in eine Ferienkolonie am Lago Maggiore geschickt. Das Armutszeugnis gibt einem das Recht auf Unterstützung. Zwischen den betroffenen Familien und der Gesellschaft, die das Stauwerk verwaltet, wird ein Kompromiss ausgehandelt: dreißigtausend Lire Entschädigung für die Toten von 15 bis 65 Jahre, zwanzigtausend für die übrigen. Die neue Brücke über die Orba wird drei Jahre später eingeweiht, als das Urteil bereits bekanntgegeben worden ist: Freispruch für alle Führungskräfte der Gesellschaft außer für den Projektingenieur, der Jahre zuvor verstorben war und sich daher nicht mehr wehren konnte.

Während der Krieg im Sturmschritt voranschreitet, wird das Getöse in Borgo di Dentro vom Summen anderer Gedanken gedämpft. Die Kinder plagen Albträume, die Erwachsenen haben Wutausbrüche oder Anfälle von hemmungsloser Fröhlichkeit. Hunderttausend Mitbürger marschieren auf äthiopischem Boden? In den Gassen erkennt man einander mit dem Schauder der Überlebenden. Der Völkerbund beschließt Wirtschaftssanktionen, und Mussolini donnert: »Wir machen weiter!«? In den Gassen verzieht man keine Miene, trinkt Zichorienkaffee und kocht Brühe ohne Fleisch. Die Augen zum Himmel verdreht, um zu prüfen, woher der Wind weht, sagt man achselzuckend *Eckball* und nicht *corner, Endspurt* statt *sprint, Tor* statt *goal.* Mit der gleichen Distanziertheit begnügt man sich, da die Rohbaumwolle fehlt, mit der aus Sumpfschilf gewonnenen *Rayonfaser* und munkelt von einer neuen Fabrik, die Ginsterbrei in autark hergestellten Stoff verwandeln wird. Doch bei Sonnenuntergang drängt man sich an der Brüstung der Piazza Fontana, blickt auf die leergefegte ebene Fläche am anderen Ufer der Orba, auf das zurückgebliebene Nichts. Da ist es schwierig, sich für den Krieg in Spanien und sogar für den *Stahlpakt* zwischen Hitler und Mussolini zu erwärmen. Schwierig.

In der Cascina Leone macht sich das Grollen der Bomber im Voraus bemerkbar. Anfang März 1937 wird Filippo Leone nämlich von der politischen Polizei verhaftet, nach Genua in das Gefängnis Marassi und dann ins römische Gefängnis Regina Coeli überführt. Der Sondergerichtshof für Staatsschutz verurteilt ihn zu zehn Jahren wegen Wiederaufbau der Kommunistischen Partei, Mitgliedschaft in derselben und Propaganda. Mit Filippo wird auch zwei Bauern, einem Hufschmied und drei Arbeitern der Prozess gemacht. Ein Bäcker wird von der Anklage wegen *Beleidigung des Duce* freigesprochen, Giuseppe Garibaldi und Gabriele Musso werden verhört, Achille Ferro, erfährt man, wird überwacht, seine Werkstatt ins Visier genommen.

Die Einberufungsbefehle sind natürlich schon unterwegs, als Mussolini der Menge vom Balkon an der Piazza Venezia und via Äther verkündet:

Siegen! Wir werden siegen!

Carlo Leone ist unter den ersten Zwangsrekruten, die neu eingekleidet in den Militärzug verladen werden mit der Vorgabe, *Griechenland das Rückgrat zu brechen.* Dann kommen alle anderen dran, wie von der Strömung mitgerissene Zweige.

Der Gestellungsbefehl erreichte Adelmo Risso Ende August 1940, fast drei Monate nach der Kriegserklärung an Frankreich und Großbritannien. Das Hausmädchen, das dem Briefträger öffnete, erkannte den Umschlag und informierte noch vor der Marchesa die Gouvernante. Im Lauf eines halben Tages erfuhr Alfonso Risso, dass sein Sohn eingezogen worden war, und ging prahlerisch zur Villa hinauf. Er tat gar nicht so, als wüsste er nichts, wodurch er Adelaides Verdacht hinsichtlich der Diskretion des Personals bestätigte.

Nicht dass Risso nach Uniformen verrückt war, aber aus seiner Sicht bedeutete ein bisschen Krieg für diesen Waschlappen von Sohn einen Segen. Außerdem, was heißt hier Krieg. Die Rede ist doch nur von einigen Wochen. Vielleicht Monaten. Dank des deutschen Verbündeten ist Frankreich zu zartem Hackfleisch gemacht worden, während die *Luftwaffe* Großbritannien abschlachtet. Das schätzt Alfonso Risso besonders an Mussolini: dass er es versteht, sich die richtigen Freunde zu wählen.

Adelmo war mit dem Dienstgrad eines Feldwebels aus dem Militärdienst entlassen worden. Ein bisschen Kaserne, ein paar Männer um ihn herum, das wird ihm guttun, dachte der ehemalige Verwalter. Zu befehlen, vor allem. Nach der Rückkehr wird er auch seine Frau herumkommandieren. Wie es nur natürlich wäre. Adelaide ist ein Unglück. Es ist ihre Schuld, wenn es keine Erben gibt. Sie ist eine, die ihren Mann abweist, da ist sich Alfonso Risso ganz sicher. An seinem Sohn zweifelt er nicht. Wie oft hat er ihn als Junge ins Bordell mitgenommen? Die Nutten stritten sich um ihn. Gutes Blut lügt nicht.

Wie immer empfing ihn Adelaide, doch diesmal bestand der ehemalige Verwalter darauf, den *Feldwebel* Risso zu sehen, und Adelaide begleitete ihn zur Arche. Sie zog den sackleinenen Kittel und den Schlapphut an und bot auch ihrem Schwiegervater die Schutzkleidung an. Er lehnte ab.

Adelmo hatte die Vorhänge der Krankenstube zugezogen. Drinnen fütterte er ein Rotkehlchenjunges. Adelaide ging hinein. »Dein Vater hat es erfahren, Adelmo. Er ist hier«, sagte sie leise zu ihm.

Adelmo nickte. Er wartete, bis das Vögelchen die letzten Regenwurmkrümel geschluckt hatte, und trat hinaus, Adelaide hinter sich.

»Endlich!«, sagte Alfonso Risso.

»Guten Tag, Papa.«

»Heute ist wirklich ein *guter Tag*. Nun, Feldwebel Risso, wann musst du antreten?«

»In zwei Wochen, am 10. September.«

»Mach nicht so ein Gesicht, das ist doch ein Kinderspiel.

Bestimmt kommst du als Oberfeldwebel zurück. Mindestens.«

Adelmo schwieg, sah ihm fest in die Augen, und das war seltsam. Auch der Vater bemerkte es und regte sich sofort auf: »Willst du nicht einrücken? Machst du dir in die Hose?«

Adelaide legte ihrem Mann eine Hand auf die Schulter.

»Nein.«

»*Nein* was? *Nein,* ich will nicht einrücken, oder *nein,* ich habe keine Angst?«

»Ich habe keine Angst.«

Adelaide fühlte, wie ihr Mann unter dem Sackleinen zitterte.

»Sehr gut!«, erwiderte der Vater.

»Und auch: Nein, ich will nicht einrücken.« Adelmo schlüpfte wieder in die Krankenstube.

»Unsinn.«

Der junge Mann antwortete nicht.

»Pass bloß auf, dass das niemandem zu Ohren kommt!«

Adelmo schob den Vorhang beiseite, streckte das blasse Gesicht heraus. »Bitte«, sagte er, »so erschreckt Ihr die Vögel.« Die Stimme klang gepresst wie bei einem, der gleich zu weinen anfängt. Von dem Lärm angelockt, liefen auch die Hunde herbei und legten sich zu Füßen ihres Herrn. Adelaide kraulte sie am Kopf, erst einen, dann den anderen. Sie spürte, dass sie angespannt lauerten.

»Die Vögel? Schau dich doch mal an, zum Teufel. Du siehst aus wie eine Vogelscheuche!« Mit einem Ruck riss der ehemalige Verwalter den Vorhang herunter. »Schluss jetzt mit dem Gejammer. Du wirst dem Namen Ehre machen, den du trägst!«

»Beruhigt Euch, Alfonso. Und sprecht leiser, bitte«, griff nun Adelaide ein. Das heisere Knurren von Gelida Manina und Amadeus beunruhigte sie.

»Ich denke nicht daran!«

»Muss ich Euch daran erinnern, dass Ihr in diesem Haus ein Gast seid?«

Alfonso Risso ignorierte sie. Adelmo hatte unterdessen ein Tüchlein nass gemacht, drückte es aus und ließ kleine Tropfen in den aufgesperrten Schnabel des Rotkehlchens fallen.

»Du Feigling! Versteckst du dich hinter einem Weiberrock?«

In dem Augenblick flog ein Elsternpaar auf, das auf dem höchsten Bord gesessen hatte, und entleerte sich mit der Präzision von Scharfschützen auf Alfonso Rissos Kopf.

»Ich hole einen Lappen.« Adelaide lief davon, um ihm nicht ins Gesicht zu lachen. Als sie zurückkam, war der ehemalige Verwalter verschwunden.

Am Morgen des 10. September erwachte Adelaide allein, aber das geschah häufig. Adelmo liebte es, bei Tagesanbruch aufzustehen. Sie ging hinunter, frühstückte, und als ihr klar wurde, dass noch niemand den Hausherrn gesehen hatte, wurde sie unruhig. Sie lief zur Arche, traf ihn aber nicht an. Auch Gelida Manina und Amadeus waren nicht da, vermutlich machte er einen längeren Rundgang als gewöhnlich. Seltsam, dass er ihr nichts gesagt hatte.

Am Abend zuvor hatte er sie auf dem Bett sitzend lange umarmt, während sie im Licht der Nachttischlampe einen neuen amerikanischen Roman las, *Vom Winde verweht*, der von Männern handelte, die im Krieg waren, und von

Frauen, die unterdessen die Baumwollplantagen weiterführten. Schnell wendete sie die Seiten um, und statt sich umzudrehen und in den üblichen bleiernen Schlaf zu fallen, hörte Adelmo nicht auf, ihr mit den Fingern über die Haare zu streicheln. So viel Zärtlichkeit hatte sie gerührt: Er würde ihr fehlen. Und sie beabsichtigte, ihr Möglichstes zu tun, damit er in die Etappe oder in irgendein kleines römisches Büro versetzt würde. Sie war bereit, dafür Weinberge und Bauernhäuser zu verkaufen. Auf Alfonso Risso und seine faschistischen Freunde konnte sie nicht zählen, aber ein praller Umschlag an die richtige Adresse würde mehr bewirken als alle Aufrufe des Duce, dachte sie.

Um zehn Uhr vormittags waren noch immer weder Adelmo noch die Hunde gesichtet worden, und Adelaide machte sich Sorgen. Die Einberufung war um zwölf. Sie ließ das Auto vorfahren, damit alles zur Abfahrt bereit war, dann schickte sie die Gouvernante, die zwei Hausmädchen, die Köchin, die Wäscherin, den Stallburschen und den Wächter in den Park und machte sich selbst auf den Weg zum Teich.

Sie fand ihn im Vogelfriedhof, an einem Ast der großen Eiche hängend, die Leiter lag am Boden. Gelida Manina und Amadeus kauerten unter ihm, es sah aus, als würden sie beten. Sie rührten sich nicht, als sie sich näherte, und auch nicht, als sie zu schreien begann, die Leiter aufhob, an den Stamm lehnte, hinaufstieg und versuchte, den Hals ihres Mannes aus der engen Schlinge zu befreien.

Sie musste ihn verstehen. Wie hätte er je zum Gewehr greifen, auf jemanden zielen und schießen können? *Ich werde dir nicht weh tun.* Sie hätte ihn retten müssen. So oft hatte sie ihn vor dem Vater geschützt: warum nicht vor sich selbst?

Die Arche leerte sich, Kinder und Alte kamen nicht mehr zur Villa herauf, beim ersten Regen weichten die Vorhänge auf, die Sonnensegel zerrissen im Frost. Adelaide setzte alles daran, die Hunde zu retten. Sie lagen den ganzen Tag im Haus in einer dunklen Ecke der Vorratskammer oder unter einem Tisch. Sie verweigerten das Fressen, und sie begann sie zu füttern, wie ihr Mann es mit den kranken Spatzen gemacht hatte. So ging es drei Monate, und Anfang Dezember gelang es ihr, sie auszuführen bis zum Vogelfriedhof, wo sie Adelmo hatte bestatten lassen, da sie sicher war, dass er das Quaken der Frösche dem Familiengrab vorziehen würde.

Während sie mit Gelida Manina und Amadeus spazieren ging, dachte sie zurück an die vierzehn Tage vom Erhalt des Einberufungsbefehls bis zum Suizid. Adelmo hatte nicht beunruhigt gewirkt, nur resigniert. *Der Jasager Adelmo.* Sie hätte ihn auf ein Schiff verfrachten und mit ihm abhauen sollen, vielleicht nach Amerika. Fortgehen, reisen. Gabriele Musso, der Verwalter, wäre wunderbar allein zurechtgekommen. Nach dem Krieg wäre sie mit Adelmo zurückgekehrt.

Während sie sich die Reise nach Übersee vorstellt, betrachtet sie den leuchtend grünen Klee unter dem Rauhreifschleier, die gefrorene Erde des Wegs, die Silhouette der in Dunst gehüllten Villa, die Umrisse der Schuppen und Ställe, die weiche Linie der Hügel rundherum. Die Weinernte war hervorragend, der Geruch des gärenden Mosts in den großen Kellern berauscht sie wie damals als Kind, wenn der Vater nicht da war und die Mutter ihr erlaubte, am Traubenstampfen teilzunehmen. Sie, die Signora Marchesa, die *Krämerin,* zog selbst Schuhe und Strümpfe aus, raffte die Röcke, und los ging's, hinein in den Bottich voll glänzender, praller Weintrauben. Der Lärm, die Geige, die nackten Füße, Fesseln und Waden, und zuletzt, wenn die Beeren zerplatzt waren und sich schlapp und weich anfühlten, gab es immer jemanden, der die Marchesina Adelaide unter den Achseln packte und mit hineinstellte. Die klebrige Süße reichte ihr bis zur Hälfte des Oberschenkels, der köstliche Eindruck, in den aromatischen Dämpfen zu versinken, betäubte sie. Sie tanzte mit ihrer Mutter: unbändiges Gelächter, volle, runde Freude.

Deshalb geht sie jeden Morgen in den Weinkeller hinunter. Sie setzt sich auf die Tuffsteinstufen und schnuppert in der Luft wie die Hunde nach Spuren. Oft begegnet sie Gabriele Musso, der vom Zucker spricht, von den Graden, vom Verschnitt, vom Ertrag. In diesen Momenten hört Adelaide nur mit halbem Ohr zu, es ist eher ein Sichwiegenlassen. Der Verwalter hat den gleichen Geruch, den Nico im Herbst hatte, und die gleiche Art, Dinge *genau* zu benennen. Amerika? Adelmo hätte sich verloren gefühlt. Wie ein Kind. Ihr Brüderchen Adelmo. Und sie hätte keine Ruhe gefunden. Die Villa, das Land, der Weinberg, der Geruch des Mosts, Gabrieles Erklärungen: Sie hätte die Tage gezählt wie eine Gefangene. Und es wäre eine ungute Sehnsucht gewesen, denn sie hätte ihrem Mann die Schuld daran gegeben, dem unschuldigsten Mann, den Borgo di Dentro je gekannt hatte.

Am Tag der Beerdigung erschienen alle Alten und alle

Kinder, die in der Arche Stammgäste gewesen waren, dazu die Futterhändler, die Kaminkehrer, die Stuhlflechter, die Maultiertreiber, die Scherenschleifer, die Lumpensammler und die Bettler, die in den letzten Jahren immer seinetwegen einen Umweg auf sich genommen hatten und von ihm empfangen worden waren, als seien sie aus dem Nest gefallene Vögelchen. In der letzten Reihe hinten in der Kapelle hatte auch ein halbes Dutzend Prostituierte aus der Altstadt Platz genommen, zusammen mit Madame Chantal, mit bürgerlichem Namen Anna Maria Repetto, der Puffmutter. Sie trug zu diesem Anlass ein auffälliges, tiefschwarzes Lamé-Kleid und einen violetten Turban, der ihr schütteres Haar verbarg. Mit feuchten Augen und verschmierter Schminke hatte sie sich am Ende der Trauerfeier mit feuerroten Lippen Adelaide genähert und ihr ins Ohr gehaucht: »Er war rein wie ein Engel, Signora Marchesa, und rein wie einen Engel haben wir ihn für Sie bewahrt. Unser Herrgott hat ihn zu sich genommen, denn sein Platz ist im Himmel. Preist Euch glücklich, ihn im Haus gehabt zu haben.«

Im Januar 1941 setzt sich Gabriele Musso eines Morgens neben sie auf die Tuffsteinstufe und reicht ihr ein zusammengefaltetes Blatt.

Adelaide erkennt es, ohne es auseinanderzufalten. »Wann?«, fragt sie.

»In zwei Tagen. Aber ich fahre morgen, ich will mich noch in Santo Stefano Belbo von meinem Vater und meinen Schwestern verabschieden.«

Sie reißt die Augen auf.

»Ich hatte nicht den Mut, es Euch früher zu sagen.«

»Ihr hättet mir sofort Bescheid geben müssen. Das ist unverantwortlich.«

Wutentbrannt erhebt sie sich und eilt, immer zwei Stufen auf einmal nehmend, die Treppe wieder hinauf. Sie hastet zur Villa, gibt Anweisung, das Auto vorzufahren, kräuselt sich die Haare, legt Schmuck an und kleidet sich sorgfältig. Dann setzt sie sich ans Steuer und fährt zur Baumwollfabrik. Im Dorf ist von Regierungsaufträgen die Rede, Stoff für die Armee: Wer dort arbeitet, ist *nützlich für die Kriegswirtschaft*, das heißt unabkömmlich. Der Direktor führt sie durch die Abteilungen und bietet ihr echten Kaffee an, aber er kann ihr nicht helfen, und ganz gewiss nicht so kurzfristig.

Adelaide setzt sich wieder ins Auto und fährt zur Wohnung des Podestà und anschließend zum faschistischen Parteisekretär, der gerade das Mittagessen beendet. Mit zwei Empfehlungsschreiben in der Tasche erscheint sie am frühen Nachmittag im Büro des Unterpräfekten. Sie wartet vierzig Minuten im Vorzimmer, um zu erfahren, dass man leider nichts tun könne, nein. Noch dreißig Kilometer bis zum Haus des Regionalsekretärs, der mit Kartenspielen beschäftigt ist. Gleiches Ergebnis. *Bedaure, sehr verbunden, meine Empfehlung an den Herrn Vater*. Als sich in der Abenddämmerung die Lichter von Borgo di Dentro ankündigen, muss sie vor Erschöpfung am Straßenrand anhalten. Sie weint vor Wut, den Kopf aufs Lenkrad gelegt.

Obwohl Gabriele Musso seit acht Jahren für sie arbeitet, war sie noch nie bei ihm zu Hause, in dem winzigen, einstöckigen Gebäude am Steilufer über der Stura. Sie hat nur eine ungenaue Vorstellung, wie sie dorthin kommt, und als sie endlich das Motorrad des Verwalters unter einer Laube stehen sieht, ist es dunkel. Gabriele Musso kommt ihr mit angespanntem Gesicht auf der Schwelle entgegen. »Was ist passiert?«, fragt er.

»Ich hab's nicht geschafft«, erwidert sie untröstlich.

Er führt sie in die Küche. Ein kleiner, enger Raum, die Wände weißgekalkt. Waschbecken, Ofen, ein Tisch, zwei Stühle, ein Holzregal mit etwas Geschirr und ein paar Töpfen, auf einem Brett einige Bücher, die sie schon in seiner Satteltasche gesehen hat: Landwirtschaftskunde, Rebenkrankheiten, Obstanbau. Ein Mönch, denkt Adelaide. Sie fühlt sich verlegen wegen ihrer Brillantohrgehänge und lässt sie in der Manteltasche verschwinden.

»Setzt Euch und sagt mir, was passiert ist.«

Und Adelaide erzählt von dem Besuch in der Baumwollfabrik, beim Podestà, beim Parteisekretär, von den Empfehlungsschreiben, dem Vorzimmer beim Unterpräfekten, dem zudringlichen Blick des Regionalsekretärs, den unsachlichen Fragen, den Unterstellungen. Sie spielt die Demütigung herunter, verwandelt die Schmach in ein kleines Abenteuer, eigentlich ganz lustig, oder? Doch alles an ihr widerspricht dieser Fröhlichkeit: die gelockerte Frisur, die heiser klingende Stimme, die geschwollenen Augen.

Vor ihr sitzend, betrachtet Gabriele Musso ihre Hände. An ihrem Autohandschuh fehlt ein Knöpfchen.

»Das hättet Ihr nicht machen sollen, Signora. Ihr werdet auch ohne mich zurechtkommen«, sagt er.

Adelaide setzt zu einer Antwort an, hält sich aber zurück. Sie spielt am Knopfloch ihres Handschuhs herum, dann streift sie ihn ab und legt ihn zu dem anderen, den sie in der Faust hält. Sie will aufstehen, überlegt es sich anders. »Ich weiß«, sagt sie.

»Ihr wisst es?«

»Ja.«

»Aber ... warum dann?«

Jetzt sieht Gabriele Musso ihr so direkt in die Augen, dass Adelaide den Blick senkt. Um ihn vor dem Krieg zu bewahren, hat sie Dinge getan, die sie sich für ihren Mann nie hätte vorstellen können. Vor Scham errötet sie. »Ich will nicht, dass Ihr geht, Gabriele. Ich will nicht, dass sie Euch umbringen«, sagt sie.

Der Verwalter steht auf, macht zwei Schritte, tritt an das Fensterchen, das auf den Fluss hinausgeht. Ein dumpfes Rauschen und Gurgeln dringt herauf. Er hört Adelaides Schritte auf den Fliesen, die Tür, die sich öffnet und schließt, den Kies unter ihren Absätzen. Er stürmt hinaus, hält sie fest, während sie sich zur Autotür hinunterbeugt. Er ist viel größer als sie und hüllt sie ganz ein.

»Lasst mich los!«, brüllt sie wütend.

Gabriele Musso lässt sofort von ihr ab.

Adelaide öffnet die Autotür, dreht sich um und sieht ihn an.

»Versprich mir, dass du dich nicht umbringen lässt.« Sie hat Tränen in den Augen.

Gabriele Musso lächelt. »Du hältst es einfach nicht aus, stimmt's?«, sagt er.

»Was willst du damit sagen?«

Er nimmt ihr die Handschuhe aus der Faust und zieht sie ihr an. Dann streichelt er mit der Handfläche das Ziegenleder, bis er fühlt, dass es ganz glatt anliegt. »Es ist kalt«, sagt er und haucht auf ihre Finger.

Mit einer brüsken Geste zieht sie die Handschuhe wieder aus. »Was willst du damit sagen? Nun sag schon!«

»Du hättest nicht an diese Türen klopfen dürfen. Zuletzt klopfen sie noch an deine. Ich habe es dir schon einmal gesagt, aber du hörst ja nicht zu: Ich passe allein auf mich auf.«

»Dann bleib hier!« Ihre Stimme bricht.

In dem Raum zwischen Tür und Auto umarmt Gabriele Musso sie. Er packt die Handschuhe, wirft sie auf den Sitz, nimmt Adelaides bloße Finger und führt sie an die Lippen. »Ja«, sagt er zu ihr.

»Ja, was?«

»Ja, ich bin auch in dich verliebt.«

Adelaide fühlt, wie ihr Herzschlag aussetzt. Auf den Armen, im Gesicht, im Bauch spürt sie einen Glücksschauder. Seit wann ist sie in Gabriele Musso verliebt? Seit sie ihn zum ersten Mal gesehen hat? Der schlanke, starke Körper, seine rauhe Art und die Zartheit, mit der er die Weintrauben streichelt. Seit er ihr wegen dieser albernen Anstecknadel die Stirn geboten hat? Der Stolz, mit dem er gesagt hat: »Verlangt nicht, dass ich so etwas noch mal tue.« Die Blicke, die sie über die gebeugten Schultern der Halbpächter hinweg wechseln, wie sie sich verstehen, auf Anhieb verstehen. Das mitleidige Schweigen, wenn das Elend den Feldarbeitern das Hirn vernebelt und die Zunge löst. Sie sieht ihm in die Augen und begreift, dass er sie besser versteht als sie sich selbst. »Versprich mir, dass du wiederkommst«, flüstert sie.

Gabriele Musso lässt ihre Hände los und drückt sie an sich. »Nur wenn du aufhörst, mir Befehle zu geben.« Zart küsst er sie auf die Lippen. Adelaide gibt sich dem Kuss hin, der immer tiefer wird, dann löst Gabriele sich, um Atem zu schöpfen, sucht wieder nach ihren Händen und legt sie sich ans Gesicht.

»Ich sage dir, was ich nun mache, Adelaide. Ich nehme dich auf die Arme, trage dich zurück ins Haus, du ziehst mich aus, ich ziehe dich aus, und wir lieben uns die ganze Nacht.«

Ja. Ja, ja, ja, denkt sie. »Nein«, antwortet sie.

»Wir werden uns lange nicht mehr sehen.«

Im Körper, auf den Lippen spürt sie die Ungeheuerlichkeit der Leere, wiederholt aber: »Nein.« Sie küsst ihn noch einmal auf den Mund, auf die stacheligen Wangen, auf die Augenlider. Sie fährt ihm mit den Fingern durch die dichten Haare, erst fest, dann zart. »Nein, Gabriele. Wenn du wiederkommst.« Und in allen folgenden Nächten, denkt sie.

»Ich könnte nicht wiederkommen.«

»Du wirst wiederkommen.«

»Habe ich einen guten Grund?« Er lächelt ganz nah an ihren Lippen. Er spricht und küsst sie dabei, die Zungen streifen die Zähne.

»Ja, hast du.«

»Wirst du es nicht leid sein, auf mich zu warten?«

Es ist so schwierig, sich zu verlieben, denkt Adelaide, fast ein Wunder. Und ihr ist es nun zum zweiten Mal passiert.

Die erste Postkarte von Feldwebel Gabriele Musso kommt Ende April 1941. Aus Griechenland. Darauf steht nur:

Vor der Gouvernante, die ihr die Post ausgehändigt hat, lässt Adelaide sich nichts anmerken und konzentriert sich stattdessen auf einen langen Brief ihres Vaters, der sich über die Verpflegungsschwierigkeiten in Genua beklagt. Als sie allein ist, zieht sie die Postkarte aus dem Stapel heraus und lässt sie in ihrer Tasche verschwinden.

Schon seit einigen Wochen spürt man die Härten der Rationierung, unter denen man in der Stadt mehr leidet als auf dem Land. Mit der Lebensmittelkarte in der Hand stehen die Menschen in wachsenden Schlangen für die Nahrungsmittel an, die den Einschränkungen unterliegen: Nudeln, Reis, Weizen- und Maismehl, Öl, Butter, Speck, Schmalz. Dienstags, mittwochs und samstags gibt es kein Fleisch zu kaufen. Brot nur eine Sorte, mit hohem Kleieanteil. Für die, die es sich leisten können, wird nur samstags, sonntags und montags süßes Gebäck verkauft. Zu Ostern ist es verboten, Panettone oder Colomba zu backen: Das Fett und den Zucker brauchen die Soldaten. Öl bekommt man auch ohne Lebensmittelkarte, aber zum vierfachen Preis. Im Herbst wird dann auch das Brot rationiert: zweihundert Gramm pro Kopf, wenig für Leute, die im Weinberg oder in der Baumwollfabrik arbeiten. In Borgo di Dentro schließen mehrere Geschäfte aus Warenmangel. Die Preise für Kohle und Holz steigen, viele Öfen bleiben bis Weihnachten kalt.

Auf den Hügeln fehlt es zwar nicht an Essen, aber es fehlt an Männern. Seit Gabriele Mussos Abreise wurden von den Halbpächtern und Landarbeitern mindestens fünfzehn kräftige junge Männer an die Front geschickt.

Adelaide muss mit vierzig Personen auskommen: Frauen, Kindern und älteren Männern wie Giuseppe Garibaldi, der soeben neunundfünfzig Jahre alt geworden ist, und dem Wächter der Villa, der auf die siebzig zugeht. Primo Leone hat die achtzig überschritten. Und ihr Land ist groß, groß und fruchtbar, dank Mussos Innovationen: Die von der Reblaus befallenen Weinberge sind alle auf amerikanischer Rebe neu aufgepropft worden und haben im Vorjahr so viel getragen wie noch nie. Der Bau, der seit vier Jahrhunderten die Ställe, die Lagerräume, die Scheune und die Keller beherbergt, musste erweitert, neue Abflussschächte mussten gegraben und zusätzliche Becken und Fässer angeschafft werden. Adelaide wandert unter dem hohen Gewölbe auf und ab, im Kopf mit Rechnen beschäftigt. Die staatliche Vorratsstelle schluckt einen Großteil der Ernte und die Würste, die Speckseiten, das Schmalz, die Käselaibe sowieso. Sie mustert die zum Trocknen aufgehängten Schinken, die schon für die räuberische Hand der Regierung bereit sind, und schnauft ungehalten. Eines steht fest: Um bis zu Gabrieles Rückkehr durchzukommen, brauchen ihre vierzig Leute ausreichend Lebensmittel, Kleidung und Kohle.

Die Idee kommt ihr an einem Abend im Dezember 1941, als Gabriele seit beinahe einem Jahr weg ist, ein Dutzend Eier auf dem Schwarzmarkt bis zu zehnmal so viel kostet wie vor dem Krieg und Pearl Harbour auch die Begeistertsten hat verstummen lassen – mit dem Kriegseintritt der Amerikaner verschlechtert sich die Lage. Sie steht in der Küche, um mit der Köchin die Vorräte zu überprüfen. Mitten im Gespräch verschwindet die Frau hinter einem in die Wand eingelassenen Türchen, Adelaide hört sie einige Stufen hinuntersteigen und sieht sie dann mit einem Sack Zwiebeln wieder hereinkommen. In der Nacht kehrt die Marchesa allein zurück, um das Untergeschoss zu inspizieren. Sie geht durch das Türchen und steht in einem Labyrinth dunkler Kammern, von deren Vorhandensein sie nichts ahnte und deren Funktion sie nicht begreift. Die Temperatur ist wie im Keller, aber die Räume sind weniger feucht und für einen echten Keller zu klein. Sie vermutet, dass sie eine ganz bestimmte Funktion hatten, als ihre Vorfahren die Villa bauen ließen. »Auf den Ruinen eines alten Benediktinerklosters«, tönte der Marchese, ihr Vater, wenn er Empfänge gab. Sollte das etwa keine Prahlerei gewesen sein? Sind diese dunklen, fensterlosen Kammern ehemalige Zellen?

Genau das, was sie braucht, aber sie muss sich frei bewegen können. Daher ruft sie die Frauen zu sich, die noch in ihren Diensten stehen: die Gouvernante, die zwei Hausmädchen, die Köchin und die Wäscherin. Sie sollen wählen, ob sie bei gleichem Lohn und Extraverpflegung neben der Lebensmittelkarte in das Haus in Genua umsiedeln oder eine Abfindungssumme erhalten wollen. Dann begibt sie sich zur Cascina Leone hinunter und erklärt Giuseppe Garibaldi ihren Plan. Sie beabsichtigt, die Vorräte in den Zellen zu horten, sie ist sicher, dass selbst Risso nichts von deren Existenz weiß. Und der Wächter ist ein zuverlässiger Mann. Etwas wird man auch in den Kellern lassen, um bei möglichen Beschlagnahmungen keinen Verdacht zu erregen. Den Halbpächtern steht es frei zu tun, was sie am besten finden: Wenn sie die Räume nutzen wollen, um ihre Wintervorräte darin zu verstecken, stehen sie ihnen zur Verfügung. Man wird ein Register anlegen für das, was hereinkommt, und das, was entnommen wird, alles mit Quittung.

Gleich nach der Abreise des Personals zogen alle in Borgo di Dentro noch übrigen Leones – Primo, Giuseppe Garibaldi, Linuccia, Anita, Rita, Giacomo und Rosa Maria – für drei Tage in die Villa, kehrten, leerten und räumten beinahe den ganzen dort gelagerten Überfluss aus den Kellern und Vorratsräumen in die versteckten Kammern unter dem Fußboden der Villa Franzoni.

Giuseppe Garibaldi gelang es, ein Stromkabel hinunterzulegen, so dass eine Handvoll Glühbirnen die Verliese erleuchteten. Danach beriet er sich mit Anita und beschloss, Adelaide zu vertrauen. Eine ganze Nacht lang wanderten die Leones zwischen ihrem Hof und der Villa hin und her, auf dem Rücken die Vorräte für den Winter: eingemachte Tomaten, Kompott, in Öl eingelegtes Gemüse, Senffrüchte, Marmeladen, außerdem den Zucker und die Seife, die Anita, eingedenk des letzten Kriegs, schon zu horten begonnen hatte, bevor sie rationiert wurden. Ohne Karren, alles zu Fuß, um das Risiko, entdeckt zu werden, so klein wie möglich zu halten. In der Cascina blieb nur das, was man nicht tragen konnte: die Fässer mit dem neuen Wein und die Eier im Kalktopf.

Adelaide notierte alles im Register, mit Datum, Menge und Standort auf dem Plan des Untergeschosses, den Giacomo, stolz, einen solchen Auftrag zu erhalten, auf einem Zeichenblatt aus einem alten Skizzenblock angefertigt hatte. Hinterher wurde der Plan im doppelten Boden des großen, mit Intarsien geschmückten Tisches im Arbeitszimmer versteckt, zusammen mit dem Register der Einnahmen und Ausgaben, dem Heft der Ferne und der Postkarte von Gabriele Musso.

Nach dem Umzug der Waren blieben Anita und deren Nichte Rosa Maria auf Dauer in der Villa bei Adelaide, dem Wächter und den Hunden. Sie halfen ihr, ein großes Weihnachtsessen zuzubereiten, zu dem alle vierzig Personen eingeladen wurden, die um jeden Preis am Leben zu erhalten die Marchesa Franzoni sich vorgenommen hatte.

Die zweite Karte von Gabriele Musso trägt das Datum 3. August 1942 und kommt aus Nowo-Gorlowka.

Adelaide setzt sich auf ein Bänkchen, das der Wächter im Schatten eines Apfelbaums aufgestellt hat. Gelida Manina und Amadeus, inzwischen sehr alt, liegen zu ihren Füßen und scheinen in die Betrachtung des kleinen Gemüsegartens vertieft zu sein, den der Mann hinter den Ställen angelegt hat. Bohnen, Tomaten, Kartoffeln, Zucchini. Gold für die Evakuierten, die aus Genua nach Borgo di Dentro gekommen sind.

Es ist Anita, die ihr die Karte aushändigt und sofort einen Schritt zurück tritt, bereit, sie allein zu lassen. Adelaide muss gar nicht erst lesen, um zu erraten, was auf der Karte steht.

Ich habe immer noch einen guten Grund.

»Geht nicht weg«, sagt sie.

Anita setzt sich zu ihr auf das Bänkchen und streichelt

Gelida Manina. Sofort nähert sich auch Amadeus. Adelaide zeigt ihr die Postkarte.

»Carlo ist auch dort, seine Karte ist vor zwei Tagen angekommen. Rita hat sich beim Pfarrer erkundigt: Der Ort liegt in Russland.«

»Sie ist von Gabriele Musso.« Adelaide sagt es mit fester Stimme, aber es ist wie ein Axthieb, denn etwas in ihr zerbricht. Zwei Tränen laufen ihr übers Gesicht. Anita zieht sie an sich, umarmt sie, streicht ihr übers Haar, bis das Schluchzen verebbt.

»Sagt mir, dass er zurückkehren wird.«

Anita seufzt. »Das kann ich nicht.«

Die junge Frau nimmt sich zusammen und trocknet sich mit einer raschen Bewegung die Wangen. Es beeindruckt sie immer, was das Leben Nicos Mutter ins Gesicht eingegraben hat. »Ich bin ein Dummkopf. Verzeiht mir, bitte.«

»Es gibt nichts zu verzeihen. Ich hoffe, dass Euer Mann zu Euch zurückkehrt. An dem Tag werde ich sehr glücklich sein.«

Das System von unterirdischen Zellen, die Adelaide zum Verstecken der Vorräte hergerichtet hat, wird mittlerweile von all ihren Halbpächtern genutzt. Anita notiert alles im Register, und im Winter magert niemand zu sehr ab. Den Tagelöhnern gibt Adelaide Kredit. Einmal pro Woche schickt der Marchese mit dem Zug aus Genua zwei Mädchen mit Kiepen her. Ab und zu begleitet er sie persönlich und nimmt eine silberne Tabaksdose oder eine Toilettengarnitur mit. Es fehlt jedoch an allem, was nicht auf dem Weinberg, in den Gemüsegärten, auf den Feldern und in den Ställen der Franzonis produziert wird: Glühbirnen,

Medikamente, Abführmittel, Verbandszeug, Mullbinden, Bürsten, Knöpfe, Stoffe jeder Art, Leder, Nägel, Benzin, Kohle. Die Uniformen der faschistischen Jugendorganisation werden aufgetrennt und in nützliche Dinge verwandelt: Schals, Taschentücher, Babytragetücher, Säuglingswindeln. Nur sehr selten einmal wird Kupfersulfat verteilt, und das lokal hergestellte Ramital – im Vergleich zum leuchtend blauen Original von hässlichem Blassgrün – funktioniert nicht. Adelaide kauft, was sie auf dem Schwarzmarkt finden kann, aber es sind nur kleine Mengen, nicht das, was man bräuchte, um falschen Mehltau und echten Mehltau wirklich unter Kontrolle zu halten. Giuseppe Garibaldi macht einen Versuch mit einem sehr teuer bezahlten Kupferdraht, aber das Ergebnis ist gleich null. »Ohne Musso geht es nicht!«, knurrt er Adelaide ins Gesicht, die erblasst. Die Weinstöcke werden allmählich krank.

Aus Russland schreibt Carlo Leone nach Hause, sie sollen ihm Pullover und Socken schicken, aber es gibt keine Wolle. Rita trennt eine Bettüberdecke auf und schafft es, etwas Farbenprächtiges und Warmes in das Paket an den Don zu packen. Andere Soldaten wollen Brot (Brot!), und zuerst schämen sich die Empfänger der Briefe, dann werden sie wütend: Nachts steigt jemand auf das Dach des Wohnblocks, auf dem in großen Lettern

DVCE
DVCE
DVCE

steht, und leert einen Nachttopf über dem eleganten blauen Schriftzug aus. Es passiert jeden Abend wieder, wird zur Gewohnheit. Daraufhin stellt der Podestà eine Wache auf, doch der erste Schutzmann im Dienst schwört Stein und Bein, er habe nichts gesehen. Der Podestà tauscht den Schutzmann aus, und der Ersatzmann wird am nächsten Morgen mit heftigen Kopfschmerzen und besudelter Uniform im Graben gefunden. Die Sauerei geht weiter und trifft alle Parolen, die die Regierung über die Fassaden von Borgo di Dentro verteilt hat.

Auf der letzten Karte von Gabriele Musso steht kein Ortsname, sondern nur *Kriegsgebiet*. Das Datum lautet 1. Dezember 1942, fast zwei Jahre nach seiner Abreise.

Warte auf mich.

Und etwas darunter gekritzelt

Bitte.

Die Lebensmittelkarte garantiert mittlerweile nur noch 150 Gramm Brot pro Kopf. Auf dem Schwarzmarkt kostet das Öl zwanzigmal so viel wie vor dem Krieg. Die Regierung hat Eisentore und Gitterzäune beschlagnahmt, Schutzdächer und Tanks, sogar Kochkessel. Es gibt keinen Schwefel und kein Kupfersulfat mehr, die Weinstöcke verkümmern, und doch braucht man Trauben und Wein für die Armee. Die Nachrichten aus Genua sind katastrophal: Der Marchese kommt alle vierzehn Tage zur Villa herauf, lässt sich von einem Droschkenkutscher herfahren und nimmt ein paar Ölbilder oder ein Möbelstück mit. Adelaide vermutet, dass er das Auto verkauft und den Chauffeur entlassen hat. Sie hat auch den Eindruck, er sei dünner geworden. Auf dem Land zählt sie immer wieder die Würste, die Käselaibe, die Eier, die Kartoffelsäcke, die Kerzen. Sie verkleinert die Portionen, lässt die Fensterläden früher schließen, die Lichter früher löschen, und man geht früher zu Bett. Sie inspiziert die unbenutzten Zimmer, erstellt ein Inventar des wertvollen Mobiliars, der Bettüberwürfe aus Perkalin, der Spitzen, der gestickten Wäsche aus flämischem Leinen. »Man weiß ja nie«, sagt sie zu Anita.

Aus den Dutzendmöbeln gewinnt sie Brennholz. Sie lässt die weichsten und wärmsten Vorhänge abnehmen, und Linuccia verarbeitet sie zu Decken, Schals, Joppen und Hosen, die ebenfalls unter dem Fußboden verstaut werden. »Besser als Madame Chanel!«, kommentiert Adelaide. Rosa Maria, die auf die siebzehn zugeht, hilft und lernt dabei. In Borgo di Dentro sieht man barfüßige Buben mit verheerenden Frostbeulen an den Füßen in karmesinroten Samtanzügen herumlaufen. Und der Winter scheint kein Ende zu nehmen. Jedes Mal, wenn es schneit, eilen ihre Gedanken zu Gabriele Musso.

Adelaide hat den großen Globus, mit dem sie als Kind Geographie lernte, ins Arbeitszimmer bringen lassen. In der bleiernen Dämmerung des Nachmittags sucht sie allein mit dem Finger das kleine hellbraune Fleckchen, das Italien ist. Kaum größer als ein Fingernagel. Langsam dreht sie die Kugel, um die Strecke nachzuvollziehen, die Gabriele Musso ihrer Vorstellung nach durchwandert hat: erst die winzige Poebene, dann die Hürde der Alpen, dann die graubraunen Balkanländer und dann von der Donau Richtung Norden über die Karpaten bis zu den grünen Weiten der russischen Steppe.

An diesem Punkt hält sie immer inne, bestürzt über den kompakten Anblick Russlands, so hart und trocken wie der Panzer einer Riesenschildkröte, die im Begriff ist, Europas weiches Köpfchen zu verschlingen. Die Flüchtlingsfamilie, die sie in Biarritz kennengelernt hat, fällt ihr wieder ein, die durchsichtige Haut, die schmalen, blutleeren Lippen der Frauen, und sie wiederholt mit lauter Stimme das bisschen, was ihr in den Büchern begegnet ist. Peter der Große und der Winterpalast. Die Kosaken. Die Balalaika. Ein Konzert von Rachmaninow. Die Tundra, die Taiga, die Steppe, das Moos, die Flechten, die Birken, der Polarfuchs, der sibirische Tiger. Anna Karenina und Graf Wronski. Natascha, Fürst Andrej und Pierre Besuchow. Napoleon und die *Grande Armée*. General Kutusow. General Winter. Sie kneift die Augen zusammen und nimmt die Reise mit dem Finger wieder auf. Sie überwindet die Linie des Flusses Dnepr, und danach folgt wieder Grün bis zur kurvenreichen Schlangenlinie des Don. Sie zeichnet seinen Verlauf nach, von der Quelle bis zum azurblauen Asowschen Meer. Hier hält sie inne und konzentriert sich, während vom Land rundum die Finsternis aufsteigt und es im Zimmer eiskalt wird. Sie ruft sich Gabrieles Gesicht, die Hände und die Haare ins Gedächtnis, stellt sich ein Pünktchen vor, ein Staubkorn, verloren in dieser Unendlichkeit, die unter ihre Fingerkuppe passt, und betet.

Die untergehende Sonne entflammt die Fenster des Albergo Grande Vittoria. Mrs. Giulia Masca erhebt sich vom Tischchen, schiebt die Vorhänge zur Seite und beobachtet das Hin und Her auf dem *Piaso*. Ein Mann zieht einen hochbeladenen Wagen, zwei Kinder spielen Fußball. Sie öffnet die Flügel und atmet tief.

»Riecht du den Kampfergeruch, Mick?«

»Willst du mir nicht sagen, wer Pietro Ferro ist?«

In diesem Augenblick klopft jemand an die Tür. Der Junge von der Rezeption hält ein Tablett mit einem Kännchen Milch, einer Tasse und einer Zuckerdose in der Hand.

»Danke, Marco.« Mrs. Giulia Masca steckt ihm einen Geldschein zu.

»Du bist blass, Mama. Setz dich. Hier, trink. Hast du die Tabletten genommen?«

Sie nickt. Wieder am Tischchen, nimmt sie die Tasse, die Michael ihr hinhält, führt sie an die Lippen, stellt sie wieder ab. »Zu heiß«, sagt sie.

Michael bleibt stehen. »Kennst du ihn nun oder nicht?« Er sieht sie von oben an, lächelt, wie man es mit Kindern tut, und Mrs. Giulia Masca fühlt sich in der Falle. Doch sich zu entziehen fällt nicht schwer. Es genügt zu antworten, dass sie noch nie von ihm gehört hat, oder eine halbe Wahrheit zu erzählen. *Ein Nachbar, wer weiß, was aus ihm geworden ist.* Alles so lassen, wie es ist, Micks Vater ist Libero Manfredi, Micks Großvater hieß Michele und hatte einen Laden in der Bowery, und nach ihm heißt Michael Michael. Der Urgroßvater machte Gipsfiguren in Colonnata, *Tuscany*, *Italy*. Ist das eine Lüge? Mrs. Giulia Mascas Wahrheit ist, dass Libero Manfredi der Vater ihres Sohnes ist.

»Ich dachte, in einem so kleinen Dorf würden sich alle kennen.«

Mrs. Giulia Mascas Wahrheit ist, dass sie keine Hure ist und Mick kein Bastard. Genau diese Worte hatte Angela Manfredi, Liberos Schwester, gebraucht, als sie von der Hochzeit erfuhr. *Du holst dir eine Hure ins Haus, mitsamt ihrem Bastard.* Ohrfeige von Libero, Ende der Geschichte. Eine andere Wahrheit gibt es nicht.

»Was hast du, Mama? Tut dir der Magen weh?«

Mrs. Giulia Masca schüttelt den Kopf, stützt den Ellbogen auf das Tischchen, die Stirn in die Hand. Sie fühlt die Tränen aufsteigen, will sie hinunterschlucken, schafft es aber nicht, sogleich sind ihre Wangen nass. Mit der Hand schiebt sie Michael weg. »Es ist nichts, setz dich«, sagt sie.

Das rosige Licht zeichnet ein Viereck auf den Bettüberwurf aus Chintz. Michael setzt sich auf die Kante, die gefalteten Hände zwischen den Beinen.

»Kann ich etwas tun?«

Mrs. Giulia Masca schüttelt den Kopf. Mit hängenden Schultern hört sie langsam zu weinen auf. Dann führt sie die Tasse an die Lippen, nimmt einen Schluck, stellt sie zurück auf den Unterteller.

»Pietro Ferro ist dein Vater«, sagt sie, ohne den Blick zu heben.

Michael antwortet nicht. Er steht auf, geht zwei Schritte zum Fenster, aus dem Augenwinkel sieht Mrs. Giulia Masca, dass er sich hinausbeugt. So vergehen einige Minuten, in denen nur die Geräusche vom *Piaso* herauftönen. Dann hört Mrs. Giulia Masca, wie die Fensterflügel geschlossen und die Vorhänge zugezogen werden. Erneut führt sie die

Tasse zum Mund, schließt vor der süßen Wärme der Milch die Augen. Michael setzt sich wieder ihr gegenüber, nimmt die Tasse, stellt sie auf den Tisch und drückt die Hände seiner Mutter zwischen den seinen. »Erzähl mir von ihm.«

Die Stimme ihres Sohnes klingt fest. Er wusste es, denkt Mrs. Giulia Masca. Es ist ein blitzschneller Gedanke, die einzige Erklärung für so viel Gelassenheit. Im Halbdunkel beginnt sie zu sprechen. Manchmal zucken die Finger, die mit Micks Fingern verschränkt sind. Die Amerikanerin möchte sich befreien und Momente und Orte in die Luft zeichnen, den Palazzo Reale, die Spinnerei Salvi, die kochend heißen Schüsseln, den Gestank der toten Raupen, den Streik, jeden Abend *Suez*, aber Michael lässt sie nicht los, nur Atem schöpfen. Dann sitzen sie einen Moment lang schweigend da, Hand in Hand. Bis sie sich weiter durch die Bilderflut kämpft, die sie in diesen wenigen Stunden in Borgo di Dentro überrollt hat: Assuntas unbezwingbarer Husten, die böse Trunkenheit von Erminio Masca, die Stockhiebe vom Lehrer Olivieri, der Seifenhändler, der sie im Dunkeln begrapschte, Pietro Ferro als Kind mit Frostbeulen an den Knien, Pietro Ferro als Junge, die Schuhmacherwerkstatt, sein Bruder Achille, Pietros Arbeit in der Baumwollspinnerei, seine Fahrten mit der Straßenbahn, die Spaziergänge am Fluss, die Ersparnisse für die Aussteuer, der Dachboden im Palazzo Reale, der Weihnachtsabend, an dem Mick gezeugt wurde, und Anita, ihre Freundin Anita, ihre *Schwester* Anita, und Domenico, Giuseppe Garibaldi und Nino Bixio, die sich in der Küche der Cascina Leone ereiferten, und Primo, der große Augen machte, um sie zum Lachen zu bringen, und das sonntägliche Kartenspielen und die riesigen Portionen, die Luigina einpackte, damit Anita sie mit ihr teilen konnte. Und dann Anita und Pietro, und dieser Kuss.

Sie möchte die Hände vors Gesicht legen, doch ihr Sohn hält sie zurück. Sie öffnet den Mund, will etwas sagen, findet keine Worte. Das Leben, das Schicksal, einfach *so*, wegen nichts – ein Kuss, nur ein Kuss –, undeutlich gesehen in der trüben Helle des Morgengrauens. Michael streichelt mit dem Daumen die Narben auf ihren Fingerknöcheln. Sie hält sich fest und beginnt wieder zu sprechen, sagt Dinge, die sie nie für möglich gehalten hätte, am allerwenigsten vor ihrem Sohn. Die Eifersucht. Die Wut. Die Flucht ohne ein Wort der Erklärung. Die Engelmacherin von Sottoripa. Ja, selbst das erzählt sie und erbleicht. Durchs Fenster färbt das schwache Licht einer Laterne die Vorhänge, die Tagesdecke und die Tapete gelb. »Jemand hat die Cascina Leone niedergebrannt. Ich weiß nicht, was ihnen zugestoßen ist. Und jetzt ist es zu spät.«

»Nein«, sagt er so leise, dass Mrs. Giulia Masca es nicht hören kann.

»Du wusstest es, Mick.«

Michael lässt ihre Hände los, stützt die Ellbogen auf die Knie, die Stirn in die Hände.

»Ich habe es vermutet.«

»Was hast du vermutet?«

»Das Schlimmste. Dass ich der Sohn eines Verbrechers wäre. Dass dich jemand vergewaltigt hätte.« Er steht auf und knipst eine der Nachttischlampen an. »Wäre die Wahrheit nicht besser gewesen?«

»Dein Vater und ich«, Mrs. Giulia Masca macht eine

Pause, holt Luft und setzt wieder an: »Dein Vater und ich, wir wollten dich beschützen. Manhattan war kein Kinderspielplatz.«

»*Dago,* und noch dazu ein *Bastard.*«

Mrs. Giulia Masca schneidet eine Grimasse. »Libero wollte nicht, dass sie dich aufs Korn nehmen. Für ihn warst du sein Sohn, Schluss, aus.«

»Was wusste er über Pietro Ferro?«

»Nichts, nicht einmal den Namen. Die Vergangenheit gibt es nicht, sagte er immer.«

»Er hat sich geirrt.« Im Dunkeln lässt Michael sich hinten im Zimmer auf einen Stuhl sinken. Mrs. Giulia Masca blickt aus dem Fenster auf den *Piaso* und den dunkel lastenden Abendhimmel über Borgo di Dentro. »Wir haben uns beide geirrt«, erwidert sie.

»Die Daten stimmten nicht. Euer Hochzeitstag und mein Geburtstag. Und nein, Manhattan war kein Spielplatz für einen kleinen italienischen Bastard, Sohn einer italienischen Hure.«

Mrs. Giulia Masca zuckt zusammen. »Du hast nie etwas gesagt.«

»In Soho ist es nicht mehr vorgekommen.«

»Du hättest es mir sagen müssen.«

»*Du* hättest es *mir* sagen müssen, Mama. Und außerdem ist da noch Mo.«

»Was hat Moishe damit zu tun?«

»Wann hast du ihn zum letzten Mal gesehen?«

»In der Woche vor unserer Abreise.«

»Hast du nichts bemerkt? Er sieht genauso aus wie Abraham Perelman. Wie aus dem Gesicht geschnitten. Er

412

hat sogar das Doppelkinn. Hier unten am Hals hat er die gleiche Falte.«

»Und du nicht.«

»Bin ich ihm ähnlich, Mama? Sehe ich Pietro Ferro ähnlich?«

»Mit zwanzig, ja. Später weiß ich nicht, ich glaube schon. Ist das so wichtig?«

»Du weißt, woher du kommst. Ist das nicht wichtig?«

»Dein Vater heißt Libero Manfredi und stammt aus Colonnata. Nur das zählt.«

Michael macht eine Handbewegung, dann reibt er sich die Wangen. »Bedeuten dieser Ort und diese Leute dir nichts?« Er blickt ihr in die Augen.

Die Amerikanerin senkt den Blick. Man kann fern von Borgo di Dentro leben, sie hat es getan. Ihr Sohn hat ohne Pietro Ferro gelebt, aber einen Vater hat er gehabt. Leben heißt *gehen*, und ohne Vergangenheit geht man, lebt man. Sie hat es geschafft zu *leben*. Aber ist sie bereit zu sterben? Nicht den heimtückischen Tod, der dich unerwartet holt. Mrs. Giulia Masca denkt mehr an den Tod, auf den man sich vorbereitet, mit dem man klarkommt. Ist es möglich, die *Rechnungen zu begleichen*, kann man in Frieden sterben, ohne sich mit der Vergangenheit auszusöhnen? »Ich habe das Grab meiner Mutter gesehen«, sagt sie.

»Und ist das nicht wichtig?« Jetzt klingt Michaels Stimme gepresst.

Mrs. Giulia Masca versucht, mit dem Blick die Dämmerung zu durchdringen, um das Gesicht ihres Sohnes zu sehen. Dann nickt sie. »Es tut mir leid, Mick.«

»Wir haben noch Zeit.«

Sie seufzt, dann greift sie nach der Tasse. Die Milch ist kalt geworden, sie kippt den letzten Schluck hinunter. »Du weißt, dass das nicht stimmt.«

Michael nähert seinen Stuhl dem ihren, ihre Knie berühren sich, er nimmt wieder ihre Hände. »Doch, wir haben noch Zeit, Mama.«

»Was sagt Dr. Benson?«

Jetzt wendet Michael den Blick ab. »Du weißt es.«

»Ich weiß, was er mir gesagt hat, nicht, was er dir und Claire gesagt hat.«

»Einstweilen nimmst du die Tabletten, bei der Rückkehr machen wir noch weitere Untersuchungen.« Er sieht sie nicht an.

Die Wahrheit ist brutal, denkt Mrs. Giulia Masca. Und jeder entscheidet für sich, wann er schweigt. »Was willst du denn tun?«

Michael steht auf und beginnt, mit langen Schritten durchs Zimmer zu gehen. Genau so macht er es zu Hause, wenn er ein Problem in den *Grosserie* lösen muss: Er läuft hin und her. »Wir suchen Pietro Ferro, Mama.«

»Er weiß nicht, dass er einen Sohn hat.«

»Du wirst es ihm sagen.«

»Er könnte verheiratet sein, noch mehr Kinder haben.«

»Sie werden es verstehen.«

»Es könnte sein, dass es nicht so einfach ist, Mick. Wer weiß, was aus ihm geworden ist. Er könnte auch tot sein.«

»Versuchen wir's. Wir haben alle Zeit. Unser Schiff geht erst in drei Wochen, dann müssen wir in Le Havre am Hafen sein.«

Mrs. Giulia Masca fürchtet, sie habe nicht recht gehört.

Ihr Terminplan ist sehr eng. Besichtigungen, Treffen, Verträge. Auf einmal begreift sie. »Wir sind gar nicht wegen der *Grosserie* hier«, sagt sie.

Michael bleibt stehen und sieht sie an. »Nein«, antwortet er.

»Kein Paris, kein London. Nichts.«

»Nichts.«

»Stammt die Idee von Claire?«

»Ja.«

»Und du warst einverstanden?«

»Es ist eine gute Idee.«

»*Wir bringen Mama zurück nach Hause.*«

»Ja.«

»*Das wird ihr guttun.*«

»Ja, und mir auch.«

»*Auch wenn Mama es nicht will.*«

»Wir dachten, danach könnte es dir bessergehen.«

»Ihr hättet mir die Wahrheit sagen müssen.«

»Ausgerechnet du redest von Wahrheit? Und dass wir in Borgo di Dentro vorbeifahren würden, wusstest du doch sowieso.« Wieder geht Michael auf und ab.

»Ich wusste nicht, dass wir uns deshalb eingeschifft hatten.«

»Sonst?«

Sonst wäre sie nicht gefahren. Und hätte noch einmal alles falsch gemacht, denkt Mrs. Giulia Masca. Ein fünfundvierzig Jahre andauernder Fehler. Sie mustert Mick, sein ernstes Gesicht. Es ist für sie beide wichtig, hier zu sein.

»Wo warst du gestern?«

»Ich bin zurück nach Genua gefahren und ein bisschen

herumgeschlendert. Ich wollte, dass du dich allein umsehen kannst.«

»War das auch Claires Idee?«

»Nein, meine.«

»Ihr seid wie der Kater und die Füchsin.«

Michael antwortet nicht, er hat wieder angefangen, mit großen Schritten das Zimmer auszumessen.

»Wie hast du eigentlich von Pietro Ferro erfahren?«

»Das ist die Überraschung, Mama. Vorhin bin ich einer Frau begegnet. Sie hat mir eine Menge Fragen gestellt, und soviel ich verstehen konnte, wiederholte sie einen Namen: *Ferro, Pietro Ferro, der letzte Ferro.* So etwas. Sie hat gesagt, ihr wart Freundinnen. Mehr als Freundinnen, hat sie gesagt. Es war Anita Leone, Mama.«

»Du hast Anita gesehen?«

»Vor dem Palazzo Reale.«

Sie lebt. Anita lebt. Die Welt rückt in die Ferne, für einen langen Augenblick fühlt Mrs. Giulia Masca nichts mehr, so wie wenn sie die Augen schließt und sich in der Lexington Avenue in die Badewanne legt.

»Sie kommt heute Abend zum Abendessen. Ich habe sie eingeladen. War das verkehrt?«

Auf der Strecke, die ihn vom Stützpunkt am Ufer des Don in einem neuntägigen Marsch in die Nähe von Nikitowka zum Sterben führte, zerfetzt von einem sowjetischen Maschinengewehr PPSCH-41, sah der Gebirgsjäger Leone Carlo viele Dinge. Schnee natürlich, er hätte nie geglaubt, dass man in seinem ganzen Leben durch so viel Schnee stapfen könnte. Schuhsohlen, geflickt mit Reifengummi, die bei minus vierzig Grad steif wurden und dann zerbrachen. Schlitten, am Tag vor dem Abmarsch aus vier Brettern zusammengezimmert, die mit großer Geschwindigkeit von den mächtigen Pferdeschlitten des deutschen Verbündeten überholt und manchmal umgeworfen wurden. Alle diese Dinge sah er, obwohl er den Blick fest auf das Quadrat aus schmutzigem Schnee gerichtet hielt, auf das er beim nächsten Schritt den Fuß setzen würde.

Bei der Rast dagegen sah er vor Kälte und Erschöpfung tot umgefallene Maulesel, die gehäutet und gebraten wurden. Und gefrorenes Büchsenfleisch, das sie durch fünf teilen mussten, eine Messerspitze für jeden. Lippen von der Farbe des Kupfervitriols, rissig vor Durst in diesem weißen Meer. Russische Bauernkaten, mit Küchen, die derjenigen der Leones ganz ähnlich waren, mit einer silbernen Ikone anstelle der Madonna von Loreto. Und Zimmerchen voller Rauch und zusammengekauerter Körper (in der plötzlichen Wärme Ausdünstungen von schmutziger Wäsche und Wundbrand). Verblüffende Läuse, so groß wie Maiskörner. Und russische Soldaten mit Steppjacke, Stiefeln und geölter, funktionierender Parabellum. Feuerzungen am Horizont. Körper, die zwischen Eiskonfetti durch die Luft wirbelten, hochgeschleudert von einem Mörserschlag. Leuchtspurgeschosse. Schlitten mit Bergen von Verwundeten, eine schwarze Spur auf der Piste. Schwarze Finger. Überfahrene Körper, niedergewalzt in voller Fahrt von den Metallkufen der deutschen Riesenschlitten. (Dann kam es vor, dass der Gebirgsjäger Leone Carlo die Augen schloss und sich für ein paar Schritte mit der Hand auf die Schulter des Kameraden stützte, der vor ihm ging, oder sich am nächsten Schlitten festhielt. Er strengte sich an, um sich Ritas breites Gesicht oder Giacomos offenes Lächeln oder Rosa Marias weiche Locken ins Gedächtnis zu rufen, und vergaß, was er soeben gesehen hatte. Doch nach drei, vier Schritten schüttelte entweder der Kamerad die Schulter, oder der Schlittenfahrer schnauzte ihn an und zwang ihn, die Augen wieder aufzumachen.)

Was der Gebirgsjäger Leone Carlo dagegen nie zu sehen bekam, bevor er von einer Garbe zerfetzt wurde, die so präzise traf wie das Messer, mit dem im November das Schwein aufgeschlitzt wird, was Giuseppe Garibaldis Erstgeborener auf dem katastrophalen Rückzug nie sah, waren Brot, Suppe, Wasser, das kein geschmolzener Schnee war, Branntwein, ein Feldbett, Handschuhe, die nicht nur zerrissene Strümpfe waren, Betäubungsmittel, Morphium, italienische Panzer, italienische Granatwerfer, italienische Bomber.

Bei Anbruch des neunten Tages – ein eisiger Tagesanbruch, der sich in nichts von den vorherigen unterschied, ohne ein warnendes Zeichen oder eine nächtliche Vorahnung, die sich in den kurzen, fiebrigen Schlaf hineingedrängt hätte – sah der Gebirgsjäger Leone Carlo die russischen Soldaten in geschlossenen Reihen vorrücken, leicht wie Engel in ihren weichen, makellosen Daunen. Sie sangen und schossen. Er wusste nicht, wie lange er schon unbewaffnet war, in den Händen hielt er nur die Decke, die er Tag und Nacht um die Schultern trug. Er hob die Arme, um sich zu ergeben, aber der Lumpen fiel auf ihn, jemand stieß ihn an, und er landete mit dem Gesicht auf dem Boden.

Das Lied der Russen erinnerte ihn an Großvater Primos Kapelle, und mit dem Mund im Schnee begann er leise zu singen. Er brauchte eine Weile, um aufzustehen. Wenn man sich nicht bewegt, stirbt man. Als er sich aufgerappelt hatte, war er allein. Die russischen Soldaten sangen derweil weiter und schossen mit ihrem schönen Maschinengewehr, genannt »Pe-pe-scha«, einen trockenen Rhythmus, eine mitreißende, anhaltende Musik, hundert Schuss pro Minute, nicht wie das Breda, das bei minus 40 Grad blockiert. Der Gebirgsjäger Leone Carlo hatte den irrigen Eindruck, dass sie sich im Takt der Musik entfernten.

Wenn man allein bleibt, stirbt man, daher sah der Gebirgsjäger Leone Carlo sich um, sang im Rhythmus des *pe-pe-scha* weiter leise vor sich hin, dann peilte er eine Anhöhe an. Von dort oben wird er die Kameraden sehen, es sind ja nur zehn Schritte. Von oben wird er laut rufen und die Decke schwenken, damit sie ihn sehen und auf ihn warten. Denn wenn man zurückbleibt, stirbt man, Herrgott! *Italianski dawai!* Vorwärts, immer vorwärts! Und sterben möchte der Gebirgsjäger Leone Carlo trotz einer betäubenden, nie gekannten Müdigkeit nicht.

Als sich die Silhouette des hübschesten Sohns von Giuseppe Garibaldi scharf vor dem metallischen Weiß des Himmels abzeichnete, als die schmutzige Decke in der eisigen Luft wie eine sturmgepeitschte Fahne zu flattern begann, hielt einer der russischen Soldaten mit dem Singsang inne und schaute zu. Der Tanz des Italieners erinnerte ihn an etwas, vielleicht an Frauenhaare, die im Juniwind trocknen, vielleicht an ein Kinderspiel. Wäre es nicht so kalt gewesen, hätte er gelächelt. Stattdessen begann er mit geschlossenem

Mund wieder zu singen, stimmte in den Refrain der Kameraden ein, zielte auf die Brust und schoss.

Rita Leones Briefe an ihren Mann hatten sich unterdessen zusammen mit Tausenden anderer Briefe an der Grenze zwischen der Ukraine und Weißrussland angesammelt, wo Feldwebel Gabriele Musso erschöpft, aber lebendig 36 Tage nach dem Kampf eintraf, in dem Carlo Leone getötet worden war.

Da der Furier vermisst war, beauftragte der für die Kompanie verantwortliche Leutnant ihn als Unteroffizier mit der Durchführung der Bestandsaufnahme: wie viele Anwesende, wie viele Verletzte, wie viele Vermisste (samt Ort und Datum, an dem sie zum letzten Mal gesichtet wurden), wie viele Tote (Ort, Datum und Umstände). Es war rasch getan, Krieg und Rückzug hatten die Kompanie, die im vorhergehenden Sommer in Russland eingetroffen war, auf etwa ein Fünftel dezimiert.

Anschließend musste er die Post der zweifelsfrei Toten von der für die Vermissten trennen. Mehr Zeit brauchte die vom Oberkommando mit unerklärlicher Dringlichkeit angeforderte Inventur der kläglichen Ausrüstung, die die russische Steppe überlebt hatte: wie viele Decken (zwanzig), wie viele Öfen (keiner), wie viele Patronentaschen und welches Modell, wie viele Karabiner 91, wie viele Handgranaten, wie viele Magazine und von welchem Typ, wie viele Geschosse und von welchem Kaliber, wie viele Knöpfe, Gamaschen und Essgeschirre.

Am Ende der Inventur konnte Gabriele Musso endlich den Militärzug besteigen, der ihn ein paar hundert Kilometer östlich, immer noch in Weißrussland, in einem Quarantänelager absetzen sollte, wo er am ganzen Körper rasiert, dann wieder mit seinen alten, ausgekochten Lumpen bekleidet und so lange festgehalten wurde, wie man es für angebracht hielt, um mögliche Anzeichen für Fleckfieber oder für vom *Vibrio cholerae* ausgelösten Durchfall erkennen zu können. Danach stieg er endlich in den Viehwagen, der ihn mit unzähligen Zwischenhalten – um den Richtung Ostfront ratternden Konvois die Vorfahrt zu lassen – zuerst nach Polen, dann in die Ukraine, dann wieder nach Polen, in die Slowakei, nach Österreich und schließlich nach Tarvisio brachte, wo sich unweit von dem Schild BENVENUTI IN ITALIA ein weiteres Quarantänelager befand.

Zwei Wochen Isolation und warmes, aber karges Essen. Ein Militärkaplan, ein halbtags diensttuender Arzt, vier Tänzerinnen mit nackten Schenkeln, ein Zauberkünstler und zwei alte Kabarettisten widmeten sich der unmöglichen Aufgabe, seine Wut zu besänftigen. Am Ende ein Sonderurlaub: dreißig Tage, plus weitere vierzig wegen der Amputation von zwei Zehen am rechten Fuß und einer Leberentzündung, plus neun Tage auf Antrag seines Vorgesetzten, für besondere Verdienste. Alles in allem neunundsiebzig Tage, eventuell verlängerbar, falls die Bauchschmerzen anhalten sollten.

Feldwebel Gabriele Musso erreichte Udine, tauschte die neue Uniform gegen einen dunklen Anzug ein, suchte sich eine kleine Pension, wo er eine Woche im Bett verbrachte und sich die Mahlzeiten aufs Zimmer bringen ließ. Ohne Zeitungen, ohne Radio, ohne ein Wort an den Kellner zu richten, der dreimal am Tag das volle Tablett heraufbrachte und es leer wieder mitnahm.

Am Morgen des achten Tages verlangt er Papier und Stift, schafft es aber nicht einmal zu schreiben *Lieber Vater, ich bin auf Urlaub in Udine* oder *Liebe Adelaide, ich lebe noch.* Es ist nicht der 2. Mai, er ist nicht in Udine und vielleicht nicht einmal mehr lebendig: Er ist noch am Don.

Er begreift, dass ihm nichts anderes übrigbleibt, als sich wieder aufzumachen. Drei Tage darauf steigt er am späten Nachmittag am Bahnhof von Borgo di Dentro aus. Er lässt sein Gepäck in der Aufbewahrung, geht nicht bei sich zu Hause vorbei und sucht keine Mitfahrgelegenheit. Er stellt den Kragen auf, zieht den Hut tief in die Stirn, geht durch die Neustadt, durch die Gassen, überquert die Brücke über die Orba und steigt den Hügel hinauf bis zur Villa Franzoni.

Als er ankommt, ist es Nacht, mitten in der Ausgangssperre. Das Haus liegt im Dunkeln. Er setzt sich auf die Stufen am Eingang. Im Nu gesellen sich Gelida Manina und Amadeus dazu, lecken ihm stumm die Hände und legen sich zu seinen Füßen. Es ist eine schöne Nacht, lau und hell. Die Akazien duften, eine Liebkosung. Er mag nicht klopfen, dort zu sitzen scheint ihm schon unfassbar. Er betrachtet die Sterne, ist gerührt über die Pracht der Milchstraße. Er kann einfach nicht aufstehen und klopfen. Zum ersten Mal nach zwei Jahren und vier Monaten ist er genau da, wo er sein will.

Frühmorgens tritt Anita als Erste aus dem Haus. Sie schläft wenig, die Nacht gehört Pietro Ferro und Nico. Auf der Schwelle findet sie Gabriele Musso, schlafend wie ein Kind. Sie zieht die Eingangstür leise wieder ins Schloss und geht hinauf, um Adelaide Bescheid zu sagen.

Die Marchesa ist gerade wach geworden. Im Nu ist sie auf den Beinen. Sie wäscht ihr Gesicht, bürstet sich die Haare, parfümiert sich, hüllt sich in den grünen Morgenmantel, betrachtet sich im Spiegel, wirft den Morgenmantel weg und stürzt zur Kommode, sucht einen blauseidenen mit einer gestickten Rose am Schalkragen heraus, bindet ihn in der Taille zu, begutachtet sich erneut im Spiegel, kneift sich in die Wangen, klopft leicht auf die dunkle Haut unter den Augen. »Mein Gott, bin ich alt geworden, Anita.«

Sie zieht auch den blauen Morgenmantel wieder aus, lässt ihn zu Boden fallen, eilt ins Nebenzimmer, kommt mit drei verschiedenen Kleidern zurück, hält sie sich nacheinander hin und schaut mit einer Grimasse in den Spiegel.

Anita sitzt auf der Bettkante. »Hört auf damit«, sagt sie.

»Was?«

»Seid nicht albern.«

Adelaide verstummt. Das hat sich Anita noch nie erlaubt.

»Das ist es nicht, was er braucht.«

»Ich will ihn gebührend empfangen.«

»Ihr wollt ihn blenden. Aber er wird Euch gar nicht sehen.«

»Was sagt Ihr da? Er ist meinetwegen zurückgekommen.«

»Er ist seinetwegen zurückgekommen.«

Adelaide denkt, Anita sei neidisch. »Gabriele Musso ist zurückgekommen, aber Euch scheint das nicht zu freuen«, sagt sie böse.

Anita kneift die Augen zusammen. »Ihr seid ungerecht, und Ihr wisst es. Ich sage Euch nur, Ihr sollt langsam machen. Ihr wisst nicht, was er durchgemacht hat. Niemand von uns weiß das.«

»Und er weiß nicht, was ich durchgemacht habe.«

»Ganz recht. Macht langsam, Adelaide. Lasst ihm Zeit. Gebt ihm das, was er braucht.«

»*Mich* braucht er!« Adelaide errötet wegen ihrer Arroganz. Sie fühlt sich nicht so, sie ist nicht so. Sie *will* nicht so sein. Anitas Blick ausweichend, hebt sie den blauen bestickten Morgenmantel vom Boden auf, schlüpft hinein und bindet ihn in der Taille zu. Dann mustert sie wieder ihr Spiegelbild. Sie wickelt eine Locke um den Finger, um ihr die richtige Form zu geben, und versucht, sie verführerisch über die Augen fallen zu lassen. Doch ihre Bemühungen sind vergeblich. Wie lange schon hat sie keinen Coiffeur mehr gesehen? Sie hat keine Frisur mehr, sondern bloß noch Haare, kraus, rot und kurz. »Verfluchter Krieg«, knurrt sie. Anita schüttelt den Kopf.

»Sagt mir, was Ihr zu sagen habt, und Schluss damit«, herrscht Adelaide sie an.

Anita steht auf, stellt sich neben sie, legt ihr den Arm um die Taille und betrachtet sie im Spiegel. »Ihr seid bildschön, Adelaide. Stark wie eine Eiche. Ihr lauft allein herum, fahrt Auto, tragt Hosen, fürchtet Euch vor niemandem. Ihr braucht niemanden. Ihr habt dieses Haus gerettet, diese Felder und alle, die sie bearbeiten, das war weiß Gott nicht leicht. Und Ihr seid klug genug, um jeden Mann in die Flucht zu schlagen, der je einen Fuß in die Villa Franzoni gesetzt hat. Außer Gabriele Musso, denn er ist der richtige Mann für Euch. Vergesst Euch selbst, nur für heute. Heute ist sein Tag. Seid zärtlich zu ihm.«

»Zärtlich.«

»Zärtlichkeit ist die einzige Gabe, die Euch fehlt. Strengt Euch an.«

Als sie ihn sah, wie er da auf der Treppenstufe kauerte, mit Dreitagebart, die zusammengeknüllte Jacke unter dem Kopf und die geballten Fäuste schützend vor dem Gesicht, begann Adelaide zu verstehen. Darauf bedacht, ihn nicht zu wecken, setzte sie sich neben ihn. Gelida Manina und Amadeus hielten immer noch lautlos Wache, wer weiß, wie lang sie schon dort lagen. War es das, was Anita meinte?

Während er weiterschlief, lehnte Adelaide ihren Kopf gegen die Haustür. Villa Franzoni erwachte allmählich, im Obergeschoss öffnete jemand die Fensterläden, lüftete die Zimmer, jemand anderes heizte in der Küche den Ofen an. Plötzlich fühlte sie seine Augen auf sich. Wie oft hatte sie sich diesen Augenblick ausgemalt? Und wie hatte sie sich geirrt: Sie fühlte sich klein, zerbrechlich, ohnmächtig angesichts des Abgrunds, den der Krieg zwischen ihnen aufgetan hatte, unfähig sogar, sich ihm zuzudrehen und seinem Blick standzuhalten. Warum konnten sie einander nicht in die Arme fallen? Warum küsste er sie jetzt nicht leidenschaftlich? Warum war es nicht wie in den Romanen?

Er nahm ihre Hand, führte sie ohne ein Wort an den Mund und dann an die Brust. Sie rückte näher, damit Gabriele Musso seinen Kopf auf ihre Beine legen konnte, und strich ihm leise über den rasierten Kopf, die hohle Wange, die winzige, blütenförmige Narbe, die sich weiß auf seinem rechten Jochbogen abzeichnete. Vor zwei Jahren und vier Monaten war sie noch nicht da gewesen, Adelaide war sich ganz sicher. Vor zwei Jahren und vier Monaten war Gabriele Musso ein anderer Mensch, und sie vielleicht auch. Dachte sie wirklich, an der Stelle anknüpfen zu können, an der sie sich getrennt hatten? Eine Weile hatte vielleicht auch er daran geglaubt. *Ich habe einen guten Grund,* hatte er geschrieben. Als könnte man die Zeit anhalten, aufhören zu *gehen.* Sie streichelte ihn, bis er die Kraft fand, sich neben sie zu setzen. Er hielt sich den Kopf mit den Händen.

»Wollen wir frühstücken?«, fragte Adelaide daraufhin. Die Stimme klang gepresst, wie wenn jemand einen normalen Ton sucht, ohne ihn zu finden. Sie begriff, dass sie sich auf unbekanntem Terrain bewegten und sich nur vorsichtig vorwärtstasten konnten. »Es gibt Eier, wenn du magst.« Sie begriff, dass sie nirgends sonst sein wollte.

Gabriele Musso verbrachte die erste Woche in einem Zimmer der Villa, schlief den größten Teil des Tages und ging nachts mit den Hunden spazieren. Adelaide übernahm es, seinem Vater und seiner Schwester zu schreiben. In der zweiten Woche wollte er in sein kleines Haus am Fluss umziehen. Er begann nachts zu schlafen und tagsüber lange Wanderungen über die Hügel zu machen, bis zu den nächsten Dörfern und weiter hinauf auf die Berge Richtung Genua, bis zum Fuß des Monte Tobbio. Adelaide kam gegen Abend und brachte ihm etwas aus der geheimen Vorratskammer oder ein von Anita gekochtes Gericht mit. Zu Pferd, der Treibstoff war rationiert. Musso nahm wieder zu. Er erwartete sie an der Schwelle, sie aßen zusammen, dann begleitete er sie zu Fuß nach Haus, die Zügel in der Hand.

Anfang Juni bat er sie, gemeinsam die Ländereien zu besichtigen, er wollte sehen, wie es um die Weinstöcke stand.

Adelaide zeigte ihm die unterirdischen Zellen und erklärte ihm das System, das sie erfunden hatte, um Zwangsablieferung zu vermeiden und den Schaden der Beschlagnahmungen zu begrenzen. Sie zeigte ihm den kleinen Vorrat an Kupfersulfat, schilderte ihm Giuseppe Garibaldis Versuche. »Wenn wir Kupferdraht auftreiben, probieren wir es noch einmal«, sagte er. Selbst in diesem Moment, in dem sie allein im wohlriechenden Halbdunkel eines engen, mit Säcken und Holzkisten vollgestellten Gangs im Keller ganz nah beieinanderstanden, selbst da versuchte er nicht, sie zu küssen.

Als er erfuhr, dass Carlo Leone offiziell als zwischen Nikitowka und Nikolajewka vermisst galt, machte er es sich zur Gewohnheit, einmal in der Woche mit den Leones zu Abend zu essen, und bemühte sich zu erzählen, was er für sinnvoll hielt, auch wenn er Carlo nie begegnet war. Von sich sprach er nicht. Adelaide hatte er nichts gesagt. Sie fragte nicht, und er brachte es nicht über sich. Zusammen ritten sie auf den letzten zwei Pferden, die der Beschlagnahmung entgangen waren, durch die Weinberge, und manchmal hatte Adelaide in der Glut des Hochsommers und im ohrenbetäubenden Zirpen der Zikaden den Eindruck, als wären sie allein auf der Welt und als wäre es gut so.

Am Freitag, 23. Juli 1943, sollte sich der Feldwebel Gabriele Musso in der Kaserne melden. Seine Haare waren schütterer geworden und seine Schläfen ergraut. Die Schmerzen im Unterleib waren verschwunden, der Fuß tat nicht mehr weh. Am Abend des 22. erschien Adelaide mit vielen Speisen im Häuschen am Fluss. Es sollte ein glückbringendes Abendessen werden. Sie fürchtete sich nicht, jedenfalls nicht zu sehr. Der Krieg ging weiter, aber niemand glaubte mehr daran. Das Land hungerte, die Armee war am Ende. Drei Tage zuvor hatten die Fliegenden Festungen die Hauptstadt bombardiert, es gab Tausende von Toten. Die Amerikaner waren in Sizilien gelandet, sie kamen näher. Und sowieso hatte Adelaide gelernt, nicht nach vorn zu schauen. Sie waren zusammen und hatten gutes Essen, mehr wünschte sie sich nicht.

»Das ist zu viel«, sagte Gabriele Musso, als er das Paket öffnete. »Wir heben etwas für morgen auf.«

Sie blickte ihn erstaunt an. »Morgen?«

»Schluss mit Uniform«, antwortete er, und Adelaide sah, dass die blütenförmige Narbe in den Falten seines Lächelns verschwand. Dann nahm er ihr Gesicht in beide Hände, und endlich, achtundsiebzig Tage nach seiner Rückkehr und wenige Stunden bevor er sich in der Kaserne hätte melden sollen, endlich, nachdem Adelaide es aufgegeben hatte, die Tage und die Stunden zu zählen und sich zu fragen, ob es überhaupt je passieren würde, endlich küsste Gabriele Musso sie,

Das Bett stand im Nebenzimmer. Er nahm sie an der Hand, führte sie hinüber und begann, sie auszuziehen, erst das Kleid, dann die Unterwäsche. Das warme Licht des Sonnenuntergangs färbte ihre Haut rosa. Er half ihr, sich hinzulegen, streichelte ihren Hals, die Brüste, die Achselhöhlen, die Schamhaare, die zarten Schenkel, die rauhen Knie, die seidigen Waden. Er hauchte kleine Küsse auf jede einzelne Zehe ihrer Füße, dann auf die Fußknöchel, dann wanderte er wieder hinauf, küsste die Linie zwischen den Beckenknochen, die Rundung der Hüften, er bedeutete ihr, sich umzudrehen, und legte die flachen Hände auf ihre feinen Schulterblätter, zerbrechlich wie Porzellan, fuhr mit den Fingerspitzen ihre hervorstehenden Rippen nach. Er hob die Locken hoch und begann, an ihrem Hals zu knabbern, kitzelte mit der Zunge jeden Wirbel, dann die Vertiefung am Ende des Rückens und die Falte zwischen den Pobacken. Er fühlte, wie sie schauderte, ließ sie sich noch einmal umdrehen. Mit einer Handbewegung hielt Adelaide ihn auf und begann, ihn in aller Ruhe zu entkleiden, das Hemd, die Hose, sie kniete sich zwischen seine nackten Beine, und als sie beim rechten Strumpf angelangt war, schloss er die Augen und sagte: »Nein.« Sie hielt wartend inne, bis er die Augen wieder öffnete, und lächelte ihn an. Dann zog sie ihm mit beiden Händen langsam den Strumpf aus.

Die Stelle, an der das Messer den Schnitt gemacht hatte, leuchtete rosa, doch die Haut war nachgewachsen, dünn und durchsichtig wie die eines neugeborenen Kätzchens. Ebenso, wie Gabriele Musso es bei ihr gemacht hatte, küsste Adelaide nacheinander seine drei Fußzehen, dann küsste sie die gerötete Lücke, bis es für ihn genug war. Die helle Julinacht durchflutete das Zimmer. In der Dunkelheit leuchteten ihre Augen wie die der Rehe im Wald. Es war eine langsame Liebe, hundertmal unterbrochen und wiederaufgenommen, Leidenschaft tropfenweise in jeder Geste, die den Zauber des ersten Mals und die Fülle des letzten Mals beinhaltete.

Am nächsten Tag erscheint Gabriele Musso nicht zum Appell. Angesichts des Dienstgrads, der verwüsteten Straßen, der zerbombten Brücken beschließt der diensthabende Offizier, ein paar Tage lang ein Auge zuzudrücken. Wenn der Oberfeldwebel Musso, auf dem Feld befördert und zuerst in Griechenland, dann in Russland dekoriert, wenn Gabriele Musso, Alter 35, geboren in Santo Stefano Belbo, aber wohnhaft in Borgo di Dentro, von Beruf Verwalter, am Montagmorgen nicht auftaucht, wird er Maßnahmen ergreifen.

Unterdessen wird in der Hauptstadt die Regierung gestürzt. In der Nacht von Samstag auf Sonntag entmachtet der Große Faschistische Rat Benito Mussolini. Am Sonntag um 17.20 Uhr lässt der König ihn verhaften. Fünf Stunden später verbreitet das Radio die Nachricht, dass der Duce nach zwanzig Jahren und neun Monaten zurückgetreten ist und Marschall Pietro Badoglio der neue Regierungschef ist. Die Menschen strömen auf die Straße, der Faschismus ist gefallen, Mussolini sitzt im Gefängnis, der Krieg wird bald zu Ende sein. Das Durcheinander wächst, so dass selbst die Bürokratie, die so eifrig die vom Don zurückgekehrten Decken und Öfen zählte, am Montagmorgen den Deserteur Gabriele Musso vergisst.

Fünf Tage später kommt auch Filippo Leone nach Borgo di Dentro. Abgemagert, mit ein paar Schwierigkeiten beim Bewegen des linken Arms und einer Bronchitis läuft er zur Cascina Leone hinauf, noch viel überzeugter als damals vor sechs Jahren, als das Sondertribunal ihn verurteilt hat. Sattelfest in der Theorie, zur Tat entschlossen. »Die Revolution klopft an die Tür«, erklärt er Giuseppe Garibaldi, »man muss sie nur hereinlassen.« Mit Waffen.

Der deutsche Verbündete sieht nicht passiv zu. In den ersten Augusttagen besetzt die 76. Division unter General

Erich Abraham den südlichen Teil der Provinz und den Küstenstreifen von Savona bis Genua. Werden die Alliierten eine Landung versuchen? Die Wehrmacht ist gerüstet. Erfahrene Truppen, sehr viele Stalingrad-Rückkehrer, mit dem Ziel, die Brücken zu bewachen, die Pässe freizuhalten und das bisschen zu nutzen, das vom italienischen Verbündeten noch übrig ist: Waffen (wenige) und Schweißer, Dreher, Weberinnen und Steinklopfer für die deutsche Kriegsmaschinerie. Das Divisionskommando ist in Borgo di Dentro, im unmittelbaren Hinterland von Genua. Die Alliierten studieren indessen die Landkarten von Kalabrien, Apulien und Kampanien.

Am 8. September, drei Minuten vor dem Piepser, der im Radio um 19.45 Uhr die Nachrichten ankündigt, gibt Marschall Badoglio an den Mikrophonen der Italienischen Rundfunkanstalten *die Unmöglichkeit, den ungleichen Kampf gegen die erdrückende feindliche Macht weiterzuführen,* und die Unterzeichnung des Waffenstillstands mit den Alliierten bekannt. Er übergeht die unmittelbaren Fragen, die das aufwirft, nämlich wie die italienischen Soldaten und die Zivilbevölkerung mit dem ehemaligen deutschen Verbündeten zurechtkommen sollen, der in allen Teilen der Halbinsel präsent ist, außer dort, wo Engländer und Amerikaner schon Fuß gefasst haben. In der Cascina Leone oder in der Villa Franzoni wundert es niemanden, dass Borgo di Dentro in weniger als 24 Stunden den Nazis in die Hände fällt: Sie hatten sie ja schon seit Wochen im Haus.

Am 12. September wird Mussolini von einem deutschen Fallschirmjägerkommando befreit. Mit dem Segen des Führers entsteht am 23. offiziell die Repubblica Sociale Italiana in Salò, ein abstraktes Gebilde mit fließenden Grenzen, da einige Teile des Landes schon zum Reich gehören, andere in der Hand der Alliierten sind und wieder andere sich darauf vorbereiten, von einem Augenblick zum anderen die amerikanischen Panzer willkommen zu heißen.

Das wahre Wesen von Mussolinis Sozialer Republik offenbart sich jedoch einige Monate später, und zwar genau am 18. Februar 1944, als die Jahrgänge 1923, 1924 und 1925 erneut zu den Waffen gerufen werden. Es ist nicht das erste Mal, und wenn die Männer von Borgo di Dentro bisher so getan haben, als wüssten sie von nichts, verstehen die Faschisten jetzt keinen Spaß mehr: Sie benötigen frisches Fleisch an der Seite der Verbündeten. Wer sich nicht meldet, wird mit dem Tod *durch Erschießung in die Brust direkt am Ort der Gefangennahme* bestraft.

Der Aufruf wird in der Nähe von Achille Ferros Werkstatt angeschlagen, und der Schuster rennt umgehend zur Cascina Leone. Giacomo, neunzehn Jahre alt, gehört zu den Einberufenen.

In dem Moment putzt Rita einen Kohlkopf, Linuccia knetet den Teig für eine Kartoffelfocaccia, und Primo döst in einem Winkel. Die zwei Frauen stürzen hinaus, Rita läuft zum Weinberg, wo sie weiß, dass sie die Männer antrifft, und Linuccia zur Villa, um Anita und Rosa Maria Bescheid zu geben. Zwei Stunden später setzen sie sich alle in der Küche zusammen. Giacomo bleibt als Einziger stehen, lang wie eine Bohnenstange, mit vor der Brust verschränkten Armen. Rita ist außer sich. Unterwegs hat sie sich alles Mögliche überlegt: den Jungen in den Verliesen der Villa

Franzoni zu verstecken; Nino Bixio um einen schwarzen Talar, ein weißes Bäffchen, ein Scheitelkäppchen und einen Posten in der Klosterküche zu bitten; Giacomo nach Argentinien einzuschiffen. Schickt Terzo nicht dauernd Geld und Fotos von pausbäckigen Enkeln? »Lieber weit weg als bei der Armee«, schließt sie, nachdem sie ihre Vorschläge gemacht hat. In der Küche wird es still.

»Ich haue nicht ab«, sagt Giacomo.

»Willst du dich umbringen lassen?«, erwidert sie.

»Ich haue nicht ab, und ich verstecke mich nicht.«

Giuseppe Garibaldi schreit: »Du wirst doch nicht für die Deutschen kämpfen! Weißt du nicht mehr, was Musso erzählt hat? Was er in Russland gesehen hat?« Dann schlägt er mit der flachen Hand auf den Tisch. »Zum Teufel, Giacomo, denk dran, was dein Vater sagen würde, wenn –« Er stoppt. Fast hätte er gesagt: *wenn er noch leben würde*. Es ist das erste Mal, dass Carlo Leones Tod in die Küche hereinkommt. »Vermisst«, »unterwegs«, »Gefangener« sind die Ausdrücke, die die Leones unter tausend Vorsichtsmaßnahmen verwenden. Wieder herrscht Schweigen, Linuccia schlägt die Hände vors Gesicht.

»Ich will nicht mit den Scheißdeutschen kämpfen, Großvater!«

Rita packt ihn am Arm. »Dann gehst du eben zu deinem Onkel nach Argentinien. Wir bitten die Marchesa, dich zu verstecken, bis wir eine Schiffspassage gefunden haben.«

»Es gibt noch eine andere Möglichkeit«, sagt Filippo.

»Kommt nicht in Frage, das ist schlimmer, als Soldat zu sein.«

»Welche Möglichkeit, Onkel?«

»Das ist zu gefährlich! Habt ihr nicht die Lastwagen gesehen? Die Gewehre? Was können ein paar unbewaffnete Jungs da ausrichten?« Blass geht Rita in der Küche auf und ab, ihre Lippen zittern.

»Waffen haben sie«, wirft Achille ein.

»Ach! Gehört Ihr auch dazu?« Mit aufgerissenen Augen blickt Rita um sich. »Alle? Gehört ihr alle dazu? Ihr auch, Anita? Dabei wisst ihr doch, was es bedeutet, einen Sohn zu verlieren!«

»Rita, setz dich und lass Filippo reden«, sagt Giuseppe Garibaldi.

»In den Bergen ist schon eine große Gruppe versammelt. Genossen. Soldaten, die das Militär satthaben. Fähige Leute, die gute Gründe haben, mit den Faschisten und den Deutschen aufzuräumen.«

»Leute, die dabei umkommen werden!« Rita hat ihn unterbrochen. Dicke Tränen rollen ihr übers Gesicht. Verärgert wischt sie sie mit dem Ärmel weg, denn Rita weint nie. Für ihren Mann hat sie noch keine Träne vergossen – sie hofft, hofft immer noch – und weint schon um ihren Sohn, der verstört den Blick senkt.

Rosa Maria schlüpft derweil neben ihn, greift nach seiner Hand wie in der Kindheit. Um ihm ein Lächeln abzuringen, flüstert sie ihm ins Ohr: »Nimmst du mich mit in die Berge, Giacomino? Ich will auch ganz brav sein.«

Primo erwacht in seinem Winkel aus der Stumpfheit, die ihn seit einiger Zeit umnebelt. »Nimm die Hündin mit«, sagt er. Auch Giacomo ist ein Trüffelsucher.

Anita ist zu Rita getreten. »Komm mit raus, lass uns reden.«

434

Die kalte Novemberluft prickelt auf der Haut. Anita hakt sich bei Rita ein und führt sie zum Wald hin. »Tu's nicht«, sagt sie.

»Tu was nicht?«

»Zwing ihn nicht.«

»Erst Carlo, und jetzt Giacomo. Ausgerechnet Ihr sagt mir das?«

»Giacomo hat sich schon entschieden, aber wenn du weiter auf ihn einredest, wird er auf dich hören und verzichten.«

»Und davonkommen! Er wird heiraten, Kinder haben, mit seinen Enkeln altern. Was ist schlecht daran, ein normales Leben zu wollen?«

»Er wird die Selbstachtung verlieren.«

Mit einem Ruck befreit Rita sich. »Verdammte Leones. Alle gleich.«

Anita geht in den Wald hinein und beginnt Reisig zu sammeln. »Hast du meinen Neffen nicht deshalb geheiratet?«

Rita antwortet nicht. Sie schnieft, trocknet mit dem Ärmel die Tränen. Dann fängt auch sie an, dürre Zweige zum Anfeuern aufzulesen. Sie denkt daran, was Musso erzählt hat, von der Anmaßung der Deutschen, dem Frost, den im Schnee zurückgelassenen Verwundeten, den unbegrabenen Toten. Sie sieht, wie Anita sich bückt, mit dreiundsechzig Jahren so flink wie ein junges Mädchen, auch wenn sie sie nie als Mädchen gesehen hat. Als Tante Anita ihr vor zwanzig Jahren ihr Hochzeitszimmer abgetreten und dann sechs Monate später geholfen hat, Giacomo auf die Welt zu bringen, sprach aus ihrem Gesicht schon der Schmerz der ganzen Welt. »Das Leben ist grausam«, sagt sie.

Stumm beugt Anita sich weiter über das Gestrüpp. »Weißt du, warum Carlo dich geheiratet hat?«, fragt sie plötzlich und sieht sie mit kohlschwarzen Augen an. Rita schüttelt den Kopf. Anita reicht ihr ein Reisigbündelchen: »Weil du aus dem gleichen Stoff gemacht bist.«

Man beschloss, dass Giacomo bei Einbruch der Dunkelheit aufbrechen solle, es blieb Zeit genug, um noch etwas zu kochen, das er zusammen mit ein bisschen Wäsche in den Rucksack packen konnte. Sein Onkel Filippo würde ihn zum Haus von Gabriele Musso begleiten, und der Verwalter würde ihn zu einem Bauernhof an den Hängen des Monte Tobbio führen, dessen Bewohner Freunde der Aufständischen waren. Von dort würde Giacomo zum Kommando der 3. Garibaldi-Brigade *Ligurien* in der Cascina Benedicta stoßen. Er solle sich darauf einstellen, die Nacht durchzuwandern.

Als die Entscheidung gefallen war, schickte Linuccia alle hinaus unter dem Vorwand, sie müsse für Giacomino Proviant vorbereiten. Stattdessen zog sie unter der Maisstrohmatratze das heraus, was von dem roten Hemd übrig geblieben war, in dem sich Großvater Domenico Leone an den Klippen von Quarto eingeschifft hatte und das die faschistischen Schläger vor zweiundzwanzig Jahren zerfetzt hatten. Sie zerschnitt es in lauter gleichmäßige kleine Stücke, die sie aneinandernähte, bis ein 60x50 cm großes Rechteck herauskam, das sie mit einer doppelten Steppnaht säumte. Später, während Giacomo die Riemen des Rucksacks festzog, rief sie ihren Mann beiseite und händigte ihm das rote Halstuch aus. »Wenn sein Vater hier wäre, würde er das machen«, sagte sie.

Giuseppe Garibaldi betrachtete die winzigen Stiche, die kaum zu sehen und zu fühlen waren. Er verstummte, während er dachte, dass von all den Wunderdingen, die Linuccias Finger hervorgebracht hatten, dieses das kostbarste war. Tränen brannten in seinen Augen, und er fühlte sich uralt, gebrechlich und unfähig, der Wucht des Augenblicks standzuhalten. Aber es ging alles sehr schnell. Alle umringten Giacomo, und Giuseppe Garibaldi stellte sich vor ihn. »Das gehörte meinem Großvater. Schau zu, dass du es mir heil zurückbringst«, sagte er und schlang dem Jungen das Tuch um den Hals.

Die kleine Hündin bellte vor Freude. Sie hatte eine platte Nase und den Spürsinn eines Wünschelrutengängers. Sie hieß Nuxe, *Nuss,* und war vor ein paar Jahren geboren worden. Giacomo wusste nicht, warum Primo ihr einen so unpassenden Namen gegeben hatte, denn sie war schwarz wie die Nacht.

Ruckartig bleibt die Amerikanerin vor einem Schaufenster der Neustadt stehen. Vor ein paar Minuten ist sie ausgegangen, denn Michael wollte sich ein wenig ausruhen (Mrs. Giulia Masca meint, er wollte allein sein). Auch sie hat das Bedürfnis, noch ein bisschen Luft zu schnappen, bevor sie Anita trifft.

Das Angebot unter dem Schild *Drogerie und Kolonialwaren* ist dürftig: ein Korb mit Kohlköpfen, eine Kiste Kartoffeln, Thunfisch, eingesalzene Sardellen, Päckchen mit Sodapulver. In einer Ecke gestapelt Metalldosen mit der Aufschrift *U. S. Army Field Ration C* und daneben in Großbuchstaben eine handgeschriebene Aufforderung:

Jede Dose hat einen am Rand integrierten Öffner und enthält Zwieback, etwas Süßes, Zucker und löslichen Kaffee. Von so einer Dose, denkt Mrs. Giulia Masca, hätte Assunta drei Tage lang gelebt.

Dann geht sie weiter zur Piazzetta vor der Grundschule und setzt sich auf die Stufen, wo sie auf ihren Vater gewartet hatte. Wenn er nüchtern war, kam er mit dem Tütchen Kürbiskerne, das sie sich teilten. In der Mulberry Street hat sie nie Hunger gelitten. Sie dachte, sie sei wegen eines Kusses davongelaufen, aber die einzige Wahrheit ist der Hunger. Sie muss lächeln. Wer weiß, ob Nino Bixio ohne Hunger Pfarrer geworden wäre. Ich sollte mir einen suchen, denkt sie. *»Ego te absolvo«*, flüstert sie vor sich hin. Dreizehn Tage hintereinander genug gegessen hat sie zum ersten Mal auf dem Überseedampfer Werra. Und in der Mulberry Street hat sie zum ersten Mal ein Weißbrot auf dem Tisch liegen sehen. Das Licht der Straßenlaterne wirft lange Schatten auf die Fassaden. Sie erkennt im Schattenspiel ein Rad, einen Pfeil, einen fliegenden Vogel.

Leben heißt gehen, Phil Donovan hätte es sich auf den Leib tätowieren lassen müssen. Nachdem er nach Montevideo abgereist war, hatte Mrs. Giulia Masca wieder mit Miss Liberty im Battery Park zu plaudern begonnen. Sie setzte sich auf eine Bank und betrachtete das Hin und Her der Boote mit der gleichen Neugier, mit der sie jetzt ziellos spazieren geht. Mit Vorliebe suchte sie nach einem Handelsschiff, folgte ihm mit dem Blick und malte sich aus, dass Phil an Bord wäre. Das Handelsschiff legte an, und sie phantasierte, er sei schon zum Aussteigen bereit, den Seesack geschultert, das Gesicht vom Salz gegerbt, ein neues Muster auf der Haut. Sie sah ihn vor sich wie im Kino, immer jung, immer gutaussehend, im Hintergrund das Plätschern der Wellen.

Entfernte sich das Schiff dagegen, stellte sie sich Phil Donovan auf dem Vorderdeck vor, den Blick auf den Horizont gerichtet. Geigenklänge und Möwengeschrei. Wenn die Luft klar war, verfolgte sie den Frachter, bis sie sah, wie er hinter der Erdkrümmung verschwand. Sie schloss die Augen, öffnete sie wieder und begann, den Horizont zu fixieren. Und immer tauchte nicht weit davon entfernt ein Schiff auf. »Heißt gehen zurückkehren, Miss Liberty?«

Neuntes Kapitel

Einen Monat nachdem Giacomo Leone aufgebrochen war, erschien Alfonso Risso mit seinen neuen Freunden in der Villa Franzoni. Sie wollten der Marchesa ihre Aufwartung machen, sagte er an der Tür zu Rosa Maria. Sie waren zu viert: der Kommandant der deutschen Truppenabteilung in Borgo di Dentro, sein Adjutant, ein Hauptmann der faschistischen Nationalgarde aus Verona und Risso, als Einziger in Zivil.

Es war kurz nach neun Uhr abends. Adelaide beriet sich mit Anita, dann bat sie Rosa Maria, die Männer in den Klaviersalon zu führen. Sie zog sich rasch um und präsentierte sich den Gästen eskortiert von Gelida Manina und Amadeus in einem Kleid aus Georgette, mit Perlenkette und einem Hauch fleischfarbenem Lippenstift.

Als sie sich bekannt gemacht hatten, läutete sie mit einem Silberglöckchen nach Rosa Maria und bestellte eine kleine Erfrischung, die im Nu gebracht wurde. In fließendem Deutsch entschuldigte sie sich für das einfache Mahl, sie hoffe auf Verständnis *in so schwierigen Zeiten*. Alfonso Risso staunte. Dann setzte sie sich mit einem böhmischen Kristallglas in der Hand auf das Capitonné-Sofa und wandte sich dem Kommandanten zu. Sie übersah die Waffe, die der Mann am Gürtel trug, die tief in die Stirn gezogene

Mütze, die Handschuhe, die er anbehalten hatte, die Stiefel, die Schmutzspuren auf dem Blumenmuster des herrlichen Aubusson-Teppichs hinterließen. Sie tat so, als bemerkte sie nicht, dass er verächtlich stehen geblieben war und damit seine Begleiter veranlasste, es ebenso zu machen.

»Fühlen Sie sich wohl in Borgo di Dentro, Herr Kommandant?«, fragte sie. Gelida Manina und Amadeus lagen wachsam zu ihren Füßen und verpassten keine Silbe. »Darf ich fragen, aus welchem Teil Deutschlands Sie stammen?«

Dann fügte sie an, sie kenne die Gegend an der Mosel und sei als Mädchen in Trier gewesen. Die *Porta Nigra*, der Dom, aber noch mehr die Liebfrauenkirche, herrlich mit diesen Kreuzgewölben und den bunten Glasfenstern. »Haben Sie sie je bei Sonnenuntergang gesehen?«

Der Deutsche, der als Beherrscher über die Schwelle getreten war, begann sich langsam fehl am Platz zu fühlen, wie er da stocksteif vor einer sitzenden, schönen Frau stand. Vor *einer Dame,* die zwischen den Gobelins dieses gemütlichen Musikzimmers vollkommen fehlerfrei über Orte plauderte, die er als Kind an der Hand seines Vaters gesehen hatte. Sehnsüchtiges Heimweh glättete die Falten auf seiner Stirn und drängte ihn zum Sofa hin, während die anderen wie ein Rudel Wölfe, das seinem Leittier folgt, sich auf die Sessel verteilten. »Und wartet daheim jemand auf Sie, Herr Kommandant? Ihre Frau? Ihre Kinder?«

Rosa Maria bewegte sich derweil lautlos durch den Raum, schenkte die Gläser nach, reichte Käsehäppchen herum.

Während im vertraulicheren Gespräch mit dem Kommandanten das Eis langsam schmolz, gelang es Adelaide, die zwei anderen Männer in Uniform einzubeziehen, indem sie jeden Satz ins Deutsche übersetzte, und noch bevor es nötig war, eine zweite Flasche zu servieren, hatte der Herr Kommandant Handschuhe und Mütze abgelegt, der Adjutant hatte die Fotografie seiner Verlobten Gertrud aus der Brieftasche gezogen, und der Hauptmann aus Verona hatte von Pferden, Automobilen und Spürhunden erzählt, die ebenso schön seien wie die zwei auf dem leuchtend roten Teppich ausgestreckten Weimaraner.

Als die zweite Flasche kam, tat der Deutsche so, als bemerkte er erst jetzt das Malheur, das seine schmutzigen Stiefel angerichtet hatten, und entschuldigte sich mit einer kleinen Verbeugung.

»Verzeihung, meine Dame.«

Alfonso Risso errötete vor Enttäuschung: Die Dinge entwickelten sich nicht wie vorhergesehen.

Adelaide neigte den Kopf und machte eine Handbewegung, als wollte sie sagen: »Nicht der Rede wert.« Man begann wieder über das Leben von früher zu sprechen, als das Brot nicht rationiert war und der Sonntagnachmittag wie im Flug verging, wenn man an den Ufern der Etsch entlangwanderte, mit den Kindern am Rheinufer Blinde Kuh spielte oder in einem Konzertsaal Wagner und Mozart lauschte.

Um seine Anwesenheit kundzutun, warf Risso hier und da stotternd ein Wort ein. Doch als Adelaide sich ans Klavier setzte und *Madamina, il catalogo è questo* klimperte und man entdeckte, dass der Adjutant eine schöne Baritonstimme hatte und das Opernitalienisch ihm glatt über die

Lippen ging, und als auch die zweite Flasche ihre Wirkung tat und beim Gewinsel von Gelida Manina und Amadeus im Dreivierteltakt alle in schallendes Gelächter ausbrachen, verstummte der ehemalige Verwalter der Villa Franzoni endgültig.

Als die dritte Flasche halb geleert war, war der Deutsche zur Ansicht gelangt, dass Alfonso Risso, dieser Schwarzhändler, der seine Offiziere mit Veuve Clicquot, Armagnac und sogar Wolgakaviar versorgte, dieser unangenehme Kerl, der für eine Handvoll Scheine auch seine Mutter verkaufen würde, tatsächlich recht hatte: Villa Franzoni war perfekt. Aber nicht für die Truppe. Sondern um allein herzukommen oder mit seinen Offizieren und gelegentlich abseits vom Sturm des Krieges einen angenehmen Abend zu verbringen.

Sie verabschiedeten sich, als sie fast betrunken waren, und der Kommandant ließ leises Bedauern erkennen, was Adelaide mit buchhalterischer Genauigkeit in der Spalte der Guthaben vermerkte, die man einklagen konnte. Sie begleitete die Männer zur Tür, gab sich betrübt, sie schon aufbrechen zu sehen, *so bald.* »Der Krieg ist ein zu anspruchsvoller Geselle, Herr Kommandant. Versprechen Sie mir, dass Sie ihm von nun an nicht Ihre ganze Zeit widmen«, sagte sie und reichte ihm die Hand zum Kuss.

Risso hielt sich unterdessen abseits. Er wartete, bis die drei das offene Auto erreichten, und als die Marchesa sich gerade zurückziehen wollte, packte er sie am Ellbogen und hielt sie auf der Schwelle fest.

»Auf ein Wort, Adelaide. Das Tor war verriegelt, als wir kamen. Ich muss Euch wohl nicht daran erinnern, dass das gegen die Vorschriften ist, oder? Im Krieg sind Schlüssel, Schlösser und Riegel verboten. Und hier draußen fehlt das Verzeichnis der Leute, die unter diesem Dach nächtigen. Es täte mit leid, die Villa Franzoni in Flammen aufgehen zu sehen. Der Kommandant ist ein feiner Mensch, aber diese Deutschen sind besessen von ihren Regeln: Ich möchte nicht, dass er an einem der nächsten Abende auf die Schnapsidee kommt, jemanden vorbeizuschicken, um zu kontrollieren, wen Ihr Euch ins Bett holt.«

Nur durch Zufall war Gabriele Mussos Motorrad nicht auf der Allee geparkt. Im Mondlicht kostete Risso Adelaides Blässe aus, dann drückte er ihr schmerzhaft die Hand und führte sie an die Lippen: »*Auf Wiedersehen, meine Dame.*«

In jener Nacht tat Adelaide kein Auge zu. Im Morgengrauen stand sie bei Gabriele Musso vor der Tür und fand ihn schon auf den Beinen. Der Beruf des Verwalters und die Notwendigkeit, die Ländereien der Marchesa Franzoni zu überwachen, lieferten einen idealen Vorwand, um auf der Suche nach Lebensmitteln für die Aufständischen die Hügel zu durchkämmen. Adelaide setzte sich an den Küchentisch. »Was sollen wir tun?«, fragte sie.

Gabriele Musso hantierte derweil mit einer Blechdose.

»Johannisbrotkaffee, magst du?«

»Mhm.«

»Du musst das Haus abschließen und irgendwo Unterschlupf finden, bis alles vorbei ist«, fing er wieder an.

»Du bist der, der in Gefahr ist.«

»Wir sind alle in Gefahr.«

Gabriele Musso ging in den Hof, kehrte mit einer halbvollen Milchflasche zurück und stellte sie auf den Tisch. Die Kaffeekanne blubberte.

»Lass uns weggehen, Gabriele.«

»Das glaubst du doch selber nicht. Soll ich sie heiß machen?« Musso deutete auf die Milch. Adelaide schüttelte den Kopf, und er schenkte den Kaffee ein. Der süßliche Geruch von Johannisbrot erfüllte den Raum. Sie tranken schweigend. Musso wiederholte: »Das glaubst du doch selber nicht.«

Es stimmt, doch irgendetwas muss man tun. Sie beschließen, dass Musso in die Berge flüchten wird, er kennt die Gegend in- und auswendig, hat den Winter damit verbracht, Reis, Kastanien und Polenta für die Partisanen zu besorgen und die Kontakte zwischen den einzelnen Einheiten und dem Nationalen Befreiungskomitee zu halten, das sich einige Monate zuvor in Borgo di Dentro gebildet hat. Ein erfahrener Soldat, ein Anführer mehr kann gewiss nicht schaden. Der größte Teil der jungen Leute hat noch nie ein Gewehr in der Hand gehalten. Und mittlerweile sind sie zahlreich: Acht Einheiten von je sechzig bis siebzig Mann unterstehen der 3. Garibaldi-Brigade *Ligurien*. Rote, mit Oberkommando in der Cascina Benedicta. Dazu noch eine autonome Brigade von zweihundert Mann, die unweit ihren Sitz hat. Er wird sich von der Villa Franzoni und dem Haus am Fluss fernhalten. Abreise sofort. Sie wird es übernehmen, Achille Ferro und Filippo Leone zu informieren.

Während Gabriele Musso sich schweigend zwischen Küche und Schlafzimmer hin und her bewegt und ein paar Sachen einpackt, sitzt Adelaide auf dem Bett. Nun ist das

Zimmer noch kahler: Alle Kleidungsstücke sind in einer Kommode mit zwei Schubladen verstaut oder hängen am Haken. Gabriele kann mit nichts leben, denkt sie.

Als er die Fensterläden schließt, versinkt das Häuschen in Dunkelheit. Die Augen haben Mühe, sich daran zu gewöhnen, und Adelaide fühlt, wie ihr bang wird. Sie möchte aufstehen, ins Freie gehen, doch eine plötzliche Angst nagelt sie fest. Ihr Herzschlag wird schneller, ihr Atem kürzer. »Und wir?«, fragt sie.

Gabriele Musso setzt sich neben sie. Im Dunkeln, auf dem Boden, ein Lichtstrahl, scharf wie ein Schnitt. »Ich werde eine Möglichkeit finden«, sagt er. Dann umarmt er sie, bis sich ihr Atem beruhigt.

In den Bergen herrscht Abenteuerstimmung. Musso bemerkt es gleich am ersten Abend, als er einen Kessel trockenen Reis mit den siebzehn Jungen teilt, die ihm vom Kommando der Brigade anvertraut worden sind. In dem halbverfallenen Gebäude, das sie besetzen – »vorgeschobener Vorposten« im Jargon des Oberkommandos –, stinkt es nach kaltem Rauch. Türen gibt es längst keine mehr, die Fenster sind in die Mauer geschlagene Schlitze, und die Scheiben fehlen. Ende März herrscht auf siebenhundert Metern Höhe beißende Kälte.

Nach dem Abendessen verteilt Musso die Aufgaben für den nächsten Tag: Holz- und Wasserbeschaffung, Latrinenputzen, Wachschichten unten, Patrouillen auf halber Höhe, Küchendienst, Schießunterricht ohne Waffen, denn die Waffen genügen nicht, und für Übungen verschwendet man keine Munition. Doch beim bloßen Aussprechen der Wörter »Sten« oder »Sicherung« oder »Rückstoßlader«

funkeln die Augen im Licht der Petroleumlampen. Und bei dem Wort *Bande*, wie die Einheiten bezeichnet werden, fühlen sich alle hier wie *Banditen*, und die Ruine wird zu Cinecittà. Sie spielen mit ihren Decknamen, tun so, als wären sie Seeräuber, Sheriffs, Raubtiere.

Wenn der Politkommissar herunterkommt, um über Marx und das Proletariat zu reden, werden sie allerdings ganz ernst. Sie beteiligen sich, protestieren, diskutieren, da sind sie voll dabei. Aber Gabriele Musso sieht auch die Blicke, die sie tauschen, wenn gelegentlich die aus den deutschen Gefängnissen entkommenen Ausländer erwähnt werden, die anderen Einheiten der Brigade zugeteilt wurden. Russen, Kanadier, vielleicht sogar Amerikaner. Mit denen wäre das Abenteuer komplett, davon träumen seine Burschen. Im Geist erleben sie sämtliche Geschichten von Salgari, hören den Löwen von Metro-Goldwyn-Mayer brüllen. Und dann singen sie Kriegslieder, aber sie haben keine Vorstellung, denkt Gabriele Musso, sie haben nicht die geringste Vorstellung davon, was Krieg ist. Um sich selbst daran zu erinnern, hat er den Decknamen *Dawai* gewählt.

Auch der Ort überzeugt ihn nicht. Weite, luftige Höhen. Kastanien, Flaumeichen, Hainbuchen, Rotbuchen, Haselnusssträucher. Lichte, nach Strohblumen duftende Hochebenen voller Klee. Meerbrise an den Tagen, an denen keine Tramontana weht. Ein guter Platz, um dort mit ein paar Kühen und Schafen zu leben, nicht aber, um jemanden zu töten. Die grasbewachsenen Kuppen sind wie geschaffen dafür, Heu zu machen und seine Liebste darauf zu betten, sie mit einem Strohhalm am Hals zu kitzeln, und genau daran denken seine Jungen: an Mädchen. Aber die muss man jetzt vergessen.

Eines Morgens Ende März kommt Giacomo Leone mit der kleinen Hündin Nuxe vom Oberkommando herunter mit der Anweisung, am 5. April auf einem zwanzig Kilometer Richtung Meer entfernten Bauernhof eine Ladung Essgeschirre abzuholen. Dawai solle das organisieren, für Hin- und Rückweg werde er etwa zwei Tage und alle Männer brauchen außer den Wachen, die am Vorposten zurückbleiben. Bei Giacomos Ankunft ist es noch dunkel, doch ihm ist es lieber so, er geht immer unbewaffnet, das Trüffelmesser und ein paar Trüffeln in der Tasche, um im Fall heikler Begegnungen ein bisschen Theater spielen zu können.

Zwei Tage später dagegen erscheint Rosa Maria. Es ist das erste Mal, dass sie in die Berge heraufkommt. Achille Ferro hat sie ein Stück begleitet, danach hat sie allein einen Kontrollposten passiert und Mussos Hof rasch gefunden. Im Busen trägt sie zwei Nachrichten, eine vom CLN – chiffrierte Angaben über ein deutsches Waffenlager – und eine von Adelaide.

»Wie sollen wir dich nennen?«, fragt Musso.

»Rossella.«

»Schöner Name.«

»Er stammt aus einem Buch, das mir die Signora geliehen hat.«

Als sie Adelaide erwähnt, errötet Musso. Das Mädchen hat derweil begonnen, die Bluse aufzuknöpfen, und die Geste wirkt wie ein Peitschenhieb in der kühlen Morgenluft: Die Jungen hören auf, zu reden, zu lachen, Stiefel einzufetten, Socken zu stopfen, und starren Rossella an.

»Habt ihr nichts zu tun?«, donnert Musso daraufhin.

Adelaides Nachricht ist ein unbeschriebener Zettel. Zuerst wundert es ihn, dann begreift er.

Ich bin da. Ich warte.

Kluges Mädchen, denkt er. Kluges, vorsichtiges Mädchen.

Rosa Maria hat sich zurückgezogen, sie will ihre Nase nicht in die Angelegenheiten der Marchesa Franzoni stecken. Inzwischen umringen die Jungen sie und plappern übermütig drauflos.

Musso faltet den weißen Zettel zusammen und schiebt ihn in die Hemdtasche. Dann beginnt er, die chiffrierte Botschaft zu studieren. Als er meint, verstanden zu haben, zieht er den Stiefel aus, hebt die Einlegesohle hoch und schiebt das Blatt darunter. Dann wirft er einen Blick auf das Grüppchen.

»Gatto, komm her.«

Gatto steht als Einziger abseits und schält Kartoffeln.

»Begleite Rossella zum Wachposten, beim Abstieg ist er schwieriger wiederzufinden.«

Gatto nickt und marschiert sofort los. Rosa Maria folgt ihm mit gesenktem Kopf. Sehr schnell geht es bergab, und der Wald verschluckt sie.

»Kannst du nicht etwas langsamer machen?«, fragt sie. Ohne innezuhalten, erwidert Gatto: »Bleib daheim, wenn du's nicht schaffst.«

»Meinetwegen kannst du gleich umkehren. So wie ich hergefunden habe, finde ich auch wieder nach Hause.«

Gatto hat schon den direktesten Weg eingeschlagen und

rutscht auf dem im frisch geschmolzenen Schnee verfaulten Laub zwischen den kahlen Baumgerippen den Steilhang hinunter.

Als der Wachposten in Sicht ist, getarnt hinter einem Stoß schimmliger, pilzbefallener Baumstämme, macht Gatto auf dem Absatz kehrt und klettert grußlos wieder bergan. Rosa Maria, die das Engelsgesicht ihres Vaters und die stahlharte Entschlossenheit ihrer Mutter besitzt, braucht den ganzen Weg bis zur Villa Franzoni, um ihren Ärger hinunterzuschlucken.

In Verona dagegen fand der Hauptmann der Nationalgarde, der den Abend in der Villa Franzoni verbracht hatte, als er vom Mittagessen im Generalkommando zurückkam, auf seinem Tisch den Bericht mit dem Titel *Lage der Aufständischen in der Provinz Alessandria,* auf den er gewartet hatte. Erfreut drehte er ihn in den Händen hin und her. Was für eine zauberhafte Gastgeberin, die Signora Marchesa, und was für ein hervorragender Bordeaux, den ihm dieser Risso da besorgt hatte. Die erste Kiste war schon fast leer.

Datiert vom 27. März und unterzeichnet von einem Oberstleutnant des Politischen Ermittlungsbüros von Alessandria, beziffert das Typoskript die Stärke der Widerstandskämpfer in den Bergen zwischen Genua und Borgo di Dentro auf *circa zweitausend Mann.* Bewaffnet mit Maschinengewehren, Handgranaten, Karabinern und Gewehren. Außerdem ist von einem *Späher- und Nachrichtenübermittlungsdienst* die Rede, von russischen Offizieren, die von englischen Flugzeugen mit dem Fallschirm abgesprungen sind, und von regelmäßigem Versorgungsnachschub.

Die Vorgänge klangen so plausibel, die Zahlen so rund

und die topographischen Angaben zu den Unterkünften so präzise, dass der Hauptmann den Bericht unverzüglich absegnete und beschloss, ihn in Anbetracht der expliziten Bezugnahme auf das Deutsche Kommando der ss in Ligurien sofort an die Zuständigen weiterzuleiten. Die deutschen Kameraden würden alsdann mit einer *radikalen Operation in der Gegend* durchgreifen.

Der Hauptmann konzentrierte sich. Ligurien, Genua, drei Wochen zuvor. Seepromenade, Trümmer, Piazza De Ferrari, wieder Trümmer, Truppenparade, Halt am Studentenhaus ... Er schnalzte mit den Fingern. »Engel!«, sagte er laut. Seit einiger Zeit vergaß er die Namen, und die Sache bedrückte ihn mehr als das neue weiße Haar auf der Brust, das er gerade bei seiner Morgentoilette entdeckt hatte. »Sturmbannführer Siegfried Engel. Und der Vize Otto Kaess.« Er sah das lange Gesicht des frisch ernannten deutschen Kommandanten wieder vor sich und lächelte zufrieden, während er sich mit der flachen Hand an die Stirn tippte. Sein Gehirn funktionierte also doch noch recht gut! Auf dem Drehstuhl schlug er die Hacken zusammen und streckte den Arm aus, um einen teutonischen Hitlergruß nachzuäffen. Dann suchte er auf dem Durcheinander des Tisches nach einem weißen Blatt und fügte mit Bleistift einen Vermerk hinzu:

Dringend: ss

Und darunter:

Kollaborateure in loco

451

Mit einer Klammer heftete er das Blatt an den Bericht, verschloss alles in einem Umschlag, auf den er erneut DRINGEND schrieb, und ließ ihn seinem Vorgesetzten zustellen.

Dass die Spitzel *in loco* übertrieben hatten, als sie die Aufständischen und die Waffen verdreifachten, wurde deutlich, als im Morgengrauen des 6. April 1944, Gründonnerstag, die Scheinwerfer der Mannschaftswagen und Planen-Lkws mit deutschen und faschistischen Soldaten die Fahrwege am Talgrund taghell beleuchteten, während sie den Monte Tobbio einkreisten wie eine sich zuziehende Schlinge. Es waren Panzerspähwagen dabei, schwere Geschütze, Mörser, Flammenwerfer und Kettenfahrzeuge.

Als alle Fluchtwege abgeschnitten waren, begannen Infanterieeinheiten, berittene Patrouillen und Mannschaften mit Hunden den Berg hinaufzusteigen. Aus der verglasten Kabine eines Aufklärungsflugzeugs Fieseler Fi 156 Storch suchten die Piloten das Gelände ab und hielten Leuchtspurgeschosse bereit.

Gabriele Musso erkennt es am Geräusch. Es ist weder ein vorbeifliegender Bomber noch ein einmotoriges Flugzeug, wie es die Engländer für ihre Abwürfe verwenden: Das metallische Brummen, das die Luft erfüllt, ist das eines Storchs. »Los!«, befiehlt er und rennt einen kaum erkennbaren Pfad entlang, der nach rechts in ein Kastanienwäldchen abbiegt. Alle stürmen hinterher, mitsamt der Ladung Essgeschirre, die sie am Abend vorher erbeutet hatten.

»Rucksäcke runter, presst euch flach an die Bäume.« Er betet, dass das Metall des Geschirrs nicht im ersten Sonnenstrahl glänzt.

Leicht kreist der Storch derweil auf seinen elegan-

ten, hochgestellten Flügeln. Man hört eine Maschinengewehrgarbe jenseits der Kammlinie, von der sie herunter-
gekommen sind. Dann Schüsse aus einer Automatik-Pistole.
»Ruhig halten und keinen Laut!«

Als das Flugzeug abdreht, rekapituliert Musso im Geist:
Vier sind am Vorposten geblieben, um Wache zu schieben,
zwei von ihnen haben eine Sten. Dreizehn sind hier bei ihm
mit drei Sten, seine eingeschlossen, und einer Pistole, die
Achille Ferro einem unaufmerksamen Deutschen entwendet hat, eine Luger, die seit Monaten keinen Tropfen Öl
mehr gesehen hat. Die Kugeln, wenige und wertvoll. Von
oben weiter metallisches Knattern. Unten eine riesige, offene Hochebene und hinten noch ein Kastanienwäldchen
und kurz danach ein Bauernhof, den Musso kennt. Ob die
Deutschen schon dort angekommen sind?

Die Nachricht von der Razzia erreicht Giacomo Leone
ein paar Stunden von der Cascina Benedicta entfernt, auf
dem Rückweg von einem Erkundungsgang zu befreun-
deten Bauern. Nuxe bleibt ruckartig stehen und starrt auf
das Grüppchen, das zügig durch das von den Garibaldi-
nern kontrollierte Gebiet bergan wandert. Giacomo hat die
kleine Hündin so abgerichtet, dass sie nicht bellt, aber sie
bebt vor Enttäuschung. Badoglio-Leute, denkt Giacomo
und fasst sich mit der Hand an den Hals. Aus dem Stop-
pelgrau der noch winterlichen Vegetation sticht Linuccias
Halstuch heraus wie eine exotische Blume. Es sind zwölf
Mann, und sie wollen zum Oberkommando von Cascina
Benedicta. So laute der Befehl im Fall großer Gefahr, sagen
sie.

Giacomo Leone hat noch nie von einem Zusammenschluss der Autonomen mit den Roten gehört, doch wenn die Nazis im Vormarsch sind, muss man sich sputen. »Hier lang«, sagt er und zeigt ihnen eine Abkürzung. Mit wild schlagendem Herzen hasten sie den Weg entlang, die Beine brennen vor Anstrengung. Kaum haben sie die Furt im Fluss durchwatet und nehmen den letzten Hang in Angriff, kommt ihnen von oben Hals über Kopf ein Junge entgegengelaufen.

»Es ist eine Falle!«, sagt er und versteckt sich hinter einem Felsbrocken. Auch er ist unbewaffnet. An seinem Kittel kleben Ästchen und dürre Blätter, in den Haaren und am Nacken ebenso. Das Wasser gluckert, endlich vom winterlichen Eis befreit, und übertönt den Lärm ferner Maschinengewehrgarben. Der blätterbedeckte Junge erklärt, Cascina Benedicta sei schon in der Hand der Deutschen, und man müsse ein Versteck finden und warten, bis der Rummel vorbei sei. »Jeder für sich«, fügt er hinzu. Dann läuft er in den Wald, drei Badoglio-Anhänger folgen ihm.

Hinter dem Felsbrocken sind sie noch zu zehnt. »Weiter vorn ist eine Höhle«, sagt Giacomo. Sie steigen den Hang wieder hinauf bis zum Eingang und schlüpfen hinein. Es ist ein schmaler Gang, feucht und finster. Eine Natter schlängelt sich zwischen den Stiefeln davon. In der Dunkelheit setzen sie sich im Kreis, Schulter an Schulter, die Füße des einen auf den Beinen des anderen, und Nuxe liegt zusammengerollt auf Giacomos Schoß. Alle sind unbewaffnet. In vollkommenem Schweigen warten sie.

Gabriele Mussos Mannschaft hat unterdessen den Bauernhof jenseits der Kastanien erreicht, aber hier können sie nicht bleiben. Die Bauern haben sich im Keller versteckt, unten ist nicht einmal mehr Platz für ein Kind. Gatto schlägt vor, dass sie sich aufteilen, dann hätten sie bessere Chancen, durch die Lücken zu entkommen. Musso sieht sie nacheinander an. Blass, erschrocken, weit weg von der Gegend, die sie kennen. »Nein«, sagt er. »Wir gehen zusammen.« Mit der Landkarte auf den Knien beginnt er die Route zu studieren.

In der Höhle vergeht die Zeit rasch, es wird dunkel, und Giacomo bemerkt es kaum, die Gesichter der Genossen sind wie finstere Ringe um das Leuchten der Augen. Irgendwann springt Nuxe auf. Zitternd streckt sie die Schnauze zum Eingang hin.

»Sie haben Hunde«, flüstert Giacomo und hält Nuxe mit beiden Händen fest. In der Woche zuvor war ihm aufgefallen, dass sie sich unten leckte, wahrscheinlich ist sie jetzt läufig. »Ganz ruhig, Nu.«

Doch Nuxe ist nicht ruhig, die Duftwolken von draußen sind unwiderstehlich. *Komm, komm.* Der Geruch der Rüden durchzuckt sie, gebieterisch wie ein Befehl. Nicht dass er ihr gefiele, was ihr gefällt sind Trüffeln, Hühner, lebende Igel, Blut, Kacke, doch nichts macht sie trunkener, und deshalb möchte sie bellen, *hier bin ich, komm und hol mich,* schaut aber ihr Herrchen an und hält an sich. Er drückt sie fester, sie senkt die Schnauze, leckt ihm die Finger, *bitte, bitte, lass mich los,* doch er will nicht, nein, seine Hände zittern. Und jetzt verströmt er auch noch diesen sauren Gestank, alle Männer in der Höhle riechen jetzt so, und sie könnte sie nicht mehr unterscheiden, dabei hatte sie doch jeden Einzelnen eingeordnet: Kohlsuppe, Füße, Rasierer, Knoblauch, Leder, Gras, Gewehr, Tarock, Ziehharmonika, Polenta, Sperma, Rosmarin, Kastanienfladen, Kacke und Pipi. Jetzt ist es ein einziger ranziger Geruch, sie hat ihn schon vor einiger Zeit bei ihrem Herrchen gerochen, als sie einem Rudel Wölfe begegnet waren. Im Gegenwind waren sie davongetrabt, denn Nuxe roch sie, aber sie konnten Nuxe nicht riechen. Der Hund draußen vor der Höhle allerdings, der riecht sie und wie, da ist sie ganz sicher, er hat diesen Geruch, wie wenn er sie bespringen will, aber nicht darf, vielleicht hält ihn jemand zurück oder zerrt ihn weg. Aufgeregt, verzweifelt hebt die Hündin den Schwanz, *geh nicht weg, hier bin ich*; ihr Herrchen will nicht, dass sie bellt, und sie ist eine stolze kleine Hündin, sie wäre nie unfolgsam, doch der Rüde da draußen wendet sich ab und zwar schnell, und das Weinen, das Nuxe im Hals steckt, verwandelt sich in ein Winseln.

Dann geht es schnell. Plötzlich stehen sie alle zehn draußen, die Hände über dem Kopf verschränkt, Maschinenpistolen auf die Brust gerichtet. Der Hund ist fort. Unter dem Geruch von Gummireifen, Eisen und Schießpulver erschnuppert Nuxe seine Spur auf dem Weg hinauf zur Cascina Benedicta, doch würde sie sich niemals von Giacomo lösen, bei dieser Geruchsmischung hat sie Angst, ihn zu verlieren. Als die Jungen oben gewaltsam in die kleine Kapelle neben dem Oberkommando der Partisanen gestoßen werden, schlüpft sie mit hinein. Es sind etwa hundert, dicht gedrängt. Unmöglich, sie einzeln auseinanderzuhalten.

Auf dem anderen Hang, fast eine Tageswanderung von der Benedicta entfernt, breitet Gabriele Musso vor den Jungen die Karte aus.

»Von hier aus gehen wir zuerst bis hier, dann bis hier.

Seht ihr diese Striche? Das ist ein Hügel, da laufen wir unten herum. Danach kommt dieser Bauernhof. Dort machen wir Rast und warten, bis es dunkel wird. Dann geht's den Bach entlang, dann wieder durch den Wald. Und das ist unser Ziel. Alles klar?«

Die jungen Männer sehen einander an, jemand nickt. »Alles klar, Gatto?« Er sieht ihn an, wie man einen Stellvertreter ernennt. Mit dem Finger fährt Gatto die Etappen entlang. Beim letzten Stück fragt er: »Und hier müssten wir draußen sein?«

»Hoffentlich. Da sind wir dann im Talgrund, wo der Wald dichter wird. Der Fahrweg ist oben, und außerdem ist es eine Nebenstraße. Die gefährliche Stelle ist hier«, sagt Gabriele Musso und zeigt auf ein paar Höhenlinien. »Da verläuft die asphaltierte Straße direkt oberhalb. Wenn sie bewacht wird, können sie uns sehen. Aber wenn wir nachts dort durchkommen, müssten wir es schaffen.«

Auf das Ziel konzentriert, studiert Gatto weiter die Karte. Er zeigt den anderen eine verfallene Hütte, vielleicht ein altes Trockengestell für Kastanien, und unweit davon einen Bauernhof. »Von hier aus könnten wir in einer halben Stunde wieder zu unserem Vorposten hinauflaufen«, sagt er.

Gabriele Musso schaut ihn an, ohne zu antworten. Dann, an die anderen gewandt: »Ab jetzt kein Wort mehr! Und unternehmt nichts. Wer eine Waffe hat, schießt nur auf meinen Befehl.«

Sie erreichen die verlassene Trockenhütte, ohne einem einzige Deutschen zu begegnen. Der Storch fliegt tief, der Berg hallt wider von Explosionen, die Spähwagen fahren auf dem Asphalt hin und her, aber die Strecke, die Musso ausgesucht hat, verläuft in Deckung. Es gibt nichts zu essen und kein Trinkwasser. Als es Tag zu werden beginnt, Karfreitag, schlafen sie aneinandergelehnt erschöpft ein.

Der Karfreitag ist einige Stunden alt. In der Kapelle betet einer der Roten den Rosenkranz. Sie haben Hunger, Durst, das Bedürfnis zu pissen. Das monotone Gemurmel weckt die wenigen, denen es gelungen war einzuschlafen, an die Mauer oder an einen Genossen gelehnt. Als es Tag ist, wird die Tür aufgerissen, das Licht blendet die Gefangenen. Der Gestank muss ekelerregend sein, denn der deutsche Offizier weicht zurück und hält sich den Handschuh vors Gesicht. Dann wählt er acht von den kräftigsten Jungen aus. Sie werden hinausgestoßen, und das Portal fällt wieder zu. Eine Stunde vergeht. Eine Maschinengewehrsalve, dann zwei Pistolenschüsse, dann nichts mehr. Punkt zehn Uhr wird die Tür wieder aufgerissen. Ein Kordon aus bewaffneten deutschen Soldaten begrenzt zu beiden Seiten den Weg, der bergab zu einem Bach führt. Diesmal holt der Offizier fünf heraus. Auf der Schwelle brüllt er einen Befehl, den die fünf nicht verstehen. Der Offizier zieht die Pistole aus dem Gürtel und versetzt dem Jungen, der am nächsten steht, mit dem Schaft einen Schlag ins Genick. Der Junge bricht zusammen. Zwei deutsche Soldaten binden ihm die Hände im Rücken mit Draht zusammen, dann ziehen sie ihn hoch und stützen ihn, bis er sich wieder auf den Beinen halten kann. Auch den anderen vier werden die Hände gebunden. Ein Mann in Zivil notiert ihre Namen in einem Register, ein Soldat durchsucht sie und legt Geldbeutel, Fotos, Briefe, Zettel, kleine Muttergottes-Anhänger in eine Kiste. Der

Offizier brüllt erneut, und die fünf verstehen, dass sie in Reih und Glied losmarschieren müssen. Zwischen dem Spalier von Soldaten schwenken sie nach unten Richtung Bach ein. Das Portal fällt wieder zu.

Der Offizier schaut auf die Stoppuhr. Bei der Maschinengewehrsalve hält er sie an. Er berät sich mit einem Unteroffizier und legt fest, dass die Aufständischen exakt alle zwanzig Minuten in Fünfergruppen herauskommen sollen. So geht es drei Stunden lang, bis erneut acht kräftige Burschen weggebracht werden. Eine Stunde lang bleibt das Portal geschlossen. Dann, um drei Uhr nachmittags, kommt Giacomo Leone an die Reihe.

Um drei Uhr nachmittags versammelt Gabriele Musso seine Männer erneut um sich. Er hat Wache geschoben, während sie schliefen, die Gegend ist tatsächlich ruhig, scheint sich außerhalb des durchkämmten Gebiets zu befinden.

»Teilt euch auf, meidet die Asphaltstraße, traut niemandem und lauft schnurstracks nach Hause. Von hier an kennt ihr ja den Weg.«

»Kommst du nicht mit, Dawai?«

»Später. Erst will ich ein paar Stunden schlafen.«

»Ich bleib auch hier«, sagt Gatto und lässt sich nicht umstimmen.

Nach so langer Zeit im Dunkeln hat Giacomo Leone Mühe, sich an das weiße Nachmittagslicht zu gewöhnen. Die Sonne steht niedrig über dem Bergrücken, die kahlen Stämme der Kastanien ächzen im Nordwind. Hier oben stirbt der Winter langsam. Der Draht schneidet in die Handgelenke. Der heftige Drang zu urinieren ist verschwunden.

Nuxe trottet an seiner Seite. Merkwürdig, dass sie sie noch nicht umgebracht haben, denkt Giacomo. Die deutschen Soldaten sind nur einen Schritt entfernt. Hinter der Kurve, wo der Offizier sie nicht mehr sieht, haben sie die Habachtstellung aufgegeben, unterhalten sich, zeigen auf die kleine Hündin. Zwei von ihnen drehen sich am Wegrand um und wenden der Gruppe den Rücken zu. Geruch nach Rauch weht herüber, und Giacomo Leone bekommt wahnsinnig Lust auf einen Zug, er, der nie damit angefangen hat. Einen Fuß vor den anderen setzend, starrt er auf die zwei glühenden Punkte. Es hat ihn so gepackt, dass er fast stolpert.

Primo ist ihm wieder in den Sinn gekommen, er würde ihn jetzt gern an seiner Seite haben. Nicht diesen Genossen, den er nicht kennt und der unaufhörlich weint, oder diesen anderen, der marschiert, als ob er auf dem Exerzierplatz wäre. Nur Primo. Nicht einmal Vater oder Mutter oder Schwester oder Großvater Giuseppe Garibaldi, und ganz gewiss nicht Linuccia oder Anita. Wären sie hier und würden ihm zusehen, wäre es ihm unmöglich, sich in den Tod zu schicken. Höchstens noch Nino Bixio, im Grund ist ja Karfreitag. Beichten, zur Kommunion gehen. Aber nein: Primo und sonst niemand. *Giacomino, komm her.* Der rotglühende Punkt in der eiskalten Sternennacht. Das Versteck unter einer Wurzel. Das Geheimnis einer Weide. Die erdige Hand. Die Notenblätter, die Trompete, das Organetto. Mit geschlossenem Mund summt Giacomo die *Internationale*. Die Deutschen lassen ihn machen, es fehlen nur noch wenige Schritte bis zum Ende.

Primo Leone würde sich jetzt mit Nuxe entfernen, in diesem Moment, vor dem Ende des Marschs. Die Hündin würde niemandem sonst folgen. Sie ist verschreckt, Giacomo merkt es daran, wie nah sie sich an seinem Fußgelenk hält und seinen Schritt behindert. Meine schöne kleine Hündin, die keinen Laut gibt, außer aus Liebe. Bestimmt hat sie die Leichen gerochen, der erste Graben ist nicht gut zugeschüttet, eine Hand ragt heraus, ein auf den Herrgott gerichteter Zeigefinger. Und im Bach fließt kein Wasser mehr, nur Blut. »Ganz ruhig, Nu.« Das hinter dem Maschinengewehr sind italienische Uniformen. In dem schrägen Licht kommen sie ihm äußerst elegant vor, perfekt für einen feierlichen Anlass, aber nicht für diesen Morast. Während ein Gebirgsjäger ihm den genauen Punkt zeigt, wo er sich hinstellen soll, senkt Giacomo das Kinn, um das Halstuch zu fühlen. Der Boden ist weich und feucht. Er stellt sich vor, dass Nuxe hinterher das Tuch aufknotet und es in die Cascina Leone zurückbringt, zu Giuseppe Garibaldi. *Es ist noch ganz, Großvater.* Dann fühlt er nichts mehr.

Als es Nacht ist, schiebt Gabriele Musso die Mauser in die Hose und schultert die Sten. »Diesmal bringe ich sie alle heil nach Hause, Gatto.« Geduckt überquert er die Asphaltstraße und klettert den Berg zum Vorposten hinauf. Gatto hängt sich zwei Sten um und folgt ihm schweigend. Am Wachposten sehen sie niemand. Die Deutschen sind vorbeigekommen, denn der Boden ist mit Splittern übersät: Sie müssen mit ihren Maschinengewehren auf die Bäume geschossen haben. Auch das Bauernhaus des Vorpostens ist menschenleer. Jemand hat in den Reistopf gepinkelt. Bei Sonnenaufgang durchkämmen sie die Umgebung, doch von den vier Genossen keine Spur. Sich weiter hinaufzuwagen wäre gefährlich und sinnlos, die vier könnten überall sein. Sie beschließen, zum Wachposten zurückzukehren und noch einmal dort zu suchen, wo der Wald dichter wird.

Gatto findet einen Knopf und erkennt eine Spur zertrampelter Blätter. Sie folgen ihr ein gutes Stück, bis sie zu einer sonnenbeschienenen kleinen Lichtung gelangen, gesäumt von riesigen Kastanien, die der Abholzung für die Beplankung der genuesischen Flotte entgangen sind. Mächtige Stämme, so hoch wie die Säulen einer Kathedrale, die im Kreis um den Lichtfleck stehen. Gabriele Musso hat eine Idee.

»Pfeif, Gatto.«

Gatto hält zwei Finger an den Mund und stößt den kreischenden Vogelruf aus, den er sonst benutzt, um alle zum Abendessen zu rufen.

Nichts geschieht.

»Probier's noch mal.«

Beim zweiten Pfiff hört man ein Rascheln dürrer Blätter. Wie Waldgeister tauchen die vier nacheinander aus unsichtbaren Höhlen im majestätischen Rund der Stämme auf.

»Dawai, Dawai«, flüstern sie.

Sie verteilen die Waffen und marschieren wieder los, Gatto als Vorhut. Er ist fast an der Asphaltstraße angekommen, als zwei Deutsche in einem Kübelwagen ihn sehen. Der Fahrer reißt abrupt das Steuer herum, der andere feuert, ohne aus dem Fahrzeug zu steigen, ein ganzes Magazin auf ihn ab und durchsiebt die Bäume rundherum mit Schüssen. Äste sausen durch die Luft wie Blätter im Sturm. Gatto stürzt zu Boden, und der Kübelwagen fährt mit Vollgas wieder an. Als Dawai den Jungen erreicht, steht er schon wieder aufrecht, blutet aber an der Schulter. Eine Handvoll Splitter hat sich durch die Jacke in seinen Oberkörper gebohrt.

Nach ein paar Stunden wird er ohnmächtig und muss getragen werden. Sie wechseln sich dabei ab, immer zu zweit, und meiden weiter den Asphalt. An einem Feldrain stehlen sie eine Schubkarre und transportieren ihn eine Weile so. Am Rand von Borgo di Dentro trennen sie sich. Sie lassen Gatto im Schutz einer Hütte am Fluss zurück, und Gabriele Musso läuft zur Villa Franzoni hinauf. Gerade schlägt es Mitternacht, es ist Karsamstag, der 8. April. Mit abgeschalteten Scheinwerfern fährt er mit Adelaide und Rosa Maria, die sich ein Kissen unters Kleid gestopft hat, wieder hinunter. Es wimmelt von Soldaten, sie werden sagen, dass das Mädchen Wehen hat und sie sie zum Haus der Hebamme bringen. Sie bugsieren Gatto ins Auto und bringen ihn in die Villa, dann eilt Rosa Maria noch einmal in den Ort, um Dr. Costa Bescheid zu sagen.

Adelaide und Gabriele Musso legen Gatto derweil auf ein Feldbett in den unterirdischen Zellen, wo schon vier weitere Verletzte untergebracht sind. Adelaide zieht ihm die Jacke aus, dreht ihn auf die gesunde Seite und beginnt, die Wunde mit einer Batistserviette zu säubern, die sie vorher mit Wasserstoffperoxid getränkt hat, wie der Doktor es ihr beigebracht hat. Gatto schläft ein. In den Kellergeschossen des Krankenhauses sind noch mehr Verletzte versteckt, sagt Adelaide. Drei haben sie neben Adelmo beerdigt. Das Salböl hat Nino Bixio gebracht. Achille Ferro hat aus einem Schrank die Särge gezimmert. Es gibt kein Betäubungsmittel, nicht einmal im Krankenhaus. Keine Nachricht von

Giacomo Leone. Anita und Rita sind zu Fuß aufgebrochen, im Dunkeln. Es heißt, Frauen lassen sie passieren. Es heißt, dass sie mehr als hundert erschossen und alle Übrigen gefangen genommen haben. Es heißt, dass sie die Cascina Benedicta mit Dynamit in die Luft gesprengt haben. Es heißt, dass sie die Gefangenen nach Genua gebracht haben und sie in der Casa dello Studente foltern. Adelaide spricht in ausdruckslosem Ton, mit leiser Stimme, und betupft weiter die Wundränder. Ihr Kleid hat Blutflecken, ihre Hände sind eiskalt.

»Alles ist gut, ich bin hier«, flüstert Gabriele Musso ihr zu.

Sie hebt den Blick nicht, antwortet nicht.

»Schau mich an, ich bin hier.«

Adelaide schaut ihn an, doch Gabriele Musso hat den Eindruck, dass sie ihn gar nicht wahrnimmt oder noch in den Bergen wähnt, verletzt, misshandelt, sterbend, tot.

Am Morgen des 9. April, am Ostersonntag, treffen Anita und Rita am Fuß des Monte Tobbio ein. Mit anderen aus den umliegenden Dörfern gekommenen Frauen steigen sie zur Cascina Benedicta hinauf. Eine trägt einen schwarzen Schleier, eine weint. Eine weitere stimmt einen leisen Gesang an.

> *Heilige Maria, bitte für uns,*
> *Bitte für deine Kinder.*
> *Allmächtige Mutter,*
> *Steh uns bei.*

Noch vor dem Geruch der Gräben kommt das Geräusch. Hunderte von Schmeißfliegen haben sich auf die Reste gestürzt. Ein Tuch vors Gesicht gebunden, sind zwei Bauern dabei, den ersten Graben zu leeren. Die Leichen sind in der Nähe aufgereiht, die Frauen wischen mit in Desinfektionsmittel getauchten Baumwolllappen über die Gesichter und die Hände, dann richten sie die Leichen her. Ein Mädchen läuft mit der Alkoholflasche herum und gibt denen davon, die es brauchen. Ein weiteres versucht, einzelne Schuhe, Mützen, Arme und Füße zu ordnen. Die Bachufer sind meterlang rot gefärbt. Die Frau hört nicht auf zu singen.

Wir sind Sünder, aber Kinder dein,
Gnadenreiche, bitte für uns.

Man merkt es sofort, wenn eine Frau in dem Gestank und Durcheinander ihren Sohn erkennt. Alles stockt einen Augenblick, das Summen der Fliegen klingt wie das Knistern eines Scheiterhaufens. Rita setzt sich regungslos auf einen Felsen, starrt in den Bach und vergießt keine Träne. Jemand schleppt von der Cascina Benedicta verrußte Balken und Teile des Fußbodens herunter. Die Holzstücke, die von Tischen, Stühlen und Bohlen stammen, werden behutsam auf die schon gesäuberten Leichen gelegt, wie Behelfssärge. Anita nimmt ihr Kopftuch ab, zerreißt es und macht zwei Lappen daraus. Sie taucht den ersten in Alkohol, kniet neben einem Jungen nieder und säubert ihn, dann den nächsten, dann noch einen, bis sie fünf gezählt hat. Dann steht sie auf, geht an den Bach, wäscht den Lappen aus, sucht das Mädchen mit dem Alkohol und macht weiter.

Giacomo Leone liegt im zweiten Graben. Die Salve hat seine Stirn zerfetzt. Anita erkennt das rote Halstuch. Sie steht auf, geht zu Rita, nimmt sie am Arm und begleitet sie zu ihrem Sohn. Sie knien nieder, eine rechts, eine links. Anita reicht Rita den zweiten, sauberen Lappen. Dann greift sie nach ihrer Hand und führt sie über Giacomos Gesicht, über die Wangen, über den Hals. Dann zieht sie sich zurück und lässt sie mit ihm allein. Im Stehen beginnt sie still zu weinen, mit geschlossenen Augen. Als sie sie wieder öffnet, sieht sie Rita, die sich über Giacomos Knie geworfen hat, und daneben Nuxe, das pechschwarze Fell blutverklebt, die sich an der Schulter ihres Herrchens reibt. Anita beugt sich hinunter, tätschelt der kleinen Hündin die Schnauze, knotet das rote Halstuch auf und steckt es in die Tasche. Dann hilft sie Rita, sich aufzurichten.

In Borgo di Dentro ist Nebel aufgezogen. Die Amerikanerin bewegt sich von einer Laterne zur nächsten und hat jedes Mal den Eindruck, zwischen den gelben Kegeln unter- und wieder aufzutauchen. Es fehlt nur noch wenig bis zur Abendessenszeit. Die Vorstellung, Anita zu treffen, wirbelt ihre Gedanken durcheinander, also lenkt sie sich ab, indem sie Schaufenster anschaut, bleibt stehen, um zu überlegen, ob sie Mick eine Pfeife kaufen soll, verliert sich in Betrachtung der gedrechselten Zierleisten einer Haustüre.

Auf dem *Piaso* empfängt sie milchige Dämmerung. Keine Menschenseele weit und breit, während die Turmuhr sieben schlägt. Sie zieht den Mantel fester um sich und beschleunigt den Schritt, vor dem Abendessen will sie sich im Zimmer noch ein wenig frisch machen. Zwei Kugellampen übergießen die drei Stufen am Eingang zum Albergo Grande Vittoria mit einem feuchten Schimmer.

»Giulia.«

Die Stimme ist unverändert. Die Amerikanerin bleibt stehen, aber die Worte kommen nicht. Sie sieht den dunklen Umhang, die gescheitelten und im Nacken zusammengefassten grauen Haare, die Holzschuhe an den Füßen. Im unscharfen Licht auf der Schwelle erinnern die Zeichen in Anitas Gesicht sie an in Holz geschlagene Nägel.

Anita sieht Giulias Haut im Dunkeln leuchten, das seidene Kopftuch, die Handtasche am Arm, die Handschuhe aus Ziegenleder, die Nylonstrümpfe, die Pumps. Sie tritt einen Schritt zurück. Die Unruhe, die sie erfasst hat, seit sie Michael Manfredi begegnet ist, lässt sie ihre Augen zu Schlitzen verengen. »Bist du das?«, fragt sie in die Stille hinein.

Wäre da nicht die Stimme, kämen der Amerikanerin Zweifel. Die Stimme und auch die Augen, auch sie sind dieselben. Tiefschwarz, glänzend. Aber der Rest lässt sie verstummen. Anitas Gesicht wirkt auf sie wie geronnener Schmerz, der Körper unter dem Umhang sieht aus wie geschrumpft, die Handgelenke schmal wie vertrocknete Zweige, so dass der Amerikanerin die Luft wegbleibt, sie bringt keinen Ton heraus, »wie schön, komm, lass uns hineingehen, du hast schon meinen Sohn kennengelernt«, nichts, einfach nichts. Sie sieht die andere weiter ungläubig an, dann begreift sie, dass von allen Antworten das Schweigen die einzig verkehrte ist.

»Endlich«, haucht sie daraufhin. Sie staunt über das, was sie da gesagt hat. Über den Tonfall, so innig. Nie hatte sie auf diese Weise daran gedacht, es war ihr nicht klar gewesen, dass sie auf den Augenblick gewartet hatte. Die Erleichterung war unvorstellbar.

»Bist wirklich du das?«, erwidert Anita.

Die Amerikanerin nähert sich, streift die Handschuhe ab und ergreift ihre Hände. Im schummrigen Licht blinken die Narben auf den Fingerknöcheln wie Leuchtpünktchen. Spinnerinnen. Die Mädelchen der Signori Salvi. Das war doch eben erst, es hat gar nie aufgehört. Giulia schließt die Augen und lässt die Geräusche von Borgo di Dentro auf sich wirken. Noch immer drückt sie Anitas Hände und sieht alles wieder vor sich, was sie begraben glaubte. Luigina und die Reistorte. Pietro Ferro als Kind, der vor dem Tor des Palazzo Reale ein Stückchen Quittenbrot mit ihr teilt. Primo, der vor ihr den Hut zieht und sagt: »Meine Hochachtung, Signorina Masca. Sogar in Rechnen eine Eins!« Giuseppe Garibaldi und Nino Bixio, die sie in der Cascina Leone auf der Schaukel anstoßen, höher, immer höher, bis sie vor Vergnügen jauchzt. Dann öffnet sie die Augen wieder, und Anita ist da und lächelt. Unter dem von der Zeit verwüsteten Gesicht sieht Giulia das kleine Mädchen, das ihr im Licht des Januarmonds am vereisten Ufer des Flusses mit einem Zipfel des Lakens die Wunde säubert und sagt: »Keine Angst, Giulia, ich lass dich nicht allein.« Sie verschränkt ihre Finger mit denen der Freundin. »Ja, ich bin es«, antwortet sie.

Anita wendet Giulias Hände hin und her. Sie dreht sie nach oben, betrachtet im spärlichen Licht die weichen, weißen Handflächen, die unentzifferbaren, sich schneidenden Linien. Die Amerikanerin löst sich aus dem Griff und

streichelt Anitas gezeichnetes Gesicht. »Was ist dir zugestoßen?«, fragt sie.

Anita schüttelt den Kopf, wie um zu sagen, ›nicht jetzt,
das hat Zeit‹. »Er ist Pietros Sohn, nicht wahr?«

Giulia nickt.

»Weiß er es?«

»Seit heute Nachmittag.«

Anita sieht sie unverwandt an. »Pietro und ich haben geheiratet.«

Erst schaudert Giulia bei der Nachricht, dann fühlt sie
ein plötzliches, stilles kleines Glück, wie wenn ein nirgends
passendes Teil eines Puzzles nach unzähligen Fehlver-
suchen endlich seinen Platz findet und einrastet. »Ein Jahr
nachdem du weggegangen bist«, fährt Anita fort. »Ich habe
dich so lange gesucht.«

Giulia hält die Hand vor den Mund. Nie hat sie in der
Mulberry Street wirklich gedacht: *Sie sucht mich.*

»Ich habe so lange auf dich gewartet. Und jetzt bist du
zurückgekommen. Mit diesem Sohn. Was für ein Geschenk,
Giulia.« Ein Sohn von Pietro. Der letzte Ferro. Und drei
Enkelkinder. Wie wunderbar, hat sie auf dem Weg zum Al-
bergo Grande Vittoria gedacht. Welche Überraschung, das
Leben.

»Habt ihr Kinder?«, fragt Giulia.

»Einen Sohn. Nico.« Anitas Augen pulsieren im Halbdunkel. Sie möchte mehr sagen, eingestehen, was sie in all
den Jahren nicht einmal sich selbst zu sagen gewagt hat.

Pietro ist tot.

Nico ist tot.

Pietro ist an der Front umgekommen, Anita hat nicht die

leiseste Ahnung, wo der Monte San Michele ist, von dem in dem Telegramm die Rede war. Nico ist totgeschlagen worden, fünfzig Meter von diesen schartigen Stufen entfernt. Das Feuer aus den Papierrollen der Druckerei und Hamlets Büchern loderte hier an diesem Platz. Anita meidet den *Piaso*, wenn sie kann. Heute Abend hat sie eine Ausnahme gemacht. Sie fühlt, dass ihre Beine nachgeben, und hängt sich bei Giulia ein, dann setzt sie sich auf die oberste Stufe, mit dem Rücken zum hellen Rechteck der Glastür.

»Ist dir nicht wohl?«

Anita schließt halb die Augen. »Es ist gleich vorbei«, sagt sie.

Giulia setzt sich neben sie, Seite an Seite sehen sie aus wie kleine Mädchen auf einer Bank. Anita legt den Kopf auf die Schulter der Freundin und spürt, dass es ihr an diesem Abend gelingen wird, etwas zu essen, dass Giulia sie danach an die Hand nehmen und ihr helfen wird, die beiden loszulassen, erst Pietro und dann ganz sanft auch Nico. Dass sie heute Nacht, nach so vielen Jahren, wieder schlafen kann. Sie hebt den Kopf und erwidert die Liebkosung. »Wie schön du bist.« Sie mustert Giulia eindringlich, Augen, Gesicht, die aus dem Kopftuch geschlüpfte Locke, als wollte sie sich alles genau einprägen und dann wieder ins Gedächtnis rufen, zu Hause, allein, morgen und in den kommenden Tagen. »Warum bist du zurückgekommen?«

Giulia starrt in die Dunkelheit des *Piaso* und antwortet nicht. Anita hat stets die richtigen Fragen gestellt, schon als Kind. Wenn es einen Menschen auf der Welt gibt, von dem die Amerikanerin sich *gesehen* fühlt, wenn es jemanden gibt, der ihr helfen kann, in dem Chaos etwas zu *sehen* und sich dem erstaunlichen Rätsel namens Leben zu stellen, dann ist es Anita. Ein Wunder, ein Diamant, der hundert Jahre lang im Dunkeln in einem Samtkästchen liegen kann und doch nichts an Licht und Vollkommenheit verliert.

Gewiss wäre es angenehmer, in Ruhe zu plaudern, sich Zeit zu lassen, sich zu beschnuppern, sich nach und nach anzunähern, Höflichkeiten auszutauschen, jedes Wort einzeln zu wählen, behutsam das Zimmer der Freundschaft wieder einzurichten. Aber wäre das nicht nur Zeitverschwendung? Das, was sie sich sagen mussten, haben sie sich ja schon mit den Augen und mit den Händen mitgeteilt.

Was ist dir zugestoßen, Anita?

Und nun:

Warum bist du zurückgekommen, Giulia?

Während Anita mehr Zeit braucht, um die Wörter aneinanderzureihen, ist Giulia sich sicher, schon zu lange gewartet zu haben.

Denn das unsagbare Wort ist ihr schon in dem Moment im Hals stecken geblieben, als Claire beim gemeinsamen Abendessen in einem Lokal in Cobble Hill zu Mick gesagt hat: »Warum nimmst du Giulia nicht mit nach Italien?« Wahrscheinlich sogar schon vorher, als Dr. Benson ihr in seiner makellosen Praxis das *Warum* und das *Wie* erklärte, aber das *Wann* überging, während die Krankenschwester so tat, als sei sie sehr beschäftigt. Oder vielleicht ist das unsagbare Wort schon stumm und ohrenbetäubend da, seit Giulia zum ersten Mal gefühlt hat, wie sich ihr Magen zusammenkrampfte wegen des grauen Flecks, den Dr. Benson ihr dann auf der Röntgenaufnahme gezeigt hat.

»Ich sterbe bald, Anita.«

Ein dunkler Schatten nähert sich vom Ende des *Piaso*, eine Katze miaut in der Tiefe der Dunkelheit. Giulia fühlt eine plötzliche Ruhe. Wer weiß, ob Assunta der gleiche Frieden überkommen hat, als der Bestattungsunternehmer ihr die Zeichnung des pseudogriechischen Tempelchens vorlegte. Wer weiß, was sie gefühlt hat, als sie sich die Säulen, die Kapitelle, die Inschrift auf dem Giebel vorstellte. Sie verstand nicht zu leben, denkt Giulia, doch sie verstand es, sich auf den Tod vorzubereiten.

»Ich bin da«, antwortet Anita.

Im Rechteck der Türe zeichnet sich Michaels Silhouette ab. Er klopft an die Scheibe, grüßt gutgelaunt, winkt, dass sie hereinkommen sollen. Worauf warten sie da draußen in der Dunkelheit?

Die Amerikanerin lächelt ihm zu, dann lehnt sie sich seitlich an Anita, schubst sie wie in der Kindheit auf der Schulbank. »Steh auf, du Faulpelz. Leben heißt *gehen*!«

Die andere rührt sich nicht, dann gibt sie unerwartet nach. Giulia verliert das Gleichgewicht und lacht von Herzen.

»Ist es möglich, dass du immer noch darauf hereinfällst?«, sagt Anita, und ihre Augen blitzen schalkhaft wie vor sechzig Jahren. Sie stellt sich vor sie hin, richtet ihr den Kragen, zupft das Seidentuch zurecht. »So, jetzt stimmt es.« Leben heißt nicht *gehen*, denkt sie. Leben heißt durchhalten und Widerstand leisten.

Giuseppe Garibaldi hält durch. Tief getroffen von Giacomos Tod, findet er nachts keine Ruhe, also steht er auf und geht mit der kleinen Hündin in den Wald. Er, der immer geschlafen hat wie ein Stein. Abgemagert, taub für Linuccias Mahnungen zur Vorsicht, fordert er Verdunkelung und Patrouillen heraus.

Er lässt Nuxe frei herumlaufen und wandelt, ohne es zu wissen, auf den Spuren des Enkels. Zwischen zwei Stämmen sieht er ihn wieder vor sich wie früher, hochgewachsen und still, dann denkt er an Carlo, den hübschesten seiner Söhne. Im Mondschein meint er, durch die dunstigen Blätter Nicos eleganten Schritt zu erkennen oder Pietro Ferros ernste Augen. Wenn die Stimmen im Kopf ihn zu sehr bedrängen, sucht er einen umgestürzten Baumstamm, setzt sich und erteilt den Toten das Wort, einem nach dem anderen, wie er es tausendmal bei Anita erlebt hat, wenn er sie hinter der geschlossenen Küchentür belauschte. Erschöpft kehrt er im Morgengrauen zur Cascina Leone zurück, wo Linuccia um ihn bangt, bis er eines Morgens im Mai, vierzig Tage nach dem Massaker bei der Benedicta, Filippo Leone vorfindet, der auf ihn wartet.

Schon länger ist sein Zweitgeborener nach Borgo di Dentro umgezogen, in die Wohnung von Achille Ferro im zweiten Stock des Palazzo Reale. Er wohnt lieber in der Nähe der Schusterwerkstatt, denn dort treffen sich bei Bedarf die Kommunisten, die mit dem Comitato di Liberazione Nazionale, mit den Partisanenbrigaden und den in der Stadt aktiven Sabotagegruppen zusammenarbeiten.

Filippo steht auf der Schwelle der Cascina Leone, eine erloschene Zigarette im Mundwinkel. Er tritt dem Vater in den Weg und winkt ihm, mit in den Stall zu kommen. Als sie allein sind, sagt er: »Es geht wieder los. Bist du bereit, oder muss ich jemand anderen suchen?« Ein rasselnder Hustenanfall, Folge seiner fünf Winter als politischer Häftling im Gefängnis, lässt ihn einen Augenblick verstummen.

Musso hat ein deutsches Waffenlager entdeckt, und in Kürze wird ein Raum benötigt, wo man eine schöne Ladung Maschinengewehre samt Munition unterbringen kann. Filippo benutzt knappe Sätze, die Lippen um die Kippe geschlossen. »Ich rechne mit ziemlich viel Hin und Her.« Die Scheune würde passen, zur Tarnung braucht man an der Rückseite bloß eine falsche Bretterwand zu errichten.

»Villa Franzoni kommt nicht in Frage«, fährt er fort, während er an der gekalkten Wand ein Streichholz anreißt. Zu weit weg von dem Lager, zu lang der Transportweg. Und zu gefährlich: Der deutsche Kommandant erscheint ohne Vorankündigung mit seinem Adjutanten, ein paar Partituren und einer Kiste französischem Wein. Und kriegt den Hintern nicht hoch bis Mitternacht. Die unterirdischen Kammern der Marchesa eignen sich für Verwundete und Lebensmittel, aber die Waffen sind woanders besser aufgehoben, wo sie leicht greifbar sind für die Leute, die in die Berge hinaufgehen.

Giuseppe Garibaldi merkt, dass sein Sohn etwas über Gewehre und Guerilla schwafelt, aber nicht deshalb hier ist. Er ist hier, um zu überprüfen, denkt er.

Ob er mit seinen zweiundsechzig Jahren, mit einem in der russischen Steppe umgekommenen Sohn, einem Enkel, der wie ein Tier in ein Massengrab geworfen wurde, ob er, Giuseppe Garibaldi Leone – der Soldat, der seinen

Krieg überlebt hat, der sich in der Gefangenschaft mit Kartoffelschalen und gerösteten Ratten über Wasser gehalten hat, der zu Fuß von Königsbrück nach Borgo di Dentro gelaufen ist – ob er, das Familienoberhaupt, die Stütze von Cascina Leone, noch durchhält? Oder ob ihn die letzten Schicksalsschläge so schwer getroffen haben, dass er zum alten Eisen gehört?

Die Frage ist nicht leicht zu beantworten. Giuseppe Garibaldi denkt an seinen Vater. In diesen Tagen wartet Primo Leone in einer Ecke der Küche darauf, dass es Abend wird, die Augen fast immer geschlossen, schwer atmend, den Kopf zurückgelehnt, einen Speichelfaden auf dem Kinn wie Schneckenschleim. Er hat ihn in diese Ecke gedrängt, als die Reblaus an die Tore von Borgo di Dentro klopfte. Er, Giuseppe Garibaldi Leone, hat entschieden, die alten Weinstöcke auszureißen und durch krankheitsresistente Reblinge zu ersetzen. Er hat zwanzig Jahre lang Wechsel unterschrieben. Im Namen und auf Rechnung der Familie. *Mach Platz, Papa.* »Also, bist du einverstanden oder nicht?«

Er erinnert sich in allen Einzelheiten an jenen Tag, auch an das plötzliche Entsetzen, das ihn überfallen hatte: dass die drei Buben, die Linuccia mit der Energie einer jungen Katze in die Welt gesetzt hatte, ihm eines Tages das antun würden, was er gerade Primo antat. *Mach Platz, Papa.*

»Wir brauchen rasch eine Antwort. Musso will vor Ende der Woche zuschlagen.«

Ist der Augenblick gekommen, sich zurückzuziehen? Einen Stuhl zu nehmen und es sich in der Ecke neben dem Alten bequem zu machen?

Primo Leone wacht selten auf, er befindet sich Tag und Nacht in einem Dämmerzustand, der unversehens von Lichtschimmern erhellt wird. Er bewegt die Finger auf den Knien, eins-zwei-drei-vier, im Kopf die martialischen Fanfaren der Blechbläser, die Schläge der großen Trommel, das Miauen der Klarinette. Oder er wiederholt halblaut die Namen der argentinischen Enkel, der vier Kinder von Terzo, zwei Mädchen und zwei Jungen: Luigina Anita, Almunda Carolina, José Garibaldi, Eduardo Bixio. Er verwechselt Väter und Söhne, Großväter und Enkel, Lebende und Tote, und schläft wieder ein. Wie oft hat Giuseppe Garibaldi, ins Herz getroffen von einem Halbsatz, einer Anspielung auf Giacomo, seinen uralten Vater in diesen Wochen um dessen unbewussten Seelenfrieden beneidet.

Filippo Leone öffnet die Stalltür, wirft die Kippe in den Hof und tritt sie mit der Spitze des Holzschuhs auf dem Kies aus. Giuseppe Garibaldi begreift, dass er nicht ohne eine Antwort weggehen wird. Er sieht sich um. In den Käfigen zerkratzen die wenigen übriggebliebenen Kaninchen mit ihren mächtigen Krallen den Bretterboden. Es sind Urenkel derjenigen, die Nico jeden Abend fütterte. Sonst gibt es nichts: Die Deutschen haben den Ochsen beschlagnahmt, die Kuh haben die Faschisten mitgenommen. Er betrachtet den Sohn, gebeugter, als er ihn in Erinnerung hatte. Im Geist überschlägt er sein Alter. Vierzig? Einundvierzig? Innerlich fühlt er nicht einmal ein Quentchen der Energie, die man braucht, um das zu tun, was Filippo tut: die Deutschen verjagen, die Revolution vorantreiben. Doch er weiß, dass er auch nicht die nötige Kraft besitzt, um sich zurückzuziehen. »Ich bin bereit«, antwortet er.

Und auch Linuccia hält durch, sie hat zwar das Gespräch nicht gehört, aber den Sinn erraten, als sie die zwei Männer wieder in die Küche kommen sieht. »Mach ihm was zu essen, dein Sohn hat nicht gefrühstückt«, sagt Giuseppe Garibaldi. In einer Schüssel schlägt die Frau zwei Eier auf, fügt eine Prise Salz hinzu und beginnt, sie mit einer Gabel zu verquirlen. »Noch zwei, mach schon! Er ist doch kein Kind mehr.« Nuxe schnarcht zu Primos Füßen. Linuccia schnauft ungeduldig und lächelt: Zum zweiten Mal ist Giuseppe Garibaldi aus der Hölle zurückgekehrt.

Auch Adelaide hält durch. Das Notizbuch in der Hand, zählt sie immer wieder die Vorräte für ihre insgesamt vierzig Halbpächter und Tagelöhner, und die Kartoffelsäcke für die, die in den Widerstand gegangen sind, für die Monarchisten, für die Roten, für die Unentschiedenen. Nach dem Abendessen begleitet sie am Klavier den Adjutanten, der Schubertlieder singt, und lobt mit dem Kommandanten auf Deutsch die Weichheit eines ausgereiften Brandys, während Gabriele Musso im Schlafzimmer auf sie wartet (das Motorrad hinten im Kornspeicher in Sicherheit) oder hoch oben in einem der verfallenen Bauernhäuser schläft, wo sich die Aufständischen nun wieder verstecken.

Der Marchese Gaspare Franzoni hält durch, indem er in der von den Schwarzhändlern geplünderten Wohnung in Genua vollkommen angekleidet zu Bett geht, damit er bei Fliegeralarm nicht unvorbereitet in den Luftschutzkeller hinabsteigen muss.

Hamlet hält ebenfalls durch, er ist einer der vielen, die in diesen geplagten Tagen in Achille Ferros großer Wohnung im Palazzo Reale Schutz gefunden haben. Nachts überwältigen ihn zwar die Gespenster, die ihn seit Nicos Tod quälen, doch tagsüber plant er munter wie ein Sperling die bevorstehende Revolution.

Achille Ferro, der ihm Mittag- und Abendessen hinstellt, hält durch, arbeitet weiter in seiner Werkstatt an der Piazza Fontana und koordiniert die Untergrundversammlungen.

Rita, die in die Villa Franzoni gezogen ist, hält durch, denn dort gibt es immer zu tun, und niemand lässt sie je mit ihren Erinnerungen allein.

Rosa Maria hält durch, indem sie Gatto viermal am Tag den Verband wechselt, ihn zwingt, große Tassen Kraftbrühe zu trinken und alle von Dr. Costa verschriebenen Esslöffel Stärkungsmittel zu schlucken. Abends sitzt sie bei ihm, bis er einschläft, dann geht sie und lässt ihm etwas Wasser und das Schüsselchen mit Zabaione da, das Anita für ihn zubereitet hat. Wenn sie nicht im Haushalt beschäftigt ist oder mit einem Bündel chiffrierter Nachrichten im Büstenhalter in die Berge hinaufmuss, unterhält sie sich mit ihm im trüben Licht der Glühbirnen, die Giuseppe Garibaldi im zweiten Kriegswinter angebracht hat. Dann erzählt sie ihm von der Cascina Leone, von Ururgroßvater Domenico, der am Zug der Tausend teilgenommen hat, von Onkel Nico, dem Journalisten und Dichter, den die faschistischen Häscher totgeschlagen haben. Gatto hört zu, lächelt ab und zu verhalten oder sagt zwei Worte über das Buch, das er gerade gelesen hat.

Auch Dr. Aristide Costa hält sein zermürbendes Doppelleben durch: tagsüber in den Krankensälen mit deutschen und faschistischen Verwundeten, nachts bei den Aufständischen, die in den unterirdischen Gängen des Krankenhauses untergebracht oder in der Villa Franzoni versteckt sind. Wenn es einen Notfall gibt, läuft Rosa hinunter und ruft ihn, bei seiner Ankunft zieht Anita sich in ihr Zimmer zurück.

Auch sie hält durch, aber sie vergisst nicht, sie sieht ihn weiterhin so wie früher bei den Kundgebungen, in Schwarzhemd und Kniebundhose, die Hände in die Seiten gestemmt. Die Arroganz und seine Leute, die einen Jungen massakrierten.

Die Widerstandskämpfer in den Bergen werden immer zahlreicher. Niemand erwähnt *Cascina Benedicta*, niemand traut den Senken voller Strohblumen, den sonnenverbrannten Höhen, den grasbewachsenen Flanken, über die die Tramontana fegt. Man hält sich versteckt, nie alle auf einem Haufen, nie unbewaffnet. Die Kommunikation zwischen den einzelnen Posten ist umständlich, aber es ist besser so: kleine, weit voneinander entfernte, lose Gruppen, die sich frei bewegen. Zuschlagen und abhauen. Und wenn etwas schiefgeht, *sich schnell zurückziehen*, so lauten die Befehle.

Am 4. Juni 1944 zieht die 5. US-Armee im Rom ein. Zwei Tage später landen sechs amerikanische, englische und kanadische Infanterie-Divisionen in der Normandie: Die Verluste sind beträchtlich, aber die neue Front ist eröffnet. Am 15. August greifen die Alliierten zwischen Toulon und Cannes Südfrankreich an, und die Provinz Alessandria verwandelt sich in eine riesige deutsche Etappe: Munitionsdepots, Warenlager, Durchfahrt von Truppen in gepanzerten Sonderzügen. Die Patrouillen der Aufständischen bewegen sich rasch und tödlich.

Am 5. September marschieren die Alliierten in Lucca

ein, am 8. in Pistoia, am 21. in Rimini. Ein sozialistischer Genosse wird Bürgermeister von Florenz. Gleich hinter Borgo di Dentro laufen ganze Abteilungen der Division San Marco zu den Partisanen über und bringen Waffen, Lebensmittel und warme Kleidung ein. Mussolini reagiert auf die Katastrophe mit einer neuen Kampfformation, den Schwarzen Brigaden, doch es fehlt an Freiwilligen: Gewöhnliche Verbrecher und Jugendliche aus der Erziehungsanstalt werden für tauglich erklärt und eingezogen. Aus der Neustadt brechen deutsche und faschistische Kolonnen in die Berge auf, andauernd wird die Gegend durchkämmt, aber mit spärlichen Ergebnissen. Zuschlagen und abhauen. *Sich zurückziehen.* Die Befreiung scheint ganz nah zu sein, eine Frage von Wochen.

Gattos Wunde ist unterdessen vernarbt. An einem Nachmittag Ende September verlässt er das unterirdische Krankenzimmer und wandert mit der Sten unter der Jacke durch den Park der Villa Franzoni. Er dringt bis zu einer Lichtung vor, auf der ein majestätischer Baum mit gespaltenem Stamm und Zweigen voller Walnüsse steht. Er stützt die Waffe in die Seite und feuert eine kurze Salve ab. Die Hand reagiert gut, der Schmerz an der Schulter ist erträglich. Er hängt sich das Maschinengewehr um, füllt seine Taschen mit Nüssen und kehrt zur Villa zurück. Im Geist rekapituliert er unterwegs noch einmal Mussos Anweisungen.

»Ich gehe«, sagt er, indem er seine Taschen auf dem Küchentisch ausleert. Anita schiebt die Nüsse in einen Eimer und nickt, Rita stellt sich auf die Zehenspitzen, legt ihm die Hände ans Gesicht, zwingt ihn, sich herabzubeugen, und küsst ihn auf die Stirn. Rosa putzt am Spülbecken Zwiebeln für das Abendessen. Sie hält nicht inne, dreht sich nicht um, sagt nichts, bis Gatto im Untergeschoss verschwindet.

»Rosa«, sagt Anita.

Das Mädchen wendet sich um, das Gesicht tränennass. »Die Zwiebeln.« Rita lächelt verstohlen. »Sag ihm auf Wiedersehen, geh schon«, drängt Anita. Rosa trocknet ihre Augen und läuft hinunter. Gatto steht neben dem Feldbett, allein. In dieser Woche sind keine weiteren Verwundeten da. Auf dem Laken hat er ein paar Sachen bereitgelegt, ein Hemd, ein bisschen Wäsche, einen dicken Pullover, Socken, das Buch, das Rosa ihm aus der Bibliothek der Villa geholt hat. Die Sten lehnt in einer Ecke, mit dem Lauf nach oben.

»Du wirst einen Rucksack brauchen«, sagt sie.

»Das Laken reicht mir.«

»Gehst du mit Musso?«

»*Dawai.*«

»Ja, *Dawai.*« Rosa weiß nicht, wohin mit den Händen, also reibt sie sie aneinander, und ein süßlicher Zwiebelgeruch erfüllt den Raum.

»Ich weiß nicht einmal, wie du heißt«, sagt sie.

Er hört auf, seine Socken zu falten, und blickt sie an. »Gatto.«

»Ja, aber …« Sie würde gern mehr sagen. Plötzlich kommt es ihr schrecklich vor, ihn ziehen zu lassen, ohne seinen wirklichen Namen zu kennen. *Wie soll ich dich wiederfinden, wenn?*

»Alles wird gutgehen«, sagt er.

»Ja«, haucht Rosa.

»Sei ganz ruhig.«

»Ja.«

»Mach dir keine Sorgen.«

»Ja.«

»Hör auf, ja zu sagen.«

Rosa presst die Lippen aufeinander, doch dann muss sie lachen. »Ja«, wiederholt sie.

Auch Gatto lacht, dann wendet er sich wieder der Wäsche zu. »Schau, dass du dich nicht umbringen lässt. Dass du nachts allein herumläufst, gefällt mir nicht.«

»Ich laufe ja nicht zum Vergnügen, sondern zu Dr. Costa oder zu deinen Freunden da oben«, erwidert sie pikiert.

»Es gefällt mir nicht, und Schluss.«

»Du bist nicht mein Verlobter, der mir sagt, was ich tun soll.«

»Wenn ich dein Verlobter wäre, würde ich dir nicht sagen, was du tun sollst.«

»Nein?«

»Nein. Bringst du das Buch zurück?«

Rosa streckt die Hand aus, Gatto reicht ihr den Band und verschränkt seine Finger mit ihren. Er sieht sie wortlos an, dann lässt er sie los. »Jetzt lauf nach oben. Bevor ich gehe, werde ich mich von allen verabschieden.«

Rosa rührt sich nicht. *Bleib doch wenigstens zum Abendessen*, denkt sie. *Warte, bis es draußen dunkel ist.* Aber sie sagt nichts. Der Hals wie zugeschnürt.

»Bitte, Rosa. *Rossella*. Geh wieder rauf.« Sie macht einen Schritt rückwärts. Er rafft das Laken mit der Wäsche darinnen zusammen und wirft es sich probehalber wie einen Sack über die Schulter. »Es ist sowieso schon schwer genug, fang du jetzt nicht auch noch an«, fügt er hinzu. Dann lässt er das Bündel auf den Boden fallen, holt die Sten und legt sie flach obendrauf. Rosa ist inzwischen in die Küche hinaufgerannt. »Lorenzo. Ich heiße Lorenzo Levi«, sagt er. Aber das Mädchen kann ihn nicht hören.

Die Wochen eilen dahin, die Rote Armee ist in Belgrad, die Amerikaner sind in Aachen, im Herzen des Reichs. Als die Engländer Anfang November in Forlì, der Stadt des Duce, einmarschieren, denken in Borgo di Dentro alle: *Wir haben es geschafft.* Eine Frage von Tagen, wiederholt man in der Cascina Leone, in Achille Ferros Werkstatt, in der Villa Franzoni, in dem Bauernhaus ohne Fensterscheiben, in dem Mussos Männer Unterschlupf gefunden haben. Die Gesichter entspannen sich, die Kälte wirkt weniger kalt, der Schnee weniger eisig, bis der Radiosender *Italia Combatte* am 13. November ein Kommuniqué von Marschall Harold Alexander ausstrahlt.

Der Kommandant der alliierten Truppen in Italien holt weit aus. Der Winter wird hart sein, sehr hart, warnt er.

Man wird nur in wenigen Nächten fliegen können,
das verringert die Möglichkeit für Abwürfe.
Regen und Schlamm werden das Vorrücken
erschweren. Die Partisanen müssen einem neuen
Feind ins Gesicht sehen, dem Winter.

Seit Tagen hat Gabriele Musso nasse Füße, der Katarrh will nicht weichen, und er zittert, als er den Männern die Abschrift vorliest, die er von der Stafette bekommen hat. Er hat schon begriffen, worauf es hinausläuft, noch bevor der Marschall auf den Punkt kommt:

Die Operationen auf breiter Ebene einstellen.
Munition und Material sparen.
Sich nicht mit zu waghalsigen Aktionen exponieren.

Und zum Abschluss:

Größte Hochachtung für die geleistete Zusammen-arbeit.

Die Operationen einstellen, der Rest ist bloß Blabla. *Sich bereithalten*, klar. Aber mit den Nazis müssen sie nun allein fertig werden, und die Sache mit den Faschisten ist noch längst nicht ausgestanden, und es ist saukalt, und es fehlt an allem, Decken, Munition, Brot, Reis, Medikamenten.

Das Schweigen, das auf das Lesen folgt, ist so dicht wie der Nebel, der das Bauernhaus seit einigen Tagen einhüllt. »Es steht jedem frei zu gehen, wenn er nicht mehr mitmachen will«, sagt Musso abschließend. Einige kehren noch am selben Abend nach Hause zurück, andere am folgenden Morgen. Die meisten bleiben jedoch.

Alexander, Feldmarschall Harold Alexander. Giuseppe Garibaldi kontrolliert, wie viele Waffen im Heuschober noch übrig sind. Dr. Costa lässt fast den gesamten Vorrat an Morphium ins Untergeschoss des Krankenhauses bringen. Rita und Anita gehen mit Eimern und Lumpen hinunter und schrubben schweigend den Fußboden der für die Verwundeten bestimmten Zellen mit Essigwasser. Rosa nimmt die wenigen verbliebenen schweren Vorhänge ab und packt sie für Linuccia ein. Adelaide entnimmt dem Etui ein Kärtchen mit dem Aufdruck *Marchesi Franzoni*.

Verehrte Signora Leone,
es fehlen Jacken und Hosen (mittlerer Größe). Die
Reste könnten zweckmäßigerweise zu Schals und
Gürteln verarbeitet werden.

Mit verbindlichstem Dank
A. F.

Rosa liest es der Großmutter vor, als sie das Paket bei ihr abliefert. Linuccia fährt mit den Fingerspitzen über die geheimnisvollen goldgedruckten Buchstaben, stolz auf den *verbindlichsten Dank,* dann schiebt sie das Kärtchen in das Säckchen aus rotem Leinen mit glänzender Schleife, in dem sie Giuseppe Garibaldis Postkarten von der österreichischen Front aufbewahrt, die Karten, die Carlo geschickt hat, und alle Briefe und Fotos, die Terzo in den letzten einundzwanzig Jahren aus Argentinien gesandt hat.

Sir Harold Rupert Leofric George Alexander, Feldmarschall der British Army, das entspricht im italienischen Heer dem Rang eines Generals. Der Storch erhebt sich in die Luft. Zusammen mit den Schneeflocken fallen Flugblätter mit Hakenkreuz und der Aufschrift *Blutwinter* vom Himmel. Die Division Turkestan kommt in die Gegend, sowjetische Gefangene, die zu den Truppen des Reichs übergelaufen sind, in Schlesien ausgebildet und auf Partisanenbekämpfung spezialisiert. Kalmücken, Uzbeken, Ukrainer, Georgier, Kirgisen. »Die Mongolen kommen«, flüstert man hinter vorgehaltener Hand. Sie zünden die Bauernhäuser an, töten Menschen und Tiere, vergewaltigen die Frauen.

Eines Abends erklärt Achille Ferro nach dem Essen

Hamlet die Situation. »Marschall Alexander hat im Radio gesprochen«, sagt er. »Es ist noch nicht vorbei.«

»Wie lange wird es noch dauern?«

»Das weiß ich nicht. Noch eine Weile.«

»Kannst du dich nicht etwas genauer ausdrücken?«

Achille Ferro lächelt. »Nein, Hamlet. Aber ich habe eine Arbeit für dich gefunden.«

»Ich bin alt.«

»Ich auch. Kannst du einen Vervielfältigungsapparat bedienen?«

Es handelt sich nicht um das übliche Flugblatt, sondern um eine echte Zeitung, die die Gruppen in den Bergen herausgeben. Sie heißt *Il Ribelle* – der Rebell. Die freihändig gezeichnete Manschette vermerkt: »Erscheint, wenn er kann und wann er will.« Am 1. Januar 1945 ist Hamlet bereit, die zweite Nummer zu drucken. Der Name hat sich geändert, sie heißt jetzt *Il Patriota* – der Patriot, doch der Titel, den Hamlet in Druck gibt, lautet:

Il Patriota
vormals Il Ribelle

»Genauigkeit, Genossen. Hier wird Italien gemacht, Fehler sind nicht erlaubt!«, erklärt er den verblüfften Redakteuren.

Ende Januar lässt die beißende Kälte nach. Die Überlebenden zählen nach, wie viele sie sind, müssen aber jeden Tag wieder von vorne beginnen, weil immer neue Verstärkungen in den Bergen eintreffen, allein, paarweise, Ende Februar ganze Mannschaften.

Wer den zweiten Winter in den Bergen mitgemacht hat, rümpft die Nase über die Partisanen der letzten Stunde. Besser spät als nie, lautet das Kommando, jetzt stimmen die Zahlen.

Die Deutschen wissen es, sie spüren es jedes Mal, wenn sie durch Borgo di Dentro patrouillieren: Die Leute gehen nicht aus dem Weg, die Kinder laufen nicht nach Haus. Und die Spitzel erzählen alle dasselbe: Die Altstadt versorgt, bewaffnet und versteckt ein Heer von Aufständischen. Deshalb kreisen Wehrmachtsverbände und faschistische Einheiten Borgo di Dentro am 4. März frühmorgens überraschend ein. Sie durchkämmen die Gassen, treten Türen ein, stürzen Schränke um, kippen Schubladen aus. Sie suchen Waffen, Flugblätter, verbotene Zeitungen.

In Achille Ferros Werkstatt finden sie unter einem Brett des Fußbodens ein Päckchen Munition in einer hölzernen Kiste. Der Schuster ist in diesem Augenblick allein. Sie nehmen ihn mit aufs Kommando, wo ihn zwei Schergen in Zivil mit Schlagring in der Hand so lange misshandeln, bis er ohnmächtig wird. Als er wieder zu sich kommt, ist er derart verwirrt, dass jeder Versuch, ihm Informationen zu entlocken, vergeblich ist. »Zu alt«, reine Zeitverschwendung, urteilt der Kommandant am Ende des Tages, als er die Gefangenen mustert, die zum Kommando nach Genua zu den Verhörspezialisten geschickt werden sollen.

Also laden sie ihn auf einen Militärwagen mit der Anweisung, ihn gleich vor der Stadt in einen Graben zu werfen. Und dort findet ihn am nächsten Morgen einer von Adelaide Franzonis Halbpächtern. Mehr tot als lebendig wird Achille Ferro zur Villa hinaufgetragen. Im Haus sind nur Anita und Rosa. Sie legen Achille in Anitas Bett, dann läuft Rosa hinunter ins Dorf, um Dr. Costa zu rufen, und anschließend hinauf zur Cascina Leone, um Giuseppe Garibaldi Bescheid zu sagen.

Die rechte Seite von Achilles Gesicht ist blau geschwollen, das Auge geschlossen und blutverklebt. Die Schneidezähne fehlen, ein Arm hängt schlaff hinunter. Als Anita ihm die Jacke aufknöpfen will, damit er frei atmen kann, röchelt er. Sie weiß nicht, was tun, jede Bewegung scheint den Schmerz zu verstärken. Sie versucht, sein Gesicht mit Salzwasser zu desinfizieren, doch Achille macht eine Grimasse. Er erkennt sie, es ist, als sagte er mit dem einen offenen Auge *nein, nein, bitte nicht*. Und Anita gibt auf, sie kann nichts tun, und die halbe Stunde, die Dr. Costa bis zur Villa braucht, kommt ihr vor wie eine Ewigkeit. Beim ersten Klopfen stürzt sie zur Tür. Grußlos sagt sie: »Hier entlang, rasch.«

Sie führt ihn durch die Reihe kahler Zimmer. Die ausgeweidete Gemäldesammlung hat große helle Flecken auf der Tapete hinterlassen, und überall liegen Stöße von Brennholz aus einstigen *armoires*, Eckschränken, *cabinets*.

Mit dem für seinen Beruf unerlässlichen Scharfblick erkennt Dr. Aristide Costa in der blutigen Masse, die Achille Ferros Gesicht gewesen war, sofort den Mann, der fast dreiundzwanzig Jahre zuvor im Krankenhaus erschienen war, um den zerschmetterten Körper von Anita Ferros Sohn zu identifizieren. Es ist der Mann, mit dem er über unrettbar verlorene lebenswichtige Organe hatte sprechen müssen, über die zerfetzte Leber, über glatt gebrochene Wirbel. Der Mann, der den Blick nicht senkte, während er selbst, der junge Doktor, voller Abscheu vor der Ungeheuerlichkeit die Augen schloss. Der Mann, der sich mit seinem Neffen Nico in einen Raum eingeschlossen hatte, ihn ausgezogen, gewaschen und ihm dieselben Kleider wieder angezogen hatte, damit die Mutter nicht merkte, dass jemand ihren Sohn zurechtgemacht hatte. Der dem Neffen die Haare gekämmt und den Hals so gedreht hatte, dass man den grausamen Bruch nicht sah. Der ihm zwei Finger der rechten Hand gebrochen und sie so hingelegt hatte, dass die Hand trotz allem noch wie eine Hand aussah.

An jenem Tag hatte Dr. Aristide Costa, begeisterter Sekretär der städtischen Faschistischen Partei, zu zweifeln begonnen. Und dreiundzwanzig Jahre später steht er nun hier, erbärmlich, ohnmächtig wie damals und wie es normal ist für den Beruf, den er gewählt hat. Der Kampf mit dem Tod ist immer verloren, der Arzt gewinnt nur Zeit vor der Kapitulation. Doch diesmal ist es nicht wie sonst: Diese Frau, die ihn ansieht, während ihre riesigen Augen sagen *rette wenigstens ihn*, ist keine Frau wie die anderen.

Dr. Aristide Costa tut, was sein Beruf verlangt. Er horcht Achille Ferro ab, betastet ihn, misst den Puls. Um mit ihm allein sein zu können, bittet er um ein Glas Wasser. Der Schuster sieht ihn mit seinem einzigen offenen Auge an. Dann versucht er, ein paar Worte zu artikulieren, bringt aber nichts heraus. Da beginnt er den Kopf zu bewegen, das Auge weit geöffnet und fest auf Costas Augen gerichtet, eine kaum merkliche Bewegung von rechts nach links, als wollte er sagen: »Es ist aus.«

»Es tut mir leid, Signor Ferro.«

Achille schließt das Auge.

»Soll ich einen Pfarrer rufen?«

Achille Ferro öffnet das Auge wieder, und Dr. Costa ist sich sicher, dass er lacht. Dann deutet er mit dem Kinn eine Bewegung an, als sagte er: »Du, du.«

»Ich kann nichts mehr tun.«

Du, du, du, und der Arzt versteht. Es ist nichts Neues. Man tut es für Pferde, warum nicht auch für Menschen? Nur war es ihm noch nicht passiert, dass der Verurteilte selbst um die Gnade bat. Doch diesmal ist nichts wie sonst.

Anita kommt zurück, reicht ihm das Glas Wasser, sieht zu, wie er es auf einen Zug leert und nagelt ihn erneut mit dem Blick fest. *Sag mir, was ist.*

»Gehen wir hinaus«, sagt Costa.

Achille Ferro gibt einen erstickten Laut von sich. *Du, du,* wiederholt das Auge beunruhigt.

»Signora Ferro muss es wissen«, erwidert der Arzt.

»Was muss ich wissen?«, fragt Anita.

»Wir können nichts mehr für ihn tun. Es tut mir leid.«

Anita hebt eine Hand zum Mund und sieht Achille an. Mit seinem einzigen offenen Auge lächelt er sie an, dann zwingt ihn ein stechender Schmerz, die Lider zusammenzukneifen.

»Es tut mir sehr leid, glauben Sie mir.«

»Können Sie draußen auf mich warten?«, fragt sie ihn.

Aristide Costa will, dass Anita ihm vertraut. Man kann nichts tun, um Achille Ferro zu retten, genauso wie man damals nichts für Nico tun konnte. Aristide Costas Leben ist wie das von vielen, ein Sammelsurium halber Gewissheiten, schlafraubender Ängste, vergeblicher Versuche, vernichtender Fehlurteile, zerbrochener, wiedererstandener und erneut enttäuschter Hoffnungen. Doch wenn er in all den Berufsjahren etwas gelernt hat, dann die Zeichen zu erkennen, die das Ende ankündigen.

Nach einer Zeit, die der Arzt nicht messen kann, tritt Anita in die Tür und sagt: »Kommen Sie nur.« Sie wirkt ruhig. Was immer die zwei sich gesagt haben, es war das Richtige.

»Tun Sie, was Sie tun müssen. Ich bleibe bei euch.«

Dr. Costa zieht drei durchsichtige Ampullen aus seiner Tasche und reiht sie auf dem Nachttisch auf. Dann bereitet er die erste Spritze vor. Anita sitzt auf dem Bett, ihre Hand in der von Achille.

»Möchten Sie sich von ihm verabschieden?«

Sie antwortet nicht. Achille sieht sie mit seinem einzigen Auge unverwandt an.

»Sie werden fast sofort einschlafen, Signor Ferro.«

Sie warten, bis Achille in die Bewusstlosigkeit gleitet, dann gibt Dr. Aristide Costa ihm die zweite Spritze und nach erneutem Warten die dritte. Als der Tod jede Zuckung beruhigt hat, lässt Anita Achilles Hand los und erhebt sich. »Danke«, sagt sie. Ihre Stimme ist fest, ihr Blick direkt.

Dr. Aristide Costa hätte das Zimmer schon längst verlassen können, er wird nicht mehr gebraucht. Man erwartet ihn im Krankenhaus, zu Hause, überall. Der gefragteste Mann von Borgo di Dentro. Dennoch bleibt er zusammengesunken sitzen, auf einem Stuhl in einer Ecke.

»Möchten Sie etwas zu trinken?«

Er schüttelt verneinend den Kopf. »Ich hätte ihn nicht retten können«, sagt er, ohne sie anzusehen.

Anita begreift, dass er nicht von Achille Ferro spricht, und zuckt zusammen.

»Glauben Sie mir? Sie müssen mir glauben, Anita.«

Schwarzhemd, Kniehosen. Die Arroganz. Anita bringt keine Antwort heraus.

Der Arzt schlägt die Hände vors Gesicht. »Es tut mir leid, es tut mir leid, es tut mir leid«, schluchzt er, und Anita begreift, dass dieses Weinen alles enthält, was Aristide Costa nicht mit Worten ausdrücken kann: seine Jugend und die von Nico, die Entscheidungen, der Zufall, das Schicksal.

Sie tritt zu ihm, nimmt seinen Kopf zwischen die Hände, und er klammert sich an ihre Rockschöße.

Seine Schultern beben. Sie lässt ihn sich ausweinen, streicht über seine schütteren Haare. Auch Nico wären sie ausgegangen, alle Ferros bekommen früh kahle Schläfen. Sie denkt an die jungen Widerstandskämpfer, zu denen der Arzt nachts hinaufsteigt, um sie zu behandeln. Dutzende. Sie denkt an Gatto und an Hamlet. Kleine Tränen der Erleichterung rollen über ihre Wangen. Ihr wird leicht ums Herz, sie fühlt, wie der Hass, der sich in all den Jahren abgelagert hat, sich auflöst wie angetrocknete Seife und fortgespült wird. Ist das die Vergebung, von der die Pfarrer sprechen? Dieses unvermutete Verständnis füreinander, diese Verbindung zwischen dem, der vergibt, und dem, dem vergeben wird?

Rosa hatte unterdessen den Weg erreicht, der von der Hauptstraße zur Cascina Leone führt. Der Schnee war festgedrückt und zermatscht, als wäre ein sehr schwerer Wagen darübergefahren. Sie schöpfte keinen Verdacht, bis sie nach der ersten Biegung den dunklen Fleck einer deutschen

Uniform sah. Doch als sie davonlaufen wollte, wurde sie geschnappt und in den Hof gezerrt. Der Offizier befahl, ihr im Rücken die Hände zu fesseln, während ein Soldat das Gewehr auf sie gerichtet hielt.

Die Deutschen waren überall, im Morast auf der Tenne, im Stall, im Haus. Vom Heuboden ließ eine Mannschaft die Kiste mit Waffen herunter, die Giuseppe Garibaldi hinter der falschen Bretterwand versteckt hatte. Aus dem Stall kam ein Soldat, der vier tote Kaninchen an den Pfoten in der Hand hielt. Aus den Fenstern im ersten Stock flogen Kleider, Decken, landwirtschaftliche Traktate und der Korb mit Stoffresten. Rosa sah, wie ein Unterführer herausrannte und dem Offizier das rote Leinensäckchen übergab. Der Mann schüttelte den Inhalt auf die Ladefläche des Militärlasters, der am Waldrand parkte, und begann ihn zu inspizieren. Nacheinander wirbelten die Briefe von Terzo, die Fotos, die Karten von Giuseppe Garibaldi und Carlo durch die Luft und landeten im Schlamm. Lange hielt sich der Offizier mit Adelaides Kärtchen auf, bis er es ebenfalls wegwarf. Das rote Säckchen schwamm in der Pfütze hinter dem Laster. Rosa hörte, dass sie in der Wohnung die Möbel zerhackten. Wo waren Giuseppe Garibaldi und Linuccia? Wo war Primo? Und Nuxe?

Ein schroffer Befehl, und die Soldaten traten im Hof an. Mehrere Männer luden die große Waffenkiste auf den Lastwagen. Andere holten drei Kanister Kerosin von der Ladefläche und verschwanden im Haus. Ein Soldat wickelte den mit Kornblumen bestickten Bettüberwurf, den Linuccia als Aussteuer eingebracht hatte, um einen Stock und tauchte ihn in eine Brennstofflache. Die Männer kamen mit den leeren Kanistern heraus, warfen sie zu dem Haufen Hausrat in der Mitte der Tenne und reihten sich in die Truppe ein. Der Offizier zündete den Bettüberwurf an, und der Soldat schleuderte den Stock durch die Küchentür. Der Offizier machte auf dem Absatz kehrt und gab Befehl zum Abmarsch und dass das Mädchen unverzüglich zum Kommando gebracht werden solle.

Rosa sieht nicht mehr, wie die Flammen Cascina Leone mit rotglühendem Getöse verschlingen. Sie wird zwischen zwei Soldaten hinten in einen Kübelwagen gestoßen. Entlang der Kurven, die nach Borgo di Dentro hinunterführen, nimmt einer der beiden, groß und fett, den Helm ab und wischt sich mit einem Taschentuch den Schweiß von der Stirn. Bei dem beißenden Geruch muss sie den Kopf wegdrehen. Der andere, ein Kleiner mit Froschgesicht, drangsaliert sie unentwegt mit der Spitze des Maschinengewehrs. »*Schönes Mädchen*, blaue Augen, schöner Mund, schöne Titten«, sagt er. Panik erfasst Rosa.

Am Eingang zur Stadt zertrümmert eine Gewehrsalve die Windschutzscheibe, der Fahrer verliert die Kontrolle, der Kübelwagen kommt von der Straße ab und landet auf einem schneebedeckten Feld. Eine zweite Salve zerfetzt das Planenverdeck, das Froschgesicht des Deutschen explodiert, ein Geschoss durchbohrt die Stirn des anderen Soldaten. Der Kübelwagen kippt zur Seite, Rosa stürzt auf den Kleineren, ihr Gesicht in seinem Blut. Sie rutscht über die Leiche, die Hände hinter den Rücken gebunden, dann lässt sie sich in den Matsch fallen. Die Plane sinkt über ihr zusammen, doch sie kriecht blitzschnell heraus und beginnt zu rennen, während sie auf Schüsse wartet, die nicht kommen. Sie kreuzt eine Gruppe von vier oder fünf Aufständischen, die auf den Kübelwagen zulaufen. Jemand versucht ihr zu helfen, doch sie bleibt nicht stehen, bis sie den Wald erreicht hat.

Im Schutz der Bäume geht sie zur Cascina Leone zurück. Sie braucht eine Weile, und als sie ankommt, ist das Feuer schon erloschen, vielleicht war es zu wenig Brennstoff, oder die Arbeit war schluderig gemacht. Das Dach ist eingestürzt, die Scheiben sind geborsten. Der Brandgeruch ist fürchterlich. Primo sitzt auf dem Baumstumpf an der Mauer, Nuxe zu seinen Füßen. In der Mitte des Hofs weint Linuccia, die Stirn an Giuseppe Garibaldis Schulter gelehnt. Filippo Leone hat von der bevorstehenden Aktion erfahren, die Familie gewarnt und im Wald in Sicherheit gebracht, bevor die Deutschen eintrafen. Jetzt irrt er mit einem Jutesack herum und versucht, ein paar Gegenstände zu retten. »Rosa!«, sagt er.

Das Mädchen geht durch den Hof. Sie ist schlamm-, rotz- und blutverschmiert, die Handgelenke im Rücken gefesselt. Linuccia hebt den Kopf und sieht Rosa, wie sie sie aus dem Bauch ihrer Mutter hat herauskommen sehen, mit Plazenta und allem, in den Augen das gleiche Staunen, so als sagte sie: »Hier bin ich, ich hab's geschafft, ich lebe.«

Ums Leben kommen. Das ist Pietro Ferro passiert. Er ist auf dem Monte San Michele *ums Leben gekommen* (selbst Mrs. Giulia Masca weiß nicht, wo dieser Berg liegt – Michael hat versprochen, sich zu informieren). Der Sohn von Pietro und Anita dagegen ist auf dem *Piaso ums Leben ge-*

kommen. Gleich hier, nicht weit von ihrem Zimmer im Albergo Grande Vittoria.

Das Morgenlicht hat den letzten Schein der Straßenlaternen verschluckt. Im Wohnhaus gegenüber stößt jemand die Läden auf und knallt danach das Fenster wieder zu. *He lost his life.* So als würde man seine Schlüssel, eine Partie Karten oder einen Zahn verlieren. Schiefe Wörter, lauter Wörter, die nicht *sagen*, was ist, denkt Mrs. Giulia Masca.

Seit Anita ihr alles erzählt hat, kann sie an nichts anderes denken. Pietro Ferro ist mit sechsunddreißig Jahren *ums Leben gekommen,* Nico mit sechzehn. Sie hantierte als Sechzehnjährige von Sonnenaufgang bis Sonnenuntergang mit gekochten Seidenraupen im siedenden Wasser; mit sechsunddreißig knetete sie Kartoffelteig mit Ei für Mick und Mo. Was haben Pietro und Nico verloren, als sie *ums Leben kamen?* Was wird sie verlieren?

Das *Wie* ist nicht nebensächlich (deshalb ist es wichtig zu wissen, wo der Monte San Michele liegt). Das *Wie* ist entscheidend. Zum ersten Mal hat Mrs. Giulia Masca darüber nachgedacht, als sie nach Liberos Beerdigung vom Friedhof kam. Michael und Claire einige Schritte vor ihr, sie endlich allein nach dem Beileidswirbel. *Ich werde sterben,* ging es ihr durch den Sinn. Und gleich darauf die Frage: *Wie?* Solide wie der Grabstein aus Carrara-Marmor, den Mick in weniger als zweiundsiebzig Stunden von einem nach Atlantic City ausgewanderten Steinmetz aus Colonnata hatte schneiden, schleifen, gravieren und polieren lassen. Mick war extra hingefahren, hatte die Werkstatt ausfindig gemacht und das Wunder bewirkt. Marmor aus den Apuanischen Alpen, bearbeitet von toskanischer Hand. *Papa wird sich freuen.* An jenem Nachmittag verlangsamte Mrs. Giulia Masca ihren Schritt, bis sie fast stehen blieb. Wie würde sie sterben? Bei einem Unfall, wegen eines betrunkenen Fahrers? Oder würde sie allmählich dahinsiechen, eine Kerze, die sich verzehrt, ein Docht, der aufflammt, knistert und plötzlich erlischt?

Mit den Augen verfolgt sie das frühmorgendliche Hin und Her auf dem *Piaso* und legt sich dabei eine Hand auf den Bauch, was ihr nach Dr. Bensons Diagnose zur Gewohnheit geworden ist. Auf dem Heimweg von Liberos Totenmesse ging der Tod neben ihr, jetzt schaut er ihr ins Gesicht: weiße Kittel, Nadeln, Desinfektionsmittel, Taubheit, Schmerz. Und Angst, die Kontrolle zu verlieren, die Verzweiflung wie ein giftiger Nebel.

Hinten auf dem *Piaso* tauchen drei Kinder auf. Mit großen Schritten gehen sie vorwärts, schubsen sich, lachen. An einem Sonntagmorgen in Borgo di Dentro zu erwachen und zuzuschauen, wie Borgo di Dentro erwacht: noch eins von Michaels Wundern. *Mama wird sich freuen.* Vom Glockenturm der Pfarrkirche schlägt es acht Uhr. Auf der anderen Seite der Wand hört Mrs. Giulia Masca eine Tür zufallen und Getrappel auf der Treppe. Sie zieht den Vorhang zu, lässt die Gedanken noch ein paar Sekunden am Rand des Bewusstseins fließen und beginnt dann, sich fertigzumachen. Um nichts auf der Welt würde sie auf das Fest verzichten.

Die Flammen der Cascina Leone sind die letzten, es ist wahrhaftig das Ende. Das weiß Adelaide, die frühmorgens durch die Villa geht und sich die Veränderungen ausmalt, die sie vornehmen wird, wenn die Deutschen weg sind: neue Möbel, neue Vorhänge, ein Arbeitszimmer für Gabriele. Das weiß Gabriele Musso, der nachts manchmal zum Rauchen vor das Bauernhaus tritt, die funkelnden Aprilsterne betrachtet und dabei in Gedanken aufzählt, was er alles mit Adelaide machen wird. Als Erstes ein Kind.

Das wissen Giuseppe Garibaldi und Linuccia, die zusammen mit Primo in Achille Ferros Wohnung umgezogen sind. Rita ist aus der Villa Franzoni zu ihnen gekommen, kümmert sich um sie und umgekehrt, und wenn sie an manchen Nachmittagen dicht aneinandergelehnt zuschauen, wie hinter den Hügeln die Sonne untergeht und Primo immer wieder sagt: »Es ist noch ganz schön hell, hm?«, dann haben sie den Eindruck, dass zwar die Cascina Leone, aber dennoch nicht alles verloren ist.

Das weiß Gatto, denn Musso hat ihm das unglaubliche Abenteuer erzählt, das Rosa zugestoßen ist, und Lorenzo Levi fühlt, dass er jemanden hat, zu dem er zurückkehren will.

Das weiß Hamlet, der zum Gedenken an Achille Ferro eine Nummer von *Il Patriota, vormals Il Ribelle* mit Trauerrand herausgebracht hat. Das weiß Anita, die nun nachts auch mit Achille spricht. Das weiß Dr. Aristide Costa, der die Leidenschaft für die Politik nicht verloren hat und schon darüber nachdenkt, wie man dieses neue Italien stärken kann, das in Blut und Scheiße geboren worden ist, so wie alle Kinder in Blut und Scheiße auf die Welt kommen.

Dass es das Ende ist, und zwar ein böses Ende, das wissen die faschistischen Soldaten, die schon seit einer Weile demobilisiert haben, und auch Alfonso Risso weiß es, der immer öfter nach Genua hinunterfährt. Er sucht gewisse Freunde auf, Leute, die ihm helfen könnten, eine Weile zu verschwinden. Bis sich die Wogen geglättet haben, denkt er, doch kehrt er jedes Mal verärgerter nach Borgo di Dentro zurück. Zu viele verschlossene Türen, zu oft heißt es: »Seine Exzellenz ist ausgegangen und lässt sich vielmals entschuldigen, kommen Sie nächste Woche wieder.«

Er weiß es so genau, dass er sich Anfang April in seinem Haus einschließt. Er wagt sich nicht mehr ins Freie, Besuche bei seinen Halbpächtern macht er schon gar nicht, denen würde er niemals über den Weg trauen. Es ist nicht für immer, nur so lange, bis der Sturm sich gelegt hat. Wer nachkommt, wird auf jeden Fall Leute wie ihn brauchen, entschlossen und skrupellos. Und außerdem ist Geld die beste Lebensversicherung, und er hat eine Menge Geld gemacht.

Er lebt allein, jeden Morgen kommt stundenweise ein Hausmädchen namens *Rusinein*. Auf sie ist Verlass, dumm, wie sie ist. *Rusinein* kauft ein, kocht für ihn, putzt die Wohnung, wäscht die Wäsche, stopft die Socken. Sie ist zu hässlich, kein Mann würde sie nehmen, Risso sagt es ihr dauernd: »Wenn du mich nicht hättest, *Rusinein,* würdest du betteln gehen.« Dumm, hässlich und treu. Wie ein Hund, der dir die Hand leckt. Risso dagegen fühlt sich wie ein Wolf. Alles, was er besitzt, hat er mit Klauen und Zähnen erbeutet. Deshalb hasst ihn die Welt, aber *Rusinein* ist anders. Sie liebt ihn. Sie genießt es, ihn nur anzusehen. Immer hört sie ihm mit hängenden Lippen und törichten Kuhaugen zu, als wollte sie sich jedes einzelne Wort einprägen. Von einer so ergebenen Frau hat Risso immer geträumt.

Anita Maria Vergine Leone wollte lieber vertrocknen wie eine Pflanze ohne Wasser, anstatt ihn zu erhören. Sie hätte das Leben einer Dame führen können, und schau, wie sie nun zugerichtet ist.

Die Frauen brauchen einen Schwanz. *Rusinein* ist abstoßend, aber auch sie hat ein Anrecht auf ihren Teil, nicht wahr? Ein- oder zweimal pro Woche befriedigt Risso sie. Gewöhnlich auf dem Küchentisch. Dann sieht er sie fröhlicher davongehen, mit roten Backen, nicht so blass um die verdrossene Rinderschnute. Er konnte sowieso schon immer gut mit den Frauen. Und seiner tut's auch noch mit geschlagenen sechzig Jahren, er zuckt, dass es eine Freude ist. *Da* ist er überhaupt nicht lahm, sagt er sich, während er nach dem ersten Pinkeln am Morgen sein Glied in der Hand wiegt. Wirklich schade, dass sie so hässlich ist, sonst würde er es sich überlegen, eine junge, anhängliche Frau würde ihm das Alter erleichtern.

Doch obwohl er für *Rusinein* die Hand ins Feuer legen würde, läuft er daheim bewaffnet herum, man weiß ja nie. Die Halbpächter empfängt er mit der Pistole auf dem Tisch. In der Tat geschieht es am Küchentisch, dass sie ihn mit einem Revolverschuss ins Genick kaltmachen, das Tässchen mit echtem Kaffee zerspringt in tausend Stücke an dem Aprilmorgen, an dem der Befehl gegeben wurde, ihn schnell zu beseitigen, weil er seine Flucht vorbereitete. *Rusinein* hat für die Genossen die Tür offen gelassen. Als Risso seinen Kaffee zu schlürfen begann, hat sie sich zum Fenster hinausgelehnt und angefangen, einen Teppich zu klopfen. Es ist das Zeichen, ihre Schläge übertönen die Schritte.

»Jetzt hör schon auf, verdammt noch mal. Musst du unbedingt am frühen Morgen diesen Terror machen?«

Peng, und tot ist er.

Rusinein führt die Genossen zu dem Safe, wo Risso das Geld und ein kleines Waffenarsenal verwahrt. Der Schlüssel liegt in einem Fach, das er für ein Geheimfach hielt. Sie gehen rasch davon, die Tür sperrangelweit offen. *Rusinein* würdigt ihn keines Blickes.

Dass es das Ende ist, das weiß vor allem der Kommandant. Dresden gibt es nicht mehr, die Rote Armee steht in Wien, dann vor Berlin. Am 24. April nachmittags um drei wundert er sich nicht über den Besuch eines Mannes, der sich als Sprecher der Partisanen vorstellt. Er ist in Begleitung des Pfarrers. Diese Gewohnheit der Italiener, immer den Pfarrer mitzuschleppen, wird der Kommandant nie verstehen.

In Genua herrscht Chaos, seit Stunden gelingt es ihm nicht, mit den Kommandostellen zu sprechen, die Aufständischen müssen die Telefonleitungen gekappt haben. Einige Patrouillen sind mit der Nachricht einer Menschenansammlung vor den Toren von Borgo di Dentro zurückgekommen. Hundert, vielleicht auch zweihundert bewaffnete Männer. Die Zahlen schwanken. Wie auch immer, die beiden Abgesandten verlangen die bedingungslose Kapitulation.

Es heißt, in Dresden sei unter den Bomben ein Caravaggio verbrannt. Vor dem Krieg hat der Kommandant in Rom einen gesehen, auf der Hochzeitsreise. Eine unglaubliche Madonna, ganz fleischlich, mit einem nackten, schon etwas größeren Kind auf dem Arm, das ihr die pummeligen Finger auf den schwellenden Busen legt. Vor der Jungfrau

auf Knien liegend, hat der Maler zwei Elendsgestalten por-
trätiert, einen Mann und eine zahnlose Alte. Der Vorder-
grund gehört ganz ihren schwarzen, schwieligen Füßen.
Bauern aus Borgo di Dentro, denkt der Kommandant.
Oder von der Mosel, seiner Heimat.

Hundert, zweihundert, vielleicht dreihundert bewaffnete Männer. Der Kommandant verfügt über andere Zahlen, und sicher sind seine Leute besser ausgerüstet als die
Aufständischen. Es könnte ein Blutbad werden. Er ist sich
sicher, dass der Partisan und der Pfarrer genauso denken. Er
könnte sie lachend vor die Tür setzen. Italiener, Lumpenpack. Stattdessen verhandelt er. Er verlangt Geleitschutz
für seine Leute bis Alessandria, bekommt ihn aber nicht,
man gewährt ihm einen Aufschub bis abends um sieben,
danach wird gekämpft. Um sieben werden die zwei wieder
vorstellig, das Telefon funktioniert weiterhin nicht, Genua
ist bestimmt gefallen. Er verlangt erneut Geleitschutz, der
ihm verweigert wird. Er verlangt einen zweiten Aufschub,
bis um zehn Uhr am nächsten Morgen, 25. April. Das wird
ihm zugestanden. Die haben den Krieg genauso satt wie
ich, denkt er.

Er hat keine Lust, zu Abend zu essen, schließt sich in
sein Zimmer ein und legt auf dem Grammophon eine Platte
auf. Deutschland gibt es nicht mehr, denkt er. Dann denkt
er an seine Mosel, an das langsame Fließen im überwälti-
genden Grün des Frühlings. Er ruft die Offiziere. »Bereitet
die Truppen vor. Heute Nacht ziehen wir ab.«

Niemand hört sie aufbrechen, niemand sieht sie durch
das dichte Dunkel der Gassen marschieren. Oder vielleicht
doch, aber niemand greift ein. Borgo di Dentro ist frei.

Das Fest

Am 10. März 1946 fand in der Kapelle der Villa Franzoni die denkwürdigste Hochzeit statt, die Borgo di Dentro je gesehen hatte.

Der Marchese kam zwei Tage vor der Trauung aus Genua angereist und begriff sofort, dass es eine Katastrophe werden würde. Nicht nur, dass seine Tochter beschlossen hatte, den Verwalter zu heiraten. Nicht nur, dass dieser Kerl schon wer weiß wie lang mit ihr *in wilder Ehe* lebte. Nicht nur, dass sie sich erlaubt hatte, unterschiedslos alle einzuladen, und darunter verstand Franzoni wirklich *alle*, vom Stallburschen über die Halbpächter bis zu den Hausmädchen. Jetzt hatte er beim Eintreffen nicht einmal einen Hund vorgefunden, der auf ihn wartete. Denn selbst die Weimaraner hatte man, nachdem sie an Altersschwäche gestorben waren, nicht angemessen ersetzt. *Kürzlich ist uns ein Hündchen zugelaufen, braun wie die stachligen Maronenschalen. Wir haben es Trifula getauft,* hatte ihm Adelaide per Brief mitgeteilt. Ein Mischling in der Villa Franzoni!

Als sei das noch nicht genug, hatte er bei seiner Ankunft die Tür offen und unbewacht vorgefunden. Die Eingangshalle war nicht wiederzuerkennen. Wo zum Teufel war seine Sammlung chinesischen Porzellans hingekommen?

Und warum half ihm niemand, seinen Koffer aus der Miet-droschke auszuladen? Sollte er ihn etwa allein in sein Zim-mer tragen? Und hatte er überhaupt noch ein Zimmer?

Adelaide kam herbeigelaufen und trocknete sich mit einem schmierigen Lappen die Hände ab. Was da hinter ihr herwuselte, musste Trifula sein. Nie einen tapsigeren Hund gesehen. Und sie war gekleidet wie … ein Hand-werker! Der Marchese konnte diesen sonderbaren Aufzug nicht anders bezeichnen. Und wie schmutzig sie war, vol-ler Erde, Grasflecken, weiße Lackspritzer auf der Stirn und den Unterarmen. Müsste sich die Braut zwei Tage vor der Hochzeit nicht um Frisur, Maniküre und Pediküre küm-mern? Müsste sie nicht ihr Kleid anprobieren?

»Ich habe es heute früh probiert. Es sitzt wie angegos-sen, Linuccia hat hervorragende Arbeit geleistet.«

Und wer zum Kuckuck ist nun diese Linuccia? Eine Mailänder Modeschöpferin?

»Jetzt muss ich los, lass dir von Rosa helfen. Ach nein, ich hab sie ja ins Dorf geschickt. Anita ist bei mir, Gabriele ist unterwegs. Na ja, schau zu, ob jemand zurückkommt. Wir sehen uns zum Mittagessen.«

Wie einen Idioten hat sie ihn einfach stehenlassen, ihn und seinen Koffer. Das nächste Mal logiert er im Albergo Grande Vittoria, wenn er zu Hause so behandelt wird. Und außerdem, wo ist überhaupt das Personal hingekommen?

Adelaide eilt zurück zu Adelmos Arche. Seit drei Ta-gen ist eine Gruppe von Arbeitern damit beschäftigt, die Voliere zu renovieren und die neuen weißen Segel anzu-bringen, die sie als Überdachung für das Hochzeitsbankett ausgewählt hat. Am Nachmittag werden Tische und Stühle gebracht. Alle warten auf Anweisungen, niemand hat verstanden, was sie wirklich im Kopf hat.

»Eine Wolke, alles klar? Es soll aussehen wie eine Wolke, die am Himmel schwebt.«

»Na, hoffentlich regnet es nicht, Signora. Sonst werdet Ihr wohl kaum Freude haben an Eurer wunderbaren Wolke«, erwidert der Vorarbeiter.

Adelaide betrachtet prüfend den Horizont. Das zarte Blau mit leichten schneeweißen Schlieren erinnert an ein Sträußchen Vergissmeinnicht.

»Es wird nicht regnen. Hebt die Stange hoch, schauen wir, ob es hält«, mischt sich Anita ein.

Adelaide mustert die Konsolen, auf denen früher Vögel saßen. Vorige Woche sind sie gesäubert worden. Auf den frisch gestrichenen Brettern stellt sie sich die Röschen und Kamelien vor, die morgen von der Riviera geliefert werden, während unten die Rabatte blauer Schwertlilien schon zum Blühen bereit ist. Dazu denkt sie sich die weiße Tischwäsche, makellos wie die Segel, das glänzende Tafelsilber, das Gesteck aus Salbei und Rosmarin. Perfekt, denkt sie.

»Höher«, drängt Anita, »höher«, und Adelaide ist sich sicher, dass es ihr einen Heidenspaß macht. Und dass sich ihre Mutter, wenn sie noch lebte, genauso verhalten hätte. Trifula dreht die Schnauze nach oben und sieht sie an. Schon seit einigen Wochen hat sich dieser leise Gedanke in ihr geregt, und deshalb hat sie beschlossen, dass Anita Leone bei der Trauung in der ersten Reihe sitzen soll und beim Essen am Tisch des Brautpaars, neben dem Marchese Franzoni und Gabrieles Vater. »Was meinst du dazu, Trifula, findest du das keine gute Idee?«

Mit einem Sack Zwiebeln auf der Schulter kommt Gabriele geritten. Neben ihr steigt er ab.

»Ich bring sie in die Küche.« Trifula empfängt ihn mit einem kleinen Freudentanz. Das Pferd schnaubt ungeduldig.

»Warte. Was sagst du dazu?«, fragt Adelaide mit Blick auf die Voliere.

»Ich sage, hoffentlich regnet es nicht.«

»Es wird nicht regnen!«, schreit Anita von der anderen Seite.

»Mach dich auf was gefasst, wenn du reingehst: Mein Vater ist angekommen.«

»Ist er bewaffnet?«

»Nein. O Gott, zumindest glaube ich es nicht.« Adelaide lacht. »Versuch ihn zu verstehen. Für ihn wird es ein ganz schlimmer Tag.« Noch einer, denkt sie.

Gabriele Musso breitet belustigt die Arme aus, als wollte er sagen, »da kann man nichts machen«, dann bückt er sich, tätschelt Trifula die Schnauze, nimmt ein Stöckchen und wirft es weit weg Richtung Froschteich. Der Hund rührt sich nicht. »Wieso versteht er das nicht? Alle Hunde verstehen es, wenn man ein Stöckchen wirft«, sagt Gabriele, während er sich wieder aufrichtet.

»Er bleibt eben lieber hier bei uns«, antwortet Adelaide.

Trifula schaut sie von unten an und bellt kurz und fröhlich. Gabriele lässt den Blick über das flatternde Profil der Arche wandern. »Ich hätte nicht geglaubt, dass du so romantisch bist.«

»Du hast dich geirrt.«

»So sentimental.«

»Also was jetzt, gefällt es dir oder nicht?«

Verstohlen beobachtet Anita die beiden von weitem. Aneinandergelehnt stehen sie da, die Nase in der Luft. Dauernd fassen sie sich an, denkt sie. Wenn sie sich im selben Raum befinden, beginnen sie, langsam umeinanderzukreisen, ein Schritt, zwei Schritte, eine halbe Drehung, bis zur Berührung: der Ärmel, der Ellbogen, eine Hand. Bei Tisch nähern sich die Knie sofort an. Wenn er ihr das Salz reicht, streifen sich die Finger. Wenn sie sich hinunterbeugt, um eine Serviette aufzuheben, streicheln ihre Haare sein Bein. Selbst in den schwierigsten Situationen war es so, mit den Verwundeten, mit den Toten im Haus. Sie hat den Eindruck, sie suchten sich immerzu und schon seit je. *Bist du da? Ich bin da.* Zwischen ihr und Pietro Ferro war es genauso.

Zwei Tage später flattern die Segel über der Voliere in der nach Rosmarin und Salbei duftenden Luft. Die Tische sind gedeckt, Köche und Kellner haben ihre Anweisungen erhalten, die Töpfe brodeln, Wein ist genug da, die Torte ist gebracht, der Himmel leuchtet tiefblau.

Perlen, Holzschuhe, Chiffon, grober Kriegsstoff, Brillanten, rote Nelken, Hütchen, Foulards, Seide, Tüll, Hanf, Rayon, Hemdbrüste, Cutaway, geänderte Kleider und ländliche Haarknoten füllen das kleine, dunkle Schiff der Kapelle mit Farbe.

Unübersehbar der malvenfarbene Frack des Marchese, stocksteif wie ein Weinbergpfosten, ratlos wie einer, der die Orientierung verloren hat. Am Altar bereitet Nino Bixio sich darauf vor, den Gottesdienst abzuhalten, zwinkert Gabriele Musso zu und eilt dann die Stufen hinunter, um

Hamlet entgegenzugehen. Er umarmt ihn herzlich, und als er sich vorbeugt, sieht man unter dem Ornat und dem weißen Chorhemd ein rotes Halstuch aufblitzen.

Während alle auf die Braut warten, spielen die aus Genua gekommenen Musiker mit Hingabe eine erlesene Bach-Fuge für Orgel und Violine. Draußen vor der Kirche begleitet die Blaskapelle *Dawais* Männer, die *Fischia il vento* singen, hält aber sofort inne, als Primo an Ritas Arm erscheint. Filippo Leone, wie schon als Junge mitten unter den Bläsern, gibt das Zeichen, und dann setzt die Gruppe in voller Lautstärke mit *Bandiera rossa* wieder ein.

Im allgemeinen Durcheinander nehmen Lorenzo Levi und Rosa Maria in der zweiten Reihe neben einer großen Dame Platz. Ein *Rentier*-Paar aus Monte Carlo, Cousin und Cousine dritten Grades des Marchese, sie in Pelz gehüllt, als fände die Trauung in Moskau statt, teilt sich die Bank mit Terzo Leone, dessen Frau Marilù, einer Neapolitanerin aus Portici, und ihren vier rasch hintereinander in Rafaela geborenen argentinischen Kindern, laut und bunt wie Papageien. Dr. Aristide Costa gesellt sich zu Hamlet. Linuccia und Giuseppe Garibaldi sitzen zwischen Rita und Primo. Giulia hält Primo die Hand und wiederholt ihm zum soundsovielten Mal die Namen ihrer drei amerikanischen Enkel. Michael blickt sich staunend um. »*Amazing, amazing*«, murmelt er immer wieder.

Als Adelaide auf der Schwelle erscheint, verstummt die Blaskapelle, und das Stimmengewirr verklingt. Der Organist beginnt den Hochzeitsmarsch von Mendelssohn zu spielen, süße Geigenklänge entlocken die ersten Tränen. Gaspare Franzoni reicht seiner Tochter den Arm und marschiert mit einem Schritt los, der martialisch sein möchte, aber nur hölzern aussieht, sein Ausdruck immer verwirrter. Ab und zu wird er langsamer, als müsste er Atem holen, dann geht er mit Schwung wieder los, entschieden, die Sache rasch zu Ende zu bringen.

Adelaide lächelt unentwegt Gabriele an, der zurücklächelt. Auf ihrem von Linuccia geschneiderten Kleid aus prächtigem Satin glitzern unzählige, einzeln angenähte Reiskörner. Und der mit Chantilly-Spitze verzierte Schleier, den die Braut auf dem Kopf trägt, hat viele Jahre zuvor schon ihre Mutter zum Altar begleitet.

Der Marchese betrachtet bald die Spitze, bald den Reis. Er zögert, als er Gabriele Musso Adelaides Hand reicht, dann tritt er untröstlich einen Schritt zurück. Anita hängt sich an seinen Arm und führt ihn zu der Bank. »Kommen Sie, Marchese, hier entlang.«

»Würde dir auch sehr gut stehen«, flüstert Lorenzo Rosa zu.

»Das Kleid?«, fragt sie.

»Nein, der dicke Bauch.«

Empört rückt die große Dame etwas ab.

Am Schluss des Hochzeitsmarschs schickt Nino Bixio sich an, mit der Messe zu beginnen, da stimmt die Blaskapelle die *Internationale* an. Das Brautpaar lacht, jemand singt, jemand pfeift, der Pfarrer fasst sich mit der Hand an die Stirn. »*My God!* Eine Marchesa, die einen Kommunisten heiratet!«, sagt Michael und klatscht in die Hände.

So wird zwischen *Ave Maria* und *Bella Ciao, Fratelli d'Italia* und dem *Kanon in D-Dur* die Trauung vollzogen, und es folgt der Empfang unter den weißen Segeln von Adelmos Arche. Hamlet hat eine Nummer von *L'Emancipazione* in der Tasche, am Vorabend gedruckt im Hinblick auf die Wahlen in Borgo di Dentro. Zeremoniös den Hut lüftend, reicht er sie Anita. Wie ein Zauberkünstler zieht er aus dem Inneren ein Exemplar des *Corriere delle Valli* heraus, der ebenfalls wiedererstanden ist. »Sie können wählen, Madame. Freuen Sie sich nicht? Das Land erwartet mit Spannung Ihre Stimme.«

Nach dem Anschnitt der Torte verwandelt sich die Blaskapelle in ein Orchester. Der Geiger hebt sein Instrument, der Organist übernimmt die Rolle des Dirigenten. Mit einem Walzer eröffnet das Brautpaar den Tanz, und Adelaide fühlt, dass der Zauber der Arche gewirkt hat und Adelmos Geist das Kind, das sie erwartet, begleitet. Ob Junge oder Mädchen, mal sehen.

Ihr scheint, dass alle die Magie des Ortes spüren und wie wunderbar es ist, mit neununddreißig Jahren ein Kind zu bekommen. Sie sieht nur lächelnde Gesichter, und mag es auch nur für diesen einen Tag sein, mag auch morgen die Grausamkeit des Lebens wieder zuschlagen. »Ich werde dir nicht weh tun«, flüstert sie dem Bräutigam zu.

Im Wirbel der Paare bleibt Gabriele Musso stehen, nimmt ihr Gesicht in die Hände und küsst sie. Ein langer Kuss voller Stille mitten im Stimmengewirr des Fests.

Auch Anita ist wie verwandelt, das Gesicht entspannt, die Haut schimmernd. Das liegt an der wiedergefundenen Freundin, vermutet Adelaide. Am 25. April 1945 sind die Leones nicht mit den Fahnen durch die Straßen von Borgo di Dentro gezogen, selbst Filippo nicht. Sie sind nicht mitgegangen, als die Mädchen mit rotgemaltem Hakenkreuz auf dem rasierten Schädel durch die Stadt geführt wurden. Sie haben nicht gejubelt. Sie haben ihre Toten beweint. Carlo, Giacomo, Achille. Zu viele, zu viel Blut. Doch heute ist auch für die Leones ein guter Tag. Filippo lächelt, Giuseppe Garibaldi lächelt, Linuccia lächelt, Terzo lächelt, sogar Rita mit ihrer unerträglichen Last sieht Rosa mit Lorenzo Levi tanzen und lächelt.

Staunend beobachtet Adelaide auch den Marchese, ihren Vater. Im Laufe des Fests scheint er immer ruhiger zu werden, beinahe fröhlich. Sieh an, nun fordert er sogar die schöne amerikanische Dame zum Tanz auf, die in Borgo di Dentro zu Besuch ist. Die eleganteste, die schickste, die einzige, die es ihm erlaubt, sein eingerostetes Englisch auf die Probe zu stellen. »Gestatten Sie, Missis, *do you like dancing?*« Er macht ihr schamlos den Hof, bis Giuseppe Garibaldi kommt und sie erlöst: »Giulietta mia, ich spreche nur Italienisch, und auch das nicht sehr gut. Tanzt du trotzdem?«

Und nach Giuseppe Garibaldi tanzt Giulia einen Tango *col casquè* mit Nino Bixio im Priestergewand (der Marchese findet es ungehörig, derart mit einer so vornehmen Dame umzugehen).

Man hat Giulia alle Leones vorgestellt, die sie noch nicht kannte: Rita, Filippo, Rosa Maria, Terzo und seine laute argentinische Familie. »Terzo kehrt für eine Weile zurück. Wir werden die Cascina Leone wiederaufbauen«, hat Anita ihr anvertraut. Sie nennen sie »Tante«. *Frag Tante Giulia, ob sie noch ein Stückchen Torte möchte.* Lange unterhält sie sich mit Primo, der sich noch gut daran erinnert, wie sie klein war; er fragt sie nach Mama und Papa, wie es in der Schule gehe, ob sie immer noch eine Eins im Rechnen habe. Dann bemerkt er seinen Fehler, ist bestürzt, sieht sie verloren an, vergisst seine Verwirrung und fragt erneut nach Assunta, wie es ihr gehe, ob ihr das Atmen noch Mühe mache, ob sie Maulbeerblätter gesammelt habe für die Raupen auf dem Dachboden. Er verwechselt die Namen der argentinischen Enkel mit denen von Michaels Kindern. Er vergisst, wo er sich befindet, und fragt sie ab und zu ernst: »Wo sind wir hier eigentlich?« Dann, beunruhigt: »Doch nicht etwa im Himmel?«

Als die Sonne zu sinken beginnt, sucht die Amerikanerin sich einen Platz, wo sie sich alleine ein wenig ausruhen kann. Der Magen schmerzt, sie setzt sich in einen Schaukelstuhl, breitet eine Decke über sich, schluckt eine Tablette und wartet auf die Wirkung.

Sie sieht Michael neben Anita sitzen. Die Brieftasche in der Hand, zeigt er ihr Fotos von den Kindern. Mick spricht nur gebrochen Italienisch, Anita hilft ihm, wiederholt, stellt Fragen. Giulia erahnt sie, es sind die gleichen, die sie selbst stellen würde. Auf einmal sieht sie, was kommen wird: Mick und Claire zu Besuch in der mit den Pesos von Terzo wiederaufgebauten Cascina Leone.

Libero junior, Samuel und Diana unterwegs in den Gassen von Borgo di Dentro.

Michael wird ihnen den Palazzo Reale zeigen und sagen: »Hier ist Großmutter Giulia geboren, im ersten Stock, auf einem alten Holztisch. Großvater Pietro im zweiten Stock, in einer geräumigen Wohnung, wo er mit seinen Eltern und dem Bruder Achille lebte, der Schuster war. Großvater Libero dagegen stammt aus der Toskana.«

»Wie kommt es, dass wir drei Großväter haben?«

»You're lucky.«

Glückliche Kinder. Giulia schließt die Augen. Der Gedanke, dass sie bei all dem nicht dabei sein wird, schneidet ihr ins Herz, aber sie spürt es kaum. Das muss die Tablette sein, die den Schmerz nimmt, ihn versiegelt und wegschiebt. Oder vielleicht ist es auch gar nicht die Tablette, sondern der Tag, denkt sie.

Im Nest ihrer Decke geborgen, sieht sie Libero, wie er war, groß und stark. »Das ist die Insel von Manhattan«, sagt er zu ihr. »Dort ist der Broadway, da Battery Park.«

Primo Leone irrt sich nicht, wenn er die Enkel verwechselt. Diana Luigina Anita, José Libero Garibaldi, Samuel Eduardo Bixio. *Familie heißt füreinander da sein.* Sie öffnet die Augen wieder. Die weißen Segel flüstern im rosigen Dämmerlicht des Sonnenuntergangs. Jetzt spricht Anita mit Mick. Erzählt sie ihm von Pietro Ferro? Von Nico? Seinem Bruder Nico? Von der Schüssel, die sie in der Seidenspinnerei mit der kleinen Giulia teilte? Davon, wie sie als Jungen verkleidet zu den Kundgebungen gingen?

Er hört gespannt zu, als verschluckte er die Worte.

Kümmere dich um meinen Sohn, liebe Freundin.

»Wir wohnen in der Mulberry Street, hörst du, Nr. 117.« In den ersten Tagen wiederholte Libero das ständig. Er fürchtete, sie würde sich verlaufen.

»Mulberry?«

»Maulbeerbaum. Es bedeutet: Maulbeerbaum-Straße.«

Das Schicksal ist ein Rätsel. Derselbe Krieg ist nicht derselbe Krieg. Die amerikanischen Soldaten hatten Zwieback, Süßigkeiten, Zucker, Instantkaffee; den Leones fehlte es an Brot. Assunta hat getan, was sie konnte, das weiß Giulia jetzt. Es gibt keine Rechnungen zu begleichen, es gibt nichts zu verzeihen. Alle tun wir unser Bestes, meine Freundin.

Wie schön, mit Giuseppe Garibaldi Walzer zu tanzen. Wie schön der Tango mit Nino Bixio! Die Zeit ist stehengeblieben, rollt sich auf wie ein Band, und Giulia ist wieder ein Mädchen. Fehlerfrei sagt sie vor Primo die Sechser-, die Siebner- und die Achterreihe auf, bravo!, nun ist sie wieder ein Kind.

Die Stimmen des Fests erreichen sie gedämpft, ein Gezwitscher, das sie leise wiegt. Libero wispert ihr noch etwas ins Ohr, Claire flüstert: »Schau, wie schön du bist«, und ihr Vater sagt: »Du kannst doch so gut rechnen, mach die Teile.« Alle sind sie ihretwegen hier. Für die Amerikanerin. Mrs. Giulia Masca aus der Mulberry Street. Giulia.

Bald wird die Zeit wieder weitergaloppieren, wird sie schwungvoll vorwärtsziehen, erbarmungslos. Aber nicht jetzt.

Fühlst auch du ihn, meine Freundin, diesen Frieden?

Anmerkung der Autorin

Bella Ciao ist ein Roman, und die Hauptfiguren sind frei erfunden. Geschöpfe aus Papier, die vom Sturm der italienischen Geschichte zwischen dem Anfang des 20. Jahrhunderts und dem Zweiten Weltkrieg gebeutelt wurden. Hinter Phantasie und Fiktion steht ein halbes Jahrhundert, das den harten und drängenden Schritt eines Epos hat.

Borgo di Dentro ist der Name, den ich für das alte Ovada gewählt habe, eines geographisch zum Piemont gehörigen, aber von der Tradition, der Sprache und der Neigung her ligurischen Städtchens. Viele Orte sind echt, andere mit der mir größtmöglichen historischen Genauigkeit rekonstruiert, wieder andere aus erzählerischer Notwendigkeit erfunden. Dem Gründer des Ricreatorio Festivo, Don Giuseppe Salvi, hätte man für seine zahlreichen in seinem Leben erworbenen Verdienste eine andere Rolle zudenken sollen als die winzige, die ich ihm hier auf diesen Seiten zugewiesen habe. Die Figur des Dr. Aristide Costa ist frei der des Arztes Eraldo Ighina nachempfunden, der erst politischer Sekretär der Faschistischen Partei von Ovada und dann Partisanenkämpfer und Träger des Verdienstkreuzes für Partisanenaktivität war.

Es gäbe dieses Buch nicht ohne die Freigebigkeit des Historikers Giancarlo Subbrero, der mir vor vielen Jahren vom Streik in der Spinnerei Salvi erzählte. »Eine wahre Geschichte, die aber klingt wie ein Roman«, sagte er, ohne zu ahnen, was er damit in meinem Kopf anrichten würde. Von den Texten, die ich während des Schreibens konsultiert habe, sind seine Untersuchungen *Trasformazioni economiche e sviluppo urbano. Ovada da metà Ottocento a oggi* und *Le »Guardie Rosse«* die mit den meisten Randbemerkungen. Der Überfall auf die Druckerei des sozialistischen Wochenblatts *L'Emancipazione* ist in den damaligen Zeitungen erwähnt und in *Squadristi* von Mimmo Franzinelli. Bezüglich der tragischen Vorkommnisse, die sich im August 1935 in Borgo di Dentro ereigneten, habe ich viel gelernt aus *Storia della diga di Molare. Il Vajont dimenticato* des Geologen Vittorio Bonaria und aus *Il Borgo di Ovada prima del crollo della diga di Molare* von Walter Secondino.

Detaillierte Informationen zum Befreiungskampf im südlichen Piemont habe ich gefunden in *Alessandria dal fascismo alla Repubblica,* hrsg. von Roberto Botta und Giorgio Canestri, und in *Guerra partigiana tra Genova e il Po* von Giampaolo Pansa. Dank des biographischen Profils, das Pier Paolo Poggio von Vincenzo Ravera gezeichnet hat, habe ich eine konkrete Vorstellung des militanten Antifaschismus in Ovada gewonnen.

Für die faszinierende und schmerzhafte Geschichte der italienischen Auswanderung in die Vereinigten Staaten habe ich unter anderem verwendet: *Fiorello La Guardia. Un imperatore a New York* von H. Paul Jeffers, *L'emigrazione italiana negli Stati Uniti* von Marco Pretelli, *L'orda* von Gian Antonio Stella und den Sammelband *Verso l'America.*

L'emigrazione italiana e gli Stati Uniti. In den Sälen des Galata Museo del Mare in Genua, des Paolo Cresci Museums für Geschichte der italienischen Emigration in Lucca und des Ellis Island National Museum of Immigration in New York habe ich die Stimme von Giulia als Mädchen und von Libero als Kind vernommen.

Besonderer Dank gebührt Gian Pietro Armano, Präsident der Associazione Memoria della Benedicta, der mir wertvolles Material über das größte Massaker an Partisanen in der italienischen Geschichte zur Verfügung gestellt hat. Herzlichen Dank auch an Paolo Bavazzano von der Accademia Urbense von Ovada für das Engagement, mit dem er mit mir Erinnerungen, Studien und Dokumente geteilt hat. Der gesamten Akademie gilt meine Dankbarkeit: für die Zeitschrift *Urbs* und die vielen Publikationen, mit der sie die Erinnerung an die Vergangenheit bewahrt. Für einen Erzähler eine unerschöpfliche Quelle der Anregung.

Bella Ciao wäre nie ans Licht gekommen ohne die konstante, liebevolle Unterstützung von Francesca Romagnolo, Stefania Fusero und Paola Bigatto. Noch einmal hat die unermüdliche Cristina Bobbio sich durch einen endlosen Wald von Fragezeichen hindurchgearbeitet. Stefano Tettamanti hat mich bis zum Ende mit der Entschlossenheit des Mittelstürmers und der Zuneigung des Freundes begleitet. Elena Sassi konnte mich vor etlichen Jahren noch ermutigen, ohne Angst diese Geschichte zu schreiben. Ihr alle seid für mich wie ein Geschenk, das das Leben mir unverdienterweise gemacht hat.

Roman
Aus dem Italienischen von Maja Pflug
368 Seiten
Auch erhältlich als eBook und Hörbuch-Download

Antonio ist auf einem Auge blind – und doch
wählt der große Fotograf Alessandro Pavia von
allen Kindern im Waisenhaus ausgerechnet ihn
als Lehrbuben aus. Er nimmt ihn mit in sein luf-
tiges Atelier über den Dächern von Genua und
bringt ihm seine Kunst bei. Im frisch vereinigten
Italien gilt es viel festzuhalten. Doch als bei
einem Arbeiteraufstand eine junge Hebamme
vor Antonios Linse läuft, sieht er mehr als ihre
Gestalt. Vielleicht die Zukunft?

Roman
Aus dem Italienischen von Maja Pflug
272 Seiten
Auch erhältlich als eBook und Hörbuch-Download

Paola passt nicht in diese Welt, findet sie. Wo
Glanz und Erfolg das Maß vorgeben, hält sie sich
lieber an ihren Bruder, der im Rollstuhl sitzt,
gerne Schach spielt und auf Likes pfeift. Auf
täglichen Spaziergängen mit ihrem Bruder gelingt es Paola, Gegenden zu erkunden, wo sie das
wahre Leben vermutet – das so ganz anders ist,
als sie dachte.

Bernhard
Schlink
Abschiedsfarben

Diogenes

Erzählungen
240 Seiten
Auch erhältlich als eBook, Hörbuch und Hörbuch-Download

Geschichten über das Gelingen und Scheitern
der Liebe, über Vertrauen und Verrat, über
bedrohliche und bewältigte Erinnerungen und
darüber, wie im falschen Leben oft das richtige
liegt und im richtigen das falsche. Geschichten
von Menschen in verschiedenen Lebensphasen
und ihren Hoffnungen und Verstrickungen.
»Liebe und mache, was du willst« ist vielleicht
kein Rezept für ein gutes Ende, aber eine Antwort, wenn andere Antworten versagen.

Cesare Pavese
Der Genosse

Roman · Diogenes

Roman
Aus dem Italienischen von Maja Pflug
288 Seiten

Alle in der Osteria rühmen sein Talent, doch mit
dem Gitarrenspiel seinen Lebensunterhalt zu
verdienen kommt für Pablo nicht in Frage. Lieber
besucht er mit seiner Geliebten die Tanzlokale
und Varietés in Turin – bis es ihn eines Tages nach
Rom zieht, wo ihm langsam die Augen aufgehen.
Hier stößt er auf Leute, die Flugblätter verteilen,
und befindet sich plötzlich inmitten des Wider-
stands gegen den Faschismus.

Cesare Pavese
Der Genosse

Auf **diogenes.ch/newsletter** erfahren Sie zuerst
von Neuerscheinungen und Neuigkeiten unserer
Autorinnen und Autoren.

Oder schauen Sie hier vorbei: